西部文化系列

揭秘《野狐岭》 上

西部文学的自觉与自信

主　编：陈晓明

副主编：张凡、陈彦瑾

中国大百科全书出版社

图书在版编目（CIP）数据

揭秘《野狐岭》：西部文学的自觉与自信 . 上 / 陈晓明主编 . —北京：中国大百科全书出版社，2020.9

ISBN 978-7-5202-0823-9

Ⅰ.①揭… Ⅱ.①陈 … Ⅲ.①长篇小说—小说研究—中国—当代—文集 Ⅳ.① I207.425-53

中国版本图书馆 CIP 数据核字（2020）第 165906 号

出 版 人	刘国辉
主 编	陈晓明
副 主 编	张　凡　陈彦瑾
策划编辑	李默耘
责任编辑	姚常龄
责任印制	陈　凡
出版发行	中国大百科全书出版社
地 址	北京阜成门北大街 17 号
邮 编	100037
网 址	http://www.ecph.com.cn
电 话	010-88390739
印 刷	太原日报传媒集团有限公司
开 本	880 毫米 ×1230 毫米　1/32
字 数	415 千字
印 张	18.5
版 次	2020 年 9 月第 1 版
印 次	2021 年 1 月第 1 次印刷
定 价	116.00 元（全二册）

本书如有印装质量问题，请与出版社联系调换

逆现代性的异质写作

——雪漠的"灵知通感"与西部叙事

陈晓明

  20世纪90年代以后，统一的审美规范只能潜在地起作用，当代文学不得不以个性化的探寻为突破的动力。进入21世纪，作家们在寻求个性化创作方面剑走偏锋，更注重经验的异质性，开掘出属于自己的区域。尽管现在看上去文坛呈现为松散的结构，既没有中心，也没有方向，但却有个人异质性的经验在实实在在地发掘，在本土化的道路上渐行渐远。一方面，我们确实可以说再大的动作动静，也不可能唤起"小说革命"之类的景象，也就是说，小说艺术革命已经终结；另一方面，我们却不能对个体性的艺术创新保持麻木不仁的态度。革命无法进行是一个现实，小说有新的经验产生出来是一个事实。我们可以看到莫言、贾平凹、阎连科、刘震云、阿来……这些作家都已经在属于自己的道路上走得很远，他们是以小说的艺术化的方式开掘自我突破的路径，或者说以小说艺术带动异质性经验，其结果还是落在小说艺术上。由此形成了一种更具综合性的艺术方法，内里融合了中国传统、民间资源以及西方现代主义。另一方面，我们也可以看到，另有一些作家，尤其是生长于西部的作家，以其历史、文化、地理之独异传统及个人记忆，他们的作品表现出与主流文学十分不同的经验与美学风格。20世纪80年代活跃的当然有一大批，小说与诗歌都以不同的气象给新时期文学打开了一片雄浑开阔的天地，不管怎么说，那时的西部在主流意识形态的规范下，其主导意识和表现风格与当代主流文学更具有同一性。90年代以后，尤其是21世纪以来，更年轻一辈的西部作家表现出更为独特的个人风格。他们多数人一直试图以极为异质性的经验来带动小说艺术，开掘出另一片独异的文学世界。这种突破的路径显得更为困难却更为大胆。例如，西部比较突出的小说家有叶舟、雪漠、徐兆寿、李学辉……这些作家不只是书写西部大地的风土民情，而且试图探寻西部在现代进程中的困难和命运。在这样一个群体中，雪漠的创作尤其显得引人注目，其独异性可能尤为典型。正如陈思和先生在论述雪漠作品时所说，重要的在于要看到西部文学的民族精气，在现代化的进程中，我们几乎忘记了"民族自身的一种精气"。他认为雪漠的作品里有一种民族精气，"这才是西部的一个概念"。[①]雪漠的作品一方面追寻西部的精气，他沿着此路走，甚至走得更远去寻求神奇的和具有灵知的生命体验——或许他相信那里面隐含着西部的"精气"。他的某些作品呈现的经验令人惊异，他也试图从这里去开掘出属于自己的文学道路。

在"一带一路"的国家战略展开得如火如荼的时代，关注西部文学的独异经验，并非把西部另类化，而是有胆略面对西部的

---

① 陈思和等：《让遗漏的金子发出光辉——"复旦声音"：雪漠长篇小说〈白虎关〉研讨会》，载《文艺争鸣》，2010年第3期。

真实现实。文学的西部无疑显示出更加饱满的情状，西部作家以不同的方式在书写西部的真实，这也是我们今天在"一带一路"格局中认识西部之复杂性的形象依据。在新的、更急迫的现代化进程中，去理解西部的历史文化，理解西部的风土民情；并不是把西部文学作为另类或他者来看待，而是将它看成对汉语主流文学写作有推动甚至另辟蹊径意义的丰厚资源。

这样我们就不能对西部那些充满异质性经验的创作现象无动于衷，而是要进行积极的阐释，甚至不惜过度阐释。这与其说是在探询方向，不如说是在开辟中国文学的多样性，这无疑是极其必要的。某些作品着力于开掘异域生活经验，甚至相当另类的神秘体验，可能尤其需要重视。理由无他，中国文学太缺乏异质性经验，也缺乏那些极限的经验。雪漠写作多年，他介入文学的方式开始时，还是着力发掘和打磨西部艰难困苦的粗粝生活，异域的风土民情；随着他的写作笔力更加坚硬，他向灵知经验和宗教经验方面拓展①。他的那些困苦极端的西部生活，几乎呈现出

---

① 在雪漠的小说中，"灵知"和"宗教经验"并不一定能等同，故把二者区别开来。"灵知"是就他的小说中表现出的神秘经验的统称；"宗教经验"在雪漠的小说中主要表现为他所信奉的"大手印"，属于禅宗经验。虽然前者受后者的影响，但前者更为笼统，更为个人化和神奇化。"灵知"一词有中国传统用法和西方的特殊用法。中国传统的"灵知"指众生本具的灵明觉悟之性。有佛教的专用意思，也有世俗经验中的奇异指向。

支遁《咏八日诗》之一："交养卫恬和，灵知溜性命。"南朝齐王融《法乐辞》之八："灵知湛常然，符应有盈缺。"南朝梁宣帝《迎舍利》诗："灵知虽隐显，妙色岂荣枯。"也有用作指"良知"，例如清黄宗羲《与友人论学书》："为陆王之学者，据灵知以诋程朱，是以佛攻老。""灵知主义"则是西方基督教的特殊用法。灵知主义（Gnosticism）即诺斯替主义，是对人类处境的一种独特类型的回应，它的思想原则和精神态度普遍地存在于历史的各个阶段。把gnosis意译为"灵知"，相应地把Gnosticism译为"灵知主义"，此一译法是刘小枫的独创的意译。现在也逐渐为学界使用，但也会有一个问题，"灵知"的普通用法和传统中国的用法就容易和"诺斯替主义"造成混淆。（参见百度）

一个前现代的荒蛮的西部；而要更着力去开掘那些灵知和宗教经验，则是有意在"逆现代性"而行（说"后现代"太大，"逆现代性"只是个体的朴素的自然的作为）。通过他独自领会的"灵知经验"，他能在小说中重构时空，更加自由地把不同的事物，不同的人物，把因果、必然、意外、神奇、怪诞组合在一起，时空的穿越和折叠，对命运的先验感悟，他的小说有意区隔了现代性的理性经验。也因为此，雪漠的写作显出他自己的独特路数，他也是当今中国少数有切实的宗教体验的作家，他显然在这条路上行走了很久，而且领略到了他自己的方向。雪漠的写作表征了当今中国文学寻求突破的最为个性化的和极端化的形式，他的创作意义也需要放在20世纪90年代以来的文学转型变异的过程中去理解，才能看出它的独特性和必然性所在。实际上，在这里也是试图通过读解雪漠的作品，看到当代中国文学向前拓路的困难所在，也看到其突围的多种可能性。

一、从历史到文化：当代小说的内在变异

现代汉语小说的兴盛，受到两个重要的现实情境的推动。其一是城市商业社会的兴起，这就有了19世纪末的韩邦庆的《海上花列传》这种反映市井生活的作品；在王德威先生看来，那是"被压抑的现代性"，是中国早期现代性的表现。其二是民族国家的紧急任务，文学被用于动员社会各种力量，提供时代激情和想象，这就有了现代现实主义及其左翼文学。李泽厚先生理解为"启蒙与救亡的双重变奏"，结果救亡压倒启蒙。事实上，今天看来，救亡也是启蒙，甚至是一种更紧迫、更激烈也是更有效率

的启蒙。至于其后果是否有诸多问题，又当别论。历经新中国成立后的各种政治运动，中国现代文学转变为当代文学之后，其政治功能被拓展到极端地步，文学则成为无产阶级革命事业的一部分，革命构成了叙事的内在动力机制，由此也发展出革命历史叙事的一套叙事法则，汉语小说在这方面达到它的早熟状况。"文革"后的文学，有一个漫长的"去政治化"与"向内转"并"回到文学本身"的过程，但也恰恰是通过历史叙事的对话，亦即重写革命历史而形成一种新的历史叙事的策略。尽管这方面出现不少相当成功的作品，如李锐的《旧址》、陈忠实的《白鹿原》、刘震云的《故乡天下黄花》、阿来的《尘埃落定》、刘醒龙的《尘天门口》、铁凝的《笨花》、莫言的《丰乳肥臀》、张炜的《家族》等，这些作品已经无可争议成为当代汉语文学最重要的作品。也正因为此，当代汉语文学在历史叙事这方面具有了丰厚的经验，也达到它艺术上最成熟的境地。

很显然，历史叙事的成熟，得益于历史观念的改变。首先，这是对20世纪激进变革的反思，如此集体性地构成了一种反思性，中国作家的思想意识在这里建立起独有的深度。其次，这是文化意识的介入，试图避开主导意识形态的支配而寻求文化上的依托，这是80年代文学孜孜以求的创新倾向。寻根文学显然是最初的，也是最明确的尝试。寻根文学并未在文学方面形成持续阵势，但却在西北二个作家那里获得积淀——这就是陈忠实和贾平凹。因为当代文学寻求文化依托来替代意识形态支配，这二人应运而生。西北的作家与文坛主流一直若即若离，这倒使他们保持距离，有自己的路径。陈忠实与贾平凹二人实际上是"寻根文学"的幸存者，直至20世纪90年代初，陕军东征，才让文坛大吃一惊。所谓"陕军"，主要是由陈忠实和贾平凹二人，再加上陕西籍的批评家，这支队伍人数并不庞大，但却气势恢宏，让当时的文坛震惊不已。一个溃散了且茫然的文坛，突然又被重新组织起来，而且是以来自西北的"穿着老旧装束"的队伍为主力，90年代的文坛重新出发就显得十分蹊跷。与其说他们是一支出征的队伍，不如说是一帮招魂的人马。

陈忠实的《白鹿原》十年磨一剑，1993年出版，实际上可能构思于20世纪80年代后期，最终成书在90年代初。本来是一部在中国现代主义运动中的落伍之作，也是寻根文学的迟暮之作，不想却在90年代初抓住了历史间歇期的无意识。那就是反思20世纪的剧烈的历史动荡，隐含着对20世纪历史选择的深刻反思，试图探究进入现代的中国走过的激进道路，或许会有另一种选择，即回到传统文化根基上去寻求自我调整内化之路。作品本身显然也未能令人信服地提示出这种历史选择的可能性，而作为一种实践性的反思也显得并不充分。然而，陈忠实的《白鹿原》却意外地开启了传统文化在20世纪90年代中国文学中的复归，它也顺理成章地开出了90年代文学上的文化保守主义的先河，仿佛历史之降大任于斯人，《白鹿原》成为90年代的开山之作，无疑也是这个时代的奠基之作。

贾平凹的《废都》在90年代初引发巨大的争议，话题集中于小说中的性描写。可见那个时期的中国知识分子思想之贫乏，锋芒之困顿，这样的批判性话题全然没有任何时代意识的含量。但正是选中了贾平凹，人文知识分子才找到了出场的契机，以如此简单粗陋的道德话语出场，这成为90年代知识分子重建自我形象的高调主题。它与"人文精神"讨论呼应或者成为其具体实践，却又有非常现实的意义。经历了八九十年代的变故，中国知识分子正以退守书斋的历史失意者的姿态"独善其身"，但"人文精神"大旗的举起，一呼百应，这对于振作知识分子的精神无疑是有意义的，用于抵抗市场主义和商业实利主义价值观却未必有实效。对《废都》的批判形成了一种声势，道德主义的话语获得了出场的机会，并形成了90年代文学理论与批评的一项重要资源。道德质疑裹胁着暧昧的"政治"质疑，相当长时期内构成那些在媒体活跃的"酷评"的话语方式。在密集强大的道德话语以及更为强大的行政干预狙击下，贾平凹不得不退场。贾平凹回到乡土，回到现实。于是有了《秦腔》（2005年），那倒是让贾平凹有一次摩挲泥土样生活的机会。贾平凹过去的写作就以文化取胜，他以性情来切入人性，文化想象与心理描摹大于生活内涵，这使贾平凹与传统现实主义相距并不遥远。进入21世纪，贾平凹的写作更贴近事物性，直接握紧生活的质感，《秦腔》就写出生活的原生态。《古炉》（2010年）在切近生活的存在样态方面，显示出炉火纯青的技法，几乎不讲章法，随心所欲，信笔而至，落地成形，却能刻写生活的物性而有棱有角，显示出独有的质感。

确实，令人意想不到，20世纪90年代以来，在中国长篇小说大发展的潮流中，成大器的作品都出自北方有着深厚历史文化传统的作家之手，而且带着浓重的泥土气息。南方作家的纤细精致和灵秀韵味，没有在长篇小说的创造方面留下惊人之笔，只有北方作家显出气象万千。看看陈忠实、贾平凹、莫言、张炜、阎连科、刘震云……都是北方作家，一出手就是厚厚的沉甸甸的作品，除了陈忠实，都是一部接着一部。长篇小说在中国的现代文学史语境，靠的是历史编年体制；在八九十年代，靠的是对历史的反思以及重写历史的观念。北方作家在重写历史时，用的是厚重的文化作为底蕴。外有历史大事件的编年体制，内有家族关系为结构，这使长篇小说可以有漫长的历史与厚实的生活。南方作家在这方面就不讨好，靠语言和叙事风格难以撑起大梁，历史必须有另外的变异，中国的南方作家或许可以另辟蹊径。

经历过八九十年代直至新世纪的历史叙事的磨炼，已经炉火纯青的北方的历史体制的长篇小说其实也走到尽头。经历了这么多的大师们的演练，历史编年体无论如何都已经模式化。只要写到20世纪，那就不外乎是从晚清入手，到北伐民国，再到抗日战争和解放战争；新中国成立后则是从土改以降的历史，随之是"反右""三年饥饿""大跃进""文化大革命"直至改革开放，历史编年清晰可见。长篇小说的叙事已经没有了自己的时间和结构，只要贴着历史大事件走就可，这就把历史叙事推到了尽头。贴着历史走的小说，因为文化加入，而替换了原来的意识形态观念，但文化与历史不过是一枚硬币的二面，它们本质上是可以融为一体的。当代中国作家对文化理解，也无法冲决历史编年体制。南方作家或许在不久的将来中，可以从别的思维进向那里获得叙事结构的根本改变（目前尚未见出端倪）；北方作家还是靠的文化。只是文化里有一些变异的东西在蠢蠢而动，刘震云的《一句顶一万句》（2009年）是以不可思议的哲学狡计来冲破历史编年，说话、喊丧、改名、喷空、友爱、幸存……难以想象这些后现代伦理哲学，何以会在这样土得掉渣的作品中流宕？但刘震云就是做出了。如此平易，又如此诡秘，这就是不可思议，这就做出了不可思议的作品。

另一现象可以在贾平凹的《秦腔》看到彻底回到乡土的那种自信和自觉。贾平凹早期在他的中短篇小说里，例如《远山野情》《鸡洼窝里的人家》《商州纪事》等，西北的生活包含着风土民情，自有一种疏朗和俊逸，人性的温暖偶尔散落其间，更添一种意味。《废都》风格上向着古典美文《西厢记》《金瓶梅》靠拢，却只是保留了西北性情的神韵，实则是在生活情状方面疏离了西部的荒蛮。《废都》遭遇到阻击，他或许痛定思痛，干脆转向了更加纯粹的乡土。我们在《秦腔》里可以看到，贾平凹干脆掉到泥地上，他宁可用他的身子贴在乡村的土地上写，也不站着把目光投向虚空灵动的乡村"性情"——尽管那曾经是他最为拿手出色的伎俩。《秦腔》《古炉》《带灯》《老生》《极花》之后，贾平凹回归乡村的写作，越来越彻底，越来越随性，也越来越自由，这得益于他的更单纯、更自然地回到乡村的大地上。他去写作生活本身，写作人本身。所有这些前提，都表明中国文学不可避免从历史走向文化，并且要在文化中打开一条更加个人化的通道，在那里去触及他们理解的乡村中国的当代生活，当代的困苦。同样生活于大西北的雪漠，甚至更西、更北、更荒芜的雪漠，他握住的生活的原生质地，并且从这里再度掘进，他去触及生命经验中更异质的经验，在他的作品中，开始出现神灵和鬼魂，它们不只是偶尔闪现，充当技术的或形式的装置，而是经常在场，在小说叙事中起到内在意蕴构成的作用，当然也起到叙述引导的作用。在历史退场之后，在"反思性"消解之后，他的写作却引向了"逆现代性"的路径。

二、异域性与原生态：现代性的另类生活

雪漠原名陈开红，1963年出生于甘肃省武威市凉州区的一个偏僻村庄，幼时家贫如洗，父母目不识丁，父亲是马车夫，雪漠幼时就当牧童以挣工分，每天牵着村里的枣红马到野外放牧。据说雪漠小时就显露出记忆力惊人，开学几天就把语文课本背得滚瓜烂熟。雪漠后来读了中专师范，他怀着极大的热情阅读，因为家贫，也因为勤奋，他节衣缩食，长年靠面糊和馒头片勉强充饥。雪漠一度有正式工作，受聘到武威市教委编辑《武威教育报》。为了文学，他离职专事写作，没有正常的经济来源，他变得穷困潦倒，常常身无分文。"有时，到处搜寻一些旧报，才能换来一顿菜钱。……没有住房，没有写作空间，一家三口，只有十平方米的一间单位宿舍。夜里，两顺一逆地排列，才能挤在一张单人床上。除了生存必需，他几乎将所有的钱都用于买书。苦极了，雪漠就给自己打气：就这样殉文学吧。要当，就当个好作家。失败了，活不下去，就跟妻子回老家种地。"[①]在20世纪末的中国西北，一个青年因为要搞文学处于如此境遇，堪称现代奇观。

1988年，他在二十五岁那年开始创作《大漠祭》，进行了无休止的修改和重写，屡废屡写，如梦魇一样，毫无起色。直到某日，据说是到了武威的古老汉墓的密室里，出来后他当晚做了

---

① 参见《人物：走近"苦行僧"雪漠》，《兰州晨报》，2005年1月29日。

一个奇怪而恐怖的梦，此后不久，脸上长出大胡子，似有神助，写作时思如泉涌，迅速完成了《大漠祭》。不管是生活，还是创作，雪漠都经历过非同寻常的困苦，而且极富传奇色彩[1]。雪漠十七岁拜师修炼禅宗大手印，其悟大约也是在他二十五岁文学创作感悟之时，此后，他自觉充当"大手印"传承者[2]；于悟后起修、闭关专修大手印近二十载，创办香巴文化论坛，影响十分深广。雪漠还有大量关于"大手印"研修的著作。如《光明大手印：实修顿入》《光明大手印：实修心髓》《无死的金刚心》等。中国作家中像雪漠这样的有深厚宗教经验的作家并不多见，他在"大手印"中浸淫多年，无疑也会影响到他的创作。然而，在雪漠创作之初，宗教的渗入并不十分鲜明，更重要的是他个人的生活经验，他秉持着现实主义的创作方法，他的作品还是以其异域生活经验和对生命的真切体验为特征。

雪漠最早产生影响的作品当推《大漠祭》，这部作品耗时十二年，直至2000年才正式出版，这是一部具有强烈的现实主义精神的作品。小说讲述西北凉州地区贫困农民的艰难生活，老

---

　　[1]　雪漠这段经历可见一些报纸杂志文章及他个人的回忆录。2015年夏天，笔者到武威，和雪漠一道进入那个著名的汉墓，走出汉墓后，雪漠也和我说起那段经历。笔者也深信不疑。

　　[2]　大手印，梵语曰Mahāmudrā，意为大印；藏译曰差珍（Chagchen），意为大手印。印即印契，与法印之'印'同，乃以世间国王印玺，喻法王佛陀亲许的佛法宗要。藏译于大印加一'手'者，表示佛祖亲手印定。此印为至极无上之佛法心髓，故名为大。在密乘瑜伽部（唐密金刚界）法中，大印为四种密印（大印、羯磨印、法印、三昧耶印）之一，藏密所言大手印，主要属无上瑜伽部法，指本元心地之心传口授，略当于汉传佛教的实相印、佛祖心印。大手印是藏传噶举派、息结派、觉域派等所传法的心髓，它直承印度晚期瑜伽成就诸师之传，以简易明了的诀要，总摄一乘佛法之见、修、行、果（参见360百科）。

顺一家在贫瘠的土地上苦苦劳作，想要改变生活的困窘，但是命运总是捉弄他，天灾人祸不期而遇，不断打击这个家庭摆脱命运的期望。但老顺一家人却还是在辛劳地耕作，希望并没有离开他们内心。这部小说的故事整体上较难概括，要说它究竟写了些什么，怎么写，雪漠自己的解释是再准确不过了：

> 我想写的，就是一家西部农民一年的生活，（一年何尝又不是百年？）其构件不过就是驯兔鹰、捉野兔、吃山药、喧谎儿、打狐子、劳作、偷情、吵架、捉鬼、祭神、发丧……换言之，我写的不过是生之艰辛、爱之甜蜜、病之痛苦、死之无奈而已。这无疑是些小事，但正是这些小事，构成了整个人生。我的无数农民父老就是这样活的，活得很艰辛，很无奈，也很坦然。
>
> 我的创作意图就是想平平静静地告诉人们（包括现在活着的和将来出生的），在某个历史时期，有一群西部农民曾这样活着，曾这样很艰辛、很无奈、很坦然地活着。仅此而已。
>
> 《大漠祭》没有中心事件，没有重大题材，没有伟大人物，没有崇高思想，只有一群艰辛生活着的农民。他们老实，愚蠢，狡猾，憨实，可爱又可怜。我对他们有许多情绪，但唯独没有的就是"恨"。对他们，我只"哀其不幸"，而从不"怒其不争"。因为他们也争，却是毫无策略地争；他们也怒，却是个性化情绪化的怒，可怜又可笑。
>
> 这就是我的西部农民父老。①

---

① 参见雪漠：《大漠祭》，中国大百科全书出版社，2017年版。

小说流荡着强烈的西部气息，大漠荒凉寂寥，劳作艰难无望，生存事相令人扼腕长叹。小说中贯穿着激烈的矛盾冲突，不可捉摸的命运力量，所有这些都显示出现代之前或之外的西部生活，让人体会到西部生存仿佛处于另类状态。雷达曾说："我认为中国需要《大漠祭》这样的作品，因为中国'沉默的大多数'，正在从作家的视野中逐渐淡出。"①《大漠祭》发表后不久获得了第三届冯牧文学奖。评委会评价道："《大漠祭》那充满生命气息的文字，对于我们的阅读构成了一种强大的冲击力。西部风景的粗粝与苍茫，西部文化的源远流长，西部生活的原始与纯朴，以及这一切所造成的特有的西部性格、西部情感和它们的表达方式，都意味着中国文学还有着广阔而丰富的资源有待开发。"②不管是雷达还是冯牧文学奖评委会的颁奖辞，均未提到宗教经验，都是着眼于雪漠的现实主义创作精神，这也是那时雪漠创作的整体状况，对于他来说，文学是第一义的，他关注的是生活于荒蛮中的人们的苦难命运，那种在困苦中求生的命运是支撑他小说展开的基本动力。

雪漠那时对文学如有赤子之心，他信奉现实主义的悲剧美学，他把西部沉甸甸的生活握在手上，如此生活的重负，他也要以强有力的小说艺术与之抗衡。他早期的作品开掘的是西部沉重坚韧的生活原生态层面，他熟悉这种生活，他自己就亲身经历过，那种生活情境、那些人物和事物，那些原生态的生活过程，他都与之同呼吸共命运，他能写出铭心刻骨的伤痛。雪漠的书写

---

① 雷达：《我读〈大漠祭〉》，载《人民日报·海外版》，2004年6月18日。

② 参见第三届冯牧文学奖颁奖辞，中国作家网，http://www.chinawriter.com.cn。

本身包含着对西部大地的深沉的忧虑，西部著名资深批评家李星先生指出："从《大漠祭》到《猎原》，雪漠都在致力于以理性批判的眼光揭示出西部高原这种存在的真相，希望以纳入世界现代化进程的中国式的现代化运动——改革开放来改变它，但后者却以新的生活经验对日益迫近西部的现代化的影响表示了深切的怀疑。属于前现代化阶段或现代化初期的西部土地已经不堪重负，人们赖以生存的物质根基和精神根基已经发生了根本性的动摇，甚至面临崩溃。现代化真的是拯救西部这片沉沦了的土地的灵丹妙药吗？"①李星先生从雪漠的作品中读出了更为复杂的时代感，雪漠和时代的这种歧义，在于他的心灵和西部大地上处于困苦中的农民的命运连在一起。

丁帆是最早关注雪漠的评论家之一，在他主编的《中国西部现代文学史》中，他把《大漠祭》放在城乡对立和人道主义的二重视野中来探讨，他敏锐地看到雪漠的作品揭示的现代性困境具有严峻的挑战性。他分析雪漠的作品时注意到这样的角度：雪漠固然书写了西部农民的文化人格与传统及自然环境的关系，但同时给西部农民造成巨大压力的是城乡的对立，雪漠看到城市对农民的诱惑和排斥也是农民痛苦的根源。雪漠笔下的老顺一家的命运表明，"在这种严重不平等的城乡对立格局里，乡民'毫无策略的争'与'个性化情绪的怒'是无用的，结局只能使他们更加'可怜又可笑'。正因为如此，作者基于人道主义和现代平等意

---

① 李星：《现代化语境下的西部生存情境——从〈大漠祭〉到〈猎原〉》，载《小说评论》，2005年第1期。参见雷达：《解读雪漠》（上卷），中央编译出版社，2014年版，第255页。

识的'哀'建基于启蒙理性的'恨'和'怒'，在西部乡土现代性转化的历史进程中，更能够唤起人们对城乡关系的格外关注与重新认识。"①西部生活是如此荒蛮，现代性与他们何干？城市在诱惑他们同时更在排斥他们，现代化的发展在他们生命存在的另一侧轰轰烈烈展开，他们其实既无法理解，更无法进入，相反，他们只能表现为卑微的他者。雪漠这个时期的作品让人痛楚，也很难看到真正的希望。固然雪漠杜绝了廉价的希望，但西部的出路在哪里？这也是需要回答的问题。

2008年，雪漠的《白虎关》由上海文艺出版社首次出版，可以让人明显感到，雪漠在小说艺术上的冲劲更充足，更有力道了。在西北的粗粝生活之中，苦难的色彩被描摹得相当浓重。老顺家有三个儿子，不想大儿子憨头暴病死去，留下了大媳妇莹儿。小儿子灵官与嫂子偷情，看似甜蜜的爱情。憨头死后，灵官便到外面闯荡世界。二儿子猛子转眼间长成了大人，不时与村上的女人偷情。老顺头想教育他，一句话就被他顶回去："你给找一个。"猛子搞野女人还理直气壮。贫困农村找媳妇谈何容易。大儿子憨头就是换亲得来的媳妇，女儿兰兰换给莹儿的哥哥白福，但白福经常实施家庭暴力。这样的农村环境里，家庭暴力比比皆是，女人都是家庭暴力的牺牲品。兰兰实在忍受不了残忍的家庭暴力，就跑回家。小说始终有条线索，就是莹儿的哥哥要兰兰回去，兰兰不回去，就想把莹儿弄回娘家，但莹儿又不愿回娘家。老顺头家就琢磨着把莹儿改嫁给猛子。但最终没有成功。猛

① 丁帆主编：《中国西部现代文学史》，人民文学出版社，2004年版，第349页。

子要了从城里打工回到村里的月儿，婚后发现月儿在城里被人包养，并染上了梅毒，月儿最终死于梅毒。这就是西北农村的现实生活境况，在苦难中磨砺的人们还在顽强地存活。显然，这里的生活处在现代又远离现代，雪漠似乎下死命要去发掘那些与现代忤逆的生活，现代侵蚀着他们，却并未给他们带来现代的福音，在那片土地上，生活只能跟随生存本能，或被看不到的蛮荒力量推着走。雪漠也是逆流而上，去刻画最为质朴最没有希望却还不甘愿屈服的生活。

乡土的苦难最深重的承受者就是妇女了。这部小说可谓把当代西北妇女的痛楚写得极为深切，莹儿、兰兰、月儿……还有上一辈的妇女，几乎没有不身处苦难中。物质生活的贫困还在其次，重要的是她们在精神上所遭遇到的屈辱。这里的妇女几乎都遭遇过家庭暴力，兰兰就是被丈夫打怕了，也把心打冷了，才决定躲在娘家，死也不肯再到丈夫家。最让妇女屈辱的是，她们的婚姻经常以换亲的形式来完成，她们没有自己的选择，妇女变成交换的商品，变成男权社会的等价交换物。20世纪末，中国西北农村还存在着这种婚姻生产方式。与其说这是一种风俗，不如说是一种冷酷的选择。不这样，男人如何获得妻子呢？如何完成自身欲望与传宗接代的重任呢？而妇女的命运则无足轻重。妇女只有顺从，只有充当商品和奴仆。兰兰和莹儿，这两个换亲的女人，她们殊途同归聚在一起，可以看到她们身上在隐忍中蕴藏的坚强力量。

雪漠写出了她们的不幸，但更写出了她们不肯屈服的性格。在苦难中，她们有自己的爱，莹儿与灵官偷情，虽然是不伦之恋

（叔嫂通奸），但在雪漠的笔下却有了合理性，憨头性能力不行，青春的莹儿还是要让自己的生命力伸展开来。本来她与灵官可以结合，但严酷的命运安排，使得她只能以偷情的方式来实现自己的爱欲。兰兰也试图与花球恋爱，但这样的爱显然不可能。花球的媳妇对她下跪，也给她的心理造成强大的压力。这里的女人都不易，都有自己的辛酸。莹儿和兰兰这两个女人，为了重新坚守自己的生活，她们团结起来，去挣钱给白福娶媳妇。她们要去盐场打工，那可是艰苦至极的劳动。路上又与豺狗子生死较量，惊心动魄，算是死里逃生。历尽千辛万苦，到达盐场，开始了艰难繁重的劳作。这里有人要追莹儿，有钱的和有力气的，但莹儿都不为所动，捍卫了农村妇女的自尊和操守。

苦难中的人们并没有被压垮，雪漠怀着他对西北人的爱，尤其是对西北妇女的深切同情，写出他们在土地上与命运顽强抗争的勇气。相较于女子的抗争，雪漠写男人们的抗争却有另一种意味，那是一种凭着生命本能和欲望来展开的几乎是盲目的抗争，就此而言，雪漠的叙事带有很强的西北韵味。西北的生活，艰难与困境，生命的血性和盲目，这些都呈现了生命的另一种情状。白虎关采出了金子，镇上先致富的双福占据了全部的资源，留给猛子和花球的机会，就是到他的金矿上"打模糊"，即将别人涮过的沙再涮一次。小说描写的20世纪90年代后期的西北正处于经济剧烈变革时期，现代化已经严重渗透进西北贫困地区。在这里引发的工业化，就是对资源的占据和争夺。小说描写了现代化引发的西北乡村的后果，那是资本原始积累时期的残酷掠夺，先富起来的人为富不仁，底层农民没有机会也没有任何保障，猛子们靠卖苦力难以为继，农民式的狡猾和顽劣也就暴露无遗。小说既写出当今农村贫富不均，新的阶级差别迅速产生，批判了新生的暴富阶级的不仁不义，但也非常真实地描写了农民的性格心理。猛子、花球和白狗，各自既有不同的性格，又有他们共通的心理，这在开始出现的农村利益分化中显示出鲜明的时代特征。贫困农民与新生的权力和富裕阶层的冲突，几乎到了你死我活的地步。王秃子、白狗、猛子与大头、双福们的冲突，终究要以流血的冲突加以表现。农民想摆脱困境却找不到出路，他们甚至寄望于在金刚亥母洞修道，以获得超度的机缘。一方面是现代化工业化野蛮地渗透进中国西北贫困地区；另一方面，这里的人们的精神心理还是亘古不变，一样陷落在盲目的迷信里。在对这样的信仰描写中，雪漠也带着犹疑，他试图为这里的人们的精神世界找到一种可供寄托的神灵；但他又深知这样的逆现代性的信仰并不踏实，也不可靠。因此，在他的严肃中又带着一些反讽；在反讽中又似乎有一种认真。中国传统乡村的伦理价值开始解体，这是一个迟到的解体，但现代性带来的危机更加深重，解体得也异常猛烈。对于西域来说，现代性的价值与信仰从何而来，这也一直是小说思考的重点所在。

这部作品猛烈地抨击了农村遭受现代化侵蚀的状况，现代商业主义对乡村的瓦解与诱惑，欲望开始蓬勃生长，在脱贫的道路上，带来了新的灾难。为了开采金子，白虎关的自然资源被严重破坏，农民要摆脱土地，有的去了城里打工，有的加入了工业主义践踏农村的队伍。更有甚者，官商勾结，出卖农民的利益。月儿经不住城市的诱惑，这个本来在农村生长的清白的姑娘，却在城里染上了梅毒，最后死于非命。这些都指向了农村在现代性的剧烈蜕变中所遭遇到的严重问题：原来的贫困令人悲哀，现代性激发起来的欲望也让人痛心，西北农村似乎并未找到一条正确的发展道路。雪漠显然对现代性来到西北有诸多的困惑，因此他运用了严峻的批判性来写作这部作品。

当然，这部作品在艺术中颇有西北粗犷的气象，这并不只是源于它描写的西北地域性的原生态的生活情状，更重要的是源于雪漠的那种开阔的叙述视点，和以自然荒漠为背景的写作视野。雪漠的文字因此有一种瘦硬奇崛的力道，带着西北的泥土和风沙味，粗粝中透示出刚健。相较于红柯的叙事而言，雪漠的文字显得更硬实些。红柯的那种抒情韵味，与天地为一体的叙述，给人以一种辽远的感觉；雪漠则带着泥土的原生硬实扑面而来。这也说明，西北的文学，虽然同样打上地域的特征，但它们各自都有自己的风格，都有自己的文字的力道，都有自己的美学气象。

文学的地域化特色一直很可疑地在文学史叙述的边缘地带徘徊，它总是作为一种非主流的、欠大气的艺术特色得到一席之地。这在中国当代文学史上，实际上早已是一桩不明不白的案件。中国革命文学席卷了乡土文学，也可以说是在乡土文学这里找到了它的寄宿体，结果显然就像所有的宿主最终变成了寄生者的营养资源一样，乡土文学也成了革命文学的营养资源。这也是中国革命文学得以成功的原因所在。中国的革命文学力图反抗资产阶级启蒙文学，它无法凭空创造一个更新的宿体，它只有寄生在比资产阶级文学更加"落后"的农村/乡土身上，来创建革命文学。这本来是（可能会是）一个奇妙的结合，但革命文学意识形态力量过于强大，几乎压垮了中国乡土的本真经验。那些乡土、地域性特色，都只是主流革命叙事在艺术上的补充，经常还是勉为其难的补充。但直到历史宏大叙事面临解体危机，人们才如梦初醒——文学单靠意识形态的机制来生产是难以为继的。转而文化成为一种更为靠近文学本身的资源。20世纪80年代，西方的资产阶级小说已经难以花样翻新，尽管后现代的文学也是以反抗资产阶级艺术自律为任务，但仅仅依靠语言的反抗远远不够，也难以有持续的力量。文学还是要回到历史的可还原的情境中，才可能找到更有力的支撑。故而80年代的拉美文学受到了追捧，那种文化已经是在"前现代"的异域神奇上面做足功夫了。以至于魔幻色彩可以点铁成金，令西方资产阶级文学望尘莫及。

实际上，拉美魔幻现实主义的作品，不管是鲁尔夫、马尔克斯、略萨，还是博尔赫斯、萨朗等人，他们都深受欧美现代主义的影响，在文学观念和小说方法方面，他们都属于西方的现代主义的体系。只是南美的生活和文化传统，尤其是神秘的玛雅文化为他们的作品注入了"前现代"的神奇灵性。中国西部的作品却是以更加朴素的生活原生态的形式仿佛回到现代之前的原始荒蛮状态，我们或许可以认为其艺术表现方法比较粗拙，但那种生活的质地却挣脱了现代性惯常的历史理性以及观念性，当代中国文学更为本真地回到生活和生命本身。雪漠作为一个西部作家，并不是直接把日常经验临摹进作品，而是站在西部的大地上，激活了西部的文化底蕴、历史传承，甚至是那些传统和神灵，以及那种来自大地的气息。雪漠的西部书写几乎是遵循着生活本身的逻辑回到"前现代"，反倒是以最为真切的方式打开了这一片异域天地，当代中国文学在正视生活和生命本身的时刻，也获得了它坚韧存在的理由，并因此成为世界文学的"另一部分"。

三、神灵经验的发掘：文本的开放与自由

雪漠在西域生活的荒蛮状态中找到他的文学表达，而随着宗教经验的积累和领悟，他对生命存在之不可洞悉的深度有了更敏锐的体验，并且寻求文化形式表现出来。2011年，雪漠出版《西夏咒》，这部作品就显示出雪漠相当大胆的探索，他所表现出来的反常规的方法，与其说是在呼应先锋小说当年的形式实验，不如说是他自己对西部异域历史的探究所至，也是他浸淫"大手印"法门的文学感悟，因而，他有胆略和能力把历史、文化、自然、生命与神灵混为一体来建立他的文学世界。这看上去是在冒险重构"怪力乱神"路数，但也是对汉语文学的强行探索。

雪漠此前的几部小说的主题以悲苦为基调；追求持续性的故事发展的张力结构；情节设置追求完整性；粗粝和硬实则是其美学上的显著特点。但《西夏咒》却是要开辟出另一条路数，小说叙述显得相当自由，甚至十分灵活多变。尽管说小说有不少的细节、段落和句子还值得推敲，有些写法似乎还欠妥当，打磨得还很不够。但这部小说却是一个全新的东西。其新不是因为假托发现古代遗本，也不仅仅是因为随意变换的叙述角度和人称，最为重要的，是其内在推动机制。它的内里有一种无法驯服的灵异冲动在暗地使劲，表现在文本叙述上，就是如同神灵附体，使得小说叙述可以如此沉浸于那种情境，如此无所顾忌切近存在的极限。灵异冲动使得西部长篇小说对文化关切发生质的改变，贴近

历史、大地和文化，现在变成贴紧事相本身，使事相本身具有灵性。写作就变成神灵附体，叙述就是被神灵附体，仿佛就是神灵在写。由此才生发出小说文本的自由多变的结构和无拘无束的修辞性表述。当年最早由孙甘露在《我是少年酒坛子》和《信使之函》尝试过，后来又由刘震云的《故乡面和花朵》以及《一腔废话》更极端地实验过的修辞性表述策略，在先锋派那里是语言的修辞机能引发的延异游戏，在雪漠这里却是一种本体论式的灵知写作，其背后有个不得不说，不得不如此说的叙述人。雪漠有他开掘的灵知资源，有他几十年的灵修做底，进入这个领域他仿佛摆脱了现世的羁绊：

> 因为抛弃了熟悉的笔法，他再也写不出一篇文章；因为有了新的文学观，他不再有满意的素材。他再也没写出一篇像样的东西；为了摆脱扰心的烦恼，雪漠开始每日禅修，并按苦行僧的标准来要求自己。因饭后影响大脑的正常思维，雪漠过午不食，并坚决地戒了与他相依为命的莫合烟，怕的是作家没当成，先叫烟熏死了。
>
> 坐禅之余，他形疲神凝，恍惚终日，昼里梦里，都在练笔。
>
> 终于有一天，雪漠豁然大悟。眼前和心头一片光明。他说他从此"放下"了文学，不再被文学所累，不再有"成功"的执着。奇怪的是，这时反倒文如泉涌了。他明白，能重写《大漠祭》了。[1]

---

① 参见《人物：走近"苦行僧"雪漠》，《兰州晨报》，2005年1月29日。

据说在1993年雪漠三十岁生日那天，他剃光了头发和胡须，躲到了一个偏僻的地方，几乎与世隔绝了四年。他的创作从此进入宁静和超然，笔下的"人物"自然成形，文字从笔下自然"流"出，似有神助。这些说法，可见诸报端，也有笔者多次与雪漠交谈所印证，雪漠笃信他的写作是突然开悟。

《大漠祭》还是以现实主义方法做底，也以大量西部现实生活作为素材，只是雪漠的叙述进入自由的状态，《白虎关》显然也还是由叙述人控制整体的叙述；但《西夏咒》的叙述却几乎进入迷狂状态，被一股自发的力量任性地推动。这部作品可能会让大多数读者摸不着头脑，但只要读进去，这部作品无疑是具有过硬的内涵品质的作品。如此多的历史文化、宗教信仰、生与死的困苦、坚韧与虚无，时间相对永恒等，这部名为小说的作品居然涉及这么多的观念，这显然是当代小说的一部奇书，可能小说这样的概念都要随之变化，至少对我们当今小说的美学范式提出了严峻挑战。中国当代小说的先锋派探索在20世纪90年代已经转换，或者沉寂，或者隐蔽而为更为内在的经验表现。在小说形式方面做激进探索的文本越来越少，而能做到令人信服的文本实验则更少。因为，今天的形式变化可能是更为复杂的探索，需要更加充分的知识准备和极其独特的经验发掘。也正因为此，在西北凉州的雪漠，以他独有的灵知感悟，以如此任意而又自然的方式，开辟出小说的自由形式，提示了汉语小说拓展别样路径，才显得更加难能可贵。

这本书从"本书的缘起"写起，这是对书本身、也是对写作本身的重新思考。这本书居然有缘起，这本书的写作居然需要交代缘起，它的合法性在哪里？它并不是天然地、自明式地成为书或小说的。它的起点或起缘在哪里？它开篇就有几句类似诗的句子："庄严的你乘象而来/堕入子宫/世界顿时寒战出一点亮晕/喷嚏婆娑了几千年"。这显然是对佛教的时间与空间的重新表述。这部书或小说的写作，就是要探索时空观，寻求独特的叙述视点和新的叙事法则。

这部名为《西夏咒》的小说——我们姑且称之为小说，显然，采用了多文本的叙事策略，它由几个意外发现的古代遗稿拼贴而成。它自称来自几个汉子修筑洞窟时在土堆里发现的总名为《西夏咒》的书稿，这些用西夏文和汉文写成的书稿有八部，小说的叙事就是不断糅合这八部遗作而展开。小说借用原遗稿的《梦魇》《阿甲吃语》《遗事历鉴》等几部展开叙事，文本的展开显得相当灵活自由。文中一直是在与人谈论或介绍这几本书，就是说，叙事是一种转述，也以转述的方式借用了所谓"遗稿"的风格。这样，小说就自然地进入了风格怪异的叙述，飘忽不定的、迷醉般的、魔幻的叙述，各个文本之间的转承，也如同碎片的拼贴，由此自然地切入那些极端经验。

小说令人惊惧之处在于，古西夏的生存事相被展示得如此真切而又惨痛。尽管说小说有大量的魔幻描写，有大量的超现实的叙事，但大多数的片段，那些痛楚的经验写得极其逼真，写得白森森的。在真实与虚幻之间，如同西部荒原上冬日的阳光照在泥土上的那种苍白，真实而又无力，虚幻而又着实。在那种历史中，战争杀戮，人杀人；饥饿，人吃人；仇恨报复，人害人；淫欲，人污辱人……《西夏咒》对西夏历史中的罪恶进行了彻底的控诉，那都是人犯下的罪恶。确实，小说也有意无意夹杂着对当代历史的隐喻，某些情景有意与当代历史重合。有什么可以去除和超度这些人的罪恶呢？信仰，唯有信仰。雪漠在书写的是二个根本的主题，其一是汝勿杀人！其二是信仰。所有人对人的迫害，极限就是杀人，战争以某种正义之名，进行大规模的屠杀；而日常生活则是以各种同样冠冕堂皇之名，进行人与人之间的迫害。

《西夏咒》确实是一部奇特之书，它要写出一个受尽磨难的西夏，那里容纳了那么多的对善良的渴望，对平安的祈求，但却是被罪恶、丑陋、阴险、凶残所覆盖。历史如同碎片涌溢出来，那个叙述人，或者阿甲，或者雪漠，只有如幽灵一般去俯视那样的大地，去追踪那些无尽的亡灵，去审视掂量那些大悲大恸之事相。他如何写作？只有附体的写作——他如神灵般附体于他书写的历史、故事与事相上；他也是被附体地写作着——如同某个魂灵附着在他的身上，那是阿甲、琼或是一直未现身、未给出名份的哪个魂灵附着在他的身体上。如此附体的写作才有灵知通感，才有他在时空中的穿越，才有文本如此随心所欲的穿插拼贴，才有文本的自由变异与表演。

在第十七章《梦魇》之《怙主》有一节这样写道：

看得出，写这部分内容时，琼已没了梦与非梦的界限，时不时地，他就恍惚了。那情形，跟写高老头时的巴尔扎克很是相似，但也仅仅是相似而已。因为阿甲始终认为，琼进入的，其实是另一个时空。见我不理解，阿甲解释道，你知道记忆吗？短的记忆叫记忆，长的记忆——当那"长"度超过了肉体极限时，它就有了另一个名字：宿命通。[1]

初读这样的叙述，可能觉得有些凌乱，飘忽不定，东拉西扯，让人摸不着头脑。如果细读这部作品，可以体会得到雪漠用心良苦。他做的就是穿越，这就如现在的网络小说中大量存在的穿越叙述一样，没有穿越，就没有网络小说的大批量似码字般的写作。但雪漠的写作显然不同，他其实非常注重叙述的语言和时空的处理，也注意叙述中的反讽修辞。确实，如梦呓一般的叙述，完全打乱现实逻辑，随意穿越现实时空的区隔。雪漠这里说的"宿命通"，来自佛教语，其意为梵文的意译，谓佛、菩萨、阿罗汉等通过修持禅定所得到的神秘法力，亦即能知众生的过去宿业，知道现时或未来受报的来由[2]。雪漠在小说里多次以"宿命通"做说辞，他说的"宿命通"有所转义，亦即看到某个生命的前生来世，看到其不可逃避的劫数，以及对报业的敬畏。用现在的话来说，就是洞悉了全部命运的结局，就是一切均在命运的算计中。能看透命运的，也只有幽灵了。叙述人本身就是附着在命运算计程序中的魂灵，就是能算计命运的鬼怪的附体。雪漠有意把他的叙述神灵化，他如此热爱这种命运，他就附在这种命运

① 参见雪漠：《西夏咒》，中国大百科全书出版社，2017年版。

② 如《楞严经》所述，在世间上各种的力量之中，最大的力量并不是神通，而是行为的力量，也就是业的力量。即使神通再大也救不了有业障的人。自己所造的业，一定要自己去受报，丝毫也逃避不了。目犍连不信佛陀的话，以神通飞入被军队围得水泄不通的城内，挑选了五百位优秀的释迦种族，把他们一一盛放在钵内，飞出了城墙，满心欢喜地来到了佛陀的面前说："佛陀！我已救出了一部分的释迦种族。"说完打开钵一看，大惊失色，原来五百位释迦种族变成了一滩血水。这就是说，神通敌不过业力，目犍连的业报注定要被外道打死，大家不要怀疑神通的无用，而应该用心于三业的净化工夫。

中，于是进入"宿命通"。

小说写了众多的人物，但叙述却很集中，主要是以琼、雪羽儿、谝子三人为中心展开叙事，再关联到雪羽儿她妈、吴和尚、舅舅、瘸拐大、宽三、驴二等人来结构故事。琼是修行者，琼与雪羽儿构成恋爱关系，而老谝又是琼的父亲，它是一个类似村长的族长，并且是一个乡间恶霸。琼的沉思默想与渴望修成成就，与谝子、瘸拐大、宽三等人的恶劣构成一种参照。琼与阿甲分别是不同的视点，琼作为一个人物，有时也引用阿甲的视点，他们也构成一种对话。在这里，直击人性的恶劣是其写作的要点，如谝子主持的抓住雪羽儿妈骑木驴、煮食，手剥人皮做法器等。小说写人物并不考虑人物性格的完整性，而是就那些残忍经验为出发点，人物随时介入这些经验，故事也无须完整性，只是直接切入那些残忍事相。

小说讲述的故事，确实相当极端，超出了常规小说中的残忍经验。或许作者要抵达的是当代小说描写人性的极限。因为要抵达这样的极限，小说的写作也因此而获得自由，或许虚构的自由因为完全摆脱了现实逻辑而自行其是。小说写饥饿却不按常规小说那样去写饥饿感之类，而是直接就写到了饿极了就人吃人。历史上有各种传闻，饥饿年代就是人吃人，战争年代有些凶残的将军甚至以人肉当军粮。雪漠这部小说的叙事既然托为洞窟里捡到的古籍，他也就可以无所顾忌地去写作那些极端经验。小说中有一片段写到雪羽儿送狼肉到舅舅家，舅母非但没有感激，反而想乘着月夜与舅舅和几个孩子一起，将雪羽儿勒死再煮吃了。这等残忍而颠覆亲情伦理的场面，雪漠却写得异常平静流畅，甚至有些优美。这是20世纪80年代后期以来的先锋派惯用的手法，他们总是用优美的笔法抒写残忍的场景。但到了90年代时写实风格占据主导地位，这类笔法已经不常用了。在雪漠这里，再次用优美从容的笔调来写作那些残酷事件，显然比当年的先锋小说有过之而无不及。在写到批斗雪羽儿妈和抓她骑木驴那些段落时也是如此，如此残忍的事件，雪漠写来却还是娓娓从容，如此的笔法却使这种残忍行为目不忍睹，只有等待天诛！

小说中插入不少的笔记，对那些战争杀人进行直接的痛斥，这些文字倒是十分直白激愤。作者在这里要表达的主题就是反对一切对生命进行践踏的战争行径，显然，雪漠要对杀人暴力进行彻底的颠覆。在他的观念中，生命为生存的第一义，任何人没有任何理由剥夺他人的生命，没有任何的正义高到可以剥夺一个人的生命。雪漠的这一观念，与当今西方的反战宣言和反对死刑的后现代运动如出一辙。雪漠更有可能是从佛教接受的思想，不杀生，是很多宗教的第一戒律，佛教、犹太教、伊斯兰教，都是如此。但宗教的教义如此，并不等于在现实化的实践中会真正遵行宗教教义。历史上只有佛教在不杀生这一点上做得最好，因为佛教从古至今介入世俗权力的概率最小。在雪漠看来，并没有什么正义战争，也没有什么不正义的战争，战争施暴方都声称自己是正义的，都是为着捍卫民族国家的利益，但在战争中被杀戮的就是老百姓。雪漠在小说中对战争与生命做了颇多议论，也引用了不少材料，这些说法及材料无疑尚有争议，但雪漠试图以文学笔法来强调生命的第一义价值。他有意插入的这些笔记，可以视作是雪漠写作的思想背景，是对西夏这个地界出现的践踏生命的事件、人类自相残害的行径的直接批判。

对生命与死亡的思考，导向对人丧失尊严的痛惜与对权力和暴力滥用的控诉，使得这部作品的主题显出了坚硬和深刻，也正因为此，雪漠不惜把他所有的描写和叙述推向生命的极限状态。雪漠基于对生命的尊重，对杀生和污辱生命的诅咒，以"宿命通"的报业作为他叙述的精神依据：一方面，那些恶障一定要现身，一定要以行为力量显现出来；另一方面，作恶多端必会遭报应。这一切都是在雪漠体验到的灵知通感里展开并完成的，包含着他对恶的历史的严厉拒绝。

四、宿命通的感悟：重构西部的大历史

如果要说对生命极限经验的触碰，2014年雪漠出版的《野狐岭》又是一次极端体验。神鬼、死者、幽灵，这些在西部的灵知通感体系里，全部登场。阅读雪漠的作品，每一次都会对我们既有的文学理论产生巨大的冲击。雪漠的作品直接挑战过往的经典的文学观念，他迫使我们再次思考：过去我们所理解的文学是全面的吗？是完整的吗？是封闭的吗？雪漠作品让我觉得，文学始终是一个未完成时，是一个进行状态，甚至始终是一个开始状态。难道雪漠不也是在打开中国文学的当代面向吗？如此独特的面向难道不具有当代性吗？他无疑也是对文学身处境遇的一种反应，或可视为超越这种境遇的极端行为。

雪漠的风格一直在变，自《西夏咒》后，他的灵知特征愈发明显，也更明确，他提出"宿命通"这种概念，这就是对灵知的西部解释。知道他能在"宿命通"里找到他小说叙述的特殊路

径，能开启一个来去自由的世界。他的写作一直渴求自由的状态，"宿命通"助力他获得了自由的时间空间。现在，他的每一次写作都是对过去的决断，都是转身离去，都是去到一个未知的冒险的区域。尽管说变化或突破自己是成熟作家必然要面对的难题，其他作家也在变化，但他们变化的线索非常清楚，而且可以从自身的完整性中去解释它，包括贾平凹、阎连科，甚至也包括莫言，但雪漠不是这样，他是一个非常奇特的作家。从《大漠祭》《猎原》到《白虎关》，再到《西夏咒》和2014年的《野狐岭》就不只是表现手法上的变化，而是某种内在的作用于文学的思维方法上的变化，这一点令人惊异。

该怎么理解雪漠呢？用我们现有的东西去规范他、归纳他，会显得捉襟见肘，或许这样的表述可以接近雪漠：他在以西部独有的灵知思维重构一个西部神话。

触动雪漠写下《野狐岭》这部长篇小说的缘由在于他少时就听驼把式讲的关于二支驼队的故事。那二支驼队一支是蒙驼，一支是汉驼，各有二百多峰驼。在千里驼道上，他们有一种想改天换日的壮志，做金银茶叶生意，去俄罗斯，换军火，梦想推翻清家朝廷，结果这二支驼队竟然在野狐岭烟雾一样消失了。雪漠说，小时候的脑海里老是出现野狐岭的骆驼客。但怎么样接近这样的地方，这样的历史？雪漠说，他的上师（一位相貌高古的老喇嘛）神秘地望着他说："你不用去的，你只要修成了宿命通，你就会明白那真相。"直至有一天，作者就上路了……小说叙述就是以一个现代采访者的进入作为导引，去接触那死去魂灵，让他们说出历史，说出自己的命运。他现在要探究的是西部久远荒芜的历史，究竟留下多少回声，究竟会有怎样的回声留下。

让死魂灵说话在当代小说中并非雪漠首创，20世纪80年代方方就有中篇小说《风景》，让一个埋在火车铁道旁的小孩的死魂灵叙说家里的往事。后来有莫言的《生死疲劳》，是死去的西门闹变成驴马牛猪在叙述（小说到了后面又似乎是大头蓝千岁在叙述）。在国外的小说中这种写法更为多见，帕慕克的《我的名字叫红》开篇就是正在死去的"红"在叙述。雪漠这回则走得更远，他要唤醒的是一群死去的魂灵，让众多的死魂灵都说话，都说出他们活着时候的故事，他企图复活那段所谓真切的历史。前面提到的小说，最终都有可辨析的现实逻辑，最终都要完成一个生活世界的真相，这个真相是可理解的，是合乎现代理性秩序的。但雪漠仿佛是为了魂灵重现，他们说的既是曾经存在的历史，又始终与死去的世界相通相成。雪漠并不想复活一种历史秩序，也不想要完成历史真相的确认，他只是让死去的魂灵将历史呈现，并且还是以那种已死/向死的方式呈现。确实，这或许真的是修成了"宿命通"的人的叙述？

当代小说的叙事规则逃不脱西方现代性的工具理性约定的逻辑关系，其基本规则就是在理性主义的基础上建构一个完整的故事，这个故事有核心，人物有完整性。而且，在这样的一个秩序中，天地人神的分界很清楚，各自的规定性也是很清晰的。尽管海德格尔说柯尔德林的诗包含了天地人神四重世界，即使在已经接近疯癫的柯尔德林的诗里也是清晰分明。很显然，雪漠的小说并非按照宗教（佛教？）的条律来设计，他的灵知感悟非常个人化，也非常随性，过去那种由理性主义建构的完整世界，在他那里出现了分裂。《西夏咒》是一次挑战，雪漠还是用多文本策略和相当强硬的文本介入来制造小说灵异的效果；而《野狐岭》则是试图让死魂灵来讲述，还原当时的生活场景，它让死魂灵从历史深处走出来，穿过时间的迷雾，直接呈现出一个个场景。灵知和灵异在这里显现为文本内隐的灵性。

在传统的神话作品当中，天地人神是密不可分、浑然一体的，这种思维我们过去认为是幼稚的，是人类孩童时代的思维。只有进入成人理性思维的境界，我们才算是长大了，我们能把世界进行理性的区分，分门别类，对与错，正与反，是与非，黑与白……后现代思维有诸多的思考世界的方式，宿命通的方式无疑是其开辟的一个重要维度。后现代思维的建构，在某方面有如重建一个神话时代，这是回到原初时代的又一次开始。当然，这个开始肯定跟以前并不一样。最初的神话是一种口传文明的神话，所以最初的神话世界是在口传文明的体系中建立的。到了书写文明，书写文明建构到极致，就形成了完整的理性世界，但书写文明和口传文明有时是有所重叠的。然后，我们今天在网络与视听的世界里，灵知经验与神话思维变得异常活跃。这会让人们疑心，人类是否是要重新进入神话时代。

显然，电影与网络文学在这方面已经走得很远了，1999年由安迪·沃卓斯基兄弟编导的《黑客帝国》就露出端倪，随后2009年由詹姆斯·卡梅隆执导的《阿凡达》则把人类的今生来世展现出来，把地球和宇宙的内在关系表现得触目惊心。我们至少要认识到人类和地球只是宇宙的一部分，生命存在的空间无限大，而时间如此有限，如此难以克服。2010年，克里斯托弗·诺兰执导

《盗梦空间》，深入人类的意识深处，把梦境现实化，无疑也是我们生存的实在世界陷入根本的虚幻之中。电影讲述的虽然是拯救地球危机，如何克服时间则是人类生命存在的最大难题。生死仿佛一墙之隔，甚至在虚拟时空里，已经无法分清实在与虚拟。事实上，中国大陆的网络小说异常发达，这些时空的超越性难题对于网络小说轻而易举可以解决，毋宁说网络小说就是专注于克服时空限制使得小说表现获得了巨大的动能。网络上大量的穿越小说，本身就在建构一个神话时代。当然，雪漠《野狐岭》里的"穿越"与网络小说的穿越并不是一回事，但它们都属于这个时代借助灵知对神话的一种重构，雪漠借助的是"灵知通感"这种认知世界及事相的方法。

科幻电影是重塑神话思维最强大的推手。大量的科幻与星际想象，在电影中越来越成为最有活力和生长力的艺术思维。如此来看雪漠的穿越就不足为奇，他着眼的还是对人类历史的穿越，试图打破历史界限，消除生死界限。人类最难超越的无疑就是生死。佛教对此已经做出了解释，比如轮回和因缘。佛缘经常让人们的现世友爱超越了世俗的和在世的有限性，消解一切现世的恩怨和功利。就是说，在佛教的视野中，生死界是可以超越的，生命具有无限性。所以雪漠的神话思维，在很大程度上，受佛教的影响，当然，他的灵知（宿命通）还有他个人的独到的一些因素。

野狐岭的故事萦绕雪漠多年，他说在他童年的幻想里就会经常看到百年前的黄昏里出走的两支强大的驼队。他仿佛看到那两支起场的驼队阵势很大，"驼铃声惊天动地"，驼铃声甚至"响彻了当时的凉州"。雪漠说，在他童年的幻想里，这是最令他激动的场面。

　　小说省略了铺叙和过渡，直接就进入了招魂的叙述，招来两百年前的驼队那些幽魂讲述各自的经历。他点上了一支黄蜡烛，"开始诵一种古老的咒语"。他最先招来的是一个杀手，小说就这样开始了讲述。随后登场的是一个个幽魂的讲述者：齐飞卿、陆富基、马在波、巴尔特、豁子，还有汉驼王黄煞神代表骆驼们发言，以及木鱼妹说。这众多的人物乃至于动物以不同的角度和不同方式来讲述汉蒙两只驼队的经历和遭遇。这部作品的构思和叙述雪漠是下了功夫的，而且打开了一个自由自如的叙述空间。这不只是超生死的问题，他以死者讲述来重现当时场景，而当时的叙述则以真切和实感给人印象深刻。因为，死魂灵只是一个假定，"宿命通"则是使之合法的一个依据（或口实），死魂灵的讲述则是使第一人称的讲述更具有亲历性，逼真的身临其境，显示出雪漠叙述的写实功力。因为"宿命通"的前提化和内在化，并不直接构成小说叙述的技术装置，故而小说具体叙事反倒显出了原生朴素的真实性。有论者认为《野狐岭》贯穿了"寻找"这一主题，小说以"寻找"历史为切入点，从总体上是我寻找童年记忆中的传说，以求证传说的真实性；故事内里则是驼队在野狐岭的离奇遭遇这一故事的具体展开。"两条线索在两个不同的时空独立发展，却在特殊的时空以特殊的方式相遇，在碰撞和互动中构建了一个富于寓言化和象征化的'野狐岭'世界。"①此说当是把握住小说的要领。

---

　　① 参见刘雪娥：《论〈野狐岭〉"寻找"主题的意蕴表达》，载《甘肃广播电视大学学报》，2015年第2期，第25页。

雷达先生对《野狐岭》有高度评价，他认为雪漠一度"向宗教文化偏移，离原来意义上的文学有些远了，从这本《野狐岭》走出来了一个崭新的雪漠。不是一般的重归大漠，重归西部，而是从形式到灵魂都有内在超越的回归"。雷达先生赞赏雪漠在这部作品中讲故事的能力："他把侦破、悬疑、推理的元素植入文本，他让活人与鬼魂穿插其间，他把两个驼队的神秘失踪讲得云谲波诡，风生水起。人们会明显地感到，雪漠变得较前更加丰沛了，不再只是讲苦难与超度的故事，而将阴阳两界、南北两界、正邪两界纳入视野，把诸多地域文化元素和历史传说揉为一体，把凉州贤孝与岭南木鱼歌并置一起，话语风格上亦庄亦谐，有张有弛，遂使文本有一种张力。人们还会发现，其实雪漠并未走远，他一刻也没有放弃他一贯对存在、对生死、对灵魂的追问，没有放弃对生命价值和意义的深刻思考，只是，人生的哲理和宗教的智慧都融化在形象中了，它超越了写实，走向了寓言化和象征化。我要说，人人心中都有一座野狐岭。"[①]雷达先生的评价准确而深刻，小说的具体叙事确实更贴近现实主义手法，又回到了雪漠早年的生命原生态的书写中，只是更加精准自如了。不过，需要看到的是，《野狐岭》后面还是有宗教生死观念，有生命之轮回无常的虚无世界观，小说对生命的把握独有一种态度，生命曾经如此饱含着渴望，涌动不止的冲动，不管是男人还是女人，不管是人还是骆驼，历尽千辛万苦，但终归都要化为尘埃虚无，终究也不见踪影而成为幽灵才有永远。确实，雪漠对生命价值

---

① 雷达：《雪漠〈野狐岭〉》，载《深圳晚报》，2014年8月10日，第A14版。

的思考是深刻而令人震惊的，这也是这部作品非同凡响之处。

小说叙述的独到之处在于，故事是在悬疑、神奇、探秘、险峻、恐怖的背景上展开叙述的，但故事呈现出来的却是相当真切的现实生活。小说开篇以"宿命通"名义招来死魂灵开始叙述，第一人称的效果显现了重新现实化的在场特征。每个人讲述自己的故事，讲述自己的所见所闻，相当真实地还原当时当地的生活场景和人物心理。这使小说叙事具有了形而上的"宿命论"的背景，又不失生活的现实性和本真性。"宿命通"的假定作为叙述的前提，反倒让雪漠又彻底地回到了生活的原生态，显示出雪漠笔下生活和生命活动特有的粗粝硬实的质感。显然，《野狐岭》几乎是颠倒了《西夏咒》的叙述，在《西夏咒》中，雪漠在小说的整体构思上还是追求故事的完事性，小说内里有一条整体的线索，《野狐岭》在整体上打消整体性，它要把故事化整为零，它让所有的死魂灵出来说话："我是一个死者，我有什么不能说呢！"《西夏咒》是生者对死者说，《野狐岭》是死者对生者说，后者在叙述方面显得更为自由彻底。

这些死魂灵的叙述不只是重现了当时的生活情状，它表现了西域那种生活的传奇性，因此如此原始蛮荒，生命在如此粗陋困苦乃至险恶的境遇里坚韧地存活，愈发显示出生命之坚忍顽强。当然，小说的叙述也是有着浓浓的西北生活情调，日常习俗、人情世态、男欢女爱也写得栩栩如生，引人入胜。小说开篇不久，飞卿的叙述就显得极其精彩：

　　拉姆进了驼场。她长个银盘大脸，很壮实，也很性感，周身洋溢着一种叫人蠢蠢欲动的味道。我的直感中，这女人跟别的女人不一样。她定然有种特殊的经历。

拉姆笑了。她虽然一脸正经，但骨子里却透出一股荡味来。她瞟我一眼，笑道："你瞅啥？我又没人家骚，谅你也看不上。"陆基富接口道："你才说错了。人家的骚是面里的，你的骚是骨子里的。"这话对，我不由得笑了。

"就算是。"那女人笑道，"可你进不了骨头，就发现不了骚。"[1]

这里可以见出，雪漠的写实功力相当了得，寥寥数笔，就写出西北女子的形神体貌，心性性格。那种原始生命热力，给人印象极为鲜明。小说笔力雄健却多有细腻圆润之处，西域的大漠风情还保持着那种古朴传奇，却包含着生命自然的那种质地本色。在小说中表现得极为充沛、结实而真实。也因为此，《野狐岭》由一个个小故事构成，像是人物自己诉说，自己立传。

这部小说写的是两个驼队，却写了一群驼把式，人物塑造相当有力度。小说主要人物飞卿，这是作者儿时就记取的人物，也是本着为英雄作传的心愿而写作此书，飞卿的故事据说有历史传说作为依据，雪漠提到，在《武威市志》的记载中，"飞卿起义"是辛亥革命背景下发生的一场农民暴动事件。雪漠一方面想重塑英雄传奇，另一方面却也对农民暴力的历史进行批判。作为一个坚定反暴力的作家，雪漠对飞卿的故事显然包含了双重态

---

① 参见雪漠：《野狐岭》，人民文学出版社，2014年版，第37页。

度。作者显然对飞卿带着偏爱，把他作为一个西北汉子来写，要写出他的活生生的精气神，他的英雄意志、他的心理性格、他的坚韧和凶狠、他的善与爱。但飞卿这个人物被他写得极为神奇也传神。雪漠写飞卿的笔法有点独特，他并不过多让别人叙述他，而是经常让他说，让他在行动，让他看到人和事相，让他表现出对人的方式和态度。直面可能是沙眉虎的那个人，也是飞卿的一个行为。飞卿的眼看到另一个人物是隐藏的土匪首领沙眉虎，神龙不见首尾，若隐若现，这个并不直接出场的人物，写得无时不在，无处不在。小说里写到飞卿到荒漠里找沙眉虎："我跟那人进了房子。果然，有一股浓浓的羊粪味。有一个清瘦汉子，模样有点像女人。他穿个羊毛坎肩，坐在坑上，正用刀削羊肉，见我进来，也不动屁股，只扔过一把刀，说：'来，吃肉'。"这个人可能是沙眉虎，沙眉虎也可能是个女人。这些不确定性，有意制造的障眼法，给小说提供了很多变幻不定的层面和维度，富有趣味和意味。人物的动作、神态和语言都写得干净利落，极为传神。《野狐岭》标志着雪漠小说艺术所达到的一个可贵的境地，他的现实主义笔法更加精湛，而构思故事也更为自由自如，以人物讲述来建立结构也不失为一种史传体例。人鬼神灵混为一体的小说世界，大气磅礴而又玄奥通透，所有这些，都可看出《野狐岭》显现出雪漠在艺术上的成熟大气并抵达自由境界。

这部小说对骆驼的描写可能是无人可及，可以看出雪漠对骆驼的生活习性非常了解，他显然是下了很足的功夫。雪漠笔下的骆驼活灵活现，它们通人性，它们有喜怒哀乐，有爱欲脾性，小说写的二只头驼黄煞神、褐狮子，写得如同英雄般神武，另外像俏寡妇、长脖驼等，既能写出骆驼的动物特性，又赋予它们以人性。动物是其所是，我们人如何理解它们，文学作品如何表现它们，确实也是有不同的方法，总之是把动物写得可以理解，更贴近人性，也是人类理解动物不可避免的基本方式。雪漠历来关注动物，他的小说多处写到动物，而且都写得非常充分细致。关注动物在雪漠那里或许是受佛教的影响，而在当代文化思潮的背景上，则可以称之为典型的后现代主题。比如德里达就有一篇文章《我所是的动物》，这是开启了后现代"发现动物"的论域。在理性主义时代，我们人是中心，现代哲学一切都要回到康德，就是人是主体，人是出发点，人的主体性被抬到最高。因为人是有理性的，能自我启蒙的，因而"回到理性"决定了整个现代哲学的走向。从某种意义上说，康德提升了现代美学也压制了现代美学。从美学的意义上来看，尼采是反康德的，尽管所有论述尼采的人都不愿把尼采放在康德的对立点上，但尼采的酒神狄奥尼索斯精神本身，就是要打破康德的审美理性基础。在康德的三大批判中，《判断力批判》是最高的批判，但这个批判对审美价值的最高评价是崇高判断，崇高就有理性的成分，所以康德最后又把对美学的判断拉回了理性的基础上。这使1750年鲍姆加登建立现代美学概念以来，美学始终没有办法越出理性的樊篱。鲍姆加登的美学也是世俗中一种启蒙的形式，但这种形式在后现代时期同样遭遇了一种挑战，因为尼采开启了福柯、德里达、巴塔耶等人的那种走向，在这个过程中，我们会看到感性是如何完全抛离了理性，消解了理性的绝对权威①。在这个消解的过程中，人作为理性的最高主宰者的地位，也受到了影响。所以我们会看到，德里达的"发现动物"，对整个后现代哲学的影响甚大，就是说，"人理所当然在动物之上"这一观点在后现代已经被颠覆了，人和动物变得平等了，或者说人没有任何权利宰杀动物，也没有任何权利蔑视虐待动物。所以，德里达说的"我所是的动物"，人如何尊崇动物，就成了后现代伦理的一个基本规则。当然，在佛教世界中，人和动物也是平等的，是不分高下的。理解这些不同的表述，再看雪漠的作品，就会感受到，他的思想既有最古朴的道理，也有最后现代的特征。雪漠热爱动物，热爱骆驼，但子非驼，焉知驼之乐、之苦、之悲？除了拟人化还能如何呢？这是尽可能与动物平等、理解动物的最好方式了。雪漠对骆驼的描写，将来可能会成为绝笔。

雪漠这部作品当然有他大的构思，他要打破整一性。但他还是想有些东西贯穿始终，如寻找"木鱼令"，他对时空的考虑，他让叙述人如何在暗中接近的机关，让人物的相似性来制造叙述上的距离效果。这些都表明他想做叙述的探索，同时赋予小说结构以特殊功能。雪漠试图用"宿命通"去探究西部的大历史，让我们对西部的生命和世界、人和神性、动物与自然等，有了新的思考和感悟，他传导的这种人文情怀，包括人和自然、动物、神鬼甚至灵魂的相处，以及超越生命界限的一种可能性，都做出了非常可贵的探索。雪漠说：在那诸多沧桑的叙述中，他后来一直

---

① 相关论述可以参见［德］哈贝马斯：《现代性哲学话语》，曹卫东，译，译林出版社，2004年版。

牵挂的，是那个模糊的黄昏。"黄昏是扎眼的，仍是那个孤零零悬在大漠上空的白日，它显得很冷清。"他说，他分明看到，几个衣服褴褛的人，仍在晕圈里跌撞着。他们走出了那次掩埋了驼队的沙暴，但能不能走出自己的命呢？这是雪漠关心的，也是《野狐岭》留在中国文学的当代道路上的一个独异景象。

五、附体与"宿命通"：越界的境遇

雪漠以他西部生活的艰难困苦做底，以他对佛教世界的感悟为引导，以他自撰的"宿命通"为装置，他的小说跨进一个另类的世界。这个世界并非玄幻的乌托邦，而是就在这个世界，就和我们的生活相连，就和我们心灵相通。雪漠的写作一方面有极为平实的生活经验，另一方面却也多有玄奥神秘的各种说辞，相较于内地小说，雪漠的写作可谓是严重越界，他不是接受了来自西方的激进实验的怂恿，其实就是他自己的灵修的感悟，并且完全融合进他的文字。他对文字有虔敬之心，他想让它们通灵，他的义字或许就处在"宿命通"的境界。毋庸讳言，雪漠的小说多有反常的和极端的描写，他的《西夏咒》和《野狐岭》就随处可见。雪漠对肉体的伤痛、对心灵的破碎、对人类的绝境、对人鬼神的混淆、对命运的无常等，都形成了一整套的表述，既让人觉得不可思议，又令人震惊。

雪漠也是在神性关怀名下来写作，故而他的写作经常会有反常和越界冒犯。巴塔耶当年也带着强烈的宗教情绪来描写那些人性残忍和丑恶，他认为在那些极端的恶劣处才有神的意志抵达，才有对神的绝对性的祈求。巴塔耶去世后，他的多年好友雷利斯

（Michel Leiris）对他有这样一段描述：

> 在他变成不可思议的人之后，他沉迷于他从无法接受的现实当中所能发现的一切……他拓展了自己的视野……并且意识到，人只有在这种没有标准的状态下找到自己的标准，才会真正成人。只有当他达到这样的境界，在狄奥尼索斯的迷狂中让上下合一，消除整体与虚无之间的距离，他才成为一个不可思议的人。①

这一段描述被哈贝马斯用在他后来名重一时的著作《现代性的哲学话语》中作为论述巴塔耶的文字的开篇段落，看来，这段话对巴塔耶的把握相当精准。后来尊巴塔耶为师的福柯在论述巴塔耶跨界思想时说道：

> 今天，界限与僭越的游戏已经成为衡量一种源始思想的基石。而尼采从一开始就在他的作品中向我们展示了这样一种原始思想——这是一种把批判和本体论融为一体的思想，一种追究终极性和存在的思想。②

本文当然不是试图用巴塔耶来与雪漠做比较，一个是巴黎国家图书馆的著名馆员，一个是中国西部穷困偏僻角落的文学写作者，几乎没有多少可比性。但这样几个描述性的词汇则是可以有

---

① 参见［德］哈贝马斯：《现代性的哲学话语》，曹卫东译，译林出版社，2004年版，第247页。

② 同上，第249页。

参考意义的：写出这样的不可思议的作品，这样极端的作品，雪漠自然也变成了"不可思议的人"，在他的写作中，"他沉迷于他从无法接受的现实当中所能发现的一切"，我也不得不承认，他"拓展了自己的视野……"。雪漠如此这般的写作，也是在"没有标准的状态下找到自己的标准"，这"才会真正成人"。

在"界限与僭越的游戏"中，说雪漠与巴塔耶殊途同归并不过分。二者天差地别，一个已经经典化为世界级的大师，另一个不过是大器晚成的西北作者。但天地间事物并无高贵低贱之别，在事物与事实之间所能达成的那种相近，正是其存在的敞开状态，它不是封闭的、不可接近和不可抵达的，而是有着开放的面向，有着亲和的面向。雪漠也是在玩着界限与僭越的游戏，他要僭越那个界线，他是有些胆大妄为，他要在没有标准的状态下找到自己的标准——这谈何容易，这样的西北偏僻地区的写作者，如此卑微，如此不为人所称道，他只有僭越，越过界线，去抵达那个极限处，那个绝境。

雪漠或许在文学之外，在文学圈和文坛之外。数年前我读他的作品《白虎关》，就觉得他是在文坛之外，那样的作品很硬气，但有些生涩，有些愣。但《西夏咒》确实让我意外，惊奇于数年时间，雪漠这部小说不同寻常，如此大胆，他像是被什么神灵附体，否则，哪有这样的胆量，哪有这样的手笔，哪有这样的气度？神灵附体或许有些夸张，但他从宗教关怀那里获取直接的精神动力和信心，这倒是不用怀疑的。直至他的《野狐岭》面世，就可以看到越界之后的雪漠所获得的那种坦然和自由。

雪漠可以说是当代中国作家中极少数有宗教追求的作家，据说雪漠坚持几十年灵修，研究过世界上的多个宗教，其关注宗教有二十多年的历史①。他尤为致力于研究"大手印"，他写的《光明大手印：实修心髓》是一本颇有影响的书。尽管他表示他不会成为教徒，但他确实有相当执着而深厚的宗教情怀。

雪漠在《白虎关》的后记中曾经写道：

> 多年来，我一直进行在"朝圣"途中，而从不去管我经历过什么寺院。某年，我朝拜了五台山的几乎所有寺院，但我没有记下一个名字。只记得，数十天里，我宁静地走在那"朝"的途中。当然，我心中的朝圣，不是去看哪座建筑或是地理风貌，而纯属于对一种精神的向往和敬畏。我所有的朝圣仅无诚意机在净经自己的灵魂，使自己融入一团磅礴的大气而消融了小我。
>
> 更多的时候，我的朝圣都选择偏僻而冷落的所在。因为只有当自己拒绝了喧嚣而融入宁静时，你才可能接近值得你敬畏的精神。我曾许多次接近朝圣的目的地，却选择了远望静思，而后转身。因我朝的不是那几座建筑，或是那几尊佛像。不是。我在向往一种精神并净化自己，这也许是真正的朝圣。我心中的圣地，已不是哪个地域，而成为一种象征，一种命运不可亵渎或碰撞的所在。它仅仅是我的期待、遥望、向往的某种东西的载体。我生命中汹涌的激情就源自那里。②

---

① 有关雪漠研究宗教的自述，可参见他的《白虎关》后记，后来在《西夏咒》后记中他又再次引述了这段表白。参见雪漠：《西夏咒》，中国大百科全书出版社，2017年版。

② 参见雪漠：《白虎关》，中国大百科全书出版社，2017年版。

这段后记后来又在《西夏咒》的后记里抄录过，可见他自己对这种宗教态度是十分认真的。

雪漠关于宗教态度的表述，并非只是口头表述，他的作品文本中也大量写到宗教生活，在《西夏咒》中，关于雪羽儿和她妈妈的故事实际上是宗教故事，琼、阿甲和吴和尚代表宗教生活同样写得相当充分，以阿甲的角度叙述的《诅咒实录》则带有密宗与魔幻结合的意味。《西夏咒》在艺术表现手法上，就是把宗教，或者更准确地说，是把宗教传说、地域秘闻与拉美的魔幻结合的手法，故而它的艺术表现十分另类。这里面，宗教意识是它叙事的底蕴，也是它能走得很远，能够僭越的内在动力。

雪漠在宗教方面所投入的关注，并非只是一种专业爱好，而是来自他的生存现实，更具体地说，是他对死亡经验的感悟。雪漠在《狼祸》的"序"里写到他生在西部农村，那里的生活"是能感受死亡"，"用不着专注聆听，那哀乐声、发丧声、发丧的唢呐声、号哭声便会自个儿来找你；老见花圈孝衣在漠风中飘，老听到死亡的信息……"当然最让雪漠内心触动的是他弟弟的死亡："弟弟的死，很大程度上修正了我的人生观，并改善了我的生存质量。掩埋了弟弟不久，我的卧室里就多了个死人头骨，以充当警枕。它时时向我叫喊'死亡！死亡！'……"[①]个人直接经验在文学写作中可能具有不可替代的作用，不管我们如何强调文学的虚构能力和天分才华，直接经验给予的那种与生命融合一体的创作源泉，将是文学作品内在精神的底蕴。在这一意义上，

---

① 参见雪漠：《西夏咒·后记》，载《西夏咒》，中国大百科全书出版社，2017年版。

雪漠之所以能够沉浸于他书写的那种生命状态中，在于他的思维和想象也被宗教情绪所渗透，因而才有勇气越界，有那种神灵附体般的书写，才有对那种抵达极限状态的书写。雪漠的写作经验确实让人感悟甚多，汉语小说在今天还有雪漠这样的执着的作家，也让人非常感慨。他是一个有着灵修经验的作家，佛教讲究不执，当年他对文学是那么的执着，或许灵修之后，他会放下不少，但对于文学雪漠始终不渝，坚持执着。汉语文学今天要超越旧有秩序规范何其困难，要走出自己的当代道路又需要何等的执着，这是雪漠作为一个作家的境遇（想想谁能多年来在卧室放着死人头骨呢？），也折射出中国文学另辟蹊径的当代境遇。

确实，在当代中国小说中，宗教情绪是一种较少见的写作资源，这是中国文学与基督教文化中的西方文学显著区分所在。即使西方自现代以来，尼采宣告"上帝死了"，但宗教精神和情绪在文学中所起到的作用无疑是极其深刻而强大的。不用说托尔斯泰、陀思妥耶夫斯基这类古典作家，艾略特、卡夫卡、普鲁斯特、乔依斯、卡尔维诺、巴思……这些现代作家，宗教都以不同形式在他们的作品里起到内在思想精神支撑的作用。但中国没有以教堂、经卷、仪式崇拜为主导形式的宗教，在漫长的革命年月，宗教作为封建迷信被扫除干净，只有在20世纪90年代以后才有所复苏，这也只限于那些宗教——主要是佛教传统深厚的地区，如西部地区，宗教才与人们的日常生活发生密切联系。对于大多数中国作家来说，宗教成为写作资源可能是一项比较外在的，因而也是比较困难的形式。

这对于中国作家来说，是一项比较难以解决的问题。现代中国小说，依靠民族国家的启蒙意识，作为文学作品的思想内涵；20世纪80年代，历史反思和现实批判构成了思想动力；到了90年代直至21世纪初，文化与某些现代哲学成为文学的思想底蕴；但21世纪必然是一个哲学与思想终结的时期，文学作品内在性从何处获得思想底蕴，实在是一个普遍性的难题。后现代主义提供的解构方案固然可以作为一种方式，那也是依附在传统或现代思想上，将其解构而获取思想冲力的做法，如果没有高妙手法，也容易枯竭和厌倦。对于文学作品来说，固然每一种写作、每一次写作、每一个文本都可以从具体的叙事中提取思想，但一个时代需要大的思想基础，需要基本的思想资源。现在也有人经常拿托尔斯泰一类的作家的人文关怀来作为标准，托尔斯泰生长于俄罗斯，有他的文化背景和宗教信仰，中国作家要抵达那个时代的那种思想是行不通的。当然，可以从中汲取某些思想资源，但不可能照搬，中国作家还是要在自己的生存现实和个人的经验中获得精神动力。这就是21世纪的中国作家给定的命运，实际上也是包括西方文学在内当代所有文学的困难所在。

也正因为此，宗教情怀奇怪地在中国当代就还有新奇性，可以产生意外，可以开辟出个人独特的道路。甚至像阎连科这样的惯于强攻的作家，在2011年也写出一部难以出版的小说《四书》，这部作品显然是以中国的传统为背景，与西方基督教的《圣经》来对话，其宗教情怀不用说自然是极其浓厚。对于阎连科来说，写作这样的作品已经不是为了发表，甚至他明知不能发表也要花费强劲的笔墨去写作这样的作品。同样令人奇怪的是，中国作家一旦表达宗教的关切，他的写作就要走向极限，就要偕越。反过来说，他要越界，要抵达极限，就要借用宗教情绪，就要神灵附体。只有附体的写作，可以让他摆脱现有的羁绊，可以飞翔，可以穿越，可以逃离。

固然，不管是雪漠还是阎连科，都是二个在中国文坛算是走极端的作家，阎连科一向走极端，但阎连科确实是一个极端叙事的硬汉，在叙述方法和修辞表述上，阎连科可以做得相当精当。而雪漠凭着神灵附体让他的《西夏咒》走了极端，又以"宿命通"的感悟让《野狐岭》出生入死，显然，这种经验也不能普遍化。雪漠依托于灵修经验，不能说他的写作就找到他的道路，他的《西夏咒》显然还有不少问题，例如，关于"汝勿杀人"的绝对性问题；关于小说叙事的时空任意重叠问题；关于语句修辞的准确性，以及关于反讽的恰当性等问题。雪漠的小说还是有诸多值得斟酌和打磨的地方。他的《野狐岭》对农民暴动历史的重新审视，是否恰当？现实化的生活记忆与神鬼非现实化如何混合，也是值得再加推敲。但尽管如此，雪漠的《西夏咒》和《野狐岭》也无疑是不可多得的富有挑战性的作品，他的叙述方面的那种丰富多变，他把人物刻画得如此富有张力，处理时空重叠和修辞性的反讽（我说过这方面有些地方还不尽人意），都显示出这部小说不同寻常之处。这样的小说，出自西北某个偏僻角落的作家之手，既令人意外，又在情理之中。当代中国文学要开辟自己的道路，要以小说的方式意识到自己的历史境遇和当下命运，并非易事。雪漠以他对天地的虔诚，对生死的敬畏，以他靠近生命极限处的灵修体验，这才有神灵附体般的迷醉，才有酒神狄奥尼索斯式的迷狂。给当代小说呈现了他的独异的文本，与其说是一种敞开，不如说是一种关闭，因为这样的写作也仿佛是一种咒语，一种终结的咒语。只有咒语般的写作才能给出自己的内在生命经验——向死的经验。这样的写作当然也会走到尽头，这就是在道路尽头的写作，"宿命通"的意义在于：只有尽头的写作具有当代性，可以感悟当代写作的境遇。

2017年5月16日改定

丁帆主编《中国西部新文学史》中关于雪漠的论述

一

雪漠（1963—），原名陈开红，甘肃武威人，毕业于甘肃武威师范学校，做过多年中小学教师，现为甘肃省作协副主席。创作有中篇小说《长烟落日处》《母狼灰儿》《美丽》《豺狗子》《博物馆里的灵魂》、短篇小说《新疆爷》《马二》《马大》《磨坊》《黄昏》《丈夫》《大漠里的白狐子》等。2000年出版长篇小说《大漠祭》，随后创作的长篇小说《猎原》《白虎关》，延续和发展了《大漠祭》的叙事主调，三部长篇合称为"大漠三部曲"。2010年后创作的长篇小说"灵魂三部曲"（包括《西夏咒》《西夏的苍狼》《无死的金刚心》）及《野狐岭》，离开了"大漠三部曲"的创作轨道，追求叙事创新，注重灵魂描写和精神探险，具有先锋味道和神秘主义色彩。

雪漠创作于八九十年代的小说，写的都是甘肃武威本地的农村生活，带有作者自己及其家人的生活印记。在小说的叙事笔调上，雪漠这个时期的小说前后有些变化。最早发表的《长烟落日处》以对乡民愚昧、麻木的劣根性的批判为主调，但到了长篇小说《大漠祭》，雪漠放下启蒙的姿态，把全部的同情和深重的忧虑给予自己生长的土地及生活在那片土地上的父老乡亲。雪漠曾言："《大漠祭》没有中心事件，没有重大题材，没有伟大人物，没有崇高思想，只有一群艰辛生活着的农民。他们老实、愚蠢、狡猾、憨厚，可爱又可怜。我对他们有许多情绪，但唯独没有的就是恨。"①对西部乡民的"老实、愚蠢、狡猾、憨厚"等在启蒙话语中被视为劣根性的东西，雪漠不再"恨"或"怒"，而只有"哀"，其原因在于雪漠对问题的理解发生了变化。乡民的文化人格与生存现状，是在很无奈的语境中发生的，文化传统的承续与酷烈的自然环境的逼迫是这个语境中很重要的两个要素，但还有一个不可忽略的被有意遮蔽的要素，那就是内在于城乡对立格局之中的不平等关系。在这种严重不平等的城乡对立格局里，乡民"毫无策略的争"与"个性化情绪化的怒"是无用的，结局只能使他们更加可怜又可笑。正因为如此，作者基于人道主义和现代平等意识的"哀"比基于启蒙理性的"恨"和"怒"，在西部乡土现代性转化的历史进程中，更能够唤起人们对城乡关系的格外关注与重新认识。

雪漠曾申明，他的"创作意图就是想平平静静地告诉人们（包括现在活着的和将来出生的），在某个历史时期，有一群西部农民曾这样活着，曾这样很艰辛、很无奈、很坦然地活着。仅此而已"②。《大漠祭》的主角老顺一家充满无以逃脱的灾难：大儿子憨头患肝病的磨难与死亡、二儿子猛子与双福女人的偷情与被捉、三儿子灵官与嫂子莹儿的私情与自责、女儿兰兰与丈夫白福的矛盾与决裂……这些打击，一件接着一件地落到勤勉的老顺身上，他所能做的就是忍受着并且继续活下去。而西北腾格里沙漠边缘地带的农民并不比老顺好多少，他们为了生存而辛勤

---

① 参见雪漠：《大漠祭·序》，载《大漠祭》，中国大百科全书出版社，2017年版。
② 同上。

劳作，春种秋收、冬季捋鹰、猎兔捕狐、喧谎吵架、邻里纠纷、偷情聚赌、祭神发丧等凡俗琐事，就是他们整个的人生和生活的全部内容。在讲述西部农民如此"生之艰辛，爱之甜蜜，病之痛苦，死之无奈"的故事时[①]，雪漠却无法做到他所预想的平静。相反，面对着西北农民艰涩而窘困的生活，面对着社会转型期西部城乡之间的巨大差异，他的笔下充满了激愤与悲伤。作者如此动情是有道理的。

西部农民极度艰窘的生存景况，其原因不完全在于传统文化带来的愚昧乃至野蛮，也不完全在于自然环境的酷烈，城乡不平等关系及现代城市文明对乡村的侵蚀与掠夺这一因素也是不可忽视的。在《大漠祭》中，最触目惊心的首先是城市对乡村残酷的经济掠夺。譬如，憨头与灵官进城卖兔，却遭到税务员无理的蛮横逼抢；老顺交公粮时，上好的粮食被粮站干部故意压为三等。如果说如此残酷野蛮的近似抢劫的行为是腐败分子以手中的权力谋私的话，那么水管所趁干旱之机对农民提高水价，农村信用社又趁机对农民高息贷款，就是某些管理者的"合法"的公然掠夺了。

城市对乡村的掠夺不仅加剧了乡村的贫困，也使乡村旧有的一些封建观念与野蛮乡俗获得了存在的现实理由。譬如，老顺因为贫穷给儿子憨头娶不起媳妇，只得遵循换亲的旧俗，把女儿兰兰与人做了换门亲。在西部大开发语境里，西部贫困乡村的女性不仅没有现代意义上的爱情和婚姻自由，而且连最起码的人身自由也被剥夺。五子因为贫困娶不上媳妇，成了淫疯子，一见村子

---

① 参见雪漠：《大漠祭·序》，载《大漠祭》，中国大百科全书出版社，2017年版。

里的姑娘、媳妇就又摸又啃；瘫五爷因贫穷无力给他治病，又因
为礼义不愿让他糟害乡邻，被逼无奈中将其坠杀悬崖。贫困导致
性压抑，最终导致生命被剥夺。也是因为贫困，重男轻女、养儿
防老的观念在西部更加顽烈。村民为了逃避计划生育的管制，争
取生儿子的机会，产生了遗弃或溺死女婴的事，老顺的女婿白福
为了生儿子就不惜残忍地冻杀了亲生女儿。作者以难以遏止的愤
怒鞭挞白福们的无知、愚昧与残忍，也不无悲伤地揭示出白福及
更多的农民遗弃女婴、要生儿子的动因首先是现实生存的逼迫，
其次才是观念上的陈旧。养儿防老，虽然有"不孝有三，无后为
大"的传统观念的影响，但更为现实的因由是现代性设计中巨大
的城乡不平等使农民没有工资来源，没有退休金，如果不生个儿
子，谁来养活父母？谁来修堤上坝？谁来支撑门面？只有养了儿
子，这一切才可能有保障。而更大的悖论也在这里：老顺们苦苦
挣扎，就是要为几个"爹爹"们"拴个母的"，等到完成使命，
他们就像"风中的落叶，枯了"，一生也就结束了。只要不改变
现代性设计中城乡不平等格局，老顺们就无法走出命运的怪圈。
在城市文明的发展和喧嚣中，农村的经济秩序与人际关系也分
崩离析，与之相应的温馨、和谐的乡土传统道德文明体系也开
始崩溃。

———选自第六章《西部新文学的蓬勃景观（1992—2000）》，
第二节《生灵歌者：新小说群的精神向度》，李兴阳撰写

二

新世纪西部小说创作中还有一位重量级作家不容忽视，这个人就是雪漠。

雪漠在20世纪90年代崭露头角，跨进新世纪后新作迭出，计有长篇小说"大漠三部曲"（《大漠祭》《猎原》《白虎关》）、"灵魂三部曲"（《西夏咒》《西夏的苍狼》《无死的金刚心》）、《野狐岭》，以及长篇散文《一个人的西部》《匈奴的子孙》、小说集《深夜的蚕豆声》和部分中短篇小说。

雪漠的小说创作风格有比较显著的阶段差异，以2008年为界可以划分为两个时期。之前创作的"大漠三部曲"是典型的现实主义创作。《大漠祭》以老顺一家人的生活为中心，记叙了村民们日常生活中的爱恨情仇，更展示了青年农民的现实和心灵困境；《猎原》的中心故事是抓捕盗猎者，叙述重点是底层百姓的极度贫困和对命运的艰难挣扎，也揭示了西部地区残酷而脆弱的生态环境；《白虎关》的中心在关注农村女性命运，描述了她们现实和心灵的困境，也思考了生态和伦理之间的复杂关系。三部作品具有现实主义特色：其一，真实细致的生活描绘。雪漠曾宣称："作家应该描绘的，就是这些平常的，然而又是最真实的生活。作品的价值也就在于真实地记录这段生活，真实地记录一个历史时期的老百姓如何活着。"[①] "大漠三部曲"不追求故事的曲折和复杂，而是着力于日常生活描绘，展现了河西走廊乡村的生活图景。其中有老百姓艰难的自然生存条件，百姓与各级管理者

[①] 参见雪漠：《大漠祭·原序》，载《大漠祭》，中国大百科全书出版社，2017年版。

之间的矛盾冲突，也包括百姓日常生活中的小纠葛、小冲突，以及青年农民的情感困惑和伦理矛盾等。作品对生活细节的描写非常真切，比如《大漠祭》对㧟鹰的描写，《猎原》对骆驼、狼和羊群生活的叙述，都逼真细致到极点，充分体现了作者扎实的生活功底和白描能力。

与这种描摹生活本相的意图相应，"大漠三部曲"刻画了一组农村人物群像，不少人物塑造得相当鲜活。心理描画深入到人物内心，披露他们各自的苦闷、痛苦，以及对幸福的追求和渴盼。《大漠祭》中的灵官是一个有知识的乡村青年。他的个人幸福观与乡村伦理之间有着尖锐的冲突，小说描写了他的迷茫与对幸福的渴望，塑造了一个很有深度的人物。《白虎关》中的月儿、莹儿、兰兰三个青年女性，想法不同，生活态度不同，个性不同，命运也不同。"三部曲"塑造的老一代农民形象老顺、孟八爷、瘸五爷等，性格各异，但都真实本色。比如老顺，带着某些自私和狡黠，却有着最质朴的善良和真诚；再如孟八爷，颇具江湖侠气却又善良豁达，是有点超人见识的乡村智者。《猎原》中的豁子女人、鹞子、张五，都颇具个性，让人难以忘记。这些质朴本色而又个性鲜明的人物群像，是雪漠"大漠三部曲"艺术上的突出贡献，也是其现实主义文学魅力之所在。

"大漠三部曲"大量采用了河西方言。"人物操着粗鄙的言辞，带着西部特有的腔调和虚词，诸多比喻的说法既有特定地域的质朴，又有一种为了传达诗意制造的夸张"。[1]人物语言吻合人

① 参见阎晶明：《〈猎原〉笔记（代序二）》，载《猎原》，中国大百科全书出版社，2017年版。

物的身份和性格，呈现出了强烈的生活气息和地方特色，融入了作者对家乡的强烈感情和对人物的关爱，一定程度上增添了作品的可读性和丰富性。

其二，强烈的现实忧患意识和人道主义精神。雪漠笔下的人物，都是挣扎在贫困线上的农民，生活极为平淡甚至卑微，但作者并没有忽略其价值，因为当年他就是他们中间的一个，深知他们的艰辛与屈辱。当他有能力拿起笔来替这些乡亲们说话的时候，就必然对人物怀着强烈的感情，站在平等的立场上给予关注。甚至对那些有欺压百姓之举的乡村管理者、盗猎野生动物的罪犯、破坏生态的盗伐者，作者也不是简单地谴责，而是去思考促使其犯罪的背后原因，对人物自身的无奈寄予了一定的理解。当然，这并不意味着什么都可以同情，雪漠深谙农村的愚昧和生存竞争中的人性之恶。三部作品有许多对村民愚昧行为的表现，如对迷信的盲目信任、群体无意识的自我倾轧、对财富无节制的贪婪和攫取等。《猎原》集中揭示了人性之恶。譬如生态环境的迅速恶化，导致一口近乎干涸的水井成了人和动物的唯一水源。为了争夺水源，朋友、邻居成了死对头，包括羊这样的看似柔弱的动物也展现出了凶残一面。作品叙写了农村生活的极度贫困，也描述了极度恶劣的生态环境，还展示了农村百姓所受到的权力凌辱和无奈的反抗，思考了环境与人性的复杂关系。因此，"大漠三部曲"形象地揭示了自然生态与人文生态的密切相连、唇齿相依，人的生存环境改善是最根本的问题。将局部地区的人物生活与整个西部大环境的自然生态联系在一起，试图在更高层面去理解和改变环境问题。它表达了对于人与人、人与自然和谐关系的期待和呼唤，但对于如何解决这种复杂的生态链，却没有轻易给予解决的答案，而是充满着忧思。总之，雪漠的小说对地方生态环境也充满了忧患意识。

2008年以后，雪漠的创作有了很大的改变，《西夏咒》《西夏的苍狼》《无死的金刚心》《野狐岭》等作品，无论是创作风格还是情节内容，与"大漠三部曲"都有了明显的差异。首先，在故事内容上，这几部作品都基本上离开现实或不以现实生活为中心，而是转到历史、神话传说等方面，主旨也在思考信仰、人性等精神层面，探索超现实的神性和灵魂世界。比如《西夏咒》，将西夏的历史和现实杂糅在一起，探索人性的极限、生命意义和信仰价值问题，也展现了复杂而神秘的宗教文化。《无死的金刚心》事实上是写一个著名高僧的宗教追求和信仰道路，是他的灵魂传记。其内容也集中在超验的灵魂世界和神性世界，带有很强的哲理和神秘气息。《野狐岭》的故事具有传奇性，但主旨也是思索人生价值和精神信仰问题。《西夏的苍狼》的信仰主题更为鲜明。主人公紫晓生活在世俗红尘，内心却常陷入迷茫和焦虑当中，一直有逃离现实的强烈愿望。最终，她通过对西夏神秘文化世界的认识和向往，进入到"最自由最隐蔽最神秘的世界"，寻找到了内心的安宁。

这种神秘倾向在文学价值上是否值得肯定，尚待辨析，但值得注意的是，雪漠的这些作品充满着人性关怀，不是简单的宣教之作。雪漠认为："文学的诸神形态仍然存在，但文学精神却不见了。一种徒有形体而乏精神的僵死，是不能在这个世上永存的。换句话说，时下的一些小说，已经丧失了存在的理由。所以，欲继续存在下去的小说，必须找到那已经迷失的精神。"[1]
他作品中的宗教精神更多是一种超越精神，一种舍身、无我的牺牲精神。他始终关心人的精神世界，关注人的信仰和意义追寻，而不是简单的、世俗的宗教手段或仪式，不是对某种宗教的简单宣传。这种人性关怀视野具有思想力度和创新意义。比如《西夏咒》，站在对个体生命关注的立场上，重新审视了历史，特别是历史上的英雄人物，表达了对传统历史观的质疑，解构了民族国家等宏大主题。

在创作方法上，雪漠的这些作品不再以写实为基本特征，而是充满着浪漫主义和神秘主义的风格，艺术形式上呈现出强烈的先锋性特点。《西夏咒》打通时空界限，融历史、传说、佛经、幻想、咒语等于一体，展示了打冤家、骑木驴、人骨法器、男女双修等具有神秘色彩的场景和仪式，在文本叙述上，显示出相当大胆的探索。艺术上具有超现实主义的现代色彩，也带有强烈的神秘文化气息。《野狐岭》同样具有强烈的超现实色彩。百年前，两支驼队在野狐岭神秘消失，百年后，"我"通过神秘仪式召集到驼队的幽灵们，让他们讲述当年发生的故事。故事既扑朔迷离，又充满异域传奇色彩；叙述既丰富多变，又饱满扎实，具有不同寻常的艺术效果。《无死的金刚心》已经不能算纯粹的小说创作，而是小说、传记和散文的杂糅，属于跨文体的写作。这些作品的共有特点是不局限于现实空间，它们所展现的生命观是循环的，叙事的视角也反复转换，现实、过去、未来被置于同一

---

① 参见雪漠：《白虎关·代后记》，载《白虎关》，中国大百科全书出版社，2017年版。

个空间，从而以独特的叙述和结构方式展示精神信仰的主题。这种艺术方式给读者阅读带来一定挑战。

从文学史角度上看，雪漠小说的价值主要体现在三个方面：一是对西部现实生存状况做了细致的描摹和精彩再现。西部的自然地理、生存环境有一定的独特性，雪漠早期的"大漠三部曲"对此做了精彩而细致的展示，揭示了西部现实中的人文、生态等诸多问题，呈现了乡土小说独特的质朴生活美。近年来，乡土小说作家与乡村的关系变得比较疏远，乡土小说中的写实因素越来越淡化，特别是细致、切实的生活场景描写很少见。雪漠的作品展示了质朴真切又丰富多彩的西部生活图画，重现了现实主义乡土小说的艺术魅力，既具有强烈的审美意义，也具有突出的文学史意义。二是对西部地区独特的文化精神和审美特征做了一定深度的揭示。其中最典型的表现，是对宗教文化的揭示。西部宗教文化是深植于西部自然与生活当中的重要因素，蕴含着对生命意义和生存伦理的独特理解，或者说是艰难环境下人对于生存意义的艰难探求。雪漠较广泛地展示了西部宗教的仪式和过程，揭示了信仰对于西部人的意义，以及与西部人生存不可分割的密切关系。《西夏咒》和《无死的金刚心》对一些宗教仪式的描述，包括一些只存在于历史典籍、现实中已难以见到的宗教活动。雪漠还展现了西部的神秘文化特征。雪漠以"灵魂三部曲"为中心，结合西部的地域、历史、文化，多方位地展示了西部地区的神秘文化。比如《西夏咒》赋予各种动物、植物以灵魂，将现实世界与灵异、奇幻世界相交融，极具神性色彩。较早的《白虎关》等作品，也都写了各种传说和灵异现象等，西部地域的神性文化得到了丰富的展现。此外，雪漠还展现了具有西部文化特征的独特审美风格。这既体现在其作品展现的残酷、浪漫和神秘生活画面上，也体现在其小说艺术形式的探索性上，具有独特的文化和审美内涵。三是细致而多方位地展现了西部地域文化之美。雪漠小说展示了丰富独特的地方文化，很好地提升了其文化品格和美学个性。如《大漠祭》和《白虎关》对甘肃民歌花儿的渲染和展示，既是一种浓郁地方特色的民间文化，也与人物命运融为一体。花儿歌词的穿插，既极大地增添了小说的美感，丰富了作品的表现力，也展现了西部地域独特的文化美。再如《野狐岭》，也穿插了甘肃民间说唱艺术——"凉州贤孝"，以及骆驼客拉骆驼时唱的"驼户歌"，将地域特色、历史传说、民间艺术和现实生活融合到一起，西部地方的文化气息非常浓郁。

从总体上看，雪漠以"大漠三部曲"和"灵魂三部曲"为代表的作品，分别侧重于生活和精神、写实和抽象、人物和信仰的不同方面，将现实世界和精神世界全部纳入其文学世界当中，构成了西部生活和文化的全景图。无论是从生活世界的特别性，还是精神文化的丰富性和独特性，以及小说艺术与地方文化的交融性，雪漠小说都很具个性，也体现了独特的高度。其作品在西部文学史乃至在中国乡土小说历史上，将有自己独特而不可忽视的重要位置。

——选自第七章《新世纪西部文学的演进（2000—2015）》，第二节《多元绽放：新世纪小说》，贺仲明撰写

三

进入21世纪，西部文学中的神秘主义依然盛行不衰。阿来"重述神话"的《格萨尔王》、雪漠书写灵魂求索的《西夏咒》《西夏的苍狼》《无死的金刚心》《野狐岭》、张存学沉思生命存在之宿命的《轻柔之手》《白色庄窠》、郭文斌寻求生命存在之安详的《吉祥如意》《大年》《农历》等，都是近年来西部文学中具有神秘主义色彩的重要作品。

自2010年开始，雪漠陆续推出"灵魂三部曲"，包括《西夏咒》《西夏的苍狼》和《无死的金刚心》。这三部长篇小说与他此前的小说大为不同，小说中弥漫着一股浓郁的神秘主义色彩。这样的突变，如其所言，他"'打碎'了自己"①。雪漠的这种"打碎"与"超越"，显示出其创作思想、创作路数的调整、探索和开拓。《西夏咒》讲述琼与雪羽儿的故事，故事发生的主要地点是名为蛤蟆洞又名"金刚亥母洞"的西夏岩窟；故事发生的时间，亦古亦今，混沌不明；故事的来源，作者声称是他因机缘巧合偶然获得的在西夏岩窟突然现世的同名书稿，该书稿共有八本，分别是《梦魇》《阿甲哕语》《空行母应化因缘》《金刚家训诂》《诅咒实录》《遗事历鉴》等。它们记载了一个叫"金刚家"的村落的诸多方面。"摘录"自西夏洞窟同名书稿的《西夏咒》，可把握的内容主要有两大方面：首先，西部"金刚家"严酷的世俗生活，有干旱、大饥荒等天灾，有政治运动、兵匪、盗贼、酷刑、抢劫、强奸、杀人等人祸；在天灾人祸的反

---

① 参见雪漠：《谈"打碎"和"超越"（代后记）》，载《西夏咒》，中国大百科全书出版社，2017年版。

复肆虐下，村民陷入绝境，人性扭曲，不断上演人吃人之类的悲惨故事。其次，神秘的宗教生活，有本教意味的"卵生五女"故事，有阿甲或琼幻变为僧人，雪羽儿幻化为奶格玛、金刚亥母、空行母等，有吴和尚暗摘死人心脏救助即将饿死的村人，有易引发定力不够的俗人产生色情想象的男女双修，有大量的关于历史、人性等思想观念的议论，等等。这两大方面的内容扭结在一起，而宗教生活是对世俗生活的超越与救赎。随后推出的《西夏的苍狼》，其创作思路、意图与《西夏咒》大致相同，只是世俗生活部分将西部"金刚家"的乡村生活换成了雪漠新近定居的南方城市的现代生活。《无死的金刚心》则又回到了雪漠熟悉的西部，并进一步延伸到了域外的尼泊尔和印度。其创作意图与《西夏咒》相同，但创作思路略有区别，叙事主线是琼波浪觉西天取经的故事，一如小说的副标题"雪域玄奘琼波浪觉证悟之路"。"雪漠"在这部小说中也进入证悟之旅，一路与琼波浪觉对话，从而也完成了自己的智慧证悟。这三部小说中，主线人物由凡夫俗子到超凡入圣，都经历了千难万难的证悟过程。《西夏咒》中的《密法》一节就讲了一个"简单"的故事："一天，一个和尚得到密法，闭关三年，就能成佛，他于是躲到一个人迹罕至的深山里苦修。到第三年最后一夜，他已有了明显的证量。这时，他听到不合时宜的女人哭声。那天，也下雪也刮风。场景也和那个'空行母'入村时相似。久爷爷说，那和尚再也入不了定。那哭声，总能钻进耳朵，总能扰乱心灵。和尚虽然知道这深山的雪夜里，那哭泣的女人，只会被冻成冰棍。但他还是心坚如石，像《西游记》中的唐三藏一样滑稽。他用被子捂了头，倒撅屁股，憋了气，等待那哭声被冻死。据说，与此同时，另一个才修了三天的和尚也听到了雪中的哭声。他想，算了，我也不成佛了，救人要紧。次日，苦修了三年却仍是凡胎的和尚吃惊地发现：对面，有尊金光闪闪的佛。他后来才知道，对方只修了三天。"[1]故事的寓意，就是雪漠所倡扬的"大手印"文化精神，其核心要点是："'大'：大境界、大胸怀、大悲悯；'手'：强调行为，贡献社会；'印'：明空智慧，终极关怀。"[2]更简单一点说，就是"大善大爱"[3]。雪漠新作中这种神秘描写，有论者认为是"灵知通感"的西部叙事，为当代文学提供了"不可多得的富有挑战性的作品"[4]。从文学史角度看，其文学价值尚待辨析。

——选自第十一章《现代西部文学制度与文学思潮》，第五节《西部文学中的神秘主义文学思潮》，李兴阳撰写

① 参见雪漠：《西夏咒》，中国大百科全书出版社，2017年版。

② 参见雪漠：《谈"打碎"和"超越"（代后记）》，载《西夏咒》，中国大百科全书出版社，2017年版。

③ 参见雪漠：《要建立自己的规则（代后记）》，载《无死的金刚心》，中国大百科全书出版社，2017年版。

④ 陈晓明：《逆现代性的异质写作——雪漠的"灵知通感"与西部叙事》，载《无法终结的现代性：中国文学的当代境遇》，北京大学出版社，2018年版，第389页。

辑一　研讨

辑二　评论

辑一

研讨

一、上海市作家协会研讨会

2014年8月20日上午9点半，"雪漠长篇小说《野狐岭》创作研讨会"在上海市作家协会会议大厅召开，本次活动为人民文学出版社在2014年上海书展期间为雪漠长篇新作《野狐岭》举办的系列活动的最后一个活动单元。研讨会由人民文学出版社、上海市作协理论专业委员会、广州市香巴文化研究院共同主办。人民文学出版社社长、总编辑管士光，上海作协副主席、理论专业委员会主任杨扬，上海作协党组副书记、秘书长马文运，上海作协副秘书长、创联室主任薛舒及陈晓明、于建明、栾梅健、王鸿生、杨剑龙、宋炳辉、曹元勇、徐大隆、周立民、朱小如等批评家与会研讨，就《野狐岭》的艺术探索、《野狐岭》之于雪漠小说创作的意义、《野狐岭》与雪漠其他小说的比较、雪漠小说经验之于当代文学的意义、对雪漠小说创作的整体评价和期待等议题发表了精彩的讲话。研讨会由杨扬主持。与会专家一致认为，《野狐岭》对雪漠小说创作是一个突破，在小说的故事性、叙述方式、精神结构、对历史的书写和灵魂叙事等方面，都显示了雪漠不断挑战自我的努力，和一个作家的能力、野心与大气象。

以下为发言记录（有修订）。

◎**杨扬（上海作协副主席、理论专业委员会主任）**：今天很高兴在这里举办雪漠新作《野狐岭》的研讨会，雪漠是甘肃作家，他曾经在我们上海作协办的研究生班学习过，跟上海作协也算有缘，所以，人民文学出版社的陈彦瑾跟我联系时，我说，就在我们作协开吧，于建明老师他们都非常支持。这就是这次研讨会的来龙去脉。另外，雪漠跟上海的渊源确实很深，他上一部作品的研讨活动，就是在复旦大学当代文学研究中心举办的，那次雷达和陈晓明也来了。今天，我们也请了一些评论家、媒体记者，包括雪漠本人，一起来研讨这部作品。

研讨开始之前，我想介绍一下来宾。先从外地来宾开始，第一位是人民文学出版社社长、总编管士光先生，第二位是北京大学中文系教授陈晓明先生，第三位是上海作协秘书长马文运先生，然后是雪漠，我想大家已经很熟悉了。然后是上海作协副秘书长、作家薛舒，这边是于建明，于建明老师原来是上海作协创联室主任。接下来是复旦大学中文系教授栾梅健先生，然后是徐大隆先生，徐大隆先生原来是《上海文学》的小说编辑。再过去是周立民先生，周立民先生是巴金纪念馆的秘书长。然后是朱小如先生，他原来是《文学报》负责评论方面的。再接下去是上海文艺出版社副总编曹元勇先生。然后是宋炳辉，宋炳辉是上海外国语大学文学研究所的教授。然后是杨剑龙，杨剑龙是上海师范大学中文系教授，也是上海文学研究中心主任。还有一位学者正在路上，他是同济大学中文系的教授王鸿生，是从河南作协调过来的。最后一位，是这部书的责编、人民文学出版社编审陈彦瑾。这次研讨会的具体会务，是上海作协创联室的一些同事具体操办的，我们也感谢他们。

现在，我们的研讨会可以开始了，首先请管社长说几句话，介绍一下情况。

管士光：出版后引起了比较大的反响

◎管士光（人民文学出版社社长、总编）：各位专家，各位来宾，各位朋友大家好。今天特别高兴，因为雪漠的小说写的是西北，今天研讨会的场地则是一间上海洋房，我觉得挺有意思。而且，今天到会的除了上海文学界的一些朋友、一些编辑同行和雪漠的一些热心读者之外，还有一些老师是专程从外地赶来的，比如北京大学的陈晓明老师，我自己也是专程赶来的。虽然前几天有书展，但是我没有去，社里别的几位同事去了，我今天赶来，确实是觉得这个会议非常重要。在这里，我作为主办方之一，对大家的到会表示衷心感谢，谢谢大家！

大家知道，人民文学出版社从1951年成立开始，就非常重视长篇小说的创作和出版。我们的第一任社长总编辑叫冯雪峰，他当时给我们社确定的宗旨，或者说基本理念，有八个字，叫"古今中外，提高为主"。就是说，人民文学出版社在文学作品领域中，是方方面面都要出版的。至今，我们已经出版了一万三千多册图书，发行了大概有十亿册多一点。而在各种文体体裁的作品当中，文学出版社历来最重视，或者说历届领导相当重视的，就是长篇小说的创作。因为，在我们看来，长篇小说反映了一个时代的文学创新能力。比如韦君宜同志，她自己本身是作家，也特别重视长篇小说的创作，而且，她把长篇小说出版看成文学出版社的"牡丹花"。她认为，一个文学出版社的水平怎么样，往往要看它的长篇小说创作出版情况。事实上，这么多年以来，获了茅盾文学奖的长篇小说中，有半数以上都是由人民文学出版社出版的。

现在，除了一般的出版之外，在长篇小说创作方面，我们主要在做三件事：第一，我们建了一个长篇小说创作基地，有关单位和部门每年会给我们一定的资金，让我们组织作家、评论家研讨作品，同时为他们提供创作好作品的条件；第二，我们办了一本《当代》杂志，每年年底都会针对杂志上发表的作品，举办当年长篇小说评奖，相当于长篇小说的年度盘点，对于这个评奖，我们号称"零奖金全透明"，因为读者和评论家是现场投票的，所以比较公正；第三，我们最近搞了一套丛书，叫"166原动力"，主要挖掘一些有创作潜力、作品有一定品质但名气不大的青年作者，出版他们的一些作品。关于这套丛书，我们计划年出三到五种。因为，有些青年作家的作品其实很好，只是市场面临一种困境，所以他们的作品出来之后印不了多少。为了帮助这部分作家，我们希望这套丛书能长期做下去，每年推出五种。这套书我们正在编。我们最主要考虑的不是市场回报，而是一种文学品质。在国内，人民文学出版社属于成立比较早的专业文学出版社，所以，我们愿意在长篇小说的领域做出自己的贡献。而且，这些事都是我们觉得很有价值、很有意义的。现在，全国每年要出版大概四千多部长篇小说，因为国家新闻出版广电总局发放的书号有四千多，我们社多的时候大概每年二三十部，少的时候大概每年十几部，这个数字在长篇小说的总数中占不了多少，但是我们一直在关注当代作家的创作，既会出版名家的作品，也会出版一些暂时没有名气的作家品质很好的作品。有些长篇小说，我们是先登在《当代》杂志上面，然后再把它修订出书的。这就是我们社的基本情况。

雪漠这部书出版之后，在图书界和读者中引起了比较大的反响，这跟我们最早的估计是一致的。因为雪漠写西北的生活风景有他独到的地方，他前面的两套作品——"大漠三部曲"和"灵魂三部曲"，在文学上也取得了很重要的影响和地位。我们认为，在《野狐岭》中，雪漠的创作又达到了一个新的高度。能得到读书界、评论界和读者的特别关注，我们作为出版方当然也特别高兴。

另外，今天能在上海举办雪漠新作研讨会，讨论这部书和雪漠的整体创作情况，我们也感到非常高兴，愿意积极为这件事付出我们的努力。同时，我也想借这个机会，感谢上海文学界一些朋友长期以来对人民文学出版社的关心和帮助。我相信，在今天的研讨会上，我们一定会听到专家学者的很多高见，也希望通过这个机会，加强人民文学出版社和各位评论家、作家、读者的合作，谢谢大家！

栾梅健：进入历史的新角度

◎栾梅健（复旦大学中文系教授）：雪漠的长篇小说《野狐岭》我看得比较认真，我觉得写得很好。第一，雪漠以前的小说有一种诗意的表述和散文化的叙述——作为长篇小说，当然可以有这样的探索，有这样的叙述方式——但当时雪漠不太重视故事，小说的可读性就不高。到了《野狐岭》的时候，雪漠显然把故事看成了一个比较重要的内容，所以这部小说比较好看。以前我看《白虎关》《西夏咒》这些小说，都没这种感觉，但是看《野狐岭》觉得很轻松，想要一口气把它读完。从这个角度看，雪漠有了比较大的进步。

回到小说的本源，故事始终是非常重要的。前一阵子，我在西安碰到贾平凹，我也对他说，你写了这么多小说，公众认知度最高、反响最大的，还是《废都》。为什么呢？就是因为《废都》是贾平凹的作品中故事编得最好的。当然，《秦腔》也很好，《秦腔》《带灯》《古炉》《高兴》都很好。最近他准备出一部新的小说，出版前寄给好几个人看过了，我跟陈思和都看过，写得很好，但坦白地讲，它的故事没有《废都》那么吸引人，当然，其他方面可能超过了《废都》。所以，我觉得长篇小说还是要注重这个趋势。王安忆现在在我们复旦大学给学生们上课，讲创意写作，她也强调说小说的根本就是编故事。包括诺贝尔文学奖得主莫言也说过，他就是一个讲故事的人。所以，如果你写小说的时候逃离故事，要虚化故事，不管怎么样，你都会发现你很难走得很远，很难得到广大读者的肯定。所以，雪漠经过一番探索之后，又认认真真地回到故事，还把故事编得这么好，书中有一种悬疑色彩，我觉得这是一个非常可喜的现象，也是一种非常好的进步。因为，他回到了长篇小说的本质。这是第一个值得肯定的地方。

第二，这部小说让我们有了一种新的思考，而且我觉得可以讲得远一点——即使在我们新中国成立至今六十多年的当代文学史中，它的意义也比较重要。因为它的叙述方式是阴阳交错的，这种方式非常罕见。以前，我们是从活人的角度看待世界的，所以往往会觉得很紧张、很对立、不大宽容，有了一段距离之后，人和人之间的故事才会变成一种审美，能够客观地判断。现在，你让死人来回顾一些事情，把幽魂一个个招回来，让他们来谈过去的故事，这个角度就变了。首先，他已经死了，所以他可以回顾自己活着的时候做了什么事，哪些事情死了之后仍然有意义，或者当时觉得很有意义，死后却发现意义不大，甚至根本没有意义。这就给我们提供了一种新的观察角度、一种新的思考方式，甚至让我们也可以得出一个自己的结论。所以，这是一种比较好的叙述方式，起码打开了我们思维的空间。你会直观地发现，百年之后回顾百年之前的事情，看法确实会变得不一样。这样，雪漠就给我们提供了一个进入历史的全新渠道、全新角度，而这部小说也给了我们很多的启发。它在六十年当代文学史上，就有了意义，有了价值。

我们不用讲整个中国的当代文学史，仅仅讲"文革"前的西部。当时，陕西作家杜鹏程有一部作品叫《保卫延安》。延安要不要保卫？当然要保卫，保卫也是很重要的，但是隔了一段时间，你会发现，它跟当时的现象结合得非常紧。那时候的功利性、目的性比较明确，很多东西都是站在是非对立的阵营中看待的，所以对战争、对战争中牺牲的那么多士兵的生命，都有一种非常崇高的理解。但是，这种崇高感可能会被时间所消解，那么我们又该如何理解那场战争，以及士兵们的牺牲呢？然后是柳青的《创业史》，对于那段历史，我们称之为翻天覆地的变化，当时觉得那样的改革很重要，但是到了后来，我们发现，那样的土改，把农民的土地收回来，让群体、公社、生产队来经营，实际上是行不通的，是错误的，所以后来又把土地分掉了。当时的西部作家没有跳出那个历史阶段，看不清类似的重大事件，仍然带着一种个人倾向来看待历史。但是随着时间的推移，西部作家的思考就会变得更加清晰。于是陈忠实的《白鹿原》就出现了。从《保卫延安》到《创业史》，再到《白鹿原》，我们可以看到，西部作家一直在极力地思考着中国百年来的历史和命运。以前，我们认为当时的政治斗争是以阶级和经济来划分的，是穷人和富人之间的斗争，但陈忠实给我们提供了更多的可能性，他指出，这样一场革命可能混杂了其他的更多因素，例如宗族、血缘、家族、文化等。它不像《创业史》那样急功近利。这种对百年史的思考，就把我们的当代文学史向前推进了一步，让我们有了一种思考的全新可能。

雪漠的《野狐岭》其实也是这样，它在一百年后回顾一百年前的事情，就会发现反清复明运动也罢，哥老会的成员也罢，齐飞卿那样的英雄也罢，都会失去意义。虽然当时他们显得很悲壮、很神圣，也显得非常慷慨激昂，因为他们付出了生命和青春，但是即使满清政府被推翻了，我们的社会又会出现怎样的演变呢？这些东西，当事人是看不清的，但是你隔了一百年后，从活人变成死人，再看这段历史，对好多事情的感受就不一样了。对于"革命"到底是什么，或许我们就会出现一种新的思考，以及一种新的阐述的可能。所以，这是雪漠带给我们的一种新东西。虽然我们不能说雪漠的探索非常正确、全面或者辩证，但是我觉得，至少《野狐岭》给我们提供了一个思考的空间，让我们重新反思和认识百年来中国社会的演变。从这个角度来讲，《野狐岭》是一本非常好的小说。

于建明：南方的灵气，北方的霸气

◎**于建明**（云文学网总编辑、上海作协创联室原主任）：刚才主持人也说过，雪漠跟我们作协很有渊源，所以陈彦瑾跟我们联系的时候，我就一口答应了，说一定给雪漠开这个会。而且书寄来之后，我几乎是一口气看完的，总的感觉是非常震撼，觉得这本书非常好。因为作者站在一个很高的位置，几乎是站在空中俯瞰历史、俯瞰大地、俯瞰社会、俯瞰人类、俯瞰人性，看得非常通透，也悟得非常通透。这是我的一个感觉，也是非常震撼我的地方。

另外，我觉得全书贯通了一股气，有南方的灵气——关于这一点，我刚才也问过雪漠，他说自己在岭南生活了六年，在气场方面，可能有意无意地吸纳了很多东西。而且他出生在西北大漠，所以，他的作品里还有一股北方的霸气、匪气，和一种非常深刻的对土地的情感。而南方的形，雪漠是通过木鱼妹和她的父亲——她精神的守护者——等东西来传递的。我觉得这也是《野狐岭》一个非常重要的特点。

第三点是，雪漠把历史、社会、人性看得很通透。有人曾经说过，历史就是记忆，大家都可以表达它，给它涂鸦也可以，给它解释也可以。《野狐岭》就说，人站在不同的角度、不同的立场，对历史的评判就会产生不同的结果，历史的走向是许多偶然变成的必然。这种说法当中充满了禅意，而且这种笔触在整部作品中时隐时现。雪漠用了很多角度去讲述历史的发展，讲述书中的人物，讲述故事，比如同一件事由好几个不同的人来讲述，就会出现很多不同的观点，这个我觉得写得非常好，编织得非常密实、非常神采飞扬。

另外给我印象很深的，还有书里的两个驼王：一个汉驼王，一个蒙驼王，他写得真是惊心动魄，而且很有意思。我也在想，以前别人说这种写法是拟人化，但我觉得这不是拟人化，雪漠就是在写人，他是拟动物化，我们要反过来认识。他虽然在写骆驼，但是他笔下的骆驼有着人的欲望，有着人最基本的生存需要，而且他写得非常到位。这是我自己的看法，不一定准确。当然，他笔下的骆驼、驼队都非常真实，里面有很多细节，我想雪漠肯定掌握了大量这方面的故事。但是，我仍然感觉他不是在写骆驼，而是在写人。

我就说这些，最后我要祝贺雪漠写了这样一本好书，谢谢他。

马文运：视角的多维性、超越性

◎马文运（上海作协党组副书记、秘书长）：首先要祝贺雪漠的新书力作问世，第二感谢各位嘉宾专家学者冒雨来参加这个会，特别感谢我们陈晓明教授从外地赶来，还有我们的管社长，刚才管社长感谢我们上海文学界，我们也要感谢管社长和人民文学出版社，人民文学出版社一直很关注上海文学界，出版了我们很多作家的作品，非常感谢！

天下作协是一家，咱们作家也是一家人，尤其是雪漠老师跟我们上海也有渊源，所以，今天在这里召开雪漠新作研讨会是特别有意义的。雪漠的新作给我们吹来了一股西北风。跟大家一样，我也是拿到书之后一口气就看完了，看完以后也是非常震撼。我觉得，确实像前面几位专家讲的那样，《野狐岭》中有一种超越，它实际上是雪漠在"大漠三部曲"后的全新开拓。第一，无论是叙述视角还是思考视角，它都有一种多维性。刚才有专家说过，它有一种俯视的视角，我也觉得是这样，这让它超越了生死，超越了时空，超越了历史。第二，我觉得它的思想价值有一种多元性，因为雪漠超越时空，对晚清时期历史演变中的一些重大事件——包括人生意义、当时的社会价值观等——有了深刻思考。比如革命与反革命、善与恶、美与丑、爱与恨、情与仇等，他都在多视角下有了一种新的审视。从中我发现，雪漠的思考比前作有了更深的挖掘。而且，他还给我们展现了西北的一些传奇故事，文笔也比前面几部作品更加汪洋恣肆、自由洒脱了，让我们感觉到一种来自西北的风俗，对我这个上海人来说，就像都市吹来了一股阳刚刚健的西北风。而且，他通过对人物的描写，为我们展示了一幅史诗般的画面，展示了从晚清到现在的、百年来的思想心灵发展史，给我们带来了一种艺术的震撼。不过，在这里，我还想表达一点对雪漠的希望，我希望雪漠先生在后面的创作中，对原有的时空境界和思想境界有更深的开拓和挖掘。在这本书中，你已经跳出了原有的生活、原有的西北环境，写出了岭南的木鱼歌，还有木鱼妹这样的人物，把岭南和西北杂糅到一起了。而且你在西北浸润了几十年，也有十几年的采访和生活的底蕴、历史的底蕴，所以，我想你在后面的创作中，一定可以实现时空境界的进一步扩展。我觉得，你后面的作品肯定是值得我们期待的。谢谢大家！

徐大隆：把动物写得出神入化

◎徐大隆（《上海文学》原编审）：欢迎雪漠回家来开研讨会。为什么这么说呢？因为在雪漠的创作之路上，上海是重镇。雪漠曾经在上海首届作家研究生班学习，在上海生活了两年。我记得，当年我们分手的时候，我曾经拥抱他，还对他说，希望他再次回家。今天他真的回家了。所以我非常非常感谢雪漠。当然，雪漠的家在甘肃武威，现在广东东莞也有他的家，但是千万不要忘了，这里还有你的一个家。

昨天，我有个很好的朋友，也是一个文学愤青，年纪不小了，他给我打了电话，说自己下午到书展去淘书，因为知道书展最后一天肯定会打折。他买了三本书，其中一本就是雪漠的《野狐岭》，我说太巧了，我明天就要参加《野狐岭》的研讨会，你看了有什么想说的，我可以帮你转达。那么，现在我就想转达他的两个感受：第一，他非常感谢《野狐岭》给他带来的精神愉悦；第二，他希望今后能看到雪漠更多更好的作品，在生活上，在精神上，给人们带来更大的快乐。

我曾是雪漠在《上海文学》发表作品时的责任编辑，也是他多年的老朋友。早在2005年，我们一起去甘肃武威，就在丝绸之路上策划了"甘肃八骏"的活动。后来，在上海作协领导的大力支持和社会各界的协调下，首届"甘肃八骏"活动在上海举办了，其中的领头人物，就是我们的雪漠先生。我跟雪漠先生长期打交道，他给我一个很重要的感觉，就是他的创作态度非常严谨，他不是那种想到什么就写什么的作家。他对我说过，没有想说的话，没有创作欲望时，他宁可在凉州的农家小院里待着，静静地研究佛学，什么都不写。他甚至可以几年不写东西。可一旦有了灵感，他的创作欲望就会像火山一样爆发，灵感也会像岩浆一样不断喷涌，自己都收不住。那时，他就抓紧时间闭门谢客，身边放了水，放了馍，一鼓作气，把书写出来。徐怀中将军曾经说过，雪漠是"十年磨一剑"。他的这本《野狐岭》也是花了将近五年时间，断断续续地创作出来的。刚才管社长说，现在国内每年要出版四千多部长篇，质量怎么样，我们就不用说了。我想，要是大家都像雪漠这样，五年创作一部作品，我们的小说市场就会变得更好一点。

雪漠先生这第七部作品，我昨天粗粗地看了一下，我觉得真的应该感谢他的责任编辑陈彦瑾，彦瑾女士在后记中，把这本书写得很全面，概括得非常好。我就在想，雪漠先生以前写农村、写老家的生活，但是，他现在让死人回顾一百多年前的事情，让人有一种耳目一新的感觉。

《野狐岭》给我最大的感触是，雪漠先生很会讲故事。我记得"甘肃八骏"到上海来的时候，我和陈思和老师曾经组织了一次活动，请雪漠到上海图书馆和大家交流文学作品，他在台上讲了一头狼的故事。现在我才明白，为什么他的长篇作品中写了那么多动物，因为他对动物非常有感情。在上海图书馆演讲的时候，他就把狼性和人性交融在一起，把狼写成了一个人，我觉得这是他的独到之处。他还说过，狼每天早上起来都是没有方向感的，它虽然长了两只眼睛，但不知道自己该去哪里才能找到食物，也不知道自己会找到什么样的食物，是一头羊还是其他小动物。然后，它就像人那样站起来，闭上眼睛，在原地打转，转上三四五十圈，觉得食物就在前面的时候，它就睁开眼睛，放下两只前爪，沿着它所认为的方向一直走，最后就会抓到它的早餐、午餐，或是晚餐。雪漠讲这个的时候，我就在想，他怎么连这样的情节都知道呢？后来，我也看了美国的一个片子，里面讲了一个养狼的人，这个人抓了一头小狼，然后跟小狼生活在一起，慢慢和它成了朋友。小狼长大之后，不能待在他的身边了，他就想把小狼放到荒原上。因为担心小狼不懂如何在野外生存，他就自己打了一只猎物，把猎物的肚子弄开，悄悄在里面放了一些熟肉，然后叫小狼过来吃猎物身上的肉，自己也像狼那样，吃猎物肚子里的熟肉。一段时间之后，他确定小狼可以在野外生存了，就把小狼给放了。多年后，他再次来到那个荒原上，想要看看当年的朋友，这时，小狼已经成了头狼，他们俩仍然可以交流。这件事听起来很离奇，但是真的，我是在纪实频道里看到的。所以我也在想，雪漠为什么可以把动物写得这么出神入化，这么有可看性、可信性呢？背后或许也有他的故事。

我非常希望看到雪漠在《野狐岭》之后的作品，但我不希望他明天或明年就出版一部新的长篇，这么说或许有点残酷，但是我觉得，还是得让他有更多的时间，好好地酝酿一部作品，在栾梅健老师、于建明老师等专家的建议的基础上，多写一些自己所熟悉的、可看的东西，到时，我们再请雪漠回到上海的这个家里来开研讨会。谢谢大家！

杨扬：抒情性有所节制，故事性开始浮现

◎杨扬（上海作协副主席、理论专业委员会主任）：大家的发言都非常精彩，都强调了《野狐岭》跟雪漠的前几部小说在关注点和写作内容上的一些变化。以前看雪漠的"大漠三部曲"，除了西部生活之外，我印象比较深的就是抒情性。特别是涉及土地，涉及农民，包括一些男女情爱时，雪漠的作品中就会出现大段大段的抒情。有时我就想，大概城市题材的作品属于叙事型的，写乡土大地的作品抒情的东西就会比较多吧。看了《野狐岭》之后，我觉得他早期的抒情性慢慢有所节制，故事性的东西开始凸现。雷达和晓明也说了，《野狐岭》是一部非常精彩的讲故事的小说。有时我会对作家说，一个作家走南闯北看得多了之后，对故事、对历史、对人生的提炼方式可能就会发生变化。《野狐岭》的这种变化，或许就有这样的原因。这种对故事性的重视，可以说是雪漠最明显的一个变化。

另一个变化，刚才于建明老师也说了，就是雪漠的叙述视角有了一些调整。"大漠三部曲"的叙述视角大多是平视的，跟生活、跟土地基本上交织在一起，而这部作品出现了一种俯视的视角。我觉得，这里面有一种抽象的东西，包括野狐岭也好，两支驼队也好，百年来的历史也好，都有一种抽象的味道。它可能是人性的两种力量，历史的两种力量，或者政治的两股势力。所

以，《野狐岭》就像一个舞台——既是人生的舞台，也是政治的沙场。另外，我觉得其中有些宗教元素强化了一些，所以刚才很多人都说，雪漠对动物、对自然、对人性的描写非常深刻传神。在雪漠以前的作品之中，人和自然、人和动物之间是有所分离的，但是在《野狐岭》当中，动物的世界就和人的世界没有什么区别了。所以我想，在神的视野中，大概什么东西都是一样的，没有什么可以分得非常清楚。前段时间，我去了印尼的巴厘岛，在那里，巫风也非常之盛，有二分之一的土地是人住的，有二分之一的土地是神住的，家家户户都有神龛，社区有社区的庙，村子有村子的庙，家家户户每天都到庙里去拜神。我虽然很好奇他们为什么这么做，但是我也能感觉到，在这里，神已经融入了人的生活，两者是无分彼此的。陪我去的人也说，他们这里只要一出事，人们就会马上拜神，拜过之后，大家就会安心。人跟神之间、人跟世界之间、人跟自然之间，在这里是没什么界限的，一切都融合在一起。所以，有的时候，我觉得自然神话也罢，人类世界的神话也罢，好像都是融会贯通的。在《野狐岭》中，这种感觉特别明显。当然，我们该怎么去认识它，就是另一回事了。《野狐岭》的这种叙述特点，不是一般的"穿越"可以解释的。因为穿越小说往往在单纯地讲故事，而雪漠作为一个纯文学作家，是有抱负、有思考、有想象的。所以，你读《野狐岭》的时候，就不会把它当成一部穿越小说来看。这一点我的感触也特别深。

以上两点，是我认为的《野狐岭》与雪漠以往作品的不同之处，当然，雪漠以后的创作可能还会出现一些新的推进，尤其在宗教对文学的影响方面。在当代文学，尤其是小说创作当中，这方面表现得比较有力，或者说尝试得比较有力的作品不是特别多，所以对于雪漠的作品，我想我们是可以有所期待的。我就讲这么多，接下来请晓明老师发言。

陈晓明：重构西部神话

◎陈晓明（北京大学中文系教授）：在这里听到很多上海同行关于雪漠作品的发言，我也是深受启发。今天特别荣幸来到上海，见到一些老朋友，一起来讨论雪漠的作品，而且是在这么一个古色古香的老洋房里。这种类型的房子，现在北京已经没有了，但上海还有很多。这样一种空间，让我觉得历史好像回到了一百年前，在这里讨论雪漠作品，我甚至觉得历史回到了一千年前。所以，这是一个非常有意味的地方，今天的研讨会也是一次非常有意味的会。

对雪漠的作品，我很赞同梅健、杨扬还有前面的好几位朋友所说的，我觉得大家讲得都很到位。对我个人来说，雪漠作品确实一直给我很强的挑战。读他的作品，每一次都对我的理论产生巨大的冲击。我也一直认为，做评论和做批评不是用现成的理论概念去解释作品，而是从作品中获得新的理论元素，理论元素来自作品，是作品激发出来，然后重新凝聚而成的。所以，雪漠的作品总让我对文学有一种新的思考：过去我们所理解的文学是全面的吗？是完整的吗？是封闭的吗？雪漠作品让我觉得，文学始终是一个未完成时，始终是一个进行状态，甚至始终是一个开始状态。我觉得，这是讨论雪漠作品非常有意义的地方。我读雪漠的作品有好几年了，这几年来，我发现雪漠的风格一直在变，他每一次的创作都非常不一样。其他作者虽然也在变化，但他们变化的线索非常清楚，而且可以从自身的完整性中去解释它，包括贾平凹、阎连科，甚至也包括莫言。但雪漠不是这样，他是一个非常怪的作家。你从《大漠祭》《猎原》看到《白虎关》，再到《西夏咒》，现在又跑出了《野狐岭》，你会觉得，他的变化不是表现手法上的变化，而是某种内在的作用于文学的灵魂上的变化，这一点是非常震撼我的。不过，我们毕竟是做理论、做批评的，还是得概括它、阐释它。我也知道，这种概括和阐释是非常狭隘的，所以我也在想，该怎么理解雪漠呢？但是想来想去，都想不出什么好主意。你会觉得，用我们现有的东西去规范他、归纳他，会显得很困难，最后我还是觉得，他在重构一个西部神话。我是在这个意义上理解他的。

我们的当代小说，其实都是在西方现代性的意义上书写的，都是在理性主义的基础上建构一个完整的故事，这个故事总有它的核心，人物也总有他的完整性。而且，在这样的一个视觉当中，天地人神的分界是非常清楚的，差异也是很清晰的。海德格尔当时读了荷尔德林的诗，就觉得非常震撼，因为荷尔德林把天地人神合在一起了，而海德格尔一直想要回溯到古希腊去，他认为古希腊那样的存在应该是最纯粹、最本真的，那种本真的存在表明了一切。海德格尔试图在《阿那克西曼德之箴言》中阐释出那种本真存在，它超越了我们后世的理性、概念和术语，超越了逻各斯中心的一切。但是读雪漠小说的时候，你会发现，我们过去那种由理性主义建构的完整世界，在他那里出现了问题。他第一部挑战小说理性主义世界的作品是《西夏咒》，《西夏咒》之所以强烈地冲击了我，也是因为这一点。理性主义世界在小说中一直是很难逾越的，基本上没什么办法逾越，即使你勉强逾越了，也很可能不知道该怎么完成一个超越理性主义的世界。在这里，我不用"非理性主义"，因为非理性主义是和理性主义相对的，属于一种二元对立，所以它不是非理性，而是超越理性。到了《野狐岭》中，这样的超越又进了一步，我认为它已经上升为一种神话式的变化了。

我们知道，在传统的神话作品当中，天地人神是密不可分、浑然一体的，这种思维我们过去认为是幼稚的，是人类孩童时代的思维，只有进入成人理性思维的境界，我们才算是长大了。到了后来，又出现了后现代思维，而后现代思维的建构，恰好就是重建了一个神话时代，让我们重新回到了神话时代。这是我们人类回到原初时代的一个开始。当然，这个开始肯定跟以前不一样。最初的神话是一种口传文明的神话，所以最初的神话世界是在口传文明的体系中建立的。后来到了书写文明，书写文明建构到极致，就形成了完整的理性世界，但书写文明和口传文明有时是有所重叠的。然后，我们又进入了一个视听文明的时代，这时我们会发现，自己再一次进入了神话时代，但这个时代是对过去的一种重构，在某种意义上来说，它是一个全新的时代。

从电影方面看，我觉得当年的《黑客帝国》《盗梦空间》《阿凡达》就是最鲜明的表述，然后国内出现了大量有着穿越主题的网络小说。我们虽然认为网络小说是大众读物，属于娱乐消遣，是通俗、滥情，甚至肤浅的，但这些都没有问题，它跟年轻人那么合拍，就说明它抓住了我们这个时代的特征——神话。网络上大量的穿越小说，本身就在建构一个神话时代。当然，刚才杨扬兄也说了，雪漠的穿越跟网络小说的穿越不是一回事，但它们都属于这个时代对神话思维的一种重构，只是方位不同而已。

比如《盗梦空间》，它进入了一个隐秘的无意识领域；电影《阿凡达》则是一种宇宙式的思维，思考的中心是星际，类似的还有《星球大战》等。我们会发现，现在有越来越多的科幻片，这说明我们的电影开始向科幻的方向发展了。所以，电影是时代思维重塑最强大的推手。大量的科幻，大量的星际思维，在电影中已经形成了科幻这样一个最重要的思维方式。而雪漠的穿越则是一种对历史的穿越，它打破了历史的界限，甚至打消了生死的界限。我们人类最难超越的，就是关于生死的问题。佛教对此已经做出了解释，比如轮回和因缘，"千年修得同船渡，万年修得共枕眠"等。就是说，在佛教的视野中，生死界是可以超越的，所以雪漠的神话思维，在很大程度上，确实跟佛教有着非常密切的关系，里面有很强的宗教思维。

如果我们更加原始地追踪，就会发现宗教和神话是混淆在一起的，从最初的时候，就可以发现它们的同构性。而雪漠在佛教方面有非常深的造诣，在佛教意义上，他是超越生死界，超越天地人神的。刚才好几位朋友都谈到雪漠对动物的关注，这些主题，其实都是后现代典型的主题，也就是动物问题，比如德里达就在一篇文章中写到"发现动物"。在理性主义时代，我们人是中心，现代哲学一切都要回到康德，就是人是主体，人是出发点，人的主体性被抬到最高。因为人是有理性的，能自我启蒙的，所以"回到理性"决定了整个现代哲学的走向，所以，从某种意义上说，他压制了现代美学。从这个意义上看，尼采是反康德的，尽管所有论述尼采的人都不愿把尼采放在康德的对立点上，但尼采的酒神狄奥尼索斯精神本身，就是要打破康德的审美理性基础。康德的三大批判中，判断力批判是最高的批评，但这个批判对审美价值的最高评价是崇高判断，崇高就有理性的成分，所以康德最后又把对美学的判断拉回了理性的基础上。我觉得，这使1750年鲍姆加登建立现代美学概念以来，美学始终没有办法越出理性的藩篱。鲍姆加登的美学也是世俗中一种启蒙的形式，但这种形式在后现代时期同样遭遇了一种挑战，因为尼采开启了福柯、德里达、巴塔耶等人的那种走向，在这个过程中，我们会看到感性是如何完全抛离了理性，消解了理性的绝对权威。在这个消解的过程中，人作为理性的最高主宰者的地位，也受到了影响。所以我们会看到，德里达的发现动物，对整个后现代哲学的影响非常之大，就是说，"人理所当然在动物之上"这一观点在后现代已经被颠覆了，人和动物变得平等了，或者说人没有任何权利宰杀动物，也没有任何权利蔑视动物。所以，德里达说的"我所是的动物"，人如何尊崇动物，就成了后现代伦理的一个基本规则。过去，我们很多人都不能理解一些人为什么那么爱宠物，甚至超过了爱人，比如，美国有些老太太的遗产不留给亲人，反倒捐给了动物，这违背了人道主义原则，可见，人道主义原则现在也受到了动物原则的挑战。在后现代伦理的眼中，子女从来没有陪伴过老人，但狗一直在陪伴她，那么她为什么不能把遗产给狗？这个前提就是人和动物是平等的。十年前，这个观念就像天方夜谭，但是到了今天，大家就越来越容易理解了。大家也知道，在佛教世界中，人和动物也是平等的，是不分高下的。你知道了这些，再回过头来看雪漠的作品，就会感受到，他的思想既有最远古的神话特征，也有最后现代的特征。其实，在某种程度上说，我现在已经不太愿意用"后现代"这个词了，因为这个词已经变得非常陈旧、非常概念化、非常标签化了，但是我也觉得，我们应该重新激活它，让它拥有一种更加充沛、更加新鲜的活力，而今天有很多阐释，是可以做到这一点的。

在《西夏咒》中，雪漠的神话思维跟《野狐岭》还有点不同，《西夏咒》还有故事的完整性，显得比较写实，而《野狐岭》却极力地打消这一切，让所有的死魂灵出来说话，"我是一个死者，我有什么不能说"。过去是生者对死者说，现在是死者对生者说，我觉得这种叙述角度的转变是非常独到的。

刚才梅健兄有一个很好的观点，他说要在西部探讨这个问题。我上个月正好去过西部，去了之后，对西部作家的理解就有了非常大的变化。梅健兄把柳青的作品放在西部来解释，我觉得是很有见解的，包括贾平凹的东西，其实也不能离开西部的土壤，否则你就很难完全地理解它。我觉得，西部和我们东部、南部真是两个世界，到那里之后，哪怕普通老百姓，开口闭口都跟你讲伏羲，而且他们那里到处都是遗迹，一讲都是伏羲时代遗留下来的，或者说古丝绸之路遗留下来的，动辄一两千年。你到他们的街上去走一走，很快就会遇到历史遗迹，他们还有城门，动不动就是宋代、明代的东西，或者哪里突然露出一块石头，都有某种说法。就是说，过去的时代，死去的东西，随时都会在那块土地上复活。对西部作家来说，历史感是一个非常直接的经验，你不需要通过书本去体会，他们的日常生活中就有。所以，西部作家对大地、对自然、对历史、对幽灵都很熟悉。我后来也到他们乡下去了，我发现，跟幽灵对话、跟神灵对话，对那里的普通老百姓来说，是一个很普遍、很平常、很直接的经验。这在我们城市人看来是不可思议的。可以这样说吧，西部的孩子考学之前，都要到庙里去拜菩萨，请菩萨保佑，如果考上了，他们就去庙里还愿。但是在我们这里，大多就是通过领导的关系，找一个好学校，搞定班主任，分一个好班，再找上一些好老师、好家教等。这就是日常经验方面的差异。

当然，我觉得雪漠作为一个西部作家，并不是直接把日常经验临摹进作品的，而是站在西部的大地上，激活了西部的文化底蕴、历史传承，以及那种来自大地的气息。上个月我还去了武威，非常荣幸地碰到了雪漠。我们一起去了汉墓，那个汉墓有好几千年的历史了。雪漠说他二十几岁时进过那个汉墓，当时发生了一个非常神奇的故事。这个故事我不知道能不能在这里说，因为雪漠也是私底下跟我说的，在这里我们就当成学术探讨吧。雪漠说，他二十几岁的时候去了汉墓，当天晚上做了个梦，梦里有几个白胡子老头抓住他打针，给他注入一种黄色的液体，过了不久，他的形象就变了。我看过他以前的照片，真的跟现在完全不一样，他又没有整过容，那时也没什么整容技术，但是当年那个清秀的西部小伙子，就变成了今天这个大胡子，眼神什么的也发生了变化。以前他写作很困难，经常写得自己非常生气，把写好的稿子给撕掉，做了那个梦之后，却写得非常顺畅。他的这个经历显得很神奇，但是在西部，你也不能说它是真的，或者不是真的。总之，西部有很多这样的传说、经验和体验，在这种经验的基础上，我们去理解西部作品，理解雪漠的作品，就会发现，他确实能在自己的作品中，把一个西部神话重新激活、重新建构，也能在这样一个后现代时代，以文学的方式挑战视听文明。我觉得，这是雪漠作品的一个独特意义。

不过我觉得，《野狐岭》最重要的是它传递的那种价值观，它对我们过去的善恶、人神、人与动物等常识提出了挑战，而且，他的作品始终有一个主题，就是我们人间的善恶其实有着很多可质疑的地方。另外，关于如何爱动物，如何理解自然，他在作品中提供了非常强大的经验和非常真实的参考。因为他经常一个人跑到大漠里修炼，所以自然界的一切，都非常自然地进入了他的作品，他描写的动物非常生动，包括骆驼，相比之下狼好写一些，写狼的作品非常多，但骆驼是非常难写的，所以写骆驼的作品非常少。而雪漠笔下的骆驼，却非常细致，非常透彻，这是很可贵的。所以，雪漠对骆驼的描写，将来可能会成为绝笔。而且，雪漠作品确实让我们对生命、对世界、对自然有了思考，他给我们传导的这种人文情怀，包括人和自然的相处、人和动物的相处、人和神的相处、人和灵魂的相处，以及超越生命界限的一种可能性，都做出了非常可贵的探索。

当然，《野狐岭》写得非常生动、非常具体、非常细致，要解读它得花很长的时间，具体的文本分析我来不及说了，大家可以看看责编陈彦瑾写的后记，我觉得写得非常到位，概括得也非常到位。

（发言稿分别以《重构西部神话》《发现动物与人的消失——关于雪漠〈野狐岭〉的断想》为题刊发于2014年11月5日《中国艺术报》、2014年10月31日《光明日报》）

杨剑龙：用大爱化解仇恨

◎杨剑龙（上海师范大学中文系教授、上海文学研究中心主任）：我说两句，雪漠的批评我大概是写得最早的，《大漠祭》

出版时我不认得他，但是读《大漠祭》我特别感动，就写了篇文章发表在《文艺报》上。"大漠三部曲"大概也是我比较早提出的。今天我谈《野狐岭》这部作品，可能要说一些不一样的观点。

我觉得我跟雪漠心心相印，虽然好多年没见，但是总觉得我们之间有一种文气的相通。我曾经把自己的长篇小说《金牛河》寄给他，他读了以后，给我写了一封比较长的信，非常激动，说，杨教授，你的小说应该是可以留下来的，你应该把其他东西都抛下，专注地写小说。当时我也比较激动，但一直没有写。虽然想写，但是我总觉得超不过第一部。所以，在这里，我觉得雪漠他在不断超越自我，从"大漠三部曲"到"灵魂三部曲"，再到今天，他一直在变化着。

我记得，第一次见雪漠是在一个学术会上，我们一见如故，过去只是文字之交。后来我们散步聊天，我当时随口说了一些话，像我这样的，大概是眼高手低，说得比较多，写得比较少。总之，我当时对雪漠说，你的《大漠祭》有扎实的生活，你是在用生活写作。我还说小说写作大概有三种，除了用生活写作，还有用思想写作，很深邃，第三种就是用技巧写作。第二天，雪漠又找到了我，说，杨教授我昨天把你的话录音了，不要紧吧？我吓了一跳。但当时我就觉得，他是在很谦恭、很谦虚地接受别人的想法。现在看来，"大漠三部曲"是用生活写作，"灵魂三部曲"是用思想写作，而《野狐岭》则是用技巧写作，我不知道这是一种巧合，还是雪漠把我的话听进去了？不管怎么说，我觉得雪漠已经以西部文学写作影响了文坛，影响了人生，在中国文坛奠定了自己的影响和地位。我们谈到雪漠，肯定会想起"大漠三部曲"，《大漠祭》是他最有影响的作品。当然，以后他可能还会写出更有影响力的作品。而且，我们这一代批评家是在先入为主的理论引导下成长的，我现在逐渐感到，自己已经跟不上雪漠的作品了，因为他不断在探索，研究佛学，研究宗教，在家里还放了骷髅头。他对生死已经看得很透了，但不管怎么看透，我觉得雪漠心中还是有大爱的，而且他把文学看作生命，看作事业，他不是那种玩文学的人。所以，他始终在用一种很谦恭、很虔诚的姿态写作。包括这部作品。我觉得，在这部作品中，他在叙述上是有追求的，用了采访的形式，用了灵魂对话的形式，还用了不同角度来阐释同一件事。我觉得，他不断想突破自我。对于作家来说，这是特别难的事。

前不久，我在新疆开一个学术会，谈到新疆的一个作家，他今年创作的叙事模式没什么变化，尤其两部中篇小说的故事都是一样的，人物也是一样的。这样的情况很多，很多作家都在不断地重复自我，这是一种失败。我在那次发言时就说，不断重复自我，失去对自我的挑战，作家就不可能成为大家。而雪漠在这部作品上，显然是有着探索的，他在创作过程中，构想可能发生了变化，所以他最初想写一个关于齐飞卿的故事，后来却将更多的笔墨放在了木鱼妹身上，把这个故事开拓为一个复仇史，最后以情爱结束。他把大爱放进了作品，认为人与人之间不能刀锋相见，不能生死复仇，要用爱来化解仇恨。这里面有他的一些思考，而且他在创作中确实在关注生活，写骆驼他就关注骆驼，把骆驼写得活灵活现，把骆驼的性格也好，骆驼生活的点点滴滴也好，都写得非常细致生动。我觉得，这是一个作家很认真地体验生活、思考生活的结果。

不过，我也想谈一谈我感觉到的不足，对作家的创作，你不能光讲好话。尤其我们是朋友，我觉得更该讲一些对他可能有益的话。当然，我的话可能不当，仅供参考。《野狐岭》里有二十七次采访，但我细细读来，发现每个灵魂的语言风格好像差异不大，共性太多，个性太少。比如，杀手的语言应该是很冷酷的，木鱼妹的语言应该是很柔婉的，我觉得作家在写作的时候，应该考虑到鬼魂的个性，要把鬼魂的个性也写出来。你读一遍杀手的话，就要觉得寒气森森，他的语言可能很粗俗，甚至锋芒毕露的；而木鱼妹的话感觉很机智，还有其他的很多特点。所以我觉得，除了注意作家的采访语言，其他语言的个性也应该更多地注意一下。但是总的来说，这部作品可以看出雪漠的探索，尤其是对叙述的探索。我觉得，雪漠在今后的探索中，很可能会把更成功的作品提供给我们。谢谢大家！

朱小如：雪漠开始调皮了

◎朱小如（《文学报》原文学评论记者）：听了这么多，大家的想法我都同意，但我对雪漠的想法还不太一样。上一次在《白虎关》的研讨会中，我就说，雪漠的写作才华其实是我看过的中国作家中非常独特的，所以我很担心他被定型在西部这个环境、这个时空里。因为西部作家老写苦难，老写穷。我上次去兰州开会，看到一个写丝绸之路的作家，我就提出来，西部作家把自己定型在写穷和苦难上可能也不太对，因为西部也有过辉煌，也有过丝绸之路这样的东西，能不能写点富的？但是雪漠这次让我来开会，就是为了让我体会到他这部小说富的一面——他在小说中写了幸福。这是让我非常感动的地方。雪漠真的把我的意见听进去了，他开始琢磨跟西部原有的叙事不太相同的东西。第二，我常说，小说首先要回到"说"，同时又要回到"小"，怎么说是最重要的，这个"说"就是叙事。如果我们老是沿用现代主义的，老既定在一个传统一致的叙事之中，造假造伪的过程可能就越来越多了，其实对读者也是一种伤害。但是这个小说不太一样，它不断运用芥川龙之介《筱竹丛中》的叙事方式——责编说是《罗生门》，当然《罗生门》也对，因为电影就叫《罗生门》，《筱竹丛中》是它的原著——就是用不同的视角，几乎打破了我们一致的定型的叙述现实局限。

还有两个地方是让我非常吃惊的，第一，他突然之间写到一个事件，里面的木鱼妹看起来就像是"女红卫兵"，我就觉得这个意象他怎么用得那么好，完全把时空都联系起来了；第二写的是幸福，他说，我觉得我肯定比"四类分子"幸福，雪漠开始调皮了。这才是我感兴趣的。说白了，写作的自由其实就是思想的自由，如果写得不自由，那肯定是因为你思想不自由，所以有局限。至于他到底能不能达到神话预言的程度，理论上我们那样思考可能也对，但是，我觉得雪漠确实做到了。在他的所有写作当中，我认为这部小说给了我一个很好的答案。谢谢大家！

周立民：长篇小说的精神结构

◎周立民（评论家、巴金故居常务副馆长）：《野狐岭》我只看了一遍，而且谈到雪漠我一直觉得很气短，因为他有几部很重要的作品我没有看过，不是大家经常谈论的"大漠三部曲"，恰恰是大家不大谈论的"灵魂三部曲"和"光明大手印"。我觉得，它们可能是雪漠创作中很重要的一部分，对我们解读我们浮在表面上看到的雪漠作品，或许有很大的帮助。所以，我一直不敢系统地谈论雪漠，今天也只能谈一点肤浅的印象。

雪漠的最新长篇《野狐岭》是一本叩问死亡之书。从开篇，死亡的阴影就笼罩着小说中的每一个人，仿佛没有一个人可以逃出这个命数。但是，从另一个角度讲，不知死焉知生，这也是启迪我们思考生命价值的一本书，里面充满着对不同人生状态的思考，比如，对于仇恨的消解，在这个过程中，生命境界得以锤炼和提升。不难看出，雪漠是一位有着执着的生命观、价值观的作家，而这个时代中，世俗生活已经剥夺了我们的精神探索，大家都在碎片化的思想烟雾中写作，在这时，鲜明的价值观便成为高原上的稀薄氧气。而事实必将证明，作家的精神世界与他的创作绝不是简单的皮毛关系。

《野狐岭》出版后，很多人都谈到雪漠的变化，在我看来，雪漠当然在叙述形式上有很大的变化，他的每部书都不一样，但是我觉得，他的作品中不变的元素和气质其实也十分明显。这不变的是什么呢？在雪漠的长篇小说中，外在的叙事结构背后，始终有一个精神的结构在支撑着。这一点也是雪漠作品中我最看重的，我一直强调——尤其对于长篇小说而言——单纯的外部结构不足以支撑一部庞大的小说，作品背后必须有一个强大的精神结构，它才能成其为优秀作品。就像一个人，他的美、气质绝不仅仅是由面孔和体形构成的一样。小说最重要的功能不能是仅仅去充当写作课上教学的范本（不必讳言，当代小说丧失了精神活力，与一些作家这种追求不无关系，它在自我封闭中让小说枯萎），而应当保持它世俗的艺术本色，它应该跟世俗社会达成一种精神默契，也可以说，它不应放弃跟读者精神上的交流。此时，小说背后的精神结构就显得尤为重要。

有人说，一部小说语言如此优美，结构那么精致，还不是一部好作品吗？我想说这只是"好作品"的部分条件，它背后缺少一种能够支撑它的精神结构，再精致也只是表面的。这涉及小说文本与它的阅读者达成什么样的契约的问题。我越来越怀疑，到底有多少读者，在阅读小说时会像大学的写作教师那样，在进行技术分析，这是起承转合，这是圆形还是扁形人物……如果把话题稍微扯远一点的话，我认为改变当下国民精神结构，我们当代最优秀的作家，可能还不及余秋雨、于丹、琼瑶、南怀瑾等人。尽管很多人不愿意承认这一点，尽管他们很少具有多少原创性，但是正是因为他们与大众达成了广泛的阅读关系和精神互动，那就难免对国民精神结构产生实质性的影响。这就涉及，大众读他们的作品时在读什么？是精致的语言、叙述结构？恐怕都不是，读者需要作者一个精神景观，借此他们可以感受自己的人生、打量周遭的世界。这些功能原本都是由最优秀的小说提供给一代代读者的，但如今的小说嫌贫爱富，抛弃了这批读者，尤其是祭起"纯文学"大旗，把小说变得仅成为精英读者的股掌之间的玩物，我觉得这有悖于真正的小说精神，是釜底抽薪的举动。现在的很多长篇小说，我们最后能读出什么东西呢？如果仅仅是一堆故事或者一堆信息的话，就像现在大家常说的，每天的社会新闻报道比小说精彩多了。但是，当我们读古典名著的时候，总会觉得自己突然得到了某种点拨，在某种情况下，它甚至打开了我们人生的一扇窗，给我们提供了一个新的价值观，或是世界观。我觉得，小说除了叙事艺术的探索之外，在某种程度上，其实也应该提供这样的东西。因为只有这样，小说才不会轻易被时间风化。

《野狐岭》能够看出作者的某种野心，它有一种宏大而复杂的构思，在这一框架下还组合了众多精密的零件。说"宏大"是因为天地人神俱现纸上，在具体处理上，作者以"招魂"的方式打通了历史与现实。小说中，作者不光是对死去的一些具体人物的招魂，也是对这片土地上消失的事物、对我们这个世界上可能不存在的事物的招魂。雪漠在后记中强调说，他要"写出一个真实的中国，定格一个即将消逝的时代"。我认为，这种招魂不仅是叙述者一种具体的行为，而且还隐含着一个巨大的隐喻，作者在呼唤一种久违了的精神，这些才是这部作品更值得我们思量的地方。

雪漠在小说的后半部，还创造了一个末日景象，或者说是一个末日的世界，这跟我在前面所说的"死亡之书"是有联系的。但是，我注意到这个末日不是单一的惊人、恐怖，相反在心灵震撼中还有一种温暖的力量。比如木鱼妹和马在波在胡家磨坊里推磨的那一章，雪漠制造了一种非常抒情、非常温暖的氛围，我甚至觉得马在波有点像现在大家说的"暖男"那种感觉了，而木鱼妹是侠义的女汉子。在这样温暖的"末日"，让我感到《野狐岭》不是简单意义上的"死亡之书"，它是启悟我们如何面对死亡、破解死亡这样无可逃遁的生命咒符的书。

我们也一直在强调雪漠变得会讲故事了，但故事不是万能的，也不是最主要的，最重要的是，创造了这样一个故事体现了一个作家的能力，尤其是能把传说写成故事，也能把故事再变成传说，这一点我觉得非常重要。不管怎么样，最后可能都会变成一个传说。包括那段暴动的历史，包括人与人之间的恩怨情仇，甚至包括推磨的那个细节，最后都有可能变成传说。第二十七会的标题就是"活在传说中",可能也有人死在传说中。在这个生死轮回中,雪漠完成了传说与现实、生与死的水乳交融。

当然,读这部作品,我也有不大满足的地方。感觉上,后半部分比前半部分精彩得多,或许因为小说的开头需要做一些铺排吧。作者一直在强调,驼队出发的时候,就已经注定了消失的宿命,但是在每件事发生的过程中,我们又体会不到那种恐怖感,所谓的恐怖性,其实不仅仅来自语言的判断,还要有这种感觉,在情感递进的过程中,似乎还缺少一些非常恐怖的细节来营造出一种心理上的恐惧感。其次,每一章的叙述方式应当有所变化,而不是像现在这样,开头一直由叙述者讲一段话,然后招出一个鬼魂来讲述故事。长篇小说需要变化和参差的美,而不要太模式化。

虽然雪漠说他后来逐渐为自己写作,但我总是感到他的写作并不是完全为了自己,可能还在考虑一些其他的东西。我倒是真的盼望他能无所顾忌放开手脚真正为自己写一部书。昆德拉探索小说艺术的《被背叛的遗嘱》,其中提到了"背叛",背叛什么呢?一是对正统精神的嘲弄,再就是小说文体上的自由解放。这种小说文体上的自由解放,有时是可以打破一些现代小说规则,包括我们在上面分析的那些规则的。其实中国古代小说里,也会有这样的打破,比如《镜花缘》这样的小说,如果用现代小说的解读来看的话,里面有很多东西都是废话,但是从一个纯粹的读者的阅读立场来看,里面的每一部分都可能非常精彩,就像我们平常听的评书,他不讲情节的发展,就讲那个人拿着兵器,描述十八般武器是什么样子,但是他讲得眉飞色舞,对读者来说,也把他描述的那个世界给打开了。小说能不能这个样子呢?还有,可能不光是雪漠自己，很多作家都没有把前言后记当成文本的一部分，而是把它当成了文本之外的东西。我觉得，其实作家应该重视你的前言和后记，有没有这个前言后记，要不要这个前言后记，都是需要考量的。而雪漠可能总是感觉别人不理解他，所以在后记里倾吐的东西太多了，有时候，这其实会干扰大家对文本的阅读。

曹元勇：呈现一个开放的整体世界

◎曹元勇（上海文艺出版社副总编）：西部作家雪漠的文学起步是十四年前的《大漠祭》。从《大漠祭》开始，雪漠以大西北崇山峻岭般气势雄浑的两个三部曲——"大漠三部曲"（《大漠祭》《猎原》《白虎关》）和"灵魂三部曲"（《西夏咒》《西夏的苍狼》《无死的金刚心》），划定了中国文坛属于雪漠的文学疆域。如果说，前面的两个三部曲是两片粗犷的高原，那么他的新长篇《野狐岭》则是一座山势复杂的奇峰；无论从汉语小说角度，还是从世界小说的角度来看，这部小说都值得深入探讨。

首先，这部小说呈现出一种崭新的世界观。它没有中心。传统小说一般都是有一条主线加一到两条辅线，或者一个中心故事附带若干个次要故事。但《野狐岭》不是这样，它在叙述结构上对"中心"做了消解，它创造的世界是没有中心的。比如它写齐飞卿领导的那起农民暴动。刚看到的时候，你会觉得这场农民暴动在小说里肯定会是一个非常重要的细节，勾引着你想读到许多与暴动相关的内容。然而在把这部小说看完之后，你会发现，这件事虽然在历史上很重要，但在雪漠这里却似乎不那么重要；而且，与之相关的许多人物，比如木鱼妹等，在雪漠的叙述中不断地进入不同阶段的历史，但那些曾经在历史中非常重要的事件都只是被他一带而过。可以说，所有在其他小说中可能会作为中心来描写的事件，在《野狐岭》中都变得不重要了，都只是这个世界上发生过的小小的事件，就像在历史的天空飘过了一粒灰尘。雪漠仿佛有意要呈现这样一种世界观：没有一件事在这个世界上是重要的，也没有一件事在这个世界上是不重要的。

这让我想起从前翻译的美国黑人作家爱德华·P·琼斯的一部长篇小说《已知的世界》。从文本片段上看，《已知的世界》叙述方式完全是19世纪古典小说的样子，但在叙述过程中出现了许多超出主线或重大线索的内容。雪漠的《野狐岭》也是这样，它似乎也用了很多传统的讲故事的方式，但节外生枝的线索可谓层出不穷。《野狐岭》表面上最重要的线索应该是跨越阴阳两界的对话和两个驼队发生了什么事情，但是雪漠时不时地扯出很多旁支的东西；比如木鱼妹的故事就占了相当大的篇幅，还有木鱼令、木鱼爸的故事，等等。我曾经问过爱德华·P·琼斯："你在《已知的世界》里面为什么写了那么多跟主线几乎没有关系的内容？还有那么多看上去好像不怎么重要的细节？"琼斯大叔解释说，很多东西组合在一起才构成世界，就像我们人体一样，每一根细小的头发都是身体的一部分，尽管把它揪掉，人也不会受到什么伤害，你还是你，但这根头发曾经是你的一部分。这种世界观对我来说虽然不是全新的，却不乏导向新意的启示性，因为它代表着一种全息性的观照世界的方式。以这种全息性的观照世界的方式去写作，所产生的作品必然是新颖的。所以，从这个角度而言，雪漠在《野狐岭》里面做的有意或无意的尝试，无疑为汉语写作提供了一种完全放开的、整体的观照世界的方式。他可能并没有看过我翻译的《已知的世界》（因为这本书第一版销售量并不大），这些东西应该完全是他自发探索并感悟出来的。

其次，对雪漠的文学创作来说，《野狐岭》是一部超越性的作品。无论是叙述架构，还是对各种文学元素——比如陈彦瑾女士在编后记中谈到的灵魂叙事、侦探模式、推理模式等（在小说里，我甚至还看到了武侠模式）——的运用，雪漠毫无疑问都做了大胆的探索，但我觉得更为重要的是雪漠对自己的创作在每一个阶段都有很高的要求。《野狐岭》前面的"大漠三部曲"也罢，"灵魂三部曲"也罢，还有"光明大手印"系列，雪漠写的都是几卷本的大书，充分表明他是一个很有野心的作家。他在每个系列中都创造了一个包含三座山峰的高原，那些山峰既互相关联又彼此独立。而创作这部全新的《野狐岭》，我相信他仍然是有野心的。读他的这本书时，我感觉到他不只是重新塑造了一座山峰，弄不好后面又会出现一个三部曲式的高原。因为，在这部小说里，他留下了很多悬置未决的情节，就是把一个故事悬在那儿，没讲完。比如，这部书后曲的大部分篇章实际上都是关于汉驼队的，那支蒙驼队仿佛在不知不觉中躲到了某个所在，等待机会，重新出来讲述他们到底遭遇了什么事情。还有，小说里写到的凉州暴动等许多事件，都是讲到一定程度就悬在那儿了，而这种情况其实也符合小说中那个总体叙述人的需要。或许，他接下来会不断延伸出更多的小说。总之，雪漠给我的感觉是非常有雄心，他在不断挑战自己。

另外，雪漠在写《大漠祭》《白虎关》那些照片时，对人物和细节的描写可能还是停留在比较传统的叙事方式上，而在"灵魂三部曲"中，他已经试图探讨一种更加精神性的东西了。现在到了《野狐岭》，我觉得他把几个方面都结合起来了，而且观察世界的方式也发生了变化，同时也充分展示了他在天眼通、宿命通等"六通"方面的神秘知识，让这个没有中心的世界不仅广度上多元化，而且层次上多重化。面对这样的小说，对它的任何看似有力的谈论其实都会尴尬，都会暴露自己的局限和偏颇。

最近两年，我在不断检视自己在好多方面的知识和认识上的局限，包括对中国西部地区很多东西认知的不足。许多西部文学作品的存在，包括雪漠的两个三部曲和《野狐岭》，对我来说既是提醒，也是启示。面对这些作品，我觉得有必要全面检视我们已经习以为常的中国文学范畴，以及对中国文学版图的狭隘认知。一段时期以来，讲到中国文学，很多人讲的往往只是汉语文学，而且重点是在东部发达地区；而对西部的文学，特别是西部的用少数民族语言写作的文学——少数民族在一定程度上也算是一种带有偏见的术语——则经常是被捎带着谈一谈，或是忽略不谈。几天前（8月9日），我们在上海图书馆开过一个《世界文学史》的座谈会。苏联高尔基世界文学研究所在编撰这套《世界文学史》之前，确立了一个总体的观念，认为世界上没有哪国或地区的文学是发挥了最重要的作用，或者说起到了中心作用；任何一个小民族的文学，只要它出现过，都是重要的。所以，他们在编撰这套《世界文学史》的时候，把世界上已经发现的任何一个小民族的文学史都编了进去。他们是在消解一个中心观念，我觉得这是那些编者了不起的地方。而且，在这套《世界文学史》中，俄罗斯文学是非常重要的一部分，而他们的边疆文学，比如南高加索地区的每一种语言的文学，同样也都占了很重要的篇幅。对照之下，会发现我们国内编写外国文学史或世界文学史的时候，常常是把中国文学拿掉，只叙述一些外国文学；或者编写中国文学史的时候，基本不谈或很少谈到少数民族语言的文学。这是一个很奇怪的现象，这种现象既反映了编写者认识上的偏狭，也反映了编写者知识能力的缺陷，比如不懂少数民族的语言，不了解少数民族的文学，等等。

我们今天讨论的作家雪漠，还有我们通常重视的一些西部作家，他们往往都是用汉语写作的。而那些用少数民族自己的语言进行写作的作家，要么没有引起我们足够的重视，要么就是根本没有进入我们的视野，被我们忽略了。这种现象，恐怕真的是我们的中国文学研究需要认真检讨的地方。另外，文化研究也是存在同样的问题。在东部发达地区，谈论中国文化时，人们不是经常不假思索地讲我们中国人没有宗教信仰，缺乏宗教观念吗？但是西部的宁夏、甘肃、青海、西藏、新疆等幅员辽阔的地区，不仅地理上都是属于中国的一部分，那里的文化也都属于中国文化，并且存在着各种历史悠久的宗教观念，而我们因为局限于自己狭隘的、带有偏见的文化立场，对他们的理解不仅难称充分，甚至不乏误解。雪漠在《野狐岭》中写到了一些藏传佛教方面的东西，我不懂这些东西，但可以感觉到雪漠的这种写作其实是在提醒我们，汉语文学除了向欧美概念上的西方学习，也需要向我们中国曾经的西方学习——在历史中，西域、印度就是我们的西方。西部的文化现象和精神资源不仅历史源远流长，而且极为丰富多彩。其中，西部的一些神秘文化，如果我们站在西部人的立场去看，就会发现那是一个真实的世界，只是在我们的习以为常的经验以外而已。习以为常的常规经验让我们的思维变得懒惰和狭隘，使我们懒得去发现一些我们不知道的真实，或是不自觉地遮蔽了一些珍贵的东西。从这个角度出发，我觉得雪漠的作品对我们来说是一种呼吁，呼吁我们重新打量和认知西部与西部文学，检讨我们自己在很多观念上的缺陷和偏狭。

宋炳辉：雪漠的野心与文化方位感

◎宋炳辉（上海外国语大学文学研究院教授、《中国比较文学》副主编）：雪漠把丝绸之路的文化历史，跟整个中华传统文化的核心思想勾连起来，然后借助他的故事和精神结构，让他的灵魂叙事能够突破中华文化的范畴。在这一点上，雪漠是有野心的。

一个有野心的作家在几个方面必定是很有底气的。一是他很会讲故事，他的故事能抓住读者，这一点我觉得非常重要。对于雪漠的《野狐岭》，如果我们倒过来解读，就会发现磨坊的故事是核心情节，如果将来马在波变成隐士的话，那肯定会成为一个核心的高峰。同时，一个有野心的作家也必定有一个强大的精神结构，在这方面，雪漠也有他的特点和优势。他对佛教，尤其是藏传佛教，有过长期的潜心研究，所以有一种独到的见解和积累，在他前面的作品中，都有不同程度的体现。

另外，一个有野心的作家，还必定有一种文化方位感。一直以为，雪漠的整个创作有一种文化上的方位感，不同的作品在他构筑的文学世界中，有着具体的文化方位。我的理解是：雪漠的根在丝绸之路一带。虽然我们对那里的地域色彩印象都非常深刻，而且在当代作家中，有地域写作意识的作家其实很多，他们都知道作品要写出一方水土的文化和传统，才有一定的价值，但是，雪漠有一个比其他作家更出彩的地方，就是他能把丝绸之路的文化历史，跟整个中华传统文化的核心思想勾连起来，然后借助他的故事和精神结构，让他的灵魂叙事能够突破中华文化的范畴，在这一点上，雪漠是有野心的。如果我们系统地读雪漠作品，就会感觉到他的努力和运筹。雪漠在《野狐岭》中的努力，就是借助于他在东莞的经历，把凉州文化和岭南文化进行想象性勾连，而且这个勾连在作品中是通过木鱼妹的线索来实现的。当然，要完成这样的目的，雪漠在人物和情节的构成上，就肯定要带进很多东西，而且要面对一个很大的难题，情节必定会复杂很多。看完《野狐岭》后我甚至想，如果雪漠把那核心的故事——也就是磨坊的故事单独拎出来的话，其实一个中篇的架构就足够叙述了。但是，假如把它变成一个中篇，只写磨坊的故事，那么它跟当代的很多作品放在一块的话，就不觉得它有多么出彩、多么令人惊奇了，它的意义也会降低很多。就是说，这样一个透视人性善恶的、具有超越性的故事，是需要确定一个自己特有的文化方位，并且需要大量的背景来支撑的，比如我们前面提到的宗教背景、精神超越的背景等。然后，那个核心故事在不断呈现的过程中，才会体现出它背后的意义，也才能带给我们一个思考的空间，包括一种超越性的启示。

我想，这也是雪漠在叙事方式上面的努力，而不仅仅是"招魂"这样一种方式。招魂只是一种外在的方式，而且，让死人回顾往事的大陆作家其实很多，比如方方的《风景》就是其中之一。这种形式本身并不是非常复杂的。但雪漠借助于这样一种文化方位的设计，这样一种精神结构，把中原的核心政治和边缘文化，以及佛教文化——甚至在佛教文化的背景中，他也把藏传佛教进行了勾连，但藏传佛教的内容是非常丰富的，书中有很多修炼方式都属于藏传佛教——民间文化——把凉州的说唱艺术和东莞木鱼歌进行勾连，而且这两种民间说唱其实跟佛教传统本身也是连接在一起的——连接在一起。就是说，他把最世俗化的生活和最具超越性的佛教背景勾连在一起了。雪漠在《野狐岭》中的努力，是很令我们感到欣慰和高兴的。与《白虎关》相比，作为小说的《野狐岭》，或者说作为小说家的雪漠，在宗教精神和世俗生活的关系上处理得更成功了。因为——也许是我的个人倾向——我不太喜欢作为小说家的张承志在《心灵史》中对信仰和世俗的处理，我觉得，小说终究是一种以世俗生活为材料的语言叙述，如果你过于把世俗生活排除在叙述之外，哪怕精神立意再高，实际上也就降低了超越的力量，最后也就降低了小说的力量。

（发言稿刊于《出版人》杂志2014年12月17日第12期）

王鸿生：对"灵魂"进行复魅

◎王鸿生（同济大学人文学院教授）：雪漠的长篇《野狐岭》出版了，让我感到庆幸的是，雪漠仍是个小说家，他没有远离文学，去做专门的修行者。一直以为，是文学在多重意义上创造了雪漠，同时也牵制了雪漠，并将他置于文学与修行的巨大张力之中。所以在他的作品中，既有非常空灵的一面——这得益于他的修行经验，又能把众生的爱恨情仇写得元气淋漓，富有生命的质感——这自然得益于文学。

陈晓明教授当年评论雪漠，有过一个很传神也很准确的说法，说雪漠的写作是"灵魂附体"的写作。到了《野狐岭》，雪漠显然又往前、往上冲刺了一步，有点"灵魂出壳"的味道了。在我看来，他的这种写作非常值得重视，因为关于灵魂及其叙述问题，不仅是他探索的一个重心和特点，也是汉语叙事文学一向比较薄弱的层面。新时期以来，不断有作家进行着灵魂叙事的实践，早在20世纪90年代，李佩甫的《城市白皮书》、张斌的《一岁等于一生》、潘婧的《抒情年代》（写作期）等，已经从多角度进行过尝试，并提供了积极的经验。还有张承志对《心灵史》按"七门"的结构予以重写，尤其是史铁生的遗著《我的丁一之旅》，采用身器与行魂的交织叙述，都取得了很高的成就。但总体上看来，在这方面做得好、做得特别成功的文学案例并不多。可以说，雪漠的创作意识非常自觉，对当代中国文学的灵魂叙事，有相当大的拓展和推进。

《野狐岭》出版后，有评论说雪漠的作品为读者提供了一种智力的挑战。对于"智力"这个词我比较警觉，因为这将造成不必要的误读。雪漠的写作不是智力性写作，他的小说也不是某种知性叙事，而确实是一种灵魂叙事，一种非常直接的幽灵或幽魂的叙事。这种叙述方式打开并复活了历史中长期被掩埋的失踪者的记忆，理解这一点，对理解他的小说来讲，非常关键。

其实，在我们重返历史、叙述历史的时候，常常会忘却，有许多东西是被淹没了的，而雪漠在《野狐岭》中打捞出来的，正是那些被淹没的记忆和声音。小说的每一次会话，人物的每一种动机、行为，都体现了他的这种重新历史化的冲动。但写西部历史也好，写清末民初的历史也好，他又没有把历史当成某种认知客体、认知实体，然后去寻找和还原一个历史的真相。众所周知，当小说家试图重新历史化的时候，往往会陷入一种认识论惯性，或者叫"史学幻觉"，觉得存在一段真实的历史，然后要去探秘，要把唯一真实的历史面目揭开。对这个问题，雪漠所做的完全是另外一种处理，一种对历史的伦理化处理，或者说对记忆的一种伦理化处理，而不是认识论的处理——当然，这跟他有宗教追求相关。他要处理的对象，无非是人类生活的一些基本矛盾、冲突，但就像保罗·利科说的，记忆伦理的彻底性不是对记忆进行复原，而是对记忆中的罪错实行"沉重的宽恕"。雪漠做到了这一点，他一方面释放了大量被压抑、被扭曲的声音，另一方面又展示了超越，展示了一种实现历史和解的可能。所以说，雪漠的思索不仅有相当深度，而且跟当代世界构成了一种潜在的对话关系。这表明，他对现实有着自己的独特考量。

雪漠的灵魂叙事还给我们带来了另一个提示。自现代性展开以来，特别是从19世纪以来，灵魂这个概念已被理性祛魅，人们用心灵、意志、意识、无意识等概念取代了灵魂，于是灵魂书写变成了心理描写。但灵魂这个东西真的不存在，或者不需要存在吗？当然不是这样，我们读托尔斯泰，读陀思妥耶夫斯基，其实都会感受到那种强大的灵魂冲击力。在文学中，我们不仅遭遇到别人的灵魂，也会和自己的灵魂照面。这就是说，虽然现代科学否定了灵魂，或者说灵魂并非一个实体——当然，也有人仍认为它是实体，好像还称出了它的重量，说是七克，或者二十一克——但至少在文学中，通过言与心的特殊结合，我们也完全能感知到灵魂的在场。至少，灵魂可以被看作语言与心灵相结合的产物。在现代启蒙理性的笼罩下，依靠文学语言的独特能量，借助西部这样一种特殊的地域文化，对"灵魂"进行复魅，重新恢复灵魂的活力，这是雪漠的一大贡献，也是《野狐岭》所揭示的一个非常重要的命题。

（发言稿刊于《北京青年报》2014年11月28日）

薛舒：大漠歌手的饶舌说唱

◎**薛舒（上海作协副秘书长、创联室主任）：** 刚才前辈教授们讲得非常好，我也学习了，我只想从自己写作中一些很感性的体会来讲。因为我以前就认识雪漠，知道他歌唱得非常好。在作家研究生班上课时，我记得有一天我们跟一些文学爱好者们聚餐，有个女孩就坐在他旁边，他不认识，我们也不认识，后来有人叫他唱歌，他居然就对着那个女孩很投入、很动情地唱起歌来，那个女孩听了也很感动。我今天看到他的创作谈时，忽然发现，他写作的那种感觉，其实就像他唱歌一样，这印证了我对他作品的一种感受——他是 个大漠歌手。不过，这是他原来的作品给我的印象，在今天的这部作品中，我觉得他忽然改变了一下路子，用大漠歌手的基础，去唱了一首饶舌说唱，普通话不是非常标准，但有他的特点，所以这个说唱就显得很有个性。他的随笔我读得不多，我感觉自己更喜欢他大漠歌手的形象，不喜欢那种传教士的形象。因为大漠歌手更动人、更性感、更让女读者喜欢。我只从这个方面讲一下，别的我就不敢多讲了。谢谢！

雪漠：对一个巨大的灵魂世界的感知

●雪漠（《野狐岭》作者，甘肃省作协副主席）：首先感谢管总和人文社给了我的作品一个出生的机会，然后感谢陈彦瑾女士，她一直在督促我写文学作品。在很长一段时间里，我其实不由自主地写了很多宗教感很强的著作，也是那种喷涌式的写法，没有办法。所以这次写了小说，雷老师就说"雪漠又回来了"。我的写作更多的是一种火山爆发般的喷涌，有时是我身不由己的，所以，能写什么不能写什么，有时候不由我自己决定。它总是非常自由地往外喷涌一些东西，喷出什么就是什么，这次喷出的是《野狐岭》。而且，我的喷涌是随着我对世界的感知步步深入的，一个一个的世界进入我的灵魂，然后我再用灵魂流淌的方式，把它们展示出来。当这个超出我们感知的巨大存在出现，而目前的小说手法没法表达时，就会出现《西夏咒》《野狐岭》《无死的金刚心》这些作品。所以，更多的时候，它不是我在技巧上的探索，而是我对世界的感知，我感知到的那个东西，已经不是我目前的东西能够表达的了。所以，作家写作的秘密，可能就是对灵魂的修炼——我用"修炼"这个词。因为通过修炼，灵魂就会破除很多执着和局限，你就可能会感受到一个更博大、更伟大的存在。这时，你的作品会有一种很大的气象。

这个稿子是彦瑾最早的约稿，五年后终于完成了。也感谢在座的中央编译出版社社长助理董巍老师，他非常谦虚地坐在后面，我说你坐专家席，他不肯坐。今天来的这么多粉丝，我也非常感谢。他们有些是我的学生，有些是我的读者，都是因为看到我的作品之后来的，很多人来自很远的地方，有北京，有杭州，有广州，各地都有。所以我非常感动。我会写出更好的作品。

目前，我所表达出的世界，相对我感知到的世界来说，仍然是冰山一角，我还有很多很多东西没有写出来，可能要等待以后无数次火山喷涌的机遇。也许，你们以后会看到更多更好的作品。也感谢今天到会的诸位老师，我具有黑洞一样的吸收力，所有经过我耳朵的思想，都会成为我生命的营养，包括你们今天的很多发言，我都会运用在我以后的创作之中。谢谢大家。

陈彦瑾：期盼世界的理解

◎陈彦瑾（《野狐岭》责编、人民文学出版社编审）：首先我要感谢上海作协，《野狐岭》的第一个研讨会在上海作协召开，不知冥冥中是怎样一种缘分——前天在季风书园跟曹元勇老师对谈的时候，我也提到过这一点。今天来到这里，我忽然就明白了，因为，从我走进这个屋子，从这么多老师的陆续到来，我看到的，是一种兄弟般的亲切，一见如故的感觉。很多老师和雪漠老师热情拥抱，而且一见面就迫不及待地说起对《野狐岭》的看法。刚才听到徐大隆老师说"欢迎雪漠回家"时，我的眼睛一下子就热了。上海在我的印象中，是一个非常概念化的城市，我没有想到上海有这么温情的一面。今天，我对上海和上海人有了一种全新的认识。从这么多老师身上，我看到了一种大气、一种理解，尤其是一种男人之间兄弟般的关怀和亲切，令我非常感动。

今天我也是来学习的，听完这个研讨会之后，我心里的一块石头忽然就放下来了。其实，对于责编手记要不要收进书中，我一直是很纠结的。因为《西夏的苍狼》和《无死的金刚心》出版后，评论界有一种失语的现象，我很担心《野狐岭》也会不被理解。所以，就想把自己的理解放进去。我想，无论世界是否理解这部作品，至少我的理解会是一种声音，能给读者一种参考。但是，今天这个研讨会之后，我觉得自己的担心真是多余，因为这么多老师对雪漠老师和雪漠作品的理解都那么透彻，远远超出了我的想象。

将来，我想我还会继续关注雪漠老师的创作，也希望今后有缘再做雪漠老师的编辑。我还想说，今天是作家、评论家、出版人、编辑、读者聚在一起的雨中漫谈，是一种非常诗意、非常真诚的精神交流，我会记取今天这个会议，谢谢大家！

二、中国作家协会研讨会

2014年10月19日上午，由中国作协创研部、人民文学出版社、东莞市文联共同主办，东莞文学艺术院、东莞市樟木头镇"中国作家第一村"协办的"雪漠长篇小说《野狐岭》研讨会"在中国作协举行。中国作协副主席、党组成员、书记处书记李敬泽，人民文学出版社社长管士光，东莞市作协主席詹谷丰，东莞文学艺术院副院长柳冬妩出席会议并讲话。雷达、吴秉杰、胡平、胡殷红、吴义勤、贺绍俊、孟繁华、张颐武、陈福民、张柠、李朝全、岳雯等二十多位批评家与会，就《野狐岭》的艺术探索、西部写作、历史写作等议题展开研讨。会议由中国作协创研部副主任何向阳主持。

研讨中与会评论家认为，《野狐岭》是雪漠小说创作道路上的一个重要调整，也是今年小说界的重要收获。一方面，这部作品延续了雪漠小说一贯的主题——西部文化，把消失的西部骆驼客的生活写得丰沛饱满、细致生动，另一方面，它又在小说的叙事形式上进行了创新，具有很强的实验性和探索性，是作家日益复杂的世界观的一种表现，也是最能体现雪漠叙事才能的一部作品。评论家表示，《野狐岭》显示了雪漠的成熟气象，它既是西部写作，也是开放式的话题写作，具有"临界写作"的特点。这部作品让人们既看到了雪漠强大的写实能力、雄强阔大的大漠情绪、饱满有力的灵魂力量，又看到他创新的努力、强悍的才华、天然的呼风唤雨的能力，以及平衡神圣生活与世俗生活、宗教与人性、惊险叙事和现代史讲述，和嫁接民俗与现代、先锋与通俗、历史与当下、南方与北方的整合能力。从阅读看，《野狐岭》的整个设计都是考虑读者的，颇具挑战性，有多种阅读的入口和途径，具有沉默的力量、叙事的魅力和人性的震撼力量。此外，这部作品也有影视化的价值和可能。雪漠表示，《野狐岭》的形式创新更多来自灵魂的自由喷涌，而非刻意为之。

以下为发言记录（有修订）。

李敬泽：发现的惊喜和雄强阔大的力量

◎李敬泽（中国作协副主席、党组成员、书记处书记）：我觉得雪漠，无论是他整个的创作生涯，还是现在摆在这里的《野狐岭》，都是值得我们去研究和讨论的。但是，很心虚的是，我本人其实是没有什么资格在这里深入地、有把握地讨论雪漠，因为关于雪漠过去的那些具有广泛影响的作品，实际上我读得不多，对这个作家缺乏一个整体的判断和把握。但是，这次因为要开研讨会，所以我还是很认真地在这几天，把《野狐岭》这部小说给看了一遍，我确实有很受震撼的地方。某种程度上讲，过去我对雪漠不是很熟悉——人很熟悉，但作品不是很熟悉，我觉得有一种发现的惊喜，虽然我的发现可能晚了一些，或者说已经很晚了。

《野狐岭》这部书，对我这个读者来说，印象最深的，或者我最喜欢看的是什么呢？关于那些骆驼客们的生活，写得那么丰沛、那么细致、那么具体。他们的生活、他们的文化，包括他们对于无论是劳作中，还是在面对人类生活中大事件时的基本态度，所有的这些描写，是我最喜欢看的。在看的过程中，我就感觉到，也许雪漠如果不写，可能以后永远不会有人知道了。雪漠为我们呈现了一个如此独特的世界，而且，雪漠的笔力又是如此强劲、如此独特，将人类生活的小世界写得如此丰沛、饱满，它完全把我带进去了。现在，不用说骆驼客了，就连骆驼都少了。前一阵子，我去阿拉善发现，现在养骆驼的也不多了。骆驼都干吗去了呢？不知道。这样一个即将消失的独特的世界，骆驼客的文化生态、经济生态已经完全消失了。但是，那种非常细致的经验智力，那种很饱满的生命情致，被一个作家如此有力地写出来了，我觉得这本身是非常有价值的。当然，如果就《野狐岭》来说，仅仅说我喜欢这个，未免有点买椟还珠。在雪漠整个巨大的艺术构思中，这只是其中的一个元素，当然是最主要的一个元素。

整部小说，始终贯穿着凉州贤孝和木鱼歌的一种南北文化的对比。现在看起来还是北更好一些，对于南，尽管雪漠花了很大的工夫，也是樟木头作家村的村民，但有时候，不服是不行的，就是说，北方的植物种到南方去，怎么着也还是感觉不适应，他写木鱼歌远不如他写骆驼客那么丰沛、那么有生命的底气。

当然，就整部小说大的架构来讲，推理也好，悬疑也好，这些因素尽管大量地运用，在我阅读的过程中，我的阅读心态也不是阅读一部悬疑小说的那种心态，要被这个情节，或者事情的结果拽着走。实际上，我是一个不断停留的心态。所以，在某种程度上讲，这个故事雪漠尽管也花了很大的工夫，弄个架子放在那里，但是，我感觉其实也不是他的志向所在。同时，可能对于每一个读者来说，阅读的时候，也未必有足够的动力追着这个故事看，而是在阅读的过程中，始终被一个一个的声音所吸引。有的声音确实写得很好，非常饱满、有力。

在整部小说中，雪漠展示了这样一个复杂的世界。在这么多复杂的声音中，去展示一个精神的世界，一个超越层面上的世界——说到这里，我说句老实话，我觉得毫无把握。从我个人的直觉来讲，我喜欢的依然还是那个凉州贤孝。在那个世界里，我们看到了中国人，或者特定的西部骆驼客们，他们对人生、对世界、对死亡、对仇恨等的感受，以及非常充沛浓烈的人类情感。很多时候，我们也会为之所感动。

这部小说，整体看完后，我个人对雪漠有一种"发现"。用"发现"这个词只能是表达个人的一种感受，其实雪漠已经不需要发现了，但是对我个人来讲，确实体会到雪漠具有非常雄强、非常阔大的力量，让人不由自主地被他打动，被他折服。

雷达：小说的"玩"与反小说

◎雷达（中国小说学会会长）：《野狐岭》延续了雪漠小说一贯的主题，就是西部文化，包括西部的存在、苦难、生死、欲望、复仇、反抗等这些东西，而像《大漠祭》《白虎关》里那种大爱的东西，倒是有一点点淡化了，由大爱走向了隐喻。作者创作的意图很明显，就是要写一个真实的中国，定格一个即将消失的农业文明时代，这是他一贯创作中很重要的东西。他讲到了西部文化、沙漠文化、西部的传说、西部的神话、西部的民谣等。当然，其中也包含了人和自然的关系，比如对骆驼的描写，骆驼怎么繁衍、骆驼的死，都非常精彩。这部小说，你说它的主题是什么？很难说，但有启蒙的意义在里面。比如，小说里反复出现的一些话，像齐飞卿说的"凉州百姓，合该受穷"，实质上是对看客文化和麻木不仁的灵魂的一种批判。

其次，《野狐岭》突出了雪漠小说形式创新的追求。雪漠说，他要好好地"玩"一下小说，大家看他的后记应该注意到这一点，看它在雪漠的手里玩成个啥花样。他着重强调创作本身的快乐，是一种非功利性状态下的心灵飞翔。他的"玩"主要是从小说的结构和形式上来着眼，这是更重要的特点。

从整体上看，全书有二十七会，这是比较独特的。首先，在当代文学史上，张承志的《心灵史》，以门来构成，其他长篇小说则基本以章、节为构成单位。独特的小说结构体现出雪漠创新的努力。从某种程度上看，小说的结构就是作家对世界的一种把握方式。雪漠的"灵魂三部曲"一度被看作是走火入魔，重要的原因在于，作者对宗教和灵魂超越的过分强调。《野狐岭》试验性的结构其实也是作家世界观的一个体现，以幽灵的集会与全化身来完成长篇小说的结构，有相当大的写作难度，这是我重点强调的。第二，以嘈杂错综的声音构成一部长篇，也可以说，《野狐岭》这部小说是由声音构成的。总体看来，小说每一会都以"我"的处境与幽灵们的叙述构成，而"我"的叙述节奏总是和幽灵的回忆有着某种内在的关联性和结合性，但实际上，不是只有两个声音，其实更复杂。小说内部构成单元的会，意味着聚会、领会、幸会，即意味着小说中所包含的各色幽灵的相遇。聚会、集会，本身就意味着小说的复杂性和多重性。《野狐岭》是适应这个时代的，如书中无形的杀手、痴迷木鱼歌的书生、复仇的女子、杀人的土匪、驼把式等，还有心思堪与人相比的骆驼，他把骆驼写得和人一样，而小说在此基础上加上了一个活在现实中的"我"，将他们串联在一起，构成了一个极其复杂而混沌的世界。

第三点，三个特殊人物值得注意：第一，"我"。"我"在小说中表面看来是为了探寻百年前在西部最有名的两个驼队的消失之谜，但，"我"是灵魂的采访者、倾听者。"我"为了实现灵魂集会，并采访他们，来到了野狐岭。"我"在倾听幽灵叙述时，总想到"我"的前世，"我"没有弄清"我"的前世是谁，但"我"觉得那些被采访者可能是"我"。"我"的前世究竟是谁，这使得小说上升到一个哲学的层面，拓展了小说的思考空间。小说中的"我"在阴阳两界之间，喝了很多阴间的水，但最后还是活在人世上。采访结束之后，"我"发现他们开始融入"我"的生命，一个个当下都会成为过去，所以为了"我"的将来，"我"会过好每一个当下。齐飞卿，这样的民族英雄活在了传说中，而"我"却珍惜当下。第二，杀手。小说中出现的第一个幽灵就是杀手，他的面貌从来都是不清晰的，"我"完全可以通过"我"的法力来开启他的面目，但是"我"不想，这完全是一个现代主义的表现方法。其实，这个杀手可能是野狐岭上的一个幽灵，可能是木鱼妹人性中的幽灵，也可能是"我"，而小说中一直跟着"我"的狼也是一个象征的影像，它是每个人心中黑暗的表现。第三，木鱼妹，从岭南来到凉州，经历与亲人的生离死别，与仇家之子刻骨的爱情。小说中寻找的木鱼令，究竟是什么？雪漠在书里没有明说。

雪漠讲到的很多东西都是说不清、道不明的。所以，我在阅读的过程中经常会生起一个疑问，作者到底要表达什么？说不清、道不明，这可能是一种追求。但，这个追求是什么？作者也讲了，他不要主题，也不刻意追求什么，他不弘法，也不载道。

另外，这部小说充满了一种反小说的表现，碎片化的叙述，人物都是模糊的，不像现实主义文学要求的那样，人物性格刻画得很鲜明，没有一个完整的故事。现实主义和美学主义还要求有一个完整的故事，一个贯彻的意味，但在雪漠的小说里，这些都没有。所以，这部小说不是一个简单意义上的故事，特色性非常强。

吴秉杰：沉默的力量和叙述的魅力

◎吴秉杰（中国作协理论批评委员会副主任）：在作家群里，雪漠是一个独特的存在，从"大漠三部曲"到"灵魂三部曲"，他的创作发展，走了特别具有个人特色的一条路。过去，大家都有一个西部文学和西部作家的概念，但是大家都知道西部是个地理的存在，而且是个历史文化的存在，归根到底要跟不同的作家结合起来。最早的时候，我们没把张贤亮、贾平凹作为西部作家，或强调西部文学、西部作家，没有，但到了雪漠、红柯等作家，大家忽然有了一个西部文学的概念，他们是围绕着西部的苦难、西部的风光、西部的生存状态而写。

看了《野狐岭》之后，我有两个非常强烈的感受：第一是雪漠把沉默的力量和叙述的魅力都发挥得非常充分、非常强烈，甚至发挥到极致。所谓沉默的力量，从《大漠祭》开始，就有了一种沉默的苦难。当时上海为什么让它得奖？也许就是觉得西部的苦难，这种沉默的力量，始终像化石一样，那么沉重，很有震撼性。这是一种隐伏的东西。还有叙述的魅力，这里面这么多人物，这么多幽魂，不同身份的人，不同立场的人，如蒙人和汉人、世俗人和修行人、富人和穷人，甚至不同的骆驼，他们自己的立场、自己的眼光、自己的观念叙述，写得很有魅力。这部小说读起来声音是不是太多了？但是，它的魅力也在这里，这就是叙述的魅力。第二就是他把爱和恨都写到极致，这是他的一个特点，写得这么充分又强烈。爱就是木鱼妹，恨有一个很大的历史背景，其中有三个不同的械斗：土客械斗、回汉械斗、蒙汉械斗。在这两个艺术特色里，表现出了雪漠的一种追求，就是历史和整体相结合的追求。一个作家不仅仅要成为西部作家，而且要成为重要作家、大作家的话，他最后应该归结到生命和整体的结合、生与死的交流、今与昔的对话。在今与昔的对话中，虽然说灵魂不灭，不仅追求宗教上的灵魂不灭，还表明我们某种精神的永存，或者说这个精神在传承，即所谓的历史性和整体性。

总的看来，我认为雪漠具有三种能力：第一种，他一定不缺乏具体的能力，里面写了很多东西，如驼户歌、凉州贤孝、木鱼歌，包括许多残酷的场面，骆驼怎么起场，长得怎样，如何喝水，如何交配，等等，写得这么详细，他具有把写作具体化的能力；第二他是个诗人，一定不缺乏把某种情感推到极致的能力，确实具有震撼力。同时，我认为他具有集中的能力。长篇小说，归根到底体现的是把某一种力量集中的能力，不是与众不同地创造一种新的思想，而是选择最有力量、最能打动人的某一种思想，让灵魂真正不断地发出强烈的光响和力量。总之，这部小说对于我来说，特点太鲜明了，它是在"灵魂三部曲"的基础上进一步的发展。我觉得，雪漠的才华毋庸置疑。

胡平：大漠情绪和通俗化的努力

◎**胡平**（中国作协小说委员会副主任）：雪漠是一个很有信仰、很有信念，也很自信的作家，这一点，我非常佩服，因为中国作家中灵魂写作的人毕竟还不多。这部作品显示出雪漠创作思想、创作路数不断地在调整、在开拓，继续着成熟和探索。虽然作品可能有的人不一定能适应，不一定读得明白，但是我们打开一看这书的内容和形态，就立刻断定这不是一般的手笔，这就是一个作家的成熟。有的作品一打开，你立刻就知道他是初学，但是有的文本一打开，立刻觉得这个作者是大手笔，在这一点上，我觉得雪漠已经是越来越成熟了。不管这部书成功到什么程度，这是中国几十年来作家发展培育的一个新的状态。

《野狐岭》的后记里，雪漠写到这部书原来的雏形。最初的时候，他想写一个《风卷西凉道》，我也没看到《风卷西凉道》，如果我看到，这两个文本一对比的话，雪漠的创作发展就非常明显了。从《风卷西凉道》到这部作品，一定是非常大的一个进步。但是，《风卷西凉道》书里的齐飞卿还在，他是《野狐岭》里的基础，一个原始的情绪，西凉的英雄。我对齐飞卿临死说的那句话印象很深刻："凉州百姓，合该受穷。"雪漠一定是被这句话震撼了，这句话给我的印象很强烈，虽然整部作品调子说不清，但是基本情绪我是能够感觉到的。

第二，每个作家都有一些特殊的情绪的记忆，这是一种创作的基础和动力。最早的《大漠祭》有着西部的记忆，我特别喜欢。雪漠如果有今天的眼光和技巧的话，《大漠祭》获茅盾文学奖是不成问题的。刚才，我还和雷达说，他太厉害了。这种大漠印象、大漠情绪，在雪漠的记忆里和生活的积累里太棒了，这是他拿手的东西，因为那里边不但有情绪，也有无数的场景和记忆，西部的记忆。所以，作家最好的东西和他的场景记忆是有关系的。

《野狐岭》我读了两遍。第一遍确实模模糊糊，不知道到底要讲什么；第二遍，我再看的时候，可读性就很强了。每一章、每一段我都看得懂，整体上来讲有点模糊，因为作者所采取的创作方式是新的一种意境，无数的混合情绪的一种产物。这部小说的特点就是情绪的混合，比起《风卷西凉道》，肯定要复杂得多，不是那么单纯，所以我们也在宏大上边不是那么明白。历史的、传奇的、大漠的、西部的、土客械斗的、宗教的、沙匪的、岭南木鱼歌的、女人的、驼群的、灵魂的，种种都混合起来了。但它很出色的地方，就在于这些情绪都有相似之处，都有兼容之处，是可以混合在一起的。比如说，齐飞卿的造反和大漠、驼群、野狐岭放在一起，整个调子有相似之处，我觉得这也是作家的一种新的尝试和创造，体现了作者很强的整合能力，而且是作家世界观日益复杂的一种表现。但是，整个来讲，还是有西部印象，里边所有的因素都跟西部的印象有关系，所以我觉得还是可以成立的。

从情绪出发创作，我觉得也是很文艺的。绥拉菲莫维奇写《铁流》时，一开始并不是写十月革命。有一次，他看到高加索山，觉得高加索特别得雄伟，就想写一个小说把俄罗斯的宏伟写下来，那时候十月革命根本没有发生，但是他一定要写。先是写一个农民逃亡，被否定了。后来十月革命发生了，一个达曼军在黑海行军的这样一个过程被他看到了，觉得写这个最好，于是写成了《铁流》。这就是说，有些作家的写作就是情绪，这个情绪是最关键的。

我很喜欢情绪性的主题。雪漠的情绪性的主题是很鲜明的。但光是情绪叙事也不行，应该有写实的东西，这是文学性的要求。正如李敬泽说的，我也觉得《野狐岭》最实的东西、最棒的东西就是关于骆驼的描写。骆驼为了省水，一点一滴地渗那个尿。晚上累的时候，也像人一样侧卧着，腿伸直了，这些东西一般人写不出来，小说里文学性的东西写得特别好。

虽然注重灵魂叙事是雪漠的长处，《野狐岭》主要的口吻都是一些死魂灵的讲述，但是他也采取了后现代的方式。后现代的方式之一就是和通俗文学嫁接，是作品通俗化的一个努力，在这方面，我觉得他也是比较突出的。我们在《野狐岭》里可以看到一些武侠片或者武侠小说的元素，比如说书中的反清复明、哥老会、暗藏的杀手；还有侠客式的人物，如那贴身女侠，让人近不了身，这些都是从武侠小说借鉴过来的东西，这也是一个很好的尝试。木鱼妹本身就是一个通俗因素，本来两个驼队不可能有女人，但是这个女人进来了，而且成为小说故事的重点。故事性最强的就是木鱼妹，她先是想刺杀马在波，后来又爱上他了，这是一个传奇故事，也是一个通俗故事。我们甭管它好读不好读，真要拍一部电视剧，你说能不能拍？这还真能拍。

所以，《野狐岭》的写作是经过了一番构思的，一方面探索性很强，同时也尽量接近通俗。整个作品的设计都是考虑了读者的。比如说，整个故事的基础就是两支驼队进了野狐岭，消失了，哪儿去了？不知道，悬念开始。我觉得这都是很好的尝试。雪漠还在往前走，还在实验，那么，这部小说是他的一个调整，我觉得很有意义。向雪漠表示祝贺，他的调整我很赞赏。他的调整是一个作家对自己的挑战，不管成功到什么程度，都是值得肯定的。

张颐武：寻根文学的"老干新枝"

◎张颐武（北京大学中文系教授）：《野狐岭》确实很有分量。这部书把西部的民俗文化、生命文化和现代艺术技巧结合得非常充分。这套方法并不是一个新的方法，但是雪漠在运用现代主义的技术、想象方式，以及现代主义的路径方面，发展到了一个高度，他把现代主义有效结合在了他个人生命的体验里。技巧很普遍，人人都在用，但怎么样把自己的东西真正发挥出来，这是需要思考的。雪漠经过这么多年的摸索，现在他到了一个比较成熟的境界，把技巧化为了一个很自然的东西。我觉得雪漠早期的书有一点"架着"，现代主义技巧太重以后，他架着，架上去以后，一定要把神秘推到一个极限，一定要做到大，做大以后反而觉得不自然。现在，在《野狐岭》里，他把这套东西放下了，没有那么重，没有那么大，反而把他对这些文化命运的感悟、对西部的感受真正能够描写出来。他通过故事，通过"我"的叙事，让人能够跟着他进去，感受那个生活状态。这个状态的表现其实是现代主义的技巧，我觉得他写出了一个临界状态，写得特别强有力、特别有分量。

雪漠的创作已经到了一个化境。他把现代主义技巧真正融入自己的感受里，面对民族大命运，在西部文化中去追寻，去寻找出路。20世纪80年代以来，对民族文化，我们都有一种大的关怀的心理，80年代中后期，大家开始寻根，开始做文化反思、文化追问，以及对文化的探究。比如，从西部等地去寻找最原始的生命力，寻找中国文明基因里最强有力的东西。在这个角度上，我觉得雪漠有延续，既延续又超越。在探索现代主义方面，通过西部文化来写现代主义，是20世纪80年代后期的一个余脉，我觉得雪漠就是这个余脉的"老干"发出的一枝"新枝"。20世纪80年代以来，很多人的写作势头都开始在衰退，在这个衰退的景观中，雪漠保持着旺盛的创造力，难能可贵。这可能和他这些年住在东莞樟木头这样的工业化地方给他的刺激和感受有关系。在他过去西部经验的基础上，增加了岭南文化的多样性，有了新的整合，反而创作出新的东西。

《野狐岭》的寓言性很强。20世纪80年代以来，我们就迷恋寓言性的作品，中国当代文学对寓言性非常依恋。故事看起来很具象，但具象的故事里边一定有一个抽象、暧昧、含糊的指向，讲到民族、命运等这些东西。在这个角度上，《野狐岭》做了很多探索，把寓言性和故事性融在一起。故事性不仅仅是市场的问题，而是怎么样从具体超越具体。故事性，现在看起来已经可以了，因为雪漠是个诗人型的作家，这个故事性很难像一般的小说家写的那种故事性，他的故事性是跳跃性的，虽然有一种线索，但还是跳跃性的故事。总之，雪漠把现代主义技巧、寓言性和自我感受三者之间结合得非常好。这是一个大格局。

《野狐岭》看起来天马行空，这部书最大的好处是从多少页看都可以看进去。你从哪里开始读，感受差不多，倒着看也行。这是开放性的故事，往前走，往后走，你都会被吸引。雪漠有种诗性的东西。诗性的东西最大的好处就是从哪开始读都行。如果没有诗性的东西，一个故事很紧密的小说，你从哪儿插着看，下面就断了，续不起来。但是，《野狐岭》是灵活的、开放的，从哪看都行，它提供了新的阅读经验，把想象力解放了，这是现代主义的一个重要因素。所以，这部书好就好在，从哪儿看都能探索到它的真谛奥妙。

孟繁华：对传统资源的逆向书写和借鉴

◎孟繁华（**沈阳师范大学教授**）：《野狐岭》是今年我读到的最具挑战性的小说。雪漠在当下，用现在的说法叫作实力派作家，取得了很大的成就。比如，他的"大漠三部曲""灵魂三部曲"都有广泛的影响。当然，我觉得雪漠一直是一个很具有探索性的作家。我曾经说过，在当下的文学环境中，文学革命确实已经终结了，现在我们通过形式上的革命、花样翻新来证明文学的存在，这种可能性是越来越小了。看了《野狐岭》之后，我觉得雪漠还是一直在探索，不是革命性的变化，但是非常具有探索性。比如，在章体结构上叫二十七会，二十七个采访，二十七个对话。

这部小说很难概括，你说它究竟要写什么，按照我们过去的说法，它背后的诉求究竟是什么？我觉得混沌可能是这部小说最大的优点之一，雪漠特别想用当下的这种方式，和对百年前的理解，把一百年前的生活重新镶嵌到我们当下的生活之中，让我们重新体会一百年前的西部生活。这个构思本身很有意思，这和所有的历史写作都有相似性。

刚才张颐武说它是现代主义的实验，我觉得大概不是这样。如果和现在联系起来，它可能是和后现代主义有关，不是现代主义。它既没有愤怒，没有反抗，也没有嚎叫，它怎么是现代主义呢？它是后现代主义。这部小说最大的特点，是对中国传统文学资源和古代文化资源一种逆向书写和借鉴。过去，我们的历史写作比较传统，比如说，司马迁写《史记》时，不断地出现一个一个的人物，通过人物把历史建构起来，这是史传写作。那么，雪漠是一个逆向的写作："我"是一个倾听者，让人物一个一个地来讲自己，人物自己的讲述和司马迁讲述这些人物是个逆向性的。"我"是这部小说结构的中心，"我"一直在采访、在询问，"我"一直跟过去的魂灵进行对话，这和司马迁讲述历史人物，讲帝王，讲侠客，是不一样的，是逆向性的。但整体结构上，它们具有相似性。所以，我觉得他还是对中国传统文化资源的一种借鉴和继承，这很有想象力，很有办法，这一点写得不错。

第二，在小说整体构思上，我觉得非常有想象力。刚才我问雪漠，这两个驼队真的有吗？你有依据吗？他说，真有。这两个驼队真到俄罗斯了，还和列宁等人照了相。但因为小说本身是个虚构的空间，他让两个驼队在野狐岭消失了，这个想法太有想象力了。消失之后，他要和驼队所有的人物、百年前的人物进行对话，为自己建构一个无限可能性的小说空间。这一点，我觉得雪漠确实是很有想象力。

另外，雪漠对人物的书写，比如木鱼妹、驴二爷、齐飞卿、豁子等，都写得非常好。在具体细节上，雪漠不仅具有想象力，而且具有写实能力，通过具体细节表现出来了。比如飞卿和豁子之间的矛盾，豁子恨飞卿，因为飞卿有一条狗，把狗的嘴"豁"成豁子这样子，每天喊这个狗叫豁子，狗就跟他走，这对豁子完全是个奇耻大辱。虽然写得有点残忍，但这个人物的形象，和两个人之间情感对峙的关系，写得极端的神似。

再就是写杀手，写杀手的心是怎么练硬的。大伯不断让他剥野兽和小动物的皮，活剥青蛙，活剥兔子，把兔子的皮剥下来之后，兔子狂跑，像一道血光在飞奔。看到这个地方，我确实毛骨悚然。但是通过这样的讲述，人物性格通过极端化的方式把它体现出来了。这个地方确实太血腥了，但这些手法不是说没有过，包括像获得诺奖的莫言的《红高粱》，写活剥罗二爷的人皮，那个耳朵割下来后在盘子里蹦蹦直动。这对塑造人物确实起到了非常重要的作用。

对木鱼歌、木鱼书传奇的书写，在小说里面也非常重要。木鱼歌，我不知道是否真有这种民间形式，这歌词写得非常感人。雪漠对传统的地方性知识和地方性经验，对这些边缘经验的重新挖掘，应该是这部小说里面特别重要的一部分，写得都非常好。

当然，有些东西我们也不理解，比如开篇写"野狐岭下木鱼谷，阴魂九沟八涝池，胡家磨坊下找钥匙"。没有西部社会经验的人，对这些东西可能完全不理解，但是雪漠对这些消失的事物和消失的当下，包括经济社会、现实生活的重新钩沉，我觉得重新激活了自己不曾经验的历史。这些历史既可想象，又可在作家的笔下经验，为我们提供了一个特别重要的文本。

总体上说，这部小说非常具有探索性。今天，我们的文学究竟还有多大的探索空间？我一直是持有怀疑的。我觉得其他艺术形式有巨大的探索空间，比如影视，可以借鉴高科技这样一些手段，在形式上探索，就像3D《阿凡达》，出来之后简直太震惊了。文学作品如何在形式上进行探索，这个挑战实在是太大了。在这个意义上，能够有一点文学意义上的探索，这些作家是非常了不起的。

贺绍俊：强大的写实能力和创新追求

◎贺绍俊（沈阳师范大学教授）：雪漠的确是一个很有个性、也很有特点的作家。我最佩服他对文学的那种虔诚，让我非常感动。他把全部的心血都注入文学之中。我个人感觉，他最大的特点还是他强大的写实能力。但是，我更佩服他的一点是，并不是因为他有写实能力，他就满足了。他总想找到一个突破点，总在进行一种新的探索，他不愿意被这种写实的能力所约束。

应该说，写实能力是中国当代小说家的一个很广泛的特点，但是这个广泛的特点，也的确给很多作家带来了局限性，他们满足于写实，满足于这种经验的表达，往往成功以后就会进入到瓶颈阶段。我个人感觉，雪漠从《大漠祭》以后，就一直在进行一种新的探索，他老想找到一种更新的艺术形式来扩展他的文学空间。我觉得《野狐岭》这部小说最大的特点也在这儿。所以，关于它思想的深度之类的问题，前面很多发言人都谈到了，我就不谈了。

我觉得这部小说就是形式的神秘。很明显，雪漠试图用一种特别的形式，来承载他的一个新的题材。最开始读小说，我还是对小说的故事有期待的，因为它基本的故事线索就是两支驼队进入到野狐岭，然后就消失了，失踪了。这个故事就算是用传统的写实方式写出来肯定也会非常精彩的。后来，我看雪漠写的后记，他说很早很早以前，写《大漠祭》以前就写过这个故事，可惜我没有看到这个故事，显然他不想用这样一个传奇故事来约束他的艺术想象，所以他找到这样一种形式。今天，对历史事件感兴趣的人，牵着两只骆驼重新进入野狐岭，去寻找他们的踪迹，与那些幽灵相会，他用采访幽灵的方式，因为每一个会实际上是幽灵在叙述，今天的"我"实际上很少跟他们对话。用这样一种形式来表达，恰好是这部小说最新的地方。

当然，整部小说也没有掩盖他的这种强大的写实能力，这是他成功的一个最重要的基础，包括他以前的小说，这个强大的能力都得到了充分的发挥。这部小说里面，那种写实性的描写其实很精彩，我也很喜欢看，尤其是写骆驼客。骆驼客其实是很值得写，他与自然的周旋，与土匪的周旋，与骆驼的相依为命，以及骆驼与骆驼的较量，这些东西不仅仅是个传奇的、奇特的东西，还有一种人物理念，可以挖掘出很多精神性的东西。所以，我想雪漠肯定也有这样一种动机，他不想单纯地讲一个传奇的故事，他希望通过这样一个奇特的骆驼客的经历，能够进入到一个灵魂的世界。我想这是他写这部小说的动机。

刚才李敬泽比较委婉地用了一个词叫"买椟还珠"，虽然他也非常欣赏这些很写实的东西，其实在我看来，这些写实的东西不应该是椟，对于雪漠来说也是珠子。问题是，你怎么让这个珠子和你这样一个奇特的形式更好地结合起来，这可能大有文章可做。但不管怎么说，雪漠这种孜孜不倦地追求，以及对文学的虔诚和努力，包括取得的成绩，我还是很佩服的。

张柠：俗世生活与神圣生活的嫁接

◎张柠（北京师范大学文学院教授）：因为我是南方人，对大漠文化不是太了解，读着关于大漠的文字，感受不是太深。但是好奇是有的，比如对骆驼那些非常细致的描写，包括撒尿、咀嚼，包括求配偶的方式，对我来说都是陌生的经验。从阅读的新鲜感受来说，是可取的，但是从文学感受、审美感受的角度来说，我认为大漠文化对我来说是陌生的。但是，这部小说读下来，我感觉还是一个非常复杂的文本，不是说很简单地直接就能够把它抓住。究其原因，肯定是作者在叙事方式上进行了很多的探索，有点像20世纪80年代中后期、90年代初期的小说，对我们的阅读构成一个巨大的挑战。

《野狐岭》读下来还是有很多值得讨论的地方，其中感受比较深的就是木鱼歌、木鱼妹这条线索。木鱼歌这样一种民间说唱的形式，是岭南特有的广东南音这种形式，但是这个南音跟潮汕的咸水歌还不一样。潮汕的咸水歌是从疍民船上直接生发出来的，而木鱼歌的源头在北方，是从北方传到岭南去的，其中宝卷就是佛教故事说唱传到岭南，然后在此基础上岭南人再创作形成南音、木鱼歌这种形式。小说里提到的《花笺记》也是木鱼歌非常重要的一个唱本。我觉得雪漠做了很多案头工作，包括歌德对《花笺记》的赞赏。我们国家也对歌德怎么样去接受《花笺记》做过研究。歌德还通过阅读《花笺记》写了一组诗，这组诗由冯至先生翻译成中文，影响比较大，被命名为《第八才子书》。岭南木鱼歌或南音，又跟传过去的西部的宝卷有关，所以它是世俗生活和神圣生活的一个直接嫁接。南音本来就是介于念经和歌唱之间的一种说唱形式，它敲着木鱼，所以就称为木鱼歌。

　　雪漠这样一个创作动机，实质上他是把神圣生活的念经和俗世生活的歌唱嫁接在一起，同时也有把北方文化和南方文化嫁接在一起的冲动。我想到陆九渊的一句话："东海西海，心同理同。"还有钱钟书说的："南学北学，道术未裂。"我把它改成了"汉学蒙学，道术未裂"。所以，这个嫁接过程实质上有一个非常重要的东西，就是人的性情、人情。这种人的性和情是在木鱼妹、马在波和大嘴哥故事中凸显出来的。因此，不管是北方文化，还是南方文化；无论是汉族文化，还是蒙古族文化；无论是驼斗，还是土客械斗，里面最核心的就是人的情感，人性的问题。这一点我非常感兴趣。我们总觉得北方文化是一种形态，南方文化又是另外一种形态，好像它们之间差别非常大，但实质上雪漠在这部作品里打通了。无论是俗的生活，还是圣的生活；无论是南方生活，还是北方生活，最终在人情、在欲望层面打通了。从整体构思上来说，这个想法是非常好的。

在阅读过程中，我抓住了一点，无论是南方人，还是北方人，都应该触动你的东西，那就是人性和人情，就是木鱼妹和马在波等人之间的关系，这条线索是非常清楚的。说实在，阅读时，我一旦看到大篇幅谈骆驼的时候，大篇幅谈情节设计，如暗杀、暴动的时候，我读得非常快，而一旦出现木鱼妹、马在波和大嘴哥之间的故事的时候，我会非常细致地读，我会用我的心去感受它，这是我的一个直观感觉。

在整个故事中，欲望展开的过程，实质上是一个仇恨消失的过程。这里边还提到很多马在波修行的方式，它不是简单的爱情故事或情欲故事，他是以密宗"双修"的方式进行的一种修炼。"双修"实质上也是一个打通的过程，就是世俗生活和神圣生活之间的打通。"双修"表面看来身体是那个东西，但灵魂不是那个东西，所以，灵魂性是雪漠小说中非常重要的一个东西。所有世俗生活里边的事物，无论是情欲故事，还是爱情故事、仇杀故事、暴力故事，虽然他的身体是那样一个动作，但是灵魂不是那个东西。他一直有一种灵魂叙事在统摄着身体的动作，这是小说非常重要的一个特点，也是吸引我的地方。

另外，它的叙事方式，刚才有很多专家提到了现代主义、后现代主义，我觉得也可以不用那种表达，实际上就是一个分身术，作者本身的分身术。当灵魂跟叙事对象附着在一起的时候，它是这个叙事视角，如马在波；当灵魂跟叙事对象附着在另外的时候，如木鱼妹，就是我们传统文化里面的分身术的叙事方式。不过，对于成熟的作家来说，对于大作家而言，特别是长篇叙事作品里边，我想等待的就是，他所有的精神力量全部融入他的整体叙事里面，他是"言事之道，直陈为正"。无论是圣事，还是俗事；无论是情欲，还是仇杀，他是要超越灵魂叙事，还是肉身叙事，都包含在最浓缩的一点。我觉得雪漠先生叙事的能力，以及对文化的一种消化能力，应该具备了"直陈其事"的能力。我期待雪漠的下一部作品有更大的气势，直陈为正，我觉得那时候雪漠就是大作家！

陈福民：惊险叙事和近现代史讲述

◎陈福民（中国社科院文学研究所研究员）：我跟张柠正好相反，对木鱼妹这一线索的叙述，我的感受不是很强，可能确是南北文化的差异。就我而言，所谓的岭南文化，就是一个潜在的杀手，木鱼妹对于马家的仇恨，作为小说的推动力之一，她一直要杀他，各种暗杀未遂。对于木鱼歌，刚才张柠做了学术阐释，以及对岭南文化的渊源做了分析，我感觉不是很强烈。另一方面，雪漠写到大漠的时候，写到驼队的生活，驮道上的跌爬滚打，刀尖上舔血，大漠的粗粝，每一米的路线都是陷阱和死亡，他们和自然冲撞的时候，这个过程中所暴露出来的人性的强大、卑微、粗粝等，给我的印象特别强烈，这方面处理得特别好，我觉得这一面写得非常震撼。

从《大漠祭》《猎原》，到《西夏咒》，雪漠一路走过来，都在探索，都在创新。作为一个写作者，一个信仰的痴守者，雪漠个人的思想进程跟写作的关系其实发展得并不平衡，比如说，作为一个信仰痴守者，他会践行某些宗教的生活，这是一个挺复杂的问题。

我一直认为小说这门艺术其实不是对真理的确定性负责，

而是对生活、对人性的复杂性负责，这是我个人的小说观念。所以，在小说当中，使众多的庞杂、暧昧、杂芜和无数的事物归于一的路向，我一直心存疑虑。比如说，一位了不起的作家张承志，他写了《金牧场》，后来他信仰了伊斯兰教，改成了《金草地》。《金牧场》那种复调、杂芜的叙事，走向《金草地》的时候，变成了单纯、坚硬。对此，他自己有一个说明，认为在《金牧场》的时候，他对生活是不坚定的，甚至他检讨了自己的生活。后来他将《金草地》减少了将近三分之一的篇章。小说中那种复杂的、暧昧的、杂芜的东西，事实上就是生活的一种丰富性，而当作家向着真理或信仰的单一性和坚定性跃进的时候，他过滤掉了非常多的东西。就这一点，我一直心存忧虑：这是不是一个小说之道？

　　雪漠是不是也有这样的问题？比如，他早期是信仰的痴守者和践行者，也曾经用某种方式接近他想象中的真理，那么，这与小说是什么关系？这是我们阅读《野狐岭》的一个前预设。我拿到《野狐岭》之前，一听说要开研讨会，我也是心存疑虑的。然后，我看了这本书，出乎我的意料，就是刚才雷达先生说的，雪漠回来了。从小说这个角度来看，雪漠用了非常艰苦的努力去处理他那强大的信仰，或者说他心目当中的理想。历史生活的复杂性与不能单一穷尽的现实人性，他要处理这个关系，在这本书里，我们看到了他的艰苦努力。这一点给我的印象特别深，我觉得他在这个层面上处理得比较好。他一直跟很多声音在辩驳，虽然从各种声音当中能够听见雪漠自己对历史的认定，但我仍然能够看到那种复杂性，仍然能够看到对话性和复调性的东西。这一点，对小说《野狐岭》而言是很大的成功。我曾担心雪漠走上一条狭窄坚硬的道路，向着信仰直奔而去，但是我发现不是这样，原来担心的那个问题在小说中没有出现，这一点是我特别高兴的。小说不是为真理确定性负责。当然，一个写作者，同时又是思想者，必须要坚定自己的某些思想，但是作为艺术的手法，对于小说这门艺术来说，你又不能直接把信仰搁在里边，变成简单的坚硬的东西。它一定是水草丰茂、声音杂芜、血肉相关的这些东西，才会成为小说。《野狐岭》在这个意义上处理得非常好。这是我的第一个感觉。

第二个感觉，北方大漠这一部分，处理得惊心动魄。我不想把它狭窄化、娱乐化，成为《新龙门客栈》。那种飞沙走石，跌宕起伏，在凶险的绝境下，人性所爆发出来的凶恶、丑陋，或者它的伟大、崇高，在小说里面我们都看得特别清晰。北方大漠的人性，画面感特别强，他在处理这部分场景的时候，我眼中总是浮现沙丘、苍月，大漠风沙时艰苦的驼队、铃声，表面和谐的风景画背后隐藏着杀机和死亡。雪漠把这些东西渲染得非常到位、非常紧凑。

第三，关于小说的写法。这部小说阅读起来确实不是一个特别轻松的过程。因为雪漠选取了各种"说"，比如木鱼妹说、陆富基说、马在波说、大嘴说、巴特说，等等，这里边所有主要人物都让他说。刚开始，我会觉得是在讲幽灵的故事。当然，这造成了两个问题：第一，在小说的艺术写法上，雪漠自己有一个想法，他觉得这样会照顾到历史的复杂性，一个事件的讲述，比如陈彦瑾在后记中说是欲望的"罗生门"。雪漠的初衷是想通过不同的视角去还原他想象当中的历史真相，他不能听一个人说，这种初衷是能够理解的。但事实上，幽灵的叙述是一个半完成的过程，因为我们发现几乎在所有"说"的背后，雪漠作为一个叙事人，一直悬在背后，每个人的"说"也分不清个性，各种"说"的背后都是全知叙述，这样的话，"我"不断进入每一个"说"，不断进入每一个线索进行对接，评论家陈晓明也说是时空交错。在技术上，这是很有益的探索，但对于读者来说，这些线索可能过于杂芜了，多线索似乎是并行地进行，主线不是特别清楚。我能够感觉到，主线木鱼妹复仇，杀手究竟是谁，最后是不重要的，就像无底的棋盘一样，最后发现其实是没有杀手的，每个人都可能是杀手。但是，木鱼妹在一个写实层面，显然是一个仇恨的符号，她是小说叙述的主要动机。

在这部小说里，大家可能会忽视的一个地方，我个人认为还比较重要。小说用了一个仇杀的神秘故事，我觉得雪漠是在处理历史。比如说去罗刹，我们也完全可以想象到，十月革命一声炮响的问题，它是中国近代史的一个叙述，有潜在的历史动机在里面。虽然潜在，但我个人看得非常清晰，雪漠其实是用了很多奇奇怪怪的方式处理近代史、现代史的讲述。在一个巨大的历史动机、正面的意识形态、合法性的道德背后，雪漠提出改变历史走向有很多微小的个人的动机，比如豁子对齐飞卿的仇恨，本来看来是无谓的，书中用了道德的提法，说"小人"，一直在强调小人。我觉得这是容易被人忽视的一个视角，雪漠注意到了。在那巨大的历史运动中，除了被张扬了的大的历史动机外，决定历史走向、改变历史局面的很多偶然性，或者个人的动机，可能也起作用，但这个作用被我们忽视了。在这部小说当中，像"小人"蔡武、祁禄及豁子对齐飞卿的仇恨会改变历史的走向，这不能说是雪漠的独特发现，但是他写出来了，我觉得很有启发性。

《野狐岭》是一个特别复杂的文本，需要我们两三遍地阅读，才能把线索理清楚。整个现代史的潜在叙述，以及对于北方驼道商旅、大漠风尘的渲染和驼道上的凶险，那种绝境、那种凶险、那种仇杀，都处理得特别到位。我也期待着雪漠小说的丰富性不要被信仰的痴守所干扰，小说终究是小说，它有自己的道德，有自己的伦理。

吴义勤：最能体现雪漠叙事才能的一部小说

◎吴义勤（中国现代文学馆馆长）：《野狐岭》这部书，我是在火车上读的，我觉得是一个非常好读的作品，还是很喜欢，可能跟我的阅读经验有关。刚才，我还跟雷达老师交流，怎么会难读呀，这么好读的作品。因为我研究先锋小说，觉得没有任何难度，而且我也觉得线索很清楚。

首先，我特别感兴趣的就是题材，因为关于骆驼的小说，我还真没怎么读过。书里关于骆驼的描写，印象最深的就是那几个大骆驼。骆驼是被当作人来写的，驼性和人性的结合，很惊心动魄。特别是几只骆驼为了俏寡妇争风吃醋，相互残杀，从骆驼的角度来看，写得非常好。这部作品中，一个是人物形象，一个是骆驼的形象，这两个就已经构成了张力关系。这种关系在小说本身有它的逻辑性，对小说的推进也有关系。

其次，对沙尘暴、狼灾等灾难的描写，构成了小说非常重要的元素。从小说叙事角度来说，这些元素对小说非常重要，跟人物结合，而且之间构成的关系是非常好的。小说里有着对人性非常激烈的表现，这种表现其实跟先锋小说是一样的。20世纪80年代，先锋小说把人性恶作为主要层面来写，非常抽象地来展示人性，而雪漠在一个很感性的、具体的环境里面表达人性，有点像"五四"文学的批判和反思。我看到两个驼队之间互相背叛，最后为了把黄金弄出来，互相折磨，特别是汉把式之间的争夺，就那几个人，对陆富基"点天灯"的描写，确实很惨，对人性的审视和拷问极致化。这让我想到了《檀香刑》，确实有很惨烈的程度。

第三，这部小说写到了关于革命历史的反思，包括对木鱼歌、佛道文化等的反思和思考，也构成了小说的一条线索，在小说里融合得非常好。齐飞卿、陆富基等人，他们都是凉州暴动中的民间英雄，通过这些人自己来开口说话，对历史、对命运等这些元素进行反思和思考。总结到最后，这些反思还是很简单的，比如革命，最后还不就是正和反？包括命运，时间一过，什么都没了。但是，这个过程还是很丰满的。这些反思没有成为小说之外的东西，而是融合在情节和人物里，融合得还是很成功的。

最后，我觉得，《野狐岭》的叙事确实能够展现雪漠在小说叙事方面的能力。从《大漠祭》开始，他的叙述能力愈加成熟，最好的就是《野狐岭》，这是最能体现他的叙事才能的一部小说。叙事声音那么庞杂，所有的幽灵都可以参与叙事，再加上作家本人参与叙事，整个叙事驾驭得非常好，内在的逻辑和情节推动的力量非常强。首先是木鱼妹复仇的故事，然后有爱情因素的卷入，大自然因素的卷入，另外还有民间生活和精神态度等的卷入，因此构成了整个叙事搅在一起的过程。表面上看，复仇的线索是延宕的，比如木鱼妹有很多次的复仇机会，像哈姆雷特一样，每次到了关键时刻，她会把复仇延宕下去，最后人性的依据都展现出来了。它为什么会延宕，而且整个故事为什么会沿着这个走向，都表现出来了。因此，从小说的层面来讲，我个人是很喜欢的，这是能够体现作家追求和叙事能力的一部小说。

李朝全：先锋小说的回响和向传统的礼敬

◎李朝全（中国作协创研部理论处处长）：我很赞成雷达老师一开始的那个判断，认为《野狐岭》是雪漠的一次回归，是对自己原来坚守的文学理想和信念的回归，回到原来的自己。雪漠把这部小说定位为话题小说。作品分成二十七会，这个"会"可以理解成开会，也可以理解成在聊天。我们读的时候，觉得他实际就像一个会议的召集者，把那些幽灵都召唤来，让幽灵们自己讲述或谈论过去经历的事情。从这个角度来看，话题小说的概念是能够成立的。

我也赞同张柠老师和吴义勤老师讲的先锋主义小说。这部小说有先锋小说回响的意味，和20世纪80年代末90年代初马原的叙述圈套、叙述游戏，或者格非的迷宫式叙事，都有某种呼应的关系。采取多个叙述者的复调的方式，追求文本形式感的叙述方式，幽灵叙事的方式，我认为不仅仅对于雪漠来说是一种尝试和创新，同时也映射了某些先锋小说的经验。而我们看到不仅是人在叙事，还有骆驼在说。这种叙事打破了人和动物的界限，也打破了人与幽灵的界限，有其新的尝试和创新。

第二个方面，它有一种先锋主义向中国传统，或者向现实主义故事讲述的回归的倾向，小说体现了写实主义的特点，特别是对中国纪传传统，中国本土文化、民间文化、民间故事的回归和靠拢。刚才李敬泽老师提到，雪漠写驼队，写骆驼的生活、骆驼的文化,我认为都是有很多民间积淀的因素在里头。对于凉州贤孝,还有岭南的木鱼歌,我把它们当成民间说唱艺术的一种运用,是向传统文化的一种礼敬和回归。

第三个方面,这部小说确实是一个开放式的文本,是作者召唤读者来参与,共同阅读和解读的一部作品,就像作者自己把它定位为一个未完成的文本,有多种阅读的入口和途经。像张颐武老师说的,你完全可以从第两百页开始读。我觉得也可以把每一个人的"说"串联起来,比如杀手第一会说什么,第二会说什么,第三会说什么,把他所说的内容连贯起来就是一个完整的故事。把木鱼妹在每一会说的内容连贯起来也是一个完整的故事,马在波、齐飞卿、陆富基、大嘴哥等,每个人的演说,只是分布在不同的会里头而已,把每一会都连贯起来,实际上都是一个完整的故事,是不难解读的。这种写法,当然给人感觉形式上是新颖的,但是本质上应该还是一种写实主义,是写实的作品。

最后,想说野狐岭的意象。我认为野狐岭是一个大的象征,就像生死场一样,就像灵魂的道场一样。每个人进入道场里头,最后还要走出来,而绝大多数的人都走不出来,最后走出来的人像马在波和木鱼妹,是扯着骆驼的尾巴,跟着骆驼一圈一圈地转,最后他们在巨大的沙尘暴里幸存下来,走出来了。这样的意象显然带有很明显的象征意味,同时它也代表着人生的七情六欲,或悲心,或仇恨,或情爱等,种种欲望和追求,在这样一个生死场里头,很多人可能都走不出来。

同时,作者在写作的时候,是把人的文本和动物的文本也就是骆驼的文本映衬着来写的。写木鱼妹跟大嘴哥发生过性关系,后来又恋上仇人的儿子马在波,他们之间复杂的三角关系,跟黄煞神和褐狮子及俏寡妇之间的三角关系，我认为也有一种映衬的关系。人和动物，或者说人与幽灵，在野狐岭这样一个场景和意境里，都被雪漠进行了打通或者穿透。

岳雯：强悍的才华和呼风唤雨的能力

◎岳雯（中国作协创研部理论处助理研究员）：读这部小说第一个感受就是，雪漠老师是一个非常强悍的有才华的人。现在很多写小说的人，特别是写长篇小说，他们可能不具备这种强悍性，写得比较单薄。每次我们开研讨会时就提出，应该再添一条线索，再增加点内容，可是对于雪漠老师来说完全不必要，他可能天然就有一种呼风唤雨的能力。他把各种各样的事物、各种各样的事件、各种各样的人物都能召集到里边来，有时看上去好像不太相融，好像哪个和哪个都不搭，但是他有这个能力，非常强悍的构建能力，这是特别适合写长篇小说的一种才华，格局特别大。我觉得这是一种天赋，他适合写长篇小说。

适合写长篇小说还有一个理由，就是他对世界有一个坚定的整体性的观念。现在好多长篇小说支离破碎，已经找不到那种所谓的19世纪的整体的核了，因为我们现在这个社会已经分崩离析了，各种专业化的壁垒让社会已经不是整体一块。但在雪漠老师那儿，他眼中的西部世界，好像隔绝于现代社会之外，它自成一体，有个整体的核在。我觉得这也是适合写长篇小说的要素。这是我的第一个感受，就是惊叹他那种强悍性，很广阔的、很浩荡的这种才华，这是长篇小说的"气"所在。

在这部书里，雪漠老师做的是这样的事情，把人、事放在一个极端的情境里头，人性的各种考验由此展开。当他们陷入野狐岭，蒙驼和汉驼之间展开争斗，人性在里面体现得淋漓尽致，这一点写得最精彩。首先是蒙人一定要找到黄货在哪儿，可是最后真正折磨汉人陆富基的不是蒙人，蒙人比较淳朴，他们没有那么多的技巧和心思，反而是汉人来折磨自己人，而且折磨陆富基的是当年他帮助过的人。有时候，你对一个人的恩情可能会成为这个人的负担，他到最后可能会以一种报复性的形式回馈给你。这就涉及很多人性丰富的地方。包括黄煞神和褐狮子的争斗，黄煞神是往恶的方向走，非常有机心，搏斗中它力气不够，却能靠自己的机心取胜，这就映照出我们自己身上的某种应被唾弃的东西。可是，突然之间笔锋一转，这个黄煞神在某种情境下又爆发出了巨大的善，当褐狮子被狼围困的时候，它突然跳出来去救它的仇敌，这里面有很多心理活动。像这样一种逆转，其实也显示了雪漠老师对人性的一种把握。人性不是非善即恶的，它有很多的中间地带，人的复杂或人的生动就是在这些复杂地带游弋的，所以，这是小说里面非常好看的地方。

总而言之，我觉得这是一部挺好看的小说，应该是今年小说界很重要的一个收获。而且，它让我们认识到了一个有这样强悍才华的雪漠老师！

雪漠：《野狐岭》是如何"喷"出来的？

●**雪漠**：首先感谢各位老师！今天，我的收获非常大，上一次研讨会收获也非常大。上一次，在《白虎关》和《西夏咒》的研讨中，胡平院长曾经就给我出主意，他说，雪漠，你把《西夏咒》的那种构思和《大漠祭》的那种叙事结合起来，你会出现一种新的格局。后来，我一直思考这个东西，所以《野狐岭》与这个有关系。包括雷达老师，也一直让我换一种跟《大漠祭》不同的叙述，我一直在换。还有诸位老师一直对我的点拨。我有个非常优秀的特点，就是知道谁说的好，而且能将它融入我的生命，成为营养。

在鲁院的时候，有一次开研讨会，题目就是《如何写出大作品》。当时，我曾说："老鼠生下的永远是老鼠，无论如何都是这样。要想生下狮子，必须自己变成一头狮子。"所以说，我在写作的过程中，首先就是一直努力让自己强大，再强大。这个过程中，我用了各种各样的方法，汲取中国传统文化儒释道中的营养。我的所有的目的都是让自己强大，让自己首先变成一头狮子。

这个过程中出现一种落差。我儿子他经常说，爸爸是个有缺点的作家，却想当一个完美的佛陀，这中间有一个落差。这个落差，正是让我创作的理由。从《大漠祭》到今天，所有的都是这种落差在纠结、交织、纠斗。所以说，整个纠斗的过程就是《野狐岭》。我心中有无数的这样的力量在互相搏杀、纠斗。所有的人物，既是世界，又是我自己。后来，在纠斗的过程中，我一天天宁静下来之后，感受到一个巨大的世界。其实，从《西夏咒》开始，我就已经感受到了一个巨大的、混沌的世界。这时候，要想把这个世界表达出来，又没有办法用传统的方式来表达，就必须有新的东西。

而且，我的创作有一个特点，那就是我所有的创作都是喷涌式的，包括《大漠祭》，写《野狐岭》的时候也在喷。当时，我非常害怕这种喷，所以喷一段时间就罢工，坚决不喷，我要尽量写得好看一点。岳雯女士说得非常对，那个线索就是为了写得好看一些，但力不从心。这部小说中，喷得最好的就是写那驼队，写骆驼客们的时候，我说你们怎么老是这样喷，我偏不喷，但是再写的时候，还是往外喷，后来的小说里仍然有很多内容是身不由己喷出来的。所以，这里有个遗憾就是，不要追求好看，也许喷得更好。

我的信仰也罢，什么也罢，都是为了让自己成为一个好作家、大作家。包括佛教也罢，什么也罢，所有的一切都是我的营养，它不是枷锁，更不是标签，

今天，我的收获非常大，我会写出非常好的东西，因为我感受到的那个世界，远比我表现出来的博大不知多少倍，那种喷涌一样的东西时时在激荡着我，我稍微一宁静，它就会往外喷。

所以，这个过程之间，我非常希望得到诸位老师的点拨。今天，我进行了录音，用了四个设备在录音，包括非常高清的两个手机，唯恐出现故障。我会认真地听，然后把你们所有的对我的点拨变成我灵魂中的另一种营养，我会用最好的作品报答各位老师！谢谢大家！

［以上发言刊于《海南师范大学学报（社会科学版）》2015年第3期第28卷总153期］

三、西北师范大学研讨会

（一）西北师范大学文学院研讨会

时间：2014年12月20日

地点：西北师范大学10A409教室

主办单位：西北师范大学文学院、甘肃省当代文学研究会

2014年12月20日上午，由西北师范大学文学院、甘肃省当代文学研究会共同主办的"雪漠长篇小说《野狐岭》研讨会"在西北师范大学文学院举行。西北师大文学院党委书记聂万鹏、甘肃省当代文学研究会会长彭金山出席并致辞。甘肃省作家协会主席邵振国、甘肃广播电视大学党委书记朱卫国、《甘肃文艺》杂志主编张存学及来自西北师范大学、兰州城市学院、甘肃省委党校、兰州交通大学、西北民族大学、北京大学的学者张明廉、徐兆寿、郭国昌、张晓琴、孙强、李晓禺、杨光祖、雷岩岭、白晓霞、张哲（尔雅）、张凡等三十多位学者与会，就《野狐岭》的西部生活、西部历史、西部文化、西部精神和叙事艺术、形式探索等议题展开研讨。与会专家认为，扎根西部土壤的长篇小说《野狐岭》是雪漠丰沛的创作力的又一次喷发，继《大漠祭》之后又一次在全国产生了重要影响，是甘肃文学的重要收获，也是中国西部文学在当代文坛格局中寻找自觉、自信过程中的重要收获，为西部写作提供了有借鉴意义的路径，也为当代长篇小说创作提供了诸多话题和启示。

以下为发言记录（有修订）。

◎**郭国昌（主持人，中文系主任）**：各位尊敬的专家、学者、老师、同学们，大家好！

今年七月，人民文学出版社出版了作家雪漠的第七部长篇小

说《野狐岭》。小说出版之后，引起了国内文学界及读者的广泛关注，还多次登上当当网新书排行榜和《光明日报》的"光明书榜"。八月和十月，上海作协理论专业委员会、中国作协创研部先后在上海、北京两地举办了《野狐岭》研讨会，对《野狐岭》在精神结构、历史书写和叙事方式等方面的突破给予了充分的肯定。

雪漠是我省成长起来的专门以西部为描写对象，且成绩最为突出、风格最为独特的长篇小说作家之一。他的长篇小说，尤其是七月出版的新作《野狐岭》，值得我们甘肃所有从事当代文学批评的专家学者都去研究一下。为此，今天，西北师大文学院和甘肃省当代文学研究会联合举办了《野狐岭》的研讨会。

研讨会正式开始之前，我先介绍一下在座的各位专家学者：

首先是来自甘肃作协、文联系统的代表，他们是甘肃省作家协会主席、著名作家邵振国先生，《甘肃文艺》主编、著名作家张存学先生，《甘肃日报》专题部主任、著名诗人牛庆国先生，甘肃省党校教授、批评家杨光祖先生，《兰州交通大学学报》编辑、著名作家张哲先生。

然后是来自我省高校系统的老师，他们是甘肃省广播电视大学党委书记朱宇教授，甘肃省广播电视大学韩一睿老师，西北师大文学院党委书记聂万鹏研究员，西北师大文学院教授张明廉老师，甘肃省当代文学研究会会长、西北师大文学院教授彭金山老师，西北传媒学院院长徐兆寿教授，兰州城市学院文学院副院长雷岩玲教授，兰州城市学院文学院教授张懿红老师，兰州城市学院文学院教授白晓霞老师，西北民族大学文学院教授张向东老师。

另外，是西北师大文学院现当代文学相关专业的李晓禹老师、张晓琴老师，还有《西北师大学报》编辑部的孙强老师。

特别要感谢的是《野狐岭》一书的责任编辑、人民文学出版社综合编辑室主任陈彦瑾老师，还有北京大学中文系中国现当代文学的博士生张凡先生，他们两位冒着严寒，专程从北京赶来参加我们的学术研讨会，特别感谢他们！

最后是甘肃省现当代文学研究会副会长、汉之韵文化董事长姚海涛先生；还有西北师大文学院中国现当代文学专业的部分研究生，也欢迎他们参加今天的研讨会。

首先，请西北师大文学院党委书记聂万鹏致辞。

◎**聂万鹏（西北师大文学院党委书记）：**尊敬的雪漠先生，尊敬的各位专家、各位同学，上午好！今天，很高兴在这里举办雪漠先生的长篇小说《野狐岭》的作品研讨会。我首先代表我们学院，向雪漠先生表示衷心的祝贺，也代表学院对各位与会来宾表示热烈的欢迎。雪漠先生是甘肃的作家，已经有许多作品问世了，在广大读者中有很大的影响。今天的这个研讨会，我觉得有以下几方面的意义：

第一，对雪漠先生来说，各位专家的研讨，将会帮助他在文学世界中走得更高更远，也会为他的创作提供持久的动力；另一方面，我觉得，对这部作品的研讨，可以对当下的小说创作产生积极的影响，也会极大地促进我们文学院在西部文学方面的研究。在此，我代表学院再次感谢雪漠先生，感谢与会的各位专家。

最后，祝各位来宾身体健康、工作顺利、家庭幸福，也祝雪漠先生再创辉煌！谢谢大家。

◎**彭金山（甘肃省当代文学研究会会长）：**各位专家、各位老师、各位同学，早上好！今天，我们在这里举行雪漠长篇小说《野狐岭》的研讨会，首先，我代表甘肃省当代文学研究会向各位来宾表示热烈欢迎。

甘肃是华夏文明的重要源头之一，有过辉煌的历史，当代甘肃的文学艺术事业也取得了很好的成绩，特别在戏剧和诗歌方面。甘肃小说的发展势头也非常之好，特别是以雪漠先生为代表的这批60后作家，他们非常有实力。在甘肃文学院，"小说八骏"活动已经举办了三届，雪漠先生就是"八骏"之一，也是文学院的专业作家。

《野狐岭》我大体看了一下，觉得这是雪漠创作的一次超越。所以，无论对雪漠本人，还是对甘肃省的小说创作来说，今天的研讨都有很好的意义。在这里，我谨祝本次研讨会圆满成功！谢谢大家！

邵振国：甘肃文学的重要收获

◎**邵振国（甘肃省作家协会主席、著名作家）：**各位教授、学者、作家朋友、同学们，大家好！在这里，我代表甘肃作协，向西北师大文学院和甘肃省当代文学研究会表示感谢，感谢你们召开这样一个有意义的研讨会，也祝贺作家雪漠为我省做出了新的奉献。关于《野狐岭》，我谈两个意见，不是很成熟，请大家批评指正。

长篇小说的文本非常复杂，而且有一个多重叙述架构。无论是作家的创作，还是读者的阅读、研究，都不会把非文学的东西掺杂进来，而是以叙事为主，把两个世界贯通起来，完成一种审美的自我创造，在最大程度上完成传达的作用，引起人的共鸣。我所说的"两个世界"，就是文学的内部世界，以及文学的外部世界。文学的内部世界主要是语言、形式、结构；文学的外部世界包括哲学、宗教、历史、伦理学等，它们在文学内部得到统一。这就是我们特有的、审美的文学叙述。这是我的总体观点。

而《野狐岭》，我认为就是我上面所说的这种文本，它属于宏大叙事、历史叙述等五个基本定位，其中包含了广阔丰富的西部历史生活场景，是全息的，包括人文的、自然的、动物的……其中充满了对人类物质生活、精神存在、历史境遇的终极追问，以及对人的生存状态、命运、归宿的拷问。不用我多说，一提示，凡是看过此书的朋友就肯定能意会。

小说的内容是多伏线的：一是蒙汉驼队的争斗；二是木鱼爸这个落魄文人的一生，他的死引起了土客族的仇杀，也让客家妹子为复仇来到凉州；三是以齐飞卿为首的哥老会发起的凉州暴动，其中包含了对社会制度的拷问及指向；四是马在波的修行，以及他对胡家磨坊的寻觅。最后，看过书的朋友都知道，作家对那把钥匙（胡家磨坊的钥匙）做了出世——也就是离开人世的解释。这个解释是与社会制度的拷问的否定性相对应的。

这些线索有许多精彩之处，我阅读之后的感触有下面几点：

第一，我特别喜欢几个人物的生活态度，一是木鱼爸面对木鱼妈和马二爷的事时的态度；二是木鱼妹——小说的主人公——与大嘴哥偷情杀了马二爷的小儿子后，马二爷的那种态度。

第二，我觉得全书是从第十二章《打巡警》开始精彩的，其情节场景是那么生动贴切地与贤孝《鞭杆记》相结合，我很看重这种结合。因为，一个生死表述的文学作品，势必要在民俗学上下功夫。民俗当中深埋着我们民族的精神结构。我们做学问，就要从这里出去，看到它的深层含蕴。这也是民俗学在我们的文学创作中不可或缺的力量所在。

第三，我喜欢书中的驼场生活，特别喜欢褐狮子和黄煞神这两个形象，我觉得雪漠写得好极了。

第四，我喜欢他对国民性的批判和揭示，比方说蒙汉驼队争黄货的那些情节，还有蒙人的叛逆；再比方说，对木鱼妹偷情被抓后行石刑的那个场面的描述，也体现了他对当时民众这种行为的态度。

第五，对人类前途命运的一种指向，但它仅仅是一种指向，不负有终极解决的责任。它是有担当的，但它担当的方式绝不是解决问题，而是让你意会、领悟到一种东西，然后就停止了。这才是文学，否则就是别的文本了。

另外，我还想说一说小说的形式。我以为，这是一个用完好的形式表现意义的文本，可以说，整个内容都是诉诸形式的。比方说，胡家磨坊有很强的象征性，那种对末日情绪的艺术渲染和叙述，比如沙尘暴、天空、大地、人、骆驼和狼——尤其是褐狮子和黄煞神。我之前已经说过这两个"角色"了，再一次提到，是因为我实在太喜欢它们了。我觉得，雪漠赋予了它们很强的象征意义，在形式上也处理得很好，虽然他写的是骆驼，但表现的却是人性的原始本能，以及人类的历史、前途与命运。

我也非常非常看重这部小说的文本结构，也就是作者以第一人称进行采访，让鬼魂展开叙述的这种结构。它之所以能成为现在这样的文本，结构是非常重要的一环。我以为，这部书的结构呈现，是值得学者教授充分肯定的。这或许是雪漠受到莫言小说影响所出现的一次突破。我以为，这是甘肃文学的一个重要收获。

当然，这部作品也存在着不少问题。今天，我不想多说这方面的内容，只想简单地说一点。我觉得，雪漠没有很好地把上面五个内容有机连接在一起，这是比较明显的。比如，岭南的土客械斗跟西部驼队有什么关系？它们是怎么联系在一起的？在小说中，这条线索是有裂痕的。从叙述上说，械斗一节之后，就只有"木鱼妹说"这样一个标题了。但事实上，这段描述跟木鱼妹的关系不大，里面没有木鱼妹的视角，完全是以历史纪实的方式写的，它写的是大的历史框架，脱离了小说的具体人物情感脉络。更主要的是，作为关键情节，木鱼妹来西部复仇的那段处理有些牵强。我觉得，这是小说有点"硬伤"的地方。

我还想说一下文学语言的遮蔽性：一，它一定是地域的，是某个特定时代生活的，必定是无可选择的；二，它一定是符合人物身份及性格的；三，就叙述而言，它一定是某个叙述视角的。我以为，这就是语言的内在规律，构成了语言的遮蔽性。我们知道，美和审美恰在这种遮蔽性之中。所以，第一人称叙述者"我"，必定是有所知、有所不知的遮蔽。也恰像庄子生逢的那个没有飞机航天器的时代，才会有庄子的《逍遥游》，有鲲化而为鸟的具有美的想象力。那么，我们就说这种美亦若垂天之云的大鹏。这种想象是带有局限性的，与这种遮蔽性是一致的。

倘若对这种遮蔽性做一些开放式的处理，它必定是一把双刃剑。它可以开拓你叙述的能力，同时也有对美的破坏。这个文本中存在着个别性的语言，也存在着一般的语言，也就是做了开放式处理的语言。比方说，"娶了一个讨吃当媳妇，祖宗羞得往供台下跳"，就是我所说的个别的语言，具有个别的性质。而一般的语言，就不顾及这种地域性或人物身份的局限了，比如"你不用解释人物的荒唐，你不用解释，我知道，无论那寻觅发生在哪里，在本质上，都是灵魂的寻觅，即使你劳形费神地东寻西觅，那真的寻觅，还是发生在灵魂深处，是不是？"这是第349页齐飞卿对马在波说的话，它就是我所说的一般性的语言。那么，在怎样的程度上开放，才能不伤害语言本身的规律？这个问题，还请雪漠以后斟酌。

还有一点，小说中有的地方干脆直白地说出了思想，这是不可取的。比如一些直白到直接的议论，包括对小说创作本身的议论，好比说闲笔，就显得有些啰唆了，虽然对人物有好处，但是对小说形象是有伤害性的，也会破坏小说的美。关于这一点我就不多说了。

张明廉：开始新一轮的探索

◎**张明廉**（西北师范大学文学院教授）：前几天，我拿到雪漠的《野狐岭》，非常高兴。应当说，这部小说是他健旺的创作生命力的又一次喷发。因为，雪漠先生在上世纪末，就做了一种独特的创作准备。新世纪之初，《大漠祭》的出版开启了他在文学创作历程上非常辉煌的一页，而短短的十几年里，他又推出了"大漠三部曲"和"灵魂三部曲"两个系列的作品。作为"灵魂三部曲"的最后一部，《无死的金刚心》在2012年首次出版，仅仅隔了一年多，他又拿出了新作《野狐岭》。对雪漠的创作状态，我打过一个比方："像火山一样喷发"。上次在兰州大学开研讨会时，我发现雪漠先生还记着我的话。现在看来，这个比喻也是确切的，《野狐岭》再次证明了这一点。读了这本书后，我觉得，他又开始了新一轮的探索。

雪漠最早的"大漠三部曲"是正视底层苦难的，表达了一种深厚的人文关怀，我非常欣赏这样的作品。上一次，在兰大开会的时候，我没有发表什么观点，因为我还没有认真地读过"灵魂三部曲"，没有发言权。我觉得，随便翻一遍书就发表议论，是很不慎重的。但后来我认真地看过这个系列，还感觉到里面有一种不一样的东西，用我自己的话来概括，就是广义的宗教精神，它是超越现实的。虽然有些同志可能对"灵魂三部曲"不感兴趣，甚至有些看法，但对这套书，我还是比较喜欢的。我觉得，在现阶段，整个社会生活的方方面面，都太重名利了，有一种见利忘义、物欲横流的味道。而"灵魂三部曲"所提倡的广义的宗教精神，就是对这样一个时代、这样一种现实的回应。从"大漠三部曲"到"灵魂三部曲"，雪漠都在超越，都在提出一些新东西。

我觉得，就像雪漠先生自己所说的，现在的《野狐岭》没有明确的主题，按照我自己的理解，它更多的是在关注历史。"灵魂三部曲"中也有一部分内容涉及了历史，但背景是非常模糊的。《野狐岭》的历史背景则比较明晰，有明确的说辞。它讲了近现代国家民族命运的变迁。在这段历史中，《野狐岭》更关注的是人与人之间的关系，比如人如何与人相处，如何面对他人和自身，这里面始终有这样的一种思索，能给人带来很多启发。所以，我觉得雪漠先生又开始探讨一种新东西，开创了一种新的格局。这是第一点。

第二点，《野狐岭》写到了我们西部地区独有的骆驼客，也就是驼队。其实，在前面的"大漠三部曲"中，骆驼就出现了。而且，在我的阅读记忆里，《白虎关》中兰兰和莹儿姑嫂两人进沙漠时，陪着她们的就是一只骆驼。那里面就写了人和驼之间的关系。到了《野狐岭》，雪漠先生的描写角度变了，将骆驼客作为西部地区一种独特的生活形态进行了定格。我读《野狐岭》时，感觉自己进入了一个新的世界，看到了一个独特的西部世界，一种独特的西部生活。这些都是值得肯定的。

第三方面，是叙述上的。雪漠先生用一种独特的方式，让多种叙述声音交织在一起，构成了一种交响乐，或是一种对话，让不同的叙述者都来说话。西方现代派和后现代派的作家中，有很多人已经这样做了，但是，我觉得雪漠先生的写法有他自己的东西。比如，书中出现的那个召请者、记录者，实质上就是小说的总叙述人。他是一个非常重要的角色，代表着我们当前的现实。然后，他招来那些幽灵，让每个幽灵都叙述自己的故事。而且我发现，在那些叙述中间，有些人在对历史进行主观的叙述，有些人不仅仅在讲自己的故事，也在进行一种相互之间的对话。比如，书中有一段"马在波说"，但这段话不是对采访者说的，而是对木鱼妹说的。诸如此类的例子，我统计了一下，大概有四处。直接的、间接的，各种声音交织在一起，历史与现实也相互映照着。可见，小说虽然讲的是历史，但还是希望引起我们对现实的关注。这样一种叙述本身，就是这部小说非常突出的一个特点。

这部小说给我们提供的新东西，不仅对雪漠本人很有意义，对我们当前的创作来说，也有一种独特的存在意义。

不过，这部小说还有一些小缺点，除了线索没有很好地交织在一起之外，我还想到另外一个问题，就是书中对客家文化的描写也许跟现实有些距离。我只是零零星星地看到，并不是刻意去找的。但是，我过去读过一些书，里面就谈到了客家文化，跟雪漠写的可能有些距离。当然，我从小说里也能读出来，雪漠对这个事情也很谨慎。比如，他写到马家是商号开遍全国的大商人，但书中并没有直接把他们定义为客家人，只是，从木鱼妹的一段叙述中，我们可以看到，客家也被卷入了烧屋事件，文中还反复提到了土客械斗，容易让人觉得马家就是客家的。如果遇到一些专门研究客家历史的读者，他可能就会提出问题。还有一个小细节也处理得不够完美：这个驼队是怎么从岭南走到凉州的，走的是哪条路？我觉得可以在这些小细节上再琢磨一下，让它跟小说中的某些描写配合得更默契。但是，我提出的这些问题，都是一些小小的瑕疵，不会影响整部小说的成就。

张存学：深厚的精神力量

◎张存学（《甘肃文艺》主编、著名作家）：祝贺雪漠！《野狐岭》是雪漠的第七部长篇小说，雪漠真能写。对我们甘肃来说，这也是一个重大的收获。作为写作者，我们感到非常高兴，也为我们甘肃文学有这样的成果感到骄傲。

几年前，我跟雪漠就当代文学和当代人的精神状况做过一个对话，我们聊得很深，从上午聊到下午，足足聊了五个多小时。后来，他把对话内容整理出来，编到《光明大手印：文学朝圣》书里去了，大概有几十页。

雪漠是一个很有宗教情怀的作家，相对于当代的一些作家，他对宗教文化的了解是非常深入的。他通过研究和实践藏传佛教的香巴噶举文化，进入了一个比较高的精神层次。香巴噶举不仅仅是宗教，对于整个人类来说，它都有一种观照性的视野。但是，了解它的人并不多，因为它是藏传佛教噶举派的一个分支，而藏传佛教的信众现在大多信仰格鲁派。其实，噶举派也有很多光照千古的大德，比如密勒日巴，他就是塔波噶举一个非常重要的人物。对整个藏传佛教来说，他都起到了非常重要的作用。

就中国当下的文学创作而言，许多作家在这方面的力量是远远不够的，他们把聪明才智都发挥在对现实和人物的解构或消解上面，虽然可以做得很好，但是，他们对精神缺乏一种更深层次的关注。所以，一旦上升到精神的领域，他们就没有更大的力量了。于是，在当下的创作中，这个领域一直存在着一个巨大的空缺。

《野狐岭》走的基本上还是雪漠以往的路子，看完之后，我想起了他的两部书：《大漠祭》和《西夏咒》。在《野狐岭》中，他糅合了这两部书的路子，既有《大漠祭》那种准确生动的叙述，又有《西夏咒》在精神层面那种较高的设计和建构。这是雪漠跟其他作家最大的区别，也是他独有的东西，所以，他能立得住脚。在这方面有所坚守，又确实有着深厚功底的中国作家，确实不多。这也是《野狐岭》比较突出的地方。而且，《野狐岭》的写法跟《西夏咒》又有所不同，《西夏咒》比较混沌，但《野狐岭》在结构上则显得比较明晰。

当年，跟雪漠对话的时候，我始终在谈灵魂。其实，灵魂的另一个解释，就是精神。再往下解释的话，就是人的内在存在问题。佛教自始至终都在倡导破除我执，但是，在这个破除我执的过程中，如果我们过分强调灵魂，是不是就在建立另一种价值的同时，也增加了另一种我执呢？这是一个比较麻烦的问题。宗喀巴大师说过，破除我执需要智慧。那么智慧怎么来？这也是香巴噶举、格鲁派、宁玛派等教派所关注的问题。当然，这还涉及了一些更深层次的内容。

彭金山：《野狐岭》的叙事艺术

◎彭金山（中国当代文学研究会常务理事、西北师范大学教授）：当时我看了雪漠的这个小说，粗略地将印象记了一下。首先，祝贺雪漠《野狐岭》的出版。

读了雪漠的《野狐岭》，感到他的创作又有了新的变化。《野狐岭》给我最强烈的印象，是小说的叙事艺术。这部小说同雪漠以往的小说不同，整个故事是在通灵的环境里，由故事采集人招亡灵出来，闻声不见形地听他们讲述当年事。也可以说《野狐岭》是一部历史小说，然而它却打破了一般历史小说的叙事规则，不是由作家在一个统一的视点平台（统一的叙述人称）上，遵照一定的时间逻辑来展开故事，通过由走进书中的不同角色，亦即不同的当事人自叙，展开一个辽阔的叙事空间。故事断断续续，在叙事轴上悬念丛生，或远或近，或明或暗，又都指向一个历史事件——发生在清朝末年的凉州暴动。这个并非《野狐岭》直接切入的故事，也是读者的诘问点、关注点；就像一块巨大的磁铁，读者犹如铁屑，一进入"野狐岭"的故事，就感到了强大的吸引力、黏附力。而"我"则是故事叙事时空的总统领，事是百年前的事，人是亡故之人，采用通灵术招引到荒漠野岭，让他们自己道出各人的事儿，从而增强了真实感和可信度。《野狐岭》的中心事件是蒙汉两只驼队在野狐岭的遭遇，在一片神秘氛围中，连动物也有了灵魂，以别一视角观照、描叙那一历史事件，加入了叙事的众声喧哗。野狐岭的故事打破了阴阳界限，古今藩篱，驼人之别，幻真之分。这一切努力，都是为了力求使那一段历史立体真实地显现出来。《野狐岭》以这样一支凉州童谣作为全书"引子"的开端："野狐岭下木鱼谷，阴魂九沟八涝池，胡家磨坊下找钥匙。"显然，雪漠首先找到了《野狐岭》叙事的"钥匙"。对于那个颇具神秘色彩的历史事件，作者找到了最佳叙事的"接口"，于是，往事如水，淙淙流出，徐徐道来，虽多头交叉，却纷繁而有序。这就是《野狐岭》的叙事艺术，在结构上别创新途，独树一格。此则《生死疲劳》有之，但是不像《野狐岭》这样迷乱人眼。

《野狐岭》一开始就是众声喧哗，云遮雾罩，神龙见首不见尾，及半部小说掀过，云雾渐淡，开始显山露水，始见主人公面目，即木鱼妹、马在波。他们是作品的主人公，也是整个叙事结构的枢纽，枝枝蔓蔓的情节或直接或间接均由此而生，围绕主人公之间的爱恨情仇，故事一波三折，走向那一个出人意料的结局。在大爱大善的木鱼歌的感召下，杀手变成了情人，世代冤仇在人生的至境中化解——作者的历史观、伦理观，乃至生命哲学层面的存在观，至此揭底。

当事人的自述，旁观者的插入，叙事人的讲述，作者的潜在干预，构成《野狐岭》的复调言说。如此别致的结构艺术，是与作者的人生经历、生命体验、文化构成和精神境界密切相关的，出于自然，发自本心。雪漠久研佛理，明了死生，对那个几代凉州人口口相传的故事，自有其透彻的觉解。借古事以启迪今人，这也许是《野狐岭》的创作初衷。

从头贯穿到尾的"木鱼令"这一线索，构成故事最大的悬念。那么，什么才是木鱼令的真面目？雪漠说："我总是在别人的病里，疼痛我自己。"和与爱——这也许就是"木鱼令"！野狐岭，人类的夺命谷。幸亏冥冥之中还有一个"胡家磨坊"在。那把童谣中的钥匙，其实就在人的心里。

至《野狐岭》面世，雪漠的小说创作经过现实感很强的大漠系列和几近于神话的灵魂叩问系列两个向度的探索，终于结于一处。对于作者来说，是一种回归，一种螺旋上升之后的回归。这种将历史、现实和灵魂叩问合为一炉的熔炼与重铸，体现了作家自我突破的自觉意识。这便是《野狐岭》的意义。《野狐岭》是雪漠创作道路上的又一个标志性成果，一次对自身的超越。当然，这样说并不意味着《野狐岭》就是一部无可挑剔之作，也不意味着它的价值已经超过了《大漠祭》。《野狐岭》的写作别致在叙事，但疏漏也在叙事，特别是关于岭南生活的那部分叙事，以及木鱼妹的两次跟随驼队之行的情节设计中，都还颇有一些可商榷的地方。

然而，《野狐岭》却标识了作者努力的一种方向，一种开阔，一种远行的可能性。

徐兆寿：开辟了西部文学新领域

◎徐兆寿（西北师大传媒学院院长）：雪漠作品现在主要有两个系列：一是"大漠三部曲"（《大漠祭》《猎原》《白虎关》）；二是"灵魂三部曲"（《西夏咒》《西夏的苍狼》《无死的金刚心》）。我一直在想，"灵魂三部曲"的意义到底在什么地方？今天，我想从文化的角度，谈谈雪漠作品的意义。

第一，雪漠来自凉州，跟我是同乡。凉州这个地方非常奇特，一是它在丝绸之路上，向东有佛教、基督教、伊斯兰教的传播。基督教在凉州的传播，我不太清楚，但是，佛教和伊斯兰教在凉州的发展是非常发达的。佛教在凉州留下的东西太多了，鸠摩罗什就是一个非常伟大的形象。伊斯兰教在凉州的发展也很明显。现在我们到武威，都会去那里的核桃园打牌，据说那里是马步青的后花园，而马步青就是伊斯兰教在凉州的传播象征之一。凉州还有一个文化传统，就是儒家的传统。武威的文庙是中国七大文庙之一，在西部文庙中排在首位。陈寅恪先生说过，从魏晋起，关中文化向西北转移的时候，儒家文化就传到了凉州。所以，凉州模式是儒家文化在魏晋时代的重要流派。它后来传到了中原，成为隋唐制度的先声。这是陈寅恪先生讲的。此外，凉州除了儒家文化，还有道教文化，比如雷台，雷台既是出土铜奔马的地方，也是道教的圣地，那里有个雷台道观。凉州还有海藏寺等藏传佛教的圣地。萨班和阔端在武威签订合约的时候，恰恰是藏传佛教开始传向中国内地的一个起端。那么，它的文化意义就在这里。所以，雪漠的创作其实绕开了其他的很多文化，直接写藏传佛教，这在武威是非常独特的。如果说"大漠三部曲"仅仅停留在现实主义层面的话，那么，"灵魂三部曲"就已经突破了这个层面，开始向精神层面和另外一个新的文化传统挺进。这是雪漠在地域上的意义。

第二，我想谈的是西部的民间精神和传统的中国文化意义。从历史上我们可以看到，中国只有在向西开放和向西挺进拓展的时候，其文化自信才有可能显现。中国的传统来自两个"西方"：一个是《西游记》中描述的西方；另一个西方，从

"五四"以来，指的就是欧美代表的现代西方。西方文化同样有"两希"传统，是希伯来文明和希腊文明。那么，在这两个向"西"的传统中，中国只有向丝绸之路这样一个西方挺进的时候，才能找到文化自信。可是，我们发现，如果从文学的版图上来看，恰恰是西部文学彰显了这样一种意义，相反东南部的文学在向现代以来的西方学习的时候迷失了。我在复旦大学读书的时候，陈思和先生一直在强调，他说，中国文学的希望在西部。我问为什么？他说，因为在西部有辽阔的大地，能产生伟大的悲剧精神，同时，中国传统文化的积淀也在西部。所以，这样一种地域，这样一种精神，如果能够彰显出来，中国文化才能展示出它的自信，才可能走向世界。

那么，在这个意义上来讲，我一直认为，这两个西方都在西部存在，但原来的西方传统压抑着。河西走廊和新疆东部地区，也就是过去所说的西域交界的地方，这个地方积淀了很多文化，在民间一直被压抑着。另外一个西方，在上面漂浮着。如果我们把现在所崇尚的被殖民化、被压抑的西方传统——实质上是中国传统——发掘出来，进行重构，这样才可能构成我们的世界。所以，我认为也只有在这个时候，西部文学才有价值意义。

那么，这时候雪漠有什么价值意义呢？他恰恰发现了这样一个民间。这个民间以佛教为传统，藏传佛教是其中之一，还有其他的宗教文化，如基督教、伊斯兰教，以及伟大的中国文化传统。这是雪漠的另外一个意义。

第三，我想说的就是西部文学，或者西部精神，与人类精神在同构过程中，它的一些价值和意义。最近，我看了韩国的三部电影，正在写一篇文章。一部是《雪国列车》，一部是《辩护人》，还有最近刚刚上演的《鸣梁海战》。这三部电影，给我的感觉是，小国却有大国气度，而我们的电影和文学则刚好相反，大国却是小国气度。这是什么原因？追根到底，其实还是文化不自信。相对于韩国，日本也走在了前面。韩国现在开始和好莱坞一争高下，如《雪国列车》。而《辩护人》，在今天，对中国的意义是非常巨大的。如果我们在尊重宪法、尊重公民的维度之下看这部电影，它就太了不起了。最近刚刚上演的《鸣梁海战》，一场大战之后，影片最后的一句台词是："如此的深仇大恨，该如何是好呀？"一个小国家，在与日本的几百年、几千年的大战之中，突然说了这样一句和解的话，这就彰显出小国有着大国气度。在我们的文学和影视中，从来就没有这种东西。那么，这种东西存在于哪里？西部是有的。

所以，我们的甘肃文学到底该怎么办？在上一次西部论坛中，我发表了一个观点，那就是，向传统文化致敬。但是，在向传统文化致敬中，我们发现，甘肃文学一直被陕西文学所遮蔽，比如说雪漠，"大漠三部曲"就是被陕西文学所遮蔽，它不过是贾平凹、陈忠实、路遥的补充而已，因为他的很多写法，很多东西，虽然也有自我的东西，但是他仍然在西部文学和陕西文学这样一个版图上。但是，"灵魂三部曲"不一样，它所彰显出来的自我价值和表达方式，完全和陕西文学不同，而这种东西，恰恰是西部文学在往深处挖掘的产物。今天，在这样一个空间里，雪漠开辟了西部文学新的一个领域。

当然，他的作品缺点也非常多。任何一部伟大的作品都存在缺点。比如《红楼梦》，在我看来，前八十回就够了，后面四十回可以不要。今天，我们说《红楼梦》是伟大的著作，它即使存在如此大的缺点，也丝毫不影响它的伟大。再比如《水浒传》，我们说只要前半部就够了，后半部也可以不要，它仍然存在巨大的缺点。即使是托尔斯泰，他那种强大的叙事意识，那种教化色彩，在今天看来，我们的文学也不需要，但是我们仍然认为托尔斯泰是不可逾越的高峰。今天，我们评价一个作家的时候，往往要求他是全能的、完美的。实质上，我们是把一个作家高估了。在一部作品中，想把人类所有伟大的传统都要加进去，这可能吗？不可能。所以，只要作家有一些长处，就足矣。

雪漠的不足之处，有一点我要说的，那就是文学与宗教的区别在什么地方？我要说的是张承志和雪漠。雪漠跟张承志共同的价值取向在于他们都有强烈的宗教意识和宗教传播色彩。张承志现在被称为后殖民主义文化的代表，是以第三世界文化来对抗欧美文化为代表的强势文化的代表之一，他和美国的萨义德可以说是齐名的，这一点，张承志非常伟大，非常了不起，但是，从《心灵史》开始，文学和宗教合二为一的时候，他就拒绝了读者。文学与宗教混同，就会造成这样一种不恰当的存在。

今天，雪漠也是这样，他一方面在弘扬佛教精神，一方面又在构建文学，这样一种东西，我难以区分。今后，这个难点，可能是雪漠必须要克服的地方。如果这一点克服不了，文学和宗教的区别到底在什么地方？也就是说，雪漠如果拒绝很多文学元素，而直接走向宗教传播，那么文学文本，很可能就成为宗教意义的文本了。在这一点上，我觉得两者还是不同的。我们可以在宗教意义上来肯定，但是在文学意义上，到底怎么来肯定它，会存在一定的问题。尽管在今天，我们说托尔斯泰也在宣传基督教，但是托尔斯泰作品的文学价值，那是非常了不起的，人人都可以看得出来，因此诺贝尔文学奖评委们不愿意托尔斯泰获得诺贝尔文学奖，说他亵渎了基督教，说它是另外一种宗教。在这个意义上，我觉得要学习托尔斯泰，看看他怎么恰当地处理好文学和宗教的关系，如何用文学来重新解读人类伟大的精神。我觉得，人类精神还是要用文学的方式来解读。这是我给雪漠的一点建议。

雷岩玲：叙事迷宫和多彩的西部世界

◎雷岩玲（兰州城市学院文史学院教授）：各位好！非常感谢主办方西北师范大学文学院和甘肃省当代文学研究会的邀请。由于之前我没有读过更多的雪漠作品，接到本次研讨会的通知后，我才抽空读完了《野狐岭》。今天，我就谈一谈自己阅读后的一些感悟与思考：

第一，有种说法是这样的：诗歌是青年人的艺术，小说是中年人的艺术，散文是老年人的艺术。这是因为中年作家大都拥有不少的生活积累，具有相当的智力优势，这支持他们构建起一个叙事的迷宫。所以，中年作家的创作力就是他们人生阅历、体力、智力的综合体现，对于长篇小说作家而言尤为如此。在我阅读雪漠作品的最初，它的确给了我这样一种感觉。当时，我像是走进了迷宫一样，有些混乱，也像是陷入了一团混沌，难以清晰地辨析，但是逐渐地，我就被一种莫名的力量吸引了，它带着我们一路走向小说的结局。

第二，应该说，小说为读者构建了一个独特而神秘的西部世界，这个世界由危险的野狐岭、吃人的沙尘暴、玄妙的胡家磨坊、粗粝的西部汉子、多舛的运货驼队和不断发酵升腾的阴谋等元素构成。在一个个天灾频发、人祸环绕的气氛里、场域中，生命的存在感、脆弱感及荒诞感混杂成了一幅幅令人触目惊心的画面：那是荒漠与生命、阻挠与坚持、阴谋与正义的狭路相逢，是一个既丰富多彩又让人意乱情迷的西部世界。这也就是我上文提到的莫名力量之一。

第三，另一股莫名的力量就是，小说在展露人性的复杂性与劣根性的同时，也开通了由木鱼爸、驴二爷、马在波、齐飞卿、陆富基等形象铺就的一条人性良善之路——一条大善的、宽宥的、平和的、忍让的心路。虽然作家想以开放性的叙述方式增加故事的视角和意义，但小说的中心还是传达了这样一种价值观——人生在世应该注重修行、品德和宽宥。它在作品中占有的位置，就如纷乱、嘈杂、荒诞、无序的世界里吹进去了抚慰人心、拯救人性的缕缕清风。

第四，20世纪90年代以来，在情色欲望的呈现方面，很多作家都不遗余力，大有"语不惊人死不休"的趋势，但雪漠在这方面的描写则相对单纯和干净，作者在性描写方面的节制与内敛，让我们从中获知了一位西部作家的情怀天地与是非水准。比如，《野狐岭》中马在波和木鱼妹的爱情描写，在我看来是相当感人的，也是我本人很赞赏的。我一直觉得，如果一个作家靠书写情色刺激而扬名，那他本人及其作品的道德底线和价值观念肯定是要"脱轨"的和失范的，这样的作家与作品要么身负骂名多载，要么迟早被淘汰。

张哲：勤奋精神与强烈的文体意识
◎张哲（《兰州交通大学学报》编辑、作家）：拿到《野狐岭》时，我先让几个学生看了一下，他们看完之后，都有很多话想说。昨天，我们就简单讨论了一下，我还有意做了一些记录。下面，我简单说几点：

第一，向雪漠表示热烈祝贺，他是一个非常勤奋的作家，这是他的第七部长篇小说。据我所知，他还写了"光明大手印"系列，大约有十多部书。有一次逛书店，我看到了其中一本，就大体翻了一下，有个朋友也买了一本，还跟我聊过。即使不谈宗教方面的意义，作为普通读者，我也觉得"光明大手印"系列中的有些书写得蛮好的。一个作家能这么勤奋，实在是我们学习的榜样。相对雪漠，我们就显得太懒了。以后一定要向他学习，学习他这种勤奋著述的精神。在这个时代，这真是太难得了。

第二，《野狐岭》非常强烈地体现了雪漠先生的文体意识，在本土作家里，这也是非常难得的。相对于其他地域——比如西方——的作品，很多本土作品在文体意识方面都有一种缺失，至少，我们没有看到这方面的强烈诉求。从《野狐岭》中，我们也能明显看到一些伟大作家和前辈的影响，比如，它的叙述结构受到了日本小说家芥川龙之介的影响。芥川龙之介写过一部短篇小说，叫《筱竹丛中》，被日本著名导演黑泽明改编为电影《罗生门》，非常著名。《罗生门》的结构和《野狐岭》很像，陈彦瑾女士在小说后面的责编手记中也谈到过这一点。另外，书中也有一些陀思妥耶夫斯基的复调叙事的特点，以及莫言《生死疲劳》中的生死、阴阳两界、六道轮回、人性的挣扎和苦难等特点。但是，在这些方面，雪漠都有自己独特的东西。

在文学课上，我始终会对学生们说，如果你想写出特别好的东西，就要向大师们学习，向经典作品学习。雪漠的勤奋、雪漠的才华和雪漠的谦逊都值得我们好好学习。当然，雪漠先生的谦逊和我们所说的谦逊有一些细微区别，其中有一种自信，也有一种积极学习的态度。

最后，我简单总结一下。这个世界实在太喧哗了，所有写作的人都会不由自主地想到一个问题：文学是什么？这个问题本来是个常识，但常识有时也会变成一个问题。现在，很多人都不断丧失着阅读的时间和空间，这让很多东西都成了问题。但是，不管怎么说，不管文学是什么，不管我们内心有多么困惑，文学至少是跟灵魂有关的一个事物。所以，我特别希望大家都能写出更多的作品，也希望有更多的人能获得诺贝尔文学奖、茅盾文学奖，让更多人热爱文学，让文学成为我们生活中一个非常美好的、人人都向往的存在。

张凡：向世界展示自己的存在

◎张凡（北京大学中国现当代文学博士）：能来西北师范大学文学院参加雪漠老师《野狐岭》的研讨会，我感到非常荣幸。刚才听了各位前辈专家学者和作家们对雪漠老师文学世界的理解和感悟，作为晚辈，我受益匪浅。而且，我深刻地感到，在各位专家学者的观照下，雪漠老师的文学之路会越走越宽。

拿到《野狐岭》后，我跟雪漠老师交流过一段时间，在这个过程中，我写了两篇文章。

首先，如果西部文学作为一个概念存在的话，在当代文坛，西部文学应该由谁代言？我所说的西部文学，不仅仅是甘肃文学，也不仅仅是西北文学，而是包括陕西、甘肃、新疆、青海、西藏，甚至云南这整块西部大地的文学。今年陕军二次出发，甘肃也有"八骏",还有新疆异彩纷呈的多民族文学,云南独特的高原文学,这么博大丰富的文学世界,谁能为它代言,让世界发现它的存在?我觉得,在中国当代文学学科建构方面,这可能是当下最应该关注的问题。

第二,我也觉得雪漠老师非常勤奋,他试图通过自己的努力,向整个中国当代文学界证明甘肃当代文学,乃至整个西部文学的存在。今年,徐兆寿老师也出了一部长篇小说,叫《荒原问道》,这说明,甘肃文学这几年一直在试图发出自己最强劲的声音,向世界证明自己的价值和存在。当然,这两位作家只是代表,是表面之下涌动着的两股激流,恰好是这两股激流,把甘肃当代文学推向了一个更深的层面。

回到《野狐岭》,我觉得,它所表达的野狐岭,不仅仅是地理意义上的野狐岭,而是一个"野狐岭"的世界。在我看来,这个世界非常宽泛,甚至将岭南文化包含其中,是一个多元的文化世界。所以,我在那两篇文章中,就围绕几个关键词对《野狐岭》进行了研究:一是雪漠老师的生命质感;二是灵魂叙事;三是理性的文字;还有一个,就是在文本的隙缝中找到某种感觉。

今天我不敢多说,因为我其实是准备来这里学习的。在新疆,我也是一名高校老师,也从事现代文学的研究。我一直试图将新疆的当代文学推向全国——当然,这只是我的期待,并不一定要通过我,也可能是通过新疆的其他同志们。我主要是希望,我们新疆的当代作家能走进全国文坛,甚至走向世界。

我觉得,每个时代、每个省份的文学都有可比性,都能相互促进,当然,也有一种相互竞争的意味。但是,我们要想存在,就必须发声,这是我的观点。不管是新疆文学、甘肃文学、西部文学，还是哪个地域的文学，都是这样。可喜的是，有很多作家正在凝聚力量，想用重锤敲响这面"战鼓"，所以我也非常期待。

杨光祖：讲述中国西部的故事

◎杨光祖（甘肃省党校教授、批评家）：雪漠是一个怪才，奇怪的怪。自从《大漠祭》一炮打红，他一发不可收拾，又出版了六部长篇小说。在小说创作上，他也频出奇招，剑出偏锋，越发让人感觉到一种怪，还是奇怪的怪。《孙子兵法》说："以奇胜，以正合。"奇，是必要的；奇，也需要天赋。但最后成大器靠的不是奇，而是正，堂堂正正的正。

雪漠的小说，我个人以为最好的还是《大漠祭》。《大漠祭》作为他的长篇小说处女作，写得安静、舒缓，日常中有一种力量。可以说，使用了他半生生活的积累。虽然在文学性上还是稍有不足，我曾撰文批评过——比如，缺乏一种厚重，一种大视野，技法上也比较传统——但总体看，还是一部比较优秀的作品。他后来的长篇小说，变化很大，《猎原》《白虎关》显得仓促，不那么从容。不过，"大漠三部曲"总体看是可以代表他的小说成就的。至于他的"灵魂三部曲"，比较复杂，泥沙俱下，而且他本人也似乎没有按小说对待，或不仅仅按小说对待，这样我们也就不好多嘴了。

至于说到宗教与小说的关系，这是一个既复杂也简单的问题。《红楼梦》里有没有宗教？当然有，禅宗、道教，都有，但它依然是一部小说，曹雪芹从来没有说他是大菩萨，《红楼梦》是他闭关的产物。伟大的小说都有一种宗教情怀，或者深厚的宗教文化。因为人类的生活本身就浸透着宗教，不描写宗教，如何深入描写人类的日常生活？但小说毕竟是小说，不是佛经。托尔斯泰的小说也弥漫着宗教文化，陀思妥耶夫斯基的小说，对欧洲哲学都有影响，但他们都还是小说，托氏，或是陀氏，都从来没有说他们的小说就是东正教经典，凡是信徒都必须阅读，阅读了还能得到救赎，除非他们疯了。

再说《野狐岭》，在雪漠这部长篇小说里，叙述者招来那些鬼魂，对他们进行"采访"，每个人，或是鬼魂，都讲述自己的故事。这种结构颇为有趣，读来也很有趣味。虽有《罗生门》的烙印，但其实在我们的传统文化里也有这种东西。我小时候，就经常看"阴阳捉鬼"、驱鬼，我是比较熟悉这种民俗文化的。对乡民来说，"鬼"并不是虚无的，他们和人一样真实。他们就活在每一个村庄里。墨西哥作家胡安·鲁尔福的《佩德罗·巴拉莫》就曾经让马尔克斯浑身颤抖。在《佩德罗·巴拉莫》里，作家打通人鬼、穿越生死，小说写主人公到一个村子寻找父亲，而他所要知道的一切只能向游荡在村子各个角落的鬼魂们打听。小说讲的是墨西哥农村的故事，故事很简单，但写作手法却绝不简单，几乎成了小说修辞和小说叙事大全。全书光怪陆离，神神道道，即便看上三五遍还搞不清各个段落之间的逻辑关系。但你读下来，就会发现，这本小说就是20世纪墨西哥的农村，甚至墨西哥社会的缩影。

雪漠的《野狐岭》就叙述手法来说，当然没有《佩德罗·巴拉莫》那么复杂，故事情节也比较清晰，没有人家那么深厚而广大。某种程度上，我觉得他的这部小说受了现代小说，包括魔幻现实主义的影响，雪漠企图用一种现代小说技法，还有他熟悉的佛教思维，来讲述一个中国西部的故事。我个人觉得小说里写大嘴哥、马在波和木鱼妹的故事，写得最出色，尤其马在波与木鱼妹之间那种宗教与爱情的纠缠、撕扯，写得很有波澜，也很有神采。第二十三会狼祸，亦写得精彩，雪漠对凉州、对沙漠和驼队还是很熟悉的。他有生活，这是如今很多作家缺乏的。小说不求完整的碎片式的写作手法，也是我很喜欢的。其实，中国的叙述传统就比较擅长碎片叙事，比如《聊斋志异》，就是一个个短篇小说，很多就是碎片叙述。还有那么多笔记小说，浩如烟海呀。可惜没有人去继承。

读《野狐岭》，我不得不佩服雪漠，雪漠毕竟也算一个奇人，虽然有时候有点"走火入魔"。小说最后几章写末日部分，描写功力不错，但总觉格局不大，挖掘不深，哥老会反清的叙述也太仓促，没有深入下去。也就是小说的时代感不强，天地感也太狭窄，没有完全打开，虽然采用了多人叙述的手法，但空间还是很狭隘，没有形成成熟的召唤结构，可阐释空间太小。同样是写幽魂，或用责编的话说，都是灵魂叙事，我觉得莫言的《生死疲劳》就做得更好，空间更大，深度更深，有一种大气象在，也有一种大悲悯。另外，小说写了岭南故事，主要写的是凉州的驼队，这两部分的弥合不是很成功，有点断裂。

最后，我觉得，《野狐岭》这个小说名字不好，有点小气了，不那么大气，某种程度上也削弱了小说的影响力。一个小说是不是成功，有时候看它的书名就可以看出来。从这个书名看，诡异有余，而深厚不足。雪漠有才，有奇才，但缺乏一种大气，一种大气象，一种大境界。不然，他就不仅是名家，而是大家了。但用雪漠的话说，这也是天命，非人力所能左右。

　　总之，我同意雷达老师说的"雪漠回来了！"虽然不是浪子回头金不换，但他在文学上的这种回归，还是值得肯定。不过，回来的雪漠，讲故事的能力提高了，现代元素多了，比如侦破、悬疑、暗杀、革命等，语言也流畅了，技巧花样也有了，但却没有了早期作品的那种朴实、单纯，也少了那种让人温暖的情感，还有那种深厚的地气。《野狐岭》似乎炫技的成分多了，真正的艺术力量却弱了。

牛庆国：甘肃的文学"英雄"

　　◎牛庆国（《甘肃日报》专题部主任、著名诗人）：雪漠是我的朋友，也是我非常敬重的作家，他这些年出版的作品，老老实实地说，我没有完全读完，但是，近日我抽时间读过一部分。总的来说，雪漠应该是我们甘肃的文学"英雄"之一。因为，在我的阅读中，甘肃的长篇小说在全国产生影响，应该是从雪漠的《大漠祭》开始的。以前虽然甘肃也有一些小说在全国产生影响，但多是短篇小说。在《大漠祭》出版的时候，作为甘肃的写作者，我们都感到非常自豪。所以，我说雪漠是甘肃的文学"英雄"之一。这种说法应该不为过的。不但是英雄，他还应该是劳模，因为，他在这么短的时间里，就写了这么多的著作，而且是接连不断地出版。

　　我平时也写点诗歌，小说不敢涉足，因为觉得太难写，但是，我喜欢读雪漠的小说。读得多了，我对雪漠说，至今为止，我还是最喜欢《大漠祭》。雷达老师是有眼光的。后来，雪漠虽然出了"灵魂三部曲"，走了另一条路，而且那条路应该说也没有错，对他来说也是一个过程，但雪漠最好的作品，我认为还没有出现。那么，走过他的大漠，走过他的灵魂，将来可能会出现一部非常优秀的作品，我们期待着雪漠。

另外，我临时想到一句话，大家都说作家要有宗教精神，但是写宗教的作家不一定就有宗教精神。本质上来说，宗教精神应该是渗入文字的一种对文学的追求。在这里，我向雪漠表示祝贺，也期待着雪漠最伟大的作品出现。

宋登安：现实主义和神性写作的有机融合

◎宋登安（西北师大现当代文学研究生）：各位老师，各位同学，今天很荣幸能在《野狐岭》研讨会上发言。我叫宋登安，今年硕士二年级，作为一个武威人，我对雪漠老师将武威推向全国表示感谢。因为我太熟悉武威那片土地上生活的人了，所以读作品时，不会因为不了解作家的写作背景，而产生一种距离感或是陌生感。尤其在读"大漠三部曲"的时候，我的熟悉感非常强烈。

我想从总体上对雪漠老师的创作做一个概述。我将老师的写作过程概括为两次超越：一次是从"大漠三部曲"的现实主义超越到"灵魂三部曲"的神性写作，神性写作也被雪漠老师称为自性写作；第二次，是从"灵魂三部曲"到《野狐岭》的超越，是将现实主义写作和神性写作有机融合的写作。

在"大漠三部曲"中，"老顺一家"被雪漠老师以现实主义手法展现在读者面前，同时展现的，还有家乡人那种坚韧的生活态度。但从写作姿态上看，我觉得雪漠老师的写作目的并不仅止于此，而在于定格农牧文化的残影。正如雪漠老师在《白虎关》后记中所说："中国有几千年的农业文明，我们的小说为它留下了哪些东西？我只想努力地在艺术上'定格'一种存在。当然，我的行为也如堂吉诃德斗风车一样滑稽。"如果将《白虎关》从"大漠三部曲"中抽出来看的话，我觉得其中更有一种象征主义的味道。比如，《白虎关》中描写的现代化进程，不仅仅发生在沙湾、凉州或是甘肃，而发生在整个中国。

从"灵魂三部曲"开始，雪漠老师就转向了神性写作。在《西夏咒》当中，这种写作体现为人神共存、横跨历史、情节多变的模式；在《西夏的苍狼》中，它体现为紫晓对苍狼的寻觅，以及黑歌手对娑萨朗的寻觅——我觉得，这部作品是雪漠老师的一次小小尝试，老师通过这部小说，试图将武威的乡土和城市生活有机融合在一起，但不管是对乡土的描写，还是对城市的描写，似乎都缺乏了一点力度和深度。

新作《野狐岭》是现实主义和神性写作的融合。其中，现实主义体现在对"大漠三部曲"的回归——回归西部的现实生活，回归武威，例如对雪漠老师熟悉的驼队、花儿、木鱼歌等民间文化的描写。另一方面，这些百年前的历史是由灵魂叙述出来的，这就延续了"灵魂三部曲"的神性意味。而且，整部作品的结构框架，也是通过神性组织建构而成的，所以，这部书是现实主义和神性写作的有机融合。

我的总体感觉是，老师的后期作品——"灵魂三部曲"和《野狐岭》——是将宗教文化融入作品之中，表达自己的救世情怀。正如徐兆寿老师所言，这似乎让宗教和小说的区分不太明显。但是我作为一名学生，不敢这样妄言。

另外，我在论文的最后，冒昧地描述了我脑海中雪漠老师的形象：一位苦行僧牵着一峰驼，头戴斗笠，手持羌笛，身后跟着一只雄壮的老山狗，在大漠孤烟下、在乡关悠悠的霜满天里，他追寻着西部的历史，追求着生命的超越，他口中吟诵的是：

> 沿着漫长的时空隧道，
> 我苦苦寻觅。
> 我历经汉唐的繁华，
> 我沐浴明清的烟雨，
> 生命的扁舟，
> 在生死中漂泊不已。
> 岁月的大风强劲地吹来，
> 吹走我一个个躯体，
> 却掠不去灵魂的寻觅。

但是，或许雪漠老师自己更愿意是木鱼妹，而不是苦行僧吧！

高美姣：坚守和超越

◎**高美姣（西北师大现当代文学研究生）**：雪漠先生的"大漠三部曲"，我读了其中的两部，也翻阅了《西夏咒》。我读得最认真的，还是《野狐岭》。所以，今天我的发言主要以《野狐岭》为中心。此外，我还写了一篇关于《野狐岭》的坚守和超越的文章。

凤凰古镇的小桥流水流出了沈从文的湘西古镇，魔幻现实的翅膀带着莫言的高密东北乡飞往瑞典，贾平凹在黄土阵阵里哼唱秦腔……故乡成为众多笔者生生不息乐此不疲的话题，它也从未亏待过任何一个执着热爱它的人，所以作者雪漠说"提起甘肃作家，人们自然会想起我"。

雪漠是贫瘠的甘肃土地最丰厚的收获之一，东西不见首尾的腾格里沙漠、唱白青丝唱红脸的凉州花儿，或者是洋芋面拌米汤，脆弱却又坚韧的西北土地养育了雪漠，也养育了雪漠笔下的凉州万物。从《大漠祭》到《猎原》，再到最后的《白虎关》，老顺一家悲欢离合乃至整个村庄的痛笑累哭都撕扯着读者的思绪，老一辈对土地的热爱、对命运的顺从，新一代对爱的渴求、对出走的渴望，荡气回肠的戈壁黄沙里，雪漠和他笔下的凉州大地眼底充满悲伤却大声歌唱。同样是现实而苦难的西部故事，《野狐岭》却用另一种笔触和视角，讲出了相同的坚韧与不同的意境，正如雷达先生所说："《野狐岭》走出来了一个崭新的雪漠。不是一般的重归大漠，重回西部，而是从形式到灵魂都有内在超越的回归。"

接下来，我想谈一谈我所理解的坚守与超越：

一、多声部的叙述视角。在传统的现实主义乡土小说中，作家习惯了对主题、人物及背景的塑造和打磨，注重呈现故事，而忽略了如何呈现才能更吸引读者。正是在"怎么讲"故事这方面，雪漠实现了对自我的重大超越。

《野狐岭》的故事中，一人一狗两只骆驼一起走向大漠深处，想要了解关于野狐岭的那段古老神秘的故事。他们超越生死、穿越阴阳，在上师的指点下，与幽灵相约采访，聆听记录了百年前的许多故事。在雪漠笔下，腾格里、骆驼、欲望等背景或主题丝毫不觉陌生，最出其不意的，是多声部的叙述视角。正如陈彦瑾女士在《从〈野狐岭〉看雪漠》一文中提到的，"和陀思妥耶夫斯基的小说一样，《野狐岭》真正的主角是声音"。

　　《野狐岭》的叙述视角众多，具有极强的丰富性，但不失一致性、连续性，在叙述过程中有恰当的频率。神秘莫测神龙见首不见尾的杀手，心怀家仇跨越千里来到凉州的岭南木鱼妹，倾心修炼一心出家的少掌柜，争风吃醋阴险狡诈的汉驼王……模糊不清的光晕寒气逼人的气息，每一个入界者或聆听的幽灵都是故事的叙述者，而我们只闻其声。在《野狐岭》故事的讲述中多达十余种角色声音，每一个幽灵既是整个故事自我为中心的讲述者，又不断出现在其他幽灵的讲述中，往复循环。这种叙述者的不断转换造就了角色的丰富性和立体性。例如，杀手在讲马在波，木鱼妹在讲马在波，马在波也在讲马在波。但叙述视角的丰富性如果没有被合理安排，就可能造成阅读和理解上的混乱。读者在阅读过程中容易产生思维定式，并具有持续性，这就要求作者在安排讲述者时具有连续性和一致性。另外，《野狐岭》中的每个讲述者都有自己的立场，在作者设置的节奏中交替出现，旗帜鲜明地表达主观感受体现自我性格，在叙述视角的转换中游刃有余，从而加强了人物刻画的容量和力度，使作品更具表现力，也使作品的叙述形式更为丰富多彩。

　　不同于第三人称的全知视角及第一人称的限知视角，多声部的叙述视角使作者极大程度地摆脱了叙述过程中的主观性。叙述者的单一性决定了小说的叙述必须选取一个相对准确的角度，而这种角度的选择很难避免主观认识的影响。而在《野狐岭》中，雪漠只是一个采访者记录者，聆听与忠实记录是他唯一的职责：木鱼妹千里追杀驴二爷，因为驴二爷侮辱母亲烧毁祖屋，木鱼妹家破人亡；大嘴哥难以下手帮助木鱼妹，因为驴二爷在凉州好做善事，尤其帮扶了他年迈贫困的父母……消磨了千钧一发的激情叙事，在时光及生死的销蚀下，更多的情节被冷静而淡化感情色彩地陈述出来，留给读者无尽的思量。正如陈彦瑾女士所比喻的，《野狐岭》中丰富多样的声部各司其职恰如其分，汇奏出一首非同凡响的交响乐。

二、拟读者的接受视角。《野狐岭》不再是雪漠给我们"讲故事"，而是雪漠同万千读者一起听故事。全书二十七会采访魂灵，除引子和最后一会的总结与回归，其他章目中的相约相会，作者同读者一样，始终处于一种"拟读者"的等待状态，除了寻找水源、取暖睡觉、避免狼祸，他也在等待下一个魂灵的到来，对即将讲述的情节一无所知。《野狐岭》中每一个讲故事的魂灵都是"我"，每一个"我"又是别人故事的承担者。在前面的论述中我们也提到过，《野狐岭》故事的讲述者没有容貌没有着装，仅仅是一种声音的存在。因此在同一人称下，叙述视角就要求层次分明而错落有致，并且在叙述视角转化时一定要有标志性内容。雪漠平铺直叙地告诉我们："持咒召请，许久之后，却只来了一个，那便是巴特尔""（木鱼妹）那我还是接着往下说吧"。得益于这种提示与明确，在阅读中读者就可随时转换思维调整立场。也许正是因为这种阅读的难度，雪漠先生说，你不一定喜欢《野狐岭》，但它无疑在挑战你的阅读智力。

在《野狐岭》的后记中雪漠曾有这样一段表达："它是未完成体，它是一个胚胎和精子库，里面涌动着无数的生命和无数的可能性。它甚至在追求一种残缺的美。因为它是由很多幽魂叙述的，我有意留下了一些支离破碎的片段……只要你愿意，你可以跟那些幽魂一样，讲完他们还没讲完的故事……你甚至也可以考证或是演绎它。"同为接受者，雪漠作为读者集合体，深入大漠聆听记录，因此在对人物的认知与理解，或者对碎片叙述的联想与补充上获取着相似的材料，就像雪漠和我们都同样好奇木鱼妹被沙眉虎抓走后发生了什么，她是怎么回来的。

三、坚守信仰的故事家。从叙述视角及接受视角上分析，《野狐岭》无疑是雪漠在叙述手法上的一次重大突破，完全不同于"大漠三部曲"的流畅叙事。但回归小说创作的本质，透过语言表达的现象追寻情节背后的人物形象探寻主题思想，雪漠的哲学依旧是执着而顽强的存在，他的灵魂并未离开生养自己的凉州大地，一直在百年时空隧道里穿行徜徉，"生之艰辛，爱之甜蜜，病之痛苦，死之无奈"的生命主题依然扣人心弦。雪漠先生的笔下有人、兽、鬼，每一种生命存在都异常艰辛，却又因为这种艰辛而愈加坚韧，尤其是他笔下的女性，木鱼妹、兰兰、莹儿哪怕陷入不堪忍受的生命困境，哪怕得不到外界的任何援助，生命存在的本能也依旧激励着个体的不断挣扎与自救。这种救赎的力量可能来自父辈遗传，可能是根植于生命深处的民间文化力量，可能是经历与挣扎中的自我超越，但没有谁放弃存在的意义听之任之。虽然身子累成一堆泥，但仍铭记"生"的重要，就像马在波告诉木鱼妹的，一直追问下去就啥都没意思了，人活的意思就是活的过程。

雪漠笔下人无完人，每个人物的性格都黑白分明，善恶美丑真假在每个人物身上都有所体现又各不相同。比如，雪漠对齐飞卿的英豪之气引以为傲，也对他的暴力无可奈何；木鱼妹以仇恨为生存意义，又在与仇人儿子萌发爱情的过程中悄然瓦解了仇恨；《白虎关》中猛子追求肉体刺激，却真挚地接纳爱恋着月儿，抚慰她在出走后、回归时身心的伤痛……正如雷达先生所说："人们还会发现，其实雪漠并未走远，他一刻也没有放弃他一贯对存在、对生死、对灵魂的追问，没有放弃对生命价值和意义的深刻思考，只是，人生的哲理和宗教的智慧都融化在形象中了，它超越了写实，走向了寓言化和象征化。"

在《野狐岭》的代后记中，雪漠说："一进入写作状态，灵魂就自个儿流淌了，手下就会自个儿流出它的境界。"在这个灵魂被忽略的时代，解决了吃饭问题，作家该有自己的信仰和执念，不看世界脸色，不等世俗答案，在流淌中享受，创作出属于自己的无法替代的好东西。

孙强：奇特的文体，自由的小说

◎孙强（西北师范大学文学院教师）：大家上午好！我昨天晚上才把这部小说读完，没有太多的准备，在这里我谈一下自己的体会和感受：

这是一部好看的小说，能给人带来阅读的快感。从小说具体的叙述来讲，它综合了很多元素，里面既有历史，也有大漠的风情，还有爱情故事，甚至包含了一些武侠元素，所以很好看。这部小说荣登当当网的新书排行榜，说明读者还是比较喜欢它的。这是我的第一个阅读感受。

我的第二个感受是：雪漠先生为大家创造了非常奇特的小说文体。

这部小说的文体主要有三个特性：第一，从结构方式上讲，"我"对幽魂的采访一共有二十七次，所以整部小说的结构就是二十七会，这是整体的结构方式。第二，从叙述角度上讲，小说中的"我"是主要叙述者，但是小说中各个幽魂又可以成为独立的叙述者，所以，在"我"主要的叙述下面，又形成了不同的叙述视角。这些不同的叙述视角是不断转换的，总叙述者和不同叙述者之间的关系，也是通过"我"与幽魂对谈的方式建立起来的。这是民间的一种传统。从叙述方式来讲的话，这是比较奇特、比较新颖的。

另外，从文体上讲，这部小说实质上有"反小说"的特征，因为"我"的叙述和其他人的叙述交织在一起，出现了一种不同于传统小说，甚至与传统小说相悖的东西，所以说它有"反小说"的特征。传统小说的叙述结构主要以情节为中心，比如，中国的四大名著就是典型的以情节为中心。但是，现代小说的叙述结构已经开始发生变化了，尤其是受到一些西方小说的影响之后，这种变化就更是明显了。《中国小说叙事模式的转变》一书中，就专门谈到过叙述结构转变的问题。现代小说不再以情节为中心，而是以人物为中心，虽然也有情节小说，它更为看重情节，但人物仍然占了一个较大的比重。同时，环境也是一个重要的叙述中心。大体上讲，从传统到现代，基本上有这么三种叙述结构。不过，这部小说看似以人物为中心，但是从每个人的叙述中，我们又找不到一个非常主要的人物。当然，有人会说，中心人物是木鱼妹或马在波，但是，从我自己的阅读体验来讲，这两个人物虽然比较突出，但又不像是作家刻意要凸显的主要人物。在整个幽魂叙述中，每个人物好像都很重要，也都非常突出，只是这两个人物的叙述篇幅更大一些而已。另外，这部小说算不算是以情节为中心呢？一开始小说的引子就说，百年前有两支驼队在野狐岭里消失了，作者想弄清楚这件事，看起来故事感很强，但是，在整个叙述中，驼队的故事又被这些人物的故事给消解掉了，不再是最重要的事情了。所以，我们会发现，这部小说的叙述结构跟我们以往对小说的理解有所不同，人物中心和情节中心这两个特征在这部小说中都不是特别明显。

创造出这样一个奇特的文体，作者的资源在哪里？他是在什么状态下完成这种创造的？在小说的后记中，雪漠交代了他的写作状态。在这里我简单概括一下。雪漠说，这是一部自由的小说，是自性流淌的结果，就是说，小说没有中心情节，没有中心人物，也没有明确主题，作者甚至是刻意把这些东西都消解掉的。在情节设置上，这部小说也显得比较混乱。比如，其中有个情节是木鱼妹被沙眉虎抢走了，但后来她又回来了。在我的感觉中，这个情节就跟以往小说中的因果关系完全不同。而作者对这情节的交代，也只是木鱼妹可以被劫走，也可以重新出现。所以，这种表面的混乱，实际上是作者有意为之的结果，这与他的创作心态、创作状态有很大的关系。在小说的创作中，作家似乎达到了一种非常自由的状态，用他自己的话来说，就是"玩"小说，"玩"的结果，就是出现了这样一个文本。

这种自由的创作状态可能是每一位作家都非常向往、非常享受的，也会给读者带来新奇的阅读体验，包括文体方面的全新特征，但是，与此同时，它也可能会带来一些问题，甚至是对小说的一些伤害。所以，这种自由创作的方式是不是也该有一定的限度？这是我的一个疑惑。

李晓禹：一部人性寓言式的小说

◎李晓禹（文学博士，西北师大文学院讲师）：尊敬的各位老师，上午好！《野狐岭》这部小说，我还没有读懂，但我有一些粗浅的疑惑和感受，请各位老师批评指正。

《野狐岭》最大的特征就是多声部叙事，它几乎可以从任何一点、任何一个问题说起。这不由得让人想起一部世界名著——《哈扎尔辞典》。《哈扎尔辞典》是以三教合一的形式汇编而成的小说，由红书、绿书、黄书三部分组成，分别介绍了基督教、伊斯兰教、古犹太教关于哈扎尔问题的史料，通过对这些史料的汇编，来追寻一个民族消失的问题。《野狐岭》与此有很多相似之处，它们都是从不同的叙事视角，为同一个历史事件创造了不同的意义空间和阐释空间，而且这种不停的追寻本身，又产生了另一种哲学层面的意义和追求。这一文体效果的实现，是非词条式、非线性的。从这个角度上说，《野狐岭》可以被看作辞典式小说的一种新收获。它的新，新在什么地方呢？从量的层面来讲，它拓展了叙述者，而且回归了故事。《哈扎尔辞典》中的很多内容是资料汇编而成的，故事性很弱，但是《野狐岭》回归了故事，而且很好看。当然，并不是说小说一定要写故事，在今天，小说是不是要写故事这个理念，已经遭遇了很大的挑战。

这部小说中，具体叙述者的叙述中，融入了更多的文体元素，比如复仇、侦探、悬疑、武侠、情爱，甚至大量的动物叙事。其中，最精彩的就是动物叙事。这部分描写常常让我想起奥威尔的《动物庄园》，非常精彩。如果说奥威尔的《动物庄园》是政治寓言体的小说，《野狐岭》就是一部人性寓言式的小说。而且，这是一个精神容量非常大的文本，几乎每个叙述者的叙述都可以独立成为一部中篇，甚至是一部长篇小说。

在叙述空间上，《野狐岭》也有很大的拓展。它打碎了作者擅长的"大漠三部曲"和"灵魂三部曲"的叙事模式，将人鬼、神灵、天地、阴阳、南北、正邪融入一炉，并针对生死、生命、欲望、信仰、灵魂进行了辩驳和争论，其达到的深度和广度，都跟多声部的叙述声音有直接联系。或者说，正是这种多声部的叙事声音，才使这些具有思辨色彩的探讨有机融入不同的故事当中。但是，我还有一个疑惑：这种多声部的叙事手法，是不是有点游离于叙述意图或主题？艺术作品必须有基本的艺术规则，也就是一种艺术的秩序。选择多层视角，对一个成熟的作家来说，并不是特别困难的事情。如果说每一个叙述声音都是一样的，那相当于只是将简单的限制视角多重化。《野狐岭》中有二十七次采访，即二十七会。每一会都是用某一幽魂的"说"来结构的，尽管每个灵魂的立场、视角，甚至所述的内容都不同，但是每个灵魂的腔调、语气似乎差异不大。不论这个叙述者是"我"，还是一个复述的灵魂，都不可避免地与作者有重合之处，但是在这部文本当中，似乎重合得太多。作者的声音压抑束缚了叙述者的声音，统一了本应由灵魂各自发出的声音，其实这些特征在灵魂的书写上，也有很明显的表现，因为这些灵魂只有声音，没有其他的描写。《哈扎尔辞典》因为写的是教派之争，有教派文化作基础，所以它们的差别就顺理成章地出现了。其叙述者即使没有独特的声音，也因为特殊的体例而获得了合法性。

其实，多声部的写法已不是什么"新技术"。李洱的《花腔》就是用的这种写法。《花腔》的叙述本身，以及它的形式结构，都完成了它在意义层面的书写。书中的三个叙述人，都在寻找一个叫葛任的人，这个"葛任"本身就有一种含义，也就是个人。通过葛任（个人）来展现社会大历史，以及其中的矛盾，由此也呈现了历史本身的叙事性特征，文体的选择和叙述的意图似乎是比较完美的，形式本身实现了意义。从这个角度来讲，《野狐岭》似乎不需要设置那么多灵魂的声音，用一个个体内心的辩驳似乎也能达到这个效果。我非常赞同一位老师说过的一句话，他说，好的文学作品的叙述结构，应该是作者把握世界、人生，以及语言的一种充满生命的形式。从这个角度来看，《野狐岭》本身的精神含量已经非常大了。作者所选择的这种文体形式，是来自他对人生、世界、宇宙的理解，还是来自技巧的选择？这些我还没有看懂，是一个疑惑。

还有，小说中谈到的具体书写空间有两大块：一、大漠；二、岭南。多声部叙述声音的重叠问题，原因有二：第一，作者的声音统治了叙述者的声音；第二，空间感描写得不足。这个空间感不仅仅指故事发生的年代、地点、背景，这些都构不成小说的空间，而必须深入小说的本质。一切的情节和人物，因为有了这个空间，才有了生命，很显然，文本在这方面的努力似乎还不太够。岭南的木鱼妹似乎不具有岭南的地方感，这就相当于武侠小说里经常出现大漠、江南，但那些武功高手和这些地方没有必然的联系，这些人物穿越到任何一个地方，都可以发挥他的武功。在《野狐岭》里，人物和空间也还没有扣到一起，让我们感觉不到这样的空间才会产生这样的人物。相对而言，沙漠、骆驼及骆驼客们则写得比较成功。

吴浪：《野狐岭》的探索与超越

◎吴浪（西北师大现当代文学研究生）：各位教授、专家、老师大家好！我是中国现当代文学研究生，很高兴能够参加这次研讨会，能和雪漠先生直接交流，跟各位专家老师学习。现在，我说一下自己对《野狐岭》这部作品比较浅陋的看法。

《野狐岭》展现了一种鲜明的探索性。我简单从灵魂叙事的探索、形式的创新、叙事的超越三个方面，对《野狐岭》进行了一个浅层次的解析。

第一点，灵魂叙事的探索。灵魂叙事是雪漠老师进行创作的利器和法宝。在《野狐岭》当中，他将灵魂叙事的探索提升到了一个新的高度，突出表现为人物的灵魂化。人物的灵魂化，即雪漠直接赋予人物幽魂的身份，那么，这个幽魂其实是一个没有实体的存在，它仅仅是一团光，或一个影子，或一种感觉。在作品中，这些不同身份的幽魂代表了不同的属性、不同的功能，以及不同维度的精神力量。在我的个人理解中，以陆富基为代表的骆驼队象征着人性当中的狡黠无知、功利自私；以巴特尔为代表的蒙驼队，象征着人性当中的舒缓直率和暴躁野蛮；骆驼象征着在严酷环境中，为延续生存而彰显出的生命活力和原始欲望；杀手象征着重新解构一切，破坏一切，与物质世界相违背的一种潜意识力量；木鱼妹象征着走在朝圣的道路上，日益走向完美的一种形象；而马在波则象征着一种看似逃避，实质上不被物质现实所束缚，不断挣扎、超越的半神形象。在不同幽魂视角的观照内，雪漠以更为隐晦、更为超越的姿态，对文本中人物的解读和感应从整体上进行一种更深层次的观照，这是超越了神性精神和思维高度的一种更高的境界。相比之下，雪漠此前的几部作品，那种冷静观察的灵魂视角，在《野狐岭》中摇身一变，成为直接进行表现与对比的工具。

第二，形式的创新，这主要体现在悬疑的设置与幽魂叙事方面。作品一开篇就设置了悬疑，百年前，有两只驼队在野狐岭消失了，这一开篇引人入胜。当年，这两只驼队究竟发生了什么事？读者在作者的引导下，带着疑问去寻找问题。纵观全篇，我们会发现，文本营造的一种悬疑和神秘的氛围，彰显了轮回与救赎的主题意识，这一主题意识大大丰富了悬疑的表现方式，使情节的发展充满了无限的可能。在此基础上，雪漠所采用的幽魂叙事的方式，一方面加强了文本的丰富性，渲染出了西部文学的神秘色彩，使得《野狐岭》呈现出类似于西部文学与悬疑小说相结合的独特风味；另一方面，对文本内容以及文本本身不断解构、不断重建。读者在阅读当中，让自己的世界与作者的文本世界激烈碰撞，于是不断产生各种各样的疑问，文本就进入一种环环相扣、层层递进的模式，像是巨大的流沙，让你欲罢不能，充分享受阅读的最大快感。此外，这部作品的结尾是开放性的，它进一步佐证了《野狐岭》在形式上的创新。其目的，既在于营造一种悬疑感，也在于引导读者融入文本进行再创造。

第三，叙事历史的超越。在《野狐岭》中，叙事历史的超越主要体现为西部写生与岭南叙述相结合的新视角。这是雪漠作品的新特点。在这部书中，与地域性息息相关的关键词有二：凉州歌谣和木鱼歌。一方面，从作品中，我们能感受到雪漠对家乡凉州的深厚感情，也能感受到雪漠深厚的凉州文化底蕴。但正如陈彦瑾老师所言，《野狐岭》中的西部跟雪漠其他作品中的西部不太一样。多声部的叙述形式以及复杂的内容，让严酷的沙漠在《野狐岭》中多了一份魔幻、庄严和肃穆。而不同灵魂视角观照下的《野狐岭》，也显得千姿百态，有一种扑朔迷离的神秘色彩。另一方面，木鱼歌是我国岭南民间广为流传的歌谣，它实质上是岭南风土人情、传统文化的真实记录。《野狐岭》中木鱼妹的经历非常坎坷，也象征着木鱼歌的颠沛流离，象征着岭南的传统文化在历史起伏中的真实命运。在雪漠笔下，岭南和大漠本来互不相关，但唱木鱼歌的木鱼妹来到盛行民谣的凉州，就把木鱼歌带来了大漠。最后，她随驼队一起消失在野狐岭，这既增添了木鱼歌的传奇色彩，也间接指出了岭南木鱼歌和凉州歌谣之间在文化上的某种内在联系。关于这一点，在土客械斗、凉州暴动这两个比较大的场景中也有所反映。还有一点不足是，也许雪漠专注于西部写作，所以在描写岭南风情客家文化时，就有点笔力不足的感觉了。这可能跟雪漠在岭南的客居身份有关。

综上，《野狐岭》是雪漠自我超越的新作，在此书中我感受到了一种强烈的探索精神，期待雪漠老师在下一部作品中继续探索，带给读者更多的惊喜。

张晓琴：形式结构与文化自信

◎张晓琴（西北师范大学文学院教授）：首先向雪漠先生表示由衷的祝贺，在"大漠三部曲"和"灵魂三部曲"之后写出这样一部新作，我认为是一个非常重要的变化，甚至可以说是雪漠创作中一个标志性的转折。

有关《野狐岭》首先要说的就是形式。关于形式，大家刚才也讲了很多，考虑到形式和信仰之间的关联时，大家谈到了《哈扎尔辞典》。其实，在当代中国，向《哈扎尔辞典》学习和致敬的是韩少功的《马桥词典》。这也说明，大家对形式是越来越重视了。谈到这个问题时，我首先想到了纳博科夫的话。他说，小说的结构是小说的精华，伟大的思想不过是空洞的废话。他为什么这么说？因为，结构本身就意味着作家的世界观和宗教观，甚至是他所有思想的表现。比如，张承志写《心灵史》时，就没有用第一章到第七章，而是用第一门到第七门，为什么？因为他是虔诚的哲合忍耶信徒。还有马原的《荒唐》。在小说结尾处，他再一次引用了80年代他的先锋小说代表作《虚构》中的那句话：我就是那个叫马原的汉人，我写小说。他为什么一次又一次地这样叙述？因为这是他结构的一种小说观，或者说文学观。像张承志和雪漠这样的作家，他们的结构也是他们世界观的一种呈现。

《野狐岭》中齐飞卿死后，杨成绪在凉州十字街上撒尿，他的孙子说，爷爷，街上有人呢！杨爷道：凉州哪有人哩？他的意思是，齐飞卿都这样了，也没人去救他。读到这里，我大约停顿了五至十分钟，我在想，刚开始就用这种先锋派的叙述方法，有没有必要？我觉得没必要，但后来一想，去掉好像也不行。因为，雪漠写到这里时，心里似乎还是比较激愤的，这一段阐明了他的一种观念。所以就不仅仅是形式本身了，而是思想的一部分。实际上，纳博科夫虽然说伟大的思想是空洞的废话，但他没有完全否定思想。从他的讲稿，尤其是他对福楼拜的《包法利夫人》的分析中，就可以看出这一点。他更多的是在强调结构，也就是形式的重要。《野狐岭》还有另外一句非常重要的话，齐飞卿说："咱们真是一群糊涂鬼，讲的故事，总是颠三倒四的……"这与小说后记中提到的"糊涂鬼"也是相关的。它是相对一个清醒的行者而言的。所以，这句话不只是小说人物的话，也是作者世界观的一种阐述，是一个清醒的行者所记录的一些糊涂鬼的呓语狂言。

我们不要仅仅把雪漠放在甘肃的背景下，要把他放进整个的中国文坛来看。他一直都是一个具有强烈宗教情怀的作家，而这几年，他与文坛的接触也越来越密切了。那么，他为什么关注小说的形式？也许，他和当下许许多多的作家一样，都在讲述中国故事，都在表达一种对中国文化的自觉和自信。所以，他在故事中塑造了这么一个就义的形象。今天，大家都在讲述百年来中国的故事，那么，中国在这一百年来，到底发生了什么？我们能不能讲一个很好的故事？这就涉及文化自信和自觉的问题。比如，在2014年的长篇小说中，把百年来的中国故事讲得很好的，有贾平凹的《老生》，关仁山的《日头》，宁肯的《三个三重奏》，还有就是雪漠的《野狐岭》。他们都采用了一种特殊的幽灵叙述视角。比如，《老生》里唱丧歌的老生，《日头》里八十八岁的老人和书上的幽灵，所有这些对形式的追求，都是巧合吗？不是。事实上，这呈现了当代中国作家拥有文化自信和自觉之后，在如何讲好中国故事这方面的探索，甚至于焦虑。雪漠也在这个大队伍之中。

第二，关于凉州文化和岭南文化的书写问题。事实上，雪漠在岭南客居了好几年，在《野狐岭》的后记中，他也说到了一些非文学因素的干扰，对此，我们不可否认。另一方面，雪漠想从岭南的角度反观凉州的文化背景，所以，在他未来的写作中，岭南文化可能会有更多的呈现，但它不是最重要的，雪漠作品中最重要的还是西部文化，还是凉州。

第三，关于追寻。我比较喜欢做文本细读，所以读得比较深。我觉得，在这部小说里，雪漠自己也是比较矛盾的。比如，在第一会的幽灵自述中，采访者、召请者——"我"很想知道"我"的前世是一个怎样的人，这是一个追问。这个追问贯穿在整部小说中，不断地出现。比如，"我"是黄煞神还是木鱼妹，或是齐飞卿、杀手、马在波？他一直在追问。实质上，这也是雪漠在终极意义上的一个追问。我觉得这非常重要。它让我想到了王德威的一篇文章，《老灵魂的前世今生》，这题目起得很好。雪漠在《野狐岭》中，同样在追寻自己的前世今生。

第四，关于传统。《野狐岭》比较芜杂，里面有西部精神，有宗教传统，还有"五四"传统。小说中也提到了看客，尤其是层层推进的那种看客，这是非常典型的鲁迅笔下的看客。看得出，雪漠在向鲁迅致敬。那么，这个精神资源的优势在哪里？我觉得精神资源应该集中一些，不要太杂、太分散。比如，我们要向鲁迅致敬，要有鲁迅批判国民劣根性的那种自信和精神。

最后，我要说的是，《野狐岭》绝对不是雪漠最好的作品，但已经很不错了。因为，这部作品是文学与宗教、传统与现代、解构与思想之间徘徊和均衡的一个产物。

陈彦瑾：深深扎根于西部文化土壤

◎陈彦瑾（《野狐岭》责编、人民文学出版社编审）：首先感谢西北师范大学文学院和甘肃省当代文学研究会提供这么一个机会，让雪漠老师的这部长篇新作首次在他家乡的西部土地上进行研讨。《野狐岭》自今年出版以来，我们先后在上海作协、中国作协开了研讨会，但是我们一直认为，这部书非常有必要在西部进行研讨，所以一直期待着这样的机缘，感谢主办方，让我们的期待有了一个圆满的结果！

《野狐岭》是2014年人民文学出版社推出的非常重要的一部长篇小说。刚才张晓琴老师提到的三部长篇小说《野狐岭》《日头》《老生》都是我们人民文学出版社出版的。人民文学出版社在当代文学建构当中有非常重要的地位，原因之一就是我们非常重视长篇小说的出版。雪漠老师写了六部长篇，《野狐岭》是第七部。其实从第四部《西夏咒》开始，我们就关注雪漠老师了，但是我们一直在等待，到了《野狐岭》的时候，我们认为雪漠老师的创作有了一个突破，也达到了一个高度，所以我们决定推出。从出版的角度看，这部小说确实非常有价值，出版之后，从学界、读者及诸多媒体排行榜，比如光明书榜、中国好书榜等等，还有很多专家学者的推荐看，这部小说都符合我们最初的判断和预期。

今天，在雪漠老师的家乡参加这样一个研讨会，听到作者家乡一流学者和作家们对这部作品的看法和评论，我心里非常欣慰。这种真诚的研讨是非常有价值的，我们不仅仅肯定这部小说是甘肃文学的重要收获，我们也认同这是继《大漠祭》之后又一次在全国产生重要影响的作品，我们还提出了一些建议，表达了自己的困惑。听的过程中我一直在做笔记，捕捉大家的观点。我觉得这部作品到甘肃来研讨的确是非常必要的，否则，始终会觉得有些遗憾。

由此，也引发了我的一些感想，其实也是我一直在思考的问题。虽然我是编辑，但在跟踪雪漠老师的创作及编辑和推广《野狐岭》的过程当中，引发了我关于西部文学的一些思考。

首先，雪漠老师是一位很有自信的作家。当一个作家非常自信的时候，别人可能就会想，凭什么这么自信？起初我也有过这样的疑问，进而思考：一个作家的自信究竟来自哪里？几年跟踪下来，我对于雪漠老师身上的这种自信，有了逐渐清晰的认识，并持有尊敬。尤其是这次来到西部，这是我第一次来西部，两天的读书交流活动下来，我的感触非常深。我觉得，这个作家是真正地扎根于西部的，他的每一部作品都是深深扎根于西部大地的，这可能就是雪漠非常自信的一个重要原因。并且，他是真正触摸到了这块土地上的文化精髓，捕捉到了西部文化最独特、最有价值的地方。因此他非常的自信，很有底气。

其次，这个作家一直非常真诚而努力地处理他在创作过程中遇到的一些问题，《野狐岭》，我认为就是他处理这些问题的一个见证和结果。刚才大家谈到了文学和宗教的关系，我在编后记中也谈到过这一点，即作者强大的信仰和文学这样一种艺术形式，如何在创作中找到一种圆融的表达方式。这个问题，雪漠老师在创作"灵魂三部曲"的时候，已经意识到了。自《西夏咒》之后，我和雪漠老师就时时谈到这个问题。我觉得，文学有自己的伦理。作家的主体性如何去尊重并处理好信仰与文学之间的关系，是《西夏咒》之后雪漠老师的文学创作必须要解决的问题。而今天我们等到了《野狐岭》。在《野狐岭》中，我们能够看到，雪漠老师是付出了艰苦的努力来处理这个问题的，他没有用自己信仰的伦理去压倒小说的伦理，而是对文学的伦理、小说的伦理保持了尊重，让信仰藏在了丰富的文学性背后。所以我说，对于雪漠老师来说，《野狐岭》的写作是一个挑战，一次突破，也是一个证明。

由此，我也进一步思考西部文学和陕西文学的关系。曾经有人说，真正的西部是从甘肃开始的。意思是，陕西不能代表真正的西部。而甘肃文学，或者西部文学，在当代文坛格局里至少还不是中心，长期处在陕西文学的阴影之下，我不知道这个概括对不对？可能是一种现象吧。这么多年来，西部文学也在寻找一种自觉和自信，在确立自己的主体性，和在当代文坛中的位置，比如，我们有了"甘肃八骏"等。还有很多批评家和作家都在努力地寻找这种自觉和自信，所以，我也在想，西部文学的自信来自哪里？西部文学的写作资源究竟有哪些？

从雪漠老师的作品当中，包括他的"大漠三部曲""灵魂三部曲"两大系列和《野狐岭》，我们可以看到，对于西部的写作资源，他有着非常丰厚的积累。他的写作完全是一种喷涌式的呈现，比如他大量地写西部生活、西部历史、西部文化，以及西部民俗，包括凉州贤孝、民间传奇、民间传说等，足以可见西部文学有着非常丰厚的写作资源。但是，进一步想，每个地方都有自己的民俗，都有自己的历史和传说，都有自己的文化，那么西部文学的独特性又在哪里呢？也就是说，我的自信、我的价值又建立在哪里？西部文学究竟为我们中国文学和当代文学贡献了什么？这或许是我们西部作家要琢磨的一个问题。当我们讲到民俗的时候，《野狐岭》里有大量的民俗，如贤孝、骆驼客、驼队等等，这是非常有价值的，甚至有非遗价值，但是，东部也有东部民俗的价值，南方也有南方民俗的价值，那么，除了民俗和民间，我们有没有别的地方没有的东西？那可能恰恰是我们的自信和价值可资确立的地方。比如西部文化的独特性，我想或许就是其中最关键的。

西部文化里人鬼、天地、人神共存的这样一种状态，多种文化交汇在一起的这样一种博大芜杂的状态，它的包容和神秘等等，可能都是别的文化所没有的。在《野狐岭》中，我们一直在讲神秘感，讲形式的独特，我很赞同张晓琴老师说的，它的形式结构其实就是作家世界观的表现。所以，《野狐岭》的多视角叙事看起来像是一种技巧，但实质上它不仅仅是。这种叙事的混沌、博杂，非线性时间，非现实的空间，没有必然的因果，奇奇怪怪甚至颠三倒四的讲述，所有这些，其实都是西部神秘文化最直观的呈现，也就是说，这个形式本身也是这个文化的一部分。

刚才也有人提出，有没有必要设置这么多的灵魂的声音？我们知道，小说中的灵魂叙事，对于西部人来说并不神奇，西部人相信灵魂的存在，认为生命和生活中本来就存在灵魂的声音。我觉得灵魂叙事也是西部文化中自由层面的直观呈现。因为灵魂不受物质限制，可以超越时空，它有宿命通，能抵达任何一个地方，这就为《野狐岭》带来了一种叙事上的便利和自由，所以，灵魂叙事的这种形式，也是西部自由文化的一种体现。

另外，引子里的"我的前世是谁？"这个问题确实很关键。这句话是在第二稿的时候加进去的，这是小说很重要的一个理由，加进去非常必要。整个小说，是以"我"追寻"我"的前世为线索的。而实际上，书中这么多的灵魂的声音，都可能是"我"的"前世"的声音，并不是说木鱼妹是木鱼妹，马在波是马在波，而是所有的人都可能是"我"，杀手是"我"，骆驼是"我"，一直跟着"我"的狼也是"我"。假如从这个角度去看的话，我们就更能理解《野狐岭》这部小说的语言，为什么没有像我们的现实主义小说那样，有一种典型性和个性。因为所有的灵魂都可能是"我"，是"我"的种种化现。

在编辑这本书的时候，我曾经跟雪漠老师提出过语言个性的问题。但后来我觉得其实没有必要以现实主义语言规范来要求这个文本。《野狐岭》独特的地方也在这里，在它的世界观里，一就是多，多就是一，其实这也是西部文化的一种世界观。它非常自由，非常博杂，但本质上它又是一个本体的东西。由此，我就想，虽然《野狐岭》里有了岭南文化的观照，但是它真的是扎扎实实从西部土壤上生长出来的作品，完完全全是西部土地上出来的东西，所以它不断提醒我思考这样一个问题：西部文学能为我们当代文学贡献什么样的经验或说启示？

除了前面讲到的神秘文化、自由文化，还有就是西部文化中的超越精神。大家都在讲宗教，而我更愿意从超越的角度去看宗教，超越精神是更广泛更博大的一种宗教精神，就是张明廉老师说的，对于现实的功利时代的一种超越。当前我们的很多文化都在把我们向下拉低到一个物质的功利的层面，而西部文化中的这种超越精神，却给我们提供了一种向上的、博大的精神和灵魂的观照。在这方面，以雪漠老师的创作为代表的西部文学，的确为我们的当代文学贡献了它最独具魅力的精神资源。

雪漠：自信是因为脚踩西部大地

●**雪漠：** 首先感谢朱卫国校长和张晓琴老师，他们为这次研讨会付出了艰辛的劳动，也很感谢西北师大的郭国昌院长、聂万鹏书记等人，感谢各位老师读了我的作品，还提出了中肯的意见。我向大家表示感谢！同时，感谢今天的这么多朋友、这么多批评家，尤其感谢牛庆国、赵武明，他们两个人是我专门请来的，我说，你们一定要来，他们就来了。他们有三个身份：第一，他们是记者；第二，他们是我的朋友；第三，牛庆国是诗人，赵武明是散文家，我非常尊敬他们。我很喜欢牛庆国的诗，一看到他的诗，我小说中的很多意象就出来了。所以，我总在他的诗中寻找意象。今天他们能来，我非常高兴。

另外，北京大学的张凡老师写了《野狐岭》的评论，写得非常棒。今天，他和陈彦瑾能从北京赶来参加研讨会，这份热情和真诚，令我感到非常温暖。更让我惊喜的是，我们西北师大培养出了高美姣、李晓禺、吴浪这些新兴的批评家，为此，我很感激西北师大。这些孩子如果好好努力，不问收获，辛勤耕耘，就肯定能成为大批评家。这一点不要怀疑。我这么自信，其实不是因为我自己，而是因为我脚踩西部这块土地。甘肃的任何一个地方，任何一个县市的文化，拿出去都和敦煌学一样厚重。所以，我的自信源于我了解和拥有这块土地，而不是我个人的什么东西。

最后，我讲一个小小的故事。在凉州，我有一位朋友，她是一个乡下的农妇。她家里很穷，智商也有点问题。有一天，她看到陈亦新，就对陈亦新说："你什么时候到我们家来啊？一定要来啊，最近我们家的白菜下来了，萝卜也下来了。"陈亦新很感动，就告诉了我，我也很感动。我从那个女人的话里，可以读出她的一份真心，当然也可以感受到她的高兴。所以，我一直忘不了她。我忘不了的，不是她愿意请我们吃白菜和萝卜，白菜萝卜我们常见，也常吃，让我感动的，是她的真心。今天，我就是那个女人，我到这里来，就等于在告诉大家：我的白菜下来了，萝卜也下来了，你们来尝一尝。所以，这个研讨会不在于我的作品有多好，而在于这份真心，谢谢大家！

朱卫国：开创了西部文学新的题材领域

◎朱卫国（甘肃广播电视大学党委书记、教授）：研讨会应该是畅所欲言的，不需要我来总结，一来我觉得没有必要做总结，二来这样一个高层次、高规格、高质量的研讨会，要做总结自己水平有限，难免挂一漏万，以偏概全。但是，在我们策划这次研讨会的时候，甘肃当代文学研究会会长彭金山教授想给我一个说话的机会，就让我来做总结。其实我是难胜其任的。

首先，我简单说一下这个研讨会的缘起吧。大约一个多月前，雪漠老师亲自给我打了一个电话，他说，希望能在家乡开《野狐岭》的研讨会。这部小说出版之后，先后在上海作协和中国作协开过研讨会，层次都很高，规格也很高，但是，雪漠是西部作家，写的又是西部生活，在家乡开研讨会，就成了他的夙愿。他说，在外面开的任何研讨会，都没有在家乡开的亲切、实在。所以他非常诚恳地提出了这个愿望。后来，我就跟彭金山会长、西北师大文学院郭国昌副院长联系，跟他们说了这件事，他们也很高兴，正好碰上我们文学院的学术活动月，我们就安排了这次研讨会，作为文学院的系列活动之一。

整个筹备过程中，我们得到了西北师大文学院方方面面的支持，才有今天的圆满成功。尤其是，我们请到了甘肃文学界、批评界耳熟能详的知名人士，像邵振国主席、张明廉教授等专家学者。可以说，他们代表了甘肃文学批评的最高水平，所以，这次研讨会的质量很高、规格很高、层次很高，参与面也很广泛，内容丰富，气氛活跃，既有老一代专家的点评，也有青年教师、青年研究生新秀的发言。我觉得，这次活动已经达到了预期的目的。

昨天下午，我们的研究生和雪漠老师整整对谈了三个小时，聊得非常充实、非常宽松，也非常自由。借这个研讨会，我想说几点个人感想。

第一，从小说题材上说，雪漠小说内容丰富并开创了西部文学新的题材领域，从而创造了西部农民的另一种形象。比如，书中骆驼客的形象在此前的西部文学中从来没有出现过。而且，这个题材是真实的，整个驼队的故事，就发生在清末民初，甘肃民勤一带。甚至连书中讲到的马二爷，也有人物原型——清末民初时期甘肃最大的一个商贾，他的商号称之为合盛茶，他叫马合盛。他有数千峰骆驼，专门搞驮运生意，做得很大。那时候没有汽车，没有火车，更没有飞机之类的交通工具，运送货物主要就靠驼队。而且，驼队的运输路线东南西北都有，西到新疆，南到青海，北到内蒙古，东到天津、北京、张家口。驼队的总队长曾经到过莫斯科，受到列宁的接见，这些故事都是有记载的。对于这样一段故事，雪漠以长篇小说的形式予以了再现和定格，除去其卓越的文学价值，历史价值也是不言而喻的。毕竟，驼队现在已经成为历史，驼铃不响了，驼的踪迹也看不到了，骆驼客这个行当也已经不存在了。所以，以文学的形式再现它、保留它。这是我的第一个感想。

第二，大家提到的悬疑也好，神秘也好，神奇的叙事方式、招魂方式也好，都源于西部的民间，它具有非常深厚的现实主义文化底蕴，是民俗文化的原生态。像神婆子（巫婆）、所谓灵魂附体、灵魂出窍等现象尽管在科学上还无法解释清楚，但是在民间却大量存在着。虽然其他作品中可能也涉及了西部这种独特的神秘，但是，像《野狐岭》这样，通篇都能再现这种色彩的作品，却是不多见的。

第三，还是那个老话题：创作与生活。雪漠的任何一部作品都是他多年来的积累，比如这部小说，他就酝酿了三十年，所以，他有丰富的生活素材。对生活的深刻体验，是一个作家成功的基础，也永远是他成功的基石。现在有些作家既没有丰富的生活经历，又不愿深入进行生活体验，往往是闭门造车，写出来的东西很贫乏、很单薄，缺乏厚重感、历史感。雪漠的每一部作品都是厚积薄发的，尤其是对民间文化的体验和挖掘，确实具有丰富的内涵。西部大地上的生活，西部的地理环境、文化土壤和社会背景，对他整个创作的影响是根深蒂固的。雪漠在岭南生活了六年，当然已经跳出了西部，客居岭南反观西部，可能会有所超越，产生一些新的认识。但另一方面，小说中写到的木鱼歌等岭南文化和凉州贤孝之间，我们确实能感到有点游离，不是水乳交融、自然而然的，里面有一些非文学的因素。所以，作家还是要写他最熟悉的、能融入真实情感的东西。

雪漠除了有丰富的生活积累和体验之外，还有丰厚的知识积累。2000年，第一次和雪漠接触时，我就发现他非常勤奋，爱读书，博览群书，知识面很广，也善于思考。这是必要的。因为，如果一个作家光有生活，没有知识的积累，其作品就达不到一定的深度和广度。刚才，大家都肯定了雪漠的勤奋和多产，其创作成功的原因，就在于知识积累和生活积累的深厚。而且，他一直在超越自己，提高自己，这种态度更是值得我们学习的。他至今取得的丰硕成果，也是对甘肃文学，乃至西部文学、中国文学的突出贡献。这是大家有目共睹的，也是不可否认的。

刚才，大家从不同的角度对《野狐岭》进行了非常深入独到的分析，既围绕《野狐岭》的文本阅读，也涉及了雪漠整个创作道路的发展变化，从"大漠三部曲"到"灵魂三部曲"，再到

《野狐岭》，不管是回归也好，复归也好，都是一种螺旋式的上升，其发展变化的轨迹不是单线式的。另一方面，如果我们能把雪漠作品放在中国文学的大背景中——甚至放在世界文学的大格局中，进行比较和分析的话，可能会产生更大的价值和意义。

大家的评说都非常真诚、坦率、中肯，有好说好，有坏说坏，对于一些不足、遗憾和值得商榷之处，希望雪漠在日后的创作中有所借鉴，并引起重视。对此，大家都没有回避，既不夸饰，也不溢美，这是文学批评该有的态度和氛围，也是雪漠希望的，因为他希望听到真话、实话，包括一些批评的话。

作为本次研讨会最早的发起者之一，我再次感谢西北师大文学院、甘肃当代文学研究会，还有为这次会议付出辛勤劳动的张晓琴老师，以及研究生们和其他工作人员，特别感谢莅临研讨会的各位专家，大家牺牲休息时间来参加这个会，还作了精彩发言，我们非常感谢。也很感谢陈彦瑾女士、张凡老师，他们专程从北京来西部参加这个会议，尤其是陈老师，她讲了编辑过程中的好多故事，让我们对这部小说有了更深的了解。同时，她以外地人的身份对我们西部文学做出了这么高的评价，抱有这么高的期待，我们非常感动，也非常感激。

最后，我想说一说我的祝愿和希望：第一，祝愿雪漠老师在以后的创作中，能不断超越自己，完善自己，能消化、吸收专家学者们的精辟意见，创作出更多更好的、无愧于我们这个时代、无愧于西部这片土地的精品力作；第二，祝愿我们甘肃文学能有更大的突破、更大的超越，创造一个新的高度，提升甘肃文学在整个中国文坛的影响力；第三，希望我们甘肃文艺界能更多地关注、扶持、推介、宣传甘肃作家作品，不断提高对甘肃文学创作的研究水平。像这样的研讨会，希望能第一时间在甘肃召开，这样或许更有益于扩大甘肃文学的影响力，也期待我们甘肃文学有更大更多更好的收获。

（二）西北师范大学文学院座谈会

时　　间：2014年12月19日下午

地　　点：西北师范大学传媒学院310会议室

参加讨论人员：

朱卫国：甘肃广播电视大学党委书记，西北师范大学文学院、传媒学院教授

雪　漠：著名作家，甘肃作家协会副主席，《野狐岭》作者

陈彦瑾：《野狐岭》责编、人民文学出版社编审

张　　凡：北京大学中文系博士生

以及西北师范大学部分教师和研究生

甘肃武威籍作家雪漠的第七部长篇小说《野狐岭》于2014年7月由人民文学出版社出版。小说以解开蒙汉两支驼队消失之谜为线索，以"招魂"的方式讲述了一个发生于百年前的中国西部骆驼客的探险故事，把消失了的骆驼客的生活写得波澜起伏、惊心动魄，被认为是"激活读者不曾经历的历史""重构西部神话"。《野狐岭》是开放式的话题写作，是最能体现雪漠叙事才能的作品，也是2014年长篇小说界的重要收获，它引起了评论界的广泛关注与好评。正如著名文艺评论家雷达所说："雪漠回来了！从《野狐岭》走出来了一个崭新的雪漠。不是一般的重归大漠，重归西部，而是从形式到灵魂都有内在的超越。"作为生于斯长于斯的西部作家雪漠，他对故乡的情感记忆是刻骨铭心、挥之不去的。西部凉州贫瘠而辽阔的土地，悠久而厚重的历史文化积淀，都是他文学创作取之不尽、用之不竭的"富矿"。正是怀着这种赤子之心，雪漠重回故乡，重温故土，怀着"听真话、听实话"的诚恳心态，应邀前来兰州参加由西北师范大学文学院、甘肃省当代文学研究会在2014年12月20日举办的《野狐岭》研讨会。

以下为发言记录（有修订）。

1. 智慧性写作

◎**朱卫国：** 从"大漠三部曲"到"灵魂三部曲"再到《野狐岭》，您文本中所感知的世界具有继承与超越的特点，那么您在这一过程中的创作心境是怎样的？

●**雪漠：** 其实《大漠祭》之后的所有作品都是文学创作上的喷涌。在《大漠祭》之前和《大漠祭》写作都是非常痛苦的，是一个非常严格的文学功底以及文学素质本身的训练过程。《大漠祭》之后这种训练就没有了，因为文学本身的东西已经变成了我的血肉，这时候就像呼吸一样，非常自然，不需要刻意地去打磨和锤炼，《大漠祭》之后的所有作品其实是在流淌着一种灵魂，流淌着不同时期的雪漠的灵魂。《大漠祭》的关注点是老百姓的存在本身，所以《大漠祭》的文本只能用《大漠祭》来展现。严格地说，《猎原》的创作更近了一步，通过牧人、猎人这个意象来写出一种存在，一种心灵"猎原"上的冲突，一种欲望面前的冲突。《白虎关》又近了一步，那是一个时代的变化，这个时代马上消失了，一群人活着的痛苦、活着的焦虑与纠结，新世纪和旧世纪交替的诸多东西都在《白虎关》中有所体现。之后写《西夏咒》，我觉得存在性的、本体性的东西可以告一段落了，而是追寻一种深层的灵魂的东西，《西夏咒》看来非常难读，但写《西夏咒》的时候完全是喷涌状态，不是常态的，写《西夏咒》的时候停不下来，没有办法阻断这种写作状态。《西夏咒》的呈现，其实是作家的创作达到了一种境界，内心世界以及情感达到非常饱满状态的时候，自己就会喷涌出来的东西。

我几乎拒绝各种欲望的东西，因此总能感受到别人感受不到的精神世界，《西夏咒》就是这样的。《西夏的苍狼》写得比较仓促，如果能写五年就是一个好东西，但我只写了一年，因为当时签约，涉及时间的问题，里面最好的东西都没有写出来。再说《无死的金刚心》是另外一种风格，好多人认为不是雪漠创作的，事实上我写了一个平凡的人在不断地寻觅、超越过程中成长为智者的故事。《无死的金刚心》和《西夏咒》之后我的读者超出了文学圈，尤其以《无死的金刚心》的读者群最为明显，其中包括为文化而来的人，也包括为信仰而来的人，等等，甚至包括出家人。他们都读得如痴如醉。在文学意义上，这些作品也许并不是多么重要，但在灵魂意义上，却是很重要的。"大漠三部曲"和"灵魂三部曲"是我创作的不断超越，我感受到了别人没有感受到的世界，这个世界可以理解为精神世界，也可以理解为灵魂世界，很多人读得如痴如醉，文学界很难感兴趣，但是崇尚精神信仰的人却奉为圭臬，奉为心灵的重要食粮可以说，"灵魂三部曲"里面所有的内容其实是我精神追求的一种归结。

我的《野狐岭》正好就是介于二者之间，既有一种灵魂上的探索，又有回归"大漠"的努力，《野狐岭》的完成是在沙漠里完成了一次类似的招魂。文学是自由的，文学能表达人和人的灵魂。《野狐岭》的创作也是一种抑制不住的喷涌而出。我的所有的作品就像我的孩子一样，在孕育的过程中并不知道它什么时候出生，但成熟的时候就没有办法控制它的出生。写作《野狐岭》的那种喷涌的过程有一种鬼魂附体的感觉，巨大的力量逼着你写。当一个作家到了完全隔绝欲望世界的时候，完全沉迷于精神世界的时候，总有一种饱满的诗意从生命的深处涌动出来，狄更斯和巴金等很多作家就是如此。文字背后有一种奇怪的东西，有一种涌动的力量存在。人与社会、自然达到了一种天衣无缝的浑融，这种写作超越一般性意义上的写作，我把它称之为智慧性写作。宁静的水面下有很深的世界，流动的河水上找不到这种世界，非常宁静的水面才可以照出整个世界，所以说一个作家的宁静可能更为重要。可以说，我的创作过程更多的是我的成长过程。一定的时候，作家就可以成为自己笔下的所有人物，能成为大自然，成为骆驼，成为狼。沈从文说自己是贴着人物写，而我是成为人物写，写大漠也是，写戈壁也是，写骆驼也是，写所有的人物都是。为了丰富对于世界的了解和对生活的体验，丰富自我的精神世界，我经常去深入采访，这个过程就是为我腹内的孩子提供营养，采访的越多，这个孩子就越饱满，所以我的创作过程就是自我成长的过程。

2. 在境界中观照人物

◎刘镇伟：我们说，语言是文化的载体，那么您在叙述故事时所选择的叙述方式，是否与您所要表达的主题与文化内涵存在一定的内在联系？

●雪漠：明眼人可以看出，我的小说语言有我自己的风格，但是每一本小说的语言都是不一样的。《大漠祭》是一种语言，《猎原》是另一种语言，《白虎关》《西夏咒》《野狐岭》都不一样，每部作品语言都不一样。事实上，我写作的时候没有语言，但是我笔下的人物有语言，什么样的人物就有什么样的语言。农民就有农民的语言，凉州人就有凉州人的语言，所以当你进入这个人物的时候，或者你成为这个人物的时候，你必然会有这种语言，所有人物的语言和他的命运、性格都是有联系的，语言承载着一个人身上所承载的文化以及命运。一个人的语言信息和思维信息承载着他的全部信息，一本书也承载着作家的全部信息。就像一个人的细胞，承载着这个人的全部信息，复制了细胞就可以复制出这个人，克隆出这个人。语言也是如此，一部书也是。所以有时候，只要作者进入那个人物，成为那个人物，其实是不用考虑语言的，因为那个人物本身就有语言，这时候你的语言就会成功，就会展现出一种丰富多彩的东西，虽然这个人物是你塑造的，但是他具有自己的生命特征，有他的气息，也有雪漠的气息。

其实写作的时候我只有一种无我的状态，完全融入描写的对象，如人物、景物、实物、场面之中。这个时候我甚至没有创作或写作的概念，不考虑语言技巧这些东西，否则心就不宁静了，一般在遣词造句、构思创作的过程中有些东西瞬间就丢掉了。真正在写作的时候是没有语言的，脑子里没有文字，没有构思，只有一种巨大的诗意力量的涌动。

◎**朱卫国**：文学是语言的艺术，形式是内容的载体。其他的技巧也好、手段也好，对您的创作来说，我认为都可以归结到您的生命写作，或者叫"灵魂写作"之中。我们传统的现实主义是讲人物的个性化、语言的个性化的。写农民、工人、小孩、老人就要有符合他们身份的语言，语言就要作为一种外壳，能够看出人物的思想性格，它是千变万化的，每一个都是黑格尔所说的"这一个"。但是为什么您的每一部作品的语言特色都不一样，一般的作家，传统意义上的作家，他的语言是有变化的，但是变化不是太大，作家到一定时候就会形成属于自己的语言风格，代表作往往形成这个作家的风格，或者是轻松的、幽默的，或者是凝重的、沉稳的，或者是以短句见长，或者善用长句，或突出人物语言的个性化，或彰显地域乡土特色，等等。为什么雪漠老师的作品从"大漠三部曲"到"灵魂三部曲"到《野狐岭》每一部作品的语言都是不一样的，有雪漠的影子，但是它不是一般意义上的一种底色。《野狐岭》所谓的神性也好，灵魂也好，这个东西按照唯物主义及无神论观点来说是没有的，但通常被称为"迷信"的东西却在民间大量存在。所以您刚才说"进入了一种无我状态"，我们一般意义上说状态，就是一种境界，更深层说就是完全脱离了世俗，甚至脱离肉体的一种东西，而进入了纯粹的灵魂世界。这个世界就是一个非理性的世界，因为他已经不是雪漠本人，不是作家本人，写婴儿他就成婴儿、写老人就成老人，包括骆驼的人格化，他已经不是一般意义上理性世界的作家了。不然就不会有喷涌的感觉和一发而不可收、不吐不快的感觉。理性的东西从文字里面就可以看出来，有概念了，我们可以做一些定性定量的分析。但是雪漠老师的作品有时候很难用理智、理性来分析，进入不到作家灵魂创作的境界当中去，进入不到作家那种癫狂状态，你就很难把握作品的底蕴。中外文学史上有好多这样的例子，比如郭沫若写女神的时候一喷涌他就克制不住，狄更斯等作家也都曾有过类似经历与表述。

●**雪漠：**宁静者没有自己，高度的宁静状态下有一种丰富的诗意，而且它会有一种巨大的快乐，全身的肉也会蹦蹦地跳，这个时候心仍然是非常宁静的。作家到了一定程度，就会拥有一面大的镜子，它可以照出世界上的一切东西，可以进入任何想进入的人物。

◎**朱卫国：**人物之间的这样一种叙述的转换，由这个人说，再到那个人说，或者到骆驼说，有叙说者自己，有作者"我"，还有整个作品叙述的第一人称，这三者之间的关系怎样来平衡？

●雪漠：在境界中观照人物。写《野狐岭》的时候，人物的诉说是最先喷涌而出的，而作者诉说的是完成后加入的。陈亦新和陈彦瑾说必须让读者进去，"我"进入野狐岭的这条线是完成后才加进去的。先是作家进入《野狐岭》中的每一个人，最后是作家直接进入野狐岭。内心中涌动的力量可以直接化为作家的思维，这里面没有方法，就好像一杯水一倒就出来了，这是大自然某种非常和谐的力量和作家本质的心灵力量达成共振之后奏出的一种乐章。

3. 苦难的磨盘和救赎的木鱼

◎朱卫国：关于《野狐岭》，许多专家都从不同的角度做了多方面的评论，既肯定了作品的创新与突破，也指出了存在的不足。但是有些问题还是没有指出来，诸如刚才我们谈到的这种神秘的东西。一个是从他个人来讲，作家之前的作品没有较多的涉及；第二从整个西部文学的创作来讲，有些作品里面确实有一些玄幻、神秘的东西和神性色彩，但是没有像《野狐岭》那样以招魂的形式来书写故事。从题材上来讲，这是西部文学的一次重大突破，好多作家未必熟悉雪漠老师《野狐岭》里面的驼队，不知道在甘肃武威一带从清代到民国时期，这样一种驼队和驼运的历史是真实存在的，是当时贸易往来、物资交流的重要形式。据历史记载，到了晚清民国时期，驼队所走的路线四通八达，遍及大半个中国，东北经北衙门、包头、张家口而至北京、天津；东南经兰州、泾阳而至西安、河南；南经青海而至西藏；西经哈密、乌鲁木齐而至南疆、北疆一带；北至大库列。辛亥革命后，当时的国民政府委派民勤人魏永坤作为总领队，带领驼队驼运大批茶叶远赴苏联，曾受到列宁的接见。由此来看《野狐岭》中的驼队传奇、驼客命运及人物的悲剧，何尝不是雪漠在极度尊重历史、尊重那千千万万消失了的驼客原型的基础上，饱蘸血浓于水的深厚感情，运用与此相适应的艺术手法与独特的叙事方式塑造出来的呢？当然，这也理应成为《野狐岭》成功的重要因素和雪漠回归大漠的重要标志。

对于这个题材，据雪漠说，他在三十年前就开始关注，到现在才写。这样的喷涌写作，在其他人身上不会发生。因为没有经历，也没有采访过，包括对这里的自然地理、人文景观、各类人物、历史事件，都不甚了解。驼队大部分是昼伏夜行，因为晚上赶路，无牵挂，一门心思去赶路，如果是白天，骆驼看到草就会忍不住去吃，难免误食毒草。一般一支驼队是十一只骆驼，首尾各有一只骆驼戴驼铃，防止走丢。这些都是真实的。没有这样的了解，这种题材就无法去深入挖掘。我想，对作品的深入研究，也需要对背景及其所写题材内容有一些了解，这样才能更好地理解作家为什么用这样一种文学形式，特别是招魂的文学形式去写这样一个别人未曾表现过的题材。雪漠讲，不要让这样一种东西逝去，但是再过若干年以后这样的东西也许都会逝去，所以用文学的形式保留着、记录着，甚至再现这样一种历史无疑是具有重要意义和价值的。

面对这样一种历史题材的小说，雪漠老师没有用传统的手法表现，而是用一种全新的笔法，所谓招魂的写作，我认为这个里面肯定是有玄机的，他不是在故弄玄虚，而是用这种形式能高度真实地还原这段历史，而且把这样一种悬疑、传奇、恩怨、爱恨情仇写得丰富多彩、变幻莫测，传统题材的现实主义手法也许不可能做到。

◎陈彦瑾：雪漠老师是把西部神秘文化用文学的形式表现出来。招魂在西部是一种民间习俗、民间文化，所以雪漠老师故乡的人读《野狐岭》可能会更容易理解，我想这是文化的差异导致读者的阅读和接受程度的差异。

◎刘镇伟：在某种程度上，雪漠老师的作品当中磨盘是苦难的象征，木鱼是救赎的象征，那么雪漠老师您是如何看待磨盘与木鱼二者所承载的这种苦难与救赎的文化意象的？

●雪漠：磨坊在西部是一种非常阴森的意象，很多诡异的事情都发生在磨坊里面。在一个村庄里面最神秘的地方就是磨坊。磨坊也有我童年的记忆，磨盘的磉子叫青龙，也有称作白虎的，磉子是白虎的一种象征。在西部，白虎星是不吉祥的，在《野狐岭》里面的磨盘就是苦难的象征，它像无数的岁月一样把很多东西碾碎了，把许多诗意破坏了，作为苦难的磨盘和作为救赎的木鱼之间其实只有一念之差，那一念就是一个字——爱。在《野狐岭》里面我不自觉地就用到这样一个意象。没有爱的时候，木鱼妹就是杀手，每一个人都是杀手。

写作的时候我就感到一种巨大的存在，说不清，有意地拒绝思想，里面有无数的灵魂在喧嚣，在涌动，在叙说，追溯过去往往会有一种生命的感悟。在我的所有小说写作中都有一种力量，但是《野狐岭》没有，不知道这样子是伤害了《野狐岭》，还是为《野狐岭》提供了更多的解读性？后来发现很多人读到的《野狐岭》都是不一样的，如果有强烈的企图性、表达性、主题性，可能就不会有这样的效果。好的小说应该像大地，藏污纳垢，不要太干净，太干净的小说味道就变了。《野狐岭》其实是很不干净的，也许表现出了一种无意识的生命的存在状态。磨盘和木鱼象征的其实是同一个东西，救赎如果没有了爱也就不存在。文学是一种生命的存在，要把大爱放到作品中，用爱去化解苦难和仇恨。

4.迷失中追寻，追寻中迷失

◎张凡：阅读当代作家雪漠的小说，有三点感受与各位分享。第一，雪漠的"大漠三部曲"是一种雪漠式的乡土叙事，个人化色彩极为浓厚。当人们踏进雪漠的大漠世界，随处可见那种来自底层人的琐碎、嘈杂、无序，还有一种对生命不经意间的苦楚与淡然。在我看来，这是极为生活化的，是作家信手拈来的一种自然，雪漠并没有为了迎合某种叙事需要而刻意去处理，这里面交织着一层高过一层的紧张关系。把小说的笔触深深扎进乡土世界的作家，其最初那些对于乡土的体验与领悟是最真挚的，因而写起来也比较任性；对作家而言，对于这种生活的体悟太过刻骨铭心、太过透彻，这种尽显于世人眼中的底层人艰难的生存状态，是一种乡土视野观照下的底层叙事。在一定程度上来看，不论着眼于乡土的叙事，还是着眼于都市的叙事，从中都可以领略到作家们的一种情怀：关注生命的一种焦灼状态。只因生命中太多的不确定让人们深为苦恼，我们阅读雪漠的文字，可感觉出他笔下人物深处生活焦灼状态中的那种莫名的疼痛，但你又无法去拯救他们。"大漠三部曲"中各色人物都无法拯救自己，外界的介入也无济于事。贯穿于雪漠"大漠三部曲"和《野狐岭》始终的是雪漠内心深处那种较为成熟的生命意识与生命情怀，对于生命世界里的一切报以一种敬畏之心，报以一种尊重的态度，即便那些来自底层的小人物，他们的命运也是作家写作时必须关注与聚焦之所在。

第二，弗罗斯特曾说过，"人的个性的一半是地域性"。关于雪漠"大漠三部曲"里的方言、民俗等这类叙述，可以说是作家小说中富有地域色彩的认同与表达，或者说这是地域性写作的一种呈现，这些往往是作家从事写作之初难以割舍的故土情怀与深谙故土文化的一种任意而为。在某个层面上而言，作家个人的成长成熟也是个需要历练的过程，或许等过了这种比较任意的"地域性"书写阶段后，作家的观照视野就会发生改变，逐渐观照起世界来，观照那种普遍的人性。但这些较为原生态的语言呈现与乡俗民情是他生命之初，最为熟悉的人生记忆，小说中出现的方言也是在无意识情况下的一种自觉，反映出生命原初的意义及价值，从中可以看到作家之"根"在什么地方。可以说，雪漠的"根"在西部乡土。

第三，对于现代性的一种反思，或许这是人的现世焦虑的根源所在。当前，许多作家较为关注现代社会中人的一种生存状态：想方设法逃离自己的世界，但又无法逃离世界本身对他的一种束缚，每个人都渴望摆脱眼前这个世界。在这个过程中，就会产生一种具有现代性色彩的人的现世焦虑感。《野狐岭》中百年前与百年后这两个时间点的衔接是通过小说中的"我"来实现的，而这个"我"的存在即为一种现代身份，"我"虽进入百年前，但看待世界、思考问题的思维特点却仍具现代特点，跨界的"我"可以跨越灵魂、跨越生命，这或许就是雪漠刚才说的那种流动的力量。

◎**朱卫国：**目前《野狐岭》呈现在读者面前的这种文本形式

的独特，离不开陈彦瑾女士在当中付出的心血，那么陈老师您作为一名编辑，与雪漠先生沟通交流时是如何平衡自身这种读者与编辑的双重身份的？

◎**陈彦瑾**：一部书稿到我们手里的时候，作为编辑首先会想读者可能会怎么看这部作品，因此我们会先把自己的"编辑"角色暂时忘掉，把自己还原为一个普通读者去看作品。

作为读者，我觉得这部小说非常的特别，在特别之外还有很多说不清的神秘意味吸引着我，读得很过瘾。我读雪漠老师作品有一个阅读史。我最先读的是《西夏咒》，当时感觉非常的惊艳。不知道为什么很多人觉得它很难读，我觉得很好读，开篇的那首小诗马上就让我进入了一种氛围，我是一气呵成把它读完的，感觉进入了一个前所未有的世界。然后我才读"大漠三部曲"，好像从一个华彩的乐章进入到一片宁静的天地。接着我读的是《西夏的苍狼》。《西夏的苍狼》是雪漠老师第一次写到都市，故事放在了东莞这样一个很有象征意味的城市，写都市背景下的一种寻找。然后是《无死的金刚心》，非常的震撼。这部小说里没有丁点世俗生活的描写，完全是灵魂世界的书写。读完这些，再读《野狐岭》的时候，因为有了前面阅读的积累，感觉《野狐岭》是对之前所有作品的一种综合，在叙事上又有全新的东西，对于阅读具有一定的挑战性。在《野狐岭》中，雪漠老师确实采取的不是普通的讲故事的方式。之前我是想从市场和读者接受的角度来诠释这个作品，因此我更多强调的是它的悬疑色彩，这是附加在小说之上的解读，完全是编辑出于市场考虑的结果。但刚才听了朱卫国老师的见解，我发现，这部小说的独特形式本身，就是西部神秘文化的一种直观呈现。比如说它整体的混沌感，叙事的跳跃性，叙事时间不是线性的时间，而是有错位，就像里面的人物说的"颠三倒四"。它的叙事空间是模糊的，像里面招魂仪式下蜡烛照亮的一圈光晕；它的结构也不是现实主义的因果关系，而是有很多的空白，很多似是而非的东西，有因无果的东西也很多，比如说杀手究竟是谁，沙眉虎是谁，等等，都没有明说，最后也没有交待。所以，《野狐岭》的形式本身就有一种文化的内涵，是西部文化思维和西部文化美学的直观呈现。

◎**朱卫国**：陈彦瑾女士在《野狐岭》的责编手记中指出，超越作为灵魂对真理的追求，成为小说的主角，那么您是如何看待和评价雪漠先生这种追求的影响和意义的？

◎**陈彦瑾**：我读雪漠老师作品，感受非常深的一点便是，小说的叙事总有一个视角是超出世俗层面的，就是总有一个超越的视角。比如说，"大漠三部曲"是传统的现实主义笔法，超越部分更多的是对苦难生存的感慨和对生命的反思；"灵魂三部曲"则把这种超越的景观放大了，由生存、生命的层面提升到了灵魂的层面，但它是通过寓言、象征等手法来体现的，只要读者能够进入这个世界，就能读懂，和灵魂的超验世界发生一种感应。雪漠老师对灵魂世界的描写是喷涌式的呈现，比如说《无死的金刚心》就是一个极致的典型，它是关于纯粹的灵魂世界的大象征。里面所有的人、事、物都是一种梦境一样的存在，所有的存在都指向对真理的追寻。所以说，在这部作品里，对真理的追寻本身成为小说的主角。但是到了《野狐岭》，雪漠老师借用了一种招魂的形式，把西部大地上曾经的历史和古老的生活——驼队生活，与回顾一段刻骨铭心的生命历程时的感悟，以及超越那段历史和生活之上的观照结合在了一起，就出现了一种"大漠三部曲"和"灵魂三部曲"的综合体。作家创作每一部小说的时候，并不一定具有某种目的性，而是因为他自己的生命本身走到这一步，他就需要这样一个文本去表达，需要这样一种方式来呈现他这时候的一种生命状态。可能正是这样一些原因，才有了不同作品的不同形态。

◎**朱卫国：**在《野狐岭》中雪漠老师通过两种追寻——外层叙事是"我"追寻历史真相，内层叙事是马在波寻找木鱼令、木鱼妹寻找机会复仇、驼队寻找罗刹国等，表现出了一个大的轮回主题，在这种轮回过程中，我们可以感受到强烈的救赎意识，您是如何看待这一点的？

●**雪漠：**这个结构我在写之前就有想法，就是轮回的结构。这里面有两个走向，第一个是木鱼妹从岭南走向西部，第二个是驼队从西部走向未知。其实它是一个非常明显的形式，木鱼妹如何从岭南走向西部，然后从这儿走向一个未知的地方，这是一种开放式的结构。驼队从民勤出发走向俄罗斯，这个过程是在追寻，只不过后来他们的梦想变了，被欲望所吞噬。木鱼妹从岭南追寻到西部也有一种梦想，她的梦想是复仇，最后被爱转化。他们的梦想既是在追寻又是在被另外一种东西吞噬，这个吞噬的过程就是一个追寻和迷失的过程，迷失中追寻，追寻中迷失。总而言之，这里面有很多类似的结构，大回环式的结构。

5. 如有目的性，小说就不对了

◎**朱卫国：**雪漠老师的这些作品基本上都是我们所说的超验的、形而上的一些东西，那么您在对您今后小说创作和形式的探索方面有什么打算？

●**雪漠**：最近回到西部，关注点一直在西部，"灵魂三部曲"其实更多的不是为别人写的，而是为自己写的，写的时候也不在乎什么。一个作家如果没有这样的探索，一直在平面式地写"大漠三部曲"意义不大，所以说需要一种纯粹为自己心灵写作的过程。《野狐岭》是两者结合在一起，可能以后的创作是"大漠三部曲"和"灵魂三部曲"的融合，我准备将文本的构思、灵魂的写实以及境界的超越糅合起来更好地写作。

◎**张晓琴**：很多人一直在纠结一个哪些小说好读、哪些小说不好读的问题。其实我个人认为，作品就是作家燃烧灵魂的过程。雪漠在写《野狐岭》的时候，他的灵魂敞开了一个窗口，然后《野狐岭》就从这个窗口里出来了。但是完了以后，他的这个窗口就合上了。如果假设作家本人去考虑，《野狐岭》怎样才能让大家接受，这个是没有必要的，我觉得真正的好作家在写作的时候，不会去考虑我的读者是谁，我的读者怎么读。比如说今天好多人在读昆德拉的《庆祝无意义》，这是一个普通读者很难进入的小说，但是假设昆德拉把《庆祝无意义》写得特别光滑，去讲一个好故事，那他还是昆德拉吗？肯定不是。事实上我觉得每个作家在创作的时候，潜意识里都有一个潜在的初衷。《野狐岭》就表达了作者的一种写作姿态，一种写作历程，这个东西就像雪漠老师自己说的是比较复杂的，事实上从各个角度都可以解读。《野狐岭》在幽魂自述之前，可以说是两个声部。第一会的时候说："我非常想知道，那个喇嘛认为我的前世会是一个什么样的人。"我觉得这句话是解读《野狐岭》的一把钥匙，第一会虽然字数不多，但却有追问：我到底是谁？这是作家写作时一个重要的密码，这个是非常重要的。

如果一直停留在"大漠三部曲",那雪漠还是雪漠吗?我们为什么还要关注他?所以"灵魂三部曲"的转换是非常重要的。很多人说进入不了"灵魂三部曲",那就不要进入,这个没有关系,但是《野狐岭》事实上就是一个文学和宗教的结合,超越与救赎的层面观照和指引"镜"叙事。两者在相辅相成、相携相助中完成了"寻找救赎"的意义探索,言欲尽而意悠远,引人深思。

无论是外层叙事中历史与自我的双重寻找,还是内层叙事"镜"与"灯"的双向寻找,都是在"寻找"的行为旨归上探索着意义表达的多维性。寻找的路途上尽管坎坷波折、险象环生,但寻找的意义却如万花筒般缤纷,一路绵延,一路解说不尽。

而且在这个形式上有许多先锋的东西,此外我还发现您的作品在某些地方和鲁迅的精神是相似的,比如看客的问题,比如精神追问的问题。同时,《野狐岭》也很有电影的场景感,比如拷问陆富基,层层推进。

◎**陈彦瑾**:对,有不少评论者都指出这本书里有适合影视化的元素。

◎**张晓琴**:那雪漠老师您在写作的时候有没有考虑这种影视化的可能?

●**雪漠**:没有,我的写作都是没有目的的,一有目的性,小说就不对了,小说的味道就不对了。

◎**朱卫国**:您最初应该是有动机的,但是一旦进入创作的时候,就不是了,甚至是面目全非了,反而比原本的思路还要丰富,还要精彩。我觉得《野狐岭》中有好多可以形成画面的东西,有一个独特的西部空间,可以成为影视剧一个很好的脚本,从传播的角度和受众接受的角度更好地让更多的人以不同的方式阅读和欣赏《野狐岭》这一部具有独特意义的文本，也许这是雪漠老师和我们接下来应该做的一件很有意义的事情。

（刊于《甘肃广播电视大学学报》2015年2月第25卷第1期）

参考文献

［1］杨耕，张立波：《历史哲学：从缘起到后现代》，北京师范大学出版社，2008年版。

［2］雪漠：《野狐岭》，人民文学出版社，2014年版。

［3］咸立强，咸化峰：《试论文学恶魔性人物形象的深层动因》，载《克山师专学报》，2003年第4期，第44~49页。

［4］朱立元：《当代西方文艺理论》，华东师范大学出版社，2005年版，第73页。

［5］刘文：《拉康的镜像理论和自我构建》，载《学术交流》，2006年版，第7页。

［5］陈彦瑾：《信仰的诗学与"灯"叙事——解读雪漠"灵魂三部曲"》，载《飞天》，2014年第4期，第120~124页。

四、北京大学研讨会

雪漠"故乡三部曲"与西部写作

2016年4月23日下午，由人民文学出版社和北京大学中国诗歌研究院共同举办的"雪漠'故乡三部曲'与西部写作"研讨会在北京大学朗润园采薇阁举行。北京大学中文系教授陈晓明主持本次研讨会。中国社科院文学研究所研究员陈福民、北京大学中文系教授贺桂梅、北大中文系副教授邵燕君、中国人民大学副教授杨庆祥、中央党校讲师丛治辰、《光明日报》文荟副刊副主编饶翔、中国社科院文学研究所助理研究员徐刚、《文艺理论与评论》杂志编辑部主任崔柯、新疆教育学院教授何莲芳、人民文学出版社"故乡三部曲"责编陈彦瑾及北京大学中文系博士生张凡、李静、兑文强、龚自强等学子与会并作精彩发言。北京大学部分学生及来自全国各地读者粉丝约五十余人旁听。

以下为发言记录（有修订）。

陈晓明：雪漠是少有的追求精神高度的作家

◎**陈晓明：**大家下午好，感谢大家从四面八方来参加雪漠"故乡三部曲"与西部写作研讨会。因为有些嘉宾还在路上，我们先请雪漠老师的粉丝来读作品中的一段，我们先来热热场。

（读者朗读作品片段）

◎**陈晓明：**为表达对雪漠先生的敬意，我也现场给大家读一段。我读的是《大漠里的白狐子》中的一段。（朗读片段略）

◎**陈晓明：**我们再请庆祥老师读一段。庆祥是中国人民大学教授，是80后评论家的代表，像丛治辰他们都是对他佩服得不得了。

◎**杨庆祥:** 我读一段雪漠老师的诗《五月的酒杯》。（朗读片段略）

◎**陈晓明:** 今天我们非常荣幸请到雪漠先生来到北大,来到我们这个中国诗歌研究院的紫薇阁来跟大家一起座谈。我们也邀请了好几位嘉宾,有老师,也有北大中文系的博士生,我给大家介绍一下,从右边开始吧。

杨庆祥老师,中国人民大学副教授。

饶翔先生,《光明日报》文荟副刊副主编,大家对写作有兴趣可以向饶副主编投稿,他一定会择优录用。

贺桂梅教授,是我们中文系最有实力的教授,今年刚刚入选"青年长江学者",非常了不起,在全国的这个比拼也是非常难的,大家都知道她的学术高度。

陈彦瑾编辑,人民文学出版社的编审,大家可能都很熟悉,雪漠的书她是责编,非常出色的编辑,对雪漠的作品发自内心地热爱,非常尽心尽责,也是我们北大中文系的校友,她自己也写过很多的作品,是重要的散文作者。

李静,我们中文系的博士生,才女。李静的文章写得非常漂亮,大家如果注意的话,网上有不少她的文章,很犀利,而且她是学霸,是中文系著名的学霸。

兑文强,他也是我们中文系的博士生。他原来是学哲学的,后来学文学,从哲学入文学,确实也有他非常独到的地方。今天也期待兑文强发表高论。

张凡,中文系的博士,今年要毕业了。张凡原来在石河子大学做讲师,后来来北大中文系读博,他研究西部文学,所以他对雪漠作品长期关注，对于雪漠先生的作品有他独到的见解。

龚自强，中文系博士。自强学术潜力很足，他也非常用功，去年从美国哈佛学成归来。

何莲芳教授，新疆教育学院人文学院教授，主要研究西部文学。

徐刚，中国社科院文学研究所助理研究员，成果很多，也是著名的青年批评家。今天以杨庆祥为首，饶翔、兑文强、徐刚都是青年批评家中最活跃的一群人，几乎各种会议都会出现他们的身影，如果他们不到场会议是没有多大意义的。我们的会议也是非常有意义的，因为他们都到场了。徐刚也是中文系毕业，现在又研究当代史，非常有挑战性，而且他的发言总是非常的直接和大胆。

丛治辰，中央党校讲师，也是中文系的博士毕业，我们都对他非常敬重。他也是刚刚从美国回来，一回来就参加雪漠老师的作品研讨会。

邵燕君老师，北大中文系副教授。在网络文学、新媒体与文学关系研究方面，她在中国具有领先地位，今天非常期待她能用非常新颖的视角来讨论雪漠的作品。

感谢诸位的到来。今天，我们的形式会更加自由活泼，前面请大家发言，后面希望有些时间跟读者互动。

先请雪漠老师跟大家讲几句话，雪漠老师今天上午在王府井签售，很辛苦，中午吃饭也是匆匆忙忙，一路赶过来，刚才又找错地方。

●**雪漠**：北大在我们西部孩子的心中是神话般的地方，武威二百万人中，每年考上北大的可能至多一个，所以，考上北大简直是不可思议的。在北京，我还是第一次看到北大这么好的建筑，因为别的地方可能盖高楼大厦，北大却是这么本色的一个地方。

陈晓明老师是我文学上重要的"贵人"之一，《白虎关》出来的时候，陈老师在《文艺报》上发了一篇文章，此后一直关注我，给了我很大的帮助、扶持和鼓励，所以我非常感恩。在座的诸位，包括丛老师，都写过我的评论。邵老师的文章，我也经常看。这里很多人都是我非常熟悉的，包括张凡老师。能到北大来，听听北大的学者、专家们对我作品的一些分析或者批评，对我的一生可能很重要。我善于汲取各种营养，批评也罢，表扬也罢，都会成为我重要的营养。所以，今天我也希望能多听到点拨性的，或者建设性的建议，批评会更好。希望大家能够自由地、开心地说些真话，谢谢大家！

◎**陈晓明：**谢谢雪漠老师，他表达了对北大的深情。我对雪漠老师非常敬重，我们相识得比较早，2002年，他还在鲁院学习时我们就认识了。雪漠老师特别重情谊，逢年过节我们都会通短信，他总是让我特别感动。

雪漠老师在今天的中国是很少的有精神追求、有精神高度、有精神信念的作家之一，我觉得他的文字，他的生活状态，他的这样一种存在的方式，就是一种精神的、文学的方式。今天文学整个说起来和现实靠得太近，不要说关怀，怎么跟现实有一种关系的方式？这是一种精神的关照的方式。尽管顾彬对中国文学的很多批评，我一直持怀疑态度，但是他写现代文学、讨论鲁迅的时候，他用了一个观点，他认为鲁迅和现实保持了一种疏离感，这可能让所有研究鲁迅的人很难接受，但我倒觉得他的看法有一定的道理，这一点也是我会去思考的。我的意思是，这当然是他的说法，我们也可以跟他讨论，但是，鲁迅之所以能超出他同时代的作家，能够对现实有那么一种复杂的思考，这也是他的一个方法。所以我也注意到，雪漠先生在西部，他以他的独特的存在方式，他对文学的那种理解、那种态度，我觉得是很值得我们去探讨，很值得我们今天中国的批评家去关注。

下面，先请张凡说几句铺垫一下，抛砖引玉。

张凡：走入内心世界的作家

◎张凡：各位老师下午好！在一种机缘巧合中，我结识了雪漠老师，并通过阅读他的作品渐渐熟悉了作家雪漠的文学历程。当初，我拿到雪漠老师的长篇小说《野狐岭》时，用了将近一周的时间把小说从头到尾完整地读完，深受启发，也非常有感触，写了两篇关于小说《野狐岭》的评论文章，现均已见刊；同时，在2014年12月20日西北师范大学召开的雪漠长篇小说《野狐岭》研讨会期间，对雪漠老师做了一次较为成功的个人访谈，访谈稿也已刊发在《飞天》2015年第8期上。毫不犹豫地说，雪漠是走进我内心深处的一位西部作家。究其原因，主要有两个方面：

一方面，同样身在西部的我，自2010年后，一直从事的是当代新疆多民族文学（尤其是汉语小说方面）的研究，而在这一过程中，对中国西部文学的关注成了我个人研究视野的一种开阔和提升。自20世纪80年代始，像作家王蒙、红柯等，都有大量的、以新疆为题材的汉语小说，他们的这些作品，在新世纪初期，在一些新疆本土学者看来，自当属于"西部小说"的范畴和内容。近些年，我关注的也恰好是这部分文学现象及作家作品的研究，所以，但凡与此相关的作家作品也就成了我关注的一种必然。雪漠作为西部作家的一个重镇，其作品自然而然成了我从事西部文学研究的一个关注点和落脚点。另一方面，雪漠是当前西部作家序列中，对西部乡土最为用心的一位作家。雪漠以长篇小说这一文学形式，不论"大漠三部曲"（《大漠祭》《猎原》和《白虎关》），还是如今作为"故乡三部曲"之一的《野狐岭》，其关注更多的是脚下那片荒凉无边的西部土地和生存于这土地上众数的生命。可以说，雪漠对西部乡土的这种执念与虔诚是一以贯之的。

回想自己所写的关于雪漠长篇小说《野狐岭》的评论文章，主要是围绕小说的灵性叙事与文本中所体现的生命意识来谈的。在某种意义上，可能只有身在西部，或者到过西部的人，才有可能懂得西部大地的真正意义，才能更加领悟到在"西部"这么一个空旷无垠的地理空间及其所孕育出生命的众数的价值。尤其那些在现代都市文明世界待久了的人们，突然把他/她放置在西部世界里，一开始会有种找不到生命坐标的巨大苍茫感，而恰恰也是在苍茫的西部世界里，才会触发人们去用心感悟生命的真谛。在空旷无垠的西部世界里，你可能听到另外一种声音。而这种声音可以从雪漠作品里找到。也就是说，人们能从他作品的字里行间倾听到一种与都市世界截然不同的声音——另外一种在呼唤、呐喊人心的声音。也许，你会发现，待在西部世界久了的人，尤其在那种几十里、几百里的视野中见不到一个人的时候，才会有可能体味到"孤独"这一概念的真正意义所在。

可以说，雪漠在长篇小说《野狐岭》以及新作《一个人的西部》中，试图借助文字表达的力量向世人呈现出一种信念："西部"不只是一个概念，而是一个丰富的真实存在。而事实上，写西部的西部人不只雪漠，那身在西部的人，很多都有一种书写西部的冲动，都企图向别人构建一个极富个人色彩的、独特的西部世界。当前，国内的一些批评者或者研究者，对西部作家的理解，更多倾向于形式上的似懂非懂，而那些真正读懂作家内心、读懂西部世界的可以振奋灵魂的语言不多，而这或许是人们在未来关注西部时，更多可能聚焦的一个点。因而，阅读雪漠的"大漠三部曲""故乡三部曲"，你会发现雪漠始终有一个绕不过去的议题，这在我看来，就是对西部乡土的、对西部生命的最"贴心"的那种感觉，而这也是《野狐岭》《一个人的西部》最触及我内心深处的地方。从这个角度来看，雪漠又是一个极具地域性的当代作家。

我就说到这。

杨庆祥：以西部为中心，发现中国文化的自主性

◎**陈晓明**：张凡从西部文学的角度谈了他对雪漠作品的研究，不过他的这个"砖"稍微铺得空了一点。我们请杨庆祥老师。

◎**杨庆祥**：压力很大，因为很多老师都有自己很多的高见。我对雪漠作品的阅读是比较晚近的事情，直到2015年评第九届茅盾文学奖的时候，我才真正阅读雪漠作品。当时他的长篇小说《野狐岭》是候选篇目，评奖的阅读任务非常重，很多阅读都是职业性的，其实并不能带来太多快感。但读《野狐岭》的时候感觉很惊艳，竟然有能够带来如此的阅读快感，同时又不失内容和形式感的小说。自此我就对雪漠其人其作有了更多的兴趣。

《野狐岭》这部小说符合我对长篇小说的一种期待，我当时不太了解雪漠神秘主义的那些东西，我完全把他作为小说家来

看待。他的长篇小说有非常厚重的历史内容，客家文化、土客械斗，从岭南一直到西部两种文化的冲突。历史的厚度、社会内容的广度，还有历史的纵深感，在这部小说里都有。但是，我们知道中国的长篇小说其实最不缺的就是历史——它是整个长篇小说的基石——我们的小说特别缺少的是哲学、宗教，那种相对而言更精神性的东西。雪漠的《野狐岭》在表现历史、表现中国西部苦难的时候，采用了值得我们期待的形式，就是那种非常多元的、庞杂的叙事视角，每个人都说一个故事，而且每个故事都说得特别有意思，这是一部内容和形式高度自洽的作品，形式感强化了作品的美学性质。有的作品可能内容很好，但是叙说的方式特别陈旧，让人昏昏欲睡。有的作品形式很炫，但内容很空。我觉得《野狐岭》特别饱满，就像一颗雪漠所谓的蚕豆，特别有意思。这部作品我找不到它太多的毛病。如果非要找毛病的话，可能在故事叙述的推进里面稍微有些重复的地方。

从西部写作的角度谈雪漠作品，让我想到一个问题。《一个人的西部》里雪漠回忆说他大约从1982年9月开始创作，并发表了自己第一部中篇小说。而1985年前后中国当代文学有一场"寻根运动"，这在文学史上是一个常识性的话题。但我个人认为，"寻根"没有完成它的使命，寻根文学，包括80年代整个寻根的文化思潮，都因为80年代历史的突然终结而远远没有完成。这种"不完成"是两方面的：文学的方面和文化的方面。以前我觉得文学上有所完成，包括韩少功、阿城那些作品，但是今天看来还是不够。文化上的确认（寻根主要是文化上的诉求），我觉得更是没有完成。阿城在90年代末就谈了这个问题，在和查建英的对话中他认为寻根没有完成主要是因为把文化的确认又变成文化的批判，对于道家文化、儒家文化、楚文化等文化之根的寻求最终又变成对这些文化的批判，然后又重新回到"五四"国民性批判的路子上来。也就是说，在这种文化的追求里面，并没有发现本土文化的自主性。所以，我一直认为90年代以后，如果"寻根"要再走下去，应该还有一个"再寻根"。我在分析韩少功的一篇文章（《韩少功的文化焦虑和文化宿命》）里专门论述过这个问题，我认为《山南水北》等一系列作品都是"再寻根"的结果，这里就不展开论述。

那么，如果放在"寻根"的谱系中，雪漠的《一个人的西部》《野狐岭》《深夜的蚕豆声》等以"西部"为主题的作品会呈现出另外的意义：他把寻根的文化诉求向前推进了一步——我不能说雪漠完成了这种诉求，因为文化的耦合是不断磨合的过程，可能永远都无法完成——具体来说就是，雪漠对西部文化进行书写、想象和确证的时候，并没有站在一个启蒙者的视角或者外来者的视角对其进行批判或者反思，而是完全用他自己的方式展示了中国西部文化的一种自主性，这一点对中国当下写作来说是非常重要的。在这样一个内在的视角里面，雪漠以西部为中心，其实是发现了中国文化的一种自主性和历史性。在今天文化再造或者文化创新的语境中，我觉得他的写作对我们来说有很大的一个启示意义。

但是，从另外一个角度看，用西部或者寻根来谈论雪漠或许只是一种批评家的习惯，或者说，这样一种文学史的框架或者批评的观念还不能全部说明雪漠作品的特质。在更普遍的意义上，它还可能有一种诗学的、精神性的，甚至是一种灵性或神性的诉求。因为我对神秘主义没有专门研究过，这方面不能说太多，但我觉得，对于雪漠来说，或者对于雪漠这样类型的作家来说，所谓的西部可能只是一个形式，是一个佛教里讲的外在的相，他最终要破这个相，然后达到另外一个他所诉求的东西。也就是说，如果雪漠不是生在西部，而是生在北京，他也会用另外一种方式来展示其精神世界。在《一个人的西部》《深夜的蚕豆声》里面雪漠反复强调的就是怎么"破执"。这很有意思，一个要破执的人，不断用语言和形式来破执，这本身有一个矛盾的东西。最终雪漠要走到哪里，或者最终他给我们呈现出什么样的生命样态，我还是蛮好奇、蛮期待的，我觉得后面的可能性更多。

不过，《一个人的西部》和《深夜的蚕豆声》跟《野狐岭》的阅读感觉有一点点差异。阅读《野狐岭》的时候，快感强烈，因为作家做到了把自己化在语言和故事之中，就像佛教里面的偈语一样，不是直接讲道理，而是通过隐喻来完成。但在《一个人的西部》和《深夜的蚕豆声》里，作家自我的那个"执"没有破掉，恰恰相反，作家老是执着于自己的感受，执着于自己的经验，执着于自己对这个世界的认知，这时候世界反而离他远了。这三部书是一个人写的吗？我倒是怀疑了。也许，不同作品是作家的落英缤纷、开花结果吧！但作为一个读者和研究者，我更喜欢《野狐岭》这样的果实。

邵燕君：作者、读者、写作方式构成的信仰关系

◎**陈晓明**：杨庆祥做了非常精彩的发言，谈了雪漠作品给他阅读造成的那种冲击和震撼，说得非常诚恳。他也谈到寻根这个视角来理解雪漠作品，这个视角也是非常独特的。最后还谈到对雪漠作品的不同看法，我觉得也很诚恳，大家都可以有不同的理

解。也可能雪漠的多面性正是他的特点之一，或者说他把神性之心和世俗之心怎么结合在一起，这是否有一种可能，这都是我们可以讨论，甚至是商榷和批评的。雪漠是一个很宽广的作家，这一点杨庆祥先生阐释得非常透彻。

下面，请邵燕君老师。

◎邵燕君：久仰雪漠老师大名，完全出于自己的感受说一下自己的体验。雪漠确实是一个非常独特的作家，我也同意杨庆祥的观点，雪漠不管生活在哪里，一定有突破的部分，但是因为生活在西部，所以他的标识里非常鲜明的两点，一个是西部，另外一个是附着在西部上的信仰。

我读《一个人的西部》的时候，如果从文学的角度来讲，觉得他可能有点把自己内心的东西外露了，但是作为一个作家来讲，这样综合的多面性的自我解剖，可以让我们更多地了解作家更真实的心路，了解他整个的追求。所以看他的长篇散文，你确实可以看到他整个的生命和文学的历程。

我读雪漠作品的时候，也有很强的这样一种感觉。在这里你看到一个有强烈宗教情怀的人，但是他生长的那个地方，可能没有现成的宗教来容纳他的这个情怀。比如说，雪漠生活在基督教的环境，生活在藏传佛教的环境，他已经有了这样的宗教系统来接纳这种情怀，但是他生活在西部，有那种神的灵性，但是没有现成的文化系统来接纳他这个情怀。所以你看到他这种写作和他后来的发展，他在自己写，自我补偿，同时把他的写作带给世人，所以才能对很多粉丝产生非常深的、非常强烈的精神上的、文学情怀上的影响。如果说雪漠在给西部定格，我觉得他是以自己的独特道路赋予了西部一种神格。

像《新疆爷》，如果从世俗的角度看，我一下想到导演郝建的纪录片《光棍》，写的也是农村拉边套的故事，但是他们之间有性的交易，同时有各方面的人情关系，这是非常现实主义的一个版本，一个世俗的家庭的故事。但是雪漠在《新疆爷》里，显然是以一种信仰式的方式来进入，所以我说它不是现实主义，现在有人说叫神识主义，他以他的神的观念来重新写这个故事。《新疆爷》写的是一个男人对一个女人的爱，这个男人刚刚结婚就被抓走了，他就舍生忘死地逃回来，一辈子守候这个女人。所以，他的爱是信仰式的爱，是让人升华的爱。对这个故事怎么理解呢？在书中，对这个人物，对这个故事的解读，就来自雪漠的信仰。读者怎么理解这个故事呢？也需要信仰，需要对一个有信仰的写作者的深深的认同。

这里你可以看到作者和他的读者，和他的写作方式，这三角关系之间有一个封闭式的循环系统，其中确实有强大的神秘主义，有信仰传统，你可以体会到来自西部带有坚硬的生活、粗糙的质地，坚定的信仰，神秘主义色彩，沧桑的"活人了事"的那种生命态度，接受一切、忍受一切、容纳一切、超然一切的态度，可能对我们今天文明社会遭受各种困境的生活有一种安慰和启迪。

尤其在今天的现场，我们更能深刻地看到一个有信仰的写作者和认同他的读者之间这样一种作者与读者的关系，我觉得这个关系确实充满了一种神秘主义的色彩和信仰的神辉，我们也许不能真正进入，但是作为旁观者来看还是一件很美好的事情。

贺桂梅：在全球化时代讲出了中国叙事

◎**陈晓明**：谢谢。她谈到雪漠和读者的关系，我不一定认为它有神秘感，因为我参加过多次雪漠的活动，他还是一个文学方面的热爱。有一次上海有一个活动，很多读者都是从外地赶过来参加的，它是很纯粹的文学的爱好，倒没有说跟宗教、跟神秘有多少关系。但是确实雪漠本身有一种神秘的形象。去年，我到兰州，后来在武威雷台汉墓的地下，他给我讲了一个非常神奇的故事。雪漠年轻的时候，长得很清秀，眉清目秀，他说，有一天晚上，大概他二十多岁左右的时候，做了一个梦……哦，这个不能说。我个人读他的作品，一开始还真没有考虑宗教方面的东西，只是觉得作品含有宗教因素。因为西方作品几乎都有宗教因素，这是非常普遍的。中国作品几乎没有什么宗教因素，所以我一接触会感觉比较奇特。西方作品几乎都有宗教因素，当然，有的或重，有的或轻而已。也谢谢邵老师的发言，谈得非常好，非常独特。

下面，请贺桂梅老师。

◎**贺桂梅**：我很少参加当代文学作品的研讨会，因为我主要做的是文学史研究和文化评论。这之前我没有读过雪漠的作品，这次读的过程中觉得非常有兴趣，所以三本书我都很快地看了一遍。但我只看过这三本，雪漠的其他作品还没时间读。我就从自己关心的问题来谈谈阅读感受。

首先，我觉得在由陈晓明老师牵头举办的北大中文系这样一个场合，来谈雪漠这样的一个作家，是非常有意义的。北大是所谓的高等学府，我们这些人所熟悉的文化都是学院的，同时也是都市的和文明社会的。雪漠这个作家的独特性，正如庆祥老师说的，他是中国本土"内生性"的作家。批评家李星曾说：雪漠是由小学老师一夜之间成为著名作家，就是说，他并没有受过现代学院的系统教育，完全是从中国底层，一步一步依靠自己严格的自修和自我超越，不断地往上走，然后达到今天这个地步。这样的作家，是从中国"里面"自下而上地长出来的，具有特别丰富的中国经验，而且是各种地方性本土性的文化经验。在北大这样一个场合，我觉得这种碰撞和对话是非常有意思的。

今天中国社会和知识界最关心的问题可以说是全球化时代中国文化的主体性问题，这种主体性的讨论，要寻找一个突破的路径。我在读雪漠作品的时候，经常会非常惊讶，他的文化素养，他的艺术想象力的资源，包括宗教性层面的内容，是我很不熟悉，但又觉得非常有意思的。我认为，恰恰是这些东西，是雪漠所讲述的中国故事中非常值得重视的内容。

当下无论是文学，还是电影，所有文化叙事的一个重要主题，都是要讲述全球化时代的中国故事，这是一个很重要的问题。但有意思的是，在文学的层面，关于中国的讲述会特别强调地域性的差异，比如东北、西南，或者是上海，等等。雪漠的作品被称为"西部写作"，我觉得这个说法本身就非常有意思，因为"西部"这个概念90年代才提出来，在国家的战略政策层面提出，它其实是一个国家内部的概念。但是，对雪漠来说并不是这样的意思，而是历史的概念和文化的概念。有意思的是，他不被称为"甘肃作家"而是"西部作家"。其实"西部"包含许多内在的差异，比如新疆的、西藏的、青海的，等等。雪漠这里的"西部"，是因为他对西部的理解特别偏于历史和文化，着力呈现地域文化独特性和历史独特性，特别是这些文化内在的逻辑和本地资源。这是当下中国叙事一个很重要的面向。在读的时候，我常想起张承志，雪漠和张承志那样的叙事有很多相关性，但切入角度和写作内容并不一样。

当下关于中国讲述关心的另一个问题，就是所谓传统文化热、古典文化热这种背景下对中国文化主体性的挖掘。我最震撼的就是，雪漠对神秘文化，比如说气功、相术、武术、道家等文化的挖掘，这些对我来说是非常陌生的。我不是一个彻底的唯物主义者，我知道有很多东西是我们的理性没有办法到达的，它们是存在的，只是我们没有意识到。整个20世纪中国文学的主流，其实都是启蒙现代性视野内的文学。雪漠作品中涉及的那些神秘文化，在一般的理性表述中，或许可能称为是"迷信"，但正因为今天我们已经进入到对现代性本身的反思，因此仅仅在一种启蒙理性的视野中讨论问题已经不够了。雪漠作品对那些神秘文化的表述，其实某种意义上也是古典中国的某种内在视野。其实不只是雪漠，比如最近很火的徐皓峰电影与小说中对武术的呈现方式，也涉及相关的问题。古典中国的各种知识和文化，在当下以种种方式得到了重构。如何看待这种知识、文化的内在视野与现代性之间的关系，对我来说，也是一个挑战。

雪漠作品书写的西部，与当下关于中国讲述的第三个相关性，涉及中国"大一统"问题。我们谈中国的时候总是讲汉族以及汉族正统的儒家文化，但雪漠的"西部"其实涉及民族文化的交融问题，比如《野狐岭》里面的汉驼和蒙驼，也比如他作品呈现的西部景观和文化叙事，其实不是我们熟悉的那个正统汉民族内部的那些儒家文化问题，而是有民族的混杂性，或者说多元一体性。

总之雪漠作品呈现的内容，跟当前文化界关注的重要问题都有关联性，所以我是抱着很大的兴趣来阅读雪漠作品的。

就我读过的这三部作品来说，特别是《野狐岭》，我觉得雪漠的文学创作是想要把三个叙事层次统一起来。一个层次是现实主义的层次，西部乡村或者西部现实生存，或者说是一种贫穷的生存状态。我读《新疆爷》，读《深夜的蚕豆声》，那种贫穷和人的生存处境的恶劣让我感到非常震撼。这是雪漠小说的第一个层次，可以说是现实主义的层次，也像张凡他们说的"乡土叙事"层次。其实这个层次带出来很多有意味的问题，比如这种贫穷以及当代西部人，或者是农民、牧民的生活状态，其实跟当代中国的历史有很多关联，像《新疆爷》《马二》《马大》这样的叙事，我马上会想到社会主义的历史才有这样的"五保户"。当然，雪漠似乎并不关注当代历史的这些内部差异性，而笼统地将它呈现为一种当下的中国西部现实。

第二个层次是所谓文化主义的层面，就是地域文化，特别涉及刚才提到的那些神秘文化。因为写的是西部，更宽泛的意义上，其实这些文化并不是统一的，有时候叫西夏文化、佛教文化、凉州文化。这样一种中国内部独特性、差异性的地域文化，在雪漠的作品里有很多有意思的呈现。我在读《一个人的西部》的时候，会很注意看他怎么讲自己个人精神的成长经历，他受到哪些文化精神的熏染，以及他如何理解和表现这些文化的内涵。这对于一个作家的养成而言，是特别有意思的话题。

第三个层次是所谓的精神超越，其实是象征主义的层次。这涉及的是宗教文化的问题。我觉得宗教可以从很宽泛的意义来理解，不能简单地将其视为一种消极性的精神现象。雪漠当然是有宗教关怀的，但他一直没有放弃文学，那么文学对他意味着什么？文学与他的信仰是怎样的关系？或许，文学对雪漠而言，是赋予了灵魂一种外在的形式。宗教文化包括大手印，这些我是非常不了解的，但对诸如神学与现代社会的关系这样的问题很有关注的兴趣。其实这也是当下中国社会很大的问题。宗教的兴盛乃至"信仰市场"的兴起，其实稍微关注今天中国社会的人都会意识到。我在日本待过一年，日本关西地区的佛教文化氛围是非常浓的。我透过日常生活尝试去触摸和理解宗教的社会存在形式的时候，会发现宗教的核心问题其实不在于教条式的信仰，而在于内在的精神状态，宽泛地说它是人格不断长大的一种可能性。雪漠在小说里讲的是很具体的故事，很具体的文化叙事，但是他最关注的是精神层面的超越性的内容，是所谓"灵性"的层面，这可以说构成了他创作的基本底色。佛教是世界三大宗教之一，是一种"世界宗教"，它从印度出来经过中国到达日本，最早是一种地域性的形态，但在普遍性传播的过程中，又不断生长出了各种地方化形式。也就是说，佛教文化本身其实就是不断地在处理世界性与地域性、普遍性与特殊性。我觉得雪漠在处理人的普遍的灵魂或精神这个层面的诉求，和特殊的地域文化——比如西夏文化、凉州文化，还有西部农村的现实生存状态，这些具体的东西结合在一起的时候，在普遍性和特殊性之间，也可能有类似的一些考量。

当然，因为我在阅读的过程中，带入了很多我自己关心的问题，考虑到这些层面，读的时候有不满足的也在这些地方。

我先说说《野狐岭》。这篇小说读起来觉得非常饱满，非常富于想象力，叙事也非常曲折有致。我觉得关于这部小说，其实可以有不同的读法。一种是完全读故事，两支消失在神秘野狐岭的驼队，驼队中的各种人物，以及具有魔幻色彩的情节本身，就很吸引人。第二种读法可以看这个故事里面涉及的历史与文化，小说包含很多历史事件，像凉州哥老会齐飞卿造反的故事，像凉州贤孝和岭南木鱼歌，如果你关心的是历史和文化层面的内容，小说在这方面的表达也非常丰富。当然，这部小说还可以有第三种读法，就是完全将它看作是一个象征主义的寓言故事，你可以认为小说所讲述的是人的内心的精神遭遇，或者是心灵的象征化呈现等。

在读的时候，我感到这三个层面都是存在的，而且有很好的结合。但不满的地方是，我会觉得雪漠特别在意的寓言或者灵魂的层面的叙述在挤压他所要叙述的历史故事自身的丰富性。比如像哥老会和齐飞卿的造反故事。这个故事本身其实是非常值得挖掘的，它是一个真实存在的历史事件，也包含了西部社会的反抗历史。但在小说中，其意义被全部收缩在怎么样看破生死的个人灵魂的超越性评价当中，也可以说，小说叙述者对于这个事件给予了太明确的历史评判，而这种评判本身抹去了事件或故事本身的开放性。当然，这种阅读感受也涉及我们对20世纪革命历史的不同态度，我的态度可能与雪漠的态度有所不同。不过关键是，我觉得把那么丰富的故事和涉及的历史文化层面，最后收缩到寓言层面，只变成生死的问题，我觉得格局有些小了。

读《一个人的西部》的时候，有些地方也有这样的感觉。这本书是我最感兴趣的，因为我很想知道雪漠这样的作家是怎么长成的。他完全靠严格的自修，这么多年持续不断地往上走，不断地超越自己，这个其实很难。因为人总是需要外在体制性的东西，比如像我们在北大遇到的是很开放、可能性很多的空间，外部对我们个人精神养成的推动力是很大的。但是，雪漠完全靠内在的精神动力往前走。在他的精神养成过程中，神秘文化占有比较大的分量。他讲的那些算命、气功，还有关于鬼魂的那些故事，以及宗教修行的体验等，其实我们在日常生活中某些时刻也会意识到一些，所以我不想用简单的唯物主义的态度来讨论这个问题。雪漠在书里也说，人的眼睛能看到的世界大概不到4%，其实有很多东西我们是看不见的，我们应该保持对神秘性本身的一种敬畏。雪漠在叙述这些神秘经历时，态度也是节制的，他讲了一些故事，但也没有把它搞得很神秘。我倒是觉得这本书在讲精神养成过程时，关于文学经历方面的叙事不多。文学是一个语言写作的过程，是叙事能力、技艺和素养形成的过程。讲一个作家的成长史，当然要涉及很多这方面的内容。书中也提到《百年孤独》，我相信那种风格对雪漠这样的作家来说，是非常大的一个震撼。还涉及其他一些阅读文学的感受，但我感觉雪漠的兴趣不在这儿，他更关心的是人格的养成。

但总的来说，读《一个人的西部》还是觉得有些过于个人化，无论叙事的线索还是精神境界的描述，都过于集中在一己感受和视界。事实上，当我们进到一种更高的精神境界，会看到更多超越个人的大势或者叫历史格局的东西，关于社会的评价、关于个人记忆的选择等也会相对更阔大。在这方面，我在读的时候还是不满足的。书中雪漠也说到，无论佛教、道教还是儒家，其实最高境界是相通的，也就是所谓"天地立心，生民立命，为往圣继绝学"这些内容。我觉得雪漠的"西部"确实有点太"一个人"了。

《深夜的蚕豆声》我也看了，这本书背后提出的问题也是我非常关注的，就是怎么样向"世界"讲述"中国的故事"。作品采取的是雪漠向一个西方女汉学家介绍他的小说，描述西部人（物）的生存状态，这种中西、男女的对话格局变成了基本的叙事场景。我个人不太喜欢这样的叙事，觉得有点把中国的世界性削弱了，或者没有把中国故事放在更阔大的位置。其实如何理解"世界"是值得思考的，"世界"不仅仅指"西方"，"一带一路"倡议的提出，就根本而言，可以说是要建立更为丰富复杂的世界参照系，提供更为多元的世界关系场域。局限在中国与西方这样的二元关系格局里，背后可能带来的问题，是会不会有了所谓"世界"视野之后，就特别刻意强调中国的特殊性，用一种理论术语来说，可能会刻意"自我东方化"，过分特别强调中国跟西方不一样的那些层面。我觉得中国西部本身就置身在极其复杂的世界关系中，仅仅用中国与西方这样的二元关系其实会把问题简单化。

大概就是这些，其实读的时候还有很多很多的启发和碰撞。

陈福民：用自己的方式，给时代带来了营养

◎陈晓明：谢谢贺老师做了非常直观又非常深入的讨论，她提出很多看法，对作品的分析也非常到位，包括她最后谈到文学和宗教的关系，全球化时代怎么理解中国文化的独特性，是不是东方他性。但是，这一点和庆祥提出的问题构成了一个对话，他说雪漠作品有文化自主性，是对寻根未完成任务的一次超越，或者说是一次推进，其实这构成某种对话，我觉得很有意思。这些问题都提出来，在雪漠的作品中也都展现了，这种可能性和这种矛盾性，或者说这种丰富性。矛盾性本身也是一种丰富性，所

以，我们可以做更多的讨论。

下面，有请陈福民先生，他是中国社科院文学所资深批评家，以学贯中西著称。既能背《唐诗三百首》，又能背《莎士比亚》，我们对他都非常佩服。

◎**陈福民**：开这个会很高兴，庆祥刚才谈到这点，包括贺桂梅老师也提到，非常意外的景象就是今天参与会议的朋友特别多，我在采薇阁开了多次会议，这次听众人数是创纪录的，这带来一个非常值得思考的问题：雪漠和他的写作是在什么角度、什么层面、什么程度上吸引了这些听众？它一定跟或者是文学，或者是他们所理解的中国问题，或者是他们自己个人的身心问题，建立了某种关联。我觉得雪漠这个作家做到了这一点。那个关联究竟是什么我们现在不清楚，但我们看到的现场是这样一个局面，我觉得非常震动，因为这不是一次有巨大官方背景的会议，他们不是在号召、动员之下过来的，而是完全带有自发性，跟文学相关，或者跟雪漠所从事的文学的方式相关。而我们的听众在这些东西上找到了跟自己的关联。我觉得这足以见证文学，特别是雪漠用自己的方式所从事的文学在今天给我们这个时代带来的营养，那些有益的营养。所以我对这个场面，对外面没有办法进来的朋友们，先说一声感谢，虽然我不是东道主，但是这个场面我觉得很振奋。

下面，我谈一下对雪漠写作的一些粗浅的感受。来之前我跟陈彦瑾做过交代，我不是一个非常称职的雪漠读者，比如说，有人带有粉丝性的追踪，出了一篇读一篇，或者集中读，其实我不是这样的读者。在雪漠创作的问题上，我没有足够的发言权。比如，我们知道雪漠早期的《大漠祭》《猎原》《白虎关》，《西夏咒》我粗粗地看过，《猎原》很早读过，大概地翻了一下，没有很认真地读，所以我真的不是合格的读者。但是，我是《野狐岭》称职的读者，我不止读一遍，因为评茅奖，在那之前在中国作协还开过研讨会，在研讨会上，我把我对《野狐岭》的基本看法都谈了，包括一些相关的也看了。

我非常同意前面发言的朋友所谈到的对《野狐岭》的判断。《野狐岭》，我个人认为，到现在为止是雪漠创作当中最好的作品，是值得一再阅读的作品。刚才说到"饱满"很准确，这个感受大家是一样的。如果是一个有经验的阅读者的话，你不仅读过《野狐岭》，还读过其他作家的很多作品，你比较一下就知道，为什么我们说《野狐岭》是非常饱满的作品。你会看到当代中国很多写作者的创作是拘泥于一面，以一面进去，非常狭窄地、非常单调地支撑起一个作品来，所以，那类的作品是配不上"饱满"这个词，但是《野狐岭》配得上。

所以，仅就小说这个层面，我也在想，长篇小说走到21世纪这个时期，当然我们不能妄自尊大说我们多么了不起，莫言获得诺贝尔文学奖、曹文轩获得安徒生国际奖，然后我们就觉得了不起了，我们不能妄自尊大，但也没必要妄自菲薄。你去看看有些诺贝尔文学奖的作品，对于人的精神滋养，在文学史上的地位，其实是很可疑的。我们中国文学在今天，包括像雪漠这样的作者，有一批中国文学家们已经把中国文学提到非常高的水平，我们真的不必妄自菲薄。

雪漠诸多的长篇小说当中，《野狐岭》到现在为止都是最好的作品，当然我期待你写出超越《野狐岭》的作品。刚才贺桂梅老师已经把小说的几个层面、西部的几个面向都分析过了，这部小说还涉及"木鱼歌"这样一个南方的线索，虽然在中国作协研讨会上我也对这个线索提出过讨论，但是在《野狐岭》当中，西部驼队跟中国近代史的关系，它的象征性和写实性水乳交融的关联，至少在当代西部小说当中，没有人做得这么好。所以，我一直认为，我也同意庆祥的说法，去年的茅盾文学奖，《野狐岭》再往前走完全可以得奖。这是第一点。

在这里我也帮助陈彦瑾吆喝吆喝，大家不要觉得开会很热闹，如果你们没有更多的时间，也要读一读《野狐岭》。当然，这是每个人的文学趣味不同，也可能有的朋友认为《一个人的西部》更重要，有的人认为《西夏咒》更重要，我也无法强求，但是就我个人来说，我推荐《野狐岭》。这是第一个问题。

第二点，确实要对"西部"这个概念进行很审慎的打量。刚才，贺桂梅老师已经提出"西部"这个概念的缘起，她的说法我都同意。我仅就文学史这个单纯的角度去讨论。我在想为什么没有"一个人的东部"，有没有"一个人的南方"，为什么"一个人的西部"这么令人神往？西部所涉及的民族史、所涉及的地域的荒凉，以及内部丰富之间的那种差异，那种对比性，是如何击中我们的灵魂？还有，西部是不是一个先天重要的概念？我想并不是这样。作为一个西部人，对这个地域的概念和生活，在现实主义层面给予巨大的同情和认同，这是可以理解的。假如我不是这个地方的人，我没有这样的地域认同，就会出现贺桂梅老师所提到的那些层面，比如文化的、历史的这些面向。其实这些面向最终会指向什么东西呢？当然它是丰富的、开放的，对于每个读者来说，它所意味的指向可能会不同，但是对于我来说，它可能会指向中国的商业史。

这一点谈的人并不多。雪漠在《野狐岭》里很具体地写到，驼队是干什么的？商业。其实文明都是由商业来推动的。文明的第一个脚步是由商业来推动的，而在整个丝绸之路之前，我们难以知道，但是可以想象在那条路上活跃的商人，对中国文明有着怎样巨大的贡献和推动力。接通亚洲和地中海文明的是西域的商人，包括雪漠写到的驼队。所以，当我们讨论西部的时候，它不仅是民族认同的问题，不仅是文化的概念，它的丰富性和复杂性更为重要。雪漠在不经意当中，在《野狐岭》中处理了这样的问题。

西部之所以如此令人神往，在于它的荒凉广袤，地广人稀，到处是戈壁、大漠。雪漠从中看到了荒凉，但是他又丰富了那些死去的灵魂，他的《野狐岭》告诉我们，那条路上可能到处埋藏着你看不见的尸骨，由一代一代的灵魂撑起的文明，在路上呈现。不过在《深夜的蚕豆声》，特别是在《一个人的西部》里，刚才我谈到的内容相对稀薄一些，反倒个人的东西多了一些。其实，所谓神秘主义并不神秘，不仅在宗教或者灵魂的层面有一些我们不可能知道的——这一点在欧洲哲学史上有一个不可知论——我们不知道的事情太多了，所谓神秘只是因为我们不知道、不了解。比如在西部大漠戈壁上，一片荒凉，但那里的每一寸土地都曾经拥有过热血生命，只是你没看到而已。

还有，是什么因素使雪漠走向了今天的创作？第一，他从一个写作者变成重要的写作者；第二，是否可以称得上一种写作现象？客观地说，我并不认为雪漠在文学创作上登峰造极，我觉得需要加强的地方还是蛮多的，但他的写作仍然具有争论性。在20世纪80年代初期的时候，中国关于西部就有一些文化上、主义上的想象，后来在90年代后期国家主持的西部大开发，包括现在的"一带一路"，我们跟东亚五个"斯坦"建立很好的经济合作关系，但是到了今天，雪漠的西部它到底表征着什么？我觉得可以在这个向度上代入更新的政治学和经济学的视野考虑，因为这些东西并不是无源之水。有时候我会想，精神的太精神，文学的太文学，可能就反文学了。所以一直以来我对那种过度审美、过度精神的事物都是充满警惕的。我觉得，对于器物、风物，对于这些文明的外壳是要有基本的把握之后才能去谈文明和精神的。你连这些基本外壳都毫无了解，然后就奢谈精神，我觉得过于奢侈。

在这个意义上来说，90年代初期那种过度务虚的灵魂奢谈，到今天如何通过雪漠自己对于西部的表达，使它得以纠正和充实，这是值得我们关注的。现在，80年代那些很著名的写西部的作家为什么写不下去，而为什么雪漠坚持下来了？这里面都有踪迹可寻。是否能够避免一个灵魂的奢谈，建立灵魂与现实、政治、生活、经济的微妙关联，甚至包括在历史当中，在荒漠的路上看到死亡的灵魂，这些手法和这些眼光，我觉得雪漠在一定程度上做到了。当然，我觉得还不够，我还对他抱有期待。

拉拉杂杂谈这些，"一个人的西部"这个词很熟，如"一个人的战争"，这个题目背后所表征的思想方法也并不是多么独特，但是对于雪漠来说，我在第三层也说了，雪漠用他自己的方式把西部叙事坚持下来，支撑下来了，那是有他的道理。他的那个道理就是我说的没有做空洞的灵魂奢谈，一方面，他向传统文化、向他所信奉的信仰大树寻求支援，另一方面他把他的思考或者关注的指向落到那片土地上，他是及物的写作。

《一个人的西部》让我略不满的就是过于及物了，这似乎是一个人的回忆史。这里面雪漠对自己早年的独特，后来的各种困顿和人生启示，进行了特别真切的表达。但这不是我所期待的西部历史，它在文明史层面的东西少了一点，这是我对它稍不满的地方。比如，二十多年前我读余秋雨的作品，虽然有很多人骂他，但是余秋雨对于历史事物——比如他写王道士，后来他还写一个王朝的背景等——对于制度方面的考虑，带有知识学的意义，这还是应该有的。这是值得雪漠努力的方面。

总的来说，陈彦瑾作为一个编辑，持之以恒地对雪漠予以关注关心，不遗余力地进行推广，我个人觉得完全是出于对于文学的信任、对文学的信仰，她是非常棒的编辑，我们都一起向雪漠和陈彦瑾学习祝贺。

李静：灵魂的净化与救赎

◎**陈晓明：**谢谢福民兄，他的发言确实非常踏实，他是对于文学史、文化史非常了解的专家，对文明建构的理解，对西部的书写，谈得非常到位。同时，他很诚恳地谈到雪漠的小说还有很大的发展空间，是非常有张力，非常丰富的。

我们前面都是老师，也可以请同学谈一谈，下面，请李静谈一谈。

◎**李静：**各位老师好，非常荣幸能够参加雪漠"故乡三部曲"研讨会。我对西部文学的阅读虽不是很多，但始终坚信"边地叙事"中蕴藏着丰富的经验与巨大的能量，西部叙事的特殊性中也包孕着当代中国精神结构的普遍性特征。因此，西部文学的研究必定是大有可为的，而且是颇为重要的。我在张凡的推荐

下阅读了雪漠的《野狐岭》和《一个人的西部》等作品，感触
颇深。

在我看来，雪漠的书都可以被当作个人的精神成长史来读，
精神救赎是雪漠作品一以贯之的宗旨。《野狐岭》结尾处的一
个场景给我留下了深刻印象：末日风暴降临的时候，木鱼妹和马
在波在胡家磨坊套驼拉磨，二人蒙着眼睛，跟着骆驼走。书中写
道："在我们的转动中，磨一次次升高着。不，我们自己也在升
高着。那倾泻而下的沙，都到脚下了。"他们不仅躲过了末日
风暴，而且实现了灵魂的飞升，上行到尘世纷扰之外成为金刚护
法。正如雪漠在后记中提到，他笔下的人物，包括他自己，都窥
破了人间游戏，实现了灵魂的飞升。

这个场景一直萦绕在我的脑海中。灵魂救赎的命题超出了我
个人的生命经验，也溢出了我个人的阅读经验。我始终感兴趣的
问题是：一个世俗中人（换言之，一个处于社会关系网络中的个
人）如何超脱尘世进入到出世的状态呢？个人如何处理尘世的各
种"羁绊"呢？个人应当如何处理现实政治、自然人性、世俗伦
理与社会规约等一系列复杂的关系呢？归根结底，在我眼中，雪
漠的作品集中笔力讲述了一个个"穿越尘世窄门"的故事。这其
中，体现了作者自己的选择、态度、立场和温度。

刚才各位老师都提到《野狐岭》是一个很丰富的文本，确
实如此。我最关心的问题和思考的面向都包孕在这个文本中。首
先，个人如何处理与现实政治的关系呢？木鱼妹出走岭南，跟随
驼队到达岭南，只是为了报灭门之仇。到凉州之后，她才发现马
家在当地的名望非常之高。在地方乡贤的统治秩序中，马家拥有
十足的合法性。木鱼妹当然不能凭借个人之力推翻马家，不得不

寻求哥老会的帮助。哥老会在小说中相当于一个恐怖组织，并没有明确的政治目标和严明的组织纪律，它并不能提出一整套取代乡贤政治的可行方案。《打巡警》一节里，齐飞卿号召大家揭竿而起，用凉州话说，这些人都"起团"了。但是，我读这一段的时候不停地想起勒庞的《乌合之众》，甚至在具体的论述上都很像。在小说中，"革命"是齐飞卿自己制作出来的意图，一厢情愿地认为自己可以将民众捏合起来，但实际上这些人就是一帮乌合之众。"打巡警"之后，这些民众之间因为哄抢小摊，出现回汉械斗，小说中呈现出一幅群氓械斗的场景。

总体来看，哥老会在小说中的形象非常负面。传统社会瓦解之后，流氓无产者暂时组成的民间组织和秘密会党是一个值得关注的话题。哥老会附着到马家的驼队上，依靠商业的流动性来落地生根，这些都有历史根据。但正像刚才贺老师提到的，雪漠老师个人的主观意图很强烈，导致很多历史叙述被收编进主观意志之中，压抑了问题展开的空间。哥老会跟清廷（包括像马家这样的"官商"）的关系很复杂，既反抗清廷，又依附清廷。在左宗棠收复新疆的过程中，他们是暗中提供帮助的，但是后来又帮助同盟会打击清政府。所以我在阅读过程中，时常能感受到与历史的摩擦和冲突。我认为，关键不是指出历史事实在文本中存在移置和变形，关键是这样的书写方式表明了雪漠对现实政治的理解和态度。换句话说，他认为依靠暴力革命和群体组织并不能带来终极的善。革命不能带来终极的救赎和出路，个人救赎与现实革命始终存在紧张的冲突。这是能够在《野狐岭》中明确把握住的。

第二，个人如何理解自然人性呢？《野狐岭》中设置了一个核心场景：一条荒无人烟的千年驼道。驼道是一个缺水少粮的封闭空间，失去外在权力的束缚，因此也成了一个封闭的人性试验场。在驼道上，会出现很多极端和突发的情况挑战人性的底线。我很好奇，在这样的试验场里面，汉蒙两支驼队，如何结成可靠的共同体？虽然两只驼队有共同的目的地，但是在有限的水草的情况下，在生死存亡的威胁下，怎样维持一个基本的秩序？《野狐岭》给出的结论是比较悲观的：上驼道之前订立的契约，在现实面前不堪一击，没有任何一个强有力的人阻止混乱的发生。尤其当动物也开口说话的时候，人和动物的界限就被彻底打碎了。人完全落入到自然的状态之中，人跟动物没有什么区别。《野狐岭》这样的情节设置，否定了自然人性的自觉，人性并不可靠，并不能阻止末日风暴的发生。

进一步说，如果我们依靠社会教化以及习俗文化对人的约束，能不能实现灵魂的净化呢？《野狐岭》中写到，木鱼妹跟她爸爸学木鱼歌。阿爸很有性格，他把一生心血花在木鱼歌的传承上，把田卖了换取木鱼歌的孤本。但是，本来应当在日常生活中、洒扫庭除间实践的德行，恰恰没有群众基础，没有人相信这一套。她的阿爸也没有办法，就让木鱼妹强行将木鱼歌记住，将本应实践的知识贮藏在大脑里面。木鱼妹是个矛盾的个体，一方面她心中有善的种子，阿爸"种书田"留下了善的种子；但另一方面，她又背负血海深仇，所以她始终在善恶的夹缝中进行选择。后来，木鱼妹到了凉州听到了凉州贤孝（《一个人的西部》里也谈到了）。木鱼歌和凉州贤孝都是传统中国的文教手段，传统中国把个人安置在一定的伦理秩序当中，处于伦理秩序中的什么位置，相应就有特定的行为规范，并且通过树立一些典范、榜样来培养个人的向善之心。《野狐岭》对此的处理非常有意思。木鱼妹是到庙会上传播木鱼歌，恰恰在这样一个公开场合中，马在波发现了木鱼妹，二人迅速地结合在一起。马在波原来是读经的，但是接触木鱼妹以后，他发现和木鱼妹的结合其实是一种双修之道，最终找到自己修炼的办法。本应是服务于社会教化的木鱼歌，在这里被倒换成个人灵修的工具，由此可以看出，雪漠对社会教化的功用和效果并不信任，他认为关键是要找到个人修行的办法。

《野狐岭》虽然旨在说出作者心中非常混沌的存在，那个说不清道不明的存在，但是通过我的阅读，发现作者通过扬弃尘世的方方面面，最终选定了灵魂飞升的道路，而且是唯一的道路。我读雪漠的小说始终有一个疑问：作为一个小说家，屡次申明自己是在做反小说的尝试，其中的内在矛盾怎么理解呢？大概只有把握雪漠对灵魂书写的特殊理解，才能够理解小说内容和形式的统一性。也就是通过打破既定形式的束缚，回到对灵魂的自由探求之中。但是，如果我们彻底斩断跟现实主义的关联，那么，小说的内在规定性何在？或者说，除了处理个人经验之外，西部书写还有哪些可以拓展的空间？如果小说被倒换成个人的灵修和顿悟，会不会压缩其言说的可能性？以上是我一些粗浅的体会，谢谢大家！

崔柯：雪漠小说有自动的完成机制

◎**陈晓明**：李静确实非常认真地读了《野狐岭》，分析非常细致，很有见解。她谈得很好，不但抓住要点讨论，还提出了个人的看法，这个可以有不同的讨论和看法。下面有请崔柯。

◎崔柯（北大博士）：非常荣幸参加这样一个研讨会，读小说的过程非常愉快，但是来了以后特别紧张，我觉得雪漠老师有一种高人的形象，在他面前谈小说有一点不安。而且今天陈晓明老师在，我曾偷听过陈老师的很多课，我有点像交作业，比如补一个读后感这样的感觉。

刚才很多老师都谈到《野狐岭》，我也集中谈一下这部小说。首先从阅读经验上说它是非常有阅读快感的小说，另外它也触发我想到一些问题。

首先向雪漠先生致敬，我是用了一天一夜的时间一口气读完这本小说的，在我的阅读经验里这是非常难得的一次。我叹服于雪漠先生强大的叙事能力，那么多的人物、线索，那么复杂的家族恩怨、爱恨情仇，以及这种恩怨情仇背后漫长的历史，却有条不紊地通过作家和一个个幽灵的对话，拼接出作家对某段历史真相的重构。我平时很少读长篇小说，一般读中短篇比较多，我曾经对自己这个趣味做过批判性反思，记得有人说过一个没有写过长篇小说的作家很难成为伟大的作家，我想一个读不下去长篇小说的读者也不是一个合格的读者，尤其是对于一个中文系学生而言更是如此。我想对长篇小说的阅读，特别考验阅读的心力，无法阅读长篇小说不仅意味着你无法把握更大的叙事容量，也意味着你无法去把握更为复杂和丰富的现实。读很多长篇小说我都会开小差，现实中也经常自己走到岔路半途而废。但是我读雪漠先生这部小说却是一气呵成的。当然小说中间有很多丰富的甚至是过于周密的细节，但是小说有一个特别强大的链接机制，就是我在读下一个段落的时候，会不自觉地对接上前面的线索，然后一环扣一环，最后读完小说，虽然不能说把握了小说的精神，但是还是觉得阅读过程中那一个接一个的疑惑都得到了解答。心理学上有种说法叫格式塔，即自动完型的机制，我觉得一部优秀的长篇小说自身就会具备这种完型机制。

　　其次我想谈一个问题，我注意到，很多评论指出了这部小说的奇幻性和超越性，但是我更留意的，是小说对历史进行反思的维度。在小说第401～403页，比较集中地表现了作者对20世纪历史的某种荒谬性的认知，类似的论述其他地方也出现过，比如对于要去"革命"的人的描写。类似这种篇幅不多，但是我想这是小说一个特别基本的维度，就是对于20世纪中国以"革命"为开端的历史的某种质疑。这让我想起了余华的《活着》，我想《野狐岭》和《活着》对历史是两种截然相反的态度，《活着》写的是20世纪历史的承受者，而《野狐岭》中的人物对于历史是拒绝的、怀疑的、嘲讽的。我想这也涉及当代思想史的一个问题，就是我们怎么去讲述20世纪，且不说20世纪中间发生的诸种争端和断裂，以及20世纪与古代中国或者说传统中国的关系。当下的历史叙述一直有一个断裂，就是我们怎么去理顺20世纪和之前的那个古典中国以及21世纪的关系。这部小说也体现了这种断裂，我想，如果没有近代中国这种"数千年之大变局"的断裂，木鱼歌代代传唱，小说中的人物可能会重复着、延续着这种爱恨情仇，就像张爱玲的那句话，"胡琴咿咿呀呀拉着，在万盏灯的夜晚，拉过来又拉过去，说不尽的苍凉的故事"。但是我觉得木鱼歌或者胡琴所代表的这种叙事机制讲不了20世纪的故事。在这个意义上，我想《野狐岭》触及了这么一个尖锐的问题。当然目前来看，如何处理这种历史的断裂问题，还是思想界和文学界都需要再深入探讨的。

同时我想再顺便说几句"西部写作",因为我看会议通知上有这么一个参考议题。我记得关于西部文学,曾经有一个"西部文学的现代性"的问题,就是西部写作的作家,似乎对于自己的西部身份很焦虑,一方面有对自己地域性特色的认同,但另一方面又为北京上海所代表的那种文学秩序对"西部文学"的边缘化而焦虑。我看到这次会议参考话题里也有"西部写作的丰厚实践如何走出边缘与成见"的说法。其实我不是很同意这种所谓"边缘化"的提法,因为我觉得文学写作首先是个体性的,它要介入普遍性的话题,但是不应该以进入某种结构、某种秩序为目的。我觉得雪漠先生没有受到这种情绪的影响,雪漠先生有自己的信仰,在他小说中能感受到一种特别坚定的价值尺度,他以这种尺度来衡量历史,寻求使心灵宁静的栖息之地。在这个意义上,我想雪漠老师是非常值得佩服的。

最后还是向雪漠老师致敬。

何莲芳:独特的西部文化孕育出独特的作品

◎**陈晓明:**下面请何莲芳老师发言。

◎**何莲芳:**我有一个说明,我确实还没有深入地研读雪漠老师的著作。今天研讨会的主题是"雪漠'故乡三部曲'和西部写作",我想从三个角度来讲,一是关于西部的概念,二是关于西部文学,三是西部与文学批评。

贺桂梅老师讲到"西部"是一个概念。什么样的概念呢?我觉得它不仅仅是文化概念,更是时间的概念,也是不可否认的一个空间概念。但是,西部现在已经被打上标签,它是一个特定的空间,是一个特定的时间,是一种特定的文化。雪漠老师被冠之为"西部"作家可能被判断的一个知识前提是：他的作品对西部自然景观中的标志性物象——沙漠、驼队、野狼、狐狸、猎鹰、朔风等百科全书式的精微细致、少有人能出其右者的描述，这种描述已经充分显见出作为一个西部人对脚下的故土的熟稔和热爱，更揭示了这些物象与人之间关系的体察和洞悟。雪漠的过人之处不仅在于以灵性叙事赋予他笔下的狼、狐、羊、驼等物象以人格、灵魂和情感，同时他还揭示它们与人相依相存的关系，这是有着深刻生命体验的雪漠带给我们的独特的"地方经验"。雪漠以众生平等的理念写出这些物象与人类的交往，物性与人性的共融共通，这种宇宙观、生命观、社会观既来自他万物有灵、生命平等的信仰体认，也与他信奉并践行的佛道文化和香巴噶举文化相关，这使雪漠的创作不仅暗合21世纪人类对自我与自然的认识，又使他的创作具有形而上的文化哲学的意味。这是雪漠对于西部的忠实与对西部文学的超越。

雪漠老师的作品大多是基于西部凝滞、封闭、单一的地域与文化时空中，在历史、现实、政治、文化的多维考量中，对西部人（农民、驼客、盐工、淘金者）的人性、命运、文化心理、宗教信仰的描写。有人说雪漠的创作保持着与现实的距离感，他试图对历史中的人们做一个形而上的描述，我觉得有一定道理，但还不够准确。雪漠最擅长写沙漠边缘西部人的日常生活、婚丧嫁娶、生老病死、日常俗事，从中也显见出雪漠作品的艺术魅力。这与雪漠要为历史留下一个"文化活化石"的创作追求有关，也反映出雪漠对现实的批判和对农民命运的深切同情。但雪漠的叙述又绝不仅止于此。他是在历史与文化的时空中揭示西部人的文化心理与命运追求的。他笔下的老顺、猛子、莹儿、兰兰、孟八爷、骆驼客等，烙印着西部人的秉性风神。他们在苦难、简单的生活中坚守生命的尊严、追求生命的真谛，"老天能给，我就能受"，显示出在严酷贫瘠的自然环境和恶劣的生存环境中，西部人的精神禀赋、风神气度。这其中《新疆爷》《野狐岭》《白虎关》是精品。

雪漠老师还写出了西部民间的信仰，如对金刚亥母的信奉。这固然与雪漠对佛道文化的信仰与修行有关，也与西部人面对现实苦难而追求精神超越有关。信仰使人类能够从严酷的生存环境中超越出来，了悟生死，通达悲悯，并以利众之心使生命坚强、开阔。这是人类的命题，并不局限于西部，雪漠老师是基于西部也是超越西部的。

因此，雪漠老师被称为西部作家，这既标签化也低估了他的创作。当然，这或许也是出版社从阅读视野、市场需求的角度所制定的一种营销策略。西部是这样一个特定的文化时空、历史时空、自然的时空，无论其自然景观、文化构成、历史层叠都表现出多元化性、融合性，历史的层级、文化的层级，它复杂多元而一体。包括甘肃也是这样，作为毗邻内蒙古、西藏、新疆、陕西、河南的河西走廊，它受到西藏文化、蒙古族文化、伊斯兰文化、中原文化的多重影响，形成甘肃特有的地域性文化的特点。雪漠的西部是甘肃的一隅。但显然，雪漠的创作早已走出甘肃、西部，他的创作的日常性与俗世性、哲学性、宗教性都将使雪漠的创作达到一种高度，成为当代文坛的重要收获，一种无法忽视的存在。

我注意到雪漠老师您有这样一个特点，您是武威人，当您离开这样特定的时空，离开这样特定的文化氛围，到岭南去之后，可能这种参照感，会让您重新看待西部的时候，拥有进一步的发现，这时，我们才可能更深入地理解西部，理解您曾经生活的那个地区。我非常希望您有岭南这样的参照系，重新来看待西部的时候，对于您所生长的甘肃，包括甘肃文化的构成，包括甘肃的历史，都有一个重新的认识，这样您可能会写出更深刻的东西来。

最后，我推荐在座的老师们去看一下张承志和刘亮程。张承志行走在西部、研究在西部，特别是他以独特的视野研究西部文化，用学术散文表达他对西部认识的一些文章，很有意思。刘亮程最近发表的一篇文章（《从新疆看中国》），讲到新疆和中原的关系，也给了我很大的启发。我也希望雪漠老师在不放弃您现在已有的写作的前提之下，能够读更多的关于西部历史、文化、经济的研究性的东西。我想，这对您的创作会有非常好的支撑作用。刚才很多人谈到您创作中来自民间的一些东西，我也希望另外一种学术研究性的东西，能够开阔您的视野，使您的创作走得更远。我就说这么多，不一定合适。

从治辰：《深夜的蚕豆声》是一部雪漠的箴言书

◎陈晓明：谢谢何老师，何老师做西部文学研究，她希望我们能够关注西部的多样性和丰富性，同时她也从西部的多样化出发，提出希望雪漠的西部更加多样。这个问题在理论上好解决，但是在写作上有一个难度，就是刚才杨庆祥提到的文化自主性。我想，对于地域文化的自主性，一方面我们会说本质化，如果不是本质化，又以何种方式确定它的自在性和自主性？这是一个矛盾。如果多样化、丰富化之后，怎么去确认它？这在哲学思辨上都很难解决。

下面请丛治辰发言。

◎**丛治辰：**非常荣幸来到这个会议，本来昨天我应该回南方，但因一些莫名其妙的事情就把我留下来。我昨天这个时候还不知道要开这个会，而且没有拿到书，真是非常偶然仓促的决定。后来拿到三本厚厚的书，我要做一个选择看哪本书。《一个人的西部》上面写的是自传性的散文，我觉得还是不要像剧透一样揭开这个人怎么成长，虽然非常有兴趣。所以我选择了最新出版的这本书，《深夜的蚕豆声》。很有意思的是我以为它是长篇小说，但是翻开之后发现版权页写的是中短篇作品集。但是我读的时候觉得这个定位似乎有点可疑。这本书很复杂，它的结构让我对它的成因、形成的过程、最后想说的话很有探究的兴趣。这本书诚然是一个中短篇小说集，但说小说集也不大准确，里面有一些短篇实质上更像散文。这些中短篇又不是一篇篇作品摆在那，它是用"我"和西方女汉学家的对话串起来的，有时候对话的篇幅比作品还要长，不断地讨论作品。我心想今天我们开这个会干什么？书里那个"我"和汉学家的讨论，已经把作品分析得差不多了，很多讨论非常像是作品的评论。我们看作品之前总会有一个预习，雪漠会跟女汉学家说下面讨论什么问题，有一个预告，然后读作品，读完作品又有分析，那个分析有时候非常文本，甚至贴着文本走，怎么样叙述，这个叙述为了什么，这个作品最后讲什么东西……

我一向主张小说用小说文本说话，小说不要太多地探讨小说要表达什么，因为小说家一旦说出小说要表达什么，小说就会被关在小说家说的那个意义上。我们当然也经常看到很多小说家在谈论自己作品的时候露怯，小说自己会说话，小说本身的能量甚至会超过小说家自己的预期，所以当作家说这个小说想说什么的时候，反而把原来的魅力给弄没有了。所以，我不明白像雪漠这样很有经验的小说家，为什么用这样的方式结构这部作品？我想探讨这样一些东西。

我想到很多年之前阅读《西夏咒》的经验——读《深夜的蚕豆声》之前，一直觉得雪漠是一个擅长写长篇小说的作家（当然我自己也觉得这部小说不算是中短篇小说，它更像长篇小说）——读《西夏咒》的时候，那种奇幻的经验让我记忆非常深刻，《西夏咒》这样的作品，读的时候很high，但谈的时候很焦虑。像《西夏咒》，我甚至很难定义它是小说，它那么富有宗教性和超越的精神的容量，跟我一般认识的小说非常不一样，作为文学评论者，我只能谈我专业性的东西，这里面有很多异处，我怎么谈呢？很多东西不敢随便谈。这样的创作者，文学可能只是他的工具。我们当然不能忽视雪漠的宗教情怀的一面，文学创作是他做功德的一种方式。所以用小说的方式谈他的作品显得有点小。

从一个小说家的态度来看，长篇大论地对自己的中短篇作品进行评论显然不合适，但是如果从超越性的诉求来讲，或许有它的价值。因为，如果我们单看这些小说，没有这些解说，没有各种各样的指示，也许会错过一些东西。比如《新疆爷》，一个很粗心的读者，甚至像我这样所谓专业的读者读的时候，它的意义没有那么大，他无非是一个倒霉的人，讲述了拉边套的故事。这个人是一个很好的人，我们也不能说他多有超越性，总之他很好，好到他后来漫长的岁月里，他才是真正的《霍乱时期的爱情》，用一辈子来爱一个人。这篇小说就是一个忠贞的爱。但是如果这样理解的话，我们会忽略掉雪漠写这部作品当中的诉求。如果少了前面的那个引子，我们对他这样一个很粗糙的解读可能有问题，因为这个汉学家找到这个"我"的原因，就在于这部小说，而且她甚至认为这部小说写出了中国的故事，写出了她所认为的中国，这部小说代表了她对中国的一种认识，并且在后面漫长的对话当中，《新疆爷》出乎意料地高频率出现。在这样的提醒之下，我们必须在另外一个逻辑框架思考这部小说的意义。而且很有意思的是，作者对小说的解读，不但没有削弱小说阅读的丰富性，反而增加了阅读的丰富性。包括第二篇和第三篇，不过一页纸，但是在提醒之下，我们似乎可以挖掘出更多的东西。这真的像"上师"，上师会打一些"机锋"，会讲一些公案，但是徒弟们不一定懂，上师要让他懂。当然在禅宗里面，语言不是一个好的工具，但是工具必然能够起到一个作用，因为上师要不断地诉说。我们看一下他的诉说，他跟女汉学家的对话，他的主题是不断游走的，因为是不断地对话，它没有主题，主题是不断漂移的。在不断的漂移过程中，我们通过这个借此说彼，似乎绕来绕去最后绕到对岸，所以，这个对话不是对话，而是小说的一部分。就是在这个意义上，这是一部长篇小说，而不是中短篇作品集。也是在这个意义上，尽管这个小说比起《西夏咒》也好，比起《野狐岭》也好，其宗教意味，或者打着雪漠印记的神秘主义的东西更少，但恰恰它是非常内在的东西。这是这部小说的结构真正的价值，以及所表达的内在的真正的诉求。

然后，既然大家都谈到西部，我也想谈一下。我最早选择读这部小说也是因为我预料到陈晓明老师介绍我的时候会拿我的工作来打趣，既然每次都被打趣，我就索性谈一下不应该我谈的问题，比如"一带一路"、丝绸之路、神秘采访之类的，我看了之后反而觉得很有意思，通过"我"与汉学家的对谈，这部小说想告诉读者的那些东西，我反而觉得它是对国家政策的一个补充。为什么说是一个补充？他谈丝绸之路，但实际上没有正面谈丝绸之路。丝绸之路是什么东西？似乎是把甘肃当作一个走廊，丝绸之路是一个连接，是一个过渡性的存在。我们今天谈"一带一路"，实质上也是这样一个意思。刚才贺老师说得非常到位，"西部"是90年代的一个发明，它是文化学者、国家、政府等各个层面共同发明的。那么，我们发明西部也好，发明"西部大开发"也好，发明"一带一路"也好，可能都不在这个西部。当我们谈"一带一路"的时候，我们希望通过这样一个古老的概念，来重新建构以中国为地域核心的对外关系网络。"一带一路"是我们重构经济政治地位的一个东西，在这样的建构当中，西部重不重要，也是大家可以去辨析的。

但是恰恰在雪漠这本小说当中对西部的写作，在"一带一路"大的背景下，提醒我们西部不单单是一个通道。"一带一路"不单单是带，不单单是路，它也是一片土地。在书里写男人的故事里面不断提到"土地"这个词。这些东西都不断地提醒我们，这块土地本身是有它的主体性，有它自身的文化，那些世世代代的人就是当地的居民，他们不是过客，不是商旅，这些人就是当地的居民。它不单单是贸易商道，也是农耕文明的所在地。当我们这样理解西部的时候，再回过头来理解《新疆爷》。《新疆爷》这部小说很有意思，我以为是一个写新疆人的小说，实际上写的是去了新疆又逃回来的甘肃人，让他代表中国，这似乎也会让人思考。这样一个带有超越性的形象，又是在什么层面上代表所谓中国的形象？读了几篇小说之后，你会发现，他们不断说，甘肃这个地方代表中国。刚才有人提到似乎西部跟中国没有关系，但是我去甘肃的时候，甘肃人非常好玩，他们用打趣的方式跟我说，我们兰州从地图来看可是处于中国的正中心。我看了地图，好像是这样，从东边到西边，它是在一个很中心的位置。那么我们是以什么为坐标来谈西部的？现在说西安也是西部，但在地理上它也是中心。

刚才我们谈雪漠小说的时候，不断说他的小说写西部，但是我读的时候一点没有觉得他在写西部。他写甘肃农村的时候，那些东西是西部吗？我倒更喜欢用"乡土"这个词。这个乡土东部和西部有很大差别吗？那个拉边套的故事在甘肃有，在沈从文的乡村也有，在福建有，在山东好像也有，西藏也有，全国各地都有。到底这个西部指的是什么？他写的那些东西，包括里面的那种隐忍，那里面的多种元素更像是在中原地区，甚至受儒家文化影响的地区才会有的东西。包括造成里面很多男男女女的命运悲苦的因素，相当大程度上是因为儒家那些传统。所以，女汉学家说"在你小说里读到中国"的时候，她提醒我们，西部也好，中国也好，它们跟世界的关系是更复杂的探究的关系。

从这个层面上，我想谈另外一个话题。我们今天一直谈西部，是我们一帮学者在谈西部，我们的这个定义，放在我们非常熟悉的框架里去谈雪漠，去发明这样一些概念，是不是好的？我读雪漠小说的时候并没有感觉到非常强烈地向西方献媚，或者把中国描述成特别独特的中国的意思。可能因为我刚刚从美国回来，我反而觉得这个小说是非常有骨气的小说。它是一个跟西方女汉学家的对话，跟西方汉学家对话的小说。我们耳熟能详的可以举出很多，但是在这部小说里面，这个"我"和汉学家是非常对等的，甚至以近乎"上师"的姿态在跟她对话。他没有被女汉学家牵着鼻子走，这里面可能是男性在引导女性，不是女性在引导男性，是东方引导西方，而不是西方引导东方。对话过程当中是"我"跟女汉学家不断说，你吃蚕豆，然后，我们出去走走，是"我"在引导她，这个女汉学家的形象也是一个追随者的形象。当然，如果我们用东方主义解读这个小说，会非常容易解读出里面的那些因素。这样的二元结构没有问题，但是我看到一些说法之后觉得，有时候我们自己在解读策略上面，反而要警惕一些东西。东方主义本来是要对抗西方主流话语的理论，但是它已经慢慢内化为西方主流话语的一部分，被不断地倒手，那个二元关系不断被倒手，不知道那个安全系数在哪里。

比如，因为我最近在研究西藏的文学，我发现，在今天的中国，所有谈西藏文学的评论者们，或者研究者们，都很习惯地把东方主义的理论拿过来解读。当然，在北大上过学的人都知道，写一篇论文相当容易，这个理论总能让你在解读作品的时候套进去，然后写出一篇漂亮的似乎很有确定性的文章。稍微对西部概念进行考古学式的考察就会发现，这个概念本来也是西方中心论的发明，并不是现实历史的发明。或者说，任何话语的发明都不是历史现实的发明。

在这个作品里面，我看到解读的多重可能性，以及提醒我自己解读这些作品的时候，要绕开一种解读的套路。

这部作品当我读完之后，觉得雪漠太聪明，当然也可以说是有智慧。如果这部作品是一部中短篇小说集，它有什么意义呢？我们看到大量的作者在成名之后，把早期的中短篇作品拿来出一个集子，最后是玷污了这个作者。因为我们看到之后，觉得原来他也年轻过，无非是这样。雪漠的做法是，这里面有大量从长篇小说里面摘出来的能够做中短篇的段落，也有30年前的旧作，反而读了之后，那些旧作证明了雪漠后来的创作。因为雪漠后来的创作非常具有实验性，对于具有实验性的作者我们都抱有怀疑，就是这个人能不能老实地写东西。但是30年前的旧作提醒我，他可以老实写东西，走到今天，是一步一个脚印走过来的，这个集子是给他加分的。但是，这些旧作或者零散的篇章没有简单地拼凑，而是做了重要的加工，这个重要的加工是当他成长之后，他用那个成长的东西再回过头来用批评家的方式把它点亮。所以，我在这里看到了类似博尔赫斯的写法，也就是用学者的姿态重新点亮自己的作品。刚才贺老师提到一个说法，宗教是什么？宗教是人格不断成长的一个过程。这部书在结构过程当中，我们就看到了作家不断成长的过程。

我为什么说他聪明？因为雪漠用这本书给不熟悉他的读者提供了一个读本。这本书是一个解密读本。现实生活太烦杂了，如果我们没有那样的精神超越性，耐不下心来读那么多长篇小说，雪漠创造力又那么旺盛，我们就可以读这本书。这本书是他精心选出来的，且精心阐释的一个作家的箴言书。所以，我最后还是觉得它不是小说，用小说的方式来解读是错误的。为什么他要不厌其烦地说这么多东西？就是因为他没有把它当作小说，而是把它当作箴言书。他要把自己心灵的东西不断告诉别人，告诉读者不要按照你的方式去解读我的小说，要按照我想的解读这个小说。在这一点上，他达成了这个目标。

徐刚： "西部写作"的路子在于精神资源的探求

◎**陈晓明：**下面先请徐刚讲，然后饶翔做总结。

◎**徐刚：**我也是非常抱歉，这次拿到雪漠老师的三本书，也是第一次接触雪漠老师的作品，不过这三本书我都非常认真地读了。刚才治辰非常详细地分析了《深夜的蚕豆声》这本书，他几乎把我想说的话都说了，当然雪漠老师的创作非常丰富，最开始杨庆祥说落英缤纷，它有不同的层次。比如《深夜的蚕豆声》，我们可以看到非常熟悉的乡村小说所具备的元素，可以看到一个非常质朴、非常本色、非常现实主义的乡村景观。但是在《野狐岭》中也看到非常新奇的、非常神秘的、令人敬畏的信仰层面，还有现实和历史的杂糅的传奇故事，这是完全不同的东西。

刚才各位老师对《野狐岭》的评价非常高，我非常同意，《野狐岭》确实是非常好看的小说，它里面有很多非常丰富的东西可以阐释，包括西部的历史，那种信仰的、神秘的东西，都是非常丰富，包括故事也很精彩。但是我看到《野狐岭》最后，雪漠老师有一个后记，谈到这样一个话题：除了《野狐岭》以外，他写了很多小说，包括被称为"大漠三部曲"的那几本书——这次就是把"大漠三部曲"里面很多篇章摘出来，编成了《深夜的蚕豆声》这本书，所以某种意义上，《深夜的蚕豆声》就是对"大漠三部曲"的一个简易版的阅读——喜欢"大漠三部曲"的读者，会把后面的小说看成是走火入魔。当然，也不能完全这么说。接下来，我想通过《野狐岭》和《深夜的蚕豆声》这两个作品来谈西部写作的不同层面。

《深夜的蚕豆声》是过往长篇小说的片段集成，包括《大漠祭》《猎原》《白虎关》等几个作品，主要内容也都是或残酷或平和的乡村故事。小说似乎刻意剔除了那些较为外在的符号化的西部痕迹，而展现出人物丰富的内心世界，显得质朴而本色。从中亦可以看出西部人在其神秘的外观之下的质朴的日常生活伦理、情感经验、尊严与生存意志。

在我看来，《深夜的蚕豆声》很好地展现了充满艰辛与磨难的西部农村生活和西部农民自然原始的生存状态。但早在2004年，雷达老师就指出《白虎关》等作品创作视界褊狭的问题，他认为雪漠的创作需要在文化心理和精神层面完成对西部农民原生态的精神生态系统和伦理规范的超越，站在全球化和人类性的高度审视和关照现代化进程中的西部乡土和农民。这当然是对于雪漠创作的更大格局的期待，事实上近年来，他的小说也在雷达老师批评的指引下向宗教文化转移，试图为其文学创作寻找新的精神文化资源，以此显出小格局之外的大气魄。比如，《无死的金刚心》讲述的就是琼波浪觉的禅修故事，故事非常宏大，类似网络文学中的玄幻修真一类；而《野狐岭》也确实非常好看，在叙事手法和叙事题材上都显出大气魄的迹象。

从形式上看，《野狐岭》借用一种极富悬疑色彩的"幽魂自述"的方式展开，意在展现西部的神性。小说兼有惊恐、悬疑、推理、探案故事的痕迹，又具有先锋文学的叙事技法，其迷雾重重的隐蔽真相，有意制造的叙事裂隙，真假难辨的叙事空缺等，都可看出作者对于叙事的经营。而在内容上，小说则包含许多鲜为人知的骆驼客文化、东莞木鱼歌、凉州贤孝等边地文化形式，这种地域文化的、宗教的、神秘主义的诸多元素，与西部真实历史及古老生活的杂糅，构成了小说极为丰富复杂的故事外观。然而，《野狐岭》的这种大气魄也应该具体分析。这里其实涉及书写西部的两种不同的方式：内在的还是外在的，精神的还是符号的？

我们其实很容易将西部视为一种景观。过去我们常常在后殖民主义理论的观照下，批判一种有意显示明显西部标识的写作方式，这就好比有人穿着名牌衣服，故意露出商标来。在东方主义的视野中，西部往往被想象成秘闻与想象的杂糅之地，尤其是旅游文化的盛行，对于边疆的消费更是成为时尚。在这样的知识背景中，对于西部的呈现往往成为一个问题。当然，这也并不是说《野狐岭》所表现的就是景观化的西部，在其景观的背后也确实浸透着令人感念的宗教关怀。但西部的外在符号还是在小说里承担了重要的叙事功能，这也是小说的独特看点所在。我非常尊重雪漠的文化选择和宗教信仰，也可以感受到他的信仰所具有的艺术感染力，但对于不熟悉的读者来说，小说的吸引力还是被过多地牵扯在异域风情的展开中，而很难真正进入到故事的内在肌理。

回过头来，重新审视《深夜的蚕豆声》，反而能够发现格局小的好处来。这个时候，我们会恍然大悟，只有民众的生活世界才能给西部写作提供具体可感的内容与形式，使之不至于成为一些空洞的符号和姿态。西部的文化、伦理、情感结构和精神世界，也是凝聚在故事人物鲜活的日常生活之中的。换言之，抽象的"西部"被具体化，需要仰仗的恰恰是这些活生生的个人，比如新疆爷、马二、猛子等，他们包含的感性的诗意，让人久久难忘。

对于西部文学来说，依据题材本身把故事写得好看，有时候并不困难。困难的恰恰是在宗教、历史、地域、民俗，以及神秘主义和幽灵叙事等修辞层面之外，捕捉更为内在的东西，挖掘人物的精神状态，这才是西部写作必须赋予的稳固底色。这也是《深夜的蚕豆声》更让人感动的原因所在。

兑文强：《野狐岭》有着鲜明的后现代主义叙事特征

◎陈晓明：谢谢！徐刚做了很充分的准备，由于时间关系他赶紧打住了。徐刚的分析很具体，而且他提出了不同的看法。这些都是回到小说本身来讨论问题，我觉得挺可贵的。下面还有三位嘉宾，请兑文强先发言。

◎兑文强：作家本人和读者一起交流一些作品的阅读认识和感受，我觉得机会特别好。有时候其他专业的同学，包括其他领域的朋友跟我聊，他们经常会问到你是什么专业？具体做什么？我说我是文学专业，具体做现当代文学评论。他们说他们也读过一些文学评论，读完这些文学评论，他们有时会觉得现在的文学评论是不是有点扯？作家真是那么想的吗？我自己有时候也在想，作家是不是这么想的？我们的文学评论、文学研究有没有有效性？有多大有效性？今天正好雪漠先生在场，和雪漠先生，还有雪漠先生的读者，就雪漠先生的文学作品进行交流，我觉得这对我反思上面的问题是一个很好的机会。

我对雪漠先生作品的阅读之前比较少，今天参加这个讨论会和张凡有很大的关系。但雪漠先生的《野狐岭》我读了很多遍，比较熟悉。我想就这篇小说谈谈我的理解。之前各位老师和前辈师兄，说到《野狐岭》的宗教叙事、灵性叙事，这一块儿我感受比较少。就这篇小说的思想主题来说，我觉得这本书是对历史进步、历史发展，以及历史真理的质疑，或者说完全不相信。这篇小说中几乎所有人物，对历史都有相同的认识，那就是所谓的历史发展、历史进步是不存在的。《野狐岭》中，我们可以多处看到不同人对历史相同的理解和认识。

在二十一会，当大烟客不惜违背驼队的信用拯救被酷刑逼供的陆富基时，他说："虽然你们常用一个新的名词，把那造反呀叛乱呀啥的，换成了'革命'，但我知道，无论啥，都一样。"在二十四会末日那一章，杀手说："什么是正义？我也不知道什么是正义，许多时候，谁的嗓门大谁就是正义，更要看谁笑到最后，谁笑到最后，谁就会说他拥有了正义。"杀手对正义的认识和理解显然不同于正统的历史叙事。就齐飞卿等领导和参加的反清复明活动，马在波说："对这会那党，我一向反感。就现在，对你们做的那些事，我也怀疑有没有意义。是的，你们反了清，你们革了清家的命，我并没有见你们带来啥太平盛世。我知道清家坏，可在你们反清后的百年里，发生了些啥？清家死了，活了的，是民国。后来，外寇来了，再后来自家人又杀了，杀得天昏地暗，血流成河。再后来，又是饿，又是斗，也没见多少太平日子。你就会追问，你们当初的闹，究竟有啥意义？"这里，马在波在对历史发展满怀质疑的基础上又对历史变迁、历史兴衰充满厌倦和不耐烦。我不知道这是不是反映出雪漠先生对历史的认识？如果是的话，我觉得当代文学，尤其90年代以来这类的思想主题挺多的。

我更感兴趣的是《野狐岭》的叙事特征，当时也写了一篇论文讨论这个问题。我认为，《野狐岭》是一部有着鲜明的后现代主义叙事特征的作品。先从叙事者来说，"我"是这篇小说的叙述者。这部小说的缘起就是"我"要探寻两百年前驼队在大漠失踪的原因。但是，我不知道大家读这部作品的时候有没有注意到，在关键的十九会时，当蒙驼队长巴特尔决定要以突袭的方式逼迫汉驼队交出"黄货"的时候，"我"竟然没有任何感想和表现。巴特尔发动的这起事变在某种意义上正是导致两个驼队最终没能走出野狐岭的重要原因，但就在这个关键时候，作品中的"我"忽然没有了兴趣。二十会、二十一会也是这样。这和前面"我"的表现有着很大的区别和不同。叙事者"我"在关键部分的突然离场，我以为正可以看作《野狐岭》后现代主义叙事特征的一个反映。

第二个具有后现代主义叙事特征的就是叙事权利和叙事地位。这篇小说中的很多人物对历史事件都有一些自己的认识和理解。但是这些认识和理解有的彼此抵牾，并没有一个大家都接受的结论。木鱼妹是书中的主要人物，也是驼队失踪事件的亲历者。但书中很多人物对木鱼妹的描述，有的地方和木鱼妹有很大的冲突。正如小说中马在波指出的，所有关于他的叙事，包括他本人的叙事，未必是绝对统一的叙事。《野狐岭》似乎想强调，每个人都有对历史、对他人的平等的叙事权利和叙事地位，没有一个凌驾于其他叙事者之上的叙事者，即使是叙事所涉及的当事人，他也要肯定和承认其他人的叙事权利和叙事地位。

最后让我感受特别强烈的就是书中的人物形象。书中几乎所有的人物形象前后都有冲突。比如"杀手"，比如沙眉虎等。小说中沙眉虎开始是当地的一个强盗，然而到后来甚至连沙眉虎的性别也开始不确定起来；还有木鱼妹，书中对她的叙述，前后有很多不统一的地方，木鱼妹可以在不同的时间、不同的场合同时在场。把木鱼妹的前后描写连起来看，木鱼妹给人的感受就是一个神奇、诡秘的存在。我以为这正是后现代主义叙事中人物形象的最大特征。

我就说这么多。谢谢大家。

龚自强：关注灵魂，定格文化

◎**陈晓明**：你的观点挺好。他是从一个后天叙述的角度来讨论《野狐岭》，他也谈到这样一个对历史真理性的怀疑，叙述的一种不可靠性，对人物形象本身的分离和变异。从这几个角度来讲，后现代叙述还是成立的。这个理论，前面的设计，对文本本身的一个确实性来说，还是符合的。你的文章很长，要展开可能很困难。

由于时间关系，下面请龚自强来说一下。

◎**龚自强**：时间不多了，我主要说两个方面，就以两本书为例，一个是《野狐岭》，一个是《深夜的蚕豆声》，我觉得这两本书有完全不同的构造或书写形态，从这两本书里面可以看出雪漠老师写作的特点和问题。

《野狐岭》是我特别喜欢的小说，阅读感受无比鲜活，这是一部一下子就能将我"带入"其中的小说，雪漠老师只是用了一个幽灵叙述的叙事层就将故事从现实拉向灵魂层面，显示出其强大的叙事能力和无比丰富的想象世界。我对小说的评价，首先建立在叙述层面。从这个意义上，《野狐岭》令人惊喜，它让我能够一下子进入故事当中，尽管有灵魂关怀有文化诉求，但雪漠的叙述结结实实，可以说将一种主观化的诉求充分客观化了。而小说无论如何寄寓作者的情思，主要还是要在客观化上见出分晓。通过幽灵的叙述，雪漠能够抛开社会、历史、革命等外在性的生存空间，在去历史化或者去社会化的空间内，小说从外在的聚焦转向内在的探讨。因此《野狐岭》展演的是人性的基本冲突和基本方面，虽然有历史，但是处理的是最基本的人性方面，从而能够透过历史，或者透过一些已经为主流意识形态或主流话语"固定"的陈述，讲述自己所认为的那种真实。这种讲述让我觉得非常具有吸引力，这是真正走心的文字，不管故事本身多么世俗和日常，它们指向的都是灵魂层面的探讨，指向人的灵魂维度这一经常在当代小说中不被触及或无力触及的地带。在这个意义上，木鱼妹和马在波是小说中十分出彩的人物形象。雪漠老师写人的功力深厚，看看他的"大漠三部曲"就知道他对于人物的内在与外在的把握是多么深刻，他对于人和社会是多么了解和熟稔，《野狐岭》中真正是每个人都是栩栩如生的，甚至叙述者"我"身边的狗和驼都令人难忘，能够记得其清晰的形象，这是很难得的。在所有这些人物中，我觉得木鱼妹和马在波最有代表性，或者最有象征性，最能体现雪漠老师是如何将一种主观化的灵魂探讨和文化诉求落实在客观化的故事经营之中的。他们都是很平凡的人，但是最终却都能成圣，这绝非佛教教义的生硬搬演，雪漠老师真正写出圣与俗的辩证，从而也就写出一个博大的灵魂世界，而真正博大的灵魂世界绝非孤高，而是植根于最为世俗或平凡的生活之中。木鱼妹和马在波的成圣并不体现为虚空高蹈的精神叙述，而是体现为扎扎实实的世俗生活，小说走在一条叙述的窄路上，一点一滴写出二人如何从凡人历练为圣人，就是在这种紧张的圣与俗的辩证中，小说的力量显现。而所谓成圣，不过是在平凡的生活中有一种超越的情怀，有一颗博大的灵魂，有一种悲悯的情绪，雪漠老师依然要表达一种精神品格或一种灵魂关怀。雪漠老师不乏宗教情怀，《野狐岭》呈现出的宗教情怀渗透在小说的故事和人物之中，这是相得益彰的，小说因此是主观化与客观化的几近完美的结合。

总体来看，雪漠老师的小说可以用一句话来概括：一切都是相由心生。这有几层意思：首先，所有的故事都要经过雪漠老师的眼睛的注视，经过雪漠老师内心的淘洗。雪漠老师的小说因此与他本人的精神格局、灵魂高度、文化忧思息息相关，从根本的意义上来看，雪漠老师的小说总是对于他精神格局、灵魂高度、文化忧思等的表现或诉说。其次，雪漠老师的小说一般比较重视对人物内心的探索，常常注重从平凡坚实的生活中探察人物的灵魂世界，这些都是对于人内部世界的勘察。这也是雪漠小说的一个特点，概括来说就是关注灵魂，定格文化。这个特点让他的小说有一种与别人不一样的东西，总有一种灵魂的思辨，有一种文化的情怀，因此余味绵长。

我再来说一个问题，这牵涉到我对雪漠老师小说的一点质疑。《野狐岭》是非常棒的小说，但是我读《深夜的蚕豆声》的时候，却有一种强烈的拒斥感。与《野狐岭》将主观化诉求充分客观化的做法不同的是，在《深夜的蚕豆声》中，叙述者试图做的是将自己的主观化意图不仅要表明，而且要给予充分阐释。我的感觉是当叙述人告诉别人说，"我"这个故事讲了什么什么的时候，我反而不太认可这个故事。读者的权力在于读者的自我探险，在于期待视野的被拒与满足之间的永恒辩证，因此在读小说的时候，读者想的是小说是否能给我很奇妙的感觉。而我进入小说的过程，就是根据我个人的体验去领会或"补充"小说的过程。所以，小说是一个留白的艺术。好的小说都是善于留白的，看似隐匿了一些东西，其实小说本身会更加博大，更加意义丰富。在这个意义上，我很担心雪漠老师会顺着《深夜的蚕豆声》写下去，在我看来，那是一条可能会"失足"的道路。当作家意识到自己有无限的阐释权的时候，其实是作家十分危险的时候，他很容易就陷入自我的美好感觉之中，也很容易就此挤压读者阅读作品的权力，成为一个自我中心主义者。所以，小说最基本的还是要讲一个故事，小说的所有诉求只有落实在精彩的故事之中，才真正有魅力，不然小说很容易沦为另一种意义上的传声筒，成为作家精神世界的单向传达，从而不能超越作家的精神世界，走向更为广阔的精神地带。也就是说，对于一个作家来说，你的这些道理或者这些思想，这些升华性的东西，都是要消隐在你对故事或者对人物或者对情节的经营当中。雪漠老师有很强的思想或者信仰的立场，这种立场让他的小说常常处于喷涌的状态，那是一种控制不住的写作。这的写作特别有激情，但是这样的激情也是一把双刃剑，它很容易将小说变得毫无节制，纯粹是作家内心的外显。对于一个作家来说，这是很危险的。小说是一种有限制的艺术形式，限制与表达之间的张力是小说的力道所在。从这个意义上，对于激情的表达需要相应的叙事组织的限制，对于故事的经营能够有效去除激情喷涌所带来的"盲目"，从而使得小说始终在一种艺术的张力之中，保持某种小说的锐度。就《深夜的蚕豆声》来说，如果单看某一篇的话会觉得雪漠老师对其小说的阐释特别有精神力量，但如果连看三篇，就觉得只不过对雪漠老师的精神世界有更深的了解，但是在小说的意义或者在文学的意义上，不会有更加增进的东西。这可能就已经远离了小说或文学的初衷或本义了。

　　我最近读王安忆的东西，她认为小说是一个独立的世界，是与我们所生活的世界有所区分的一个独立世界，当然这是老生常谈，但我觉得雪漠老师的小说可以从这个意义上再行探讨。在80年代末、90年代初，王安忆在自己的小说创作中有一个走出个人经验的过程。刚开始写作的时候，她也是沉溺在自己的个人经验中，认为个人经验在真切性和意义上都无比重要，也就是说她还没有真正认清小说的独立价值。我相信雪漠老师的写作跟他的个人经验、跟他的个人修行也有极大的关系，《一个人的西部》是散文暂且不提，但《深夜的蚕豆声》应该是小说，从中可以看出雪漠老师对于自己的个人经验或个人修行十分在意，也试图用自己的个人经验或个人修行影响更多人，当然是带着满满的善意，但小说的本质并非在于影响他人，也并非在于关怀他人的灵魂世界，促使其转变，尽管这些可能是小说的一种可能意义。小说的本质在于一个独立的艺术世界的经营，这个艺术世界可以与现实世界有所关联，但根本上来说，它独立于现实世界，不以现实世界的逻辑为逻辑，不以现实世界的成败为成败。在这个意义上，当雪漠老师试图用自己的个人经验、个人修行或个人精神世界去作为寄托自己小说诉求的载体时，他一不小心就容易局限在自己的限度之内。而小说本身却可能是无限的，不仅超越个人，而且超越时代，超越文化限制。因此如果雪漠老师试图将自己的意志或诉求注入自己的小说中，却不以一种小说的方式，而是以一种宗教布道或自我阐释的方式去进行，雪漠老师的写作势必会越来越狭窄，也越来越乏味。

　　王安忆最初也是沉溺在自己的个人经验中，但是后来发现自己的个人经验，写来写去，写到最后就写尽了，没有什么新的东西了。所以，80年代末、90年代初的时候，她有一个走出个人经验的过程。而一旦走出个人经验，关于小说本身的考校就势必增强，当一个小说家在小说本身的意义上觉醒的时候，他的所有准备和努力才真正找到一个刀刃，他才真正能够凝聚起强大的小说能量。对于《深夜的蚕豆声》所提示的雪漠老师小说的问题，我觉得也许重提小说的虚构性是重要的。小说重要的一点在于它是虚构的东西。这个虚构是它跟作家的个人经验是一个独立的关系。我可以从我的个人经验中提取材料，但是我提取这些材料的用意并非在于惟妙惟肖地模仿一个现实世界，而是创造一个独特的小说世界。如果在小说意义来评价小说的话，个人经验再丰富、再完满、再神奇，都无济于事，都一样要在小说的意义上来判断它。"大漠三部曲"已经显示当雪漠老师着意于小说本身的建设之时，他是多么具有力量，雪漠老师虽以精神关怀和灵魂叙事、文化定格等著称，但如果没有那坚实的小说叙事，没有那些众多牵动人心的人物形象，雪漠老师是不会以一个小说家闻名的。在这一意义上，我觉得雪漠老师还是应该回到客观化的路子上，扎扎实实地做现实主义的叙事，从故事和人物的锻造中，渗透自己的精神性的思考和关怀。对于雪漠老师来说，这一点可能是残忍的，但一个小说家并不是一个传道者，甚至也不是一个解惑者，在小说的维度上，雪漠老师应该走出个人经验，同时将小说与现实世界划开界限。

饶翔：谁是雪漠的理想读者？

◎**陈晓明：**真是初生牛犊不怕虎，试图规劝雪漠老师。确实他提出的问题是很难解决的，关于个人经验和写作虚构艺术的关系，个人经验究竟是好，或者说有绝对的推动力，还是应该回避？他认为应该回避，但是这个问题在理论上也很难有定论。但是，他确实提供了另外一种视角，还是有他的想法。下面有请饶翔。

◎**饶翔：**我最早不知道雪漠老师，大概五六年前，我当时还在做编辑，当时收到一篇陈彦瑾的评论，那时候才知道雪漠老师。所以，今天有这样一个会，我非常高兴。刚才各位老师的高见我都赞同，谈得都很深入。我大概谈两点浅见。

我比较赞同邵燕君老师。谁是雪漠的理想读者？我也在问这个问题。特别是读《一个人的西部》的时候，我想一定是有内心世界、有精神追求、有现实困惑，希望寻求精神超越的这样一些人。或者更进一步说，可能是有宗教信仰的人，我觉得他更直接地谈论了信仰问题。如果从文学的修辞学、叙事学这个角度跳出来发表自己关于信仰的见解，实际上是文学比较忌讳的东西。那如果理解是一个布道式的，包括《深夜的蚕豆声》也讲到他跟女汉学家的对话，其实是这样的一个文体，包括《一个人的西部》，虽然是个人的经验史，但是我发现你不断地打断这个进程，不断地跳到你要宣扬的信仰里面。你讲的每个人，都会不断地用这样的东西打断，从文学阅读角度看这是不太有快感的，从修辞学角度也是犯忌的事情。

那从这个角度看，虽然信仰真的是一个不太能谈，或者不太能谈清楚的问题，但是我还是斗胆地谈一下。你在谈信仰，可能是有一种反现代性的倾向。比如，你谈很多神秘的文化，在现代性的角度，我们是一个不断祛魅的过程，但是你有不断回到神秘化的一种倾向。关于信仰，还涉及一个真实的问题。信是不用怀疑的，但是你特别谈到要定格一个真实的西部，那涉及真实西部的问题。那在信什么和事实如何之间可能有张力。比如《深夜的蚕豆声》里新疆爷和牛二有一个对照，你说《新疆爷》代表他怎么信，怎么用他的善、爱去超越现实，而牛二看亲家的过程是激发他内心的焦虑感，最后爆发了。你是有倾向性的。你说你推崇的是新疆爷的态度，怎么自我克服焦虑。其实，你是在信和真实的西部之间有一个张力。

关于信仰和现代性的问题。我们说西部的时候，在说西部真实的时候，很容易将它本质化。我们想象的西部可能还是一个非地，或者一个文化高地，物质上可能贫乏，但是精神非常有高度。我们今天再重新讨论西部，是不是还要遵循这样的想象？我上周去了泉州，最早的丝绸之路是商贸，不管是西部大陆的丝绸之路还是泉州的海上丝绸之路，最早都是与商业有关的。雪漠老师不断在提对功利性的反抗，回到一个精神性。我们可不可以在现代性角度重新思考信仰问题？泉州是一个商业极度发达的地方，又是古往今来文化和宗教非常荟萃的地方。它有最早的清真寺，伊斯兰教还没有那么兴盛的时候，就有伊斯兰信徒，通过行商的方式到中国，然后来宣传伊斯兰教教义。它有最早的清真寺，还不止一所。还有弘一法师曾居住的开元寺、承天寺，但我在那里面会感觉到文化和宗教跟当地市民的生活真的是融为一体，可能是更日常化的。比如，那个寺庙跟当地的文化、市民贴得非常近。当我们重新讨论宗教的时候，把它和我们的现代性元素进行对照的时候，它可能也提供了一条不同的路径。它是不是我们想象的具有神秘性、文化性的一个渗透？

陈彦瑾：雪漠作品为读者提供了有力的个人救赎

◎**陈晓明：**我们今天远远超时了，但是我们还是会满足大家，留时间给大家交流。下面先请陈彦瑾来谈一下。

◎**陈彦瑾：**我分享一下，作为编辑和读者对雪漠作品的接受原因，可能会对老师们的研究有一个补充。

首先还是要感谢，感谢大家！今天这个会，应该说是五年前播下的种子，五年的时间过去，终于开花结果。五年前《西夏咒》在作协讨论，陈晓明老师在对《西夏咒》的解读中提出"附体的写作"，让我感到非常惊艳。后来陈晓明老师在自己的课堂上，用一节课的时间来解读《西夏咒》，治辰那次也作了很精彩的解读。五年之后，我们在采薇阁和大家一起讨论雪漠，这时候他已经又写出了三本新书——"故乡三部曲"出来了。这是很长一段时间的心愿，今天终于开花结果，我首先特别感谢陈晓明老师，像《深夜的蚕豆声》里说的，念念不忘，必有回响。今天，我听到了这个回响。

另外，我自己是北大中文系毕业，贺老师是我的师姐，在座的有我的老师，还有我的师弟师妹，师兄师姐。我一直想回到北大开这个研讨会，有我个人的因素。我是1999年硕士毕业，毕业后到人民文学出版社工作，到现在已有十七年，十七年来，雪漠是我非常重要的作者。这种重要性是说，这个作者深深地影响了我个人的成长，我的生活和我的很多观念。所以，这时候，我既是一个编辑，同时也是一个读者，我可能是雪漠老师的理想读者。

刚接触雪漠老师的时候，有一种新奇感。和贺师姐一样，我们从小都是学习特别好，然后考了大学，在北大经过了理论的培训，而雪漠老师是很民间性的，是从民间走出来的一个作家。他和他的作品首先对我产生了一种碰撞，让我感到另类、新奇，觉得很有意思。

直到今天，我才明白，在我世界观养成的最重要时期，也就是北大这几年，我所接触到的有关我们世界观的理论，解构多于建构——那时候正好赶上解构主义、后现代主义，等等。也就是说，我还没有养成我自己的世界观，我还没有找到主体性的时候，我接触到的解构主义和后现代主义都是在消解主体性。所以，我在工作之后，一直没有找到我个人面对世界的一种方式，我找不到我的灵魂的立足点，或者说找不到我的主体性。因为当我们解构主体或陷入后现代主义的多元，必然会遁入一种虚无，一种无意义。但是，毕竟我们每个人每天都会面对人生各种问题，所以还需要一种主体性，需要意义。

那么，雪漠作品对于我个人和他的读者来讲，如果从接受的角度去看，其实就是一种救赎。这个救赎，意思就是，需要有一种主体性来面对世界，从而让个人确立他的意义。西方有一个非常成熟的救赎系统——基督教，很现成，可是对于像我这样一个从小学习特别好，又考上北大，接受了学院式教育，而且接触了很多理论的人来说，我不知道什么可以成为我面对世界言说时的立足点？我的主体性在哪里？我的救赎在哪里？当然，"救赎"这个词语有点基督教色彩，但是我也找不到更好的词替代它。我的意思是说，我们每天要面对人生的各种问题，不管是国家、历史，不管是文学、文化，不管是理论、主义，等等，其实最后我还是要以个人的主体性来面对它们。面对这样的无常、这样的变化、这样的老去、这样的生老病死等人生基本问题的时候，我如何才能有一个让我站立的支点？

所以，在这个意义上，雪漠的作品对于我来讲，包括我了解到的很多读者来讲，提供了一种非常有力量的救赎，而且很完整。他的作品非常丰富，小说、散文都有，他是为了解决不同的人的救赎需求，来写出不同的作品。像我这样学院式的，可能更倾向于《西夏咒》《野狐岭》，还有的人可能更倾向于《一个人的西部》。

其实，雪漠自己也是这样走过来的，他的文学和人生道路也是个人救赎的道路。在这个道路上，文学、宗教、民间神秘文化，所有的东西都成为了他救赎自己的资源。现在，他虽然是一个作家，但是在我看来，他是一个人格主体，一个具有主体性的一种魅力人格体。这种人格具有精神召唤的力量，能够给我一种救赎的启示。他的世界观、价值观能够给我观照世界、言说世界，和如何安放自己、如何安立个人提供一个支点。这方面，可能雪漠的作品和他的个人实践，他的生命历程，是一个个案。这个个案已经点亮了很多人，给人一种启示：如果像他这样去面对世界，我也可以找到自己的立足点。这是我理解为什么有这么多读者会远道而来，希望能够见到他的原因。

正是因为这样，我觉得雪漠作品超越了文学的边界，他超越了很多的边界，因为他找到了他的主体性之后，无论是国家的话语、历史的话语，或者文学的话语，信仰的话语，可能对于他来讲，都是一种救赎的资源，比如他面对历史的态度，也是带有个人救赎色彩的，木鱼妹等很多作品的人物形象，都是一种个人救赎的形象。从这个角度去理解雪漠，也许能看到他在当代文学里的独特性究竟在哪里。

今天，我们已经有很多好作家了，文学技巧也非常发达了，从文学等各种角度看的好文本很多，甚至登峰造极的也有，但是能够给读者一种个人救赎启示意义的作家很少，文本也很少，雪漠可能是那极少数人中最有代表性的，这也是我为什么这么多年来不遗余力推出雪漠作品的原因。这些年，我看到一个个找到主体性的读者活得很开心快乐，我觉得自己的工作和努力也很有意义。

因为时间关系，我就补充这些。

◎**陈晓明：**陈彦瑾做了非常好的发言，她是非常优秀的责任编辑。她谈了为什么这么热爱雪漠的作品，她谈到救赎这个观点，讲到灵魂的安放，同时见到雪漠跨越了很多边界，确实值得我们去思考。作为最用心体会雪漠作品的读者，这些看法非常有价值。

其实，这么多年来，我们一直在纠缠一个问题：我们在批判当代文学缺乏精神深度、缺乏思想、缺乏信仰，但是一旦精神和信仰出现的时候，我们怎么理解它的文学性？或者说这些批评不具有建设性，其实同样具有建设性。就是说，我们怎么思考这些关系？这些是挺难把握的。究竟它们在文学中呈现的方式如何，在文学和精神性的连接方面，究竟在今天以何种方式，尤其以跃出边界的方式来实现？这是我们的文学理论对今天当下的思考，它提出了一种挑战。

下面，给大家十分钟时间交流。

◎**读者（赵万波）：**我也是雪漠老师的理想读者。我是这样理解雪漠老师的：他是一个活生生的、土生土长的人。他不是从学问层面回到生活，而是从泥土里长出来的。用《大学》里的一句话来说就是："一旦豁然贯通焉，则众物之表里精粗无不到，而吾心之全体大用。"把他活明白的一些东西，用器物、风物、俗物、世物，然后用小说的办法展现出来，这是雪漠老师最可爱的地方，也是他最有价值的地方。他是生活中的人，活过的人。我这么大岁数，不一定活过，真的撒手闭眼的时候，我不敢说自己活明白了。

活过跟活着不一样。我们打个比方，现在好多书法家，他其实就是写字的，不像历史上那些王羲之、柳公权之类的书法家。过去的书法家都是做官的，有文化内涵、有文化修养。他们通过书法的物象，达到人格气象，这才是书法家。所以，我特别理解雪漠老师，就是在这一点上，他是活过的人，对生活有体验、体贴，是这样出来的人，不是反着长的人。

◎**读者（董志玲）**：今天特别幸福，因为我没有太多压力，我只是作为读者，谈我的心灵的感受。我从事农业，所以我不怕在这个殿堂里面说话。我不能说我是最好的读者，但是看完雪漠老师的书之后，我的心灵有了避难所，我的心越来越清凉。

去年，一次偶然的机会，我看到雪漠老师的作品，当时我突然发现，我的人生点燃了一盏灯。看完之后，我觉得一定要把书中的正能量推广出去。我做农业，跟企业家打交道比较多。其实做农业是跟生命打交道的，对生命最有感觉，但是我们现在的食品安全解决不了，因为企业家境界上不去，心灵不能自主，如果不从生命角度理解的时候，食品安全解决不了。所以，看完这本书之后——我买了八百多本书，全部给我们参加会议的企业家，一人一本。我觉得农业领域一定要把文化传播做出来才可以。因为这么一个机缘，农业企业家读完雪漠老师的作品，他们每天早晨第一件事情就看雪漠老师的微信，我也是这样的，这已经变成了一种习惯，雪漠老师的作品确实让我的生活有了变化。所以，文化是教化人的，不是知识。我们现在很多人都是有知识没文化，那么多的书越看越烦，但是雪漠老师给我们的这种空间和广度，让我们找到灵魂的避难所，知道我们的灵魂应该怎么样才能自主。从《一个人的西部》就在说，你怎么样做才能过自主的人生。

刚才，杨庆祥老师说80年代的时候中国文学在寻根，最后变成一种批判了。这也没有办法。五六十年代，中国是学苏联的，以苏联为师，文学所有的都是。后来改革开放之后，我们以欧美为师，它的价值观左右着我们，那时候的寻根，最后寻来寻去肯定是批判。刚才，党校老师的发言，他的那个高度太棒了，"一带一路"那是一片土地，它不是一个走廊。中国文化复兴，或者"中国梦"在世界复兴的时候，我们需要再次寻根。什么是中国文学的根和我们价值的根？我觉得，雪漠老师在这方面非常广博，他一直在探索。今天我们在北大，我们在"一带一路"也好，或者整个中国文化在世界复兴的时候，习主席说"中国梦"复兴的时候，雪漠老师在这个历史节点上，还有我们这些做文学的，我们能够在这里面树什么样的东西，最后找到我们的根和一种灵魂，这是大家最重要的思考。

还有，以前的很多文学作品是给你一种感觉，但是雪漠老师的作品是给你一种直觉。直觉是背后的一种逻辑，直指人心，"啪"一下就明白了。我也不能说是顿悟，是渐悟，但是他会让我的心越来越明，越来越明。谢谢！

◎**读者（李永慈）**：我非常喜欢陈彦瑾老师说的"救赎"，雪漠老师的作品对我来说就是救赎的感觉。我原来特别怕死亡，任何人谈到死亡我都害怕，但是雪漠老师有《参透生死》那个视频，我看了很多遍，现在我知道，原来死亡不是那么可怕。假如有一天轮到我去死亡的时候，我可能会很坦然地去接受这个事情，这就是对我的一种救赎。现在每天早上起来，我就看雪漠老师的微信里发了什么东西。我非常感谢雪漠老师。

雪漠：我有说不完的话，写不完的书

◎陈晓明：读者能够这么虔诚、这么认真，这是作为作家最大的幸福。因为时间关系，我们先交流到这里，希望今后还有机会跟雪漠老师的读者交流。最后，请雪漠老师说几句。

●雪漠：今天来的很多人其实我都不认识，因为我经常在逃离，永远在逃离，就是逃离我生活的地方。最近，我逃到山东那边，谁都找不到。我还曾经逃到藏区，一逃就是半年。为什么今天来参加的读者多呢？因为我轻易不露面，正好今天有个见面的机会。平时，大家都见不到我，家人也见不到我，我喜欢一个人待着。所以，感谢大家今天来到这里。

当我们把人类的命运无限地延长到某一个点，再来反顾我们的今天，其实很多东西就会明白。比如，人类终究有毁灭的一天，人类的很多东西就是一个过程。在这个过程中，最好的艺术家、最好的哲学家、最好的科学家，就是让人类过得更好、更快乐、更明白的人；坏的哲学家等，就是让人类充满痛苦、绝望、焦虑的人。因为无论怎么样，人类的命运可能不可更改。那么，这个过程是非常重要的。所以，我经常观照当下的很多东西，包括政治、外交、艺术、文学，这时就会发现，其实一切都是人类自己在设定一个游戏，建立一种游戏规则，目的是让人类更快乐，离苦得乐。

人类一直在自娱自乐、自得其乐，一定要理解这个本质。

在这样一种本质下，我们正好发现，正是在这种自娱自乐、自得其乐的游戏中，有些人因为执着或者别的原因变得非常痛苦。比如我们这个学术，学术本身也是让人类更快乐、更丰富、更精彩的，但有了一种竞争，有了一种贪欲的时候，它就会让人非常焦虑痛苦。如职称、评奖、权利、话语权，等等，名和利都是这样。本来很多东西是让我们人类活得更好，但却因为某种原因变成得让我们痛苦。所以要明白，政治也罢，艺术也罢，文学也罢，其实是人类自己的一个游戏，不要过于认真地把这个东西用自己的心态去解读。这样，我们就会发现，只要能够为当下的人提供一种正面的，让他明白、开心、快乐、幸福、和睦、和平的东西，就是好文化。文学也是这样的。

因为人类的命运中有一种不可避免的东西，所以真正重要的不是结果，而是过程。在每一个当下，参与每一个过程的时候，能不能让自己和身边的人快乐，这是非常重要的。我给我儿子定下的任务，就是当好你妈妈的"宠物"，让你的妈妈快乐地度过她的晚年，至于别的，我不要求你。因为往前看，再往前看，我们会发现所有的一切都在过去，很多东西的意义非常有限。

所以，我们在每个当下，都要努力做一些事情，但不要太在乎结果，这样的话，我们的灵魂慢慢地就会属于自己。因为当一个人有了自己灵魂的参照系时，面对更漫长的人生，甚至思考人类终极关怀的问题时，就会发现，我们曾经在乎的很多东西其实没有太大的必要。正是因为这一点，我一直在说我自己该说的话。

我的文学也罢，文化也罢，都只是想把自己该说的话说出来，把自己的发现展示出来。我不管它是小说、文化，还是别的东西，只要能让接触它的人离苦得乐，快乐幸福，给他们带来一种光明的东西，我觉得就够了。明白这一点之后，就能明白《西夏咒》。但是我的作品里面有非常丰富的东西，在座的诸位可能没有看过我的"大漠三部曲"，我的每一部小说都不一样，里面有丰富的世界、丰富的人，一个一个活着的人。他们都是我创造出来的，他们像一盏盏灯，照亮不同的人。这是我对文学另外一种意义上的理解。从这个角度看的话，可能很多朋友就会理解我为什么那样说话，为什么那么解读，因为它是我的材料。我只是在说我自己。我在自娱自乐、自言自语地说话。有些人听明白了，有些人不明白，都不要紧，因为说话是我的本分，也是我的使命。我只是说完它，然后坦然地离开这个世界。

我有说不完的话，写不完的书，因为我在成长。我在接触不同的人，我在不同的经历中长大。长大的过程中，会出现各种各样的话题，也就有了说不尽的话，于是，我就不停地说，就是这样。至于听的人怎么样，我不在乎，因为我没有时间在乎别人。我只是永远说自己该说的话，所以我有各种各样的作品，很多。今天，有这么多的朋友能够听明白我的话，并且跟我探讨这些话，我非常开心，总算有了"回响"。谢谢大家！

◎**陈晓明**：谢谢雪漠老师发自内心的感悟，特别是教会我们去面对世界、面对自我、面对人生的快乐，对我也是非常难得的启发。今天是"世界读书日"，我们的研讨会也是对世界的一种贡献。谢谢大家！

辑二

评论

直面历史苦难与人性困境的灵魂叙事

——评雪漠长篇小说《野狐岭》

王春林（山西大学文学院教授、评论家）

　　虽然肯定称不上著作等身，但刚刚年届五十的作家雪漠，其小说写作数量在同龄人中却无疑是可以名列前茅的。别的且不说，单是长篇小说这一种文体，他截至目前就已经有七部之多。其中，《大漠祭》《猎原》《白虎关》一般被称为"大漠三部曲"，《西夏咒》《西夏的苍狼》《无死的金刚心》则被称作"灵魂三部曲"。这部新近创作完成的《野狐岭》（人民文学出版社2014年7月版），乃是第七部。遗憾处在于，尽管雪漠在自己的小说写作历程中，不断地在思想艺术上做出过多方面的有益探索，但我对他小说写作的深刻印象却依然停留在他的长篇小说处女作《大漠祭》上。虽然已经时过多年，但当时那样一种"惊艳"的感觉却仍然仿若昨日般记忆犹新。之所以会"惊艳"，就是因为在那部相当典型的西部小说中，雪漠毫无伪饰地以一种质朴无华的艺术形式把西部乡村世界原生态式的生存苦难足称淋漓尽致地呈现在了广大读者面前。《大漠祭》之后，《猎原》与《白虎关》的具体书写对象，依然是那片广袤无垠的西部大漠。虽然文本中也一样有着对于生存苦难的真切逼视，但因为已经有《大漠祭》在先，雪漠的此类同质化书写便无论如何都难称超越

了。然后，就是所谓的"灵魂三部曲"了。就其基本的思想艺术
特质而言，更加看重于艺术想象力发挥的"灵魂三部曲"，较之
于以写实为显著特色的"大漠三部曲"，确实极其充分地凸显出
了作家一种自觉的超越性努力。但或许是因为这几部小说由于有
所谓宗教情怀的介入而显得过于凌空蹈虚的缘故，以至于包括笔
者在内的很多人，都会对雪漠这个系列的作品形成一种"走火入
魔"的感觉。如此看来，尽管雪漠在《大漠祭》之后一直孜孜不
倦地追求着一种思想艺术上的自我超越，但实际的成效恐怕却是
要大打折扣的。一直到这次认真地读过《野狐岭》之后，我才不
能不承认，依凭着这样一部沉甸甸的厚重文本，雪漠终于实现了
自己多年来思想艺术自我超越的夙愿。尽管未必认同她的全部判
断，但从总体感觉而言，我以为责编陈彦瑾的结论还是比较靠谱
的："我相信，对于雪漠来说，《野狐岭》的写作是一个挑战，
也将会是一个证明。由于它，雪漠实现了许多人的期待——将
'灵魂三部曲'的灵魂叙写与'大漠三部曲'的西部写生融合在
一起，创造一个介于二者之间的'中和'的文本；由于它，许多
认为雪漠不会讲故事的人也将对他刮目相看，并由此承认：雪漠
不但能把一个故事讲得勾魂摄魄，还能以故事挑战读者的智力、
理解力和想象力。因此，我断定，《野狐岭》将会证明：雪漠不
但能写活西部、写活灵魂，雪漠也能创造一种匠心独运的形式，
写出好看的故事、好看的小说。"

  陈彦瑾的上述看法，无论是认定雪漠的《野狐岭》创造了
一种匠心独运的艺术形式，抑或是认定《野狐岭》从根本上实现
了一种思想艺术上的自我超越，皆属于切中肯綮之言，我自然完
全认同。我所不能认同者，主要在这样两个方面：其一是所谓的

"西部写生"。小说中存在着明显的西部因素，这一点诚然毫无疑问，但我们是不是因此就可以把它理解为一部西部小说呢？尽管我知道，其他一些人也会如同陈彦瑾一样坚持认为《野狐岭》是一部成功的西部小说，但就我个人的阅读体验而言，如果仅仅把《野狐岭》视为西部小说，实际上就看轻了这部小说的高端思想艺术价值。很大程度上，所谓的"西部写生"也只不过是小说的外壳而已。借助于西部大漠这一外壳，跃入存在的意义层面，在这一意义层面上传达表现作家对于生命一种真切的思考与体验，方才应该被看作是雪漠最为根本的思想艺术追求之所在。与其说《野狐岭》是一部西部小说，反倒不如说它是一部对于人类的生命存在进行着深度艺术思考的小说更恰当一些。在一篇关于史铁生遗作的文章中，我曾经写道："在具体分析史铁生的作品之前，有一个问题必须提出来有所讨论。这就是，文学的根本功能究竟是什么。曾经有那么一段时期，我特别注重文学对于现实的呈现与批判功能。而且，据我所知，一直到现在，也仍然有许多人在坚持这样的一种基本理解。但是，面对着史铁生的文学创作，我才渐渐地醒悟到，其实，从本质上说，真正优秀的文学作品应该是关乎于人的生命存在的，应该是一种对于生命存在的真切体悟与艺术呈示。史铁生那些具有代表性的文学作品，一向具有这种艺术品质。难能可贵的是，这一点，在作家的这一组遗作，尤其是《回忆与随想：我在史铁生》中，也表现得十分突出。某种意义上，这部未完成的长篇作品应该被看作是史铁生面对生命时的一种玄思冥想。"客观公允地说，文学也应该有对于社会现实的呈现与批判功能，尤其是当我们所置身于其中的社会存在形态还存在极严重问题的时候。但与此同时，一种具有突出超越性的对于生命存在的体悟与呈示，却同样是优秀的文学作品所必须具备的根本功能。对于雪漠的这部《野狐岭》，我们很显然更应该在这样一个意义层面上来加以理解分析。其二，则是关于雪漠讲故事的判断，认为一向被认为不会讲故事的雪漠终于可以把故事讲得"勾魂摄魄"了。作为一种典型不过的叙事文体，小说要讲故事是题中应有之义。对于已有丰富小说写作实践的雪漠来说，他讲故事的艺术能力绝不是到了《野狐岭》才表现得非常突出。但更重要的，恐怕却是由陈彦瑾的这一判断而引发出的小说观问题。就陈彦瑾之一力强调雪漠终于写出了"好看的故事，好看的小说"而言，能否写出"好看的故事"，显然是其小说观中非常重要的一个关键性构成因素。但在我看来，判断小说优秀与否的标准，绝不仅仅只是能否讲述"好看的故事"的问题。能够把故事讲得风生水起居然可以达到"勾魂摄魄"的程度，固然是值得肯定的一种艺术能力，但真正优秀的小说却绝不仅止于讲述"好看的故事"。某种意义上说，能够把故事讲得"勾魂摄魄"只是优秀小说所应具备的一个基础。在此基础之上，作家所欲传达出的思想内涵是否足够深厚，作家对于生命存在的思考究竟抵达了何种程度，恐怕才是衡量评价一部小说作品的重要标准之所在。而雪漠的这部《野狐岭》，则毫无疑问正是这样一部在"好看的故事"之外有着足称丰厚的思想精神内涵的长篇小说。

　　从题材上说，《野狐岭》是一部不折不扣的历史长篇小说，作家把自己的艺术聚焦点对准了百年前发生在大西北凉州的一场反抗满清政府的历史事件上。但在具体展开对文本的分析之前，我们却也不能不指出小说存在的艺术败笔。具体来说，这败笔也就是指关于那场发生在岭南的土客械斗的艺术设置。小说的主体故事本来发生在大西北凉州的沙漠之中，但雪漠的笔触却不能不从遥远的岭南写起。之所以会如此，与当下时代文坛所普遍流行的项目签约制度密切相关。我们注意到，在作为"代后记"的《杂说〈野狐岭〉》一文中，雪漠开宗明义地写道："《野狐岭》虽然是东莞文学院签约项目，但其中的主要内容，如凉州英豪齐飞卿的故事等，我酝酿了很多年。"既然是东莞文学院的签约项目，那就无论如何都得与东莞发生一点关系。关键在于，一个主体部分发生在大西北的小说故事，怎么样才能够与遥远的岭南东莞发生关系呢？为了达至这样的一种艺术目标，雪漠不惜煞费苦心地设定了那场土客械斗。由于土客械斗的起因，乃是小说女主人公木鱼妹一家与岭南富户驴二爷一家的矛盾冲突，所以，借助于那场土客械斗的设定，雪漠也就连带着把木鱼妹与驴二爷这两位主要人物引入到了小说文本之中。那场土客械斗的直接起因，乃是因为木鱼妹家的祖屋某一天被一场人为的纵火给烧掉了。由于此前驴二爷曾经反复再三地试图把木鱼妹家的祖屋买到手，也由于驴二爷曾经占有过在他们家做厨娘的木鱼妹母亲，所以，木鱼妹自然也就把这笔账记到了驴二爷的身上。因为父亲母亲都在那场突如其来的大火中变成了"焦棍"，为家族复仇的使命自然落到了木鱼妹的肩头。怎奈由于缺乏必要的证据，木鱼妹坚持不懈的告状一直无果："虽然我明白凭我个人的力量，要跟驴二爷较量，等于凡人跟老天较量，但我还是义无反顾。我四处奔波，见衙门就进，见官员就拜，我感动了很多人。他们都愿意帮我，但他们的帮也改变不了事实。没有足够的人证和物证来证明驴二爷是杀人凶手。"唯其求告无门，万般沮丧的木鱼妹才常常会忍不住大哭出声："我觉得那是我的心在哭。我想到阿爸很苦的一生，就忍不住会痛哭。我总是会想到一个文人在命运的无奈中遭受的污辱。我的哭声感动了好多人。有人甚至认为，后来新一轮的土客械斗，就跟我的哭有关。"但究其实质，木鱼妹的家仇，也只不过是那场土客械斗的导火索而已："本来，家乡的土人就一直对驴二爷不欢喜。因为他一个外来人竟然拥有了那么大的家业，成了人上人，好些当地人心理很不平衡。他们一方面也会为了一点小小的利益巴结驴二爷，另一方面心里的不平衡也慢慢变成了仇恨。他们更眼红驴二爷的财富，一直想找个理由和契机闹事。我家的故事，就成了一个理由。"就这样，星星之火可以燎原，本来只是木鱼妹个人的家仇，但由于家乡土人一种普遍的不平衡仇富心理作祟的缘故，最后燃起了土客械斗的熊熊大火。尽管因为有官家的强势介入，那场血腥的土客械斗最后被弹压下去，但驴二爷出于多方面的考虑，还是离开岭南返归凉州了："那次血腥事件平息之后，驴二爷回老家了。他是随着驼队来的，又是随着驼队走的。他安排了一个账房先生管岭南的商务，他自己，却不敢待在那里。无论他后来如何施粥，土人还是忘不了他的那些枪手欠下的血债。好些人，都想要他的命。这样，碉楼虽然安全，但他要是待在里面不出去，也就等于坐牢了。权衡再三，他还是回老家了。"驴二爷一走，木鱼妹的仇人也就消失了，她还怎么能够实现报仇的愿望呢？正是由于内心里有着刻骨仇恨的强力驱动，所以，木鱼妹才一不做二不休，义无反顾地追随着驴二爷的脚印踏上了前往凉州的迢遥路途。这样，小说故事的发生地也就由岭南而迁移到了大西北的凉州沙漠地带。"野狐岭"也才因此而得以浮出水面。

非常明显，作为一部旨在透视表现百年前哥老会在凉州地面反抗清政府那个历史事件的长篇小说，《野狐岭》的叙写重心绝对应该落脚在拥有齐飞卿同时也拥有野狐岭的凉州地面。从这个角度来看，雪漠关于岭南故事的叙写其实并无必要。大约也正因为如此，作家的岭南叙事读来总是难免会有一些牵强生硬的感觉产生。这一点，在陈彦瑾的感觉中其实也能够得到相应的证实："相形之下，雪漠也想记录的另一民间文化载体——岭南木鱼歌则逊色很多。毕竟没有真正融入岭南，雪漠对岭南人的生存和岭南文化的描写，和《西夏的苍狼》类似，还只停留于表面，远不如他写故乡西部那般出神入化、鬼斧神工。"这样的一种事实就再一次证明，作家只有在描写表现自己刻骨铭心的生命体验的时候，方才能够获致一种如同神灵附体般的艺术灵感。一旦远离了这种真切生命体验，他的笔触就可能变得特别迟钝。然而，正所谓瑕不掩瑜，尽管岭南土客械斗故事的插入的确显得有些牵强生硬，但这却并未从根本上影响到《野狐岭》的总体思想艺术成功。

《野狐岭》的思想艺术成功，首先体现在对于一种叙述形式别出心裁的营造上。虽然小说所要表现的核心事件是齐飞卿的哥老会反清的故事，但雪漠所可以选择的叙事切入点，却是对于百年前两支驼队神秘失踪原因的深入探究："这两支驼队，是当时西部最有名的驼队，一支是蒙驼，一支是汉驼，各有二百多峰驼……他们遭过天灾，遇过人祸，都挺过来了。他们有着当时最强壮的驼，他们带着一帮神枪手保镖，枪手拿着当时最好的武器。他们更有一种想改天换日的壮志——他们驮着金银茶叶，想去俄罗斯，换回军火，来推翻他们称为清家的那个朝廷。后来的凉州某志书中，对这事，有着相应的记载。但就是这样的两支驼队，竟然像烟雾那样消散了。很小的时候，我老听驼把式讲这故事，心中就有了一个谜团。这谜团，成为我后来去野狐岭的主要因缘。"如此久经历练的两支驼队为什么会神秘失踪呢？

"很小的时候，我老听驼把式讲这故事，心中就有了一个谜团。这谜团，成为我后来去野狐岭的主要因缘。"为什么是野狐岭，因为野狐岭正是百年前那两支驼队的最终消失之地："几个月后，他们进了野狐岭""而后，他们就像化成了蒸汽。从此消失了。"关键问题在于，既然那两支驼队早在百年前就已经神秘失踪了，那"我"还有什么办法能够把他们的失踪之谜弄明白呢？这样，自然也就有了招魂术的"用武之地"。"进了预期的目的地后，我开始招魂，用一种秘密流传了千年的仪式。大约有十年间，在每个冬天的每个冬夜，我都要进行这种仪式……我总能招来那些幽魂，进行供养或是超度，这是能断空行母传下来的一种方式。""我点上了一支黄蜡烛，开始诵一种古老的咒语。我这次召请的，是跟那驼队有关的所有幽魂——当然，也不仅仅是幽魂，还包括能感知到这信息的其他生命。""我"之所以能够招魂，原因在于，"世上有许多事，表面看来，已消失了，不过，有好多信息，其实是不灭的。它们可以转化，但不会消亡，佛教称之为'因果不空'，科学认为是'物质不灭'。于是，那个叫野狐岭的所在，就成了许多驼把式的灵魂家园。"唯其如此，凉州一带才会广泛流传这样的一个民谣："野狐岭下木鱼谷，阴魂九沟八涝池，胡家磨坊下取钥匙。"很大程度上，这个广泛流传的民谣，正是雪漠写作这部《野狐岭》的基本出发点。"那所有的沙粒，都有着无数涛声的经历。在跟我相遇那一瞬间，它们忽然释放出所有的生命记忆。在那个神秘的所在，我组织了二十七次采访会。对这个'会'字，你可以理解为会议的'会'，也可以理解为相会的'会'。每一会的时间长短不一，有时劲头大，就多聊一聊；有时兴味索然，就少聊一点。于是，我就以'会'作为这本书的单元。"

实际上，也正是凭借着如此一种招魂行为的艺术设定，雪漠非常成功地为《野狐岭》设计了双层的第一人称叙述者。招魂者"我"（也即雪漠），是第一层的叙述者。而包括木鱼妹、马在波、齐飞卿、陆富基、巴特尔、沙眉虎、豁子、大嘴哥、大烟客、杀手（联系杀手所叙述的内容认真地追究一下，就不难发现，这个无名的杀手其实是木鱼妹。又或者，杀手与木鱼妹本就是同一个人的一体两面，可以被看作是一种精神分裂的结果），甚至连同那只公驼黄煞神在内，所有这些被招魂者用法术召唤来的百年前跟那驼队有关的所有幽魂，就构成了众多以"我"的口吻出现的第二个层面的第一人称叙述者。招魂者"我"正是通过这许多个作为幽魂的"我"从各不相同的叙事立场出发所作出的叙述，最大程度地逼近还原了当时的历史现场。首先值得注意的，就是作为第一层叙述者的招魂者"我"。为了在野狐岭通过招魂的手段有效地还原百年前的历史现场，招魂者"我"可谓历尽了千难万险。在生存条件特别严酷的野狐岭，招魂者差不多都要付出生命的代价了。某种意义上，招魂者所遭遇的艰难处境与百年前那两支驼队的生存苦难之间，其实存在着一种相互映照的对应关系。雪漠对于招魂者处境艰难的艺术表现，能够帮助读者更好地理解那两支驼队在百年前的神秘失踪。尤其不能忽略的是，那些幽魂的叙述甚至会反过来影响到招魂者的精神世界。

"我被木鱼妹的故事吸引了，这真是一个意外的收获""除了木鱼妹外，我印象最深的，是马在波。在把式们的记忆中，他一直像临风的玉树""我最希望自己的前世，是马在波""只是，故事越往前走，我越发现，自己可能是故事里的任何一个人。因为他们讲的故事，我听了都像是自己的经历，总能在心中激起熟悉的涟漪。这发现，让我产生了一点沮丧。"究其根本，招魂者"我"之所以会对那些幽魂们产生渐次强烈的认同感，会以一种"前世今生"的方式认定"自己可能是故事里的任何一个人"，就意味着他的精神世界已经无法抗拒来自幽魂们的影响。

然后，就是那些一直在进行着交叉叙事的第二个层次的幽魂叙述者。从根本上说，每一个个体都有着迥然不同于他者的精神世界，有着自己独特的世界观。正所谓"横看成岭侧成峰，远近高低各不同"，对于同一个历史事件，拥有不同世界观的人类个体从不同的精神立场与观察视角出发，所看到的自然是差异明显的景观。更大的事件且不说，即使是给骆驼做掌套这样一个看似微不足道的事情，在不同的叙述者那里，也有着不同的理解和评价。在陆富基看来，理应是蒙驼队的大把式巴特尔为这一事件负责："为了保护驼掌，巴特尔弄了好些牛皮，给驼做了掌套。他的心当然是好的，可是，就是他的做法，让整个驼队瘫痪了。"因为，"那窝在掌套里的石子，几乎弄烂了所有的驼掌。"驼掌弄烂了，自然无法继续前行，只能被迫停留在野狐岭，而"噩梦就是从那时开始的"。但在马在波看来，这事情却无论如何都怪不到巴特尔头上："那弄掌套的方法是我想出来的，不怪巴特尔""我仅仅是想保护驼掌。我没想到，那些石子会贼溜溜地钻进牛皮套里，将那些掌们咬得血肉模糊""这事儿，怪不得巴特尔。要说责任，还是我来承担""我当然没想到，那驼掌的烂，仅仅是导火索和雷管。它引发的，是许多因素构成的炸药。"与掌套事件相比较，更为典型的、恐怕却是关于木鱼妹那样一种可谓是差异极大的理解与判断："在对木鱼妹的解读中，就有着境界的高下：在木鱼妹自己的叙述中，她是以复仇者的形象出现的；大嘴哥眼中的木鱼妹，是个可爱的女孩子；而马在波眼中，木鱼妹却成了空行母。"不同叙述者眼中木鱼妹形象的差异之大，所充分凸显出的，正是叙述者的话语权问题。关于小说中叙述者所拥有的话语权，曾经有论者写道："他所言极是。我还必须补充的是，历史学家面对的文献，多是当时的人根据自己的目的对'事实'进行的叙述。因为目的不同，所叙述的'事实'也不同。对历史学家最大的一个挑战是，你所拥有的史料不过是过去的人为我所用讲的故事。除此之外，你往往没有或很少有其他的线索。历史学中的批判性阅读，特别要注意是谁在叙述，目的是什么，然后发现这种'叙述特权'掩盖了什么事实或是否压抑了其他人的叙述。举个例子，我们看中国的史料，讲到某王朝灭亡时，往往会碰到女人是祸水这类叙述和评论。其中评论一看就知道是史学家的个人意见。但他的叙述有时则显得很客观，特别是那些没有夹杂评论的叙述。没有批判性的阅读，你可能会简单地接受这些为既定事实。但是，当你意识到这些全是男人的叙述，特别是那些希望推脱责任的男人的叙述时，你就必须警惕。因为女人在这里没有叙述的权利，她们的声音被压制了，没有留下来。那么，你就必须细读现有叙述的字里行间，发现其中的破绽。"在这里，论者颇具说服力地论述了叙述者所拥有的话语权问题。雪漠之所以要在《野狐岭》中设置如此之多的叙述者，正与话语权的归属问题关系密切。那么，对于雪漠在叙述者设定方面的积极努力，我们究竟应该予以怎样的衡估呢？必须注意到，如同《野狐岭》这样在一部作品中设置众多第一人称叙述者的情形，在现代以来的小说作品中其实屡见不鲜。究其实质，可以说是小说艺术形式现代性的一种具体体现。之所以这么说，是因为把众多的人物设定为叙述者，就意味着赋予了他们足够充分的话语权，是对于他们各自主体性的尊重与张扬。在充分尊重人物主体性的同时，因为把阐释判断事物的权利最终交付给了广大的读者，所以，如此一种分层多位叙述者的特别设定，实际上也就意味着对于读者主体性的充分尊重。正因为这种艺术设定最大程度地实现了对于人物与读者的双重尊重，所以自然也就成为小说所具现代性的关键性因素之一。毫无疑问，对于雪漠《野狐岭》中分层多位叙述者的艺术设置方式，我们必须在这个意义上加以理解。但千万请注意，正是通过这些看起来歧义丛生的叙述，雪漠相当有效地复现着当时的历史现场。一方面，"木鱼妹越来越鲜活了。因为那些骆驼客的记忆越来越清晰"。另一方面，"我也从木鱼妹的记忆中看到了把式们。他们互相的记忆，构成了一座宝库，为我提供着那个时代的讯息。于是，那些汉子就在我心中鲜活了"。

分层多位叙述者的特别设定之外，与小说对于生命存在主题的艺术表现密切相关的，还有雪漠在后设叙事方面所作出的艺术努力。所谓后设叙事，就是指在事件已经完成之后的一种有点类似于"事后诸葛亮"式的叙事方式。所谓"事后诸葛亮"，其本意多少带有一点贬义的色彩，但我们在这里却纯粹是一种毫无褒贬的中性意义上的使用。因为生命是一种不可逆的发展演进过程，一般情况下，人只能够顺着时间之河走向生命的终点。依循一种正常的生活与生命逻辑，任谁都不可能对自己的人生做一种终结之后的再度省思。唯其因为不可逆的生命过程中充满着很多难以弥补的遗憾，所以人们也才会用"事后诸葛亮"的说法把这种遗憾形象生动地表达出来。但雪漠的值得肯定处，却在于，通过招魂术的巧妙征用，使得那些已经死去多年的幽魂们得以重新复现汇聚于当下时代的野狐岭，不无争先恐后意味地讲述着百年前发生在同一个地方的两支驼队神秘失踪的故事。这样一来，招魂者之外的其他那些第一人称叙述者，就既"入乎其内"，能够在历史现场以一种同步的方式感性地叙述故事的发生发展；又"出乎其外"，能够在时过境迁已然时隔百年之后的现在，以一种极度理性的方式回过头来重新打量审视当年发生的那些历史故事。比如，汉驼的驼王黄煞神，对于同一件事情，就有着前后对比极其鲜明的不同叙述。在汉驼驼王黄煞神与蒙驼驼王褐狮子围绕母驼俏寡妇发生尖锐激烈的矛盾冲突之后，当时的黄煞神："我当然要发怒了。要是你的女人叫另一个男人强暴，你会咋样？要是她带了一种半推半就的神态自家脱了裤子，你心里会咋样？你还说我呢。你难道不知道，母驼的扎尾巴，等于女人的脱裤子？""是可忍，孰不可忍。我咋能不疯？""我承认，我气坏了。记得当时，只觉得一股血冲上了大脑，脸一下子热了。"但到了时过境迁之后的当下时代，黄煞神的幽魂却冷静理性了许多："当然，我的这种评价，是事隔多年后的今天，才做出的。而在当时，我是不承认它是驼王的。现在，等那诸多的情绪像云彩消散于天空之后，我的心才清明了，才能冷静地回忆当初。""你要知道，好多事情，只要换个角度，就想通了。但有时候，那听起来简单的换角度，却不容易做到。现在，经了些事。当然想通了。但那时，我真的有些糊涂。"常言道"当局者迷，旁观者清"，雪漠对于后设叙事方式的特别设定，就使得那些曾经处于当局者位置的幽魂叙述者获得了一种类似于旁观者的澄明与通透。比如，在木鱼妹的叙述中，我们就能够读到这样的一些文字："至今，我还没有发现关于王胖子如何为富不仁的证据，都说他为富不仁，但究竟如何个为富不仁，没有一个具体的例子。多年之后，等我冷静下来后，才弄明白一个道理，在凉州人的心中，他的胖，本身就是烧他房子的理由。此外，是不需要理由的。就像多年后的那场革命，你的富有，本身就是被专政的理由。""后来，我才知道，这样的笑话，还在别处发生着。那时节，到处都有这样的暴动，他们面对强大的清家时，像小孩子面对一个壮汉。虽然壮汉只一拳就能击倒小孩子，但小孩子一次次爬起，一次次缠斗，扔鼻涕，啐唾沫，用各种方式攻击那壮汉，死了一个，又扑上无数个。开始，那壮汉浑不在意，但渐渐地，他开始疲惫了，渐渐像堕入了梦魇，他的步履开始蹒跚，终于在一次叫武昌起义的行动中被击中，倒地了。"《野狐岭》的主体故事是关于百年前两支驼队神秘失踪事件的叙述，无论是前一段叙事话语中的"就像多年后的那场革命，你的富有，本身就是被专政的理由"，还是后一段叙事话语中关于武昌起义的形象描述，从根本上说，都是雪漠恰如其分地采用了后设叙事方式的结果。究其实质，雪漠的《野狐岭》之所以能够以一种格外犀利的笔触揭穿社会历史与生命存在的真相，正与这种后设叙事方式的设定关系密切。

实际上，雪漠《野狐岭》艺术形式上的努力，还不仅仅只是表现在对于分层多位叙述者以及后设叙事方式的特别设定上。诚如雪漠自己在《杂说〈野狐岭〉》（代后记）中所言："《野狐岭》是一群糊涂鬼——相对于觉者而言——的呓语。当然，《野狐岭》写的，绝不仅仅是上面说的那些。其中关于木鱼歌、凉州贤孝，关于驼队、驼场、驼道、驼把式等许许多多消失或正在消失的农业文明的一些东西，小说中的描写又有着风俗画或写生的意义。这一点，在本书中显得尤为明显，也跟我以前的小说'写出一个真实的中国，定格一个即将消失的时代'一脉相承"，对于驼队、牧场、驼道、驼把式等的风俗画描写且不说，单只是在小说叙事过程中对于凉州贤孝与木鱼歌的堪称精妙的穿插与征用，就是非常有效的叙事手段。尤其是在叙述齐飞卿起义时，对于凉州贤孝《鞭杆记》的适度穿插，更是给读者留下了极难忘的印象。需要强调的一点是，这一部分的叙述者，乃是天赋唱歌异秉的木鱼妹。历史上的齐飞卿起义，本就极具壮烈苍凉的意味，如此一种故事，被历经苦难折磨煎熬的木鱼妹以饱满的感情说唱而出，其强烈的艺术感染力就真正是可想而知。关于这一点，只要认真地读一读第十二会《打巡警》与第十三会《纷乱的鞭杆》，我们即可以有真切的体会。但不管怎么说，雪漠对于所有艺术手段的设定与征用，其根本意图却都是，一方面要尽可能真实地逼近还原历史现场，另一方面要在此基础上充分传达自己对于生命存在的理解与体悟，最终完成一种能够直面历史苦难与人性困境的灵魂叙事。

所谓历史苦难，落实在《野狐岭》中，就是指那场曾经名震一时的齐飞卿起义。而齐飞卿起义，从根本上说，乃是哥老会与清廷激烈对抗碰撞的一种具体体现。那次起义，缘起于齐飞卿他们的鸡毛传帖："后来名扬凉州的那次暴动，就发生在那年的正月。那时，仅仅一夜间，一个歌谣就传遍了凉州：'正月二十五，火烧凉州府，马踏上古城，捎带张义堡。'""这次的鸡毛传帖，阵势很大，整个凉州府的百姓，差不多都收到了鸡毛传帖。"凉州百姓，之所以能够积极响应鸡毛传帖，参与到齐飞卿与哥老会主导的这场起义之中，一方面，固然与他们在清廷统治下艰难的生存困境有关。凉州贤孝有句云："百姓们那时节实在也活不成，单等着提上脑袋大闹凉州城。"另一方面，却也与他们的一种宣泄与从众心理密切相关："我发现，不容易起群的凉州人其实也爱起群——凉州人管抱成团叫起群。为什么？不容易起群的原因是没个起头的。大家管起头人叫高个子。只要有个起头的高个子，大家倒愿意把心中的激愤什么的，宣泄一气呢。"造反起义的结果可想而知，虽然赶跑了知县梅浆子，虽然起义的场面也的确称得上是轰轰烈烈，但在清廷派刘胡子的马队出兵镇压之后，本就是一团散沙的凉州人迅即就土崩瓦解溃不成军了。起义以失败的悲剧结局告终，起义的发起者齐飞卿与陆富基只好无奈趁乱出逃。这样，也才有了后来那两支驼队的俄罗斯之行："他们更有一种想改天换日的壮志——他们驮着金银茶叶，想去俄罗斯，换回军火，来推翻他们称为清家的那个朝廷。"而这，也就很好地解释了身为哥老会重要成员的齐飞卿与陆富基，何以会出现在驼队之中。却原来，两支后来神秘失踪的驼队的根本使命，正是要颠覆强大的清廷。在这个意义上，两支驼队的因故未竟的俄罗斯之行，完全可以被看作是齐飞卿凉州起义的一种后续行动。有了两支驼队的神秘失踪，方才有了百年后招魂者"我"的为了探明事件真相的野狐岭之行，进而有了这部长达数十万字的长篇小说《野狐岭》。

小说对于历史苦难的真切再现固然难能可贵，但相比较而言，更加值得注意的，却是在呈示历史苦难的过程中，对于哥老会反抗颠覆清廷行为的批判反思，是对于人性困境那样一种堪称洞隐烛微的观察表现。前者，在木鱼妹的叙述中表现得格外突出："那时节，我信了飞卿他们的话，我以为，要是我们真的赶走了梅浆子，来个清官；或是灭了大清，百姓就会幸福。也许，正是因为我有了这一点善心，后来的坝里，才有了我的许多传说。他们为我修了庙，称我为'水母三娘'。后来，我死后，因为人们的祭祀，我还是以另一种形式关注着凉州。我睁着一双水母三娘的眼睛，看到了大清的灭亡，看到了民国的建立。后来，来了日本人，死了很多人。再后来，两兄弟又打架，死了很多人。再后来，一兄弟胜了。再后来，是一场大饥荒，饿死了很多人；再后来，又是无休止的武斗，死了很多人。我一直在追问，我们当初的那种行为，究竟还有没有意义？"必须看到，类似的叙事话语，在作品的叙述过程中多有体现。"不过，我这感悟，是后来的事。在鸡毛传帖的那夜，我还没到那种境界。要不是在过去的百年里，我不眠的灵魂经历了太多的事，我是不会有那种看破后的淡然的。人需要经历，没有经历的人，是不可能真正长大的。我的经历，让我有了另一双眼睛。对于我的说法，你可以当成一个百年孤魂的另一种哭吧。凉州人虽然尊我为水母三娘，其实你可以把我当成夜叉什么的。什么也成，一切，只是个名字罢了。"木鱼妹之外，比如陆富基："那些天，飞卿很是着急。他急着要到达目的地，急着弄到军火，去做自己该做的事。对此，我很是不以为然。从凉州贤孝里，我明白了一个道理，无论怎样的革命，都是赶走乌龟，迎来王八。那些革命者，总是在革命成功后，变成另一个独裁者。有时候，那后来的暴君，甚至比前一个更坏呢。"再比如大嘴哥："那些年，我看到了太多的不平，我当然想改变这种状况。我当然希望推翻清家，但我没想到，推翻清家之后的日子更难过。民国也罢，再后来也罢，我并没看到自己希望看到的世界。没办法，我这个孤鬼，圆睁了眼，百十年了，也没看出一点亮光来。"正所谓"早知如此，何必当初"，木鱼妹、陆富基以及大嘴哥这些幽魂叙述者之所以能够对百年来的历史作出如此一种尖锐犀利的追问反思，很大程度上正得益于雪漠对于后设叙事形式的成功运用。

同样不容忽视的，是雪漠对于人性困境的洞察与表现。这一点，首先突出地体现在齐飞卿起义中。虽然齐飞卿们以鸡毛传帖的方式充分发动民众参加凉州起义的出发点，是为了从根本上动摇乃至颠覆清廷的统治，具有无可置疑的"政治"正确性，但他们根本就不可能预见到，一旦民众被发动起来，就极有可能会陷入某种严重失控的无序状态。还是在木鱼妹的叙述中："我也知道，那抢人的、打人的、杀人的，只是乡民中的少数人，他们可能是混混、二流子或是穷恶霸，他们的人数虽然不多，但他们是火种，他们一动手，其他人本有的那种恶就被点燃了。虽然人类个体不一定都有破坏欲，但人类群体肯定有一种破坏欲，它非常像雪崩，只要一过警戒线，只要有人点了导火索和雷管，就定然会产生惊天动地的爆炸。我发现，平时那些非常善良的人，那些非常老实的人，那些非常安分的人，都渐渐赤红了脸，像发情的公牛那样开始喘粗气，他们扑向了那些弱小的回民。他们定然想到以前死在回汉仇杀中的祖宗，他们将所有的回民都当成了敌人。他们想复仇。他们从最初的一般性抢劫变成仇杀。在集体的暴力磁场中，不爱杀生的凉州人，也变成了嗜杀的屠夫。"我们都知道，对于人类群体集体无意识中所沉潜着的人性之恶，法国学者勒庞曾经在其名著《乌合之众》中进行了相当深入的揭示与剖析。在其中，勒庞的惊人发现是，个人在群体中很容易便会丧失理性，失去推理能力。到了某种特定的情境之中，个体的思想情感极易接受旁人的暗示及传染，变得极端、狂热，不能容忍对立意见。一句话，因人多势众产生的那种力量感，将会让个体失去自控，甚至变得肆无忌惮。就此而言，雪漠《野狐岭》中关于凉州人在齐飞卿起义中的相关描写，就可以成为勒庞观点强有力的一种佐证。原本是善良的民众，结果却在某种集体力量的强力裹挟之下，最终变成了肆无忌惮的"嗜杀的屠夫"。究其实质，其中那种无以自控的莫名力量，正是人类所难以超越的一种人性困境。

这种人性困境，也还同样凸显在雪漠关于那两支驼队发生内讧的艺术描写之中。内讧的起因，可以说与两支驼队中两位驼王之间的争风吃醋存在着直接关系。蒙驼的驼王褐狮子出乎意料地赢得了汉驼中一只年轻母驼俏寡妇的欢心，这就使得对俏寡妇情有独钟的汉驼驼王黄煞神气不打一处来，陷入了严重的心理失衡状态。作为报复，恼羞成怒的黄煞神，甚至不惜以犯忌讳的方式张口咬了褐狮子。关键在于，两位驼王之间的争斗，最终严重地影响到了两支驼队之间的合作关系。一方面是要为褐狮子复仇，另一方面更是出于内心中贪欲之念的强力驱使，蒙驼队的大把式巴特尔终于决定把汉驼队的货抢到自己驼队："事情的起因很简单，我们想开拔。为啥？我们不想叫汉驼拖死在野狐岭里。

我们想前行。当然，我们也不仅仅想单纯地前行，我们还想一直走下去，一直走到目的地，我们想单独做完蒙汉两家驼队应该做完的事。"对于自己如此一种背信弃义的行为，巴特尔的自我辩解是："你想，我们问他们要那些他们已无力运送的货，是不是也有道理？你不能占着茅坑不拉屎吧？"问题在于，巴特尔的背信弃义，固然令人不齿，但相比较而言，真正袒露出人性之不堪的，却是在巴特尔翻脸不认人之后，那些汉驼队中若干驼把式的恶劣表现。这一方面，最具代表性的，莫过于蔡武和祁禄两位："最先对陆大哥上刑的，就是蔡武和祁禄。蔡武话不多，老是笑眯眯的。祁禄则是个刺头儿，爱和人辩论。以前在驼队里，老陆一直在照顾着他们。但老陆是个直性子，有时说话是很冲人的，不知道是不是冲撞过他们？"在陆富基看来："我可以理解蒙把式的那些勾当，毕竟，人家跟我们斗几十年了，从祖宗手里，就头打烂了拿草腰子箍。可汉把式，我们是兄弟，我们曾多少次地在包绥路上经历风雨，我们一同对付恶狼，对付土匪，经历了那么多的事，哪次不是同生共死。没想到，他们恶起来，竟然比恶人更恶。"无论是所谓"嫦娥奔月"，还是"倒点天灯"，皆属于蔡武与祁禄折磨自己同类的残忍手段。那么，既然曾经是非常要好的手足兄弟，蔡武和祁禄何至于如此呢？很大程度上，还是大嘴哥一语道破了天机："蔡武和祁禄的家境不好，以前老陆常帮他们。也许，对老陆多次的帮，他们会感到很不舒服。有时候，在无奈接受别人的帮助时，心里其实是很难受的。也许他们会想，凭什么是你帮我？欠别人的情多了，就会成为一种活着的压力。不然，我无法解释他们折腾老陆时的那种异样的热情。"却原来，对于别人的帮助，却也会在特定情形下给自己招来一种恩将仇报的不堪遭遇。我们无论如何都不能不承认，雪漠的这种艺术描写，的确淋漓尽致地发现了某种人性黑洞的存在。

也正是在目睹了这一幕幕充满着轮回报应色彩的人性卑劣惨剧之后，那些曾经的历史当事人、后来的幽魂"大彻大悟"了。在大烟客看来："其实，我参加这次行动，只是职业道德使然。我虽然也是哥老会成员，虽然也认真地做很多事，但我只是做而已。活一辈子，我总得做些啥。但我明白，我的做，跟我的不做，差别不大。虽然你们常用一个新的名词，把那造反呀叛乱呀啥的，换成了'革命'，但我知道，无论啥，都一样。都是想抢别人手中的那个印把子，都是想从别人那里抢财富，都是想当老爷。但你们当上老爷后，只会比以前的老爷更坏。"唯其如此，木鱼妹也才会生发出强烈的感叹："你知道，这种追问，从那时起，我进行了几十年。我有那么长的寿命，便是在飞卿们死后，我还活了很多年。我见了太多的事。后来，那好不容易从野狐岭逃出的大嘴哥，也在几十年后被打成地主——谁叫他用当骆驼客的钱，买那些土地呢？遭了几十年罪，他才在某次挨斗的次日寿终正寝。当我听到他的故事时，我就产生了感叹，我觉得飞卿们，真的是白死了。"一切皆是过眼云烟，一切都最终会无着无落，借助于这些叙事话语，雪漠一方面格外强有力地实现着对于历史与"革命""造反"的批判性审视，但在另一方面，读多了这些叙事话语，我们却也不难从中感觉到一种特别突出的历史虚无主义倾向的存在。就类似叙事话语在《野狐岭》中的大面积弥漫而言，似乎雪漠所持有的的确是一种充满着虚无色彩的历史观。

但是，且慢得出最终的结论，问题其实并没有这么简单。

一方面，虚无色彩的存在，在《野狐岭》中是确凿无疑的事实，但在另一方面，通过木鱼妹与马在波故事的叙述，作家实际上却又在很大程度上实现着对于此种历史虚无主义的自我超越。木鱼妹与马在波的结缘，从根本上说，乃是出于一种强烈的怨恨复仇心理。由于一直怀疑自家屡次惨遭劫难的罪魁祸首乃是马在波的父亲驴二爷，为了报仇雪恨，木鱼妹不惜千里迢迢追随着驴二爷的步伐，从遥远的岭南来到了大西北的凉州。她假扮乞丐婆、她练习拳脚功夫、她混入马府，其根本目的都是要锁定驴二爷实现自己的复仇愿望。怎奈天公不作美，她的以上诸般努力，最终都以失败告终。怎么办呢？万般无奈之下，木鱼妹只好加盟到了哥老会之中。她的加盟哥老会，究其实质，目标也不过还是要复仇，要以借刀杀人的方式复仇："不过，后来我最想做的事，不是杀了马在波，而是让马在波加入哥老会，成为革命党，最后，被清家弄个满门抄斩，这世上，还有比这更好的复仇吗？那时节，我一直想做的事，就是这。"也正是出于复仇的强烈愿望，木鱼妹方才追随着那两支驼队来到了野狐岭，千方百计地接近马在波。但木鱼妹根本就不可能料想到，自己越是接近马在波，就越是被马在波所深深吸引，甚至于从根本上丧失了复仇的意志。正因为强烈地感觉到了马在波那种人格魅力的巨大存在，木鱼妹内心中沉潜多时的仇根意志才会渐次地被瓦解："也许从我的讲述中，你们发现了我的变化：以前，我多希望能靠近驴二爷，给他致命的一击。为此，我想了许多办法也没能如愿。现在，我竟然怕他来了。为什么怕他来？怕他认出我。为什么怕他认出我？因为怕他打扰我现有的生活。"就这样，木鱼妹万般不情愿地发现："我的心，竟然完全背叛了我。""以前，我想叫他造反，换来驴二爷一家被满门抄斩的结局。现在，叫他做同样的事的目的，却是想跟他在一起，同生，也能同死。""我不能忍受没有他的革命和造反。我只想跟他在一起。"就这样，木鱼妹不无惊讶地发现，自己到最后竟然不可救药地爱上了原本的复仇对象马在波。一个巴掌拍不响，关键在于，就在女性版的"哈姆雷特"木鱼妹爱上马在波的同时，马在波也爱上了木鱼妹："我不管她过去是不是当过乞丐，我不管。我甚至不管她是不是刺客或是杀手。这是跟我不相干的一件事。我那时的心中，她就是一个可爱的女子。我倒是真的将她当成了空行母。从某种意义上说，她真是我命中的空行母。因为她激活了我作为男人的一种激情。在过去的二十多年里，我见过很多女子，有些也被称为美女，但她们是她们，我是我。她们打不破我的那种被罩入玻璃罩中的感觉。打碎那罩子的，让我感受到一种新鲜人气的，只有她。"到最后，也正是依凭着他们双方如此一种强烈执着的爱，曾经的仇恨被彻底地消弭不见了："可他，又是我一生里最爱的人。因为他的出现，以前可爱的大嘴哥变丑陋了。因为他的出现，我硬冷的心变柔软了。因为他的出现，荒凉的西部不荒凉了。因为他的出现，生命有了另一种意义——超越于仇恨的另一种东西。同样，因为他的出现，我觉得野狐岭之行，多了另一种色彩。你别被我表面的语言迷惑，是的，我在用一种杀手的目光观察他，但以前我告诉你的那些，是我强迫自己想的内容。其实质，跟爱到极致的女子骂爱人'挨千刀的'一样。"我想，我们无论如何都不能忽略雪漠关于木鱼妹与马在波之间传奇爱情故事的描写。有了这种描写的存在，作家对于生命存在的理解，显然就在很大程度上超越了所谓的历史虚无主义。倘若说历史是虚无的，但情感的真切却无可置疑。雪漠在《野狐岭》中的相关艺术描写，甚至可以让我们联想到李泽厚关于"情本体"的相关论述来。很大程度上，我们正应该从李泽厚"情本体"的意义上来理解雪漠关于木鱼妹与马在波的爱情描写。更进一步说，也正是依凭着这种强烈执着的感情，雪漠的《野狐岭》得以实现了对于历史苦难与人性困境的双重超越，实现了一种本体意义上的生命救赎。

（刊于《中国图书评论》2016年第5期）

包蕴宏富的混沌存在与言说的敞开

——《野狐岭》叙事主题及叙事策略刍议

杨新刚（曲阜师范大学文学院副教授、文学博士）

犹记读完雪漠先生长篇小说《野狐岭》之后的最初感受："杂花生树"，及至后来看到小说《代后记》中雪漠先生的自我剖白，"它是一个充满了迷雾的世界，它神秘得云雾缭绕，芜杂得乱草丛生，头绪繁多却引而不发，多种声音交织嘈杂，亦真亦幻似梦似醒，总觉得话里有话却不能清晰表述，可能孕育出无数的故事但大多只是碎鳞残片"，不禁莞尔。当然，这其中自然包含着雪漠先生的自谦之辞。其实，长篇小说《野狐岭》就其表层叙事来说，是一个不同的行动者各自独立或合作完成特定使命的故事。小说中加入驼队的每个个体，几乎各自怀有不同的目的与使命进入野狐岭。齐飞卿、陆富基等哥老会成员为了实现推反清王朝统治的目的，到罗刹去购买先进的武器；"豁子"是为了寻找机会，报复给自己带来奇耻大辱的齐飞卿；马在波为了寻找传说中的"木鱼令"，而踏上漫漫驼道；杀手、木鱼妹的目的与使命相同，为了寻机杀掉马在波……

关于小说的主题，著名的当代文学评论家雷达先生曾认为，该小说具有一以贯之的叙事主题，即作家雪漠先生"他一刻也没有放弃他一贯对存在、对生死、对灵魂的追问，没有放弃对生命价值和意义的深刻思考，只是，人生的哲理和宗教的智慧都融化在形象中了，它超越了写实，走向了寓言化和象征化"。毋庸置疑，雷达先生的论断具有一定的深刻性与代表性。小说的叙事主题乍一看纷纭杂沓拥挤繁富，但读者一般大致可以梳理出以驼队文化为核心的西北文化的叙写、家族秘史的揭示、家族仇恨的摹写、人性之恶的刻画、哥老会会众的革命活动的勾勒、木鱼歌文化的展示、佛教思想的表现以及超越家族仇恨与宗教信仰的生死恋的描绘等主题，但贯穿其中的应该是家族仇恨与超越家族仇恨的爱情主题。围绕这两个重要主题形成了小说叙事的主要架构，当然最终是以前者的消解与后者的凸显而收束，因此超越家族仇恨的爱情主题可以视为小说最突出的叙事主题。

一、西北文化与驼队文化的叙写

著有长篇小说"大漠三部曲"（《大漠祭》《猎原》《白虎关》）与"灵魂三部曲"（《西夏咒》《西夏的苍狼》《无死的金刚心》）的雪漠先生，其作品带有鲜明的大西北地域文化色彩，近作长篇小说《野狐岭》也不例外。其中较为典型的就是小说中有关西北文化与驼队文化的描写。中国的西北文化与中原文化相比，自古就带有鲜明的荒蛮化粗犷化与剽悍性等特质。西北文化的构成之中，既有独特的自然风貌，如广袤无垠的大漠，以及大漠之中屹立不倒，倒而不朽的胡杨，也有独具西北特色的文化样态，如传唱不朽的凉州贤孝。其实，西北文化的特点，如同正直的西北汉子一样，顶天立地，元气充沛，既粗犷质朴，又厚道安详。西北文化是小说故事情节得以展开的重要背景，虽然小说也有南中国土客文化的展示，但重点描绘的还是西北文化。

在西北文化的描写中又尤以驼队文化为主轴。负重远行的沙漠之舟——骆驼、古老幽远的驼队历史、充满艰险的神秘驼道、诡谲的大漠风光曾经深深地吸引作者雪漠，他在对历史上曾经煊赫一时的驼队文化充分考察的基础之上展开其文学的遥想。"我有个习惯，就是我想写啥题材，就必须先花很长时间，进行采访和体验，像写《大漠祭》前，我老跑沙漠，直到完全熟悉了它；写《猎原》时，我也常跟猎人泡在一起，还得到了他们的不传之秘；写《白虎关》时，我采访了盐池，也在淘金的双龙沟住了一段时间，跟那些沙娃们打成一片；写《野狐岭》前，除了我调往齐飞卿的家乡任小学老师外，我还采访了书中提到的马家驼队的子孙，采访了很多那时还健在的驼把式，了解了关于驼道和驼场的一切。在这方面，我甚至也成了专家"。雪漠先生"穿越"并"空降"到驼铃声声的千年古驼道之中，与无比辛劳的驼户一起踏上走向野狐岭的漫漫征途。小说中主要叙写了汉驼与蒙驼两支驼队，蒙驼队的大把式巴特尔，汉驼队的大把式齐飞卿，分别是两支驼队中的首领。两支驼队本来就矛盾重重积怨较深，他们互不服气，彼此都在寻找置对方于劣势甚至于绝境的机会与可能。因此，本该在大漠之中互相扶助甘苦与共的两支驼队，却因彼此的短视而怨恨丛生，最终导致彼此之间的仇杀。小说在描写两支驼队彼此之间心存猜忌钩心斗角缠斗不休的同时，也较为充分地向读者展示了充满神秘色彩的驼队文化，如驼队中以大把式为核心的组织架构、驼道上风情万种的"窝铺"、流传悠久的"驼户歌"、令广大读者讶异的"重鞋"、神出鬼没的沙匪等。其中对脚穿"重鞋"力大无比的驼户的描写，给读者留下了较为深刻的印象。所谓"重鞋"，"叫锥腕儿鞋，初用驴皮制成，稍有破损，就蒙以牛皮，一层一层，层层叠叠，十分结实，也十分蠢笨"。正如传统歌谣中所唱到的那样，驼户是个"苦营生"，但驼户又是个极为令人自豪的职业。因为要想成为一名真正的驼户，首先，必须身强力壮；其次，还要具有超乎一般人的雄强的生命力和坚韧的意志力，身体孱弱与意志薄弱者难堪重任。因此，成为驼户无论对个体还是对家庭而言，均是极为荣耀的事情。

西北文化与驼队文化的描绘使得小说故事情节的展开，获致了较为坚实的文化基础。同时也有着别样的文化意义，正如作家所说，"关于木鱼歌、凉州贤孝，关于驼队、驼场、驼道、驼把式等许许多多消失或正在消失的农业文明的一些东西，小说中的描写又有着风俗画或写生的意义。这一点，在本书中显得尤为明显，也跟我以前的小说'写出一个真实的中国，定格一个即将消失的时代'一脉相承"。

二、家族秘史的揭示

中国传统社会是典型的宗法社会。因此，宗（家）族在传统社会中往往拥有巨大的势力与能量。特别是那些在政治或经济生活中具有极大影响力乃至支配力的大姓或宗（家）族。这些大姓或宗（家）族有时会影响甚或左右社会的发展与历史的走向。大姓或宗（家）族常常介于朝廷庙堂与民间社会之间，起到很好的桥梁作用。大姓或宗（家）族要么成为朝廷可以倚靠的力量，要么成为芸芸众生的细民可以寻求庇护的恩主。大姓或宗（家）族中的当家主事之人因其富有生存智慧同时又能够长袖善舞，可以在社会的变迁之中做到左右逢源。如果纵观中国前现代社会发展史，就会发现无论是旧王朝，还是新政权，一般都会与大姓或宗（家）族保持着一定的联系。《野狐岭》中的马家即是大姓之家。因此，小说也可以视为一部家族秘史。作为"镇番"著名大户的马家自雍正年间起家，兴盛了一百多年。正如小说中的马在波所言，清王朝初期大将军年羹尧、岳钟琪征西，马家负责粮草押运，"那时节，整个八十里大沙——只是宽八十里，长则直达天际、不知所终——都成了驼场。那时节，白骆驼是最稀罕的，常常是千百峰驼中才有一峰白骆驼。可是，只我们马家，就有三百峰白骆驼。你想，那是啥阵候？"马家不仅在西北财大气粗，而且在全国各地开有分号，可谓富甲万方。马家人虽然富有，但不忘两个方面功德的修持，一方面每逢国家面临重大事件，像镇压叛乱保境安民时，不忘捐输钱财，提供物资支持。因此，屡受朝廷嘉奖与封赏，雍正皇帝赐号"马永盛"；左宗棠征西时，因捐白银十万两而被封为"护国员外郎"；慈禧则赞誉马家为"大引商人"。"不和官府闹别扭，是马家几辈人遵循的规矩。也正是因了这一点，马家才有了一百多年的富贵。"另一方面，马家在社会动荡及饥馑时期尽可能地保护弱者，施舍饥民，救民于水火之中，解民于倒悬之苦。这在一定程度上赢得了民众的爱戴与拥护。马家的经营理念与方略是，"以德经商，广散其财，泽被四方"。马家人是真正的大商人，不是一般营务蝇头微利的小商人。大商人，一定会有大境界，大胸怀，大手笔。大商人往往心怀家国民生，他们不仅通晓商业的经营之道，而且更懂得家族事业长盛不衰以及保命存身的处世之道。马家人懂得有与无、舍与得、得与保的辩证关系，因此能够保持一百多年的繁荣兴盛并非是马家运气好，而是马家人懂得所有的荣华富贵与现世安稳来自有意识地付出。无论是面对朝廷庙堂，还是面对草根民众，都要认真经营，小心维持，只有"施舍"，才有可能获得。商人阶层没有一个不为利益而辛苦经营，在他们的心中收益的最大化是最为要紧的事情。但在聚财逐利的同时，鲜有人能够真正意识到聚财与散财的辩证关系。因此，每每会出现老子在《道德经》中所谓的"金玉满堂，莫之能守"的结局。而马家之所以强盛不衰，应该来自马家人懂得如何去经营，如何去保守，如何去发展。他们既不是贪图小利蝇营狗苟的势利小人，也并非漠视现实功利的清高者；既不是埋头赚钱，罔顾家国苍生的鼠目寸光者，也非倚仗财势之厚骄纵无比的盲目自大者。他们是真正为了家族的未来与荣光而辛苦经营的清醒明智的务实主义者。无论是驴（马）二爷，还是马四爷，均以马家的未来为念，施舍、宽容、善待他人，以容忍之心化解敌视者的怨恨之心。

三、家族仇恨的摹写

世间只要存在着利益就一定会有纷争，有纷争就会起冲突，因此围绕着利益所引发的冲突在所难免，冲突集中爆发有时还会引发残酷的杀戮。在中国历史上各地无论是宗族械斗，还是所谓的土客械斗，均屡见不鲜。持续不断地冲突，循环往复式地彼此杀戮，必然会在各自的心间种下仇恨的种子。"那仇恨一入心，便会生根发芽，于是你杀我，我杀你，便绵延成近百年的械斗。"为了让小小的仇恨种子能够长成仇恨的参天大树，以复仇者自任的人们想尽一切方法来铭记仇恨，并且训练强化勇于杀戮的心理与能力。小说中的杀手自幼就被伯父进行仇恨教育，为了从小培养杀手等子弟的残酷的杀戮之心，令其先从身边的小鸟与小动物来练手与炼心，如杀麻雀，腰斩小虫子，活剥青蛙、兔子和狗等。正像杀手所说，"心就是这样一天天练硬的。可以说，残忍已成了我的另一种生命密码。"长此以往，杀手逐渐将自己训练成复仇的机器，他立誓要用马家人的鲜血祭奠祖先的枉死的灵魂，甚至将复仇当作自己活着的唯一理由与宿命。他活着的目的已经非常简单，除了复仇之外，几乎没有其他任何追求。复仇成为生之唯一目的与决绝使命，令他忽略了人生中更为精彩的一切。

小说中木鱼妹同样背负着复仇的重责大任，为了要杀掉驴（马）二爷，给家人报仇，她从岭南一直追踪其到西北。为家人报仇，曾是她内心不贰的追求。木鱼妹的父亲因痴迷于木鱼书的搜集整理而荒废了家业，为了支持父亲的事业，她自愿卖入马家，给驴二爷痴傻的次子做妻子。因丈夫的年少与痴傻，情窦初开的她跟"大嘴哥"张要乐相好，而且逐渐成为亲密爱人。两人的偷情被她的傻子丈夫发现之后，慌乱之际，张要乐失手误杀了傻子。后来，木鱼妹一家人死于莫名其妙的大火。木鱼妹认定纵火的元凶是驴二爷，因为在她看来这是他图谋她家祖屋所在的风水宝地未能如愿而实施的残酷报复。她发誓要用尽一切办法竭尽全力杀掉驴二爷，为枉死的家人复仇。为此，她乔装打扮，貌若乞丐，风餐露宿，历尽艰辛。为了实现报仇的宏愿，她学习武艺，苦练武功；到了凉州之后，她又寄住在庙中，成为众人眼中依靠乞讨为生的邋遢无比的讨饭婆。木鱼妹虽然曾经有过接近驴二爷的机会，但她根本无法近身，因为驴二爷身边有比她的武功更为高强的女保镖。驴二爷对木鱼妹的刺杀行动并未介怀，而是再次告知她自己不是她要寻找的真正仇人。但她依然坚持自己的判断和看法，认定仇人非他莫属。但无论木鱼妹如何努力，要完成杀掉驴二爷的重任都似乎是一件艰困重重的事情。

仇恨意识使杀手的人性已经被彻底简化乃至异化，"不知不觉间，我的复仇目的已经异化了。最初，我加入哥老会，是有私心的，我一人近不了驴二爷的身。那么，墙倒众人推，有了几十、几百、几千兄弟的相帮，我就能踏平马家"。但有意思的是，对木鱼妹而言，仇恨意识却随着时光的荏苒渐渐淡漠，仇恨的毒药的药效在持久降低。尤其是仇恨意识遭遇不虞的爱情之时，仇恨意识简直就会彻底消解无踪。因此，木鱼妹不断地提醒自己，自己是一个肩负着重大使命的复仇者，但是一旦当她爱上了一个不该爱的人时，内心就只有深深的爱情而没有了恨意。虽然势不能为，但是情非得已。

四、人性之恶的刻画

人性恶是小说集中展示的另一个重要方面，仇家之间的杀戮、对违反传统伦理道德者实施的残酷的"石刑""倒点天灯"以及从母亲手中抢夺无辜的婴儿等情节，是小说中所刻画的人性之恶的几个主要面向。

不同宗族之间的仇恨越积越深，不断地杀戮与报复，在无休止的械斗中，人性恶的一面被充分激发出来，"械斗的双方，连妇女和婴儿也不放过。客民将土人的婴儿挑到矛尖上挥舞，土人剖开客民孕妇的肚子，更有剖出仇家的心脏炒了吃的，胜者为盗，败者为食。报仇者、雪恨者越来越多，因为死的人越多，仇恨也就越深。"仇恨是人世间最为极端的激情之一，在这种激情的作用下，人们的良知每每被遮蔽而不自觉。心怀仇恨者也常常成为仇恨的牺牲品，在仇恨的纠缠中往往没有最终的胜利者。仇恨的可怕之处，主要在于它可以不断累积，并以几何的形式逐渐增大。同时，基于仇恨的人性之恶，其爆发力往往难以掌控，一旦爆发，其带来的后果将是灾难性的。

木鱼妹与马在波在苏武庙的男欢女爱被发现之后，按照家府祠的判决和当地的风俗，木鱼妹应当被处以"石刑"，即对淫邪的女人要用乱石砸死，而且还要让她永世不得翻身。当得知即将要对木鱼妹施以"石刑"之后，民众早早地准备好了石头，紧紧地握在手中，准备投向这个亵渎了神灵的不洁女人。周围民众的"正义之举"，实际上却怀着尤比邪恶的心，他们围拢来，不过是要充当"正义法庭"的"人民陪审员"兼"司法警察"。"石刑"的存在也充分展示了人内心深处极为恶浊的一面，人们之所以赞成"石刑"的存在，事出有因。正如马在波所言，流行数千年的"石刑"的好处是，"谁都是行刑官，你只要愿意，就可以投出属于你的那块石头"。表面上象征正义审判的"石刑"，其实掩藏着民众内心的阴暗，"从人们的欢呼声中，我还听出了一种久违的期待。他们一定在等着这样一个机会。他们其实一直在等一种理由，让他们去剥夺另一个生命。他们好不容易才等到了这样的机会。他们用愤怒掩盖着那种兴奋。他们好像看到了鲜嫩婴儿的饿狼那样吧嗒着嘴。吧嗒声里，有种狂欢节的喧嚣"。如果不是胡旮旯向驴二爷禀告木鱼妹已有身孕，那么她极有可能会成为第十二个被乱石砸成肉饼乃至肉酱的"不贞洁的有罪的"女人。因此，"石刑"的存在展示出"今日我看人，明日人看我"的彼此互为看客的民族劣根性与人类嗜血的本能。

蒙驼队大把式巴特尔在内心阴暗报复心极强的豁子的鼓动下突袭了汉驼队，他们对陆富基进行了严刑拷打，追问黄金的埋藏地。但无论如何拷问，真汉子陆富基始终都坚若磐石，牙关紧咬，不肯泄露秘密。巴特尔等蒙驼把式无计可施，作为蒙驼队军师身为汉人的豁子更换了一种在他看来行之有效的方法，决定利用汉驼队中的败类来整治陆富基等人。在豁子的威逼利诱之下，汉驼队中的祁禄与蔡武之流为了苟全性命，对曾经有恩于他们的陆富基施以既侮辱人格又令人发指的"倒点天灯"的惩罚。

木鱼妹生育过两个孩子，一个是与大嘴哥所生的女儿，一个是与马在波所生的儿子。但这两个孩子都曾经遭遇被盗的悲惨命运，一个失而复得，一个则被当作人质。博大的母爱对于每一个女性来说，既是一种天职，又是一种义务，还是一种能力，即给予母爱的能力。母爱的被剥夺，无论对于作为母亲的女性还是作为儿女的孩子来说，均是世间最大的不幸与残酷。而由于帮派利益的驱动和为了达到特定的不可告人的目的，失却天良的人们不惜两次从木鱼妹怀中抢夺嗷嗷待哺的孩子。如果陆富基被"倒点天灯"是人性被黄金所异化，那么木鱼妹两个孩子的被盗，则折射出帮派利益对人性的异化。

也就是说，无论是陆富基的被"倒点天灯"，还是木鱼妹孩子的被盗，均表现出人性之恶。只不过前者多是由于私人的恩怨与对黄金的贪婪所致，而后者乃是特定群体利益与意志驱动之所为。

五、超越仇恨与信仰的生死恋的描绘

木鱼妹与马在波之间超越仇恨与信仰的生死恋，是作者在小说中予以浓墨重彩进行描述的重要内容。木鱼妹无法完成直接手刃仇敌驴二爷的重任，因此，在驼队中她又狠狠地盯上了驴二爷的长子，一心向佛修行的少爷马在波。最初她是怀着仇恨的眼

光来关注其一举一动，但后来，她内心的仇恨必须靠着自己的理性来发动。"我只有时时给自己打气，才能让我的复仇之火不熄"。马在波在木鱼妹眼中越来越可爱，他的言语身形已经在她的心里扎下了根。木鱼妹对他的恨逐渐消弭，爱意慢慢取代了仇恨，她情非得已地爱上了马在波。他成为木鱼妹"一生里最爱的人"，马在波的出现对木鱼妹而言，促使其人生态度与轨迹发生了巨大的改变，"因为他的出现，我硬冷的心变柔软了。因为他的出现，荒凉的西部不再荒凉了。因为他的出现，生命有了另一种意义——超越于仇恨的另一种东西"。她也曾在激越的情感与沉稳的理性之间苦苦挣扎，"自打进野狐岭后，我一直在往水中按那情感皮球，一直想将它埋到心灵的最深处。我强迫自己，让自己产生一大堆恨的念想，我制造出了无数恨的理由"。但最终木鱼妹情感的野马挣脱了理性的缰锁的束缚，还是与马在波缱绻万端如胶似漆地相爱了。在热恋的缠绵之中，她甚至一度忘记了马在波是驴二爷的长子，只是把其当作知心爱人，一心一意爱着他。情到浓时，身不由己，即使在马在波引颈就戮的时刻，她也无法送出手中的利刃。木鱼妹终于有了惊奇的发现，她心中曾经郁结的仇恨慢慢消失于无形。"我发现，我心中的仇恨，并不是一下子消失的。它像烟鬼吐出的烟圈一样，似乎有个过程。从早期的浓烈，到现在的淡化，是有迹可循的。除了岁月之外，还似乎有另一种东西在干预我的报仇。我想，是不是木鱼歌？是不是我在默诵那些木鱼歌的过程中柔软了自己的心？或者是爱？在我对马在波产生了浓浓的爱时，那仇恨就随之消解了？"

马在波是典型的富家子弟，是含着金汤匙出生的巨富之家的少爷。他曾被僧人认为是"班智达"转世，并希望他能够进入寺庙进行修持，但驴二爷为了他的安全起见，执意不肯让他出家。但马在波却一心向佛，坚持修行，而且不像其好色的父亲那样对异性感兴趣。在周围的人看来，他是一个极为怪异的存在，但他却生活在自己的天地之中，自得其乐。他要到胡家磨坊去找寻所谓的木鱼令，因为只要找到木鱼令他就能够进入自由自在的境地。"找到木鱼令，就能达成'三界唯心'，你就能实现你想实现的任何意愿。"木鱼妹的出现慢慢打破了他内心的安稳与平静。在记录木鱼歌的过程中，他逐渐爱上了木鱼妹。马在波将她视为其一直苦苦追寻的"垢净如一，无取无舍""行住坐卧，不离空明"的"空行母"，"我倒是真的将她当作成了空行母。从某种意义上说，她真是我命中的空行母。因为她激活了我作为男人的一种激情。在过去的二十多年里，我见过很多女子，有些也被称为美女，但她们是她们，我是我。她们打不破我的那种被罩入玻璃罩中的感觉。打碎那罩子的，让我感受到一种新鲜人气的，只有她。""胡旮旯也说她是空行母。我也按抄本经典上的要求观察过她，她确实具备莲花空行母的特点。"可见，首先是木鱼妹所独具的"空行母"的精神特质深深吸引了马在波，而不是其他。"她的脸上，仿佛有一种圣光。她的声音也充满磁性。我甚至忽略了她唱的内容，单纯地听那声音，就让我进入了一种过去不曾进入过的境界。我觉得，我的生命里，有一种东西被唤醒了。"后来马在波了解了她的真实身份之后，不仅没有憎恨她，相反还希望能够通过自己的死来消除她内心的仇恨。

被爱情冲昏头脑的木鱼妹身不由己地忘记了报仇，同样被爱情冲昏头脑的马在波身不由己地犯了色戒，两人忘我地相爱。他们最终找到了木鱼令，远离滚滚红尘，避开世间的喧嚣扰攘，来到野狐岭过着与世隔绝但却是神仙眷属般的幸福自在日子。可见，爱情对马在波所热爱的佛教教义及木鱼妹内心巨大的仇恨都起到了巨大的消解作用。

小说中还表现了民众对推翻清王朝统治的"革命"的看法与态度。哥老会首领齐飞卿搞"鸡毛传帖"的活动，希图以此来联络会众，共谋推翻清王朝的大业。推翻清王朝统治的革命，不过是起事者冠冕堂皇的口号，参加暴动的人其实心里很清楚，众人只不过是在广场效应的推动下"一哄而起，又一哄而散"的乌合之众。在一般民众眼中，"革命"不过是"你方唱罢我登场"的闹剧而已。无论起事者话说得多么高明多么动听。正如小说中的"大烟客"所说："我听过上百个贤孝，我知道从三皇五帝到大清的所有朝代的由来。每一些人造反的早期，说的都比唱的好，但一坐了龙廷，天下乌鸦一般黑。真的是一样黑，甚至更黑。""都是想抢别人手中的那个印把子，都是想从别人那里抢财富，都是想当老爷。但你们当上老爷后，只会比以前的老爷更坏。"

除此之外，小说还表现了一种对文化逐渐走向式微的挽歌情怀。拜金逐利的时代，文化的维模功能及其所独具的抚慰灵魂的作用慢慢被人们所遗忘，文化的价值与意义也已逐渐被世俗社会所忽视。大多数人在晨曦微露睡意朦胧睡眼惺忪之际，能够想到的第一件事便是如何赚钱和如何赚更多的钱，人们的眼中只有实际利益的考量，心灵逐渐被物化。由于人们已经忘记了生活除了真金白银的需求之外，还有内心宁静平和与富足自适的必需，将与物质食粮同等重要的精神食粮置之脑后也就不足为奇了。而作为"众人皆浊我独清""众人皆醉我独醒"的文化守护者，从世俗的角度来看是极为不幸的，因为他们必须接受一种宿命，"修妙音天女法的人，容易得到智慧，但可能会受穷。因为管智慧的女神和管财富的女神一向不睦，只要妙音天女喜欢你，财续佛母就不给你财富"。但从精神层面来看，他们又是清贫的富有者，当然他们拥有的不是耀人眼目的金币，而是拥有进入人类精神花园的"金钥匙"。可是，在灼人的"金浪"袭人的时代，在"金潮"汹涌的社会中，看重这"金钥匙"价值的人又有几何？木鱼妹的父亲倾其所有苦心孤诣地搜集木鱼歌，又有几人能理解他的良苦用心？"微斯人，吾谁与归？"

总之，小说叙事主题方面具有"杂花生树"的繁富特征。"野狐岭是末日的剧场，上演的，是欲望的罗生门；野狐岭是轮回的磨盘，转动的，是婆娑世界的爱恨情仇；野狐岭是寻觅的腹地，穿越它，才能找到息灭欲望的咒子；野狐岭是历练的道场，进入它，才可能升华；野狐岭是幻化的象征，走进它，每个人都看到了自己。"因此，《野狐岭》的叙事主题，可称之为包蕴宏富的混沌存在。

六、"差异性自由"表述的尝试

小说叙事主题的繁富性表现，表征着作者具有了相当的文学自觉。在陈晓明先生看来，在当下的读图时代，中国当代文学没有"本质性的东西缺失"，但要想突破目前所面临的困境获得重大发展，需要做的是"从现代性的思想氛围和美学氛围中解放出来"。同时，需要注意的是，"这种解放不是革命性的突变，而是在现代性的基地上，做出略微的变异——这使它既能最大限度地保持现代性的艺术表现成就，又能加入新的更活跃的因素，一种激活现代性美学记忆的那种美学量子——这就是审美的量子力学，它关注美学品质的最小值构成，由此才能真正抓住审美的决定性活力"。而"最具有活力的审美品质"就是"文学叙述或表现所具有的'差异性自由'因素"。所谓"'差异性自由'就是指纯粹的审美表现力：在文学叙述或表现中显示出的偏斜因素，在略微的差别中使严整的结构和平板的句式出现敞开的效果；使完整的人物性格和情节出现分离和更多的可能性；在单一的美学效果和情感状态中出现异质性的能量。"综观整部小说，《野狐岭》在叙事策略与技法方面的某些尝试，已经具备了陈晓明先生所谓的"差异性自由"表述的某些元素，盖有如下表现：

首先，确立了"属己的"小说观。何谓小说，小说的叙事到底要采取何种立场，如何来结构小说，不同的作家自有属于其自己的见解与做法。按照特雷·伊格尔顿的说法，"文学并不在昆虫存在的意义上存在着，以及构成文学的种种价值判断是历史地变化着的，而且揭示了这些价值判断本身与种种社会意识形态的密切关系。它们最终不仅涉及个人趣味，而且涉及某些社会群体赖以行使和维持其对其他人的统治权力的种种假定"。关于小说的概念，如何界定，恐怕也是见仁见智，各有各的道理。《野狐岭》的创作过程，可以视为雪漠先生小说观念的突变与实践的过程。他要从既有的小说观念的包围之中，奔突而出，颠覆原有的小说创作程式与规范，打破固有的小说创作的套路，另辟蹊径。"吃饭问题解决之后，我就想好好地'玩'一下小说，看它在我的手里，能玩出个啥花样。这一点，跟我的写'涂鸦小品'一样，我只是像用泥巴捏动物的孩子那样，除了享受那玩的过程带来的快乐，已经不考虑别人的喝彩了。至于稿费、版税之类，更是没想将它们跟我的小说创作连在一起。""需要强调的是，我所说的'玩'，当然不是一种轻慢亵玩，而是一种无求无功利，是一种非功利状态下的心灵飞翔，是一种无我时的智慧喷涌，是一种破执后的自性流淌，是一种享受生命本身的逍遥之乐，是一种安详地品味咀嚼而非沉重地担负，是忘却了外部世界独享自家风光的忘情，是洞悉了生命真相后的释怀，是窥破了世界游戏后的另一种参与，是随意能进入再跳出、能真正自由出入后的微笑，是想忽然博得母亲惊喜的顽童的恶作剧，是探险未知世界时的那种蠢蠢欲动。"

其次，虚化故事背景。小说的背景，被作者放在了"一个有无穷可能性的时代，这是中国历史上最具有戏剧性的时刻期，各种背景，各种面孔，各种个性的人物，都可以在这个舞台上表演，演出一幕幕让我们大眼张风的丑恶、滑稽或是精彩的故事"。无疑，虚化的故事背景，使得小说在表意方面更具象征性与丰富性。

再次，塑造了非典型的人物形象。小说中的形象皆非传统现实主义手法所塑造的典型环境中的典型人物，均带有非典型性，即性格的非完满性与非完成性。对此，雪漠先生有着自己的解释，"本书中，也写到了一些凉州历史上的人物，但他们，其实只是雪漠心中的人物，早不是一般小说中的那种人物了。他们其实是一个个未完成体。他们只是一颗颗种子，也许刚刚发芽或是开花，还没长成树呢。因为，他们在本书中叙述的时候，仍处于生命的某个不确定的时刻，他们仍是一个个没有明白的灵魂。他们有着无穷的记忆，或是幻觉，或是臆想。总之，他们只是一个个流动的、功能性的'人'，还不是小说中的那种严格意义上的人物"。

最后，游离于固有小说叙事策略及技法。一般而言，小说的创作主体最初开始进行创作之时，往往循规蹈矩，按部就班来考虑小说的结构及布局，按照写作成规来决定叙事策略及技法。只有当其经过若干次的创作历练，经过若干次成功与失败的积淀之后，他们才有可能会将小说的各要素调度自如，表现技法运用得得心应手，就像《庄子》中表面上看似目无全牛实则成竹在胸的庖丁一样，气度从容，潇洒自如，运斤成风。经过大量的创作历练与文学感悟之后，雪漠先生在这部长篇小说的叙事策略及技法也进行了较为充分的实验。在小说的叙事结构方面，雪漠先生为小说设置了开放式的结构，提供了具备足够想象力空间的情节与事件，希望读者在阅读小说的过程中，参与到小说的二度创作之中，共同完成或曰完善小说的叙事。"对《野狐岭》你也可以称为话题小说，里面会有很多话题和故事。有正在进行时，有过去进行时；有完成时，也有未完成时；更有将来进行时，在等待你的参与。无论你迎合，或是批评，或是欣赏，或是想象，或是剖析，或是虚构，或是考证，或是做你愿意做的一切，我都欢迎。这时候，你便成了本书的作者之一。我甚至欢迎你续写其中的那些我蓄势待发、却没有完成的故事。"同时，他采用虚实两种叙事立场与叙事视角，一是采用探究驼队神秘消失之因及探险野狐岭的"我"的单一叙事立场和视角；一是立足于为数众多的"幽魂"立场，采用多重叙事视角，构成了陈彦瑾所言的"罗生门"叙事结构以及陀思妥耶夫斯基式的"'多声部'叙事"特色，"《野狐岭》的好看不仅仅因为它讲故事的方式——它的'探秘'缘起，它的《罗生门》式结构，它的陀思妥耶夫斯基式的

'多声部'叙事，它的叙述'缝隙'和'未完成性'"。值得一提的是，小说的幽魂叙事的探索与实践，使得整部小说在叙事内容的表现和叙事节奏的把控方面更加自由与自如。小说的主体，由"我"与野狐岭游荡的幽魂的"二十七会"构成。每一"会"中，不同的幽魂根据自己的记忆，叙述事件的来龙去脉，对同一个事件，不同的幽魂由于立场的不同和记忆所存在的差异，其叙述也可能会有所不同。这个差异，似乎是作家故意卖的一个破绽，至于事件到底如何发生，如何发展，需要读者根据小说中所塑造的人物的性格以及已经构织的情节，甄别真抑或伪，判断是与非。

　　总之，雪漠先生的长篇小说《野狐岭》叙事主题极为宏富混沌，其小说叙事策略与技法方面的努力，也具有一定的探索性。

［刊于《海南师范大学学报（社会科学版）》2016年第6期］

参考文献

［1］雪漠：《野狐岭》，人民文学出版社，2014年版。

［2］陈晓明：《不死的纯文学》，北京大学出版社，2007年版。

［3］［英］特雷·伊格尔顿：《二十世纪西方文学理论》，伍晓明译，北京大学出版社，2007年版。

生命质感和灵魂超越

——评雪漠的《野狐岭》

张凡（北京大学中文系博士生）

党文静（石河子大学文学艺术学院硕士研究生）

引言

西部文学最新长篇代表作《野狐岭》自出版以来，引起了当今文坛及出版界的极大反响和普遍关注。这是作家雪漠历经了"大漠三部曲""灵魂三部曲"之后的强档出手，是融合了雪漠长篇"大漠"与"灵魂"两大叙写主题的一次"混搭"，这副2014年的文学"新面孔"令读者们倍感新异、震撼之余更多的是惊心动魄。文本中那些扣人心弦的故事情节和"雪漠式"的人生顿悟令人应接不暇、惊艳不已。更重要的是作家运筹帷幄，妙笔生花，实现了小说整体意义上的完美"超越"，即作品形式、创作风格以及思想内容均达到了一种普遍的、统一的生命质感与灵魂超越。作家雪漠曾不止一次地提到其作品是一种"灵魂深处的喷涌而出"，这里的"喷涌"之姿既彰显了作家专情笔墨的勾魂摄魄，更突显的是雪漠书意人生的荡气回肠。就此而言，作家在《西夏咒》中有言："但聊以自慰的是，它跟我以前的创作一样，是从灵魂里流出的真诚。"同样在《白虎关》（代后记）中又言："从某种意义上讲，我其实不会写作，是作品它自己往外涌。""我是个很'自私'的人，我的写作，更多的是为了享受灵魂酣畅流淌时的那份快乐。"诚然，这里有作家的自谦之意，但个中极为人所注意的是作家雪漠对待文学创作的那种姿态与风范——灵魂的真诚流淌。正因这一点缘由，作家雪漠从未让欣赏、喜爱他的人失望过，从"大漠三部曲"到"灵魂三部曲"，再到如今的长篇《野狐岭》，这一路走来尽是作家的坚持与恪守，既不刻意迎合流俗，也不从众曲意承欢，始终以一颗真诚之心满怀深情地书写他所熟知的"西部世界"。这种一以贯之的创作姿态使《野狐岭》这部小说的内部涌动着一股强劲的生命力量，每个灵魂都有着无穷尽的、对于倾诉的渴望，凡是进入其中的人无不被文本中这巨大的诱惑所吸引，深切感受到作品深处蕴含的生命质感及动力之源。从这个层面来看，进入"野狐岭"的每个人、每个魂灵都可以在这段奇特的经历中找到曾经的"我"或是某个阶段的历史"原本"，从而完成对人的灵魂的一种"跨界"。

一、从"质感"说起

从很大程度上来看，不论是作为个体存在的"人"还是以群体存在的"人类"，始终有种探寻或追问生命存在价值及意义的内在自省机制，这种潜在的自觉时刻不忘规训人们去审视自我、反思自我的生存状态，并在现实境遇中思考、预测着未来生活的脉络与走向。人的生命的本质特征在于不断实现自我超越，并在现实与理想的纠结博弈中彰显生命的巨大张力。"生命感是外物对人心理的刺激而体现出来的一种感觉，由于外物体现出了有生命物体的一些特性，如生长、前进等，使得人们对此物体产生了审美愉悦。"东汉许慎在《说文解字》中有言："天，从一，大。"可见，人立天地之间，天乃是一个大的人。古有"天人合一"，它昭示了"人的生命和宇宙自然的生命在深层结构上是相合的，是一种气息相通、主客同构、心物共振、和谐统一的生命共感关系"。而"质感"一词源于造型艺术，属于这一领域的专有名词，它的出现与视觉、触觉等人的感官密切相关。一般而言，"质感"常常用来指称非实物性的艺术所带来的审美体验："实物可触可摸，不缺质感，非实物的艺术，如绘画，将立体的事物表现为平面的形象，其是否动人，就看它是否通过其形象唤起人的质感。这种质感并非实有的质感，而是一种如同幻觉般的错觉，一种由视觉转化而成的触觉，也即通感或移觉。"通常对文学作品的审美体验也亦如此，衡量一部文学作品的基本标准就是看其所描写的内容能否唤起读者的强烈共鸣，即是否能充分调动起人的心灵、包括触觉——质感在内的各类感觉。

好的艺术需要质感，更需要生命的质感。对于文学创作而言，形成"质感"只是一个良好开端，其后更为重要的是让作品流淌出一种"生命的质感"，即文本中"所塑造的形象、所表现的生活应当如在目前、如可触摸，让人能感受到冷热粗细，让人产生触摸般的、活生生的真实感"。从这个层面来看，长篇小说《野狐岭》就是这样一部到处涌动着"生命的质感"的作品，它源自雪漠个人的生命体验，是他特有的对生命之旅敏锐、细腻且饱含深情的深刻感悟，同时也是西部作家一种文化品性的自由释放与充分表达。正因作家这种细致入微的生命体察，使得《野狐岭》具有不同寻常的意义。"野狐岭下木鱼谷，阴魂九沟八涝池，胡家磨坊下找钥匙。"这首千百年来被广为传颂的凉州童谣，犹如天外之音穿透人心，指引雪漠围绕"野狐岭"向世人展示一次惊心动魄的探秘之旅。百年前，西部世界里两支著名的驼队，一支蒙驼，一支汉驼，他们在野狐岭神秘地失踪了。百年后，"我"来到野狐岭，以一种灵魂"入窍"的越界方式与曾经的他们相遇在一起，"我"手持召请咒，制造出一种神秘的"结界"，"我"便可自由往来于阴阳两界，倾听幽魂们的自述，追寻那遥远的、逝去的驼队足迹。

文本中除了"我"与两驼一狗属于阳世，都是活生生的生命外，其他的都属于阴司，是已逝的魂灵。这些魂灵所依附的肉体虽已消亡在尘世间，但他们却以另一种方式（即雪漠在小说中所谓的"暗物质"和"暗能量"）存在下来。有时候，灵魂的喧哗与躁动足以令人为之咋舌。通过这些幽魂之口，人们可以感受并想象到一种虚幻的真实，一种生命的真实，一种超越的真实。"他们有天眼通，能看到一般人看不到的世界；他们有他心通，能洞悉别人的心思；他们有天耳通，可以任意地听他们想听的声音；他们有宿命通，能了解自己的前世和今生。在六通中，他们只没有漏尽通，所以还有烦恼。"魂灵们对生命的感悟似乎比活着的人多了一丝豁达与通透。作家有意将我们置于这亦真亦幻、亦虚亦实的"野狐岭世界"之中，深切感触那股"喷涌"的生命激流。魂灵们不愿轻易地随风而逝，执拗地以魂灵之口讲述自己生前的经历与故事，其间的"生命质感"便在这一团团"气"中弥漫开来。

二、涌动的生命质感

木鱼妹是《野狐岭》中极为重要的线索人物之一，也是唯一的女人，一个会唱木鱼歌的女人。她有多重身份，每一个身份都代表着这个女人一段充满传奇意味的人生经历。从某种意义上看，木鱼妹的漫漫人生路可谓是困难重重、举步维艰，但正是这种艰难的环境才显得她生命的弥足珍贵，她在与命运不断抗争中舞出了一曲曲荡气回肠的生命旋舞曲。听起来，她的自述有时自相矛盾、疑点多多，但这丝毫不影响她个人的魅力以及在小说中的重要位置，一种"巾帼不让须眉"之感油然而起。相比之下，"野狐岭世界"虽说是属于男人作业的专属区，但木鱼妹的存在方显这一"专属区"的不同寻常，原本一股雄突突的味儿就此有了些许的水灵。木鱼妹家住岭南，其阿爸是一个文人，他把毕生的精力都放在了搜集、整理和编纂木鱼歌上，只可惜一辈子穷困潦倒。可以说，一场大火让木鱼妹从此走上了复仇之路。为了报复驴二爷（木鱼妹自己认定的凶手），她四处奔波，见衙门就进，见官就拜，甚至挑起了一场被后来历史所记载的"土客械斗"事件。由于官兵的介入，血腥事件最终被平息，驴二爷也因此随驼队起场打算躲回老家。而这时的木鱼妹，她的心早已被仇恨遮蔽，一心就想血债血偿，由此踏上了从岭南到凉州的刺杀之旅。为了不被怀疑，她不惜将自己打扮成老乞婆，暗中跟踪驼队，寻找刺杀时机。可是，长期昼伏夜出的生活让木鱼妹深切感到了黑暗的无边无际，干渴、饥饿、狼祸以及破鞋等不时地侵袭这位弱女子。满面污垢的木鱼妹不仅要跟自身生理上的痛苦与困扰做斗争，还要跟个人心灵的孤寂做斗争。几经梦魇般的长途跋涉之后，木鱼妹终于到达了目的地，然而陌生环境下的一切让她难以适从。从老乞婆变成了拾荒婆的木鱼妹时刻警醒自己不要忘却仇恨，苦练武艺偷袭马家堡子，一次行刺未果，便继续二次行刺，结果被驴二爷逮了个正着，她被关进了堡子里的牢房。

显而易见，木鱼妹的复仇之路走得太艰辛太蹉跎，经了一波波的风吹浪打，陷入一次次的生命绝境：亲人之死、杀手追杀、千里寻仇路上的生死跋涉，还有世人的白眼。两次失败的复仇之举夺走了她生活所依及全部支撑，一种漂泊无依、疲倦麻木之感瞬间笼罩了她。可是，让人深感意外的是驴二爷竟然放了木鱼妹。而之后她的经历仍然是个谜——被沙眉虎劫走的木鱼妹又奇迹般地回来了，她到底经历了什么？小说并没告诉我们，悬念就此而生，留给人们一个巨大的想象空间。就木鱼妹而言，她在复仇路上所经历的千辛万苦让人们倍感生命的沉重与孤寂。将这么个弱女子放置在错综复杂、充满变数的世界里，尽显了木鱼妹行走江湖的无比艰辛与凶险程度。可以说，为了复仇，木鱼妹背负了太多本不该承受的苦难，复仇之焰浇灭了她的女儿心，使其莫名地卷入一场场苦难之中，比如加入哥老会，参与凉州历史上有名的暴动。事实上，木鱼妹的复仇动机早已随着时间的推移、外部世界的千变万化发生了异化，她个人的复仇融进了民族的、全人类的历史重负。个人的命运沉浮早已偏离了最初的生命轨迹，被莫名的阴差阳错带进历史的滚滚红尘中去。不言而喻，雪漠的视野是宏大而开阔的，他力图将个人命运、家国历史及整个人类的演进融为一体。个体的某种行为实际上正是那个时代影响的结果，人类的历史有时就因一个莫名其妙的改变产生了莫须有的仇恨，继而发展、迅速扩大，甚至带来残酷的血腥争斗，或许历史就是在这种莫名状态下向前迈进的。换言之，但凡要经历一次历史变革都免不了要有牺牲，人们总在寻找由头为其增添几丝理性的底色，犹如木鱼妹的一生始终有股"复仇"的冲动在蛊惑着她，让她的心无法宁静下来。或许最初的放火杀人者并非驴二爷（可能是他人栽赃嫁祸），但我们也不能就此断定木鱼妹的一生就会平静如水。历史不能假设，雪漠是深悟此道的，他深邃的目光正源于此，他捕捉到了伟大历史进程中的某些荒谬与残酷的瞬间，将生命个体的一生放置到历史的长河中去对比与反思，关注人的命运的起伏变化，突显一种"生命的质感"，哪怕那种生命的执拗与坚韧出自某种狭隘的初衷。

人生无法臆测，命运更是来无影去无踪；人的命运总是难以捉摸，惊艳中带有几缕彷徨。复仇的火焰固然使木鱼妹变得冷漠机械、孤寂生硬，可她却在复仇的路上邂逅了真正的爱情。木鱼妹接近马在波是出于她复仇的动机，可就在木鱼妹尚未报得大仇时，驴二爷已半身不遂、只剩下半条命了，木鱼妹不甘心如此轻易放过仇人驴二爷，就想以了结马在波的性命来实现自己的复仇大计。她希望马在波加入哥老会，或成为革命党，借清家之手给马家来个满门抄斩，以期斩草除根、以绝后患。于是在飞卿的安排下，木鱼妹洗去身上的污垢，恢复了原本鲜活的女儿身，以一种全新的形象住进了马在波修行的苏武庙。在随后与马在波的朝夕相处中，木鱼妹的少女之心日渐苏醒，且愈加柔软，马在波的沉静与淡然让她心动。由此她的心开始背叛了她的初衷，木鱼妹发现自己竟然爱上了仇人的儿子。一首用凉州方言唱出的木鱼歌《禅院追鸾》让马在波对木鱼歌动了心，也因此爱上了木鱼妹。爱情之火以破竹之势卷走了二人心头仅存的顾虑，不久他们俩便发生了关系。"人从巧计常安排，天自从容做主张。"仇人变成爱人，至真至纯的真爱战胜了原本坚硬冷酷的复仇之心，它温暖并润泽了木鱼妹的心田，它同样也激活了马在波生命中本有的激情。爱的力量从根本上改变着木鱼妹，一种脱胎换骨之感使木鱼妹得以静下心来，思考、规划并享受属于自己的生活，而不是为复仇而活。生命的质感便由此延宕开来。人是感性的动物，木鱼妹在爱情的感染下，卸下了仇恨的担子，释放出了生命的本能与激情，以一颗生机勃勃的少女之心去感受生活、感受人生，使人们感受到那一股股扑面而来的新鲜的、饱含质感的人气。

当然，这种生命的质感在《野狐岭》中不仅发生在木鱼妹与马在波的身上，其余人物的生命经历也都有这样的一种状态，文本中随处可见那种奔放豪迈、坚韧顽强、跌宕起伏、充满生命蓬勃张力的不朽篇章。不论是凉州历史上的大英雄齐飞卿，还是硬气仗义的陆富基、乐观善良的李大嘴，反派人物巴特尔、豁子、沙眉虎、杀手，他们的人生体验无不令人惊叹咋舌，从他们身上可以看到人性的丰富以及错综复杂。"金无足赤，人无完人。"正面人物身上会有瑕疵，反面人物身上也有闪光点。"戴着镣铐跳舞"固然是每个人的宿命，但生命的丰富与厚重就在于并不因这些外在的束缚而露出丝毫怯意，生命的质感与力度就在如此的坚持与跌宕中迎面而来。

三、灵魂超越的表达

至于何为超越？老作家王蒙曾有过这样的论述："文学反映人的生活包括精神生活，超越是反映的延伸或变化。""艺术之所以是艺术，恰恰因为它反映了却又实现了对现实的某种超越。"从某种意义上来说，遭遇野狐岭成了众幽魂们实现自我价值超越的"结点"，他们一路艰辛，一路挣扎。"一个人的心念会改变一切，你有哪种情绪，便会招来哪种结果，许多人就是用一种良好的心态改变了命运。"作家笔下那些立身于"野狐岭世界"的灵魂们，一个个具有独立的人格、鲜明的个性和决然而去的超脱与练达。他们坦然接受命运的捉弄，在苦难中积蓄抵抗的力量，在苦难中思考人生的真谛，在苦难中获得灵魂的超越。或许，当我们无法改变命运时，能做好的便是改变对命运的态度。

"人类的生命存在一个永远逃避不开的二律背反，人生而不幸又生而有幸，人生而有限又无往不在超越有限，真实的生命正在于对生命有限的超越。"《野狐岭》中的幽魂们用特有的方式践行着每个人的生命之旅。盘旋在他们头顶上方的命运磨盘不停转动，时间的齿轮带着血腥的气味在过去和未来翻转，眼前的世界危机四伏，末日大限紧随他们的脚步。尽管在现实面前他们的挣扎惨淡无力，但他们依旧未改初衷，毅然决然地继续前行。"那个末日里，我们没有找到那个印象中的建筑物，但我们在找的过程中，活了下来。要是不找，我们早就叫沙埋了。大家都在找，都想找，找呀找呀，就活下来了。要是不去找胡家磨坊，我们定然会躲避风沙，但那风沙，是躲不了的。只要我们静在某时某处，那流动的沙墙，立马就会埋了我们。正是那不懈的寻找，才救了我们。"这种茫然之中不迷茫、无妄之中不懈怠的寻找与坚持，使一个个幽魂们自此获得了一种存在状态的永恒与超越。

马在波这一人物在小说中被作家赋予了另一种意义及表达。对有志于修行的马在波来说，"寻找"是他生命的主题，也是他活着的宿命，他的生命存在本身意味着一种超越。他之所以进入野狐岭，是为了寻找那传说中神秘的秘境，那秘境的钥匙在胡家磨坊里，人称"木鱼令"。木鱼妹的出现无疑给马在波的"寻找"带来了希望。在马在波看来，"她既是个女子，又像是一首歌，更像是秘境或秘符"。马在波虽身在修行，却也是一个有着七情六欲的堂堂男儿，"他也有欲望，也有爱情，也有出离心，他的出离心也跟他的爱情纠斗着。唯一能显示他与众不同的，是他的心"。马在波有一颗圣者之心，作家在其身上有意注入了一股神秘的超越力量。"作为小说整体的超越叙事，是由修行人马在波完成的。马在波有一种出世的视角，在他眼中，前来复仇的杀手是他命中的空行母，疯驼褐狮子的夺命驼掌是欲望疯狂的魔爪，天空状似磨盘的沙暴是轮回的模样，野狐岭是灵魂历练的道场，胡家磨坊是净土，传说中的木鱼令是可以熄灭一切嗔恨的咒子。因为有了马在波的视角，野狐岭的故事便有了形而上的寓意和境界。"马在波眼中的一切事物都是心的倒影，人活着如同身在梦境之中，生命是一种幻觉，但他并不因此变得浑浑噩噩、整日无所事事，而总是以积极努力的姿态活着，不懈地寻觅可以改变世界末日的那种存在。"任何事情，无论到了如何不可救药的地步，其实都是有药可救的。只是，你要找到那药。"他始终坚信："世上定然有那样一种东西，可以改变某种本来改变不了的东西。"遭遇野狐岭让马在波获得了真正意义上的修炼，实现了真正意义上的升华；同时突破灵魂原有的窠臼，最终实现了自我的超越。

在"野狐岭世界"里，不仅有人的超越，还有动物的超越、历史的超越。作家之笔不仅跨越了阴阳二界，还打通了人畜之隔，塑造出黄煞神、褐狮子这两头个性鲜明的骆驼。对骆驼世界的细致叙述可称得上是文本中的点睛之笔。在雪漠看来，这些动物不再是人类的附庸、任意使唤的工具，而是与人一样有血有肉、有欲有求、有情也有义。黄煞神与褐狮子之间发生的争斗起于对母驼俏寡妇的争夺，"英雄难过美人关"——在骆驼世界里它们的思维与人类世界无异。换言之，人类世界的残酷仇杀映现在动物世界里同样残酷无比。黄煞神在与褐狮子的较量中，为了挽回面子，不惜使用阴招击中了褐狮子的要害部位，致使褐狮子因此失去了生殖能力，进而变成了一只疯驼，最终死于人类的枪口之下。古语云："胜者为王，败者为寇。"为了维持既有现状和固有的权力与地位，驼王对威胁到其领地、挑衅其势力范围的驼往往痛下黑手，长脖雁因此而成了牺牲品。位于自然界食物链顶端的高级动物——人类在遭受"优胜劣汰"意识的裹挟下，经常发生人与人、人与其他物种之间种种争夺生存资源与生存空间的暴力行为；为获取仅有的生存权动物和人都必须付出巨大的艰辛，至此一种对生存的无奈感油然而生。从这个层次上看，作家雪漠是极具超越性的，他看到了生物界最残酷、最真实的一面，洞悉了生之艰的虚妄与挣扎，而这些是隐匿在《野狐岭》文本深处的超越人类社会的"超视距"背景与大格局。当然，雪漠对人类及骆驼世界的观照也有包容的一面，对人与动物之间的脉脉温情自然也不会忽略。黄煞神虽干了不少坏事，却也做过不少好事，可见驼性与人性一样复杂而多面。它救过其他人，是汉驼中的民族英雄。在马在波险些丧命的危急时刻，它勇敢地上前搭救，将马在波从那疯驼的魔掌下救了出来。总而言之，对骆驼世界的勾勒刻画体现出作家雪漠非同一般的人生感悟力与生命洞察力，表面看起来写的是动物界的凶残与杀戮，事实上渗透了作家对人类自身的血腥与残酷的一种现代性焦虑与深刻反思，雪漠潜意识中有一种关切生态自然的自觉。

小说中对历史的超越则体现在作家对凉州历史的反思态度，尤其对清朝以后的近现代史的深刻反思。凉州史上的民族英雄齐飞卿在临死前曾说过："凉州百姓，合该受穷。"这句话的背后隐隐透着一种怎样的无奈心情？还是另有一种英雄末路的慨叹身在其中？面对生活在凉州这块土地上的人们，齐飞卿抱着一种爱恨交加的复杂情怀，既同情这块土地上受苦受难的人们，也恨他们的怯懦、安于现状和不敢抗争。这里有鲁迅式的"哀其不幸，怒其不争"。面对"那么多的看客，竟然没有一个人吼出那一声"，"那刽子手说：齐爷，你的人活完了。他的意思是，我没有活下一个能为我说话的朋友。"麻木的"看客"令齐飞卿痛心而愈感悲凉。关于齐飞卿的死有很多传说，大多数是为其感到惋惜，但木鱼妹有一段事关未来的推想却值得玩味："多年之后，马在波成了地主，我就成了地主婆。马家的财势，成了我们还不清的宿债……比起那'四类分子'的生涯，我在驼道上吃的那些苦，定然算得上享福了。那时节，我定然也会时时想到飞卿，每次想到他，便定然会欣慰他的早死，他要是活到后来，也会经历另一场摆脱不了的噩梦。那种可怕，似乎不弱于那个野狐岭上的末日。"木鱼妹与马在波选择了另一种人生，他们远离尘世纷争，重新回到野狐岭，因此躲过了此后几十年的风风雨雨，最终实现了各自的升华。作家雪漠在这里凭借木鱼妹之口表达了自己对那段特殊年代里整个社会惨遭不公正待遇的历史的质疑。从某种意义上看来，"野狐岭世界"是社会的缩影，这里发生的故事多少有着历史与时代的影子，对这个世界的深切观照是作为一名知识分子所应具有的时代责任，这种对历史本身的质疑与深度反思其实就是对历史的一种超越。

四、一种世界情怀

"对于所有的现代人而言，拯救我们的是我们自己，你无力改变喧嚣的世界，但你可以保持平静的内心，那么你同样可以得到精神的最终救赎，灵魂的超越。"从这个层面上来理解，不论是横跨物种之间的主体超越还是穿越前后历史的思维超越，其本质上是突出人的灵魂的超越，由此获得人类自身在精神层面上的一种自我救赎。作家雪漠以《野狐岭》这一富足的文本表达其个人的一种世界情怀，而这正是小说内蕴拥有无限深广度的根由所在。小说中的马在波一直走在"寻找"的路上，他的这种状态并不是出于物质层面的需求，而是带有精神指向的终极诉求。在人的世界里每个个体都在"寻找"与"找到"之间循环往复，并最终走向个体生命的最深处。但究竟"寻找"什么？又"找到"了什么？就因人而异，各不相同了。"寻找"是一种人生的姿态，也是一种生命的情怀。不求结果地"寻找"下去，此处的"寻找"就有了形而上的意义与表达。佛家有言："众生皆平等。"生来即平等，万物皆如此，人亦如此，本不该有高低贵贱之别。"众生平等属于道德价值观，它是性智平等在人类道德生活领域的具体表现……众生平等指无量诸有情相互平等，主要指人与人之间相互平等。这是佛教伦理最具特色的重要理论。"事实上，现实世界里存在的三六九等之分，其根源在于人心在作祟。作家以一种世界情怀对此予以观照，其立场是持一种批判的态度。

古凉州之地（今甘肃武威）地处我国西北地区，深受藏传佛教的影响。自幼生长于此的雪漠对佛教文化有着天然的亲切感与认同感。从小的耳濡目染加之其敏感细腻的心性，形成了雪漠对佛教思想的青睐与推崇。从很大程度上来看，深受佛教思想、佛教文化影响的雪漠，其文学创作始终秉承一种众生平等的世界情怀。这不仅表现在他能够横跨阴阳二界、打破人畜之别，也体现在作家在文本中最大限度地还原了众生百态。正如资深编辑陈彦瑾在评价雪漠小说时所言："《野狐岭》里无圣人，无审判者和被审判者，只有说者和听者。说者有人有畜，有善有恶，有正有邪，有英雄有小人。这些人身上，正邪不再黑白分明，小人有做小人的理由，恶人有作恶的借口，好色者也行善，英雄也逛窑子，圣者在庙里行淫，杀手爱上仇人，总之是无有界限、无有高下、无有审判与被审判，一如丰饶平等之众生界。"

一个个幽魂从供台上走下来，讲述自己在野狐岭的经历与故事，口述过程中往往嵌入"过来人"对人生、对生命的一种感悟和通达。幽魂们回想生前的那些人那些事，似乎少了份执拗，多了份豁达，他们对自己生前所做的往事常带有一种价值判断和反思观照。他们不再回避自己的过失，勇敢地承认自己的错误；对于荣誉，他们不会有客套的推脱，而是坦然接受，并与他人一起分享个人的光辉事迹。

从文本中看来，作家笔下每一个人物形象都极其丰满、个性鲜明，而这些人物性格的形成具有一种渐进性与因势而变的派生性，由此成了一个个立体多面的"形成体"。小说中的各色人等通过类似马在波的那种"寻找"实现了自我灵魂的一个个超越。随着个人阅历的加深以及世事风云的变化，每个人物的性格都会发生某些改变，并非单一、呆板的类型化堆砌，小说中各色人物性格的丰富性和多样性正是作家在小说创作中力图达到的"丰饶平等之众生界"。可以说，雪漠的创作视野并不回避动物世界，他把对人类世界的深切观照同样赋予动物世界，从这个意义上看，对骆驼世界的构思与布局就带有这种"众生平等"的世界情怀，而这又是另一层意义上的超越。总体而言，"野狐岭世界"里的一切对雪漠来说都是弥足珍贵的生命体悟。作家试图捕捉住那一个个逝去了的人的倩影，洞悉每个人生前死后的生命真相，为人们精心设计出一系列具有独特个性的人物形象，他们不是圣人，也不是完人，只是些普普通通、有血有肉的平常人，他们的历史有待后人去补充与完善，无论好与坏，只要你愿意走进人物的内心，便会寻得一个别样的存在。在作家眼中，无论是小说人物还是现世中人都可以平等地参与到野狐岭的探秘中来，由此完成个体生命的再创造。

结语

从《大漠祭》《猎原》《白虎观》的"大漠三部曲"到《西夏咒》《西夏的苍狼》《无死的金刚心》的"灵魂三部曲"，再到第七部长篇《野狐岭》，雪漠实现了从以往的"大漠"与"灵魂"两大叙事主题的各自为政，到如今的相互激荡与渐进融合，这个显著的转变中间渗透了作家始终如一的创作理念，即"写出一个真实的中国，定格一个即将消失的时代"。

毋庸置疑，雪漠的文学创作是一种真挚情感的自然流露，没有丝毫的矫揉造作、无病呻吟之态，"灵魂的流淌"是其文本创作的典型范式。在这个物欲横流、追求速度与激情的时代，对于灵魂的思考与坚守似乎并不好读好懂，然而作家并不甘于随波逐流、人云亦云，而是坚持自己一贯的姿态与立场。正如雪漠在《野狐岭》（代后记）中所言："许多时候，我们是可以不必太在乎世界的。真正的文学，其实是为自己或是需要它的那些人写的。老是看世界的脸色，定然写不出好东西。"正因如此，雪漠试图通过文本塑造向人们呈现出许许多多的"独一个"，这种怀着至诚之心去书写人生、生命以及灵魂的作品是当前这个时代亟须的精神养料。"《野狐岭》中的人物和故事，像扣在弦上的无数支箭，可以有各种不同的走势、不同的轨迹，甚至不同的目的地。""它是未完成体，它是一个胚胎和精子的宝库，里面涌动着无数的生命和无数的可能性。""野狐岭世界"里所有的生命个体都有不同的印象与体会，在这里每个人都会找到自己，找到生命的价值与意义。从某种意义上讲，文本中时刻涌动的生命质感常常使人感动落泪，作家对待生命的真实态度不时地触动人们心灵深处那根最敏感、最柔软的情弦。幽魂们口述的不同内容实际上是一个个有价值的生命体的个性表达与人生感悟，一次又一次的叙述逐渐拼凑、叠加在一起，进而勾勒出一幅丰饶平等的百态众生相。作家借幽魂之口实现对个体的超越、物种的超越以及历史的超越，从而达到更高层次上的灵魂超越，以此获得一种人生的体验和心灵的慰藉。

[刊于《海南师范大学学报（社会科学版）》2015年第3期]

参考文献

［1］参见雪漠：《西夏咒》，中国大百科全书出版社，2017年版。

［2］参见雪漠：《白虎关》，中国大百科全书出版社，2017年版。

［3］王春霞：《生命感是未来设计发展的重要标志》，载《科协论坛》，2010年第12期。

［4］王文革：《艺术需要生命的质感》，载《中国艺术报》，2012年2月3日。

［5］雪漠：《野狐岭》，人民文学出版社，2014年版。

［6］王蒙：《选择的历程》，载《光明日报》，1985年10月10日。

［7］任宏志：《苦难生命的灵魂超越——但丁及〈神曲〉中人神对流苦难意识的生命美学观照》，载《玉溪师范学院学报》，2002年第4期。

［8］陈彦瑾：《雪漠长篇小说〈野狐岭〉：灵魂叙写与超越叙事》，载《文艺报》，2014年8月6日。

［9］姚艳梅：《痛苦的探索，灵魂的超越——解读索尔·贝娄笔下的知识分子形象》，载《电影文学》，2011年第5期。

［10］张怀承：《简论佛教伦理思想的基本观点》，载《伦理学研究》，2006年第5期。

追梦彼岸世界的想象与建构

——评雪漠的长篇小说《野狐岭》

张凡（北京大学中文系博士生）

党文静（石河子大学文学艺术学院硕士研究生）

引言

作家雪漠的小说世界是独特而深邃的，字里行间充满了迷幻的蓝光。《野狐岭》的问世再次将作家那深邃、灵动的内心推向一种高度，成千上万的文字被凌空汇集成一支支招魂的幡随风摇曳，将埋藏在西部荒野上的一个个早已逝去的灵魂重新唤回，这无疑为《野狐岭》这部小说设计了充满悬疑色彩的叙事底色。放眼望去，四野无人，远处飘来的阵阵驼铃声激起了人们内心深处的一种忧虑与不安。构思精巧、悬念重生的小说文本讲述的是百年后的"我"关注起百年前西部两支著名的驼队在野狐岭神秘失踪的故事。为了破解这个神秘、匪夷所思的世代谜团，"我"循着驼队曾经的足迹进入西部荒野之地——野狐岭，由此开始了一个人的探秘荒野之旅。红尘往事，并不如烟，曾经的驼队与"我"内心彼此激荡，一种深藏已久的期待被瞬间唤醒。"我"持咒招魂，走访那一个个逝去已久的灵魂，倾听他们口中与"野狐岭"有关的那些人那些事，可以说，"野狐岭世界"也是在一次次的幽魂叙述中逐渐清晰起来……作家用灵魂叙事的方式构建整部小说的叙述框架，同时融入了悬疑、推理等侦探小说的现代因素，人们唯有将文本细细品读，寻觅文本暗处隐蔽的一个个历史与时代的"缝隙"，探寻驼队背后的事实真相，体味雪漠那充满宗教关怀的灵性文字以及领会其走进"野狐岭世界"的某种神秘意图。

一、"鬼话连篇"的灵魂叙事

古希腊哲学家柏拉图曾说："如果我们想获得关于某事物的纯粹知识，我们就必须摆脱肉体，由灵魂本身对事物本身进行沉思。"众所周知，柏拉图区分了理念世界与现象世界，且理念世界是高于现象世界的。就生命个体而言，灵魂属于理念世界层面，肉体属于现象世界。人类若是想延伸自身思维的深度，以期达到对事物更为深刻的认知，则需要依赖于灵魂，灵魂是高于肉体且具有对纯粹知识的认知能力。从这个角度来看，柏拉图在坚持一种"灵肉二元论"，认为灵魂能够摆脱肉体的束缚自由飞翔于天地之间，它是人类自我意识的灵动载体。生命的终结使肉体与灵魂发生分离，有形的肉体会腐朽，而灵魂却能获得永恒，即他所倡导的"灵魂不灭"。而关于这些论述要是延伸到文学，则"蕴涵灵魂话语的文学叙事可以称之为灵魂叙事"。仅就叙事层面而言，"灵魂"的内涵可概括为，"居于物质化身体内的具有个体性、自由性、冲突性与终极性的精神实体"。可以说，灵魂叙事也是一种精神叙事，作家凭借"灵魂之口"说出常态之下人们无法言说的许多话题，从而获得一种主题的升华与精神的超越，小说《野狐岭》就借助了这样一种极富悬疑色彩的"幽魂自述"的灵魂叙事方式展开小说叙述的。在作家眼中，这些幽魂的载体——肉身虽早已随生命的终结而"尘归尘，土归土"，但这些灵魂们却以另一种永恒的方式存在于周遭世界里。曾经发生在"野狐岭世界"里那些古老神秘的故事则是在一群幽魂们的"鬼话连篇"中渐渐浮现出来。每个幽魂的叙述都传达出一个别样的"野狐岭",代表了一个幽魂独特的即时体验,它们的故事既互有重叠,也有些矛盾,正是这些故事中的"野狐岭"彼此交替、继而建构出一副庞杂繁复的"野狐岭印象"。

百年前的西部有两支著名的驼队:一蒙驼队,一汉驼队,却在野狐岭这个地带神秘地失踪了。野狐岭到底是怎样的一种现世存在?蒙、汉两支驼队经历了怎样的惊心动魄?他们为何会无缘无故地从野狐岭消失了?关于这些疑惑,无人能说得清其中的缘由。而在百年之后,"我"怀揣着一颗虔诚的心,带上"两驼一狗"去野狐岭探秘,力图揭开这谜一样的尘世存在。然而,揭秘的方式却无比奇特,以一种秘密流传千年的仪式:"我点上了一支黄蜡烛,开始诵一种古老的咒语。我这次召请的,是跟那驼队有关的所有幽魂——当然,也不仅仅是幽魂,还包括能感知到这信息的其他生命。""那可真是一个巨大的信息场啊,为了避免其他的幽魂进入,我进行了结界。这也是一种神秘的仪式,我召请护法在我采访的每个晚上,守护我结界的那个范围,除了我召请的客人外,其他幽魂不得入内。"诡秘的开场将人们的眼球迅速凝聚到一个未知而新奇的场域里,世人与那些幽魂们一同进入"我"的"结界"当中,继而沉浸在这阴森、鬼气十足的时空中去聆听那些逝去灵魂们的喃喃呓语。作家用心为这些灵魂们提供了或倾诉或讲述的大舞台,那些曾发生在野狐岭上的故事便由他们娓娓道来。当大舞台的幕布拉开之后,幽魂们纷纷登场,杀手、齐飞卿、陆富基、马在波、巴特尔、豁子、沙眉虎、汉驼王黄煞神、木鱼妹一一进行自我介绍。这些涌动着"生命"激情的灵魂们，亟待人们去聆听他们对所经历的野狐岭的言说与表达。或是因为压抑太久的缘故，他们看起来个个都有些迫不及待。而"我"最先采访的是那位杀手，然而在"我"的召请中"我"却看不到他的形象，只是有一股令"我"感到阴冷的、充满质感的气。没有任何具象的存在，只凭一种鬼气、一种眼睛看不到的缥缈，所谓"未见其形，先闻其声"。杀手的灵魂借助"我"的"召请"实现了时空的某种"穿越"，他那来自彼岸世界的声音具有越界的穿透力，一股缥缈的鬼气让活在此岸世界的人们从此关注起自己所不了解的神秘界域。不得不说，作家雪漠是讲玄幻故事的能手，他的匠心独运体现在以营造一个未知世界来讲述已知世界曾发生过的那段历史，其中不乏有些传说仍需等待历史的考证。然而，因为是"鬼话连篇"，又因为是灵魂自述，反而令人深信不疑。因为神秘，所以敬畏；因为恐惧，所以使所要表达的主旨内蕴得以更好地深化与升华。幽魂们的鬼话能够穿透生命界域的无边黑洞，打破人类的傲慢与虚妄，触及生命最初的本质。

"灵魂叙事的焦点往往超越现实、国家、民族与人伦的视点，通过存在冲突与灵魂论辩的锁孔，注重心理现实的挖掘，隐秘内心的凿穿，书写人类恒久的精神母题，如度量存在的深渊、追寻人生的根本意义、追问爱的价值和心灵的可能栖居地，以及各种没有答案的精神疑难。"小说《野狐岭》不止于给世人传达那些"灵魂的声音"，更重要的是通过灵魂叙事来传达作家（雪漠）自己所极力营造的复杂神秘、幻化无穷的文学世界，这里既有对人的存在价值、生死轮回以及灵魂不朽的永久追问，还有对此岸与彼岸之间相互关联的深度思考，更有对个体生命艰辛历程的切身体验与顿悟。从某种意义上来说，长篇小说《野狐岭》不是一部闲暇之余可供消遣的普通小说，而是一次次生命的历险，是对人生价值、生命意义的终极追问，在不断探寻中又不可避免地融入了"雪漠式"的睿智与旷达——理性的思辨和哲学的意味。雪漠的成功之处在于他手持招魂咒跨越阴阳两界，让活人与鬼魂促膝长谈、实现对话；并让人、畜、鬼共存于同一个时空中，实现了时间与空间的对接融合。他敢于接近深不可测的物态真相与神秘幽深的生命事相，用灵魂去讲述一段传奇故事，去讴歌一种生命体验。

二、"有意而为"的文本缝隙

长篇《野狐岭》的小说文本中留有许多作家"有意而为"的叙述空白，甚至是漏洞，有待读者去填补，正如雪漠在小说后记中所言，"那是一片巨大的空白，里面有无数的可能性，也有无数的玄机。你可以将里面你感兴趣的故事编下去。你甚至也可以考证或是演绎它"。这些漏洞在复旦大学教授陈思和看来即为文本的"缝隙"，他曾在一篇文章中提到，"叙事性文本中的缝隙是指作家在讲述故事的过程中的破绽，即他遗漏或者错误的地方，因为叙事作品背后必然有一个完整的故事，而作家不可能把这个故事全部写出来，那么在他写出来的作品文本和他想要讲述的完整故事之间必然存在差距，这个差距就是缝隙所在"。雪漠不仅善于讲小说中的故事，而且还是"布局"小说的高手。雪漠在小说《野狐岭》中设置了许多悬念，需要人们细心地去探秘、去推理、去侦破。而这些悬念也在挑战读者们的阅读极限，唯有将文本细细品来，才会在不经意间发现那些作家心知肚明的"空白"或"缝隙"。

　　"寻找文本缝隙的目的在于更深入地理解作品本身，有时候我们需要对发现的文本缝隙不断深入挖掘，直至作品的隐含意蕴，我们把这一过程称之为不断撕裂文本缝隙。"寻觅隐匿在小说《野狐岭》文本深处、暗处的那些文本缝隙，发现小说文本的断裂处，继而深入挖掘小说背后所蕴含的深层意指。文本在被作家置于撕裂又重组、再撕裂再重组这种回环往复中，一个深潜于文本背后的、被大多数人可能忽视的故事便逐渐显现出来。木鱼妹是小说无法略过的重要人物，她口中的野狐岭是较为完整且连贯的。她在自己的叙述中认为她和马在波是找到了木鱼令的（虽然马在波对此并不认同）。对于是否找到木鱼令一事，幽魂们各执一词，犹如每个幽魂口中不尽相同的"野狐岭"一般，有交叉有重叠（甚至彼此矛盾）。作家雪漠在这里特意留下一个开放性的可能性结局，以供人们自由发挥想象力。仅从木鱼妹这一面向出发，会慢慢发现一个神秘的存在——沙眉虎，令人匪夷所思。从丌始的叙述中，木鱼妹始终认定是驴二爷放火烧了她的所有亲人，因为她"在整理火中遗物时，发现了一个非常熟悉的东西——一个水烟锅，正是这东西，让我觉得，这火定然是驴二爷放的"。通过小说情节的梳理可以得知驴二爷想占去木鱼妹家的祖屋为他那个死去的羊羔风儿子报仇，而这正使驴二爷有了被指控的最初嫌疑，再加上那个"水烟锅"也从侧面成了判断是其所为的物证所在。可是驴二爷在诸多"人"口中却是一个善良的"人"，虽有点好女色，但绝对不会害人。就连深爱着木鱼妹的大嘴也不愿相信驴二爷是放火杀人的凶手，"一个好人也可能好色，许多善人也很好色，有些恶人也可能不近女色。驴二爷虽然有些驴，但不是杀人犯。"即便木鱼妹刺杀驴二爷失败被活捉时，驴二爷也并未因其所为将其灭口。在马在波与木鱼妹相爱、并发生关系之后，尤其是马在波知晓了木鱼妹过往的一切（包括木鱼妹为了报仇有意接近自己，目的是找机会行刺他爹）时也坚持认为他爹（驴二爷）"只是好色，心却善良"。马在波是个相信因果轮回、将生死置之度外的人，如果他爹（驴二爷）真是放火杀人的元凶，他并不怕替其偿还命债，况且他是不计前嫌地爱着木鱼妹，他找不到撒谎的理由，更没必要欺骗木鱼妹。

从单向度的小说叙事而言，伏笔的意义在于悬念丛生，引人入胜。既然驴二爷不是放火杀人者，那真正的凶手又是谁呢？然而就在此刻，一个或隐或现的身影引起了人们的注意。沙眉虎的首次出场被安排在小说章节的"第八会"中，当时木鱼妹想借颁奖之际杀了驴二爷，正欲动手时却来了不速之客——沙匪。那人自称是沙眉虎，是来劫羊驼会的。马四爷为保护百姓辛苦得来的皮毛主动提出给其五千两银子，沙眉虎卖给马四爷一个面子，遂见好就收撤走了。此时的沙眉虎"相貌很是精瘦，相貌也无奇特之处"，是马四爷嘴里"盗亦有道"的匪。在赛驼会上，一个驼背瘸子牵着一峰骆驼来参赛，虽然那人的骆驼很瘦而且还有点瘸，但速度飞快并最终赢得了跑驼第一名，而这瘸子瘸驼是胡旮旯带来的。当木鱼妹再次寻到刺杀驴二爷的机会时，不料却被活捉关进马家牢房；当大家都认为木鱼妹凶多吉少时，驴二爷却放了她。这时有一人条理清晰地分析了木鱼妹之所以能活下来的原因，"大正月的，他们都怕提不开心的事，你行刺的事，知道的人不多。""也许，驴二爷不想送你做官，一送官，你总得解释的，一解释许多本来没人知道的事，就都知道了。"这个人最后还不忘提醒木鱼妹要小心些，从胡叴兄口中得知此人便是让当地人听了闻风丧胆的"沙眉虎"。那胡叴兄带的那个瘸子与此人是同一个人吗？"我"对木鱼妹与沙眉虎的故事似乎更感兴趣，可木鱼妹却一直没有再提过此事。在第十一会齐飞卿说中同样出现了瘸驼和瘸人，"是个驼背的半苍老的老头，走路时，竟也是一颠一颠的，原来也是个瘸子。"这个瘸人与赛驼会上出现的那个瘸人极有可能是同一个人，此人后来劫走了木鱼妹。当齐飞卿骑上乌云盖雪一路紧追，在熊卧沟遇见一个可疑的人，"有一个清瘦汉子，模样有点像女人。他穿个羊皮坎肩，坐在炕上，正用刀削羊肉……"此人执拗地让飞卿吃硬肉。齐飞卿询问他是沙眉虎吗？他说他不是，也不承认劫过女人，却丢下一句颇令人玩味的话，"我也不知道我是谁，我问了几十年我是谁，可没人告诉我……你给你朋友带个信，别冤枉沙眉虎，不过，冤枉也成，沙眉虎有脊梁，千万件事也背得了。"在齐飞卿离开时，他又向齐飞卿索要了画，还懂其作画的规矩——画笔鼻烟壶的润格是一两银子。可见此人非比寻常，"我发现，那人，不像男人。""为啥？""没有喉结。"而这一点恰好切合了当地人的传说，"沙眉虎其实是个女人。"这样一来，掠走木鱼妹的人和这个女"沙眉虎"就真假难辨了。对于木鱼妹被沙匪抓走之后，经历了怎样的事，小说一直都没有交代。"她后来何时回到驼队，如何回到驼队，一直很模糊。她的回到驼队，仿佛是在马在波的某次'觉醒'后出现的。"对于"我"的这些疑惑，木鱼妹的回应仅仅是"含笑不语"；当木鱼妹"凭空而降"又一次出现在"我"故事里时，这段关于木鱼妹的故事便成了文本中的未解之谜。在小说

"第二十六会"中木鱼妹和马在波找到了胡家磨坊时，马在波请求木鱼妹杀了自己以洗去祖辈欠下的血债，甘愿当恶报的承受者。这里有段对话也是迷雾重重，马在波发现了木鱼妹在起场前做了一件事，"你叫人把一封信送给了沙眉虎。我早就发现，沙眉虎一直在跟着驼队。"这里又是怎样的一种叙述与表达？尽管对马在波的爱最终化解了木鱼妹心头的仇恨，却无法捉摸木鱼妹与劫了她的沙眉虎、与马在波两者之间紧张而又微妙的关系。

文本的开放性与延展程度决定了阐释文本的空间限度与可能性。围绕木鱼妹发生的这些若隐若现的种种迹象尽显出小说文本巨大的艺术表现力与审美张力。放火杀死木鱼妹一家也许不是驴二爷，而是另有他人故意栽赃。这个纵火犯是沙眉虎吗？那真正的沙眉虎是胡旮旯带来的那个瘸子男沙眉虎还是齐飞卿误打误撞遇到的那个女沙眉虎？如果是胡旮旯的人，那么这个瘸沙眉虎就是哥老会的人，他们的目的看似在于逼马在波加入哥老会，就此可倚靠马家的财势，买来军火革清家的命，而实际目的却是想借这合理的理由中饱私囊一把。他们劫了木鱼妹其实是在演戏，为的是跟踪驼队、时刻掌握马在波的行踪，为获取自身利益添加筹码。从这个角度看，放火杀人者便是为达目的不择手段的哥老会。他们后来还劫走了木鱼妹的孩子，进而露出了凶手的狐狸尾巴。若是那个女沙眉虎是真的，在木鱼妹咬定是驴二爷放火杀了自家亲人时，鉴于个人力量弱小无法独自完成复仇之举，她完全有理由借助沙眉虎的手腕来对付仇家驴二爷，为此木鱼妹极有可能在自己被劫持时请求女沙眉虎的暗中助力。到此，哥老会的假借革命之名中饱私囊被充分暴露于世，木鱼妹的复仇恰好助力马在波达成不去罗刹换杀人东西的心愿。文本的细节值得玩味，把握住这些细节小说就会变得内蕴十足，当小说中的缝隙被撕裂和重组，空白和漏洞被逐一填补后，人们会逐渐认清文本背后的事实真相，这种探秘过程激发起人们阅读的冲动，进而让人们继续谱写文本深处那些亟待完成的小说故事。正如雪漠所说"只要你愿意，你可以跟那些幽魂一样，讲完他们还没有讲完的故事。当然，你不一定用语言或文字来讲，你只要在脑子里联想开来，也就算达成了我期待的另一种完成。""有意为之"的文本缝隙为人们提供了宏阔的想象空间和续写故事的可能性。

三、"生生不息"的灵性文字

"公元7世纪，佛教从印度和汉地南北两路传入西藏地方之后，在吐蕃王朝的倡导下，佛教与西藏当地的原始宗教苯教相接触，其相互渗透、融合的结果是，到公元10世纪后半期，终于形成了具有浓厚西藏地方民族特色的佛教派别——'藏传佛教'。其主要的分布地域是西藏、新疆、甘肃、青海等地，它在教义上是兼容大小二乘，而以大乘为主。"出生于古地凉州的作家雪漠，深受脚下无垠的西北人地的滋养，发生在这片热土上的一切都可能会成为雪漠日后文学创作的影响因子，这其中便有佛教对他的影响。就个人的精神追求与自身的文学写作而言，信仰归属是一种独特的写作资源，雪漠巧妙地将这种精神资源与自己的人生感悟完美地糅合在一起，使自己的小说实现了生命追求上的精神超越。小说中那弥漫字里行间厚重的、神秘的氛围就源自这些充满宗教情怀的灵性文字。雪漠不是简单地讲经布道，而是一种融入了自身生命体验的顿悟文字，"雪漠以他对宗教的虔诚，以他靠近生命极限处的体验，这才有神灵附体般的迷醉，才有酒神狄俄尼索斯式的迷狂。"犹如"咒语"般的震撼文字常常能引发人们深沉的神性思考。

"一个人的心念会改变一切，你有哪种情绪，便会招来哪种结果。许多人就是用一种良好的心态改变了命运。" 木鱼妹就是在每日的诵经中感受到了强大的善的力量。善的力量虽无法改变驼队消亡的命运，无法逃避即将来临的劫数，但许多驼户正是在善的感召下，改变了原初的心态。小说人物大嘴还在叫张无乐时，常常怨天尤人，感叹命运的种种不公，后来他改变了悲观的情绪，端正了心态，且把名字改为张要乐，他就真的变得快乐无忧了。时轮历法蕴含的巨大智慧未能从根本消除木鱼妹的仇恨，"仇恨是一种执着。那执着，是一种能让温柔的心冷却的温度。你的心本来是水，但因为有了执着，就变成了冰。就这样，你的心一天天硬了。但只要你消除了执着，冰就慢慢又会化成水。""仇恨本身就是恶。而所有的恶，最终都会招来恶。"

佛教向来劝人为善，广结善缘。只因恶因会招致恶果，唯有善因才会得善果。"野狐岭世界"不会因木鱼妹的仇恨而改变其既定的运行轨迹，雪漠将佛教的"善"念融入书写"野狐岭世界"的文字之中，希冀以善的力量洗去深埋于木鱼妹心头的那层仇恨。雪漠笔下这些从善的文字渗入了作家自身深切的人生体悟，一种宗教关怀"润物细无声"地融入人们的心间。从这个层面来看，《野狐岭》中的"我"可以说是作家雪漠的代言人，"我发现，那些曾经死了的，其实并没有死，而是以另一种方式活着。"显而易见，这里的"我"是参悟了佛家"生生不息"真正内涵的。木鱼妹有意接近马在波时，文本中有段狂慧之语，"生便生了，死便死了，何必再了它。那佛祖，修了几十年，也没见躲过死去。""我的了，是以不了为了的。你了生呀，了死呀，我什么都不了，却什么都了了。""也没见哪个真了了什么，也没见哪个真不了什么。许多事，了不了的，时候一到，也了了。"马在波试图借助禅修去度木鱼妹，因为这禅修是可以了生的，然而木鱼妹却不以为然。这一大串"了了"之辞，看似讨巧却蕴含了深刻的佛家思想。许多口能了的，心未必难了罢了。由此可见，作家的眼光是通透的，看透了这个"局"，但却也破不了"局"。

"雪漠的作品中贯穿着一种'空'的佛教意识。一切都是虚幻的，世界上没有永恒不变的事物，'一切有为法，如梦幻泡影'，因而一切也都是空的。""万法皆空"的佛家至理在"缘起论"中得到了很好的阐发。佛教中对"缘起"的定义为，"此有则彼有，此无则彼无，此生则彼生，此灭由彼灭。"事物之间都是紧密相关的，正所谓"缘聚则物在，缘散则物灭"。在小说"第十一会"中，马在波与齐飞卿有段对话中就浸透了这种意识。齐飞卿打趣道，"万法皆空，焚亦空，不焚亦空，何必费事？"马在波问，"明知是空，你寻她做甚？"飞卿自言自语道，"寻到又如何？几十年后，仍不过一堆骨头，那明也罢，清也罢，终究都会空的，反它做甚？复它做甚？连宇宙都有寿命，时辰一到，难逃无常，真不知有个啥意义。""你寻啥意义？活便是了。""也倒是。天有天的能耐，人有人的尊严。"佛陀认为，人及人所经历的一切终将化为"空"。死亡面前，名利皆成浮云，整个人类竭力抒写的漫长发展史也会在滚滚洪流中被洗净，每个生命个体终将难逃命运的车轮。同时，作家还提出了"活出人的尊严就好"。作家雪漠在"万物皆空"中有所顿悟，有所思考，接受"空"但绝不苟活。雪漠在木鱼妹身上寄托了对藏传佛教的护法神空行母的崇拜与敬仰，空行母是代表智慧与力量的飞行女神，是"破除了执着、消除了二元对立的女神"。空行母具有佛家所讲求的五智之一的法界体性智——大痴之智，也如雪漠在文中所说，"人们总将智者的行吟当成疯子的呓语"。由此可见，作家是赞同佛教所说的蕴含在大痴之中的大智慧。雪漠不仅在向世人讲述野狐岭的故事，同时还在字里行间浸透了一种佛教关怀，这些浸染了佛法的灵性文字有了神奇的魔力，僵死的文字被写活了，沁人心脾之感油然而起。

四、结语

雪漠是位在文学创作上精益求精、力求有所突破的重要的"60后"作家，他的每部新作都试图在上一部的基础上有所变化、有所创新。如果说他的"大漠三部曲"重在如实勾勒西部世界的生活状态，那他的"灵魂三部曲"则重在对人的灵魂世界的细致解读，而小说《野狐岭》则是"西部写生"和"灵魂叙写"叠加的复合体。长篇《野狐岭》向世人证明，"雪漠不但能写活西部、写活灵魂，雪漠也能创造一种匠心独运的形式，写出好看的故事、好看的小说"。雪漠将宗教情怀与生命体验融入"野狐岭世界"中去，通过每个幽魂之口，将曾经的"野狐岭印象"渐渐变得清晰起来，可以说，"野狐岭世界"是西部大地上特有的生命生存状态、大漠奇诡经历的浪漫再现。小说的主角们是一群经验丰富的骆驼客和几峰个性鲜明的骆驼，在这个骆驼与骆驼客、动物与人混搭的世界中，命运的磨盘始终在他们的头顶盘旋，尽管他们试图反抗、自救、回避，却始终无法摆脱命运之神安排的既定劫数。无法逃避的末日教会了他们接受命运的法则，对他们来说，野狐岭的经历更像是一场对生命的挑衅与诘难。生命正是有了苦难艰险才显得更加弥足珍贵，正因如此，"野狐岭世界"里的一切才会吸引世人驻足于此。在追寻"野狐岭印象"的过程中，人们能够深切体会到一个别样的存在，在众多幽魂的口述中，每一位深入小说的人都可以看到自己的内心。世界本就是心的倒影，小说中每个"人"都会寻到一个属于自己的野狐岭。雪漠的成功之处在于不着旧迹，使用连篇的鬼话来开篇，精心布局，特意留下那么多的文本缝隙，不断地挑战人们的阅读视域。整部小说渗透了佛家应有的深切关怀，那些充满体悟的灵性文字真诚地表达了善的力量，使得沉浸其间的生命个体获得一种别样的生命情态。

（刊于《小说评论》2015年第2期）

参考文献

［1］［古希腊］柏拉图：《柏拉图·斐多篇》，载《柏拉图全集第一卷》，王晓朝译，人民出版社，2002年版。

［2］孙建华：《中国现当代文学的灵魂叙事——以鲁迅、曹禺、穆旦为例》，四川师范大学文学院，2008年硕士学位论文。

［3］雪漠：《野狐岭》，人民文学出版社，2014年版。

［4］陈思和：《中国现当代文学名篇十五讲》，北京大学出版社，2003年版。

［5］郁宝华：《寻找文本的缝隙——谈现代文学作品的教学》，载《语文学刊》，2008年第11期。

［6］陈晓明：《文本如何自由：从文化到宗教——从雪漠的〈西夏咒〉谈起》，载《人文杂志》，2011年第4期。

［7］宋洁：《论雪漠小说的佛教文化色彩》，载《运城学院学报》，2006年第4期。

《野狐岭》的超越叙事与复合结构

程对山（武威市地方志编纂办公室编审）

一

《野狐岭》是雪漠创作的第七部长篇小说，是《大漠祭》出版十四年后再次以西部大漠为叙事背景的"回归大漠"的首个作品。阅读《野狐岭》就会发现，雪漠的"回归大漠"绝非简单的"西部写实"意义的回归，而是一种超越了现实主义文学传统的全新而成功的回归。雪漠把扣人心弦的故事传说、新颖别致的文本形式、狂放不羁的想象联想融合在一起，在《野狐岭》中开辟了一片惊心动魄的艺术天地。其运用精心设撰的故事情节、叙述方式、心理结构等元素，将一个极富象征意味的关于寻找和超越的灵魂探险故事呈现给读者，具有厚重博约的品质和新颖大器的特点，标志着雪漠小说创作艺术方面的一次成功的超越与突破。著名评论家雷达认为，雪漠的此次回归，"不是一般的重归大漠，重归西部，而是从形式到灵魂都有内在超越的回归"。笔者认为，"从形式到灵魂都有内在超越"的标志就是雪漠在"回归"中自觉地融入新的思想观念和新的创作方法，最明显的特征就是《野狐岭》的超越叙事与复合结构。

陈彦瑾在《从〈野狐岭〉看雪漠（责编手记）》中认为，

《野狐岭》是打上"雪漠烙印"的一部小说，并进一步诠释，所谓雪漠烙印，就是体现雪漠文学价值观的"西部写生""灵魂叙写"和"超越叙事"。但是，陈彦瑾在文章中仅将"作为众生的一种声音"的"超越叙事"特点作了阐述。认为《野狐岭》巧妙地运用了幽魂叙事，"由于脱离了肉体的限制，幽魂们都具有五通，其视角就天然具有了超越性。"并且进一步强调"《野狐岭》的超越叙事不是来自叙事者之外的超叙事者，而就是作为叙事者的幽魂们自己。当然，前提是这些叙事者是幽魂，他们本具超越功能"。对此，笔者不敢苟同。首先，《野狐岭》中"超越叙事"的主体并非"作为叙事者的幽魂们自己"，恰恰相反，《野狐岭》之所以具有"超越叙事"的美感特征就是因为小说中确实存在一个"超叙事者"。这个"超叙事者"不是马在波，也不是"我"，而是作家本人在进行写作时化身而成的"叙事者"。事实上，无论采用什么样的现代技巧创作的小说，作家本人化身而成的"叙事者"都是存在的。将作家本人"超叙事者"的文学功能弱化甚至湮灭，是虚诞而不足取的。其次，陈彦瑾将体现雪漠烙印的"超越叙事"的特征以"对号入座"的方式仅框定在"幽魂"叙述的话语层面进行论述，在一定程度上削减了作品整体的"超越叙事"的文本特点。说穿了，《野狐岭》中的一个个"幽魂"就是作家创造的一个个"人物"，作家将笔下的人物以"幽魂"的方式呈现，反使作品因"荒诞的真实"而产生一种令人心旌摇曳的魔幻引力。"幽魂"的叙说方式就是人物的语言特点，作品中的齐飞卿、陆富基、木鱼妹、大嘴哥、巴特尔以及被拟人化了的骆驼"黄煞神"等人物，因为具有不同的性格特点，人物话语方式也各呈异彩。陈彦瑾在文中也说，"《野狐岭》里，木鱼妹、黄煞神、大烟客等幽魂都有属于自己的超越叙事"。只是将体现人物不同性格特点的话语方式说成属于人物各自的"超越叙事"，就显得有点儿大词小用或大而不当的嫌疵。无论如何，文学作品中人物的话语方式只是作家在创作时考虑到的一个细节因素，不能将"超越叙事"硬性地摁到人物话语方式的创作细节方面论述。笔者认为，作为体现"雪漠烙印"的主要特征之一的"超越叙事"，必须要将之当作《野狐岭》的整体文体特征来研究阐发，必须放置于雪漠文学创作本体论的宏观层面加以讨论，既要考察其历史渊源和文化传统，又要努力发掘超越叙事在当下文学建设中所具有的不可替代的价值和意义。

二

由此来看，超越叙事应该是雪漠在写作生涯中长期坚守的一种创作信仰，是在灵魂和神性的高度观照下的一种超越了世俗世界的悲悯与反思，是用一种通透与宏大的视角来表现生活与世界真相的创作观点。对此，陈彦瑾在上面提到的文章中也有一定的论述，从其复杂的论述中笔者拎出了关于超越叙事的轮廓般的概念。超越叙事是一种基于"超验之维"而萌生的"超越视角"，并由之升腾诞生的"灵魂辩论"。其指出雪漠的超越叙事是有着为中国文学"补课"的价值和意义，这样的论述倒是中肯而准确的。如果说传统叙事的目的在于完整地讲述一段或几段故事，那么雪漠创作中的"超越叙事"则是在不完整的叙事结构中传递一种完整的气息和气场，传达一种超越空间、逾越时间的艺术概念，从而实现对传统现实主义叙事方式的一种文本超脱。

《野狐岭》确实存在一种不完整的叙事结构，全书除"引子"外，通过鬼魂在"二十七会"里的叙述，试图揭开百年前西部最有名的两支驼队在野狐岭神秘失踪的谜团。但是，鬼魂的叙事方式自然带有"鬼魂"的气息，那就是前言不搭后语、破空而来、游移无定和断续无迹等特点。只能通过他们释放出的残缺不全的生命记忆，经过互补和引证才能完整地还原出那些贯通阴阳、正邪、人畜两界的野狐岭故事。可以说，当年驼队如何走进野狐岭、迷失野狐岭、困厄野狐岭、走出野狐岭并在胡家磨坊实现了灵魂的涅槃与升华等情节均有一种不相联属的残缺性和片段性。可是，内蕴其间的神秘感和荒诞性又构成了小说叙事结构中完整的气息和气场。雪漠在《杂说〈野狐岭〉（代后记）》中也说，"（《野狐岭》）里面有无数的空白，甚至是漏洞——复旦大学的陈思和教授称之为'缝隙'——它们是我有意留下的。那是一片巨大的空白，里面有无数的可能性，也有无数的玄机"。由此可见，这种"不完整的叙事结构"得当地体现了作者超越叙事的艺术追求。雪漠特意设置"空白""漏洞"或者称为"缝隙"，就构成了叙事方式的板块化和跳跃性，更能激发读者的想象力和阅读的好奇感，从而使《野狐岭》传达出一种超越空间、逾越时间的艺术观念。因为超越叙事方式，使《野狐岭》打上了悬疑小说的印迹，读者在并不轻松的阅读过程中，始终感觉到这些鬼魂们的叙述却也悬念迭起、步步紧扣人心，因而极富饱满的艺术张力。

《野狐岭》中超越叙事的板块化和跳跃性，颇似电影艺术中的"蒙太奇"手法。在《野狐岭》共二十七会的内容中，第一会《幽魂自述》以集中亮相的方式，让九位有"代表性"的鬼魂各自叙述初次露面时的感觉和必要的交代，最后一会即第二十七会《活在传说里》则以鬼魂集体聚会"座谈"的形式结束了艰难而奇特的采访任务。而其他的"会"则是以一人和两人以上的多人方式进行。其中一人叙述的有十三会，木鱼妹一人就叙述了九会，分别是第三会《阿爸的木鱼歌》、第七会《械斗》、第八会《小城的拾荒婆》、第十会《刺客》、第十二会《打巡警》、第十三会《纷乱的鞭杆》、第十五会《木鱼妹说偷情》、第二十二会《木鱼妹说》和第二十六会《木鱼令》。马在波一人叙述了两会，分别是第十八会《胡家磨坊》和第二十五会《起场时节》。巴特尔和齐飞卿各叙述了一会，分别是第九会《巴特尔说》和第二十三会《狼祸》。阅读比较各"会"的内容就会发现，凡是一人叙述的"会"中，叙述人都讲述一个固定的空间范围里发生的故事始末。如第三会《阿爸的木鱼歌》中，木鱼妹的第一句话就是"我得从开头说起"，讲述了发生在岭南木鱼爸家里的故事。而第十二会《打巡警》和第十三会《纷乱的鞭杆》中，则以凉州为固定空间，讲述了"飞卿起义"的兴起过程直至最后被巡警镇压而四散逃亡的悲惨结局。第九会《巴特尔说》中，巴特尔讲述了在固定的野狐岭驼户驻地，为了防备"褐狮子"被害而开始跟踪陆富基，由之而发现了"哥老会"的许多秘密。这种呈现方式可以视为空间固定而时间流动的"时间蒙太奇"。凡是多人叙述的"会"中，叙述人都在讲述同一时间里场景不断变换的故事。如小说第四会《驼斗》中，在发生"驼斗"那个凝固的时间里，陆富基以"窝铺"为场景讲述了由于驼掌弄烂而蒙汉两家驼队不得不滞留在野狐岭，所以发生"黄煞神"和"褐狮子"两只公驼争斗的合理原因。马在波则以"帐篷"为场景，交代了野狐岭是远离寻常驼道的一个荒凉怪异的地方。齐飞卿的叙述中变换了两次场景，先是从"马家驼场"为场景叙述公驼争夺驼王的自然属性，又变换到"草场"叙述汉驼王"黄煞神"和蒙驼王"褐狮子"之间因争风吃醋而发生的战斗。"黄煞神"的叙述也从近处的"草场"变换到更远处的"草场"，叙述了它咬伤和踢伤"褐狮子"的两次经历。在同一个凝滞的时间里因不同人物的叙述，就形成了不同空间变换的背景下人物的所见所闻乃至心理活动形成的独特"意识流"画面。作者巧妙地将这些画面拼合在一起，将引发野狐岭汉蒙两个驼队纠葛的"驼斗"事件描述得扣人心弦，历历如目。又如小说第十六会《追杀》和第二十会《肉体的拷问》等，作家都选择四个以上的人物来叙述在同一个凝滞的时间里，在不同空间快速变换的背景下发生的故事。这样的叙事方式可视为时间凝滞而空间迅速变换的"空间蒙太奇"。这种故事情节的蒙太奇效果，给读者留下深刻的艺术印象。作者使用"蒙太奇"画面效果，不仅是为了叙述故事，更多的还在于表达故事背景后面的某种情绪和感觉，比如忧虑、仇恨和愤怒等，这一切都较好地渲染了野狐岭中贯穿全书的完整的气息与气场氛围。叙述画面的"蒙太奇"效果，成为《野狐岭》中超越叙事方式最突出的艺术标志。

三

《野狐岭》的超越叙事并非简单的一般的复杂叙事，雪漠没有满足于仅仅追求叙事结构的繁杂，也不是单纯地追求叙事层次的繁复和叙事场景的宏大，而是追求一种超越叙事的深邃和广博，使读者在初始阅读体验中萌生一种迷蒙困惑的氛围，似乎又在一团迷蒙困惑中看懂了更多的东西。超越叙事中的"空白""缝隙"就像很多省略号要表达的东西一样，有一种意会大于言传的神奇功效。对此，评论家陈晓明曾经指出："《野狐岭》不是把日常经验简单描述，而是把西部大地的神话气息、文化底蕴重新激活，重新建构，传导了一种西部大地人和自然相处，人和动物相处、人和神相处，人和灵魂相处的神奇景观。"《野狐岭》采用超越叙事的方式，将历史与现实，人间与鬼界，史实与传说，歌谣与故事相结合，使小说具有了一种充满想象的丰蕴度和艺术力，让岭南木鱼歌和凉州贤孝两种不同民俗方式的融合，将二者共有的忠君报国的孝义精神相互渗透，真实地再现了清末民初的那个动乱时代里中华民族生生不息的生命传承精神。

在超越叙事的大视角下，雪漠笔下的历史和现实都笼罩着一层理性和普适的人性意义。《野狐岭》讲述了"飞卿起义""土客械斗""蒙汉争斗""回汉仇杀"等历史事件。"飞卿起义"无疑是贯穿全书的主要事件。雪漠笔下的齐飞卿、陆富基连同苏武庙中的胡儿岈在历史上均有其人，在《武威市志》的记载中，"飞卿起义"是辛亥革命背景下发生的一场农民暴动事件。但是，雪漠阐述历史的视角和方式与众不同，敢于直逼那些神秘幽深的生命真相，借助历史事件的描述传达自己对历史和现实的感悟与反思。马克思说过："一切历史事实与人物都出现两次，第一次是悲剧，第二次是喜剧。"作者深谙马克思关于历史的解读意味，超脱了历史，将那个时代的特征消弭在普遍的社会发展的规律中，表现了更为深广的现代历史意识。《野狐岭》的重点不在表现历史过程本身，而是挖掘沉淀在历史过程中的地域性的封闭愚昧、自私落后的文化劣根性，揭示出历史事件中以"革命"的名义掩盖了的荒谬性和喜剧性的存在事实。如在《野狐岭》第十二会《打巡警》和第十三会《纷乱的鞭杆》中，作者描述了齐飞卿领导哥老会党徒发动农民暴动时给人民生活带来的负面灾难，比如烧房子、抢东西、砸店铺、毁岗楼，等等。在第二十五会《起场时节》中揭示了哥老会成员"为达目的"而进行的胁迫和杀戮。在第二十六会《木鱼令》中，齐飞卿因"革命"而被杀时深刻而绝望地感到了凉州吏民的自私、怯懦、冷漠和麻木，发出了"凉州百姓，合该受穷"的喟叹。在第二十二会《木鱼妹说》中形象描述了哥老会党众的结拜仪式——

> 那些汉子摸着一只大公鸡，齐声在唱。声音很是整齐，想来他们已演练了很久：

> 摸摸凤凰头，咱们兄弟都得封公侯；
> 摸摸凤凰腰，咱们兄弟骑马挂金刀；
> 摸摸凤凰尾，咱们兄弟都是得高位；
> 摸摸凤凰脚，咱们兄弟加官又晋爵；
> ······

> 然后，他们杀鸡，饮血酒，盟誓，从此以兄弟相称。

在这里，作者通过沉着从容的白描手法表现了"入会"的重要仪式过程。但阅读时感觉不到丝毫的庄重、庄严和神圣的气氛，反觉这样的"已演练很久"的结拜场景非常滑稽可笑，几至于忍俊不禁。但是，需要指出的是，超越叙事并没有在无原则的"超越"中淹没了历史真相，相反，雪漠对历史事件的记述却是忠实于历史真相的一种真实的记述。历史记载中的哥老会就是一个"成事不足，败事有余"的相当粗糙且混乱的组织。虽然哥老会广泛参与辛亥革命，为迅速瓦解清王朝起到了推波助澜的作用，但其本身存在的弱点是致命的。哥老会固有的帮会陋习时时暴露出来，缺乏严密组织纪律，缺乏明确长远的政治目标。哥老会成员走漏消息、欺良霸善之事屡见不鲜。为之孙中山曾发出喟叹，"（哥老会）皆知识薄弱，团体散漫，凭借全无，只能望之为响应，不能用为原动力"。难能可贵的是，《野狐岭》以超越叙事的方式，形象地揭示了哥老会组织的荒诞性，从而揭示了齐飞卿、陆富基等人悲剧命运的时代性和必然性。对此，雪漠说，"故事的背景，我也放在了一个有无穷可能性的时代，这是中国历史上最具有戏剧性的时期，各种背景、各种面孔、各种个性的人物，都可以在这个舞台上表演，演出一幕幕让我们大眼张风的丑恶、滑稽或是精彩的故事。"而雪漠的高明之处就是找到了叙述历史事件的一种恰当的超越方式，将常见的历史小说中的"革命叙事"方式转化为"民间叙事"方式，在《野狐岭》中质疑历史事件的动机，深刻反思飞卿起义的悲剧性后果，并因之而肯定和推崇一种普世的社会规则，比如生活安定的必要性、传统文化的恒定性、人之常情的可靠性和平凡众生的合理性等。

四

《野狐岭》汇聚了最不可思议的奇迹和最纯正的西部原生态的现实生活，借助"生死轮回"和人鬼共存的"二元世界"的神奇性，描绘了发生于西部大漠的离奇怪诞、神秘莫测的故事，从而产生出一种强烈吸引读者的似真似幻的艺术效果。一般常见的小说是以情节的流动构成人物性格成长的历史轨迹，即以情节的发展当作塑造人物典型的传统手段。而《野狐岭》的表现方式中没有由初始到完整的人物命运的发展趋势，而是以人物的叙述带出或推动情节，再以不相联属的板块化的情节片段拼接聚合出人物的性格特点。如前所述，这里面的人物不是现实生活中的正常人物，而是一个一个的鬼魂。《野狐岭》超越叙事的基点就是通过"能断空行母"传下来的古老招魂方式，召请来的鬼魂叙述还原了与野狐岭有关的传说故事。雪漠不是把鬼魂的活动当作真实来表现，而是把那个特定的苦难岁月里的现实当作幽冥世界里的故事来描述，因而才营造出吸引读者的似真似幻的神奇效果。此前已述，《野狐岭》之所以具有超越叙事的美感特征就是因为小说中确实存在一个"超叙事者"。《野狐岭》中的幽冥世界也就有了一种"超叙事者"刻意安排的假设秩序，把混乱无序的鬼魂活动纳入到假设秩序中，构成了作家贯通人鬼两隔的"二元世界"而精心建造的寓言模式，人们从中看到"鬼界"和"人界"的联系，并且启迪读者试图在虚华浮俗的生活现实中找到新的灵魂依怙的精神殿堂。

雷达指出，《野狐岭》"把侦破、悬疑、推理的元素植入文本，把两个驼队的神秘失踪讲得云谲波诡，风生水起。其对生命价值和意义的深刻思考，超越了写实，走向了寓言化和象征化"。可以说，正是寓言化和象征化使《野狐岭》打上了超越叙事的烙印。于是，《野狐岭》中的人物形象颇具卡夫卡笔下人物形象的模糊与荒诞特征，人物生存场景迅速变幻的不确定性，人物性格成长过程的跳跃感和片断化，使《野狐岭》极具一种寓言和童话体式，带有一种支离破碎的沧桑之美。雪漠自己也说，"（《野狐岭》）甚至在追求一种残缺美。因为它是由很多幽魂叙述的，我有意留下了一些支离破碎的片段"。并指出《野狐岭》中的人物"其实是一个个未完成体。他们只是一颗颗种子，也许刚刚发芽或是开花，还没长成树呢。因为，他们在本书中叙述的时候，仍处于生命的某个不确定的时刻，他们仍是一个个没有明白的灵魂。"由于昔日的君子小人，志士凡夫已成鬼魂，鬼魂的叙事方式则自然带有"鬼魂"的明显特点。那就是前言不搭后语、破空而来、游移无定和断续无迹等。只有鬼魂才能听得懂鬼魂的声音，所以招魂时的"我"也就变成了鬼魂，读者随着阅读走进鬼魂的叙述故事时，仿佛也成了置身于幽冥世界中的鬼魂。这真是一场奇特的阅读体验，阅读中没有了作者，没有了读者，没有了人形，没有了一切……天地混沌一片，眼前只剩下野狐岭。《野狐岭》运用超越叙事的语言外壳，恰当地表现了西部大漠中充满神秘怪异、荒诞离奇的细节，并将野狐岭的凶险现象与胡家磨坊的神话传说纠结在一起，表现出那个特定年代里社会生活动荡激烈，大自然异乎寻常的神奇怪诞的生活现实。

五

雪漠反复强调，《野狐岭》是一群糊涂鬼的呓语，是一个巨大的、混沌的、说不清道不明的存在，还有那混沌一团的剪不断理还乱的氛围，是一个充满了迷雾的世界。读者阅读时，也确实有这样的悬疑惊讶、探险神往的"挑战阅读智力"的感觉。但可以肯定的是，作家进行文学创作时，任何时候都有一种冷静的敏锐的"清醒意识"，雪漠当然也不例外。雪漠说"《野狐岭》跟《西夏咒》一样，是内容和境界决定了文学形式的产物"，《野狐岭》因为具备"超叙事者"的清醒意识，将混沌气息串成片段，再将片段故事粘合成电影"蒙太奇"画面，最终给读者以立体的浮雕般的质感。就文本表述特征而言，《野狐岭》中以"鬼魂"为特征的人物形象其实是清晰分明的，而且作者也精心地设置了内容前后关联排列的"假设秩序"，完整地记录了那个已经消失了的特定时代里人们生存的记忆和情绪。雪漠在"清醒意识"的支撑下，精心策划了《野狐岭》的艺术结构，如上所述的"假设秩序"可以看作是这种艺术结构的具象化体现。如果说，小说的叙事语言是标识作家艺术风格的重要密码，而小说结构框架的匠心创设，则反映出作家驾驭小说文本的创作能力和艺术造诣。如果忽略了小说的结构，那故事就只能是一般的故事而已，而非超越叙事的鸿篇巨制。什么时候语言和结构都是构成小说的最基本要素，因"西部写生"而打上现实主义创作烙印的雪漠肯定也深谙这些要素。所以，《野狐岭》采用了与超越叙事方式相匹配的独特的复合结构。这种复合结构在文本表现中，又呈现出心理杂糅和情节环包的两种结构类型。

雪漠不像传统作家那样强调故事本身，而是强调讲故事的人，作为叙事人"我"的形象在作品中有一种刻意化的突出与强调。于是，"我"时而飘忽、时而凝重、时而情绪化、时而哲理感的层面复杂的心理特征与鬼魂们有的愚痴、有的睿智、有的糊涂、有的明白的多重类型的心理状态搅成一团，构成了云遮雾罩、层叠堆磊的心理杂糅结构。比如《引子》中的"我"是一位跟着上师修成了"宿命通"的修行者，所以才有了和"鬼魂们"的"二十七会"，而在每一"会"中，"我"既是故事的叙述者，又是故事的参与者，甚至和那些阴冷的"鬼魂"产生了温热的感情共鸣。如第三会《阿爸的木鱼歌》中，当大嘴哥将马二爷欺负了阿妈的事告诉阿爸之后，木鱼妹讲述"阿爸的天就灰了"

之后，她的叙述也就结束了。作者紧跟着描述了"我"的心理和情绪状态——

> 木鱼妹忽然寂了。
>
> 我感觉到她在哭泣。风吹来，在柴棵间扫出声音，喳喳的。
>
> 我说不下去了。木鱼妹说。
>
> 不要紧。我说。我可以等。
>
> 她说她难受极了。没想到，过去了这么长的时间，一想到往事，仍是这么难受。她说，多年来，她一直压抑着那种难受，她尽量不去想。她把那个皮球压了许久，但在生命的记忆中，它并没有消失。
>
> 我发现，东边的那线月儿亮了些，天上的星星在哗哗。我能听到那种水一样的哗哗声。那是天河水吗？还是另一些生命在喧嚣？

这里的"我"似乎忘记了自己是故事的讲述者，置身冥界，身临其境，描写中浸渗着浓郁的悲悯感伤情调，场景描述清丽婉约且富有人间的温度与气息，竟然能牵出读者隐然的泪意。在第五会《祖屋》中，大嘴哥叙述了和木鱼妹"见天日"之后，作者让"我"迫不及待地跳了出来，发表了一段生硬的如同蛇足般的评论："因为那是一种仪式。那仪式象征着彼此进入了对方的生命，结成了一种生命的契约。"以至于大嘴哥都及时进行了极不满意的制止："先生，请别打岔。那时，我根本不知道啥仪式，我觉得她是我的心头肉。"但是，这段看似"蛇足般的评论"使"我"具有了"超叙事者"的社会评判角色的优越高度。

在每一"会"中，"我"都以不同的角色参与其中，"我"有时候是故事的叙述者，所以冷静清醒、无动于衷。有时候"我"是站在故事边上的观察者，忍不住还要发出哲人般的评价判断。有时候"我"又成了故事中的角色，不自觉地沉溺于人物的喜怒哀乐中。随着故事情节的演进，叙事者"我"将自己的内心世界也逐一展示在读者面前。以至于在第二十七会《活在传说里》，"我"甚至产生了留下来的冲动，为了使这些故事不至于在岁月里消失的使命感，"我"终于走出了野狐岭。"我"以召请鬼魂的方式发现了故事，又融入故事中，最后因为固有的使命感而又走出了那个魔幻神奇的故事。作者善于在不同情景的对比中描写人物的行动和内心世界，在固化的社会背景里插入细致的心理分析与灵魂剖白，于是，叙事者"我"的复杂心理层面与故事中"鬼魂"的多重心理类型扭结在一起，形成一种云遮雾罩、层叠堆磊的繁冗而杂糅的心理结构，使《野狐岭》又体现出与传统现实主义创作风格的明显差别。

六

因为选择了超越叙事的表现手法，《野狐岭》既有一种繁冗而杂糅的心理结构，又具备一种独特的情节环包结构。此前曾述，《野狐岭》没有传统小说那样一气呵成的连贯情节，小说中的人物是现实中的"我"和曾经在野狐岭中的鬼魂相遇。作者讲述他们在野狐岭中的遭遇，而这些鬼魂们又各自说起了自己的故事，就形成了"故事套故事"的情节环包结构。作者为了透彻地追寻且解析两支驼队消失的"野狐岭之谜"，又要详细解析齐飞卿、陆富基、马在波、巴特尔、大烟客、沙眉虎、黄煞神、大嘴哥和木鱼妹等这些人物前往野狐岭的复杂动因与隐秘目的，而每个人的故事又因为地域空间的变换而生化出许多另外的故事。如木鱼妹的故事里就有"岭南故事""镇番故事""凉州故事""苏武庙故事""野狐岭故事"等。其中的每一个故事又套着许多神奇的小故事，如"岭南故事"中又有"木鱼爸""童养媳""堵仙口""岭南大火""土客械斗"等。"苏武庙故事"中又有"时轮历法""抄木鱼书""双修相恋""捉奸受审""行刑被救"等。同样，齐飞卿的故事也包含"在凉州""在镇番""在野狐岭""在邓马营湖""在胡家磨坊"等诸多故事。而每一个小故事又包含着许多更小的故事，如"在凉州"的故事中就包括"关爷庙聚义""鸡毛传帖""凉州暴动""羊庙藏银""殒命大什子"等。"在野狐岭"的故事中又有"驼王争霸""蒙汉械斗""抢夺黄货""熊卧沟会匪""沙岭狼祸""末日逃亡"等。《野狐岭》好比一个巨大的环圈，这个环圈又环套了许多以人物为标志的大环圈，每个人物大环圈中又环套着以地域空间为标志的单个独立的环圈，所有单个独立的环圈中又环套着无数个神奇的小故事构成的小环圈。又因为每个人物都在自己的故事里叙述着别人的情节，反过来又在别人的故事里补塑出自己的完整性格，于是这些更小的环圈之间就形成了彼此独立又相互牵扯的联络结构。这样就形成了《野狐岭》中"故事套故事"的情节环包结构。作品中的那些看似松散的片段其实是围绕着"我"而摆开的一面面旋转的镜子，从不同的角度反映了社会现实。故事情节不是精致严密的因果逻辑情节，而是松散的、开放的流动的鲜活的生存现实。现实的事件和幻想的故事、理性的思考和非理性的感悟、清楚的事实和模糊的印象、真善美的事物和假恶丑的现象都会在叙述过程中浮现出来，使人就像看到了原汁原味的生活本身一样。

《野狐岭》的情节环包结构中，作者着意加强了每个"环圈"的独立性和界限化，使每个看似关联的故事可以离开前后所写环境而独立存在，容易使人感到章与章之间似无显然的联络贯穿。全书是独幅式的画簿，翻开一页又是一页。"野狐岭之谜"又将前后贯通的故事作为"黏合剂"，再加"超叙事者"精心设置的"假设顺序"，把各个画页粘合成流动的电影"蒙太奇"镜头，然后才不致零乱倒错，循着这样的情节环包结构，读者才能在"挑战阅读智力"的精神游历中打开《野狐岭》中不属于日常经验里的那个繁复的瑰奇的神秘空间。

《野狐岭》让读者摆脱了被动阅读的命运，在喜怒哀乐之外，读者得到了渴望已久的那些智慧含量。从《野狐岭》里可以读出作家浸透于其中的焦虑心理、悲悯情绪、对现实的批判能力、对人性的思考以及对民俗文化的密切关注情怀。阅读《野狐岭》既有走进迷宫、游历梦境的迷茫之感，又迫使读者升华自己的阅读能力与灵魂高度，穿透小说背后的精神内涵，去明晰地思考"人"的来龙去脉、左右人间的"命运巨手"又在何方等这样玄奥的命题。雪漠采用了适合超越叙事方式的复合结构，使《野狐岭》带着"西部写实"和"灵魂叙写"的双重烙印，裹挟着经过文学涅槃和灵魂修炼之后的一种超越叙事的气象，大器傲岸地矗立于中国当代文学之林。

七

《野狐岭》的超越叙事和复合结构，并非只是机械的文学表达技艺，而是忠实地融合了普通众生的情感、理想体验而采用的一种综合性的高难度的艺术创造。笔者一直认为，只有尊重生命个体自由和发展的艺术构想才是理性和完美的，才能赢得广大读者的自觉认同；也只有真实鲜活的人性书写才能激活宏伟的历史和现实画面，才能展示时空大背景下饱满的文学审美张力。作家的审美取向和审美理想基于对普通众生的终极关怀和心灵超越为出发点，便容易抵达接近崇高的美学特征。从《大漠祭》到《野狐岭》，雪漠始终跋涉在对个体生命遭遇的深度挖掘和对众生心灵超越途径的寻觅道路上，视野越来越大，胸襟越来越广，其洞悉社会生活的目光也越加具有穿透力。超越叙事和复合结构使作品具有一种运动感和力量感，这种运动感推动和托举读者随着作者的灵魂流淌而升腾起一种崇高超越之美，这种力量感又能揭去生命的伪饰，让人自觉检视自己的灵魂，为自己曾经的卑琐、粗俗、懦弱与苟活而羞愧不已。《野狐岭》洋溢着一种人性的力量、文化的力量和依附文化而传承下来的信仰的力量，最终聚合融汇成命运的力量，击穿了地域、种族和恩仇的隔膜与界限，表现了超越苦难的爱与宽容的主题思想。雪漠说《野狐岭》"拒绝了那些显露的主题"，但紧接着又申明"当然也不是没有"。在笔者看来，"超越苦难的爱与宽容"就是《野狐岭》的"隐约"主题。在《野狐岭》中，木鱼妹因和大嘴哥偷情而误杀了驴二爷的小儿子，驴二爷放火烧死了木鱼妹的父母。木鱼妹寻仇途中爱上了驴二爷的大儿子马在波，并怀上了仇人的孙子。木鱼妹寻找一切机会追杀驴二爷，其子马在波却又费尽心血地整理完成了木鱼爸视为生命一样珍贵的"木鱼书"。对于木鱼爸而言，因为马二爷的原因，他对妻子心怀怨恨。但大火烧来，他却置自己视为生命的木鱼书而不顾，拥抱着美丽的妻子双双于火海里化为灰烬。更令他难以相信的是以后自己的女儿竟然成了仇人儿子的情人，而自己的"木鱼书"最终又在仇人的儿子手中完成了宿命般的记录和传承。在《野狐岭》结尾作者展示了一场铺天盖地而来的沙尘暴，使所有的生者与死者都汇聚到了胡家磨坊，将生者、死者和虽生犹死者的形象一齐陈列在读者面前，供人们去审视和鉴别，带有极为浓厚的悲剧色彩和深刻的命运启示意味。可见，爱恨情仇不过就是个体生命在岁月长河里的瞬时体验，在人性关怀的背景下，文化、信仰和命运的合力最终会将这些生命的屑小感觉消融于无形，超越苦难的爱与宽容的主题之光便会始终闪映在芸芸众生的灵魂空间。

《野狐岭》一如既往地表现生存的苦难，记述苦难生活里顽强传承的生存意志和灵魂信仰，因而消弭了仇恨与罪恶，升华了超越苦难的爱与宽容的博大主题。《野狐岭》直面错采离奇的苦难生活本身，小说中潜隐着作家对个人命运如同浮萍般飘摇晃荡的深度焦虑和艰难如锥的现实对生命尊严逼仄的隐忧情怀，增加了小说的人文关怀和灵魂求索的思维厚度。小说中的木鱼爸饱尝饥饿与侮辱，仍能顽固地整理抄写木鱼书，但别人发现他的衣袍里"没穿裤子"时就要上吊自杀。陆富基意志刚硬，但受到"倒点天灯"的酷刑之后，觉得这是"最开不了口的事"，便不想活了。齐飞卿被刽子手用"胶麻缠刀"的方式锯死于凉州大什子时，发出"凉州百姓，合该受穷"的喟叹。马在波在亲生孩子被抢走受到胁迫和威逼之后心里涌起的无奈与沮丧等。所有这些细节既有平民受辱时的憋屈感受，又有英雄落难时的悲凉况味，传递着普通众生平凡而习见的苦难体验，让人有感同身受的切肤之感。如果说，"大漠三部曲"写了西部人民的苦难，而《野狐岭》则以超越叙事手段完成了南北贯通的巨笔构画，由西部人民的苦难拓展到对更为广泛的中国人民的历史岁月的记载书写。《野狐岭》将那一个特殊年代里中华民族底层人民共同的苦难生活体验呈现到读者面前，试图"写出一个真实的中国，定格一个即将消失的时代"，因而具有史诗般的时代性与真实性。乔伊斯曾说："写头脑里的东西是不行的，必须写血液里的东西。一切大作家，都首先是民族的作家。正因为他们有强烈的民族精神，最后才能成为国际的作家。"从这个意义上讲，雪漠创造的野狐岭和其笔下的木鱼歌、驼户歌、凉州贤孝、镇番民俗、驼把式等民间元素已经融为一体，带有中国气派和中国特色的民族精神，如同鲁迅笔下的"鲁镇"、萧红笔下的"呼兰河"、艾略特笔下的"荒原"和福克纳笔下的"邮票"般的家乡一样，将会成为带有特殊的地域文化意蕴的文学标本，在中国当代文学领域折射出璀璨而永久的光华。

（刊于《唐都学刊》2015年11月第31卷第6期）

参考文献

［1］陈琳，吴越：《雪漠新作〈野狐岭〉"重归西部"》，载《文汇报》，2014年10月8日。

［2］雪漠：《野狐岭》，人民文学出版社，2014年版。

［3］傅小平：《幽魂叙事打开被掩埋的记忆》，载《时代报》，2014年9月9日。

［4］吴波：《清末民初甘肃哥老会述略》，载《宁夏社会科学》，2006年第2期。

［5］杨建：《乔伊斯论"艺术家"》，载《外国文学研究》，2007年第12期。

先锋写作的"原生"与"偏离"

——以《野狐岭》为例

陈嫣婧（书评人）

人们对先锋文学的"偏见"，或许还是要追溯到20世纪80年代那股"文艺复兴"式的创作热潮，及那热潮下被大量译介的外国文学作品。当我们终于可以在"小说竟然可以这样写"的巨大震惊中缓过神来，细细罗列、对比和研究80年代那批作为"异质文学"的典型而迅速崛起的作品到底"师承何处"时，先锋成了一种技巧的代名字，它被叙述手段、背景、语言特征等一大批专业名字给填塞得满满当当的，变成一个外形丰满而内部庞杂的绒布娃娃。其实并没有那么复杂，正如伟大的先锋作家乔伊斯所说，他并不是想要这样写，而是不得不这样写。也就是说，他不知道还有什么其他更好的方式可以让他拿来用作表达，先锋的自觉，即在于它的原生和不可替代。

一、原生环境下的"先锋"生成

原生，亦可作为对雪漠写作的高度概括。陈思和在回忆20世纪末为什么要带领《上海文学》编辑部前往西部组稿时，曾说正因为西部拥有与上海完全不同的，不可替代的创作土壤，那里的自然环境和生存形态都是自立而独特的，而这对文学创作而言是多么难能可贵。也就是说，无论从文化的完整性还是自足性这方面看，西部，或许真的可以孕育出具有自觉意识的先锋写作状态，而广义的先锋，也正是这样一种因"我不得不如此写作"，或"我只能这样写作"而产生的独树一帜。雪漠的先锋性与西部自身的地域特征密不可分，他的《野狐岭》以一支驼队为线索，横跨岭南与漠北，又将飞卿起义、土客械斗等史实结合进来，形成一个编制庞大的叙事综合体，其情节曲折，人物纷杂，虚实结合，边叙边感，一唱三叹，较雪漠原有的小说在结构和技巧上都有重大突破。

《野狐岭》的叙事起点类似于传统的神鬼故事，是人与鬼的交谈，也可看作是前世与今生的交往。在中国当代的文学作品中，能这样磊落地抬出鬼神，将之奉为正典的小说是不多的。余华的《第七天》虽也以鬼魂为叙述者，但小说旨在借其视角，鬼是一个观看者和阐释者，却并不是站立在小说舞台中央的主要人物。余华仍将小说舞台交付现实，雪漠却反其道，将舞台留给了鬼魂。"我"于百年后的当下重返神秘的野狐岭，用招魂的方式邀鬼魂们重叙野狐岭的往事与他们各自的命运。已逝的人一个个登场，各执一言，多重视角在谈话中缓缓铺开，彼此矛盾、互补。《野狐岭》确实是一个舞台，也可说是一个多幕的独角戏，幕与幕之间并不存在严密的逻辑关系，作者更关注的显然是每一幕中那唯一的一个角色。他并不急着将他们全数公开，而是通过那些断断续续的念白循序渐进地铺设一段相对独立的情节，以展现其多维度及层次感。这种处理会让人想起那个过于经典的文本《罗生门》以及它在叙事上的最终功能：通过打破线性叙事的传统手法来消解真相的唯一性。且鬼魂跨越阴阳两界，又可穿越前生今世，所以我们经常能看到那些独角戏的主人公们神游物外的诉说，也即画外音。他们往往一边尽力地回忆"当时的形景"，一边却早已站立在生死的另一端将这些形景一一看破，加以点评剖析。情节的连贯性和现实环境的局限性就在这些画外音中被轻易地破除了。这种"一唱三叹"的手法是雪漠的拿手好戏，它有意识地拖住情节的行进，使之更接近于纯文学写作中应有的反思与自省，也是现代小说独有的叙事魅力。

当然，雪漠并非"只破不立"，突破现实的叙事基础并不意味着完全脱离现实神游太虚。况且这鬼的族群说的也并非只是鬼界的奇事，他们借由已逝之灵魂这一身份，为的是穿越时空的边界回到历史，让个人成为一段历史的亲历者和观看者。特别当作者很有意识地加入了许多真实可查的史实，如飞卿起义、土客械斗等时，小说的历史色彩其实是被有意加重的。神鬼虽将小说的现实性虚化，对历史的加强却又使作品在另一处得到夯实，叙述环境的桎梏被超越了，深层的叙事逻辑却仍然得到最大限度的遵从，由此，方能显出一种从未有过的自由与自律。

二、信仰叙事的"先锋"体现

自由，是雪漠小说普遍具有的灵性，神、鬼、人、畜在他的笔下几乎没有隔阂，前一世和这一世之间也似乎总带着联系。这自然与西部的文化形态有着紧密关联，贫瘠或落后这类以工业文明为唯一参照被使用的词语拿来度量评判文化并不合适，相反，文化，及其在文学作品中的反映，正因它的原生态和反潮流而得以彰显，这也是西部文学普遍具有优势的原因。但也不见得，描写落后地区的文学就都是好文学，逆于当代文明可以成为一种应对文本的视角，却不应该是唯一的手段。雪漠对于文本自由度的延展，与他本人的宗教信仰有很大关系。浓重的宗教意味几乎成为雪漠所有作品共有的内在气质，转世、轮回、修行这样的情节几乎从来没有远离过他的作品。在《野狐岭》里，马在波这个人物即是作者宗教上的投射。不仅如此，作为故事记录者的"我"本身也有深厚的佛教修为，而"我"进入野狐岭，正是带着寻找前世自我的目的。

以信仰的力量来影响作品先锋叙事的形成，是雪漠于他的小说作品中独特的尝试。以《野狐岭》为例，在宗教意识的贯穿之下，小说人物在与"我"进行交流的过程中经常会跳出他们各自特有的叙事时空，于不同的时间节点中来回穿越，他们一会儿诉说过程，一会儿预告结局，一会儿又反过来继续刚才的叙述。从表面上看，这是因为他们的身份是鬼魂，鬼魂当然可以超越凡人的局限，但事实上鬼魂的设置本身就与作者本人的宗教观密不可分，正因为宗教打破了人类生命的固定格局，死亡在他眼中早已不是人唯一的最终归宿，也不是一个生命绝对的终止和消逝，所以作者在设置情节，梳理小说线索时，就能获得空前的自由度，不必再被某种固有方式所左右。以往，西方的很多现代主义文本也有过许多类似的尝试，比如杜拉斯的《广岛之恋》，作者试图通过剧本的特有形式来突出表面上毫不相关的叙事片段内在的关联性，甚而有更极端的作者，还试过将小说设置成扑克牌的模式，将一些看上去毫无关联的情节片段写在牌面上，然后通过不断洗牌最大限度地使叙事碎片化，并呈现出无穷多的可能性，以达成某种叙述上的自由。而雪漠与这些形式上的刻意创新似乎都有着不同，他并未完全抛弃情节的连贯性，不仅如此，他似乎还特别注意将每一条叙事线索有条不紊地层层排布，所以乍看之下非但不会有云里雾里的眩晕感，反而能咀嚼出几分现实主义的味道来。的确，雪漠对细节的真实感是十分注重的，据说他每创作一部小说都会大量翻查资料，访问相关人员甚至是住到小说中涉及的地域中去，体验生活，这完全是一个扎实的现实主义作品的写作方法，所以想要实现一种更为自由新颖的表达方式，还是只能回到写作价值观的独特性中找到依凭。

"这只是我的一点感觉。我代表不了你们，你们也可以有你们不同的感觉。各自不同的感觉，才构成了各自不同的世界。你不是说了吗，世界是心的倒影。我的世界，也是我的心造的。"这是小说中的汉驼黄煞神在自叙中说的一段话，这段话或许也可以精确地概括雪漠的写作观，那就是从不吝于展示一种包容的多元价值观以及以"心"作为反映现实世界唯一的标准。在这样的观念下，人物开始突破他自己，亡灵的叙述是一种双重立场的叙述，也就是当事人和过来人同时发声，纠缠并行。明明知道结局，却又要同时交代过程，明明已经启动了反思，却还要表达当时的执迷，在这种一唱三叹，一步三回头的叙事语言的铺陈下，人物的实在意义被一再消解，最终一个人成了多个人的综合体，成了一个符号。而在不断打岔之下，情节也变得支离破碎，或者说从根本上失去了本来意义。情节成了作者所谓的"心"的反射，成了一面可以映射出不同面的多棱镜。于此基础之上再思考作者有意引入的诸多惊世骇俗的历史事件，那些极为残忍的，极为直接地表现人性嗜血本能的细节，也便脱离了它本来的历史语境而成了作者探讨"心"的手段。所谓"知命观"的写作内质，即紧贴人性的真相和本来面目而写，让它成为一片清澈的湖面，来倒映一个现实的世界，并最终将之化于胸中。

三、"先锋"写作对文学本质的偏离

将宗教意识融入写作中，确实能体现一种原生态的先锋性，因为它不但能摒弃形式直指人性，且能展现一种近似永恒的意义，这也正是先锋写作最重要的目的。然而，具有浓厚宗教色彩的文学作品是否依然能坚守文学写作的本质，从而彰显其独立的文本意义呢？雪漠在处理这个问题时多少存在着欠缺。就拿《野狐岭》来说，人物的符号化确是文本存在的一个严重问题，在阅读文本的过程中，读者极有可能产生一种强烈的感受：人物在渐渐脱离他们生而为人的模样，他们在替作者说话，而不是为了自己表达。他们是作者手里提着的木偶，作者将自己的思想一股脑地倾注到他们身上，成为一切的主导，而人物各自的灵魂则不再自由地高高飞翔，他们甚至失去了穿梭于你我之间的基本灵活性，他们只是被提溜着的木偶而已。关于这一点，后"五四"时期的周作人在谈到文学与宗教的关系时，非常强调它们之间本质的差异。他认为，从本质上看，宗教有明确的功利目的，而文学是"只有情感而没有目的"的，它单以"说出"为唯一目的。一个宗教意识过于明显的作家在写作时经常会不自觉地将他的作品当作"劝善的工具"，而这显然与纯粹以"说出"为唯一目的的文学写作存在差异。

T·S·艾略特曾在他著名的文论《宗教与文学》中开篇即指明："我们必须记住：一部作品是否为文学作品，只能用文学的标准来测定。"文本通过语言来认识和构建世界，小说人物则通过读者的自我认同而获得认同，也就是说文本逻辑最终还是要

落实到它与世界交互作用的那一点上，而不是独自行走在世界的上方。所以，艾略特认为如果宗教存在并且要实现其存在的意义的话，应该是一种不自觉地无意识地表达宗教思想感情的文学，而不是一种故意地挑战性地为宗教辩护的文学。如何才能做到"自觉地无意识"地表达？或说如何才能在文学作品中隐去宗教的目的性而又能保存其精神的内核呢？这大概就是所有宗教文学都会有的尴尬，即撇开修辞上的意义，你可能永远无法区分清楚这文本语言要表达的究竟是文学的逻辑还是哲学或宗教的逻辑，而这也无可避免地成为对文本独立性的一种伤害。所以雪漠之先锋，借由其信仰的高度而横空出世，却也因对信仰的依赖而减弱了它作为文本的纯粹。对此，雪漠本人也是有话说的，他在《托尔斯泰夫人为啥吃醋》一文中曾提到，有人看他写的《无死的金刚心》，嫌它在文学性上"不够纯粹"，对此他明确表示："文学是心灵的产物，许多时候，文学也是纠结的产物，没有纠结，就没有真正的文学。"他显然承认文学本身可能也需要一种"结"，一种纠缠，也不应该只是一味地"破"。但他同时又说："我的心里没有乱麻，我看谁，都像掌纹般清晰，所以我的文章，总是多了安详，少了纠结；多了宽容，少了愤怒，当然，也少了一种急于表达又无法表达的混乱。"雪漠是非常推崇陀思妥耶夫斯基的，他觉得陀氏才是真正能沉入人的心灵，挖掘到人性深处的作家，但他自己所追求的创作状态却是彻底摒弃这种纠结，达到一种内心平和的状态。一个本身有很高宗教修为的作者，以期用文学来展现自己超然的心境，虽然作品中有大量凡人的爱恨生死，但最终的指向仍是对这一切的摆脱和超越，作为写作的最高目标，这显然是一种"自觉地有意识"，一种指向性极为明确的功能，所以它与只沉浸于自己的"喃喃自语"而从不过分在意这"言说"背后之深意的另一种创作状态还是有着本质的区别。20世纪30年代，周作人曾将中国传统文学分为"言志"与"赋得"两种，前者脱胎于"即兴"，后者则被赋予"载道"的目的。自然，在周作人的视野中这里的"道"可能更倾向于政治而非宗教，但如果是强调"载"的功能性和目的性，那么政治与宗教也并未见得有本质的不同。其实何止传统文学，即便到了当代作家这里，在如何于作品中更好地表现宗教或宗教感这一问题上，绝大部分作者仍然处理得战战兢兢，如做一锅夹生饭，难有融合度高且表现自然的作品出现。这或许与周作人分析的传统文学之价值取向问题也不无关系。

当然从表面上看，将《野狐岭》全然归于宗教文学似乎也有些狭隘，因为雪漠在引入大量宗教观的时候，并没有忘记小说产自于西部这片广袤而原始的土地，也就无可避免地带上了西部独特的文化。对西部文化的个性化解读，一直是雪漠小说的重要内容。甚而，作者似还怀抱着更大的野心，企图打破封闭的地理概念，将岭南与漠北，东南与西北连成一线。于是我们看到了凉州贤孝和木鱼歌，看到了这些有着完全不同的地域特征的文化符号在作者的笔下拥有了共同的真意。历史总以相似的面目出现，文化也总有共通的内涵流传，而这一切最终都会以一种无意义的姿态被融入宗教的大同中，融入时空的无限之中。所以宗教作为小说的最高旨意的存在，就如如来佛祖的手掌，将其所有收入其中，再加以阐释。

这种高度的统一源自于高度的接纳，但这高度的接纳不见得就能表现出高度的文学自洽。从《野狐岭》中，虽然我们总是能很强烈地感受到一股力量于文字中高高升起，可这力量是我们自己内心最真实的力量吗？让先锋完完全全地回到生活中来，让它在现实中产生一股原生的力量，这或许应该成为雪漠下一步创作的思考方向。

（刊于《文学报》2015年12月17日第114期）

穿越尘世的窄门

——《野狐岭》的救赎之道

李静（北京大学中国语言文学系硕士研究生）

　　《野狐岭》是甘肃作家雪漠于2014年出版的长篇小说，被评论家雷达誉为超越自我的回归之作。继"大漠三部曲"（《大漠祭》《猎原》《白虎关》）、"灵魂三部曲"（《西夏咒》《西夏的苍狼》《无死的金刚心》）之后，《野狐岭》将西部写生与灵魂叙述结合到一起，从形式到内容都做了崭新的尝试。现有对《野狐岭》的解读，也多循着形式和内容两条线索切入，比较完整地把握了小说的形式美学和精神意涵。但正如作者坦言，《野狐岭》"是我创造的一个世界，是我感悟到的一个巨大的、混沌的、说不清道不明的存在"。作者自觉地"反小说"甚至"玩小说"，放任自己在无我境界中"灵魂流淌"，如此写就的作品"是内容和境界决定文学形式的产物"。因此，如何理解一个小说家的"反小说"尝试，难道仅仅是纯粹的形式创新吗？雪漠感悟到了一个混沌的巨大存在，是否无法用言语的理性去组织成文，因而采用了"灵魂流淌"的叙写方式呢？在现实理性和宗教神启之间，本书又做出了何种选择呢？这些问题都是"内容——形式"二分的研究方法无法解答的难题，同时也是本文着力想要填补的空白。

　　故事发生在千里驼道。百年前的两支驼队，一支蒙驼，一支汉驼，在野狐岭上神秘失踪了。两只驼队驮着最好的金银茶叶前往俄罗斯（罗刹）交换军火，用以支持哥老会推翻他们称为"清家"的那个朝廷。他们一路历经驼斗、匪乱、内讧、狼灾，最终人心"变质"了，队伍散乱了。等待着尘世间凡夫俗子的，是一场末日风暴。面对人世间永恒的恶，个人如何才能获得永恒的善，实现自我的救赎，这个看似悖谬的难题才是雪漠的心之所系。

一、驼道前史：革命乃世俗之深渊

　　"驼道"是文本中最基本的空间意象，为了更好地理解驼道故事，首先要追问小说中的人物缘何踏上驼道。小说很巧妙地借木鱼妹之口，讲述了驼道之行的"前史"。"驼道"随着她的讲述，显影出"岭南——凉州——野狐岭——罗刹"的具体图景。那么，遥远的岭南与西北的野狐岭如何发生关系？木鱼妹身为普通的岭南女孩，为何加入大漠的驼队呢？

　　岭南的马二爷（木鱼妹因厌恶他，唤他作"驴二爷"）是"马合盛"商号的二当家。马家与清廷的关系很不一般，"马家自雍正年间起家，雍正赐名'马永盛'，以后子孙多了，渐变成好几房了。左宗棠征新疆时，马家捐了十万两白银，被御封为'护国员外郎'，慈禧也叫它'大引商人'。后来，马家子孙们合议，将'马永盛'改成了'马合盛'，大家齐心协力，打出一个字号，在所有的茶砖上，都打了'大引商人马合盛'字样"。马家以官商自居，拥有雄厚的政治资本和经济资本，无形中成为清廷基层治理的抓手，正如王亚南的研究指出："中国官僚统治的包容性，不仅动员了中国传统的儒术、伦理、宗法习惯来加强其统治，还把社会上必然要成为它的对立物的商工市民的力量也消解同化在它的统治之中。"马家被同化为清廷治理体系中的组成部分，因而被致力于反清复明的哥老会视作寇仇，牵扯出故事中的诸多纠葛。木鱼妹因家中困窘，被卖与马二爷家的痴呆二公子做童养媳。木鱼妹与马二爷家的伙计张大嘴在偷情时被二公子目睹，二人失手将他捂死。随后，木鱼妹全家葬身火场，唯有她因偶然外出，幸免于难。火场上遗留了一个大烟锅，这恰是马二爷的随身物品，这让她断定马二爷是纵火犯，借此报杀子之仇。木鱼妹背负血仇，四处申冤，却无意间激化了土著和客家人之间的矛盾。土著们认为马家这样的外来商人占用了太多的资源，且是清家鹰犬，更为刺目的问题是，"在一些极端的土人眼中，客家人甚至不属于人类。他们在一些文字中，提到客家人时，总在'客'字上带上反犬旁。他们根本不愿意自己的土地上，有这样一群不知来自何方却自视甚高的人"。以木鱼妹家被焚为导火索，土客械斗爆发了。在这样一场人与"非人"的战争中，人间的基本道德底线被突破了。马二爷惊觉躲在自家碉楼不是长久之计，只得仓皇逃往老家凉州。木鱼妹为了报仇，随之赴身凉州。她这一路乔装打扮，修身练武，略过不提。

与岭南的处境截然相反，马家在凉州的名声非常好。木鱼妹在当地拾荒婆口中得知"马家老是舍粥，每到初一十五，远远近近吃不饱饭的人，都会到马家粥棚"。一年一度的驼羊会上沙匪来劫，马四爷为了保住百姓的财产，维护难得的喜乐气氛，自愿出资五千两打发沙匪，俨然基层保护人的形象。马四爷一直是凉州城大年初一闹社火的春官老爷，须知，春官必须由当地德高望重者担任。马家在当地起到了乡绅的功能，士商伦理合一，维持着凉州城日常生活的正常运转。木鱼妹的个人复仇，无法撼动乡贤政治中拥有合法性的马二爷，因此她不得不寻求哥老会的帮助。

然而，哥老会在作者的笔下充满了反政府和反社会的恐怖色彩，缺乏组织性和明确的政治纲领，无法提出取代现有社会秩序（比如乡贤政治）的可行方案。在"打巡警"一会中，哥老会大哥齐飞卿号召民众揭竿而起，已经投靠哥老会的木鱼妹帮忙鸡毛传帖，告知民众次日一起严惩王之清和李特之两个"清家人"。贴在门户上的鸡毛帖，充满了单纯的复仇情绪。小说中的民众并没有一致的政治诉求，仅仅为了在熟人社会中自保，"以前，他们也知道接到传帖没去的人家被烧了房子的事"。作者暗示我们，民众的革命意志并非是革命的真实动力，而是齐飞卿"一厢情愿"制作出来的"政治意图"。暴怒的民众在作者笔下变成了群氓，他们即使"起群"也只是乌合之众，"不是人说凉州人是一盘散沙吗？怎么也抱成团了？后来，我才知道，那散沙，无论抱成多大的团，也是沙团。成团的散沙成不了石头，沙里有一点水，虽也能成团，但水一干，沙团就散了"。盲目砸了一通巡警楼之后，乡民们顿感疲累，便以造反为名哄抢回民的小吃摊，引发了回汉械斗。

熊彼特在评价勒庞的《乌合之众》时，非常赞同他对群体心理的判断："个体在群体影响下，思想和感觉中的道德约束和文明方式突然消失，原始冲动、幼稚行为和犯罪倾向突然爆发。"勒庞在书中更为犀利地指出，个体在群体的犯罪行为中彻底迷狂，个人作为无名氏不再担负道德意义上的责任，而且这样的暴力行为往往假以崇高之名，就像木鱼妹说，鸡毛传信的那晚，她沉浸于"一种高尚的情感中"。十二会和十三会的故事相当于《乌合之众》的文学阐释，二者皆沉迷于对群体心理学的探索之中，雪漠如是总结：

> 虽然人类个体不一定都有破坏欲，但人类群体肯定有一种破坏欲，它非常像雪崩，只要一过警戒线，只要有人点了导火索和雷管，就定然会产生惊天动地的爆炸。我发现，平时那些非常善良的人，那些非常老实的人，那些非常安分的人，都渐渐赤红了脸，像发情的公牛那样开始喘粗气，他们扑向了那些弱小的回民。他们定然想到以前死在回汉仇杀中的祖宗，他们将所有的回民都当成了敌人。他们想复仇。他们从最初的一般性抢劫变成仇杀。在集体的暴力磁场中，不爱杀生的凉州人，也变成了嗜杀的屠夫。

泥腿子的革命终于在官家的镇压下作鸟兽散，"撇脚儿赶紧往城外头跑，一溜烟跑到了自己家门中"（凉州贤孝：《鞭杆记》）。

哥老会引发的此次暴动，并没有政治理性与组织纪律，小说的描写暴露了哥老会的缺陷。事实上，"与秘密教门一样，包括哥老会在内的会党也是传统农业社会的产物，但是由于传统农业社会正逐步走向瓦解，会党分子，尤其是头目，更多的是一些流氓无产者，他们以江湖义气相标榜，以巫术、宗教等手段固结人心"。文中几次提到哥老会的神秘仪式，如巴特尔在"白孤孤的月光"下看到的神秘仪式，擅自闯入者格杀勿论，充满了非理性的癫狂色彩。总体上，哥老会在文本中全然是负面形象，被描写为群体暴乱的象征，其实质无异于反政府和反社会的恐怖组织。哥老会附魂于马家驼队上，借助商业的流动性来遍地生根，这也是有一定历史根据的。然而，正是作者对世俗生活的彻底否定，使他放弃了书写历史上作为多面体存在的哥老会，在小说中做出了很多"反事实"的假定。小说中，哥老会认为马家为左宗棠收复新疆提供资助，与当权者沆瀣一气。但在历史上，太平天国战争结束后，哥老会已经全面深入湘军内部并伴随左宗棠征疆扎根西北（陕西、甘肃、新疆等地）。哥老会与清廷始终是寄生与反抗并存的复杂关系，小说反倒将历史的复杂性简化了，对现实做出了扁平化的处理。再比如，小说彻底否认了哥老会的革命成果，给人造成哥老会一事无成的错觉。事实上，"同盟会组织力量比较薄弱的西北地区，哥老会为推翻清廷在当地的统治做出了重大的贡献。继武昌起义后，哥老会和同盟会在陕西省会西安发动起义，成立了秦陇复汉军政府，使西安成为第一座率先响应武昌起义的北方省会城市"。指认小说对历史的虚构和消解并非难事，重点是将文本的叙事策略作为意识形态症候，解读其与历史虚无主义观念的暗自勾连。作者有意识地忽略哥老会的正面形象，说明了他对革命本身的不信任以及对革命史的怀疑。他认为，民众团结一定会沦为盲流，群体革命必定是失序的源头，而失序会释放出更多人性之恶，世俗社会将会变成存在之深渊。

二、告别人间秩序：驼道上的"自然状态"

雪漠在代后记中写道，"关于木鱼歌、凉州贤孝，关于驼队、驼场、驼道、驼把式等许许多多消失或正在消失的农业文明的一些东西，小说中的描写又有着风俗画或写生的意义"。陈晓明在《雪漠〈野狐岭〉：重建西部神话》进一步认为"雪漠对骆驼的描写，将来可能会成为绝笔"。雪漠借张大嘴之口，宣称他"以天下为画布，打造出新的格局"。但与其说他绘制的是静态的画作，毋宁说他的书写具有民族志的特征。西部写生不是自然主义式的镜头扫射描摹，而是以风景描写为媒介和手段，展现寓居其中的人性之复杂。

缺水少粮的大漠屏蔽了一切外在权力的约束，成为一个封闭的人性实验厂，不断地质询着人性的边界。汉蒙两支驼队如何结成一个共同体呢？这两支驼队虽然有着共同的目标（运送货物去罗刹交换军火），但二者的罅隙非常之多。除却根深蒂固的种族矛盾外，在极端的自然条件和动荡的时代环境下，一系列难题出现了：有限的水草食物如何满足两支驼队的需要？在汉家驼队受损严重情况下，蒙家驼队是否要弃之而去？为革命换取军火的政治目标和个人的自然欲望如何两全？在极端恶劣的自然环境下需要什么样的制度、伦理、德性才能维持基本的秩序呢？小说给出的结论非常悲观，两支驼队基于理性人和抽象人性的原初契约破裂了，人间的秩序万劫不复。因为没有超越性的力量制止"恶"的发生，人掉入自然状态，堕落为动物。

有趣的是，书中的"我"可以使用招魂咒让动物开口说话，另一个世界被打开了。驼王争夺战、人驼恩怨、种族界限、生殖战争等一幕幕难忘的场景，在"黄煞神"们的口中回荡。噩梦始于一场意外：去往野狐岭的路上有很多黑石头铺成的戈壁，把式们给骆驼上了掌套，结果娇嫩的驼掌被钻入掌套中的黑石头割伤。因此他们不得不卸了驮子，扎营休息。仅仅是行走通道的驼道，变成了休整生息的驼场，变成了故事的发生地。有了休养场所和空闲时间，驼场上的重要任务，即"配种大战"，在汉蒙两队之间开演了。配种也有不成文的规矩，"种驼跟人一样，有各自的势力范围，也是三宫六院七十二妃，外驼要想染指，成哩，你先过来，先斗个百十回合再说。"汉队的驼王名叫"黄煞神"，蒙队驼王名叫"褐狮子"，前者略输气力，后者不善谋略，二者综合实力相当。它俩因为把式检查得勤，未被割伤，使它们有条件围绕着生驼（骆驼中的处女）"俏寡妇"展开争夺。首先，褐狮子斜刺里坏了黄煞神的好事，抢先给俏寡妇下了种，这一举动惹恼了黄煞神。在黄煞神的口中，俏寡妇顺从蒙驼褐狮子，相当于犯了"叛国罪"。黄煞神起而追击这两位"奸夫淫妇"时，也不能忘记背后觊觎它驼王之位的"长脖雁"，谨防它发动政变。一旦它与褐狮子的交战落败，长脖雁就会取而代之成为新任驼王。谁曾料到，在黄煞神与褐狮子的第三次交锋中，悲剧发生了：黄煞神踢中了褐狮子的阴囊，将它骟了。黄煞神越界了，这引起蒙队把式巴特尔的不满，巴特尔说：

> 对汉人，我一向印象不好，主要是他们太有心机了。那心机，是从毛孔里渗出来的。你只要一接触，就会发现那心机。而我们蒙古人不喜欢心机，我们喜欢肝胆相照。汉人甚至把那心机也传染给了汉驼。瞧，褐狮子就遭了那心机的暗算。

骆驼与人在漫漫驼道上经常互相救助，产生出一种崭新的动物与人的伦理关系。巴特尔将褐狮子看作"阿爸、儿子和情人"，褐狮子被骗自然在他心里种下了仇恨的种子。他对黄煞神的仇恨，逐渐扩大到整个汉家驼队身上。随后，褐狮子因黄煞神强奸俏寡妇发狂了，开始疯狂袭击汉家驼队。汉驼把式陆富基主张用火枪对付褐狮子，他认为："对付这种杀人驼，用啥办法都不过分，就像人类对待那些杀人犯一样。"后来，黄煞神用计弄残了长脖雁，陆富基也用同样的办法对付它。黄煞神对此耿耿于怀，因为它曾救过陆富基的命。然而，恩怨情仇的侠义精神在自然状态是行不通的。为了维护正常的秩序，陆富基作为"主权者"，必须对褐狮子和黄煞神进行"专政"，动物也不能逃脱人类社会的主权意志。"驼斗"在作者笔下成为社会革命的隐喻，原始的本能、欲望、冲动和激情促成了斗争和革命，但斗争却是专政的对象。斗争和法律之间的内在矛盾被揭示出来。斗争没有出现时，法律如幽灵般潜伏，斗争一旦出现，立刻被专政。专政本身也是"必要的恶"，每个生命体处于其中都如临深渊。

豁子是齐飞卿的堂弟，却一心在汉蒙之间制造事端：

> 他眼中，那民族大义啥的，还不如抹布呢。他眼里的仇人就是仇人。谁惹了他，谁就是他的仇人。其实，这才是自然人的标准，人类何必把一些莫名其妙的外部因素加进去呢？比如民族呀，阶级呀，政党呀，教派呀，等等。

自然人被剥离了社会属性，与动物何异？豁子好似发酵剂，使驼队的人在自然状态下都变成了他这样的"自然人"。在豁子的教唆下，蒙家驼队想要摆脱伤病较重的汉家驼队，并且妄图独吞值钱的"黄货"。暗偷不成，只得明抢，蒙队渐渐化身为土匪，鞭打整个汉驼队，却始终问不出结果。豁子建议分化汉驼队，找出祁禄、蔡武当"汉奸"，拷问齐飞卿的亲信陆富基。令人诧异的是，汉人对汉人下手才是最狠的。不管是以革命为名，还是以财富为实，这一朵朵驼道上滋养出的恶之花，都被风暴吞没了。

三、末日审判：灵魂飞升与弃绝尘世

《创世纪》中的大海（abyss）对于世人而言就是深渊，随时可能溺水身亡。驼道上的风暴，何尝不会顷刻间吞噬掉所有人的生命呢？世人如何自我救赎呢？马二爷的大公子，书中的重要人物马在波总在念经，他认为"诵经时的那种心态，定然也会产生巨大的善的力量。它虽然没有改变整个驼队的共业，不能叫它们避免后来的灾难，但在那时，却也起到了好的作用。有些驼户，就是在那经文的熏染下改变了心的"。马在波消除仇恨的办法是修炼密法，"我培养一种慈悲，熏染一种精神"。小说认为"怨恨史观"本身就是"恶"，以仇恨为动力的现实斗争并不能带来善的结局。个体复仇和群体革命都走不通，书中的"我"毫不讳言便是重新活一次，也不会选择当飞卿。既然改造外在世界的路走不通，既定的命数无法更改，唯一的正道便是独善其身，修炼自己的德性。然而，成佛成圣毕竟有赖于个人顿悟和宗教启示，普通人难以习得。直至听闻木鱼妹的木鱼歌，马在波才意识到一种普遍德性的可能。

木鱼妹的阿爸将一生的心血都花在木鱼歌上，他用家中田产换取了木鱼歌的古本。这些古本是几代祖宗写成的，以木鱼歌的形式，记载几百年来的历史，第一部家族编年史就是这样诞生

的。阿爸相当于村里的史官，他借木鱼歌歌颂贤良，鞭挞恶人，而且免费教村里小孩唱木鱼歌，名曰"种书田"。木鱼妹的名字正源于她在阿爸的要求下会唱所有的木鱼歌。凉州贤孝被木鱼妹看作木鱼歌的一个变种。木鱼歌流行于岭南，凉州贤孝起于凉州，都属于民间说唱艺术，怀抱三弦，木鱼击节，演奏形式也非常相似。内容都不外乎隐恶扬善、喻时劝世、为贤行孝。

木鱼令和凉州贤孝是社会关系和伦常秩序的产物，皆处于古老中国的启蒙传统和文教结构之中。西方人在启蒙运动以前认为神意是现实世界的唯一引导，人只有借助上帝，才能获得存在的意义，正如流落荒岛的鲁滨逊所言，所有人生来都是恶棍、流氓、小偷和杀人犯，唯有神意的拘束力量能使我们所有人没有在所有时候都表现成这样。

传统中国则是将人安顿与一定的伦常秩序之中，以社会的神圣性规约个人，以文艺教化民众，树立典范和榜样，培育人的向善之心。《诗经》开篇为《关雎》，此乃风教之始也："风，风也，教也，风以动之，教以化之……故正得失，动天地，感鬼神，莫近于诗。先王以是经夫妇，成孝敬，厚人伦，美教化，移风俗"（《毛诗大序》），《诗经》正是正人行、动人心，传承礼乐文化，构建精神家园的"经学"。如果革命和改革着眼于制度，那么教化则着力于群体的道德。后者才是中国传统政治的目的，所谓"政者，正也"。子曰"子为政，焉用杀？子欲善而民善矣。君子之德风，小人之德草。草上之风，必偃"（《论语·颜渊》），德风吹拂的结果是"启蒙"，将健康的人性发舒出来，"有教然后政治也，政治然后民劝之"（贾谊《新书·大政下》）。教化是政治的原因和政治权力的依据，圣贤王者以教化为任，"天生民，性有善质而未能善，于是为之力王以善之。此天意也。民受未能善之性于田，而退受成性之教于王。王承天意以成民之性为任者也"（《春秋繁露·深察名号第三十五》）。

讽刺的是，小说里唯一的知识分子木鱼爸是挣扎在贫困线上的酸腐文人，他宣扬木鱼歌的行为并没有多少群众基础，只能逼着自己的女儿木鱼妹强行记下，本应在洒扫庭除间实践的德性被贮藏进个人的头脑，成为抽象的知识。木鱼妹是一个矛盾的结合体，她一方面负有全家血仇，一方面又时刻被木鱼歌熏染着善心。她遇到仇家之子马在波后，这颗善心竟然萌生出对他的爱意。她和马在波的爱情，起源于木鱼歌。木鱼妹在庙会上吟唱木鱼歌《禅院追鸾》，引起了包括马在波在内的所有听众的极大兴趣，马在波要求每次庙会都请木鱼妹唱木鱼歌。马在波也不再抄经了，开始跟着木鱼妹记录木鱼歌。文本在这里出现了一个矛盾结构，本应是劝人向善的文教工具木鱼歌，却被一对男女在密室中记诵和誊抄。马在波认为木鱼妹是"空行母"，后来又听胡孛儿说木鱼妹精通时轮历法，弥补了他所修密法之缺陷。她会唱木鱼歌更是直接促成了二人肉体的结合，在马在波看来，这是绝佳的"双修"之道，社会教化的木鱼歌被倒换为个人灵修的工具。

马在波眼中木鱼妹的光芒正是社会神圣性的体现，最终这道光芒囿于二人传经的密室，销沉在男欢女爱之中。如果木鱼歌没有获得社会性，不能熏染广大的民众，木鱼歌的生命也就终止了。马在波和木鱼妹占有了木鱼歌，止于自化，未能化人，扼杀了木鱼歌社会教化的功能。

小说开篇引用了凉州童谣："野狐岭下木鱼谷，阴魂九沟八涝池，胡家磨坊下找钥匙。"马在波舍家弃业走上野狐岭，正是为了寻找象征着神意的木鱼令，"找到那个木鱼令时，所有的冤结都可以化解，所有的仇杀都可以终止，所有的结局都可以改变"。他试图通过改造内心世界来超越外在世界，通过善念改变驼队命运。但我们看到，善念并没有改变任何事实。不论入世的革命和教化，还是出世的得道成圣，都没有深入到"群氓"的内心，作者对彻底否定了世俗社会的所有改造之道。凝望尘世"深渊"，个人主义者旋即选择独善其身。

"胡家磨坊"是永恒之善的象征，它海市蜃楼般显影于大漠，是末日审判时通往极乐世界的唯一入口。在末日风暴之中，木鱼妹，一个复仇者，是否要在胡家磨坊中手刃仇人之子马在波呢？最终，木鱼妹心中的爱意战胜了对马家的仇恨，生命开始具有了超越仇恨的意义。木鱼妹和她的恋人马在波按照古训，套驼拉磨，二人只管跟着骆驼走，"在我们的转动中，磨一次次升高着。不，我们自己也在升高着。那倾泻而下的沙，都到脚下了"。他们俩不仅躲过了风暴，而且"上行"到一种远离人间纷争的生活，就像雪漠在后记中认为自己"窥破了人间游戏"那般，马在波和木鱼妹也弃绝了这个世界，在沙尘之中回旋上升，成为出世的神（在民间传说中，他们被视作五大金刚法的成就者）。确实，对于宗教徒而言，不受世间万物牵累，不受无常的激情左右的出世生活，才可以远离罪恶，才是最好的生活。

结语

全书揭示出这样一条救赎之路，只有本着向善之心修炼自己，才可能躲过末日审判，获得人生的意义。这世间的奥义，只能由鬼魂来讲述。他们脱离了肉身的堕落，获得了永恒的灵魂。诚然，鬼魅叙事开创了叙事上的自由，雪漠作为招魂者"绝地天通"，完成了一次灵性书写，使得内容和形式完全契合，精神意蕴和小说美学共臻完美，留给我们如此丰富的解读空间。同时，我们也要看到这样写作的自由，并非作者所说的混沌一片兼容并包，恰恰是抛弃多种道路之后，选择了他心目中唯一可行的宗教救赎之路。遗憾的是，人性向善的动力如何获得，在小说里只留下神话般的魅影。如果人本有善根善质，为何不能在现实世界中获得救赎呢？

（刊于《扬子江评论》2016年第3期）

参考文献

［1］雪漠：《野狐岭》，人民文学出版社，2014年版。

［2］［奥］熊彼特：《资本主义、社会主义与民主》，吴良健译，商务印书馆，1999年版。

［3］刘平：《文化与叛乱——以清代秘密社会为视角》，商务印书馆，2002年版。

［4］孙昉：《西北哥老会与辛亥革命》，中国致公出版社，2011年版。

［5］陈晓明：《雪漠〈野狐岭〉：重建西部神话》，载《南方文坛》，2015年第2期。

《深夜的蚕豆声》：抒写西部灵魂与文明的变奏

李静（北京大学中文系）

　　《深夜的蚕豆声》是以《野狐岭》等小说著称的西部作家雪漠在2016年推出的最新力作。在晚近文坛上，凭借"大漠三部曲"与"灵魂三部曲"等多部作品，雪漠以其强劲势头，已经成为西部写作的重要代表。不仅是他的创作，甚至他的崛起本身，都是值得关注的当代文化现象。在去年出版的长篇自传散文《一个人的西部》中，雪漠以自身经历为蓝本，讲述了"一个人的命运和一种文化的温度"。而在《深夜的蚕豆声》中，雪漠重述了自己以往写作过的十九个故事，以一种"在场"的方式揭橥了他曾经压在纸背的关怀与心情。两书可谓姊妹篇，一表一里，相生相成。读者在两本书之间的往复阅读，既是在雪漠的故事中阅读雪漠，同时也是借助雪漠的思考去了解西部灵魂与文明的一条捷径。

　　《深夜的蚕豆声》的副题是"丝绸之路上的神秘采访"。所谓"采访"，指的是全书独特的体例设计。雪漠营造了一个与西方女汉学家对话的场景，以"西部男人"和"西部女人与生灵"为主题，重新讲述了以往作品中的十九个故事，并在每个故事的结尾处予以精神文化层面的深度阐发。在这部作品中，叙事与议论熔冶一炉，正如雪漠在本书的后记中写道："它是一本杂交的书，有议论，有散文，有小说，有对话，内容非常丰富。"他完全突破了既有文体的束缚，以一种更为自由、真诚的写作状态进入到对人心、文化与命运的思考中。同时，混杂的文体形式也带来了内容与主题上的丰富性。在"人心""灵魂"与"文化"的多重变奏中，《深夜的蚕豆声》做出了一次成功的尝试。

为西部"立传"

人心始终是雪漠的关注焦点。《深夜的蚕豆声》表面上写了十九个故事，实际上写出了十九种活法，十九种截然不同的灵魂境遇。在抒写人心的背后，是雪漠为生于斯、长于斯的西部"立传"的雄心。可贵的是，他从未以"启蒙者"的姿态随意裁决和评判自己笔下的人物，而是始终以"局内人"的身份，去尽量体贴他们的荣辱浮沉。雪漠对他们的理解、敬重甚至疼惜之情不时地溢出纸面，与笔下的人物同声相应，荣辱与共。这是一部西部人写西部的精神之书，也是一部西部人逼视自己灵魂的救赎之书。

雪漠总是倾向于书写现实生活中的弱者，这是因为处于矛盾漩涡和两难选择中的弱者最能体现出人性中脆弱、敏感与丰富的一面。无论是歇斯底里的牛二，受了冤枉的王秃子，还是在城里失掉梦想的年轻人猛子和月儿，他们身上既有自身的特殊性，也代表了某种普遍性的境遇。这点尤其体现在雪漠对年轻一代西部人的描绘上。当代中国不同地区的发展程度极不平衡，而西部又处于相对落后的位置。年轻的西部人接触到发达的城市文明之后，极易产生不平衡感和被剥夺感，雪漠敏锐地捕捉到这一情感结构。他始终关注个人如何在现实的不平等中安顿自己，而这正是当代中国人普遍需要解决的精神难题。

此外，雪漠对西部女性的观察也相当深入。他认为西部女人信仰自己的男人，而这种信仰是相当脆弱的。他对西部女性的悲剧性选择非常理解，毕竟她们没有足够的思想资源和人生道路帮助她们进入到更为"宽阔光明的地方"去。对于当代中国女性来说，如何摆脱依附地位，获得真正的人格独立与精神自由，同样是个具有普遍性的议题。

通过对具体个案的解读与议论，雪漠试图将具体人物的故事转化为当代人的普遍遭遇，使特殊的故事具有普遍的感染力。他的写作并不满足于对西部特殊性的呈现，更是写出了普遍的人心境遇和世态民情。在每个故事结尾处的议论中，他试图为个人搭建一条救赎的"天梯"。他认为，只有拥有强大的内心和高尚的灵魂，才能避免在纷繁世事中误入歧途。在某种程度上，只有被提升到具有普遍意义的层面上的"西部"，才不再是一道独特的"风景"，进而真正与这个时代、这个国家休戚与共。

与灵魂"对话"

如果褪去故事的外衣，《深夜的蚕豆声》大抵称得上是一部"对话集"。"对话"在本书中至少包含三层含义：首先是雪漠与西方女汉学家的对话，其次是作者与自己的对话，最后是作者与西部历史文化的对话。以对话为基本动力，雪漠的思想完整地呈现了出来。

众所周知，西方哲人苏格拉底喜欢与各色人等交谈对话，通过不假预设的深入对话，将每个人灵魂中的"真理"激发出来。他的名言是"我只知道自己一无所知"，自诩为真理的"助产士"。"对话体"在中西哲学与文学传统中，也可谓渊源有自。不过，与苏格拉底不同，雪漠在对话开始之前就已经拥有一套成熟的思想观念，自称为精神的"布道者"。在他的作品中，我们始终能感觉到一个强大充沛的"我"的在场。"我"引领和主导着整个故事的发展，有且只有"我"才是唯一将世事窥破的人。

在《深夜的蚕豆声》中，一个显而易见的特征是论述的篇幅经常压倒叙事的篇幅，议论的深刻也总是压倒故事的华彩，雪漠总是"忍不住"大声宣告出隐藏在故事中的秘密。然而，雪漠的论述又是极为特殊的，它内在地包含着一种反论述的力量。在与西方女知识分子的对话中，他多次强调人心和灵魂往往要靠直觉去把握，而不是依靠理性。在这个意义上，与其说雪漠是在"议论"具体的故事，毋宁说他笔下流淌着的是一种"灵魂絮语"。他将论述文字最大程度地转换为切己的本真文字，直面人心和灵魂。以"布道文字"为手段，雪漠最终的目的是帮助每个人达致幸福。在他看来，这正是写作的最大意义。

在"定格"中交融过去与未来

《深夜的蚕豆声》意在定格变化、定格西部、定格中国。很多读者对西部的兴趣，与西方人对东方的兴趣往往具有同构的性质。将西部作为风景去观摩和消费，或是为西部的苦难掬上一把廉价的热泪，是常见的西部书写方式。而在雪漠的笔下，西部的单薄形象终于丰满起来，西部文化始终处于一种巨大的张力之中：精华与糟粕并存，向往文明的理想与堕入暴力的现实，物质匮乏却孕育出丰厚的精神资源，等等。《深夜的蚕豆声》的突破性贡献在于它不只是记录苦难，也不止步于歌颂西部的辉煌，而是致力于描绘出一种丰富、复杂而又处于变动中的西部文明，进而彰显与张扬了西部文化本身具有的主体性。在西部文化主体性中，深深地包孕着中国文化的主体性，西部故事始终是中国故事的有机组成部分。雪漠在写作中，自觉蕴藉了这样的开阔视野。

在提出"一带一路"战略设想的当下，西部的作为亚欧大陆的中心，愈发凸显出了陆地较之于海洋的巨大发展潜力。雪漠的写作也应当置于这一时代背景中来理解。他的写作个性化的色彩当然非常强烈，但同时又不自觉地融入历史、国家与世界的战略性转型中。正如他所说："在我写前言的时候，'一带一路'还没提出，到了我写后记时，'一带一路'已热火朝天了。"或许可以毫不夸张地说，这是一部与西部、与中国一道成长的作品。雪漠对于西部历史的"定格"无疑是极有价值的，而他对未来的展望又非常自然地与"一带一路"的设想同行。

唯一让人感到不满足的地方，在于雪漠的"定格"似乎更像是一曲悲歌与挽歌，他将西部文化仅仅当作终将逝去的农耕文明来理解。事实上，西部文化的现代转化或许可以成为继续探讨的议题，西部文化丰厚的精神资源与优良的精神传统不可能完全消失，仅是成为博物馆中的陈列品，它们必将活在当下，并参与到西部未来的创生之中。

《深夜的蚕豆声》是一部很有诱惑力的作品。它诱惑人们走进西部，体验多种多样的活法，更诱惑人们去直面自己的内心。雪漠写的是一种西部故事，同时也是每一个现代人自己的故事。在人心极易被外界奴役的凡俗社会中，他提供的救赎之路无疑让人颇为心动。但是，只依靠强大的内心就可以改变现实的处境吗？人性的力量除了向内心"深耕"，还有向外改变世界的可能吗？合上本书后，或许这些都是需要继续追问的问题。雪漠的意义，不在于给予了我们答案，而在于向我们敞开了问题。

（刊于《华西都市报》2016年5月22日）

从《野狐岭》看雪漠：形式创新和好看的小说

陈彦瑾（《野狐岭》责编、人民文学出版社编审）

我相信，对于雪漠来说，《野狐岭》的写作是一个挑战，也将会是一个证明。由于它，雪漠实现了许多人的期待——将"灵魂三部曲"的灵魂叙写与"大漠三部曲"的西部写生融合在一起，创造一个介于二者之间的"中和"的文本；由于它，许多认为雪漠不会讲故事的人也将对他刮目相看，并由此承认：雪漠不但能把一个故事讲得勾魂摄魄，还能以故事挑战读者的智力、理解力和想象力。因此，我断定，《野狐岭》将会证明：雪漠不但能写活西部、写活灵魂，雪漠也能创造一种匠心独运的形式，写出好看的故事、好看的小说。

一、形式创新和好看小说

翻开《野狐岭》，一股神秘的吸引扑面而来——雪漠把"引子"写得很吊人胃口。说是百年前，有两支驼队在野狐岭神秘失踪了，一支是蒙驼，一支是汉驼，他们驼着金银茶叶，准备去罗刹（俄罗斯）换回军火，推翻清家。然后，在进入西部沙漠腹地的野狐岭后，这两支驼队像蒸汽一样神秘蒸发了。这两支驼队在野狐岭究竟发生了什么样的故事？为什么会神秘消失？百年来无有答案。于是，百年后，"我"为了解开这个谜，带着两驼一狗来到野狐岭探秘。"我"通过一种神秘的仪式召请到驼队的幽魂们，又以二十七会——二十七次采访——请幽魂们自己讲述当年在野狐岭发生的故事。于是，接下来的小说就像是一个神秘剧场，幕布拉起之后，幽魂们一一亮相、自我介绍，然后，轮番上场、进入剧情，野狐岭的故事便在幽魂们的讲述中，逐渐显露其草绳灰线。由于不同幽魂关心的事不同，他们对同一事也有不同说法，故事便越发显得神秘莫测、莫衷一是了，这一点，很像日本导演黑泽明的电影《罗生门》，又像陀思妥耶夫斯基式的"多声部"交响乐。梅列什科夫斯基曾说，托尔斯泰的小说是用眼睛看的——"我们有所闻是因为我们有所见"，陀思妥耶夫斯基的小说是用耳朵听的——"我们有所见是因为我们有所闻"；瓦格纳也曾说，歌德是眼睛人，而陀思妥耶夫斯基是耳朵人。我觉得，对于雪漠来说，"大漠三部曲"的笔法接近于托尔斯泰和歌德，而《野狐岭》则和陀思妥耶夫斯基的小说一样，以"声音"为小说真正的主角。在《野狐岭》，不说话的幽魂就只是一些或白或黄或灰的光团，或一些涌动着激情的看不见的气，只有说话的幽魂，才以其言语腔调显现出各自的形神样貌、内心情感，如鲁迅评价陀思妥耶夫斯基所说："几乎无须描写外貌，只要以语气、声音，就不独将他们的思想和感情，便是面目和身体也表示着。"书中，各种声音的讲述看似不分先后顺序，也无逻辑可循，却又如同一首交响乐里的不同声部，有小号有大提琴，有鼓乐齐鸣有三弦子独奏，看似芜杂却又踩着各自的节奏，演绎着各自的乐章，并自然而然地汇合成一首抑扬顿挫的丰富的交响乐。

因为是采访幽魂，"我"的探秘便跨越阴阳两界。"我"

的故事里有寻访前世的缘起，有一条忠诚的狗、一头有情有义的白驼和一头心怀怨恨的黄驼，有彻骨的寒冷、啸卷的饥渴和日益加重的阴气。幽魂们的故事则复杂多了，故事里有一个自始至终不现身的杀手，一个痴迷木鱼歌的岭南落魄书生，一个身怀深仇大恨从岭南追杀到凉州的女子，一个成天念经一心想出家的少掌柜，一个好色但心善的老掌柜，一个穿道袍着僧鞋、会算命住庙里的道长，一个神龙见首不见尾的沙匪，几位经验丰富艺高胆大的驼把式，几匹争风吃醋的骆驼，还有一些历史人物如凉州英豪齐飞卿陆富基、凉州小人豁子蔡、武祁录，更有一些历史大事如岭南的土客械斗和凉州的飞卿起义、蒙汉争斗、回汉仇杀……

要把这么些跨越阴阳两界、南北两界、正邪两界、人畜两界的人事物编织成一个好看的故事是很考验作家的匠心的，而要把这个云山雾罩、扑朔迷离的故事理出其前因后果，也是很考验读者的智力的。你必须在阅读时加入侦探家般的心细如发的推理和想象，阅读的过程很像是探案，需要时时瞻前顾后，边读边还原其来龙去脉。这个过程当然很过瘾。尤其是当你忽而云里雾里，忽而又柳暗花明时，你会有一种类似于探险的兴奋感油然而生，不由自主感叹：想不到，雪漠还挺能编故事的！

为了读者能自己深入其中、探得究竟，我这里就不亮出作为责编反复阅读书稿之后理出的故事脉络了。而且，这样一个包涵无数可能性、无数玄机的小说文本，不同读者定然会有不同的探险、不同的解读，正如雪漠自己在后记中说的："《野狐岭》中的人物和故事，像扣在弦上的无数支箭，可以有各种不同的走势、不同的轨迹，甚至不同的目的地……它是未完成体，它是一个胚胎和精子的宝库，里面涌动着无数的生命和无数的可能性。

它甚至在追求一种残缺美。因为它是由很多幽魂叙述的，我有意留下了一些支离破碎的片段……只要你愿意，你可以跟那些幽魂一样，讲完他们还没有讲完的故事……你甚至也可以考证或是演绎它……无论你迎合，或是批评，或是欣赏，或是想象，或是剖析，或是虚构，或是考证，或是做你愿意做的一切，我都欢迎。这时候，你也便成了本书的作者之一。我甚至欢迎你续写其中的那些我蓄势待发、却没有完成的故事。"

二、回归大漠和西部写生

当然，《野狐岭》的好看不仅仅因为它讲故事的方式——它的"探秘"缘起，它的《罗生门》式的结构，它的陀思妥耶夫斯基式的"多声部"叙事，它的叙述"缝隙"和"未完成性"——和《西夏咒》一样，雪漠在形式创新的同时，并没有忘记自家的"绝活"——我称之为"西部写生""灵魂叙写"和"超越叙事"。与《西夏咒》略显零乱的结构不同，《野狐岭》有一个既引人入胜又开放、灵活的叙述框架，因而，雪漠在施展这几样"绝活"时，显得更为得心应手、游刃有余了。

作为"灵魂三部曲"之后回归大漠的第一部小说，《野狐岭》里当然有雪漠最擅长的大漠景观：有大漠风光，有沙米梭梭柴棵，有狼，有大漠求生和与狼搏斗——但这一次，这些都只是背景和配角了，主角让给了骆驼和骆驼客。骆驼们怎么放场、怎么养膘，怎么发情配种、怎么为了争母驼和驼王位置打架；骆驼在沙漠里吃什么、什么时候吃，怎么喝水、怎么撒尿，驮子多重、驼掌磨破了怎么办、遇见狼袭怎么办；驼把式们怎么惜驼、怎么起场、在驼道上守些什么规矩，驼户女人怎么生活，等等，称得上是一部关于西部驼场、驼队、骆驼客和骆驼的百科全书了。而这些对于我们来说颇为新奇的知识，雪漠仍是以饱蘸乡情的笔墨，将它们浓墨重彩成鲜活生动的风俗画，更通过黄煞神和褐狮子这两个驼王幽魂的讲述，把骆驼当小说人物来写，它们有畜生的思维习性，也有作为畜生看人类时的种种发现、种种类比。它们时不时幽人类一默，或是蹦出一两句调侃，让人拍案叫绝。雪漠写动物向来拿手，《大漠祭》里的鹰，《猎原》里的狼和羊，《白虎关》里的豺狗子，都写得极精彩，现在，又添了《野狐岭》里的骆驼。此外，精彩堪比骆驼的，还有小说末尾那场被称为"末日"的惊心动魄的沙暴……总之，雪漠在《野狐岭》里的回归大漠不是对"大漠三部曲"的简单重复，而是在《大漠祭》《猎原》《白虎关》之外，创造了又一个新鲜的大漠，这种新鲜感不仅仅来自描写的对象，也来自描写的态度和笔法。和"大漠三部曲"里现实、凝重、悲情的大漠不一样，《野狐岭》里的大漠多了几分魔幻、几分谐趣、几分幽默，涌动着一股快意酣畅之气。

除了大漠景观，雪漠的西部写生当然还包括西部文化、西部的人和事。和《白虎关》里的花儿一样，《野狐岭》里的凉州贤孝也是西部民间文化的重要载体。这一次，雪漠引用的是一首流传甚广的凉州贤孝《鞭杆记》，唱的是凉州历史上唯一一次农民暴动齐飞卿起义，弹唱贤孝的瞎贤们以西部人特有的智慧和幽默讲述这场著名的历史事件，为小说增添了生动、辛辣的西部味道。相形之下，雪漠也想记录的另一民间文化载体——岭南木鱼歌则逊色很多。毕竟没有真正融入岭南，雪漠对岭南人的生存和岭南文化的描写，和《西夏的苍狼》类似，还只停留于表面，远不如他写故乡西部那般出神入化、鬼斧神工。

三、灵魂叙写和超越叙事

《野狐岭》不但有好看的故事和接地气的笔墨细节，宏观来看，它仍然是打上雪漠烙印的一部有寓意、有境界的小说。何为"雪漠烙印"？除了西部写生，还有一样，就是雪漠的文学价值观带来的写作追求——灵魂叙写与超越叙事。这一点，让雪漠在今日文坛总是显得很扎眼。

刘再复、林岗在《罪与文学》中从叙事的维度来考察百年来之中国文学，他们发现中国文学几乎是单维的，有国家社会历史之维而乏存在之维、自然之维和超验之维，有世俗视角而乏超越视角，有社会控诉而乏灵魂辩论。这不奇怪，"五四"前的儒家文化重现世，克己复礼；"五四"后的文化讲科学实证，民族救亡；直到80年代西方现代派和拉美魔幻现实主义等各路思潮为作家带来全新的创作资源，由此诞生的意识流、新潮、实验、现代派、先锋、寻根等文学样式，称得上是对文学存在之维、自然之维的补课了，但超验之维，至今仍处于失落中。从这一点看，雪漠的灵魂叙写和超越叙事，是有着为中国文学"补课"的价值和意义的。

如果说，《大漠祭》主要是乡村悲情叙事的话，从《猎原》《白虎关》开始，雪漠小说有了超越视角——不是现实层面的反思、叩问，而是跳出现实之外，从人类、生命的高度观照——到《西夏咒》更从灵魂、神性的高度观照，其超越叙事有着"宿命通"般的自由和神性的悲悯。而在《西夏的苍狼》中，超越不再是一种叙事的维度，超越作为此岸对彼岸的向往，成为小说的主题；到《无死的金刚心》，雪漠更彻底抛弃了世俗世界，只叙写超验的灵魂世界和神性世界，在此，超越作为灵魂对真理的追求，成为小说的主角。

众所周知，雪漠的超越叙事和灵魂叙写，主要来源于他信奉的佛家智慧和二十余年佛教修炼的生命体验。遗憾的是，批评家对雪漠独有的写作资源普遍感到陌生，结果是批评的普遍失语，更有叹其"走火入魔"者。如何让独有的资源以普遍能理解和接受的方式呈现出来，我想这是雪漠在"灵魂三部曲"之后面对的一个创作难题。从《野狐岭》，我们可以看到雪漠的一些努力和尝试。

首先，雪漠巧妙地运用了幽魂叙事——除"我"之外，其他叙事者都是幽魂，也即灵魂。由于脱离了肉体的限制，幽魂们都具有五通——天眼通、天耳通、他心通、神足通、宿命通，其视角就天然具有了超越性，于是，在讲述自己生前的一些"大事"时，他们总时不时跳出故事之外，发一些有超越意味的事后评价和千古感慨。幽魂们津津乐道的"大事"，不外乎人世的纷争、妒忌、怨恨、械斗、仇杀乃至革命大义、民族大义，还有动物间的争风吃醋、拼死角斗；其中不乏《西夏咒》式的极端之恶，如活剥兔子、青蛙，用石碌子把人碾成肉酱、摊成肉饼，以及"嫦娥奔月""点天灯"、石刑、骑木驴等酷刑……但所有的这些，以幽魂——不论是人还是动物——的视角看时，都已是过眼云烟了。死后看生前，再大的事都不是事了，再深重的执着都无所谓了。这些来自佛教智慧的超越思想和体悟，由一个个作为小说人物的幽魂之口说出，就有了易于理解的叙事合法性。换言之，《野狐岭》的超越叙事不是来自叙事者之外的超叙事者（在《西夏咒》，这个超叙事者其实是作者自己），而就是作为叙事者的幽魂们自己。超越叙事不是外在于叙事者的言论、说教，而是化入了叙事者的所感所悟——当然，前提是，这些叙事者是幽魂，他们本具超越之功能。

《野狐岭》里，木鱼妹、黄煞神、大烟客等幽魂都有属于自己的超越叙事，但作为小说整体的超越叙事，是由修行人马在波完成的。马在波有一种出世间的视角，在他眼中，前来复仇的杀手是他命中的空行母，疯驼褐狮子的夺命驼掌是欲望疯狂的魔爪，天空状似磨盘的沙暴是轮回的模样，野狐岭是灵魂历练的道场，胡家磨坊是净土，传说中的木鱼令是可以息灭一切嗔恨的咒子……因为有了马在波的视角，野狐岭的故事便有了形而上的寓意和境界。

但马在波的视角并不是高于其他幽魂之上的"超叙述"，他只是被"我"采访的众多幽魂中的一员，他并不比别的幽魂高明，也不比谁神圣，他的超越叙事别人总不以为然，他们甚至认为他得了妄想症，他自己也总消解自己，总说自己不是圣人。的确，《野狐岭》里无圣人，无审判者和被审判者，只有说者和听者。说者众里有人有畜生，有善有恶，有正有邪，有英雄有小人，这些人身上，正邪不再黑白分明，小人有做小人的理由，恶人有作恶的借口，好色者也行善，英雄也逛窑子，圣者在庙里行淫，杀手爱上仇人，总之是无有界限、无有高下、无有审判被审判，一如丰饶平等之众生界。所以，和"灵魂三部曲"将超越叙事作为神性的指引和真理的审视不同，雪漠在《野狐岭》里最大限度地还原了众生态，超越叙事被作为众生的一种声音，而不是超越众生之上的神性叙述。对于它，信者自信，疑者自疑，不耐烦的读者也可以和幽魂们一起消解之嘲笑之，大家各随其缘。

《野狐岭》的美学风格也一改"灵魂三部曲"的法相庄严，而是亦庄亦谐，偶尔来点插科打诨——可以见出，雪漠在创造这样一个众生态时，很享受自己"从供台跳下"的快感——又有着"惟恍惟惚"的模糊美，很像《道德经》所描绘的："惚兮恍兮，其中有象；恍兮惚兮，其中有物。窈兮冥兮，其中有精；其精甚真，其中有信。"

最后，我想说说我眼中的野狐岭——有点像马在波的口吻，虽然阅读时也曾觉得他的神神道道很是无趣，但奇怪的是，掩卷思量，浮现于心的野狐岭，却很接近他的视角——

野狐岭是末日的剧场，上演的，是欲望的罗生门；

野狐岭是轮回的磨盘，转动的，是娑婆世界的爱恨情仇；

野狐岭是寻觅的腹地，穿越它，才能找到息灭欲望的咒子；

野狐岭是历练的道场，进入它，才可能升华；

野狐岭是幻化的象征，走进它，每个人都看到了自己，

因此，每个人都有自己的野狐岭。

《野狐岭》是作家雪漠的一次挑战，一个证明。

（曾以《雪漠笔下的新大漠》《雪漠长篇小说〈野狐岭〉：灵魂叙写与超越叙事》为题分别刊发于《中华读书报》2014年7月30日、《文艺报》2014年8月6日）

与甘肃多民族民间文化脐血相连的"野狐岭"

——读雪漠的《野狐岭》

白晓霞（兰州城市学院文学院教授）

雪漠是始终真心守望民间文化的甘肃作家，这样的痴心与浓情使得他的文本内容接着地气，书写底蕴带着乡土意识。地理南迁后的雪漠有了文化整合的打算，试图将西北的田野体验与南方的湿润水意融合在一起，于是《野狐岭》诞生了。

《野狐岭》是雪漠创作历程中颇具某种转折意味的新作，同《大漠祭》一样，也是作家的呕心沥血之作。相较于他早期的作品，这部小说显然有了新的尝试，开头部分的神秘气氛已显得十分另类："百年前，有两支驼队，在野狐岭失踪了。"百年后，"我"这样一个同样有着几分神秘味道的人物来到了野狐岭，以神秘奇特的宗教方式进行了凡人难以理解的招魂仪式，在神秘庄重的氛围中，那些百年之前穿越大漠各领风骚的人物魂灵开始一一登场，英雄、驼户、美女、财主、长工甚至骆驼，他们一个个都显得有血有肉、有情有义，在"我"面前坦露心声、表情达意。而"我"的访谈也像是有一个早已经计划好的提纲，在"我"的引导与追问中，一个个曲折动人的故事在作家的笔底下缤纷开展。于是，凉州英豪、岭南美女、驼队风俗、民间爱情，在这样的叙事连缀中逐一出现，片段式的小故事组合成一个《野狐岭》的大故事。而作品中的"我"也以一种全知的视角纪录、观察、参与着整个大故事的进行。

很显然，作品是作家的一次新尝试，用一种不同于传统小说观念的方式在讲故事，在作家的主体性意识中，野狐岭可能有着诸多的复杂含义，许多文学评论名家也对雪漠的这种新动向（相较于其前期的乡土文化写作和中期的宗教文化写作，称其为"复归"或"转型"）有着很高的褒奖与认同。的确，从文本表面去看，以一种新鲜的方式讲述着凉州地域为核心、以岭南地域为呼应的历史故事，但是，《野狐岭》给读者震撼最强烈的内容还是关于西部的民间风俗和爱情，虽然作家已经客居岭南几年，但是，那种割不断的与甘肃多民族民间文化的联系仍然清晰可辨，这种脐血相连的文化状态表达着雪漠在灵魂叙事的层次上对家乡的痴心相守。也就是说，迄今为止，雪漠小说中写得最好的内容仍然是来自民间的鲜活的生活风情和这风情中旺盛生长着的真挚爱情，它们不仅是他写作的具有"元叙事"意义的因子，也以某种宿命的方式预言着雪漠小说自成一家的可能性。可以从三个方面来理解这一问题：

民歌的真情意与社会价值。纵观雪漠小说写作的历程，原貌记载与适度引用甘肃多民族民间（尤其是凉州本土）民歌一直是雪漠写作时的强项与偏爱（《大漠祭》《猎原》《白虎关》中都有杰出表现）。这种"强"有两个表现：第一，表现在雪漠对民歌的认真而感性的田野搜集上。第二，表现在雪漠引用时对民歌的象征意义、演唱语境等问题的准确拿捏上。《野狐岭》中那些具有情爱意义的各少数民族演唱的"西北花儿"、那些具有道德劝诫意义的"凉州贤孝"、那些押韵神秘的凉州童谣，从人物口中唱出时都带有一种明显的地域文化色彩（作家在很多时候保持了方言的原貌），同时又带着一种丰富柔情具有普适价值的人间感情进入了读者的心灵，它们如天籁之音，既表达着人性深处最温暖的部分，又以一种客观的、鲜活的属于百姓的民间视角对历史进行了观察和叙述。这些民歌穿插在作家讲述的驼队行走大漠的历史之中，其实是具有记载历史、补充历史、注解历史的社会价值的。它们是近现代凉州社会历史的民间表达，与正史记载的社会历史事件有着千丝万缕的绵密联系，是甘肃多民族杂居地区百姓生活历史的特殊记载方式，也以特殊的方式表达着民间苍凉又坚韧的生命意识。恰如作品中具有时间标示意义（隐含着作家历史叙事的主体意愿）的一首民歌《驼户歌》："拉骆驼，出了工，到了第一省。/丢父母，撇妻子，大坏了良心。/你看看，这就是，拉骆驼，/才不是个营生……/拉骆驼，起五更，踏步第二省。/抛儿女，背兄弟，全把苦受尽。/你看看，这就是，拉骆驼，/才不是个营生……"

驼俗的真实性与非遗价值。《野狐岭》中对骆驼习俗（可以简称为"驼俗"，包括驼手对骆驼的喂养、照顾、管理等民俗事项，也包括骆驼自身的吃喝拉撒睡、择偶、婚配、战争等民俗事项）的记载是其很出彩的一笔。两支驼队一支是汉驼，一支是蒙驼，作家成功记载了两支驼队中大量的驼俗，它们既有联系又有区别，既互相竞争又互相依赖。在作家仔细而温情地描写中，那些有韧性、通人性的骆驼也都显得情真意切、个性十足。从某种意义上来看，作品中关于驼俗的细致描写已经具有了民俗志的味道："一入秋，驼场的事儿很多，比如追膘，就是叫驼吃好些，多在峰子里积些脂肪。没个好膘分，骆驼走不了远路，过不了隆冬，度不了春乏关。""把式将选好的驼们赶入另一个院子，要先叫驼掉水。据说这也是规矩。驼起场前，先得叫驼掉水。掉水期间，供草供料，但不能饮水。平时驼由了性子吃，撑大了肠胃，不掉水使役的话，会弄伤驼的胃。掉水十多天后，才能使役，那时才可以恢复饮水。"这样的朴素叙事和精细描写其实是养驼人的宝贵经验，必须有真实的体验。作家也表示是在扎实田野作业的基础上（如对驼客及其后代的跟踪式访谈）完成的，如今，甘肃的很多地区民间文化的传承都存在严峻的挑战，"人亡歌息""人亡俗失"的危机并不是个例，因此，从非物质文化遗产保护的视域来看，《野狐岭》中对驼俗的精细描写是有意义的文化行为，体现着凉州这一多民族文化交汇地、多元宗教交汇地的作家对甘肃民间文化保护的特殊贡献。

爱情的纯粹性与人性价值。《野狐岭》中的人物都笃信着爱情的美好与纯真，也在最纯粹的人性意义上追求着爱情，这种爱情可能有着不合常理的表面形式，但它与金钱、地位的疏离却让主人公的形象与美好爱情一起共生共荣，高大而鲜活。以"木鱼妹"等女性人物为中心，《野狐岭》描写了头绪繁多的爱情，但多数都与甘肃的多民族民间文化发生了某种深层的联系，如恋爱环节、表白方式、恋爱心理、恋爱环境等。而其中写得最动人的关于木鱼妹和大嘴的爱情甚至直接移植了流传在甘肃临夏地区的回族民间叙事诗《马五哥与尕豆妹》的叙事模式，"小女婿"发现了木鱼妹和大嘴的情事，慌乱之下大声喊叫，但却被比他还惊慌的大嘴失手用枕头捂死了。神庙里的恩爱、"大媳妇"的偷情，这些不合常理的爱情举动却吻合着人性原朴的要求。仔细读来，作品中那些关于爱情纯粹性（甚至纯粹到了极端）的描述都似曾相识，它们的母体和源头正是那些流传在民间的民歌、叙事诗、传说、故事，那里有太多渴望真爱却饱尝磨难的真情女子，她们来自甘肃不同的民族（如回族叙事诗《马五哥与尕豆妹》中的尕豆妹、裕固族叙事诗《黄黛琛》中的黄黛琛、土族叙事诗《拉仁布与琪仁索》中的琪仁索等），但她们拥有共同的生命能量和生活热情，木鱼妹正是她们在岭南的一个变体。

综上所述，植根于甘肃多民族民间文化大环境中的民俗与爱情仍是雪漠《野狐岭》中灿烂生辉的元素，这是作家文学起步的地方，也理应是开花结果的地方，对于相信宿命的作家来说，这也可能是他命定的文学归宿。设若能在这样的园地中继续精耕细作，将会如沈从文一样，建构属于雪漠个人的"这一个"美好的人性世界。当然，这样的过程又是艰苦的，需要作家在与民族民间文化相关的每一个人物每一个场面每一个故事上仔细地打磨推敲，要警惕急功近利的粗糙和轻漫（如《野狐岭》中关于藏传佛教信仰文化细节的一些叙写就不够严谨和慎重），这样的写作历程是庄重而精细的，就如一个呕心沥血的玉石匠人的技艺生活一样，只有这样，作家的作品才能在深深扎根的甘肃多民族民间文化土壤上日渐丰润起来。

雪落漠原、花开岭南，那样的美景与意象多么值得期待！

叙事的新高度

——评雪漠新作《野狐岭》

瞿萍（西北师范大学文学院硕士研究生、《丝绸之路》杂志社编辑）

中国新文学的发展已逾百年，随着文化语境更替，文学的关注焦点及相应的叙事技巧发生了巨大转变，这既是文学回到自身，也是文学主体性觉醒的表现。具体而言，新时期文学由初期的革命现实主义宏大叙事向先锋派大叙事与个人碎片化小叙事杂糅转变，并最终在后现代文化语境中实现现实主义与现代主义的融合。当然，这一转变过程是伴随着文学的逐步"边缘化"而实现的，文学的本质不再是"不平则鸣""文以载道"的传统大叙事方式也完成了根本改变，文学开始摆脱对政治文化语境的趋附，转而追寻精神存在的独立与文本意义的自觉。因此，与其说文学是被"边缘化"，倒不如说是文学反求诸己，建构内在经验的尝试。一个显征是，"形式"被提到了极端重要的位置。

作为新时期西部文学的代表作家，雪漠的文学创作始于20世纪80年代，历经二十年完成的"大漠三部曲"更是西部乡土叙事的佳构，其现实主义创作策略、现代性价值指向不仅是对时代的呼应，更是对大叙事的自觉归附。然而，新近完成的《野狐岭》一反常态，"改弦更张"。作者不再执着于传统与现代、农民与土地、城市与乡村，而是将视野上升到人类性高度；不再一味为现代人的生存困境寻找解脱之途，而是聚焦于寻找本身，并在这种对寻找的关注中发现生命存在的真谛。为配合这种极其个人化、主观性的表达方式，雪漠做出了叙事策略的重大调整。因为雪漠发现，前期那种传统现实主义、追求完整情节结构、体现明确价值取向的叙事策略不但不能为展现当前文本的深刻性和驳杂性而服务，更阻碍了他基于后现代立场的个人反思。于是，雪漠使用各种后现代叙事手段，在看似散漫、凌乱的叙述中创造了文本的多义性甚至不可解性，并最终彰显出其富于启思性的哲学思考。

一、重述历史与传奇再造

西部是雪漠笔下永恒的主题，其广袤的地域范围、绵长的历史文化决定了解读的多种可能性。在这片充满神性的土地上，从来都不缺少神话，敏感的作家总是善于从各种历史线索、传奇故事中发现关于人的最本质表达，并对其进行创造性的再现和解读，我们将这种解读称为"重述"。作为一种叙事行为，重述的重点在于新意义的创造，不是对于历史传奇细枝末节地填充，而是以博大的人文情怀深入挖掘历史传奇深厚的文化底蕴，放飞想象，塑造新的传奇。

《野狐岭》正是雪漠从人类学角度以戏仿历史传说的方式进行的传奇再造。作者在历史传奇的空白中随意点染，将整个故事架构在凉州志书中记载的有关凉州驼队的传说上，将三言两语描述的人物、故事通过想象、变形等各种手段转化成为表现自我而服务的符号、意象，并在此过程中显示了自己高妙的叙事手段。

1. 人物以灵魂方式出现，为言行的随意性、自由化提供合理解释

灵魂本身具有超越性，能够自动规避具体时空对人物的限制，这便为隐身于其后的作者带来了巨大的自我展现空间，使所塑造人物的一切声音、行为都合理而真实。在《野狐岭》中，雪漠试图实现一种艺术的真实，在看似荒诞的叙述中完成对传奇故事的再解读。他将历史、现实、梦境、幻觉杂糅一体，通过天马行空的想象传达出作品强烈的主观性。叙述者"我"通过仪式，在实现与灵魂二十七会的同时，能够在不同时空穿行。也能随着木鱼妹、马在波、齐飞卿、陆富基、黄煞神等人物讲述得不断深入，逐渐感受到这些灵魂存在的真实性。

2. 采取戏仿技巧完成对历史传奇的重述

戏仿是后现代叙事方式之一，是作家对其他文本的内容、形式等方面有意识地模仿，并将其运用到相反或冲突的语境中，以实现对叙事对象的反思、嘲讽，乃至解构。新时期以来，作家们使用戏仿这一叙事手段展开对固有、经典的质疑和挑战，实现了对传统世界的颠覆。在这种写作姿态中，雪漠充分使用现有历史材料建构新文本，并在创造性填充和描绘旧故事框架的过程中，进行价值反思和新意义创造。例如，小说中有关汉驼黄煞神和蒙驼褐狮子关系的书写便是一种戏仿手法的使用。雪漠从两头驼的角度出发，以小见大，展现了蒙汉两个民族乃至游牧与农耕两种文化之间的冲突关系。黄煞神和褐狮子因为俏寡妇起冲突，在打斗过程中，褐狮子展现出如蒙古人一样耿直而强悍的性格特征，而黄煞神则更多表现出汉文化熏陶下的灵活、机智。作者以两驼之间的对立叙写两种文化间的冲突，用以轻驭重的方式展现两种

文化之间的差异，从而启迪读者展开更为深刻的文化思考。

3. 使用现实与虚构杂糅的方式造成文本亦真亦幻的美学高度

一方面，尽管雪漠总是刻意淡化、模糊，甚至忽略时代背景，但"哥老会""八国联军""反清复明"等概念却明确交代了故事发生的特定环境，凸显了文本的真实性。这一真实性是不容回避的，它在无形中规定了作品的时代和文化语境，并指引读者的阅读理解，使故事有根可循，避免了那种过分虚无缥缈、不着边际的观感。另一方面，从叙事角度来说，叙事就是讲故事，文学的浪漫特质决定了其虚构性，想象、梦幻等叙事策略的使用不仅增加了作品的美学意味，更带来了阐释的多种可能。马在波是作者着墨较多的一个人物，他的一切言行都彰显着雪漠的人生经验，无论是对胡家磨坊的幻觉、还是对木鱼妹的想象，都使相应片段洋溢出浪漫气息。应该说，主体的真实与细节的虚构正是雪漠采取的叙事态度，他在真实与虚构、现实与想象之间架起一座桥梁，在讲述故事的同时进行自我解剖，促生出文本独特的审美体验。

《野狐岭》在荒诞、调侃中显示出富有意味的形式，是一部叙事艺术变化多样的小说文本。雪漠通过重述历史、再造传奇、杂糅现实与虚构等多种后现代艺术手法，实现了文本意义的不断解构与建构，完成了对文本结构的象征性阐释。

二、动荡多姿的文本结构与生动灵活的叙述策略

新时期以来，个人写作使文学的主观意识不断增强，相应的，小说的叙述手段、叙述策略也发生了变化。传统全知全能的叙述视角已经无法满足甚至制约着作家的艺术创新，因此，丰富

的叙述视角的选择便成了必然。20世纪80年代以来，作家们将形式提升到与内容同等重要的层面，掀起了小说艺术形式的狂欢。作品中叙述手法的变换成为作家表达自我生命经验的重要方式，决定着小说叙事的基本走向，甚至成为个性化的重要体现。可以说，多种叙述策略的使用在增加作品立体维度的同时，也丰富着新时期小说叙事的多元化面貌。叙述方式的多样化，特别是不同叙述视角之间的转换，成为新时期文学变革的显著特征。《野狐岭》作为雪漠叙事的新高度，在叙述策略方面呈现出纷繁多彩的面貌，展现了作者敏感的艺术领悟能力和深刻的精神世界。

1. 多变的叙述视角

"视角是作品中对故事进行观察和讲述的角度"，不同叙述视角的选择显示出作者对现实生活不同的感受和领悟能力。在《野狐岭》中，雪漠放弃了以往那种全知全能、似上帝般观照文本细节的焦点式透视方法，转而采用限知叙述视角，将自我隐藏在叙述者之后，在不断跳跃的叙述行为中为读者带来阅读乐趣和挑战。作品中，人物的讲述时真时幻、似虚似实，将当下与历史、现实与梦幻连接起来，使文本意蕴零散化、碎片化。"我"是《野狐岭》中贯穿始终的叙述者，通过"我"的叙述，读者不仅能将"二十七会"串联起来，更能厘清故事的来龙去脉。一般来说，叙述者和作者之间存在着意义上的逻辑关联，但"叙述者绝不是作者，作者在写作时假定自己是在抄录叙述者的话语"，借叙述者之口完成了对世界、人生、人性的反思。马在波是驼队中思想最为深邃、语言最具启示性、行为最为执着的人物，是作者展现自我的窗口，其苦行僧式的行为方式以及对人生的形而上思考都深深打上了雪漠的烙印。借马在波之口，雪漠表达了对世界本质的认识。一方面，"我"和马在波的叙述催生了文本的双重意义；另一方面，"我"的叙述向马在波叙述的转化，使文本由表层意义向深层意义开掘，在导致叙事结构碎片化、意义断裂的同时，更丰富了文本的内涵。

2. 盘根错节的互文性特征

"古人之文，有参互以见义者"，古诗文中常见"参互成文，合而见义"之法。小说、影视等现代艺术巧妙化用"互文"作为修辞手段，往往将两件或多件看似平行发展、鲜有关联的事件，以某种事先不言明的合理逻辑相互勾连、补充、渗透，读者只有自行将其串联，才能实现对意义世界的完整解读。《野狐岭》以"二十七会"的形式构成，每一会以一个人物的单一视角交代故事脉络，并单独成篇，各人物之间的叙述盘根错节又相互照应，形成多条线索交替前进的结构模式，构成文本的复调特征。同时，这多条并行的线索是前后衔接，具有严密的因果逻辑关系的。在《野狐岭》中，马在波、木鱼妹、大嘴哥三者间的叙述形成了互文关系。他们的叙述在清楚交代三者关系的同时，厘清了木鱼妹的身世、整个驼队西行的源起等重要信息；褐狮子、黄煞神的叙述相互照应，基本完整交代了驼斗发生的原因、经过和结果；齐飞卿、陆富基、巴特尔的叙述阐明了蒙驼队、汉驼队之间的冲突，以及驼队整体的发展走向。这些相互穿插进行的叙述凌乱地散布在各章节中，不断破坏读者已经形成的文本意义，造成了阅读障碍。在这种情况下，读者只有将整个故事读完，也就是将文本碎片进行拼贴后，才能理出清晰脉络，达成与作者情感的共鸣。在这种互文性文本建构的过程中，作者实现了与读者的互动。雪漠期待并试图找到隐含读者来理解其结构布局的苦心，并能最终发现这些零散化的叙述和片段化、阶段性的情节交代在解构文本完整性的同时，也建构出一种新的阐释空间，奠定了真正意义上的文本开放格局。

3. 多种文化语境的整合促生文本的后现代意义和启思性价值

作为一个有担当的成熟作家，雪漠的关注视野总是超越有限的时空范围，传统、现代和后现代文化语境的来回变换不仅显示了他高超的叙事手法和深厚的学养，更营造出文本结构的诗意化审美特征。在《野狐岭》中，雪漠用散点透视的艺术方法，将不同的文化元素进行整合，营造出巨大的文化意象群，展现出西部多姿多彩的文化、精神和生存图景。首先，故事的基本架构和人物构成是有史可证的，这种经典化的现实主义叙述策略带来了文本结构的真实性。其次，雪漠注重从人物的心理活动出发，以强烈的主观性和表现主义特色，通过神话、传说、独白等艺术手段创造出一种现代主义审美语境，并将笔触伸进历史、人性、宗教深处，进而呈现了作品中的众多叙述者不断从现实跨入精神领域进行探索的思维方式。最后，在文本的叙述过程中，各位叙述者总是随意跳出自我叙述的时空范畴，直接对自我叙述行为进行分析，与"我"或隐含读者进行对话，甚至有意破坏叙事节奏，使读者产生一种无所适从感，正如木鱼妹所说："我的说本身，已成了我的目的。"雪漠这种对正常叙述行为的颠覆过程使写作和阅读都成为一种游戏，展现出或幽默，或荒诞的后现代艺术特征。

《野狐岭》是雪漠叙事艺术的试验场，它突破了传统现实主义的艺术手法，通过表层叙述的主观化、意象化实现对文本深层意蕴的开掘。无论是叙述视角的不断切换、情节内容的破碎杂糅，还是结构的互文性及复调特征，在这场叙事狂欢中，雪漠始终能自由穿梭于不同文化语境之间，于多元杂生的叙事艺术中表现自我，实现自我解剖和反思，将自己的情感淋漓尽致地展现给读者，并为读者留下参与的空间，在拒绝意义霸权主义的同时带来多元共生的未完成式文本结构，成功描绘了形式上的后现代性与内容上的现代性同室操戈的艺术画面。

三、超越性的价值旨归

"艺术起源于一个人为了要把自己体验过的情感传达给别人，于是在自己心里重新唤起这种感情，并用某种外在的标志表达出来。"文学作为艺术的存在方式之一，"能提供给人的是自由的舒展、灵魂的关怀和诗性的拯救"，最终实现对自我的超越。实现超越是作家介入生活，进行文学创造的根本目的，而"读者感情与作者（或表演者）的感情合板，则是创作与欣赏双方皆大欢喜的状态"。雪漠的小说创作是一种对普遍又恒常意义价值的探索，他通过多样化的叙事手法搅动死水微澜的社会人生，开掘启思性的精神世界，并在这一过程中与读者交流，建构自身具有超越性特征的价值理念，实现人性的完满。

1. 高蹈的艺术风格

《野狐岭》是雪漠使用多样叙事策略进行文化反思的精神活动成果。它在人物、故事、结构等方面都实现了对前作"大漠三部曲"的超越。文本的象征性及戏仿、拼贴等后现代艺术手法，充分表明雪漠的叙事艺术已从"大漠三部曲"时期的写实转向《野狐岭》的写意。首先，"大漠三部曲"的创作充分显示了传统乡土小说那种追求起承转合的严密结构特点；而《野狐岭》

的叙事却极为"散漫""凌乱",没有完整的情节发展框架,按照雪漠自己的说法便是:"我采访的原则是,激活他们的记忆之后,就让他们的灵魂自个流淌。"让人物随意发挥,自己则在一种开放的结构中享受叙述带来的快感。其次,"大漠三部曲"中的人物都是雪漠从强烈的现实出发,精确定位后细致刻画的结果,是农民群像的集合,人物类型单一;而《野狐岭》却有着纷繁复杂的人物类型,雪漠使用工笔化手法,通过人物的自我叙述点染似的进行粗线条勾勒,抓住性格的突出方面进行深入描写,一方面,故事中的不同人物讲述各自的故事造成了作品的层次感,扩容了文本含量,另一方面,雪漠有意识地将人物符号化,将物象拟人化,使之成为主观意念的表达途径。例如黄煞神和褐狮子,雪漠赋予了它们人的思维方式,选择一种较为松散的结构,将传说、寓言、梦境、幻觉、现实、历史有机结合,实现了艺术真实和现实真实的有机融合。再次,"大漠三部曲"的语言朴素地道,由充满凉州地方特色的方言构成,这种方言的习惯和韵味甚至影响着雪漠的思维发展过程,使整部作品呈现出鲜明的地域特色;而《野狐岭》中的语言艺术却是多样化的,象征性语言、拟人化语言、现代化语言相互融合,在显示作者艺术个性的同时,有效支撑了文本阐释的多种可能。最后,"大漠三部曲"是雪漠关于现代性的反思,侧重于从城市与乡村、传统与现代等二元对立观念入手,并在城市与乡村的较量中,自觉退守乡土世界,回归传统,传递出清晰明确的价值指向;而《野狐岭》却没有明确的价值选择,雪漠自觉规避对立与冲突的概念,以一种包容的态度把握世界本质,并在作品中通过多样的艺术手法表现出来,做到了文本完全对读者"敞开","解释者可按照自己的意愿，通过选择一定的词语，使'解释'朝任何方向发展"，呈现出作者高蹈的艺术风格。

2. 开放的文本内蕴

雪漠没有将驼队的故事写成传统意义上的宏大叙事，而是遵循内心强烈的创作冲动组织人物和情节，在过程中发现意义，在寻找中完成超越。"寻觅"是《野狐岭》中的关键词，但雪漠却没有为这一行为设定具体的功利目标，相反的，雪漠着力展现的是寻觅过程本身，并将之描绘成为一种不断探索、不断前进的状态。尼采曾说过这样一段话："人类是一根系在兽与超人间的软索——一根悬在深谷上的软索。往彼端去是危险的，停在半途是危险的，向后望也是危险的，战栗或不前进，都是危险的。人类之伟大正在于它是一座桥而不是一个目的。人类之可爱处，正在于它是一个过程。"结合小说来看，虽然其中的"胡家磨坊""木鱼令"都被神圣化，但马在波却并非是在找到了胡家磨坊后完成了自我顿悟，而是在随着驼队不断前进，不断寻找的过程中，领悟了寻觅的真正意义，并消解了木鱼妹的仇恨，甚至将这种仇恨变成爱，显示出文本的超政治、超阶级性和内蕴的开放性，最终实现文本及作家的双重超越。

"作家和诗人的真正职能在于使我们察觉我们所看到的事实，想象我们在概念上或实际上已经知道的东西"。《野狐岭》是雪漠沉寂数年后的回归之作，无论是小说内蕴，还是形式结构都到达了一种新高度。一方面，虽然文本容量庞杂，且探讨的主题都是关于生死、存在等形而上的内容，然而读来却丝毫没有理念化的感觉，人物都是有血有肉、饱满丰盈的，都是脚踏实地生活在凉州这片土地上的西部人；另一方面，叙述策略的多样化带来了陌生化效果，促成了文本的复调解构，形成了回环往复的叙事效果，实现了文本多样解读的可能。综合上述两个方面，我们可以得出这样的结论：《野狐岭》以其奇伟诡谲的想象、动荡多彩的灵感、灵活跳跃的笔法、富有个性的自由书写以及巧妙生动的互文式结构展现了一个不同于以往的西部大漠世界，显示出雪漠艺术创作的新高度。

（刊于《甘肃广播电视大学学报》2015年01期）

参考文献

［1］雪漠：《野狐岭》，人民文学出版社，2014年版。

［2］俞樾等：《古书疑义举例五种》，中华书局，2005年版。

［3］［英］克莱夫·贝尔：《艺术》，周金环等译，中国文联出版公司，1984年版。

［4］［英］威廉·燕卜逊：《朦胧的七种形式》，周邦宪等译，中国美术出版社，1996年版。

［5］［德］尼采：《查拉斯图拉如是说》，尹溟译，文化艺术出版社，2003年版。

［6］［美］马克斯·伊斯曼：《文学思维及其在科学时代中的地位》，转引自［美］勒内·韦勒克、奥斯汀·沃伦：《文学理论》，刘象愚等译，江苏教育出版社，2009年版。

［7］［俄］列夫·托尔斯泰：《艺术论》，丰陈宝译，人民文学出版社，1958年版。

［8］王朝闻：《情感与共鸣》，载《审美谈》，人民出版社，1984年版。

［9］朱立元：《当代西方文艺理论》，华东大学出版社，2005年版。

［10］赵毅衡：《当说者被说的时候》，四川文艺出版社，2013年版。

［11］汪涌豪：《什么是真文学》，载《光明日报》，2014年12月12日，第13版。

千里飞沙野狐岭

——读《野狐岭》

施然

"你定然听过沙漠月下的风吟，还有涛声。你也许会说，沙漠里哪有涛声？我告诉你，有的。"

——题记

野狐岭下木鱼谷，

阴魂九沟八涝池，

胡家磨坊下找钥匙。

故事就在凉州童谣中缓缓拉开了序幕——不知道我们于童谣中所看到的、听见的，是序幕，还是帷幕。百年前的两支驼队奔着不知何所似的"木鱼令"踏上了千里驼道，走进了"驼殇谷"之名的野狐岭，迈向了罗刹之所在。百年后的"我"，浸润在童年的幻想里，随着驼掌溅起的尘沙的裹挟，走向野狐岭，倾听无数沙涛释放的生命记忆。说到这里，情不自禁地想把上面提到的"我"从双引号的束缚中解救出来，仿佛"我"与我全然是血脉相通、心意缀连的同一体，《野狐岭》中作者雪漠所塑造的"我"，带着两驼一狗，开始了野狐岭的招魂探索，书页之外的我，捧着厚实浓墨的纸张，轻嗅着字里行间、言语之中的沙粒腥香。

一、支离叙事空间的连缀

博尔赫斯的"曲径分叉"将微缩的时间花园隐匿在真实可感的空间花园，将迷宫玩成"严肃的游戏"；卡尔维诺的"城堡之旅"把故事情节扼杀在唇齿之间，而嵌套在错综变幻的排阵之中，让言语的交锋拗折为思维的网链；雪漠的"灵魂叙事"打碎了故事连贯完整的脉络，蒙上了全知的眼睛（书中抑或书外），打开了罗生门一般的倾听与诉说。

时间与空间，故事得以生存必不可少的容器。规规矩矩、平铺直叙的方式，就好比规则的直筒瓶罐，不管它所盛放的物质是以怎样的密度存在其中，其所承载的体积无非就是底面积乘以高，三下五除二就说得出来。若是变换了时间与空间的存在方式，颠倒着来几笔，穿插着唱几出，穿梭着地点讲故事，就如同扭歪了规则容器的形状，或许是广口，又或许是七扭八歪的样子，如此来看，容积就发生了改变，这时最好的计算方式或许就是在其中注满一样东西，然后将其通过规则器皿来做一个代换。然而，一旦让时间和空间在一个节点上分叉，把玩出一种外形与内容互相接近、互相交叉又互不相干的器皿，那可就伤了脑筋，因为你既不能把它和规则器皿等同，又无法将它注满和规则器皿搭上线，甚至不能很好地描述出它的具体形貌，只能在不同物质之中寻找节点和断点，来把握其具象的可能性。而作品的生命线就在看似支离的叙事中蜿蜒盘旋，曲折勾连。

《野狐岭》的叙事就有两种"蹊跷"：一层，是百年后的"我"与百年前的人事之间的勾连；第二层，则是亡灵叙事中各自成说，断续错落的故事碎片。

在第一层叙事中，"我"是百年后听着驼队故事长大的孩子，两支驼队扑朔迷离、充满神秘的故事本与"我"无干，充其量也只能算是一个打小向往野狐岭幽秘故事的好奇者，后来成为探秘者、招魂者、生存者。然而"我"的心理和经历却远远没有那么简单。"我"的上师告诉"我"，"我"不用去野狐岭走那一遭，修成宿命通，自会明白其中真相，而固执的"我"不知是收到临行前梦境的"蛊惑"，认为自己是将前世留在了沙漠中；还是从小积攒堆积成的执念，成为一只无形的手，将"我"推向险象迭生的沙漠，进入野狐岭的念头愈发坚定，炽热。

二十七次会面，"我"是倾听者、是招魂者，在沙漠中将百年前流散的亡灵招度到"我"这个阳世人的身边，从这个层面上来看，"我"是故事穿针引线的连接点，是故事得到倾听并记录下来的记录人，在阴世与阳世的连接面上，"我"像一个蓄水池一般，成为茫茫沙漠中风沙掩盖下奔涌不息信息流的集纳洼地。不过，"我"又不仅仅只是"笔者"这么简单，还是野狐岭的造访者——或者说是驼殇谷这"生死场"的赌徒；也是冥冥之中寻访前世的"转生人"。于是，"我"倾听着故事，同时也参与着故事，书写着故事。

宿命通的喇嘛告诉"我"，在野狐岭，或许，能遇到未知的自己。每一段故事，每一次倾听，每一个诉说的亡灵在"我"面前造访过一遭，"我"都会仔细审思，他（她）是不是自己的前世，"我"愿不愿有着这样那样的前世。身怀深仇大恨癫狂执着的杀手，心心念念超脱凡俗却又被死死地拽进尘世的驼队少掌柜，好色而仁慈的老掌柜，英勇传奇而身负重担的历史人物飞卿，温柔多情又铁骨敢为的木鱼妹，小人嘴脸的豁子、蔡武、祁禄，以及性情各异脾性不同的骆驼……每一个亡灵都让"我"产生过"总不是前世的我吧？"如此的疑问。只不过，"我"作为故事的参与者，并不是秉笔直书不偏不倚的史官（姑且认为史官能够做到这一点吧），也不是铁面无私的酷吏，而是血肉鲜活的人，有着自己的价值判断，以及对传说中人物的喜好憎恶，比如，"若飞卿是我的前世，我会感到很荣耀"，再比如到最后的最后，"我"可能是把式、是骆驼、是狼，可是不想和三个人沾边——豁子、祁禄、蔡武，因为"我可以容忍自己是动物，但不容忍自己在前世里当过小人"。无言的评判，大概最为刺骨而有力。

在组成整个故事的二十七会中，"我"是野狐岭的造访者，"我"访求野狐岭的过程中所形成的一层空间，恰好正是在招魂的途中与各个亡灵相遇的阴世与阳世相链接的空间，这也与百年前故事所存在的历史空间相互交织、扭曲，将小说叙述的空间不断外张，拓远，放大到目之不能即的彼处。

这其中，就有两个矛盾潜藏：一者，随着"我"的路线的推移，招魂仪式的强度以及时间的长短、人影的显现与否都在发生着变化。当"我"逐渐深入腹地，一点点往野狐岭逼近、深入其中，亡灵的影像愈发明晰接近；而仪式总是愈用愈发娴熟，知道动物身上阳气会影响招魂的效果，火焰烛光可能阻碍亡灵的靠近，等等，"我"与亡灵们的亲近程度也在发生着变化，亡灵们从一开始的只言片语，日益敞开心扉，一个接一个，细致耐心地讲起自己的故事。与此同时，这些表面上的改变也昭示了阴世与阳世之间界限愈发混沌不清，"我"身上的阳气也逐渐被周遭的亡灵们的气息侵染，可能被永远地留在野狐岭——而这些，都在求访过程中，在每个人细细说道自己的故事而"我"在一旁侧耳倾听的同时，所发生的事情，换句话说，就是，细心的读者不仅要为亡灵们讲述的故事空间细细思索，还要为前路未卜的"我"所在的空间周遭显现的丝点征兆捏一把汗。

另一个，则是"我"在求访过程中，在野狐岭之行中构建一重空间里所面临的困窘与绝境。骑着骆驼，带着狗，"我"带着一股怯意。"我"想在寒冷的沙漠里生起一丛篝火，却又怕火焰冲淡了亡灵……在这一层只有"我"、两头骆驼、一只狗的空间里，人与自然的对抗是显著而煎熬的。自然的环境随着"我"的步步深入已是愈发艰险难测，寒冷、怕人的广袤、戈壁的沉闷、缺乏的水源……一连串的生命符号在向"我"释放着恶意的信号，黄驼总是对"我"有敌意一般耍着小性子；白驼一贯无动于衷的淡然傲慢，即使缺水也如修行人一般佛慢；狗倒是强打精神，乞摇尾巴；"我"分辨着苁蓉，寻找着水和食物……这一重最为真实的空间，就是这样一点一点被逼到了窘境、困境、死境。而在这样一层空间里，骆驼、狗和"我"之间的关系，也在作者的笔下栩栩如生地行走，掀起次次高潮。当"我"发现装有采访记录本和打火机、火柴的褡裢包不见了，回头寻找时，看到的，却是咬着褡裢上的绳子、拖着冰天雪地里长长一条印痕的狗的小小的僵硬的身子，平素无理取闹的黄驼，却也慢慢地曲下膝盖，"眼中亮亮的，像是有泪"。接下来连续四段的"我说"，包裹着自己的歉意、尊敬与爱，掀起了情感的一个高潮。而到了快结尾时，木鱼老爹向我透露了水的秘密，"我"在狗的帮助下走出了野狐岭，更是掀起了高潮。

时间与空间，盘旋、扭曲、蜿蜒、错综，在多层的叙事空间里，作者把野狐岭的百年前与百年后编织在了一起，却又并非是严丝合缝、不着痕迹，而是时而真相洞开、连贯易懂，时而前言不搭后语，错综断续。正是这种悬而不空、高而不危的层叠叙事使得灵魂叙事有序而深刻，纷杂而不乱，情节贯通而具有无限挖掘的开放性。而在每一层叙事空间里，都有生灵各自的声音，散发着各自独特的生命气息。

二、杀手谓谁

在这二十七次与幽魂的会面中，最先开口的却是一个冰冷癫狂的声音——杀手。一提及"杀手"这个名词，脑海里就开始自动补充这个人物的形象：一身黑衣，一个遮面的纱篷，冷酷无情的面部，不带温度的双眼，一双布满茧子的大手，神龙见首不见尾的行踪……或许，武侠小说里的杀手与以上略有些相似，不过《野狐岭》中的杀手，却是一种不一样的存在。

无形。这是杀手隐遁在众人中的第一点诡谲。"我"展开了最初的招魂，杀手成为第一个讲故事的人，但我却始终看不清杀手的样子，只听得愤懑而自带悲喜的声音在耳边响起。即使故事不断往前推进，驼队的真相像九十多度的水一般不断往外冒着泡，杀手的身影始终是模糊不清，暧昧不明的。杀手是谁？在众多自述的幽魂中，哪一个的身上还背负了这样一个血腥的名头？仇人马在波为何完好地活了下来？杀手去了哪里？

人是复杂多面的，幽魂也一样。我们所读到的"杀手说"之中的"杀手"，不过只是驼队中某个人所戴的一个面具，脱去杀手的外衣，他（她）依然是队里的一员，在其他的"某某说"中用另一重面貌在和我们打着照面。而这里的杀手，也并非只是冰冷残酷的屠夫，心中只有报仇这件单一的事情，而是时时充满着矛盾、宿命论与末日的预言。仇恨入了人心，是要发芽的。杀手话语中流露出的决绝、悲观，形成了一个巨大的场，把自己的全部都积压在这个名为"血债血偿"的复仇场中，在"杀手"的这重躯壳中，他（她）极力地克制自己其他的欲求，而只关注"复仇"这一件事情。幽魂的叙述中带着狠绝、怒火，也带着千般万般的无奈、抵抗与妥协。即使是"杀手"这一重身份，也是温热而鲜活的，他（她）敬慕飞卿的为人，却又不以为然；他（她）在意马在波神秘的笑和清凉的念经，也对马在波有着复杂的感情；比起驼队里每个人心里的那点私念和欲求，他（她）流露出更多的，却是对命盘的敬畏、对末日的预感，和冥冥之中对木鱼磨盘的抗拒和呼唤。都说马在波是诵经的人，修行半生，心思不在凡尘，只在世外，我倒觉得，杀手倒更有几分超脱拔世的孤傲和明白。"残杀和暴力是人类的天性。人只要进入恶的氛围，恶心就会生起。""我们很多人，都走不出自己的命，但许多时候，明白这一点时，大多已到了生命尽头。"行走在灵魂边缘的人，都有几分坠入深渊的崩塌人格，也夹杂些许大彻大悟的与尘世的拔节。

剧情走到三分之一左右的时候，杀手的自述经历在不经意间就与另一个人物的命运线发生了重叠——木鱼妹。木鱼妹的故事，从岭南走向西部；驼队的故事，从西部走向野狐岭，她的幽魂在自述时也常说，要听野狐岭的故事，必须要听听我的故事，没有我的故事，就没有野狐岭扑朔迷离的情节。岭南的小姑娘，有着爱唱木鱼歌的阿爸、忍气吞声的妈妈、大伯、失踪了的姑姑，"朝廷有史官，百姓没有史官，但百姓有自己的史书"，微醺地唱着木鱼歌的阿爸因为马二爷的羞辱上了吊，又被救活，木鱼妹被许给了马二爷家痴傻的小儿子却又恋上了大嘴哥,错手杀了无辜的马家小儿子,却又被不知名的凶手一场大火灭了门,由此又引发了好一场血流遍野的土客械斗……仇恨就此生了根,操纵了命盘,一心复仇的大伯,不断劝她放弃的阿爸,木鱼妹还是决然地选择了让仇恨在心里发芽。之后一路西行北上的经历就不多赘言了,其与马家产生的爱恨纠织蛰伏在作者的会会章章之中,也并非三言两语说得清。杀手暧昧不明的话语,木鱼妹坎坷多情的命途,似乎就在字里行间交汇暗合,看到这时,读者不由而然地生出些许自豪感,就像是沙漠驼队中诞生了一个查访蛛丝马迹的侦探,一点点抽丝剥茧发现了杀手的真面。

不过,作者把包袱抖出来,却也紧紧地攥着布料的一角,叫你怎么也抽不走全貌——第十六会胡家磨坊里纷杂错乱的故事,抽丝剥茧也找不着头绪的谜团,让我不禁产生一个奇异的想法:杀手究竟是谁?杀手会不会正是马在波自己?表面上来看,杀手却是木鱼妹的第二重身份没有错,种种的语言、迹象都表明这两者的严丝合缝,特别是杀手总在强调的"我不觉得你是什么圣者,我只觉得你是个男人"。冥冥之中又增添了几分木鱼妹的内心独白。不过,往内里想,杀手又何尝不是马在波自己呢?是潜藏在"圣者"之心下的另一重人格。

"我们的身体总是在局限着我们的心。"马在波说,还挪来了《老子》的一句话,"人之大患,在于有身"。肉体是痛苦的根本,人就是有了皮囊的束缚,才有了五感七情六欲,身体无法摆脱俗世的诱惑,精神被牢牢地捆缚,深陷其中。而马在波的一句话,也折射出其二十余年来一门心思苦心修行,不谙尘世,却又在尘世中愈陷愈深,愈挣愈紧的生存状态。

马家少掌柜，像是和纷扰的尘俗撇开关系，他厌恶高戴在自家老祖宗头上的美誉，"那习气，就像尿壶里的气味，即使你倒光了尿液，要除那气味，不定得洗刷多少遍呢。"世上的东西在哗啦啦地变，马在波开始了胡家磨坊木鱼令的寻找。表面来看，找到木鱼令，达到"三界唯心"，就能实现任何意愿，自然可以得道修行；不过，谁也说不清木鱼令是个什么东西，最初的马在波自己或许也不是真的知道自己在寻找什么，是变化着的自我，或者是给骨子里熔铸的反叛的人格找一个出走的借口。

很多人眼中的马在波是一个圣人，不过他从不这么想，大概是出于凡人的自知，当杀手告诉他，他救不了世人的时候，他很坦然地说，我不是为了救世人，是要救我自己。这是他出离的地方，他不是所谓的"圣人"，他也是一个出离了凡世又在凡尘中苦命挣扎的怪人。在驼队艰难地行进的时候，马在波在乎的是上师、是秘境，开口闭口都是福慧与暗物质，出离而脱俗。然而他也害怕，也有懦弱的躯壳在束缚着他。当恐惧袭来的时候，他选择闭眼，"当我改变不了世界又改变不了自己的心时，我只能选择闭眼"；在他和木鱼妹的事情被发现的时候，他无可奈何眼睁睁地看着木鱼妹被绑去了石刑，他的心在哆嗦，感情与人格都被放在了沸水中熬煮，然而宿命的轮盘和族系的暗幕把他的嘶喊和挣扎都一并压到了沸水的最深处，来不及跑上水面冒泡沸腾，就又被挤搡着压到了最深处。

命盘的操纵，族系的触手，以及为圣与不为的矛盾冲突将马在波的灵魂分裂开来，在平素风平浪静的朝圣外表下，还潜藏着另一重离经叛道、颠沛流离的人格。木鱼妹明白马在波不是圣人，只是一个男人，这是看到了朝圣面貌下真实的平凡的一面，而更深处的一直搅扰着他的，还在这之下的之下，或许就在那看不见的暗物质和暗能量中云波谲涌。

杀手睿智、通达，纵使满身仇恨，甚至将仇恨烙进了灵魂里，却还是有一双明亮的眼睛。他痛恨马在波，却又将马在波视为真真实实、有血有情的人，若不是仇恨入心，发了芽，他或许能够和马在波和平相处——但是这也阻挡不了灵魂处生出的恶意。像极了马在波的另外一重人格，叛逆、颠沛，深深仇恨着阴霾沉重的马家，深深怨恨着重重枷锁之下的马在波，"我的身前身后，就被那种冤气包围着。其实，那时的我，已经没有了自己。我只是一个冤气的载体而已。"如同杀手所说，仇恨是无形的，自己是一团怨气，在这重空间里，马在波逃脱了身体肉体的束缚，去除了"人之大患"，这是对自己的谋杀，是对自己骨子里怯弱胆怯的责罚，也是对镇番马家头顶肩上的阴霾的消解。

胡家磨坊里"杀手"看到的光怪陆离的幻象，马在波养了小鬼般苍白阴气的面庞，以及后来"杀手"对马在波剥皮抽筋，饕餮血肉，庖丁解牛般刀走筋骨皮肉之间的残杀虐杀，又何尝不是马在波借自己的手、自己的灵对自己进行的刑罚？马在波在逃，又感到"杀手"将骆驼皮捆扎起自己放在沙漠烈日下暴晒，骆驼皮一点一点收紧进缩，把自己死死勒在皮囊之中——像极了西藏的一种酷刑，将犯人用湿牛皮裹起来，放在阳光下曝晒，等牛皮干硬收缩，"就把人箍得乌珠迸出"。这是马在波潜意识里精神深处的责罚，是酷刑，一面享受着行刑的快感——"我不要他死，我要他不得好死"，一面饱受着捆缚收缩的痛楚与窒息。

三、每个人心中的木鱼令

一部作品表达了什么意旨，在这个地方作者想要表达什么，末尾作者想要告诉读者什么……主题先行，向来是文学作品的一大天平。

我们接触到的每一部文化作品，图书、影视、音乐抑或其他——就拿电影来说吧，无论是电影院夹杂着爆米花香气和可乐的气泡的休闲影片，还是独坐电脑前一遍又一遍反复琢磨着想要搞明白的高智商电影，甚至是画面狰狞可怖场景幽深凄切的恐怖片，到末了也能和主题、人性善恶扯上千丝万缕的关联。

主题，与挖掘埋藏幽深意蕴深刻的主题，仿佛是作品存在而存活的骨骼，没了初设的主题，如同脱线的木偶零散一地。而这里，我倒想起罗兰·巴特的一句话："作品一经问世，作者就死了。"操纵读者、观众想法的，不是作者的"原意"，就如同现代人向立法者寻求司法解释是愚蠢的，读者与观众才是最终的裁决。

作者雪漠有意地拒绝主题先行的意味，这本书，没有所谓的"需要让读者去解读的地方"，而如雪漠老师所说："《野狐岭》中只有人物，只有一个一个鲜活的人物，一团一团剪不断理还乱的纠结。"

所谓人物，在《野狐岭》中是齐飞卿，是马在波，是木鱼妹，是大嘴哥、陆富基、马二爷，也是豁子、祁禄、蔡武，是把式们，也是褐狮子、黄煞神，甚至是沙漠里凶恶的狼。二十七次"我"与亡灵们的会面，拉开了别开生面的幽魂叙事。每一个故事的参与者，都在以自己的口吻和视角讲述着自己和他人的故事，每一个"人物"的个性与生存状态潜藏在自述的字里行间，在故事与故事的缝隙间肆意地游走。最为细腻生动的大抵还要数中间夹杂的少许黄煞神、褐狮子的自述，沙漠里踽踽行进的骆驼也能够张口说话，也具有自己的小心思小脾气。聪慧机警但体格不占优势的汉驼黄煞神，敦厚老实且身强体壮的蒙驼褐狮子，还有无辜苦命的俏寡妇和长脖雁，无不在自述和他述中具备了形体和性情的独特性，骆驼之间的斗殴、争夺，互相协助又自恃王道的脾性，都在骆驼的视角上得到了拟人化的展现。特别是驼队里骆驼与人们的相处模式，驼把式如何照看管照驼队，骆驼在沙漠中的习性和生活本能……西部大漠的物貌人情、生活人文，无不在作品的字里行间渐渐显现出轮廓与内核。

所谓纠结，幽魂叙事的参差与断层已经够让读者焦头烂额而兴味浓厚地挖掘了，而最为恍惚缥缈却又至关重要的一点——木鱼令一直在行徒中若隐若现。马在波卖了驼场，冲着木鱼令趟起这趟浑水，开始了沙漠之行，末日的预言就像黄沙一般时刻笼罩在驼队的周身。就如起场时大嘴哥奇怪的感觉一般，"很像一只小舟，被抛进了漫无边际的大海"。杀手的嗅觉独特而敏锐，仿佛天然带了几分末日的绝望，时刻警惕着潜伏在驼队行进中的木鱼磨盘一样的征兆。

木鱼令，从开头最初的自述开始，到结尾野狐岭的末日之风吹起，飞卿、陆富基、大嘴哥等有了各自的归途，直到"我"从阴司脱险，木鱼令究竟是个什么东西，始终是一个似有若无的谜。作者告诉我们，得到木鱼令的人，就可以得到想要的任何东西，他在世界上没有任何敌人，所有都是朋友。大多数我们在看开头的时候就琢磨得出，作者在文字中间铁定是不会老老实实交代木鱼令的来龙去脉了，这就好像是《盗墓笔记》里的"终极"，没有人明白那是什么，只知道最后的最后会有一个交代、一个结局。

沙场里骤起的无垠的沙暴大概就是末日降临的使者，而这一场昏天暗地的梦魇或许正是"木鱼令"水落石出前置之死地而后生的玄机。胡家磨坊是马在波遭遇杀手追杀又脱险的地方，胡家磨坊是传说中木鱼令所在的地方，胡家磨坊也是最后野狐岭上沙暴来临之时飞卿、马在波等人的庇护存活之所在。"胡家磨坊"这四个字瞬时具有了不可言传的深意。它是目的地，是庇护所，是灾难窝，却也是最终马在波和木鱼妹栖身的居所。这样一个"四合一"的所在，就是人生中不断苦苦追寻的"他岸"的象征，人生朝着那个方向进发，认为到达了那里就能够取得生命的符码、开启梦想的钥匙；而那里也是虎踞龙盘、飞沙走石、杀气四起、险象迭生的秘境，你不知何时就会命丧于此；然而当那可望不可即的秘境出现在触手可及的前方时，它碾碎了悬念的希冀，又还你生的力量；最终，生命的秘符或许就在不经意间、在找寻的颠沛流离之中获得，秘境撕下了缥缈奇幻的面具，朴实无华地呈现在你面前，而这时候你可以安好平和地居于其中，品酿着"追寻"的千金佳酿。

何为木鱼令？木鱼令是钥匙，是启示，是通达，是企盼的彼岸光华，是命运的垂怜，是炙手可热的秘符。每个人的生命中有着自己的木鱼令，也有着自己的胡家磨坊。"我的找到，只是我的找到。每个人都有自己的找到，这'找到'，代替不了那找到，但找总是比不找好。"木鱼妹看懂了自己的木鱼令。

木鱼令不止存在于马在波、木鱼妹、飞卿等人的世界，也同样可以在我们的生活中觅得踪迹。若是将《野狐岭》看作是一个扑朔迷离的历史时空，那么我们每个人都是在阅读中寻找胡家磨坊，也是在阅读中寻找属于我们自己的木鱼令。

　　这沙洼，本是海底。这阴司，更是阳世。这看似虚幻的所在，既是看不见摸不着的存在，也是无处不在无时不在的现实。

——写于2014年8月3日

论《野狐岭》的悲剧意识

盛春利（西北师范大学文学院硕士研究生）

摘要：《野狐岭》是一部具有多个解读维度和多重解读空间的作品，本文选择作品中蕴涵的悲剧意识这一角度作为着眼点，借助"悲剧困境——人物意志"这一模式，从木鱼爸——现实中的无奈小人物和理想的伟大坚守者、齐飞卿——革命者的悲哀、沙暴——驼队的命运陷进这三个方面分析阐释《野狐岭》中悲剧意识的具体体现，从而展示作品对人类命运的思考和求索。

读罢雪漠新作《野狐岭》，笔者收获了又一种特别的阅读体验，二十七会采访所结构的形式，漫长辽阔的从凉州到罗刹的时空背景，阴阳两界对话所串联起跨越百年的社会变迁和今昔各色人物的何去何从。《野狐岭》既新颖又丰盈，小说借幽魂们的讲述，各种话题和细节不断进入读者的视野，也许正是这许多插笔和闲笔，加之小说本身很强的实验性和探索性，使小说不论在主题意蕴还是言说话题上都不再单一，由此带来的解读的多义性也将成为《野狐岭》接受史的一大特点。基于对文本的细读，我选择《野狐岭》中或隐或现的悲剧意识这一着眼点谈开。

命运是文学写作和文学批评中一个永恒且重大的主题，人们渴望把握自己的命运，从而对人生不断思考、求索，认识到命运不可把握的神秘性和不可抗拒性的悲剧性。古今中外不少优秀的作品都曾对这一主题进行了各自的书写，如《俄狄浦斯王》《安提戈涅》《哈姆雷特》《奥赛罗》《罗密欧与朱丽叶》《麦克白》以及中国的《窦娥冤》《红楼梦》等伟大的作品，这些作品从各个层面探讨着人类所面临的困境和身处困境中人物的悲剧命运。同时，对于悲剧成因的探讨也是作家、批评家乃至哲学家思考的永恒的话题，柏拉图认为命运拥有强大的不可违逆的力量，对人有着绝对的控制力，在强大的命运控制下好人无辜遭殃，这就是悲剧；亚里士多德认为悲剧不是由于外在于人的神秘力量导致的，人的过失或者弱点才是造成悲剧的必然性因素，人们因小过失而受到大的惩罚从而产生悲剧；黑格尔认为人的过失具有偶然性，以偶然性作为悲剧产生的直接原因不能解释悲剧发生的必然性，在他看来悲剧是因为两种同样片面又同样合理的伦理力量之间的冲突，两者都想通过否定对方来肯定自己；叔本华认为悲剧来自不同人的意志之间的冲突；谢林则站在前人的肩膀上对悲剧有了更清晰更深刻的认识，他认为悲剧具有客观必然性，悲剧是人的意志和自由（主体有意识、有目的的活动）与必然（不为人的意识所掌控的、不可避免的情形）之间的冲突。结合以上对悲剧的各种认识，可以这样描述悲剧，即人物在一种特殊的情境下，也就是身处"悲剧困境"时，人物按照自己的意志和认可的价值采取一定的行动来应对困境，而此行动恰恰成为导致不幸和悲剧发生的诱因。

陈彦瑾在编者手记中说《野狐岭》是灵魂叙写，雷达认为《野狐岭》坚持了雪漠对存在、生死及灵魂等形而上哲学命题的一贯追问。作者对存在、生死、灵魂等这些关乎人类命运的问题始终保持严肃的探索精神，而当这种探索接近人类生存的真实，并诉诸文字时，作品便具有了强烈的悲剧意识和悲悯情怀。具体到《野狐岭》，其中的悲剧也是多样化的，以木鱼爸为代表的小人物的辛酸和无奈，以齐飞卿为代表的革命者的悲哀、蒙驼和汉驼在利益角逐中双双走向毁灭、驼队在各种挣扎中掉进末日陷阱的宿命。面对如此多样化的悲剧性表现和书写，基于悲剧的必然性在于人物意志的必然性，笔者从"悲剧困境——人物意志"这一角度分析《野狐岭》中悲剧意识的具体体现。

一、木鱼爸——现实中的无奈小人物和理想的伟大坚守者

在现实生存层面，木鱼爸是一个让人心疼的小人物。为了收集古老的木鱼书，他卖掉了所有田产，也就断了生活的经济来源，这一方面引起妻子的强烈反对和不满，另一方面也是他在现实生存中不幸的开始。穿着长衫但没有裤子穿的他，由于搭档的出卖和戏弄，在众人面前出丑、颜面扫净，人们看到长衫下"赤条条的身子"。后来有人请他去唱木鱼歌，木鱼爸宁愿挨饿，也不跟那人搭档唱木鱼歌了。即使家里揭不开锅了，一家人挨着饿，出于知识分子的清高，他也不让妻子去驴二爷家的厨房帮工。后来为了守护一处精神和心灵的栖所，木鱼爸"钢口铁牙"拒绝了驴二爷开出的高价，最后落得被水淹，死也不肯离开困在水中的木楼。木鱼爸为他的清高、执着付出很高的代价，一场大火焚毁了木楼，也结束了一家人的生命。

在《野狐岭》中木鱼爸不是作者浓墨重彩描写的重要人物，却依旧是一位个性十分鲜明、形象十分饱满的人物形象。他可以在面临巨大生存压力的情况下，仍然执着地收集在外人看来毫无价值的木鱼书，对于理想毫不妥协退让，同时，他在现实生存面前又如此的无奈和悲哀，忍饥挨饿，妻子背叛了他，时时遭受周

围人的侮辱，却无力反抗。木鱼爸面临的困境是如果坚持体现
自己内在意志的理想，那么就会面临饥饿、不理解、侮辱、损
害乃至于结束生命的威胁，这些威胁以对木鱼爸的意志进行否定
而存在，要求木鱼爸放弃坚持理想的意志。在如此生存困境的挑
衅下，一般人或许会在现实和利益的权衡考量中，放弃自己的
意志，屈从于否定的力量，从而维护当下的现实利益，然而木鱼
爸却选择坚持内心意志、守护心灵意图，维护人格尊严，拒绝理
智的利益权衡。正是由于木鱼爸这一决绝的选择而趋向灾祸、导
致悲剧的最终发生。木鱼爸之所以能算得上是一个悲剧人物，在
于他有很强的意志，这表现在他对于理想始终不渝的坚守，即使
外界的破坏力量不断地摧毁着他赖以生存的基础，也依旧不卑不
亢、以宁可玉碎不为瓦全的决然姿态守护理想、捍卫尊严。

二、齐飞卿——革命者的悲哀

　　齐飞卿是汉驼队的头号驼把式，是凉州贤孝中的民族英雄，
纵观他的一生，我发现他和鲁迅笔下的革命者、启蒙者、先行者
有诸多相似性：都是麻木的芸芸众生中的先知先觉者，有着挣破
铁笼般的强烈的反抗意识，有着改天换日的雄心壮志，但却与革
命的对象——被启蒙者、被拯救者有着深深的隔膜，所以其悲剧
命运不可避免，最终沦为被试图拯救和启蒙的大众观看的玩物。
齐飞卿的遭遇与《药》中的革命者夏瑜是何其相似，而他最后发
出的"凉州百姓，合该受穷"的感叹与鲁迅"怒其不争，哀其不
幸"的慨叹也惊人神似，他们在时空转换的历史相遇中共同诉说
着革命者的无奈和悲哀。凉州历史上唯一一次的农民起义，"一
哄而起又一哄而散"了，革命沦为一场狂欢的闹剧。如今这场在

历史上具有先觉性的革命在凉州流传着不同的版本，革命者生前的革命经历像任人打扮的小姑娘一样，被后人作为茶余饭后的无聊谈资，革命所具有的严肃性、正义性、重大性被彻底消解。

如果说木鱼爸的悲剧是个人化的，那么齐飞卿的悲剧则是社会化的，因为他身处的悲剧困境有着更为深刻的社会历史原因。齐飞卿是一位智勇双全的英雄人物，如果时势能造英雄，那么时势也能毁灭英雄。他对社会现状和历史发展趋势没有准确地把握，对于革命手段和途径的选择脱离现实，企图通过哥老会这样的民间组织、靠从罗刹（俄罗斯）换来军火来推翻清家的统治，达到改天换日的革命目的。后来的历史也证明齐飞卿选择的革命之路在中国是行不通的，当他走上这条行不通的革命之路时也就深陷于悲剧的困境中了，后来他个人的一切努力也好、挣扎也罢，无疑于在沼泽中反抗，只能越陷越深。历史的局限性加上个人的局限性使齐飞卿深陷于悲剧困境，体现其英雄意志的革命经历推着他走向悲剧的结局。如果从历史唯物主义看，齐飞卿以及一大批先行者的悲剧根源正是恩格斯在评论拉萨尔的悲剧《济金根》时所说的"历史的必然要求和这个要求实际上不可能实现之间的悲剧性冲突"。齐飞卿所追求的理想尽管崇高，但却不具备英雄行为发生的契机，不符合历史的发展规律，其悲剧化的人生命运也就不可避免。

三、沙暴——驼队的命运陷进

读罢《野狐岭》，驼队给我留下的整体直观的感受是沧桑和悲哀。驼队的宿命来自对命运的无知无觉，在命运之神的驱赶下一次次远行，不追问意义，也不反抗。"我都知道其中有些驼户的骨殖会扔到驼道上的。你没见包绥路上有多少骨殖呀？那青石板都被磨下了三尺呢。一辈辈的驼户就叫那青石板磨没了。"一辈辈的驼户和一批批骆驼除了在青石板上磨下三尺的深槽之外，他们的行为没留任何痕迹和意义。这让我想到推石头上山的西西弗斯，每次石头推到山顶又滚了下去，于是他不断重复地推石头上山，他的生命就这样在无效无望的劳动中消耗殆尽。驼队悲剧性在于其永远逃不出苦难的一生和宿命般的轮回，正如佛教所说苦难和不幸是众生灵的常态。他们在世界存在的一生就是一个经历苦难消耗生命的过程，最终走向毁灭，又回到世上生命的本体就成为其不可逆转的必然宿命。对于世界上的生命本体来说，个体的不断产生又不断毁灭正表现出生生不息的生命力。

驼队的悲剧与俄狄浦斯的悲剧是极其相似的。在驼队启程前，就有各种不祥的预兆，"从缘起上看，那个想走向罗刹的驼队是不吉利的。"明知进入野狐岭九死一生，蒙驼队和汗驼队却都抢着参与这次驼运，"因为驮费很可观，蒙驼也抢，汉驼也抢，事主儿怕得罪一家，就各用了十把子驼。"杀手说："因为我明白，我出不了野狐岭，他们也出不了野狐岭。那能出野狐岭的，也出不了野狐岭。我不得不死。"这看似无逻辑的呓语，其实道出的是驼队明知野狐岭有危险但还是在利益的强大诱惑下走进了野狐岭，最终遭遇危险、掉进命运的陷阱。这与亚里士多德最为推崇的古希腊悲剧索福克勒斯《俄狄浦斯王》中的悲剧情节和悲剧意味极其相似，为了避免神谕的不幸发生，所有的人物都做了相应的行动，拉伊奥斯叫牧人把刚出生的儿子抛弃，俄狄浦斯为了反抗命运逃亡忒拜，但是神谕的弑父娶母的悲剧还是发生了。悲剧就是让人事先知道，但是无法摆脱和抗拒，好像是一个圈套和陷阱，人们事先知道又试图去逃避它，但依旧让预言得以实现，从而说明命运的不可抗拒和不可把握。"并不是生活中的一切灾难和痛苦都构成悲剧，只有由个人不能支配的力量（命运）所引起的灾难却要由个人来承担，这才构成真正的悲剧。"《俄狄浦斯王》这部伟大的悲剧作品之所以给读者以震撼和洗礼，就在于最后的悲剧结局并不是俄狄浦斯造成的，但是他却要承担责任、承受痛苦，英雄人物摆脱不了残酷的命运。驼队在野狐岭遭遇到巨大的沙暴，几百峰驼和上百人被瞬间淹没，这是何等悲壮的场面，如同驼把式事先预料到的那样，走不出野狐岭了。骆驼和驼把式没有过错，却要走向命运的陷阱，承受悲剧性的毁灭，遭遇末日。《野狐岭》的悲剧性呼应着伟大的悲剧《俄狄浦斯王》，一方面再次印证了关乎人类生存本质的主题在文学中的表达是不会消退的，另一方面也印证了优秀的文学作品是有共通性的，即对生存和现实强烈的哲学关怀。

　　如果要深究这场在野狐岭上演的悲剧的成因，可以发现野狐岭只是外化和实在的悲剧困境，这只是驼队毁灭的一个背景和契机，真正导致悲剧发生的是人基于自由意志的选择，他们抢着参加这次驼运、选择走野狐岭这条捷径以及蒙驼队和汉驼队基于利益的各种纠纷和争斗，都是基于清醒的意识和自觉的意志的所作所为，他们的行动都是他们认可的原则和价值理念的外化，因此，他们就是自己的掘墓者。他们事先是预料到这一次驼运途中的危险的，他们"清醒地知道行为的灾难后果，他仍然按照自己的意志采取行动并招来痛苦的结局"。如果他们能遏制住巨大利益面前的欲望、不接手这次驼运，如果不走野狐岭这条捷径，如果两方驼队互谅互让，那么即使遇上毁灭的沙暴，两支有名的驼队也可能改变原定的宿命，不会悄无声息地消失。表面上看驼队的消失是偶然的自然灾难导致的，但其必然性还是在于人的意志，意志外化的行动是驼队毁灭的推力。

当"我"在野狐岭采访与那次沙暴有关的幽魂时，他们讲述生前大事时，如纷争、嫉妒、怨恨、械斗、仇杀及革命大义、民族大义，都是一种随意戏谑的口吻，"再大的事都不是事了，再深重的执着都无所谓了"，一切都是过眼云烟了，自己身后对生前一切的彻底否定，最能显示和说明人活着的无意义和虚无，人生的无意义是人最深刻的悲剧性所在，也是最具现代色彩的悲剧性所在，这是和雪漠以往作品中悲剧意识的不同之处，是一种试图求新求变的超越。

一场形式与内容角逐下的生命追寻

——简评《野狐岭》

宋雯洁（西北师范大学文学院硕士研究生）

　　什么样的小说是好看的小说，这不仅是读者在阅读过程中会思考的问题，也是作家在写作实践中不断反思和想要回答的问题。借用雪漠先生的话来说，《野狐岭》的问世，就是为了回应何为"好看"小说。所谓"好看"，并不是迎合观众的脸色，它的存在不单单是"灵魂流淌"，而是灵魂流淌与生命体验、哲学思考外加写作技巧融合而成的产物。因此，对于营养丰富的《野狐岭》来说，小说的阅读好比走迷宫，势必会为读者留下很多需要填补的想象空间。然而，《野狐岭》的阅读并非无路可走，为了不让小说留下的疑问太多，雪漠先生在小说的代后记中，补充并阐释了关于小说写作的过程和小说主旨的理解。在后记中，他说，《野狐岭》的阅读其实是一种探险，之所以小说中会有那么多的云雾缭绕，这是"内容和境界决定了文学形式的产物"。那么，这里的"内容"和"境界"是什么呢？"它是一个巨大的、混沌的、说不清道不明的存在。"

一、自由、跨越的叙事变幻

　　《野狐岭》的基本表现形式是一部访谈记录，小说采访的对象是一群被召唤的自说自话的幽魂,幽魂们共同讲述着很多年前发生在野狐岭的离奇故事。每一个灵魂都有自己讲故事的方式,他们之间的诉说像一片被撕碎的地图,等待着读者的拼凑。然而,你不确定每一个人提供的是否都是最初的故事模样。因此,这部小说的完成需要发挥很大的想象力,这是一部在混乱中完成叙述的故事性极强的叙事小说。那么,小说到底有多自由呢?

一是每个灵魂背后的故事都可以在极大的思维驰骋中完成构思。其中最典型的例子就是木鱼妹。小说在第十一会的《瘸驼》中写到木鱼妹被沙眉虎手下的瘸子劫走,当时的场景是"木鱼妹死命挣扎。那瘸子却狰狞着脸,吼道:'你再闹,老子先揪断你的脊梁,叫你先变成瘫子。'"看这情景,木鱼妹的确是被人掠了去。驼队里唯一的女人被土匪抢了去,这么大的事情,在后来的叙事里竟然没有幽魂再提及,我开始怀疑这部分有可能是飞卿故意为自己的英雄事迹增色。然而,事实是飞卿在这次活动中并没有完成"英雄救美"的行为。似乎作家雪漠更愿意在木鱼妹的身上留下悬念。当采访者"我"问起木鱼妹这期间的经历时,木鱼妹只是含笑不语。木鱼妹在小说中的身份很多样,她曾经是岭南木鱼爸的女儿,是驴二爷的童养媳,后来是凉州的讨吃,是死盯着马家的杀手,再后来是驼队里的空行母,是马在波的妻子,每一次身份的转变都静默地推动着故事的开展。回顾整个小说,最有发言权的便是木鱼妹。关于她与沙匪之间的波折,如果按照正常的故事发展,本不应该被漏掉,但是问题就在于这是一部由每一个独立个体完成的小故事融合成的大故事。回顾木鱼妹的离奇经历,我甚至认为木鱼妹的形象在作家构思小说之前就已经定位好了结局。不过,作家又故意在马在波后来与木鱼妹的对话中，揭示了其与沙眉虎的关系。这一故意的揭示行为在增加小说的连贯性之外，也是为了让读者更加相信作家在形式上的负责或者更加强调读者对木鱼妹形象的重视。

二是小说可以自由地穿梭在不同地域、历史和文化背景下。首先，小说《野狐岭》带读者走进的是一个陌生的岭南世界，这是一个土客杂居的地域。在这里有和凉州孝贤相似的木鱼歌，有连温饱问题都解决不了却依然视木鱼歌如命的阿爸，有生意遍布大半个中国的凉州马家。我不清楚在历史上岭南和凉州到底是什么关系，但是历史上凉州确实有一位做生意做到南方的商人。从小说所重点描写的野狐岭经历来说，似乎刚开始的岭南部分是多余的。但我以为作家是想要在一个不同于西部的文化地域背景下为我们创建小说的发展背景。在岭南，我们知道了木鱼妹和驴二爷之间的关系，我们了解到了木鱼爸的故事，我们知道在复杂的土客背景下，木鱼妹带着仇恨从岭南来到了凉州。从这一意义上来说，木鱼妹这一外来因素的摄入，是作者有意要实现的文化融合的表现。作者生于凉州，之后又定居岭南，出于对岭南文化强烈的参与感和对凉州文化之根的灵魂书写，他试图完成这两种文化间的调和。不过，我以为这之间的调和并不是那么的相得益彰，在小说提及土客矛盾以前，在阅读过程中，我没有看到更多的岭南独特文化风貌，我眼里看到的似乎是一个凉州化了的岭南。比如小说描写木鱼妹与大嘴哥野合的部分，大嘴哥是典型的凉州汉子，想必他的身上有很多不同于岭南人的特征，但是在木鱼妹或者其他土家人的言行中，一切都显得很和谐，以致后来忽然发生的土客斗争，使得读者的阅读发生了猛然的跳跃。其次是小说在历史方面的跨越。读过《野狐岭》的人都会说，在这部小说中有明显的历史书写。的确，从历史脉络上来看，小说中写到了齐飞卿组织的"哥老会"的反清起义，写到了民国、同盟会、"白色恐怖"，写到了新中国成立以后，大嘴哥在"文化大革命"时期被定为"四类分子"，这一历史跨越的每一部分，都可以写成另一部优秀的小说。因此，我甚至觉得对于作家雪漠来说，《野狐岭》只是一个开始，就像他自己所认为的，在这部小说中作家完成了自己的超越，创造了一个介于"大漠三部曲"与"灵魂三部曲"之间的中和本。

此外，小说《野狐岭》是一部幽魂的记忆追溯。对于作家来说，这本书的写作是一种灵魂深处的流淌。对于被采访者的幽魂来说，这同样是由积压在他们灵魂深处的孤独所表现的宣泄。小说中每一位幽魂的故事都是由大量的心理独白组成的，这种不受外部客观环境限制的独白，更有利于作者塑造人物形象，也更可以实现自由化的语言表达。当然，这对于人物语言的提炼也是一个巨大的考验。从整体上来说，小说《野狐岭》的语言运用是成功的，每一位幽魂都有不一样的语言魅力，甚至读者凭借人物的语言可以勾勒出人物的具体形象。

二、宏大、宽广的主题流淌

在雪漠身上，有两种独特的气质，一是写作，一是宗教。在这两种不同气质的相互影响下，雪漠有自己的风格。然而，作家雪漠所追求的并不是一味地"弘法"，他所追求的是在佛教文化的大智慧下，回味"人间的味道"。著名文学评论家雷达先生在评论《野狐岭》的时候说："其实雪漠并未走远，他一刻也没有放弃他一贯对存在、对生死、对灵魂的追问，没有放弃对生命价值和意义的深刻思考。"

小说的主题何以宏大、宽广？我以为是由小说内容的深度和广度决定的。具体来说表现在以下两个方面：

一、小说对存在的思考。小说在引子部分首先为我们引入了一首凉州童谣："野狐岭下木鱼谷，阴魂九沟八涝池，胡家磨坊下取钥匙。"简单地说，这首童谣反映了野狐岭的价值。在野狐岭下面的木鱼谷里，有九沟八涝池的金银，而获取财富的钥匙就在胡家磨坊里。我不知道在凉州人的口耳相传里是否真的有这段童谣，总之对于整部小说来说，这首童谣所揭示的内容很深刻。在野狐岭里，你可以认为有大量的金银，你也可以发现比金银财宝更有价值的东西。小说中有两支想去"罗刹"换回军火的驼队：蒙驼队和汉驼队，本来去罗刹有比野狐岭更安全的大路，可是在最后的抉择下，他们还是选择走进野狐岭。想必对于经验丰富的两支驼队来说，野狐岭的神秘，的确有很强的吸引力。那么，在这两支驼队中有哪些成员呢？除了汉人与蒙古人以外，有以复仇为目的的木鱼妹，有"哥老会"的成员齐飞卿，有神龙见首不见尾的土匪沙眉虎，有信仰虔诚的马在波，有小人豁子、祁禄等，而且在骆驼的身上还带了"黄货"！如此一来，所谓的野狐岭之行，就是一场丰富的生命探险。在小说第二回的起场部分，出现了两个神奇的征兆，一是磨盘，二是三个怪人。在驼队起场那天，木鱼妹、齐飞卿，还有好多人都看到了从月亮的风圈里飞转而出的磨盘。飞卿说那是吉兆，磨盘压得重，说明这场驼运的利会很厚。但是木鱼妹看到了从磨盘里溅出来的一道道霞光，像血光，似乎只有木鱼妹看到了这场出行有血光之灾！在凉州，人们把磨盘称作"白虎"，白虎星就是星象家所说的一种凶神。另一件事是起场时期，村子里出现的三个怪人。这三个疯子的道具奇特，一个挑个担子，前边是草帽，后面是磨盘石，前后轻重不一，担子竟平衡着；一个举个姜锤石头，一下下猛砸姜窝；另一个手持长杆，挑个柿子，悬在眼前。三个人边走边叫："一般平！一般平！""石打石！""柿在眼面前！柿在眼面前！"这三位怪人的呓语让我想起了《红楼梦》中和尚唱的《好了歌》。作者安排这样的预设，除了佛学观念加入能带来神秘的气氛以外，也让读者在此感叹命运的无常，逐渐将读者的视野带入形而上的思考境遇。在故事中并不是每一位个体都会、都有能力思考或者追寻命运的问题，因此小说中难免也会涉及其他方面的主题，这方面将在第二部分详说。现在笔者重点想要聚焦木鱼妹与马在波在野狐岭里完成的灵魂升华。对木鱼妹来说，野狐岭之行中，她的身份主要是杀手和"亮活"的女人，从岭南到凉州，她一直将亲人的牌位藏在胸间，随时提醒自己存在的意义就是用马家的血祭奠祖先的牌位，让族人的灵魂升天。其实木鱼妹家里到底发生了什么，连她自己都不清楚，但那时她依靠什么生存呢？是仇恨！是每次内心焦灼的仇恨之火让木鱼妹成了一个经得住风雨锤炼的人。但是一个人的成长除了客观环境的考验之外，还需要精神层面的升华。在这时候，木鱼妹遇上了马在波，马在波遇上了木鱼妹，而木鱼歌在这中间起着重要的感情传递作用。马在波在小说中是一个有修为的人，他宠辱不惊，加入野狐岭之行的目的，是想在胡家磨坊下找到改变命运的木鱼令，达成"三界唯心"。当所有的生命都知道顺应命运的时候，马在波是个例外，或者他是一个想要努力去尝试改变命运的人。在遇到木鱼妹之前，马在波丝毫不为女色所动。上师曾经提醒过马在波要戒色，没想到他最后还是错在了色上面，还是为了一个讨吃的。阅读到这里的时候，读者可以看到不一样的马在波。马在波说自己不是圣人，他只是一个向往圣者的人。按说马在波应该虔诚地做好信徒该做的事情，然而，在马在波平日淡定的面孔下，其实有一颗坚毅、自由、洒脱的心。这不仅让我想起了作家雪漠在代后序中写的一首诗中的一段："我其实不想当啥佛陀，那是被人安排的角色，我喜欢人间的味道。"采访者"我"说在野狐岭中一直想要寻找前世的自己，尽管他说自己有可能是幽魂们当中的每一个人，但笔者认为作者最钟情的还是马在波。因为马在波的善良和对马在波的爱，木鱼妹终于放下了仇恨，从此爱情便成了她存在的意义。最后当世界末日来临之时，生命存活下来的唯一方式就是不断地行走，围着磨盘不断地行走。这既是骆驼的命运，也是人的生命，正如西方西西弗斯的故事，那不断重复推动石头的过程，才是生命最后的归宿。

　　二、对人性、对现实的关注。《野狐岭》的主题除了追溯命运的真谛以外，作家也关注到了关于人性和现实生活的思考。在小说中，关于人性主要有两大事件，首先，在飞卿起义事件中群众的一拥而上和一哄而散。本是一场正义的起义，最后却成了打砸抢烧。这不禁让我想到阿Q的革命，所谓的革命就是一些人推翻另一些人，然后又开始另一种压迫。在官军面前，怎样的武林高手都显得脆弱，成了一群乌合之众。我想那时期好多人还是麻木的，大家毫无目的地在贫穷中挣扎。再者就是野狐岭中汉把式与蒙把式为了"黄货"而发生的内讧。先不说豁子的煽风点火，只是后来祁禄、蔡武等把式的变节，就很让人感叹人情的淡薄。人是会变的动物，而且当人类把精力用在玩弄生命上时，人就会显露出吃人的本质。其他作为看客的汉把式们，同样让人反思人性的复杂。这一部分小说中明显地反映出"五四"启蒙主义精神的影响和对人性、对现实的批判意义。此外，作者也表现出了对传统旧习的否定，木鱼妹与马在波通奸被人发现之后，木鱼妹面临的是要被乱石砸死的结局，这里面很明显地缺少男女平等的观念。不过，小说中也写到一些美好的人性，比如木鱼爸对木鱼书穿越阴阳痴爱的执着，比如凉州女人对丈夫的忠诚，比如凉州人对于讨吃的尊敬，以及凉州人热爱生活的情趣。小说中马二爷（驴二爷）的形象就是一位好色的好人，当木鱼妹因为驴二爷的好色对之痛恨至极的时候，旁人是不理解的，也很难因为好色一事而痛恨马二爷。就连马在波说到马二爷的时候，也说他只是好色，本性是善良的。孔子在《论语》中说："食色，人之性也。"在这里我看到一种让步和作者留下的勉强的说服力，而且在小说的最后，虽然木鱼妹与马在波完成了结合，但是最后真正走出世界末日的其实是马在波，在遇见真正的马在波之后，木鱼妹便成了马在波的衬托。最后，对个体自身的人性思考。在小说中杀手的身份是一个谜，在阅读过程中，当我以为木鱼妹是杀手的时候，我又以为马在波也是一位杀手。在第十六会的《追杀》部分中，杀手想象着自己如何抓光了马在波身上的肉和筋，如何看着马在波的骷髅跳舞。如果按照小说的逻辑，杀手应该就是木鱼妹，这一段应该属于木鱼妹的想象，但是最后却是木鱼妹跑过来解救了被装在驼皮里的马在波。还有第二十四会《末日》部分，分明是杀手和马在波在一起，也分明是杀手在和褐狮子斗争，最后却成了马在波和木鱼妹在一起，成了马在波和褐狮子的较量，连黄煞神都见证了马在波与褐狮子斗争中的勇敢。杀手到底是谁？读者是否还记得那只跟随着采访者"我"的瘦狼，那狼是否就是那杀手？如此多的问题，我也无法给出确切的答案，小说《野狐岭》的确有很多匪夷所思的情节。但我理解现实中的木鱼妹既是木鱼妹，也是要报仇的杀手，不过这是现实中的杀手。而在马在波的心里，还存有另一位杀手，他是马在波的另一面，也代表人性的另一面。如果真的要在文本中找出依据的话，我认为在第二十六会《木鱼令》中，当木鱼妹知道马在波清楚自己的另一种身份的时候，马在波同样要求木鱼妹杀了自己，因为他是来还债的。马在波说，他在承受另一种东西。而这承受的东西，抛开前世轮回的孽债，我以为就是马在波内心的杀手。

以上就是笔者对《野狐岭》浅尝辄止的品读。的确，《野狐岭》是一部"好看"的小说，小说实现了作者在形式与内容方面的超越。然而，美中不足的是，在笔者看来，小说的形式与内容间存在着一种较量，即角逐。好的小说在形式与内容之间应该是融合的，如此，更能让人铭记和感悟。尽管作者在代后记中说，小说的内容选择了小说表达的形式，但是在整个阅读体验中，形式与内容间的混乱或是过于自由使得读者的阅读果然"云雾缭绕"。我以为作者的超越，不仅应表现在内容的调和，也不应只表现为形式的新颖，而是应该更好地实现形式与内容间的交流。

（刊于《飞天》2015年05期）

雪漠小说《野狐岭》的叙事结构和叙事角度

韩一睿（甘肃广播电视大学文法学院副教授）

　　《野狐岭》是雪漠先生创作的第七部长篇小说，于2014年7月出版，小说的故事围绕百年前在野狐岭神秘失踪的两支驼队，以解开驼队消失之谜为线索，讲述了一个发生于百年前的灵魂探险故事。《野狐岭》不同于雪漠之前的小说，在叙事方式上具有独特的艺术特色。许多研究者认为这部小说兼具西部和悬疑色彩，因而被认为是"挑战阅读智力的好看小说""重构西部神话"。笔者通过细读文本，从叙事学的角度对小说进行分析，发现小说在叙事结构和叙事角度两个方面具有独特的表现方式，使得该小说令读者耳目一新。

一、叙事结构

　　一般地说，叙事结构可以被视作一种框架结构，在此基础上，故事或叙事的顺序和风格被展现给读者、听众或者观察者。翻开《野狐岭》的目录，首先映入读者眼帘的是这样的目录编排："第一会""第二会"……一共二十七会。我们知道，传统小说的目录编排要么是章要么是回，这个"会"又是什么呢？令人疑心是"回"的误写。由此产生了读者的第一个悬念。

在《引子》里，作家回答了这个问题："在那个神秘的所在，我组织了二十七次采访会。对这个'会'，你可以理解为会议的'会'，也可以理解为相会的'会'。每一会的时间长短不一，有时劲头大，就多聊一聊；有时兴味索然，就少聊一点。于是，我就以'会'作为这本书的单元。"读到这里，我们明白了，作者是以访谈的形式作为故事单元，于是，本书就有了二十七个单元："幽魂自述""起场""阿爸的木鱼歌"等。所谓的访谈，不是我们所知道的采访真人，而是采访者使用一种特殊的方式，点上一支黄蜡烛，诵一种古老的咒语，召请跟驼队有关的所有幽魂。那么，这些访谈实际上就是对幽魂的采访。作者说："于是，我走向野狐岭。我带了两驼一狗，一峰白驼驮着我，另一峰黄驼驮水食和其他用物。我选择了冬天，一来我怕夏天大漠的酷热，二是因为那些驼队，也是在冬天起场的。西部的很多驼队，都是在冬天起场的。沿着那传说中的驼道，我启程了。我终于找到了那些骆驼客。我用的，是一种特殊的方式。"对于这样的叙述，我们可以理解成作者是真的进入了野狐岭，沿着驼队的踪迹，一站又一站，安营扎寨，召请幽魂，娓娓述说；也可以理解为作者在自己的想象王国里和幽魂对话。但是，不管哪种理解，作品呈现出来的叙事结构有两条叙事线索，一条是作者的行走路线，贯穿了驼队的行程；另一条是幽魂的讲述，是沿着当年驼队的故事，按照时间的先后顺序进行讲述。

关于第一条线索，即作者的行走路线，雪漠说："我的写作中，骆驼客是一个重要意象。对于它，我关注了三十年。"我们可以想象到，这条路线早已在"我"的心目中耳熟能详了，他拿着一张老驼把式送的地图，一路对照验证，加上和幽魂们的近距离交流谈天，从"现实"层面上呈现出了一条明晰的线索，这条线索主要体现在每一会开头的提示语，告诉读者他走到哪里了，该采访哪一位或者将要发生什么事情等，以这种形式将全文串联起来，形成相对具有逻辑关系的故事情节。关于第二条线索，即幽魂讲述的驼队故事，是按照驼队起场出发、进入野狐岭、发生一系列事件、最后遇险这样一个顺序进行的。不同的幽魂互相补充，有时候对同一件事情从不同的角度讲述。随着时间的推进，再现了传说中的野狐岭故事。讲述的过程中穿插了木鱼妹从岭南到凉州以及跟随驼队进入野狐岭的故事，这些故事以片段的形式存在于每一会中，读者需要将这些故事串起来才能理清情节。

《野狐岭》的叙事结构不同于普通的小说，采用了虚实两条叙事线索来穿插讲述"我"的现实行踪和百年前驼队的行走路线，同时，每一条线索也不是完全按照严格的时间顺序或者逻辑顺序展开，而是散见于全书中，需要读者时时留心才能理清楚。因此，这部小说具有一定的阅读挑战性。作者有意安排了这样的叙事结构，他说："在这部小说中，我确实在追求一种阅读的难度，但我不是为了故弄玄虚，而是追求一种精神意义上的难度。"雪漠表示，《野狐岭》有很多话题，其中之一便是对阅读能力的一种挑战，"现在人们的阅读能力越来越萎缩，很多人不能进行深度阅读。而读《野狐岭》，恰恰需要这种能力：如果能够认真读完，也算完成另一种阅读意义上的探索。" 雪漠是一位多产的作家，此前他已经创作了"大漠三部曲""灵魂三部曲"等一系列小说，速度快得以至于读者的阅读速度有些跟不上。换句话说，他的创作速度往往出乎读者的意料。然而，更让读者意想不到的是他的小说风格总是在变化，《野狐岭》就是完全不同于前几部小说的作品，这从一个侧面反映出了作家对创作艺术的精益求精。

二、叙事角度

西方理论界对叙事角度问题进行了详尽的探究，叙事角度一般被概括为三种：全知视角、内在视角、外在视角。通过对比研究发现，《野狐岭》的叙事角度属于内在视角。其叙事角度存在于小说情境中，这种内在视角大致分为两类，一类是以故事探寻者"我"的角度来叙述，定位于"我"这个对百年前两支驼队在野狐岭神秘失踪故事有着强烈好奇心的探险者，以"我"的知识、情感和知觉来表现现实故事的发展。另一类内在视角的发展线索是采用了很多幽魂的角度来表现传说中驼队故事的不同发展阶段，同时也采用多重视角，即采用不同幽魂的视角来反复表现某一事件。

第一类叙事视角始终采用"我"这个人物的角度。"我"在童年时代，就常常幻想野狐岭的故事情节和人物，经常和一些高人探讨这个问题，也经常搜集关于骆驼客的故事和材料，终于有一天，"我"走进了野狐岭，开始了对故事的探秘。这个叙述视角带着人们感受到了现实的西部沙漠风光。"我"带着两驼一狗，在冬天踏上驼道，每天都在讲述旅途的见闻，这是现实意义上的所见所闻，包括冬季深夜大漠深处的寒冷和萧瑟、"我"的生存方式——刚开始每天烧开水泡方便面，烧山芋吃，似乎吃喝不太发愁。但是，在后来的行程中，原来的水源大多数都没有水了，人驼狗便开始节约用水，直到找不到水，他们开始靠吃一种叫作"肉苁蓉"的沙生植物来补充水分。同时，"我"也发现被狼跟踪了。"我"们的旅途越来越艰难了，极度缺水的时候，"我"开始喝幽魂们带来的水，但是突然有一次，木鱼爸的幽魂告诉"我"说不能喝这种水，否则就再也出不去了。忍受了多日的干渴，几乎要被困在野狐岭的时候，降了一场雪，总算是救了"我"们。在野狐岭的最后一夜，"我"沉迷于和幽魂们的狂欢，进入了迷醉状态，而自己全然不知，幸亏白驼和狗的灵魂唤醒了"我"。"我"最终结束采访，经过艰难的跋涉，走出了野狐岭。"我"的这一叙事视角，表现出来的也是一个惊心动魄的生死故事：一个骆驼客只身深入沙漠，经历千难万险，战胜寒冷和干渴，最终完成使命圆满返回，这个故事的冒险性和悲壮性并不亚于当年的驼队。

第二类叙事视角中参与叙事的幽魂主要有：杀手、凉州英豪齐飞卿、陆富基、少掌柜马在波、蒙驼队大把式巴特尔、凉州小人豁子、土匪沙眉虎、传奇女子木鱼妹、大嘴哥、大烟客等。不但有人，也有骆驼参与叙事，比如汉驼王黄煞神。小说中还有其他的人物形象，比如老掌柜驴二爷、木鱼爸等人，但是这些人物都是通过参与叙事的叙事者讲述出来的，自己并没有参与叙事。第一会中，大部分讲述者一一亮相，介绍自己。然后，幽魂们轮番上场，进入故事，按照当年驼队出发的时间顺序，展开叙述。故事是从第二会驼队起场开始，由杀手、大嘴、飞卿三个幽魂叙述，讲述了西部驼队的生活习惯和驼队出发的缘由。顺着这条故事线索，后面接着是驼斗、疯驼、巴特尔说、瘸驼、追杀、胡家磨坊、逼近的血腥、肉体的拷问、灵魂的噪音、狼祸、末日、木鱼令等。整个故事讲述的是两个驼队共同承担一项重要的运送任务，进入野狐岭之后由于驼掌进了沙子导致驼掌受伤，两支驼队只好停下来休息。在休息期间，发生了两个驼队的驼王之间因为争风吃醋而发生决斗，最终汉驼王黄煞神将蒙驼王褐狮子咬伤致残，从而引起两个驼队把式之间的矛盾，埋下了不和的祸根。在汉驼队凉州小人豁子的挑唆下，蒙驼队要脱离大驼队单独行动。他们从汉驼队手里偷黄金不成后，将汉驼把式绑起来逼问，使用了种种酷刑，最终得到了黄金，撇下了因骆驼生病而不能出发的汉驼队独自出发了。蒙驼队从开始的想单独完成使命变成了将货物据为己有而落草为寇了。至此，两支驼队的神圣使命感已然完全丧失，大家更为担忧的是他们能否活着走出野狐岭。失散以后的蒙驼队不知去向，因为后来的叙述者都是汉驼队的成员。落单的汉驼队遭遇了狼群的袭击，被沙眉虎相救，在这次相救中暗示出了蒙驼队的结局，因为他们带走了全部的黄金，因此被沙眉虎继续追杀。汉驼队遇上的末日是一次罕见的大沙暴，驼队几乎全军覆没，只有齐飞卿、陆富基、马在波、木鱼妹等几个人活着走出了野狐岭，两支浩浩荡荡的驼队进入野狐岭后最终以悲剧结束。

从安排顺序来看，和驼队故事有关的部分分别是第二、四、六、九、十一、十六、十八、十九、二十、二十一、二十三、二十四、二十六，我们会发现这些故事并不是连续性的。幽魂的叙述是间歇性、碎片化的，作者安排的会谈也是穿插进行的。此外，在这些讲述中穿插了一个关于木鱼妹的故事，分布在不同的部分中。木鱼妹是一个岭南姑娘，因为和驴二爷有仇，在大嘴哥张要乐的帮助下，一路追杀到凉州。后来也是为了报仇跟随驼队进入野狐岭，中间被沙眉虎劫走过一次，最后在大风暴中和马在波一起找到了胡家磨坊并且找到了木鱼令，似乎有一个比较完美的结局。实际上，小说包含的不仅仅是驼队和木鱼妹这样两个主要的故事，还有骆驼的故事和其他一些人的故事，在幽魂娓娓道来的讲述中时隐时现，读者需要仔细理清线索，前后对照，才能理出每一个故事的脉络。

通过这样两种叙事角度的安排，使得阅读过程变得不那么顺利，而这种阅读的受阻感，同时也产生了阅读美感，也正是作者想带给读者的惊喜。陈彦瑾女士说："为了读者能自己深入其中、探得究竟，我这里就不亮出作为责编反复阅读书稿之后理出的故事脉络了。而且，这样一个包涵无数可能性、无数玄机的小说文本，不同读者定然会有不同的探险、不同的解读。"叙事角度和叙事结构存在一定的关联，或者说，正是因为作者选择了一定的叙事角度，因而作品就呈现出了相应的叙事结构。当然，作者在创作的过程中并没有考虑叙事学的理论问题，而是完全以自己丰富的想象力和深厚的文学功底来进行小说形式的创新探索。恰恰是这种无意识的形式创新很好地诠释了叙事学的一些概念和观点，一定程度上推动了叙事学的研究。

结语

在《野狐岭》中，作者使用了一种新的讲述形式，他在该书后记中说："《野狐岭》不是人们熟悉的小说，而是另一种探险。你不一定喜欢它，但它无疑在挑战你的阅读智力。它是我创造的一个世界，是我感悟到的一个巨大的、混沌的、说不清道不明的存在。"作者的复杂情感在作品中以独特的叙事艺术呈现给读者，正是这种表现形式，使作者以更加自由的灵魂、更加饱满的情感，将骆驼客塑造得有血有肉，让读者通过作品看到作者内心世界的情感，让人在无限的回味中去感受一个我们不曾有过接触的精神世界，去体会作家的情感世界，无论在现在还是未来，作品本身将会在文学界存在，以一种独特的方式散发着自身的魅力。雪漠先生虽然已经离开西部，生活在岭南，但是他的作品仍然在讲述西部的故事和文化，他自己在不同的作品中也在反复传递着一个信息：西部的文化正在消失中，而他要努力让这些文化保存在他的作品中。正是怀着这样一种文化的自觉性和强烈的社会责任感，他勤奋地读书，勤奋地写作，不断地进行创新，推出了一部又一部风格不同的小说。《野狐岭》就是这样一部经过作家酝酿多年终于面世的作品，在内容和形式两个方面刷新了他之前的作品，成了又一部畅销作品。

（刊于《甘肃广播电视大学学报》2016年第6期）

参考文献

［1］赵颖：《评论家称雪漠新作〈野狐岭〉"老干新枝"》，载http://culture.people.com.cn/n/2014/1019/c172318-25863613.html。

［2］雪漠：《野狐岭》，人民文学出版社，2014年版。

［3］雪漠：《〈野狐岭〉：活出别一种滋味》，载《人民日报》，2014年12月9日。

［4］上官云：《甘肃作协副主席雪漠推〈野狐岭〉：探寻未知的自己》，http://culture.people.com.cn/n/2014/1019/c172318-25863613.html。

［5］陈剑锋，陈彦瑾：《"作家村"村民雪漠出版最新长篇小说〈野狐岭〉》，载http://news.timedg.com/2014—07/21/14769310.html。

叙事人称和叙事时间在《野狐岭》中的应用

韩一睿（甘肃广播电视大学文法学院副教授）

摘要：雪漠先生的长篇小说《野狐岭》不同于作家之前的小说，在叙事人称和叙事时间上具有独特的艺术特色。其叙事人称的特点是第一人称和第三人称交替使用，其叙事时间的特点是采用了以倒叙和预叙为主的多种叙事时间。这种叙事方式与小说故事内容相辅相成，相得益彰。通过这两个叙事学基本概念的应用研究，一方面希望引起更多的叙事学研究者来关注这部小说，另一方面是希望推动叙事学与本土作品的结合研究，并将这种方法推广到叙事学教学中，从而推动国内叙事学的进一步发展。

  雪漠，国家一级作家，原名陈开红，生于甘肃凉州（武威），代表作有长篇小说"灵魂三部曲"（《西夏咒》《西夏的苍狼》《无死的金刚心》）、"大漠三部曲"（《大漠祭》《猎原》《白虎关》）以及"光明大手印""心灵瑜伽"等系列作品。2014年7月，作家出版了第七部长篇小说《野狐岭》，这是一部讲述百年前西部最有名的两支驼队在野狐岭神秘失踪故事的小说。作者以丰富的想象力和平实的笔法娓娓述说了一个传奇故事，同时在叙述手法上又不同于以往的小说，因而读者的阅读过程显得不那么顺畅。这正是该小说的亮点，被研究者认为是挑战阅读智力的好看小说。笔者从叙事学的角度反复阅读文本，发现这部小说在叙事方面具有研究价值，通过对这部作品的分析，可以对叙事学的基本概念进行应用研究。叙事学是西方文论之一，是结构主义的一个分支，其发展过程包括经典叙事学、后经典叙事学和后结构主义叙事学，是专门研究叙事文学作品的理论。本文对小说的叙事人称和叙事时间进行了分析，试图从微观的层面上解读这部小说的形式之美。同时，该方法将叙事学的概念分析与小说的内容分析融合在一起，对叙事学的教学和研究提出了一种新的可能性。这种应用研究不但能够在一定意义上发展和完善叙事学理论，使枯燥费解的概念变得易于理解，而且能够将《野狐岭》这样一部当下备受关注的畅销小说置于理论的层面进行关照，从而使读者和学生的阅读视野更加开阔。

一、叙事人称的特点

小说家提笔时遇到的第一个问题是究竟应该采用第一人称还是第三人称，中国古典小说喜欢采用第三人称叙事，但早在唐代传奇中已经有了第一人称叙事，如《游仙窟》《古镜记》等。第一人称和第三人称的区别曾经在理论界是一个较为热门的话题，然而，自从20世纪中期开始，人们不再关注这两个概念的区别问题，因为讨论第一人称和第三人称的区别并没有实际意义。研究者发现无论是第一人称叙事者还是第三人称叙事者都不是作者本人，它们都只是作者假设出来的讲述故事的人。这样一来，人们认为这两种叙事人称之间的区别不再具有实际意义。布斯曾经在一篇文章中指出，可能夸大得最过火的就是人称的区别，说一篇小说是第一人称还是第三人称写的，或者把一篇小说归入第一人称类还是第三人称类，其实并没有告诉我们什么重要的东西，除非更恰切地描绘出叙述者的特定属性是如何与我们希望取得的叙事效果相联系的。他认为应使用"戏剧化"或"非戏剧化"来代替第一人称或者第三人称叙述者。那么用叙事学的眼光来看第一人称叙事和第三人称叙事，就会发现两者之间的真正区别在于它们距离作者虚构的那个艺术世界的远近不同。具体来说，第一人称叙事者本身就生活在那个艺术世界中，和那个世界中的别的人物一样，是一个真实的、具体可感的人物。然而第三人称叙事者就完全不同了，尽管他也可以被称为"我"，但是这个"我"是存在于那个虚构的艺术世界之外的，虽然他也会包含一些个人特征，但是这些特征还是无法证明他是这个艺术世界中的真实存在。

《野狐岭》的叙事者从表面来看，所有的叙事都采用了"我"的口气，从形式上看似乎全篇都是第一人称叙事。但是，我们仔细推敲之后就会发现，小说的叙事者"我"和幽魂叙事者们一个一个的"我"是有区别的。在这部小说当中，作者给我们虚构了两个艺术世界：一个是"我"进入野狐岭的现实境遇，另一个是从幽魂们的讲述中呈现出来的遥远的驼队故事。两个艺术世界相互交错，同时发展，但是，在这部小说中，主体的虚构艺术世界应该是前者，即"我"的采访历程。那么，我们就可以根据与这个虚构艺术世界的距离判断出，在主体故事中出现的"我"是第一人称，这个"我"引导着读者的思路，为读者介绍一个相对现实的探险故事：采访幽魂。有了这么一个第一人称叙事人，就能够将这些看似散漫无章的故事有序地串接起来，形成完整的故事。而幽魂叙事部分的"我"实际上可以理解为第三人称，是以小说叙事人为中心辐射出来的众多的叙事者。作者之所以将这些讲述者讲述的故事也用"我"的口气表达出来，是因为这种表达方式一方面灵活自由，可以站在当事人的位置上还原古老的故事，另一方面也与整部小说的叙事结构形式"会"相呼应，类似于会议记录，客观地记录了访谈内容。

在《野狐岭》中，两种叙事人称交叉出现，比如在第一会幽魂自述中，首先是小说叙事人的话："我第一次进入野狐岭时，夜幕已低垂了。星星很繁，洒在大漠的天空里。夜空显得很低，很像大鸟合拢的翅膀。"这段话将读者带入了叙事者"我"的采访经历，读者的思路跟随叙事人进入了当下现实中的野狐岭，开始了对故事的期待。进行了简短的环境介绍之后，接着就是幽魂们一一登场，其中马在波说："野狐岭的经历，让我的生命得到了升华。那诸多的神奇，那诸多的磨难，那诸多的遭遇，真是闻所未闻，能咀嚼几世了。"读到这里，读者的思路就会被带向一个更加遥远的年代，去关注另一个更为离奇的故事。整部小说就是在这种审美距离的起伏中推进，显得故事发展跌宕起伏，神秘莫测，产生了不同寻常的阅读效果。

大多数小说的叙事人称是统一的，一部小说或者是第一人称或者是第三人称，从头到尾都保持不变，读者的阅读期待也已经适应了这样的叙事文学。而《野狐岭》的出现，打破了通常意义上的阅读常规，翻开第一页就会感觉这是一部与众不同的小说，其叙事人称并不是固定的，而是第一人称和第三人称交织并存，令读者耳目一新。这种叙事方式与小说想表现的故事内容相辅相成，相得益彰。或者换句话说，《野狐岭》的故事使用人称变换的方式来讲述也许是最好的一种表现方式，能够将西部特有的神秘与广阔表现得淋漓尽致，最大程度上展现了西部的文化特色。

二、叙事时间的特点

叙事时间是任何一部叙事文学作品都会涉及的问题，一般来说，一部叙事文学作品包含故事时间和叙事时间两种时间。其中故事时间指的是故事发生的自然时间，而叙事时间指的是具体呈现在叙事文本中的时间，故事时间是读者根据日常生活经验的逻辑在阅读过程中重新建立起来的，叙事时间才是作者通过对故事的讲述而呈现给读者的真实的文本时间。因为故事时间和叙事时间之间毕竟不同，所以长期以来，作家就将叙事时间看作是一种重要的叙事话语和叙事策略。故事时间和叙事时间如果不一致，就产生了时间倒错的效果。一般来说，故事内容越复杂，那么它对故事发生的自然时间顺序的变动也就越大。为了讲述清楚复杂的故事线索，作家不得不回溯往事，或者预示未来。在很多现代小说中，包括长篇小说和短篇小说，都存在程度不同的时间倒错。所以，虽然这是一种古老的叙事策略，但是因为应用十分广泛，而且比较复杂，因此它仍然被看作是现代小说的基本特征之一。在叙事文学作品中，时间倒错主要是由叙事中的"倒叙"和"预叙"引起的。

所谓倒叙，是指对往事的追述，是指"对故事发展到现阶段之前的一切事后追述"。从这个意义上看来，《野狐岭》中所有的幽魂叙事部分整体都可以看成是倒叙，是对已经发生过的故事的追述，比如第二会《起场》中"苍老的大嘴"说："在进入野狐岭的那时，我才二十出头，把式们当然不用叫'爷'了，他们只叫我大嘴。"显然，这个大嘴的幽魂说话的时间是与小说叙述者的采访时间重合的，是一个多年以后的相对当下的时间，而他所说的"进入野狐岭的那时"是一个非常遥远的时间，也就是驼队故事发生的时间，这里采用了倒叙的方式。

在幽魂叙事的总体时间倒叙中，时不时出现"预叙"。所谓预叙，是指对未来事件的暗示或预期，是指"事先讲述或提及以后事件的一切叙述活动"。比如还是第二会《起场》中"苍老的大嘴"说："骆驼起场的时候，谁也想不到会有后来的灾难。没想到，后来我们经历的，竟然是那样一种毁灭性的灾难。"这一会是围绕起场讲述的，距离后来的灾难还很远，大嘴提及了后面的灾难，是一种预叙，但是，他并没有紧接着讲述灾难，而是话锋一转，又回到了起场，给读者留下了悬念。在《野狐岭》中，类似于这样预示性的叙述很多。又比如第二十七会《活在传说里》："在昏天暗地中，他们不知走了多久。后来，天渐渐亮了些，飞沙也渐渐静了。那时，他们才发现，沙暴出现之前的那些沟壑早就平了。那胡家磨坊，差不多挂到胡杨树梢上了。沙暴后的野狐岭上，没有了蒙驼队，也没有了汉驼队，只剩下一峰骆驼和几个土眉土样的人。幸好，他们都是沙漠通，晓得很多救命的法子——关于这一点，我可以在以后再详细地讲——在经历了千辛万苦之后，他们才走出了野狐岭。"这段中，"我"通过预叙，给读者交代了驼队中幸存下来的几个人最终走出了野狐岭。在各种人称的小说中，第一人称的小说最适宜使用预叙，叙事者在回顾他过去的生活时可以很自然地预叙将来，因为这个"将来"相对于第一叙事时间，即"现在"而言，也已经是遥远的往事了。

《野狐岭》中叙事时间的倒错处理，使得故事扑朔迷离，雷达先生说："人们将惊异地发现，雪漠忽然变成讲故事的高手，他把侦破、悬疑、推理的元素植入文本，他让活人与鬼魂穿插其间，他把两个驼队的神秘失踪讲得云谲波诡，风生水起。"陈晓明先生也说："雪漠的叙述越来越成熟大气了。《野狐岭》中，多种时间和空间的交汇，让雪漠的小说艺术很有穿透力。"正是因为叙事时间的这种独特处理，读者在感到这是一部有吸引力的小说的同时，也感受到了不同于普通小说的地方。

关于叙事时间问题，是每一部叙事文学作品无法回避的问题。传统小说多采用顺叙的处理方式，也有采用倒叙和插叙的，不管采用哪一种表现方式，其目的主要是便于将故事内容表现清楚，让读者便于理解。《野狐岭》的时间处理完全不同于传统小说，也不同于作家之前的小说，在这部小说中，作家将时间处理得具有相当的阅读难度。事实上，这部小说不仅仅使用了倒叙和预叙，也使用了插叙和顺叙，表面上看起来纷繁复杂，但是从整体来看，小说具有一种节奏感。当然，要感知这种节奏，只读一遍是不够的，因此，这部小说的魅力在于需要读者反复阅读，重新梳理线索，而要驾驭这样一种叙事方式，没有深厚的文学功底是难于处理的。从《野狐岭》的销售情况来看，这部小说成功地得到了读者的肯定和喜爱，这一现象说明《野狐岭》对叙事学的叙事时间处理探索出了新的可能性，这种手法继承并发展了传统的叙事时间处理方式，值得叙事学研究者和学习者关注。

雪漠在该书后记中指出，《野狐岭》不是人们熟悉的小说，而是另一种探险。读者不一定喜欢它，但它无疑在挑战读者的阅读智力。它是作家创造的一个世界，是他感悟到的一个巨大的、混沌的、说不清道不明的存在。作者并没有研究叙事学或者按照叙事学的要求来创作小说，但是，我们可以看出，作者是在有意地挑战和刷新传统的叙事方式，尽可能地在探索一种新的叙事可能性，从而将故事叙述得神秘莫测。回顾文学史上诺贝尔文学奖获奖作品，我们就会发现，这些作品的获奖理由都有一个共同点，那就是在某一方面超越或者突破了传统文学作品。一个优秀的有社会责任感的作家，不仅仅是能够按照传统的方式表现社会生活，更重要的是从内容和形式两个方面不断地创新，从而推动文学创作的发展。雪漠先生正是这样一个具有强烈责任意识的西部作家，他的作品总是超出了读者的阅读期待，用一种全新的方式在呈现和保存西部的文化，其作品已经受到了全世界读者的广泛关注。但是，目前对于雪漠及其作品的研究尚未达到应有的层面，本文的目的之一是抛砖引玉，以期引起更多的叙事学研究者来关注这部小说；目的之二是用作品来验证叙事学的基本概念，并将这种方法应用于叙事学的教学和研究，推动叙事学这样一个西方理论与本土作品的结合研究，从而推动叙事学的进一步发展。

[刊于《长江大学学报（社会科学版）》2016年第10期]

参考文献

［1］罗钢：《叙事学导论》，云南人民出版社，1994年版。

［2］雪漠：《野狐岭》，人民文学出版社，2014年版。

［3］［法］热拉尔·热奈特：《叙事话语·新叙事话语》，王文融译，中国社会科学出版社，1990年版。

从存在主义角度解读《野狐岭》中的木鱼妹

邓艳容（云南民族大学人文学院13级中国现当代文学硕士研究生）

摘要：运用海德格尔存在主义的主要理论，对雪漠小说《野狐岭》中木鱼妹进行解读，认为木鱼妹最终的复归不是简单地回复，而是在沉沦中对自身找寻的一种超越，对存在意义的一种思考。

作为当代文坛极具特色的西部作家，雪漠的创作有着特殊的所在。他的一系列小说专注于西部人文景观的书写，既真实地显现了当地农民的生存状况和境遇，同时也表现出了强烈的人民性和地域底色，具有独特的平民色彩和西部神韵。最新的长篇小说《野狐岭》主要以"我"带着两驼一狗穿越野狐岭，寻找百年前在此失踪的两支驼队的历史真相为线索，开启了百年前的灵魂探险之旅。故事中的木鱼妹，作为驼队中重要的人物，被仇恨蒙蔽着双眼，把复仇作为人生的唯一目标，迷失了人生的方向，最终在爱情的魔力中放下仇恨，回归到本真的存在，实现了自身的超越。当然，对于这部小说，人们有着不同的解读：既可以看成是对未知自己的一种探寻，也可以是发现对人与动物消失的一种断想，还可以是西部神话的一种重构，等等。本文试图借鉴海德格尔存在主义中的相关理论，从人的存在这一特殊视角来解读木鱼妹。

海德格尔在他的著作《存在与时间》始终探讨着人的存在意义问题，他希望通过对人（"此在"）这种特殊的存在者的存在进行现象学的分析，也就是存在论的分析，建立起一个全新的追问西方哲学最古老的问题——人的存在意义问题。因此，他首先引出"此在"这一观念，指出了人这种存在者的特殊性，并对这一特殊的存在者的存在进行分析。他认为人立于世，就是所属世界中的一个存在者，人的存在是"生存"，人的"生存"是"向来我属"的，基于人的这种特殊性，展开对人的存在论分析。接着，海德格尔说，人的存在作为一种向来我属的生存，总是存在于一定的可能性中，人的可能性并不是人的存在的一种"属性"，毋宁说人就是他的可能性，这意味着人可能"获得自己本身，也可能失去自己本身"，由此提出了个人在日常生活中存在的两种可能性，即本真存在和非本真存在，并对人存在的两种可能性进行分析。他说，选择了自身和获得自身，这种人的存在可能性、存在方式，就是生存的本真状态，相反，失去自身的存在可能性和存在方式，就是生存的非本真状态，这一状态是我们在日常生活中基本的存在方式——沉沦。海德格尔认为，每个人都是"寓于世内存在者"的存在，身处其中，既是自由的，又是受约束的，他无法选择存不存在，因为他已经存在，他也无法选择他存于一个怎样的世界，因为他已经"被抛"给了他存在于其中的那个世界，他只能在他特属的时代操劳特定的事情，和特定的人群共处、操持，他已完全失去了个性、意识。面对这种被抛性，海德格尔认为，人们要勇敢地直面这种被抛性，承负被抛性而筹划着生存，就是本真地作为实际性而生存，即良知。（沉沦在世的此在背离本真的自己，要想回到自己本身，就得靠畏。畏把此在抛回到它的本真状态中去。）他告诫人们要倾听良知的呼唤，把沉沦于常人世界中的自我转向本真的存在状态，回归本真的存在，而对于木鱼妹的回归，则不是简单地复归，她是在本真存在状态上的超越。依据以上论述，本文主要从此在、沉沦、超越这一线索对木鱼妹这一形象进行解读。

一、此在

木鱼妹是生活在贫瘠的岭南的底层人民的典型代表，她家住着个有才气没名气的阿爸，酷爱木鱼歌，为了传承家族的使命，为了搜集古老的木鱼书，他变卖田产，把一家人的吃饭家当换成了一堆破纸，从此一贫如洗。为了生存，为了养家，勤劳善良的阿妈去了马家票号帮工，补贴家用，木鱼妹去了马家放羊，阿爸则仍以唱木鱼歌为生，木鱼书的魅力，让他无法自拔，在后来的岁月里，阿爸又发现了一批珍贵的木鱼书，但要价更高，而家里的窘况让阿爸实在是拿不出钱了，看到阿爸失魂落魄的样子，懂事善良的木鱼妹体恤父亲，要阿爸卖掉自己去换取木鱼书，就这样，木鱼妹进了驴二爷家，成了他的童养媳，做驴二爷家的媳妇和在驼队里干活就成为她生活的一个常态。进入驼队的生活，开启了她的另一番世界，借证了驴二爷在岭南的碉楼——一种堡垒式的房屋，高墙，大院，上有炮楼，炮楼上有土炮，也有枪手；也借证了驼队的故事，讲到了驼队的起场，驼掉水等，一个神奇的世界展现在她的面前，让她充满着好奇和幻想。相比从前的生活，驴二爷家的生活开启了她未知的想象，驼队的生活让她见证了一个充满着神奇色彩的世界，在这巨大的落差之间让她深思，世界之外的另一个世界又是怎样的。像木鱼妹这种对自己在世界中的存在进行领会或发问的存在者就是"此在"，海德格尔在其《存在与时间》中首先引入"此在"这一概念，作为对人这一特殊存在者的存在进行探究的入手点。在海德格尔看来，"人不但是存在问题的出发点，也是无数存在者中最特别的一类，因为唯有人能意识到自身的存在"。人处于世，都是所属世界中的一个存在者，它所存在的意义可以从存在者自身探究出来。接着海德格尔进一步对人的存在的可能性进行逼问，因为对每一个在世的存在者并不是都能领会其自身的存在。有的人在浑浑噩噩中度过一生，却从未思考过自己活着的目标，而此在则是从常人的生存来领会自己本身，它是为他的存在本身而存在。所以木鱼妹作为对自身存在发问的此在思考，领会着自己存在的状况和意义。

木鱼妹在世的存在中或者在她的日常生活中有一个非常重要的人物——驴二爷，他是岭南的富商，而木鱼妹是他的童养媳，进入驴二爷家，可谓是开启了她生活的另一扇窗，她开始过上富裕的生活；她开始接触了驼队商号的生活，并喜欢去那里玩，看把式们练功，给他们唱木鱼歌，顿时在把式们心中成为关注的焦点；她开始认识了驼把式中的大嘴哥，并开始了他们之间的爱情。由成为驴二爷家的童养媳开始，她的身份发生渐变，享受了无忧而富足的生活，这种感觉其实是她在面对自己本真状态时的自由感觉，这是人处世，享有的基本的自由和本真状态，而在她的往常生活中是无法享有的，因家庭的贫困所给予她的只是安于现状。这里木鱼妹向我们在日常生活中展示了个人在日常生活中存在的两种可能性，即本真存在和非本真存在，在本真存在的状态中，我们摒弃了外界所给予的一切标签，面向真实的自己，从而获得自身。而在非本真存在的状态中，我们会受到外界的各种牵绊，无法作出任何的选择，无法倾听内心的声音，而失去自身。小说中讲述的木鱼妹从进入驴二爷家开始，看似生活幸福，而实则天有不测风云，短暂的幸福过后，是巨大的风浪，祖屋的神秘，似乎更本质地导致了木鱼妹家破人亡的残局，从而致使她在复仇的过程中失去自身的存在。

二、沉沦

人处于世，都会渴望那种永恒而自由的生存方式，木鱼妹亦是如此。而她现在的复仇生活，完全迷失自己，用海德格尔的话，木鱼妹所呈现的生活就是一种"此在"在日常生活中所展开的基本存在方式——沉沦。她沉沦在"常人"的世界中，受到外来生活所形成的基本生存框架的干涉，处于被外物驱使的范围中，进而，个人的个性、意识逐渐丧失，终至在"常人"的世界中失去自身。

小说中的木鱼妹在见证了祖屋的燃烧，家破人亡的残局之后，开始了复仇的道路，从此，复仇成为她生活的唯一目标。为了复仇，她眼中已没有了距离，只剩下仇恨，她暗中跟随驼队，寻找刺杀驴二爷的机会。一路上，为了不招惹一些坏人的惦记，她把自己打扮成老乞婆，为了防身，还随身携带着短火枪和火药，就这样，尾随着驼队，开启了她一生中漫长的复仇之旅。夜以继日的徒步生活，让她失去了方向，只知前边是无边的黑暗和不知通向何方的路，陪伴她的，只有她自己的脚步和远方的驼铃。漫长的旅程，历经乞讨，历经狼的袭击，历经鞋烂之后的痛苦，历经千里路上的生死跋涉，终于到达凉州城，可是面对驴二爷家的城墙壁垒，想要刺杀，简直比登天还难。她只能以拾荒婆的身份留居小城，找寻机会刺杀，最终，第一次的刺杀以乞讨化险为结局，为了第二次刺杀，她开始习武，对于胡旮旯他们而言，习武是为了锻炼身体，而对她来说，习武就是为了报仇，仇恨可以让她放弃她和大嘴哥的幸福生活，甚至抛弃女儿，因为对她来说，她经历了太多的风浪，经历了木鱼歌的熏染，亲人的死亡、杀手的追杀，千里路上的生死跋涉，以及世人的白眼……无数需要她经的，或是不需要她经的，她都经了，所以，在她的心中，除了练好功夫报仇之外，已没有什么大事。由此，开启了她的第二次刺杀，第二次的刺杀选在大年初一，而最终仍是以失败收场，只是驴二爷识破了她的身份，并且告知她亲人的死亡不是他所为，并且摆明自己的为人，"没有别人说的那么好，也没有你想的那么坏"，"以后的路，你自己瞧，你可以继续杀我，也可以继续乞讨，也可以想别的法子。反正，我也老了，能死在你手里，也是我的造化"，让她陷入了无尽地深思。在复仇的奴役下，她作为这个在世界中存在的存在者，她无法选择自己存不存在，甚至以何种方式去存在，她已经被抛给这个"常人"存在的世界，她的自我个性已在这"常人"的世界中沉沦：在复仇使命的驱使下，她已彻底背离真实的生活和真实的自己，丧失了自我生命的本真意义。

三、超越

作为在世界之中存在而存活的此在，总是寓于世界之内，与"常人"的世界发生着紧密相连的关系，而至终迷失在"常人"中，但"良知的呼唤"能把"此在"带到本真状态，即引向本身，获得自身。小说中的木鱼妹最终因为爱情而放下仇恨回到本真的生活状态，实现了自我的超越。

小说中木鱼妹的复仇之路，让我们看到了她个性的丧失和自身的毁灭，直至最后在与马在波的爱情渲染下，她才在沉沦的世界中完全醒来，木鱼妹良知的呼唤是马在波修行的熏陶。马在波是驴二爷的儿子，忠于修行，跟随驼队，一直在找寻胡家磨坊的所在，找寻能改变驼队命运的真正的木鱼令。在随驼队的日子里，他住在苏武山上的寺庙修行，一切机缘巧合，木鱼妹被派遣到寺庙来帮忙，就这样，他们相识，在木鱼妹的眼里，"他瘦瘦的身子，高挑个子，有种玉树临风的感觉，他的身上，由内到外，渗出一种说不清的东西，那东西会让我的心变柔软"，尽管提醒自己他是仇人，但自己的内心还是无法平静，紧接着，通过木鱼歌彼此相知，陷入爱河，爱情的魔力让她享受到生命的美好，感受到马在波的善良和单纯，尽管恶念常常生起，但也仅仅是掠过的浮云，仍有种冲动让她想要嫁给他，同时也让她纠结、沮丧、痛苦，如果他不是驴二爷的儿子该多好，那么他们之间就不会有仇恨横亘在其中，成为绕不过去的坎；如果他知道了她的身份，那么他们还会有未来吗？想到这些，"我时时懊悔，谴责自己爱上仇人的儿子，我知道要是阿爸在天有灵一定会痛心不已，但却明白，即使再让我选择，我还是会爱上他"，爱情如火焰，燃烧着彼此的心灵，他们在寺庙的奸情被人知晓之后，最终落得惨淡的结局，彼此接受着不同的惩罚，承受着世人异样的眼光。木鱼妹忍受着煎熬，同时对马在波又心生愧疚，玷污了他的名声，对于驴二爷，她仍生恨意，当面对肚子里的孩子的去留，她陷入深思，陷入纠结，一面是不共戴天的仇恨，一面是自己深爱的男人的骨肉，如何取舍？最终因对孩子的情感，而选择留下，也因孩子，让她充满罪恶的内心慢慢平静。之后，他们共同对付疯驼，历经末日，她渐渐发现，"自己心中的许多东西消失了""爱消解了仇恨"，也渐渐明白，只要放下执着，就会超脱，最终，他们成亲了，从此他们开启了另一种人生，"在出野狐岭不久，我和马在波就决定远离人间的纷争，重回野狐岭，在那个磨坊，一直修行，并幸福地生活在一起。"爱情消解了她心中的仇恨，也让她放下了仇恨，认识到生命的价值和真正的意义，从而实现自我的超越。

结语

在这个世界上，大多数人过着平淡无奇的生活，却用文字记录着人类的历史，既让我们看到了它特有的异域风情和传奇色彩，也让我们了解到不同地区人们的生活状态。《野狐岭》中的木鱼妹作为岭南底层人民的代表，虽只是一个"个体"，但却代表着广大的群体，通过对她生命际遇的书写，让我们了解到他们的生存状态。同时，小说中借由木鱼妹疯狂的复仇之路，让人们明白能替自己最大限度地复仇的，不是屠刀，而是岁月。正是雪漠小说中塑造的这些底层人民的存在，通过他们对自身的寻找，才启蒙人们对他们的关照，启发人对生存自由的追问，对人生价值的探寻，对存在意义的思考。

参考文献

［1］雪漠：《野狐岭》，人民文学出版社，2014年版。

［2］［德］海德格尔：《存在与时间》，陈嘉映、王庆节译，三联书店，2012年版。

［3］刘雪娥：《论〈野狐岭〉"寻找"主题的意蕴表达》，载《甘肃广播电视大学学报》，2015年。

超越与升华

——雪漠新作《野狐岭》浅析

吴浪（西北师范大学现当代文学硕士研究生）

摘要：雪漠先生于今年（2014年）推出新作《野狐岭》后即在学界引起巨大反响，《野狐岭》这一作品是雪漠继"大漠三部曲"与"灵魂三部曲"后的又一尝试性力作。该作品无论是从文本形式还是思想内容上都具有作者之前的作品所不具备的探索性。本文拟从灵魂叙写的探索、形式的创新、叙事地域性的超越以及雪漠的少年心性与脉脉温情等方面对《野狐岭》这一作品进行浅层的解析。

引言

在当代作家群体中，雪漠的创作以其鲜明的个人风格与别样的文本题材而独树一帜，成为甘肃当代作家的代表人物之一。雪漠多年来一直坚持以西部叙事为主要内容，在作品中融入了自己对于宗教文化、灵魂维度、历史等方面的深刻理解。正如当代著名文学批评家陈思和先生所说："雪漠的小说展示给我们一些没有被商品经济污染的善良的心，有一种让人心醉的美。而唯有这种当下小说中所缺乏的善良与单纯，才能具备唯美的力量。"而雪漠的新作《野狐岭》的问世无疑给人一种之前未有的惊奇与欣喜感觉——这让我们认识了一个新的雪漠，一个新的西部。借用作者本人在本作品后记中的自我评价"贡献了别的作家不一定能贡献的另外一种东西"，在此基础上笔者简要从灵魂描写、信仰的探索性、形式的创新性、文本的独特性、人物符号化以及雪漠的少年心性与脉脉温情等方面对该作品进行浅析。

一、灵魂叙写的探索

灵魂叙写是雪漠创作的利器和法宝，纵观其作品，我们可以发现雪漠一直在尝试并发展着灵魂叙写的方式。从《猎原》《白虎关》中开始有意地转变叙述视角，尝试从更为广阔的生命视角对笔下众生进行重新审视，到《西夏咒》《西夏的苍狼》中行文叙事中弥漫着浓郁宗教神学的氤氲，以悲天悯人般的神性视角观照西部风土人情，给荒地大漠增添一种不可知的神秘感。可以说，灵魂叙写既是作者在数十年的佛教智慧学习过程中所习得的个人感悟心得，同时也是作者在进行文学创作时有意无意所依托的一种凭借，它为西部叙事开启了一种新的视角和维度，为读者展示了一个从"眼中的西部"到"心中的西部"的独特世界。作者所分享的奇妙世界属于所有人，而灵魂叙写则是雪漠的专利。在《野狐岭》中，雪漠则将灵魂叙写继续探索到一个新的高度，不仅仅是精神内涵，甚至连文本内容与情节设置也开始了"灵魂化"的进程。

"灵魂化"在《野狐岭》中最为直观地表现为人物的"灵魂化"。如果说雪漠之前的作品，其人物都是具有实体的思想载体，那么在《野狐岭》中，作者则直接大胆地赋予人物"幽魂"的身份。作品中"我"前往野狐岭，将百年前的"幽魂"招来，请他们说出过去的故事。为了实现人物的"灵魂化"，作者干脆将这些"幽魂"设置为没有实体的存在，它们只是一团光，一截影子，或者是一种感觉，"我"通过与它们进行精神的交流而肯定其存在。倘若说在雪漠之前的作品中，他只是以单一的精神性或灵魂性（宗教神性）对灵魂世界进行高度观照，那么在《野狐岭》中，不同身份的"幽魂"的出现则代表了不同属性、不同功能、不同体系的精神力量。以陆富基为代表的汉驼队象征着人性中的狡黠无知、功利热情；以巴特尔为代表的蒙驼队象征着人性的粗犷直率、暴躁野蛮；骆驼象征着严酷自然中为了延续生存而彰显出的生命活力与原始欲望；杀手象征着重新解构一切、破坏一切，与物质世界相悖的潜意识力量；木鱼妹象征着走在朝圣路上，历经磨难而心境日趋完满的朝拜者；马在波则象征着看透一切、心神通明而不得不为物质现实所束缚而挣扎的"半神"……作者通过有意识地将不同形态的精神汇集到野狐岭这个地方，以采访的形式，让"幽魂"向"我"——同时也是向读者——展示出不同的面貌与角度。不同视角与不同立场下，对同一件事的描述大相径庭，而这就是雪漠故意扔给我们的习题，他需要读者从中筛选出符合个人思想观念与精神内涵的剧情，让读者在不自觉中与自己完成一次完美的互动。而这一方式正如雪漠自己所言，《野狐岭》的整个创作过程，其实就是"另一种探险"。在这场"探险"中，雪漠实际上以一种更为隐晦与更为超越的姿态，对包括文本中的人物、情节以及读者对文本的解读和反应等从整体上进行不动声色的观照，这是一种超越了神性精神、灵魂思维的更高境界。此前在其他作品中用以充当全文基调与冷静观察者的灵魂视角，在《野狐岭》中摇身一变成为用来进行直观表现、对比的工具，这就让人不得不惊叹于作者的大胆创新与创作自信。

而灵魂叙写在《野狐岭》中还表现为自我意识的客观求索。文中的"我"失去了主人公的身份，只是一条连接不同层次精神力量与灵魂维度的纽带。"我"既带有雪漠本人鲜明的烙印，同时也是一众灵魂展现自我意识的真实写照。作为招魂者与采访者的"我"，主要任务除了客观记叙每一种灵魂视角下所观照的世界之外，"我"找寻自己的前世也作为全文的另一条重要线索与整个采访过程并行不悖。在对不同灵魂视角下的"真实"进行筛选的过程中，"我"有意识地保持了一种客观甚至类似于"零度"的状态，虽然直到最后"我"也没能找到自己的前世，但是至少"我"知道了自己的方向，"……我可以容忍自己是动物，但不容忍自己在前世里当过小人"。这其实正是雪漠向我们释放的一个明显信号，即我们在进行自身灵魂探索与修炼过程中，或许找不到确切的答案，但是灵魂展现自我意识的基本方向与原则依然需要明确和坚守。另一方面，也正如雪漠所言"我只能选择将来，我选择不了过去"，这无疑是雪漠自身探索灵魂所得出的答案，而读者自己的答案仍然隐藏在《野狐岭》之中。

二、形式的创新

《野狐岭》与雪漠之前的小说有一个明显的不同之处，即令人耳目一新的文本形式。《野狐岭》之前，雪漠获得了一些"不会写故事"的评价，而《野狐岭》的诞生无疑有力地回应了这一质疑。与之前采用直叙表现手法所不同的是，《野狐岭》更像是一篇扑朔迷离、疑团密布的侦探小说。作品开篇"百年前，有两支驼队，在野狐岭失踪了"一下子就设置了悬念，引人入胜，激发起读者继续阅读的欲望。而这一开篇设置的巧妙之处在于，读完全篇，读者会发现整部作品正是围绕着开篇这一句而展开，"当时在野狐岭两支驼队到底发生了什么事情？"带着疑问，读者化身为侦探不断地追寻下去。在阅读的过程中读者逐渐发现文本中所营造出的悬疑氛围其实暗藏着一种轮回与救赎的主题意识，而这种意识实际上又大大丰富了悬疑表现的方式，进而使得情节的拓展充满了无限可能性。在此基础上，作者进一步采用另一创新性形式——即幽魂叙述——一方面强化了文本中的西部神秘性色彩（这种神秘性色彩在西部文学中古已有之），使得作品呈现出一种独特的类似于西部文学与推理小说相结合的风味，另一方面又展示出一种对于文本内容与文本本身所进行的不断建设、不断解构的思维过程。读者在追寻的过程中由于自身世界与文本世界发生激烈的碰撞，不断产生更多疑问，文本随之进入了一种环环相扣、层层递进的叙述模式，像是一个巨大的同心圆流沙，不断把你往最中心拉扯，令人欲罢不能，充分享受到阅读的最大快感。

幽魂叙述即是雪漠在《野狐岭》形式上所做出的最大突破。即使要设置悬疑，要营造气氛，为何一定要采用灵魂叙述的方式？首先，灵魂叙述是雪漠一贯的写作手法，在《野狐岭》中则进一步得到升华。本文第一部分已经论述，此处不再赘言；其次，灵魂叙述更加符合作品的行文逻辑。百年前驼队消失，百年后"我"来追寻真相。"我"要采用何种方式才能了解到当年的往事？可以走访当地的村庄、询问老人，可以查阅相关资料、文献，然而这样便就失去了小说原有的风味，同时也无法满足作者本人想要展现小说趣味性的强烈愿望。通过"与灵魂对话"这样看似鬼魅的方式，一个个代表不同象征意义的灵魂上场，从自己的视角来观照自己所理解的世界，作者则躲在文本后面，采用一种不慌不忙、游刃有余的态度，时不时将一些关键信息抛出来一点，而转眼间在另一种视角下所谓的关键信息又变得一文不值。读者就在这忽而提心吊胆忽而大失所望又忽而满怀期待的状态中充分领会到幽魂叙述与文本故事性之间的深刻联系，即是《野狐岭》的责编陈彦瑾女士所言"好看的小说"。不同灵魂的不同叙事其实是一个不断建设又不断解构的过程，读者在这一过程中也跟随着"我"不断经历着相信——质疑——旁观的过程。而《野狐岭》之所以被称为"好看的小说"，更在于它不仅仅在叙述形式上呈现出了与之前的作品截然不同的特点，而且还在于作者在叙述末尾有意地采用了一种开放式的结尾。经历过末日般的沙暴，作者笔锋一转，将走出野狐岭的过程简化为"我们吃驼肉、吞雪，历经千辛万苦，终于走出了野狐岭"。故事的最后，不仅"飞卿终于活在了凉州的传说中"，所有文本的人物亦是"活在传说里"。作者自己所构想的结尾仍然隐晦地存在于不动声色的文本叙事中，而读者所要追寻的结尾，或者与作者不谋而合，或者自己的独特看法，也或者读完全本仍然搞不清楚当年两支驼队究竟在野狐岭发生了什么事情。正如雪漠所言"对《野狐岭》，你也可以成为话题小说，里面会有很多话题和故事……无论你迎合，或是批评……或是剖析，或是虚构，或是考证……我都欢迎……这时候，你也便成了本书的作者之一。"这也就是说，《野狐岭》的悬疑，既在于幽魂叙述所营造的神秘性、悬疑感，又在于引导读者将自己融入文本进行文学再创作的可能性。

三、叙事地域性的超越

雪漠的小说一向带有浓厚的西部地域风情，展现出西部荒凉沧桑的自然环境和惊心动魄的人事。这与雪漠自身作为甘肃籍作家及其自身的"家乡责任意识"是分不开的："关于木鱼歌、凉州贤孝，关于驼队、驼场、驼道、驼把式等许许多多消失或正在消失的农业文明中的一些东西，小说中的描写又有着风俗画或写生的意义。这一点，在本书中显得尤为明显，也跟我以前的小说'写出一个真实的中国，定格一个即将消失的时代'一脉相承。"《野狐岭》中，雪漠依旧将故事发生的舞台投向了西部荒漠中的野狐岭，而其在叙述地域性上则体现出了明显的超越性，而这一超越源于其西部写生与南部叙事相结合的新型视角。

《野狐岭》中与地域性息息相关的关键词有二，即凉州歌谣和木鱼歌。雪漠身为凉州人，对自己的家乡怀有深厚的感情，在第十三会《纷乱的鞭杆》中，作者不惜采用大量的笔墨来复述凉州歌谣《鞭杆记》当中的内容来表现人民暴动的场景。单独将这一话以及每一话开头所引用的驼户歌拿出来，毋庸置疑具有重要的民俗学价值与美学价值，而将其置于整体的文本当中，我们能切身感受到雪漠身上那种浓郁的凉州文化底蕴。而即使是同样写西部，写凉州，超越性体现为，《野狐岭》中的大漠与雪漠其他作品中的大漠存在着些许的差异。由于作者在该作品中尝试采用了全新的写作手法与叙述方式，因而原本荒凉、无情、严酷的大漠，在《野狐岭》中多了一分神圣、庄严和肃穆，这即是陈彦瑾女士所言："创造了有一个新鲜的大漠……《野狐岭》里的大漠……涌动着一股快意酣畅之气。"由于不同灵魂视角观照下的野狐岭千姿百态，因而《野狐岭》本身也呈现出一种扑朔迷离的、不可知的神性特点，这是雪漠展现给我们的"新的大漠"，也是作者由"眼中的家乡"到"心中的家乡"创作过程的一个重要转折点。

　　木鱼歌是《野狐岭》中贯穿全文的另一关键词。作品中的重要人物木鱼妹，她出身于岭南，是木鱼歌的唯一继承者，也是齐飞卿、马在波等人心目中"圣母"的形象。实际上木鱼妹之所以被视为圣母，正因为她是木鱼歌的载体，或者说她是木鱼歌的化身。木鱼歌是中国岭南民间（以东莞地区为盛）盛行的一种歌谣，在文中木鱼妹不厌其烦地以"珍贵""伟大诗篇"等词语来形容木鱼歌，这即是说，木鱼歌是岭南风土人情、传统精神文化的忠实记录形态。《野狐岭》中木鱼妹的坎坷遭遇实际上也象征着岭南木鱼歌的流离，象征着岭南传统文化在历史浮沉中饱经起落的真实命运。而另一方面，作者还不遗余力地分别在第五会与第七会中，用大篇幅集中描写了土客械斗的场景。尽管械斗的地点发生在岭南而非凉州，在雪漠的笔下，一样的惨绝人寰，一样的灾难深重。这其实也隐晦地表达了作者自己的人文关怀：即天南海北不同地域之间的人群纷争，都是一样的残酷野蛮，同样的触目惊心。岭南与大漠本相隔千里，在雪漠的安排下，吟唱着木鱼歌的木鱼妹来到民歌民谣盛行的凉州，最后又跟随众人消失在野狐岭，这既给岭南木鱼歌增添了几分传奇色彩，又间接地指出了岭南木鱼歌与凉州歌谣之间存在着某种文化与精神上的内在联系（同时岭南土客械斗与凉州暴乱之间同样存在着一定的对应关系）。此外，木鱼妹亦是岭南劳动人民的化身，她顽强、坚毅的性格是岭南人的真实写照。雪漠一改之前将叙述视野单纯集中在西部大漠的习惯，在《野狐岭》中有意识地将凉州、岭南两地联合起来，体现了其叙事地域性的拓展与突破。需要指出的是，或许雪漠习惯于西部写生，虽然他开始尝试着描写西部之外的风土人情与世相百态，但实际上在岭南描写上对于客家人的文化心理特质的挖掘显得笔力不足，这既与作者在岭南的客居人的身份有关，也是其在之后的作品中可能尝试的发展方向之一。

四、雪漠的少年心性与脉脉温情

《野狐岭》的问世标志着雪漠在一条新的文学道路上重新出发，从此进入了一个新的充满可能性的天地。这一尝试性、探索性与作者的少年心性和脉脉温情是分不开的。一直以来，学界研究雪漠，大多从"灵魂叙写""西部写生"等方面来着手，却鲜有人深入探析雪漠先生的创作心境与内心激情。笔者以为，雪漠先生濡染佛教智慧数十年，其心性已经趋于一种澄明自得的境界，而这种境界与物质世界中少年的纯真心性是异曲同工的。在《野狐岭》后记中，作者这样写道："一进入写作状态，灵魂就自个儿流淌了，手下就会自个儿流出它的境界。""写这些书时我很快乐，我在享受那份文学独有的快乐。"这正说明雪漠的创作已经"随心所欲，不逾矩"了，这也能够解释为什么雪漠在《野狐岭》会采用一种超越灵魂视角的视角，这种"有意而为之"是一种大胆的突破，同时也是作者真性情的直观表现。此外，针对自己在文本中有意铺设的各种剧情伏笔，雪漠说："我甚至欢迎你续写其中的那些我蓄势待发、却没有完成的故事。"这颇有推理小说中"挑战读者"的味道，在这里我们可以看到一个狡黠甚至说是有点调皮的雪漠，他正躲在舞台角落悄悄关注着下面观众的反应，然后期待着有一个观众突然站起身说一句"这里我觉得换一种方式可能更好"。另一方面，他对自己的中肯评价"雪漠既有扎实的写实功力，更有超凡不羁的想象力和创造力"，"因为，我已经看清了横的世界和纵的历史那个坐标。我不是闭着眼盲目地偷着乐。我当然知道自己的局限，也清楚地明白自己的优势。我知道自己的位置在那儿。"更是让人简直无法想象这是一位成名已久的作家会说出的话。普通人见此话，或者认为雪漠在自夸，或者认为雪漠未免太过谦虚，而正如雪漠自己所言，真正的谦虚是知道自己的能与不能，既肯定自己的优点，也不回避自己的不足。如此坦率的境地难道不是如少年般的纯真心性吗？

作家雪漠的脉脉温情则是相对于当下的青年而言。物欲横流的商品经济背景下，尝试走上文学创作道路的青年在纷繁的世事面前难免会感到无所适从，不知如何选择，雪漠在其代后记《杂说〈野狐岭〉》中给予了读者真挚的鼓励，"相信你要是像雪漠这样努力的话，也一定会成功的"。他与读者分享了自己的写作习惯，即在进行文学创作之前进行实地考察，搜集必要资料信息，对所要描写的对象有一个充分的认识了解。"大漠三部曲"如是，"灵魂三部曲"如是，《野狐岭》亦如是，这实际上给予了现在相当一部分青年一个善意的提醒：现实生活是创作的源泉，只有立足于现实，才能在此基础上不断地提高自身的境界。

五、结语

"真正的文学，其实是为自己或是需要它的那些人写的。老是看世界的脸色，定然写不出好东西。"这既是雪漠先生的文学观，同时对于文学求道者的我们还具有极大的鼓舞和教育作用。当前青春文学、网络文学等诸多样式大行其道，其内涵与价值依然有待时间验证，而诸如《野狐岭》一类的作品，尽管在某些观点看来似乎有些晦涩难懂，但其学术价值与艺术价值必将为众多专家、学者所验证，必将为时间所认可。《野狐岭》让我们看到了一个发现了新天地的雪漠，也让我们满怀信心地期待雪漠的下一篇力作。

雪漠小说"磨盘世界"里的形象阐释

"磨盘"指用人力或畜力把粮食去皮或研磨成粉末的石制工具。推动磨盘尤其是将粮食碾碎需要不断的推动力，因此"磨盘"往往给人以艰辛、压抑和沉重的感觉。而在雪漠的小说中，"磨盘"作为一个意象多次出现：因为命运的安排与生存的需要，西部大漠上的农民爬上了这座巨大的"磨盘"，在西部严酷的自然条件下，一圈圈地转动中，他们忍受着粉身碎骨般的碾磨，却仍以顽强的生命力和生存的智慧，让这沉重的"磨盘"转出了混沌世界里的几抹亮色。

一、磨盘里的"人""兽""鬼"

雪漠在小说中，为我们营造了一个丰富的"磨盘世界"：大漠、狼烟、芨芨草、狼群、驼队、农民、猎人，等等，有浩如沙海的大漠美景，有生命力旺盛的大漠生物，也有艰辛而又坚强的普通民众，但是无论是"大漠三部曲"里对以老顺一家为代表的西部农民的书写，还是《狼祸》里对猎人的精彩描写，再到其最新小说《野狐岭》中对于失踪驼队的解密，作者对于"人""兽""鬼"三者的书写一以贯之，成为"磨盘世界"里的主要角色。说到"人",作者为我们呈现了一个个血肉饱满,且具有典型性格的人物形象;谈到"兽",即作品中对于动物的刻画,作者向来拿手,如《大漠祭》中的鹰,《猎原》里的狼和羊,《白虎关》里的豺狗子、沙娃娃,以及《野狐岭》里的骆驼等,作者以细腻的观察和丰富的想象使得它们成为"磨盘世界"里一种独特的符号。最后是"鬼",表现在作品中,体现为作家的一种超现实的神秘叙事,在作品中它常以两种方式出现:一种是人死后的灵魂,作家根据创作的需要,虚构出来的具有一定的形象和思维的真切存在的"实体"。例如:《野狐岭》里,作者为了探寻驼队神秘失踪的原因,是以"招魂"的方式让已经死去的人以"鬼魂"的身份出现并与"我"进行交流。第二种是依托迷信塑造神秘感,例如"大漠三部曲"中白福向神婆求取儿子的描写,以及因为轻信神婆的谣言而将被认为是"煞星"的女儿引弟带到沙漠活活冻死的描写,等等。但是作者并没有让他们以各自独立的形象出现,恰恰相反,作者将"人""兽""鬼"三者的书写相互联系起来,相辅相成,使得作品浑然天成而又真切自然。

(一)"人""兽"的共通

作为西部大漠上联系最为紧密的两个生命体,面对同样的环境,无论是"人"之于"兽",还是"兽"之于"人",我们均可以从他们各自的身上发现二者之间的契合点。例如:"按老顺的说法,他天生是个捋鹰的命。一见鹰顾盼雄视的神姿,便觉得有种新的东西注入心中……鹰的力量是伟大的。他们是真正的朋友。他们会用心交谈。有时,老顺在生活的重压下濒临绝望的时候,鹰会用它独有的语言劝他:怕啥?头掉不过碗大个疤。"

生活的苦难一次次压向老顺时，他显示出了惊人的耐挫力，而搏击长空的雄鹰所体现出来的在恶劣环境中惊人的生存能力正是对老顺这一类人的激励和影响。这种影响并不起于一时一刻，而是西部农民这一群体在艰苦的生存环境中世世代代所沉淀下来的一种精神品质，即在大漠绝域之中所迸发出来的顽强的生命力。再如："在沙地上行走了大半辈子的老顺很像沙娃娃。他两条干瘦的腿挪动得极快，步子碎而小……他总是沿着地势，均匀而行，面不改色，气不粗喘。"在岁月的磨砺下，年迈的老顺仍旧可以如沙娃娃一般为了生计顶着沙漠的烈日，日行几里放鹰逮兔以养家糊口。到了月儿眼里，沙娃娃的自由与灵动给予了月儿生命最后的一丝慰藉："她眯了眼，跟沙娃娃对视了，她觉得，那两点瓷灰里，发出了一晕晕的波，向她传来一种力量。"这种力量的传递不仅是对月儿形象的一次升华，而且潜在地传递出月儿的死亡并非单纯意义上的逝去，她预示着将有更多像月儿一样的女子为了命运而不断抗争下去。此外，作者往往将"兽"人化，使得小说中的"兽"具有人性，从而达到了以"兽"写"人"，以"兽"来投射"人"的目的。在《野狐岭》里，作者对于汉驼"黄煞神"与蒙驼"褐狮子"为了争夺"俏寡妇"而引起的一系列厮杀描写得极其精彩，使得三个驼的形象瞬间跃然纸上，"汉驼蒙驼，虽然形状差不多，但心思上差别较大。在狡诈程度上，蒙驼可不是汉驼对手。"蒙驼赢在体型的健硕，而汉驼善于动脑，事实上这也正是对汉人与蒙人的真实写照，两驼间的利欲争斗，背后代表的即为蒙汉驼把式之间的利欲之争，而恰恰在小说的后半部分，也因为"黄货"而引起了汉蒙驼队之间的冲突。正如小说主人公马在波所说："当我们将那疯驼换成了我们的欲望时，你也许会理解我的想法。"最后，作者在处理这种关系时，大多是以"兽"的视角，通过变换人称的叙述方式直击"兽"的内心世界。除了《野狐岭》中让骆驼黄煞神也加入到了"××说"的叙述形式之外，表现最明显也最为精彩的当属《狼祸》中对于母狼"灰儿"的描写：由于猛子误伤了"灰儿"的幼崽"瞎瞎"，这个可怜的"母亲"踏上了悲恸而又艰辛的复仇之路，作者对于"灰儿"的内心世界展开了大段的描写，"灰儿长嚎一声，噩梦呀。风沙像噩梦，但总有醒的时候。瞎瞎呢？风沙息了时，有瞎瞎不？太阳明了时，有瞎瞎不？没了。瞎瞎没了……"作者的细腻描写将一个失去孩子的"母亲"刻画得入木三分，感情浓烈而又真实感人。由此，我们也很容易联想到《大漠祭》里对兰兰失去女儿引弟之后的痛不欲生的描写，虽然一个是"兽"一个是"人"，但终究因为"母爱"而凝结在一起。

（二）"人""鬼"的联系

根据前文讲到的"鬼"的两种出现方式来看，前者的出现更多是对"人"的灵魂的审视和超脱，在《野狐岭》中对于杀手讲述马在波养小鬼时有这样的描写："我看到的鬼是一团团气。业障重的，是灰色的重浊的气；业障轻的，那颜色就会清淡些……马在波又开始诵另一种咒子……小鬼们渐渐静了。后来，我才知道，他是在为小鬼们消业障，解冤结，然后变食供养。"马在波在为小鬼消业障的过程中，其实也是逐渐消掉仇恨，消掉罪恶的一种过程——通过对自身的一种省视，放下外物而超脱自我。而针对迷信色彩来说，可以表现封闭的西部底层群体的愚昧与落后，但更重要是以他们信迷信的过程来表现他们生活之苦、爱情之苦和命运之苦。迷信在他们看来是身处绝境之后的唯一生机与希望，也是不堪忍受悲惨的命运而向上天发出的垂死呼喊。因此凤香北柱夫妇为了有个儿子而躲避罚款与结扎，求助于神婆；憨头手术回来后，憨头母亲求救于神婆做最后的针扎与尝试，她的"腹内有一团火在滚，这是希望之火，生命之火。等这团希望之火熄灭时，她的生命也该消竭了。剩下的，不过只是行尸走肉而已"。她希望奇迹出现，希望自己苦命的憨头突然焕发精神，或许她明白此时的挣扎无济于事，但是作为母亲，这也许是她仅有的为了挽救儿子而做的努力。

在巨大的"磨盘世界"里，客观上作者叙写了"人"与"兽"，主观创造上，作者又加入了"鬼"的书写。这也就使得雪漠的小说并不是单纯地以写"人"为主，他充分发挥了西部大漠这一特殊的环境，不仅丰富了小说的故事性与内涵，但又由于作者处理三者之间联系的密切性而使得小说更加紧凑和浑圆。

二、"磨盘"碾出来的美丽"花儿"

在"磨盘世界"里，在以"人"为中心的"人""鬼""兽"的书写里，女性形象的塑造极好地发挥了磨盘意象的含义。在《白虎关》里，兰兰两次提到了磨盘与女人命运之间的关系。第一次是："可那认六亲的前提是听话，一听话，兰兰就不是人了，就成了六亲们叫她充当的角色了。在那个既定的生活磨道里，兰兰已转了千百圈。"第二次是："你瞧村里女人，哪个不是苦命人？我想是不是女人们都是磨盘上的蚂蚁？只要你上了那磨盘，你就得跟了惯性转？我想，定然还有命以外的事。"如果我们把这里的"磨盘"看作是生命的历程，那下盘就是来自生活的压力，这种生活的压力既包括历史沉淀下来的男权桎梏和礼教成规，也包括贫穷与艰辛的劳作。而上盘则是来自艰难、严酷、悲凉的生存环境所带来的压力。和兰兰一样的女子，只要踏上了命运的磨道，"在不知不觉中，属于女孩最优秀的东西消失了。""该得的享受被绞杀了。"再注入诸如"黄沙、风俗、家暴、艰苦的劳作"的腐蚀剂的时候，女人们变得"麻木，世故，迟钝，撒泼，蓬头垢面，鸡皮鹤发，终成一堆白骨"，这成为她们共有的生命轨迹。正如常彬所说："母辈女性在男权桎梏下，在礼教成规中完成着她们被'打造'被'逼成'的妻性和母性，她们是父权的奴隶，是礼教的奴隶，长期的礼教熏陶，使她们很容易把这种奴性视为天经地义。"但是并不是所有的女子都将其看作"天经地义"，愿意顺着磨道转到生命的终结。当兰兰、莹儿、月儿、秀秀（双福女人）、豁子女人等女性形象出现的时候，即使明白"当一个巨大的磨盘旋转时，你要是乱滚，就可能滚进磨眼，被磨得粉身碎骨"的严峻事实，她们依旧顶着来自"磨盘"上下盘的压力，如高亢、悠长、动听的"花儿"一样绽放出了别样的命运之花。

上下"磨盘"的压力

当女性爬上"磨盘"之后，"磨盘"的转动就会受到来自上盘与下盘的共同压力，就下盘的环境压力来说，她们共同面对着一个黄沙漫天，干涸寂寥的生存环境。就上盘而言，兰兰和莹儿因为"换亲制度"而踏上了各自的爱情悲剧，兰兰的丈夫沉迷于赌博无法自拔，长年累月的家暴让兰兰苦不堪言，而丈夫因为轻信迷信谣言活活冻死女儿引弟更是让她痛不欲生；莹儿的丈夫憨头虽然忠厚老实，但是由于"生理残疾"自卑苦闷，迫使莹儿忍受着为人妻而仍为处女的来自精神和肉体的双重痛苦；秀秀的丈夫双福外出成为暴发户，可以说她没有物质方面的忧虑，但是却忍受着丈夫的花天酒地，失去了作为一个妻子所应有的关爱与慰藉，成为一个"活寡妇"；以及豁子女人的被拐和木鱼妹因一场莫名的大火失去所有亲人后踏上了艰辛的复仇之路，等等。总的来说，她们均有极强的抗压能力，在那个"封闭"的空间里，在血泪里没有向生活和命运低头。

自我生命意识的确立

虽然这些"花儿"不可避免地踏上了"磨道"，但在冒着"粉身碎骨"的危险努力挣脱既定的轨迹的时候，支撑她们的一个共同点便是对于自我生命意识的认识与确立，无论是信仰还是尊严，它们终将成为一个支点，让她们的人性之美得到升华。秀秀和豁子女人敢爱敢恨，泼辣率真。我们可以从猛子的视角出发来探究她们俩的变化，猛子先后与秀秀、豁子女人多次偷情，她们疯狂地享受着爱欲，张扬着她们骨子里的野性与疯狂，此时，在猛子眼里，两位女子浑身散发着"骚气"，成为名副其实的"浪女"。而当秀秀丈夫被捕，豁子女人成为寡妇的时候，她们的态度发生了极大的改变，秀秀给猛子说过这样一段话："老天能给，仅仅是老天的本事，我能受，却是我的尊严，不怨天，不尤人，静了心，把给你的灾难呀苦难的接过来，眯了眼，笑一笑。"同样，当豁子被砸断脊椎时，豁子女人倾尽所有钱财为丈夫治病，当豁子医治无效死亡的时候，她又冷静坚强地为豁子处理后事，并且送钱给从未谋面的公婆。她们俩一开始便承受着命运的不公与不幸，但是命运的磨盘并没有因此而放过她们，当致命的一击来临的时候，在一次次地面对困难解决困难的过程中，作为一个"独立的我"，她们用尊严与强烈的生命意识谱写了一曲悲壮的大漠女性之歌。莹儿和灵官有违伦理的叔嫂之恋让莹儿重新燃起了生命的激情与活力，她把她最爱的"花儿"吟唱给她最爱的人，"唱这类花儿时，莹儿便成了世上最坚强的人。那份执着，那份坚强，那份为爱情宁死不屈的坚韧，仿佛不是从那柔弱的身子里发出的，而是来自天国。"这时的莹儿最美，而当她和兰兰为了争取自己的爱情与幸福踏上了危险的驼盐之路的时候，大漠深处便开出了两朵夺目的"花儿"，看似是一场驼盐之行，实质上是她们二人寻找"自我"的过程，无论是兰兰面对豺豹子和沙漠所表现出来的惊人的坚韧与冷静，还是莹儿用血指在衣服上写下"莹儿爱灵官"的刻骨铭心，都体现了一种自我生命意识的浓烈张扬。走出大漠后，兰兰皈依金刚亥母，寻求属于自我的一种安分与宁静。而莹儿的这种对灵官的持续"追恋并不仅仅意味着失去之后的回忆，更在于从现实中残存的星光中发掘出新的火种"。而这个"火种"就是生存下去的希望与盼头，即使这个"火种"最终遭到了现实的无情熄灭而以悲剧结尾，但是这种悲剧与无奈所带来的人性美却撼动人心。

超现实的浪漫主义女性塑造

正如雪漠所说："凉州女人都是很好的母亲、妻子，但她们不一定是好女人。因为，这片土地上的文化，已经扼杀了她们最美的女儿性，让她们失去了梦想，失去了向往，变得功利了。换句话说，你在我的作品中读到的那种美好形象，实际上是我对女性的一种向往。"因而相对于西部单调闭塞的生存背景,雪漠笔下的女性形象往往具有一种超越现实的浪漫主义色彩,主要表现在她们为了爱情牺牲一切的悲剧美。以莹儿为例,和兰兰在沙漠与豺狼子经过殊死搏斗之后,莹儿开始思索自己的命运,思索自己的爱情,"要是再叫沙埋了干尸。千年以后,人们会挖出她,说不定,还会放到博物馆里呢……要是千年后自己也被挖出,也会是个巨大的谜,没人知道她曾爱过……她想这秘密也没人能考证得出来。"这时莹儿的形象异常鲜活,美丽可爱,多少有点诗人的气质。回到家后,莹儿被迫和屠夫成婚,为了坚守自己的爱情她选择了死亡。从她留给灵官的信我们看到了她对于爱情的执着:"你不是来去无踪的风,也不是缥缈若幻的云,你是深深种在我心田上的珊瑚树,每个黄昏我用相思的甘露浇灌你,盼你在某一天托着浓浓的绿意与我相逢在小屋里……"考虑到莹儿的文化程度及生活环境,信的内容多少具有作者想象与虚构的色彩,但是却丝毫不影响它的情感表达的真实性,正如作者所说:"一个作家的想象力,不应该体现在故弄玄虚和神神道道上,而应该把虚构的世界写得比真实的世界更真实。"莹儿信中大段的浪漫追溯以及浓郁的情感表达将莹儿的悲剧爱情定格得崇高而又美丽。而将这富有浪漫色彩的悲剧美发挥到极致的便是对月儿的刻画,这个美丽的"花儿仙子"离开农村踏上了充满着美好幻想的城市之路,然而事与愿违,因感染梅毒,月儿再次归来,"她的出去与回来,跟燕子归巢一样"。在她看来,"家乡是个熨斗,能熨去灵魂的伤痕"。但是当往昔的白虎关有了歌舞厅,搅天的喧嚣,隆隆的机器的时候,她所有的寄托跌到了谷底,正在她从"出走"到"归来"再到"无路可走"的时候,与猛子的爱情让她重新燃起了生的希望，她大把地吃药，听信偏方用牛粪来熏下体，甚至想要吞食癞蛤蟆。这朵"花儿"流出了污浊的液体，但是却活出了圣洁的心，当她站在村头忍受着病痛的折磨，望断天涯路般等候着心爱的人"猛子"出现的时候，那种理想主义的浪漫色彩让人心碎而感动。面对命运的安排与苦难的岁月，莹儿与月儿选择以柔弱的臂膀苦苦抵抗，艰难挣扎，莹儿的"自杀"是为了守护自己仅有的、她视为一切的爱情；兰兰的"他杀"也因为爱情而显得越发具有悲剧性。

女性助推了男性形象的成长与升华

女性形象往往以其独特的人性魅力助推了男性形象的成长与升华。猛子作为"大漠三部曲"里的主要男性角色，其成长的脉络复杂而艰辛，而秀秀和豁子女人成为其"磨盘之路"上不可或缺的重要角色，起初，猛子和普通农民一样顺着"磨道"前行，偶尔他也驻足思索，但"磨盘"极大的"惯性力"迫使他匍匐向前。为了发泄自己的欲望抱怨贫穷潦倒的生活，他与秀秀即双福女人多次偷情，直到事情暴露，被双福逮了个正着，尽管猛子知道自己只是双福抛弃女人的一个"挡箭牌"，但是他依旧以睡了腰缠万贯的双福的女人而窃窃自喜，后来，他与北柱去掘双福先人的坟，好破双福的财，当双福真的出事之后，他又后悔自责甚至一度想要救双福，他向秀秀承认掘坟的是自己，秀秀说道："心不变，毛病就改不了。毛病改不了，迟早会犯事。细一想，也是定数呢。只是心变了，那定数才会变。"秀秀对于双福出事之后的态度一度让猛子感动，一句"老天能给，我就能受"。让这个铁血汉子热泪盈眶。同样，豁子女人也以同样的坚强和冷静让猛子打心眼里佩服这个在他眼里一度"浪荡"的女人，如果说，秀秀与豁子女人只是从做人的基本态度与心性上影响了猛子的话，那么他与月儿的爱情便让他步入了人生的另一个阶段，从知道月儿隐瞒梅毒的事实之后，他厌恶这个女子，但月儿执着的爱让他逐渐释怀，他想尽一切方式给予月儿最后的安慰与关怀，尽管月儿含泪撇下猛子离去，但是我们相信猛子未来的路至少可以看见星星点点的亮色，这份微弱的亮光将指引他走得更加坚定而又有方向感。

雪漠曾说他写作的理由有如下两种，其一是当这个世界日渐陷入狭小、贪婪、仇恨、热恼时，希望文学能为我们的灵魂带来清凉；其二是他想将这个即将消失的时代"定格"下来。当然，他指的是农业文明。虽然"磨盘"已经逐渐淡出了农民的生活，但是雪漠笔下的"磨盘世界"在不经意间定格了西部大漠这片土地上人们艰辛的生活与强烈的生存意识。

雪漠及其两次"超越"

宋登安（西北师范大学文学院硕士研究生）

摘要：在经历了"大漠三部曲"的现实主义开掘和"灵魂三部曲"的"神性"写作后，雪漠的长篇小说《野狐岭》转向了对神话、历史和现实的全面整合。《野狐岭》的创作使雪漠又一次"打碎"了自己，不但在写作手法上转向了现实主义写作与神性写作的有机融合，而且在精神层面上转向了自我超越后的现实反观。雪漠如同觉世的苦行僧，在领悟、超越、升华后关照世人的心灵和现实社会。这既是雪漠写作的两次转型，又是雪漠精神的两次超越。

　　阅读雪漠的作品让我感觉自己是在追寻祖辈生活的足迹，享受着一场凉州乡土语言的盛宴，感受着家乡生活的神性色彩。雪漠的小说一方面展示了凉州地区的现实生活和家乡人顽强的生存状态及坚韧的生活态度，他们总是低着头进行一次次的"轮回"；另一方面，雪漠还在宏观意义上追寻西部的千年历史，其实雪漠是在追求生命的永恒，追寻历史的神性与超越。如果说阎连科的"神实主义"写作是在创作中摒弃固有真实生活的表面逻辑关系，仰仗于神灵、精神和创作者在现实基础上的特殊意思去探求一种"不存在"的真实；那么雪漠的"神性写作"，抑或称之为是"佛性写作"，就是在人格的升华与超越之后对历史性神性色彩的追寻，而并非指特定的人格化存在。而且，雪漠具有超越后反观现实的普世情怀，亦如觉世的苦行僧关照现实社会。雪漠从现实主义转向神性写作，最后升华至现实与神性有机融合后对现实的反观，这是雪漠写作手法上的两次转型，更是雪漠精神的两次超越。

一、定格农业文明的"残阳"

雪漠不是为了写作而写作，他是为了真实地记录一代人的生活境遇——当一个时代随风而逝时，他抢回了几撮灵魂的碎屑。雪漠的小说中，没有简单地诠释鲁迅的国民性思想，没有很生硬地迎合某种声音，也没有用官僚化的思想诠释农村的生活。它只是写了河西走廊农民一年四季的艰辛生活。这种生存被写得非常鲜活：他们存在着，他们沉默着，他们已经习惯了几千年的这种生活。雪漠对农业文明的描写在"大漠三部曲"中体现得淋漓尽致，老顺一家人的生活被雪漠呈现在了读者眼前，其中许多人物形象刻画的活灵活现，如《大漠祭》中的老顺，《猎原》中的猛子、豁子女人，还有《白虎关》中的莹儿、兰兰等。其实老顺一家是现实社会的一个缩影，更是一个时代的代表。另一方面，雪漠也在关注着农村女性的命运，雪漠说：凉州的女人大都不是他心目中满意的对象，作品中的女人是作者理想化了的女性形象，她们勤劳质朴、温柔贤惠，既有柔情的一面，更有坚强的一面。她们的这种坚强是忘记性别的坚强，是一种坚韧的坚强，一种忘我的坚强。这是生活赋予武威女人们的生命特性。乡土的苦难最深重的承受者就是妇女了，《白虎关》可谓是把当代的西北妇女的苦难写得最为深刻的作品。作品中的兰兰，一个美丽的人儿，被生活雕刻得如男人般坚强，在沙漠里遇到豺狗子，她毫不犹豫地抓起枪杆进行生命的搏击，一次次与死亡擦肩而过之后，她对生命有了新的认识和解读，这就是生命的超越、灵魂的超越。

《猎原》中的豁子女人，那更是一个提得起放得下的女汉子形象。虽然平时的生活中她浪里浪气、妖媚风骚，但是豁子在井底受伤之后，她毅然担起了生活给予的重担，尽了一个"媳妇"该尽的责任。

雪漠的作品也涉及现代化建设过程中家乡巨变的内容，中国作家在处理乡村解体过程中已经提供了很多写法，《受活》是一种写法，《秦腔》是一种写法，李佩甫的《金屋》也是一种写法，包括尤凤伟的《泥鳅》这种写法，雪漠这种写法相对于那群作家来说是在写内在，增加了一些新的东西，更具内在性，不是一般的心理描写，而是在企图揭示一些灵魂的痛苦和困惑。作品中的每个人都在现实的困惑和痛苦下寻找新的出路，如走出去寻找新世界的灵官，再如与猛子一起开金窑的白狗，他们都或多或少的有一些新的思想意识，他们在"观望"之后也在现代化浪潮中留下了自己尝试的痕迹。而且，雪漠更多的是描写现代化过程中出现的问题，如恶吏横行的现状，原有的农村道德的坍塌，也有被城市伤害后返回家乡的人物，如月儿。从宏观方面着眼，雪漠对现实生活的关怀还体现在现代化建设对环境的破坏，对家庭伦理关系的改变，对人性的扭曲，对未来的迷惑。《大漠祭》中孟八爷向大漠伸手要钱，《猎原》中许多牧人因土地沙漠化而不得不进入沙漠求生，而他们在沙漠中与动物争夺生存资源，不免要与动物发生厮杀；《白虎关》中现代化的步伐使白虎关千疮百孔，猛子也觉得家乡慢慢地陌生了。我们不得不思考，现代化的发展究竟给农村带来了什么？雪漠对此类现象有所触及和叙述，表现了一个作家的现实主义情怀和对即将消失的农业文明的惋惜。

"大漠三部曲"中，许多人在现实的逼迫下背井离乡，寻找新的出路，这种寻找的过程就是精神蜕变的过程，就是对生命本质的一种叩问。作品中的人物总是在质问自己，人活着究竟图啥？生命的意义是什么？于是作品中的主人公们在生活的"利刃"面前，不得不追问生存的意义，不得不在现实中寻求新的出路，他们也是在寻找人生的出路。莹儿和兰兰无奈之下穿越沙漠去盐池驮盐，最后却是九死一生到达目的地，但是盐池也并非清静之地，生存的境遇还是很残酷，人与人之间的斗争更是迫使她们早早地离开了这个是非之地。如果说老家和盐池是人不让她们安稳地生活，那么两次穿越沙漠则是大自然对她们生命的拷问。在经历磨难之后，虽然对生命的意义无法界定，但是她们对世界有了新的"打量"。她们一直徘徊在生死之间，每一次的死，每一次的生，都是一次生命的升华。这也是雪漠本人对现实的深刻反思，对灵魂超越的一种追求。雪漠在《大漠祭》扉页上说："我不想当时髦作家，也无意编造离奇的故事，我只想平平静静地告诉人们：我的西部农民父老就这样活着。活得很艰辛，但他们就这样活着。"作家的这种创作心态，是值得赞许的，老百姓应该成为文学的永恒母题。

在生活的胁迫下，每个个体都在追问生命的意义，而希望在哪里？在家乡，在沙漠，在城市，还是在现代化中的农村？敢问生命意义何在？敢问路在何方？导致个体无奈的根本原因还是贫困和腐败，这两个原因使得人们生活窘迫、信仰破灭。雪漠揭露贪官污吏的卑鄙勾当，这种黑暗的现实把部分人逼入了"歧途"，如《猎原》中的鹞子就是一个典型的例子，颇有好汉被逼上梁山的味道。他在贪官的压迫下一步步走向了犯罪的道路，但笔者认为他是一个有血性、有担当、有骨头的男人，比起"软蛆"一类的人物，他活得坦坦荡荡。同样，在《西夏咒》中，雪羽儿差点被舅舅舅妈作为盘中之物，在经历生死之劫之后，她本想给官府反映"人吃人"的社会现状，不料却看见另一个反映者的悲惨下场。但是"老天能给，老子就能受"这种武威特色的俗语却表达了一种豁达的人生态度，也正是这样"韧性"的人生姿态反映出武威人接受现实，不为生活所奴役的精神品格，才使武威人在艰苦的环境中"养儿引孙"，延绵血脉。

《大漠祭》主要描写家乡生活的苦难，《猎原》涉及沙漠生存与死亡，《白虎关》展现现代化过程中家乡的"变异"和艰辛的沙漠求索后的超越。"大漠三部曲"是典型的现实主义写作手法，这也凸显了雪漠定格农业文明的写作姿态。当然可以将《猎原》《白虎关》作以升华，将人们的斗争看作是人类为争夺资源而进行的战争，将那口井看作抢夺的对象，这是人类千百年来的游戏；也可以把白虎关的发展看作世界现代化的一个缩影。这样看来小说里不免充满了象征主义的意味。而且雪漠还在努力留住在现代化浪潮中消失的农业文明、民间文化，如"捋鹰"、凉州贤孝、花儿、驼队、驼道、木鱼歌等逐渐消失的民间文化和手艺，定格即将消失的农业文明。当然这里包含着雪漠本人对农民的深切同情和关怀，他站在一个农民的角度叙述自己的"乡土"，在即将消失的农业文明的晚霞中抓到了几许碎屑与灵魂。

二、追求灵魂的超越

雪漠关注西部的现实社会，其作品取材于西部，既关注现实生活，也关注对西部未知世界的挖掘。"大漠三部曲"根据现实主义的写作手法展现西部武威的现实生活，"灵魂三部曲"侧重于对西部未知世界的挖掘以及宗教教义对人的教化作用，《西夏咒》中对许多灵异现象的描写，《西夏的苍狼》中紫晓对苍狼、黑歌手的寻觅，黑歌手对娑萨朗的追寻，都是典型的神性写作。而无论是现实的武威还是神性的武威，雪漠关注的都是自己的家乡。这样的写作模式，恰恰反映出雪漠的写作生态，那就是大漠、农村、驼队，也就是那些即将消失的农业文明、历史和因环境恶化而不断失去的家乡。正如雪漠所言："中国有几千年的农业文明，我们的小说为它留下了哪些东西？我只想努力地在艺术上'定格'一种存在。当然，我的所为，也许跟堂吉诃德斗风车一样滑稽。"

　　许多作家的写作被文学理论或是"主义"紧紧地束缚，他们无法实现自我的再次突破，单调地对自己的文学理念进行叙述和复制，在自己构建的"话语权"和"话语圈"里乐此不疲。雪漠恰恰是一个"异类"，他不再关注主流话语，也抛弃了所谓的"主义"，他仅仅是在书写自己的心灵，叙述地地道道存在过的历史现实。雪漠说他的写作本身也是一种修行，他要用他的生命，建立一种岁月毁不掉的价值……"大漠三部曲"是现实主义的真实写照，生活的苦难，生存的境遇，人与动物的紧张关系，现代化建设对家乡带来的改变都有所涉及，以及人们精神的动摇、人性的迷失和幡然醒悟，这里面带有部分乡土的神性色彩。在"灵魂三部曲"中，这种神性的描写愈加强劲。"灵魂三部曲"中雪漠尝试在写作手法上由现实主义到神性写作的转变，这是雪漠本人对生命的本质发出无数次叩问后的结果。我们能捕捉到主人公对生命的责问，但更多的是一个"觉醒者"对世人的教化。雪漠在传播佛教救世、醒世的大智慧，从"人"的自我打碎走向"佛"的普度众生，这也是雪漠超越生命，追求超越的必然结果，更是雪漠从小与佛结缘的必然趋势。而且，笔者认为雪漠也在尝试文学写作上的转型，除了对乡土的描写外，也试图描写现代化的都市生活，《西夏的苍狼》就是一个范例，该作品既有凉州地方特色，也有岭南都市生活的简单描摹，更有对西夏国神性色彩的追寻。作品中雪漠对岭南文化的描写总觉得缺乏深度，并且在神性和精神超越的叙述上缺乏力度，这是雪漠将武威文化和岭南文化相混合而进行的一次写作尝试。但是作者将现代化的城市生活和寻找古老的苍狼结合在一起，使作品现代中带着悠悠的古老气息，古老中透着神秘色彩，不免别有风味。笔者认为这是雪漠的第一次超越。

　　一种返魅的可能性再次从科学领域逐渐向其他领域展开。从文学现象来看，世界范围内的魔幻题材的复兴便是其中一个表征，其实很多作家在乡土书写中往往也有返魅的一面。雪漠在"灵魂三部曲"的写作中一改现实主义文风，进行神性描写，《西夏的苍狼》以神性线索为主要脉络，黑歌手实际是在追寻西夏历史和生命的超越，字里行间渗透着神性色彩、历史神秘、藏传佛教思想。雪漠在还原消失的西部历史，更是追寻生命的超越。《西夏咒》中存在三个叙述者，雪漠、阿甲以及一个"上帝"式的全知全能的叙述者，这种人神共语、横跨历史，将现实生活和"神"眼里的世界进行对比的叙述，更具神性色彩。这是雪漠写作的创新，也是雪漠本人精神超越的结果。作为"灵魂三部曲"的收官之作，《无死的金刚心》以对"信仰本体"的探索和演绎，成就了"灵魂三部曲"建构的信仰的诗学体系，很明显，这是一部信仰的寓言。在写作手法上，正如雪漠所说，他是在"反小说"，在形式上寻求新的突破。在"灵魂三部曲"中这种现象就初见端倪，《西夏咒》的写作雪漠就不按照常理出牌，故事时间跨度加大，叙述人物复杂，情节多变，而且还有作者与作品中人物的互相问答。整部作品从形式到内容都透着十足的"神味"。

自改革开放以来，我们一直在"祛魅"，在现代化过程中去除神秘化和神圣化。在市场经济的冲击下，很多人没有了信仰，这是一个信仰与对生命敬畏缺失的时代。所以，这个时代需要重新"返魅"，重新建立信仰。雪漠的历史性的民间神性叙述正是自然赋魅的一种方式，或许雪漠本人认为这是一种天然的存在。诗意也好，孤独、灵魂、超越、永恒这些"雪漠关键词"也好，莫不与信仰有关。信仰，才使雪漠成为雪漠。在这个意义上，雪漠不但是个诗意的作家，更是个朝圣的作家。《西夏的苍狼》中人们对苍狼的敬畏，《西夏咒》中村人对神的崇拜使人们心生畏惧和敬仰。有了心灵对自然、生命的敬畏和敬仰，人们才有所畏惧，有所收敛，才能与自然和谐共处。最难能可贵的是，雪漠的写作不是单纯地虚构，而是经过实地调研、访谈后才动笔，"大漠三部曲"如此，"灵魂三部曲"亦是如此。正是有了这样的精神，才成就了雪漠一部部的经典之作。一个真正关注灵魂领地和内心精神生活的作家，其与生俱来的气质和触机而动的灵性，经过深沉痛苦的内在磨砺，就会显示出动人的光芒。雪漠的写作历程也正说明了这一点。

三、雪漠对自我的再次"打碎"

从"大漠三部曲"到"灵魂三部曲",再到新作《野狐岭》,雪漠打碎了自己的现实主义和神性写作,这是写作手法的突破和转型,也是雪漠本人在追问生命的本质,实现灵魂超越之后,反观现实、引导众生的人生转变。试想,一个被现实打磨雕琢,被佛教教义"腌透"后的雪漠,反观现实生活时那该是怎样的一种视野和胸怀?那么雪漠究竟是魔还是佛?笔者认为,不管雪漠以什么样的身份面对世人,他都是实实在在的雪漠,是血肉之躯的雪漠,他只想站在现实的平行线上,站在灵魂超越的角度反观世界,以小说为载体阐述自己的佛教思想。所以,我们更应该关注雪漠的现实情怀,用雪漠的话讲:"我不再是作家,不再为文学所累。我之所为,就是悠然空灵了心,叫他们从灵魂里流淌出来。"雪漠在观察世界,这里他发现了真善美,也窥探到了假恶丑,他想做的仅仅是通过自己的文学修养、佛教修为,将"善"的理念转化成文字,感染和影响世人,给世人带来快乐、安静、清凉。雪漠站在现实的对面,用自身的"所有"做一面超越现实的镜子,以此"倒影"世界,这就是雪漠。

雪漠修炼佛法,深谙佛教教义,将佛教的说教与救世精神融入作品。新作《野狐岭》将宗教、神性、现实、哲理、智慧、推理融为一体,在写作上进一步升华,从内容上继承了现实主义风格,叙事模式上以"灵魂出窍"的神性模式组织构建。雪漠超越了现实,超越了灵魂,以一个经受了现实考验的"神"的姿态与灵魂对话,这一次雪漠又打碎了"神性写作",将现实与神性有机融合。超越的过程最为艰辛,《野狐岭》基于现实,但又超越现实,走向神性化和象征化,实现了现实与神性在人物形象中的结合，艺术魅力进一步提升。作品按照作者与灵魂的对话形式展开（二十七会），每一次的对话都是按照念咒、招魂、对话、散会、总结的形式进行，这也是形式上的突破。在现当代的作品中，我们能捕捉到很多神性色彩的写作元素，如莫言《生死疲劳》中的动物叙事视角，但是像《野狐岭》这样整部作品都以招魂聚会，灵魂叙述的形式进行结构安排，无疑是一个新的突破与"异端"。雪漠由现实主义转向神性写作，从历史现实的追寻转向灵魂超越后对世人的说教，这是内在超越后的回归，雪漠回到了大漠，回到了现实；但又不仅仅是叙述现实，而是在思想升华，灵魂超越之后，继而反观现实生活的一种"神"的姿态来写作，这是一种博大、神圣、崇高的写作情怀。犹如经历了生死之后的幸存者一样，雪漠在经历了现实的打磨，灵魂的超越后，再次回到源头，反观现实社会。作品中的每一个灵魂都在与自己对话，寻找邪恶的自己并战胜它，寻找善良的自己并点燃它。他在关照自己，在超越自己。

　　《野狐岭》中雪漠以一个经历了现实考验，灵魂超越后的"神"的形象与世人对话，这是在经历了"大漠三部曲""灵魂三部曲"后的本真结果。正如雷达所言，他说雪漠回来啦！如果说，雪漠的重心一度向宗教文化偏移，离原来意义上的文学有些远了，那么《野狐岭》走出来了一个崭新的雪漠。不是一般的重归大漠，重归西部，而是从形式到灵魂都内在超越的回归。笔者认为这里的回来就是回归现实主义，回归雪漠熟悉的大漠，回归"大漠三部曲"中的真实世界，但是这种世界却是灵魂口中叙述出来的，这就延续了"灵魂三部曲"中的神性写作，更让我们惊奇的是这种神性恰恰是整部作品的结构组织方式，当然使得神性味道十足。这就雪漠的再次回归，用神性组织结构，用灵魂叙述现实，用宗教反观世人。笔者认为，这是雪漠的第二次超越。他实现了灵魂到"神"的再次超越，这里雪漠仿佛是一个苦行僧，他在恶劣的环境中寻找自己，作品中的每一个人物都是雪漠本人，他在与自己对话，在寻找自己的每一面，这里有善良的自己，有脆弱的自己……笔者认为，也许雪漠也就是这样一次次地叩问自己的灵魂，才实现了生命的超越，追寻到了真实的自己。

《野狐岭》包罗万象，每一个人都是一个独立的个体，他们以自己的视角叙述历史，包括骆驼一类的动物。其实，每一个人物都是雪漠，又都是读者。雪漠在作品中寻找自己，每一个灵魂都是自己的一面镜子；读者亦然，读者在读雪漠也是在读自己，每一个人物都是象征性的读者，每一个读者都在寻找自己，所以每个人的心中都有一个《野狐岭》。野狐岭就是一个世界，进入野狐岭的道场就进入人类灵魂升华的"法门"，在道场里许多人都在上演人生、寻找人生。齐飞卿在寻找革命，马在波在寻找超越，沙眉虎在寻找生存，陆富基在寻找正义，而木鱼令却是给人们带来希望和精神慰藉的"明灯"，它预示着希望，在沙尘暴来临后给人活下去的理由和希望。但是逃出野狐岭的人又能怎样呢？除了马在波和木鱼妹远离世俗躲入野狐岭外，其他的人却都不得善终，或被砍头或被批斗，这又不得不说是雪漠对那个时代的叩问，也是雪漠对美好、安静生活的一种向往。雪漠希望自己是作品中的每一个人，最好是马在波，但最好别是豁子、祁禄或是蔡武，这恰好印证了雪漠作品中一贯的道德要求。文学一直与道德结下不解之缘，文学总是被指称为提升人类精神品质的有效手段，这就使文学既把道德作为一种目标，也作为一种动力，其至转化为一种标准，"灵魂三部曲"中对世人的教化精神与此不谋而合。所以，雪漠回来了，带着现实主义、神性色彩、灵魂超越、教化世人、还原众生的面目，以《野狐岭》为文本依托呈现在了读者面前。雪漠再度回归西部，回归家乡武威，内在的家乡"感觉结构"重新换发了雪漠的写作风格，而且在经过"大漠三部曲""灵魂三部曲"的历练之后，在写作风格、手法、叙述、结构上都有了新的突破。雪漠回来了，一个崭新的形象，一部精湛的作品，这就是雪漠及其《野狐岭》。

《大漠祭》是完全的现实叙述，在《猎原》和《白虎关》中这种现实叙述发展为更高的层次，基于现实，超越叙事。雪漠着眼于人类大视角的关爱，关注现代化过程中农业文明的消失。雪漠既有扎实的写作功底，更有超凡不羁的想象力和创造力，贡献了别的作家不一定能贡献的另一种东西，包括灵魂的追问、信仰的求索、形式的创新、文本的独特。在"灵魂三部曲"中雪漠进而在生命本质的叩问下追求灵魂的超越。如果说"大漠三部曲"的雪漠是"人"，那么"灵魂三部曲"的雪漠则是以一个"神"的角度反观世界。但是在《野狐岭》中，雪漠再次"打碎"自己，以一个"人"的身份回来了，回到了现实主义与人文关怀，回到了超越叙事，以此来还原世间众生态。但是雪漠的回归是在经历了现实中"人"的磨难和"神"对世人的洞悉和教化之后的回归。

结语

雪漠，一个出生于武威农民家庭的孩子，他乐于享受骑在马背上放牧的生活，有饭吃、有衣穿，过着质朴、简单的生活。

在经历生活的打磨后实现了生命的超越和灵魂的超越，他实现了人生的升华，现在他以一个反观者的身份和视野重新审视现实社会，并且以一个"大爱"者的身份传递世间"善"的理念，以一己之力感染周围的人群，以博大的胸怀和智慧引导社会，这就是现在的雪漠。而且，他是西部文学走向中国的有力杠杆，是中国文学走向世界的推手。中国文学该以怎样的姿态走向世界？自"五四运动"以来，我们借鉴欧美文学、俄罗斯文学、拉美文学，在吸收外来文化的基础上进一步对中国现当代文学进行补充和完善，但是本土化的作品还是不具规模。莫言获得诺奖，既是中国文学在世界文学面前的一次"试水"，更是中国综合国力、政治地位提升的表现。或许雪漠、阎连科、莫言的本土化写作也未尝不是中国文学走向世界的出路之一。"大漠三部曲""灵魂三部曲"《野狐岭》，雪漠在现实主义、神性写作、灵魂超越、反观世人的过程中一步步走向成功，每一部作品都是雪漠自我形象的一个体现。

综上所述，笔者冒昧地将雪漠的形象定格为：在一个风雪交加的日落黄昏，一位苦行僧身着黑色古装，头戴斗笠，手持羌笛；在"大漠孤烟""羌管悠悠霜满地"的沙漠中追寻西部千年历史，追求生命的超越，而他的身后牵着一峰驼，抑或是跟着一只雄壮的老山狗……而苦行僧则诵吟——

> 沿着漫长的时空隧道，
> 我苦苦寻觅。
> 我历练汉唐的繁华，
> 我沐浴明清的烟雨，

生命的扁舟，

在生死中漂泊不已。

岁月的大风强劲地吹来，

吹走我一个个躯体，

却掠不去灵魂的寻觅。

论《野狐岭》"寻找"主题的意蕴表达

刘雪娥（西北师范大学文学院硕士研究生）

雪漠的新作《野狐岭》自七月出版以来，一直好评如潮。究其原因，主题意蕴的丰富性、言说话题的多元性和形式创新的多变性无疑是其成功的关键要素。伏案细读文本，不难发现，"寻找"这一动态元素是贯穿小说始终的关键词，也是解读《野狐岭》的一个窗口和视点。从小说的整体结构来看，外层的叙事线索是"我"带着两峰驼、一条狗寻找百年前两支驼队在野狐岭失踪的历史真相，内层则以驼队在野狐岭的遭遇为主干，两条线索在两个不同的时空独立发展，却在特殊的时空以特殊的方式相遇，在碰撞和互动中构建了一个富于寓言化和象征化的"野狐岭"世界。但不管是哪条叙事线索，贯穿和承载的都是关于"寻找"的主题。"寻找"是小说的叙事内容，也是小说的形式表达，在某种意义旨归上，更是小说意蕴和题旨的终极意义。同时，在不同目标的意义追寻中，《野狐岭》从内容到形式都实现了一个大的轮回和转换，蕴含着作者强烈的救赎意识，将整部作品的思想内涵指向了关于爱与恨、罪与罚、生与死等形而上的哲学高度，使雪漠的灵魂叙事更具人文关怀和普世价值。

一、外层叙事：历史与自我的双重寻找

在外层叙事中，包含着两个层面的"寻找"，即寻找历史和寻找自我。寻找历史将关注的视点放在国家、民族等宏伟叙事范畴上，讲述在朝代变迁、历史转型的动乱时期，影响和推动历史进程和历史发展的重大历史事件，钩沉和打捞一段尘封的历史。其中，体现和传达的是作者的历史观念，是作者主体历史意识与客观历史意识的媾和。同时，寻找历史的过程也是寻找自我的过程，是主体自我认知的确证，一路寻找未知的自己，是作者对自我不断探索和追问的呈现。

在"引子"中，作者交代了"我"走进野狐岭，寻找百年前驼队失踪原因的缘起：两支在当时西部最有名的驼队，怀揣着改天换日的壮志，背负着推翻清家朝廷的使命，浩浩荡荡地起场，走进神秘的野狐岭，但却在野狐岭离奇失踪了，这两支驼队究竟在野狐岭发生了什么，是什么致使整个驼队走向灭亡？怀揣着这样的疑问，"我"带着两峰驼和一只狗重走野狐岭，以一种秘密流传了千年的仪式招魂，让百年前的驼队灵魂们诉说曾经的生命经验，以拟话体的形式绾结二十七会，在人物众声喧哗的多声部叙述中还原被淹没许久的历史真相。但是，这个呈现在文本中的历史还是百年前的历史吗？答案肯定是否定的，细读文本，雪漠对历史解构和篡改的意图是非常明显的，其历史观念受到了后现代主义的影响，在他的笔下，历史叙述不再拘泥于整一的宏大叙事，各种末节和潜流、悲喜剧的叙事替代了整一的宏大历史；它们共同消弭了作为整体的宏大历史叙述，又共同组成了新的历史叙述。一言以蔽之，历史研究从科学性转为了文学性——隐喻和情节置换了"实在"和解释。那么，雪漠为我们还原的是一个怎样的

历史文本？他对历史的"解释"和叙述又有着怎样的特征？

齐飞卿领导的以哥老会为骨干的武威农民大暴动发生在清光绪三十四年（1908年）农历八月十六日，这一历史事件在正统的历史叙述下，作为星火燎原的策应资产阶级革命潮流的历史暴动，其进步意义和历史价值是值得肯定的，齐飞卿等人敢为天下先的英雄形象也历来为人传颂，早在20世纪初就被本土贤孝艺人编入《鞭杆记》中弹唱。但在《野狐岭》中，这场凉州历史上唯一一次的起义就像一场闹剧一样，轰隆隆地展开，疲沓沓地结束，从头至尾充满了荒诞的狂欢色彩。被激愤裹挟着的凉州百姓像奔腾的海水一样涌入凉州城，目标是火烧李特生和王之清的房子，可"那些激动的百姓，一见到好些的房子，就烧。他们甚至不问那房子的主人姓甚名谁，只要是好房子，总是扎眼。扎眼的就该烧。望着那腾起的黑烟，许多人在欢呼。欢呼声很大，淹没了房主的哭声"。当忿怒的火焰被点燃，人性的"恶魔性"开始展现，"羼杂着原型欲望"，狂热的对"既定的一切秩序规范的背离和反叛"，以一种"令人恐怖的强大力量"毁灭着一切。道德和教养等理性的文明质素被彻底抛却，取而代之的是那些基于原始生命力的非理性的本能冲动。正如木鱼妹所说，"在集体的暴动磁场中，不杀生的凉州人，也变成了嗜杀的屠夫"，彻底颠覆了以往凉州人逆来顺受、安分守己的传统形象，将人性中被长久压抑的"恶"通过狂欢化的叙述形式在历史的大舞台上演绎，展现一个藏污纳垢的民间历史，消解正统历史的崇高感和正义感。雪漠这种书写历史的方式与他所持有的历史观是密不可分的，在《野狐岭》中，他借木鱼妹的口说出了他对历史的理解和看法，在他看来，"历史是什么，历史是胜利者写的一种属于他们的说法。真实情况怎样，并不重要，重要的是那说法。"当历史与权力相勾结后，历史的客观性必然大打折扣，呈现给后人的历史只能是一种"说法"，一种体现特定意识形态意图的主观和客观相结合的事实。当雪漠面对这样一种被强权打上鲜明烙印的、崇高的历史时，解构与重构的冲动油然而生。所以，他寻觅的历史真相也只能是众多历史文本中的一种，他剥夺了"历史"高高在上的优越地位，将历史从崇高神圣的神坛拉回藏污纳垢的民间，历史叙事沦为一切叙事中的一种，解构了正统的历史意义，同时也重构了一个体现作者历史观念的历史世界。因此，"我"历经千辛万苦，拨开重重浓云迷障所寻找的历史真相也只是作者观念的历史真相，是作者建构的理想的关于"野狐岭"的历史世界，如木鱼妹所说，"谁都有他自己的世界，也有他自己对世界的解读。"

寻找自我是伴随在寻找历史的进程中的，是主体"我"对自身的认可和确证。而这种认可和确证是以"他者"为镜的，"自我"借助于"他者"媒介来认识自己，逐渐完成对自我的想象和认知，走向主体自我的完整。在寻找未知自己的过程中，作者其实自觉或不自觉地运用了拉康的镜像理论。20世纪法国的著名的精神分析学家拉康在心理学的基础上提出了镜像理论，他认为人的自我认识起源于对自我形象的迷恋，通过本体对像体的认同，自我认识才趋向完整性。而在文学的自我建构中，它"离不开自身也离不开自我的对应物，即来自镜中自我的影像，自我通过与这个'他者'影像的认同而实现，从而成为想象的依据"。

在"引子"中，"我"频频梦到驼队，"情节历历在目，人物栩栩如生，仿佛，那是我生命中的一段重要经历"。于是，疑惑的"我"问那位有宿命通的喇嘛，而他说那是"我"前世的一段生命记忆，并建议"我"走进野狐岭，"或许，你能见到未知的自己"。因为这样一个寻找"缘起"的交代和带有佛教色彩的暗示，"我"在寻访历史真相的同时，就开始留意和关注自我的寻找，以"他者"来不断地建构"自我"主体。在外层叙述中，有很多这样的自我寻觅和确认的句子，星星点点地散落于寻找历史的文本线索中，开掘了一个在历史空间叙事之外的个人空间叙事，在另外一个意义层面上丰富了文本的意蕴表达。

在第一会《幽魂自述》中，当杀手杀气腾腾地完成自我述说后，虚拟听众"我"忍不住发表评论，"我追问自己，这杀手，会是前世的我吗？"对于自己的追问，"我"不敢否认，因为在进入野狐岭之前，老喇嘛曾向幽魂介绍我是刑天沉寂了五百年的灵魂转世。但"我"的前世很可能就是一个杀手，尽管"我"不喜欢杀手的语气，更不愿意自己的前世就是杀手，但"它总是会让我想起自己的愤青时代"。拉康认为"自我"总是伪装的，它竭力掩盖着自己的真实构成。但杀手这个"他者"形象的侵入，使"自我"的"伪装"面具不得不摘下，"我"不得不面对真实的自我，原来自己也有着像杀手一样的忿怒和恨意，从而在审视和反观中实现对自我的认识。

在第二会《起场》和第十会《刺客》中，"我"又期待自己的前世是齐飞卿和沙眉虎，因为这是一种我想当却当不了的人物，但如果让我重新活一次，拥有再次选择的权利，我却不会选择成为齐飞卿或沙眉虎。这种永远无法统一的分裂，却从反面对自我的特征和本质进行了确证。马在波是"我"最希望的前世，他的身上承载着许多理想元素，是一个在浑浊之世、欲望之海寻找超越、追求信仰的圣者。这体现着"我"渴望不断超越自我，不断寻求精神的提升与灵魂的净化的主体诉求。越到后来，"我"发现谁都有可能是我的前世，自我存在着无限的可能性，在主体关照下的多元像体呈现出无尽的意义和无限的包容性。当"我"的采访之旅结束时，"自我"的寻找依旧在绵延。自我是什么？"我"的前世究竟是谁？这个未解之谜是人类绵长而亘古的恒久追问，是跨越民族、国家，将关注的目光倾注于人类自身对自我认知的探索，尽管对自我的探究往往以悖论式的不满足而告终，但追寻的步伐却并未停止，声声叩问依旧敲打在灵魂的节点上。

无论是对社会历史宏大范畴的寻访，还是对自我认知个体身份的追问，都是《野狐岭》的外层叙事"寻找"主题的双重呈现，一个将视点对准外部社会历史进程的重大事件，在解构历史的同时又建构着一个作者主观意念中的历史世界；一个则向内转，拷问自身，表现人类个体身份确认过程中的迷茫和困惑，以及"他者"如何介入到自我的认知，自我如何通过"他者"而反观自身，两者以怎样的方式共同建构着主体的自我性。双重"寻找"彼此交织，错综映现，在"外转"与"内转"的焦点转换中，统筹着宏大与个体的言说空间。

二、内层叙事："镜"与"灯"的双向寻找

在内层叙事中，同样有着两条"寻找"的线索，第一条"寻找"线索包含的内容相对比较多，有驼队渴望到达罗刹的对梦想的寻找，有木鱼妹一路跟踪驴二爷而期望复仇的寻找，还有齐飞卿、陆富基领导哥老会起义暴动而对救国救民之路的寻找；第二

条是马在波执着地寻找木鱼令，寻找改变驼队命运的办法；之所以将这多条"寻找"线索归纳为两条，是因为二者承载和蕴含的叙事系统是不一样的，第一条是芸芸众生挣扎于俗世欲望，苦苦寻找，难以解脱的形而下的写实叙事，第二条是灵魂求索、追寻信仰的形而上的，带有寓言叙事特色的"寻找"，故将内层叙事中的"寻找"线索比喻为"镜"与"灯"的双向寻找。

"镜"与"灯"的概念来自美国评论家M.H.艾布拉姆斯的小说理论著作《镜与灯》一书，"镜"和"灯"两个意象分别对应着"模仿"与"表现"两种写作传统。镜子式的模仿是写实写作的叙事策略，智慧之灯则是寓言写作和象征写作对现实的表现性把握。陈彦瑾在《信仰的诗学与"灯"叙事——解读雪漠"灵魂三部曲"》中，认为"'大漠三部曲'（《大漠祭》《猎原》《白虎关》）是'镜'的传统，'灵魂三部曲'（《西夏咒》《西夏的苍狼》《无死的金刚心》）则是'灯'的传统"。而在《野狐岭》这部被评论者认为兼具"大漠三部曲"的西部写生和"灵魂三部曲"的灵魂叙事的新作中，就兼具"镜"的传统和"灯"的传统，既以写实的手法展现西部大漠骆驼客的百科人生，又以象征和寓言的手法来表达雪漠对灵魂、信仰的深度思考和高度体验。

在内层叙事中，驼队运送黄金去罗刹换取枪支是主干，其他如木鱼妹的故事、凉州哥老会起义等都是在这主干上延伸出的枝枝蔓蔓，但似乎这枝蔓的繁盛有点遮蔽主干的倾向。驼队从起场的那刻起，便将梦想的远方定位到了罗刹，他们的目标是罗刹，只有到达罗刹换得武器，才算是完成了驼队的任务和使命。但在小人挑拨离间、仇恨之火熊熊燃烧后，野狐岭便成了他们的宿命之地。众生的人性百态在野狐岭淋漓尽致地展演：蒙驼队在豁子的怂恿和唆使下，使计谋打劫了汉驼队，为了逼出黄货的所藏之地，以极其残忍变态的刑罚来折磨陆富基，当陆富基咬紧牙关不吐真相时，却引起了同样受刑的汉驼客的群起而攻之。正如大嘴哥所说"在大家都堕落的时候，你却想玩那种崇高，真是该死。"作者以直面惨淡人生的勇气入木三分地描摹芸芸众生的恶之相，淋漓尽致地展现着人性的阴暗与猥琐，残忍与龌龊，也展现着这个欲望世界存在的狂乱与病态。如此犀利而决绝的批判，很有鲁迅的遗风，以触目惊心的方式展现人类原始暴力的残忍，以直逼真相的书写拷问人性和灵魂，从而正视人性中常被温情的面纱所遮蔽的妖娆的恶之花。狖獴的恶的背后是无止无尽的欲望：仇恨的欲望，发财的欲望，逃避担当的欲望，逃脱惩罚的欲望，无限膨胀的欲望之海不断吞噬着微弱的善，汉驼客们被皮鞭打垮了意志和尊严，逐渐转向施虐者一方，大嘴哥为保自身及木鱼妹的周全，忍气吞声地当乖顺的看客，善之光芒愈来愈微弱，只剩大烟客孤烛难支，最终被迫放弃了坚持，挽救了陆富基一命。但驼队的寻找之路也至此中断，欲望之海吞噬的不仅是善念，还有梦想与目标的寻找之路。

木鱼妹是驼队中的一个重要人物，她与众人一样，有着深深的欲望和执念，把复仇当作人生的唯一目的。她千里迢迢地从岭南跟着驴二爷的骆驼队跋山涉水地来到漫漫黄沙的西部凉州，支撑其克服千险万难的动力就是复仇；来到凉州后，辛苦习武，乔装打扮，多次刺杀，跟驼队走场，所有行为的目的都归结于复仇；与马在波相恋后，复仇与爱情的双重煎熬更是让她身心俱疲。可以说，木鱼妹的寻找之路因执念太深而比其他人心酸百倍。但木鱼妹又与众人不一样，尽管浓烈的复仇火焰灼伤着她的身心，却并没有蒙蔽其善良的心智，这也是她最终能够在爱中放下仇恨，在爱中得以解脱和实现救赎的一个重要原因。所以，当众人因痴念、执念太深而走向毁灭性的悲剧时，木鱼妹却因残存的善念和对爱的向往走向超越。因此，木鱼妹的寻找中其实还包含着救赎的意义，而熄灭执念、完成救赎的咒子便是爱。

无论是在欲望中迷失的骆驼客们，还是在追寻中实现救赎和超越的木鱼妹，他们的寻找之路展现的是百态人性在欲望世间的挣扎和煎熬，以精细的写实笔法对人类的恶进行了造像式的呈现，指向的是"镜"叙事。而马在波的寻找因其超验性而带有智慧之光，烛照着在欲海中颠沛流离的众生，带有象征性和寓言性。尽管马在波也有欲望，有爱情，有出离心，但他的心却与众人相异。因此，"马在波眼中的世界，总被一种圣光笼罩着"。如木鱼妹的形象，在她自己的叙述中，是一个复仇者；在大嘴哥眼中，是可爱的女孩；在众人的眼中，是一个疯疯癫癫的讨吃；而在马在波眼中，则是"证得了大痴之智的空行母"；肆虐而来的沙尘暴在杀手眼里是象征灾难的磨盘，在大烟客眼里是象征救赎的木鱼，而在马在波眼里却是救度人心的船。佛语说，相由心生，笼罩着圣光的相反衬出马在波心的空灵宁静、慈悲圣洁。因此，马在波的寻找是智慧的"灯"叙事。

马在波从一开始的诉说中，就表明自己与驼队同行的目的并不是去罗刹换军火，而是因为知道此次驼队的出行必将遇到大灾难，于是按照凉州古谣所说的去寻找胡家磨坊的所在，寻找能改变驼队命运的真正的木鱼令。马在波的形象因其知晓厄运的到来，并试图改变厄运、拯救驼队而带有智慧的圣者光芒。他悲悯而宽容地注视着世间的罪恶，并通过每天的修行来"超度那些死于仇杀的冤魂，消除他们的仇恨"，以诵经来感念和熏染人心，使怨天尤人的张无乐变成了快乐无忧的张要乐。他不为俗尘的烦恼忧愁所羁绊，不为功利的金钱财富所遮蔽，寻找和追求的是灵魂的澄明和精神的觉悟，他的话语充满着智者的洞达和远见，如同灵魂的引导师，智慧的传递者，引领着在俗世中执着于忿恨痴怨，热衷于功名利禄的人们看开看淡，了悟人生的真谛和生命的意义。如"人最难对付的，还是自己的心。其实，仇恨是啥？仇恨是一种执着。那执着，是一种能让温柔的心冷却的温度。你的心本来是水，但因为有了执着，就变成了冰。就这样，你的心一天天硬了。但只要你消除了执着，冰就慢慢又会化成水"。像这样循循善诱的开导之语，散见于马在波的叙述言语中，像黑暗中的灯塔、夜空中的星星照亮着迷失的心灵，提示着那光的所在，希望的所在。这些关于生与死、罪与罚的哲学命题，开掘了一个超越于现实、摆脱了欲望的形而上的言说空间，将信仰叙事、宗教救赎等属于哲学范畴的叙事纬度很好地融入到了文学叙事的范畴之中，使野狐岭的故事不仅仅是个故事，而具有了对生命本质、灵魂本真探讨的深刻性。

马在波像苦行僧一样坚守着自己"寻找"木鱼令的信念，坚守着信仰的求索和灵魂的超越。他以宗教的化身照亮前行的路，将希望之光分散给在苦难中无助无依的人们。他"寻找"的目标指向的是救赎，救赎整个驼队的命运，救赎沦陷在欲海中的人心，引渡众生走向信仰的彼岸、灵魂的殿堂。最终，在飞沙走石的末日洗礼中，坚持寻找胡家磨坊的人们终于走出了野狐岭。在这里的"寻找"有着双重的含义，表面上是指人们不放弃努力，不间断行走才避免了被流沙浮尘掩埋的悲剧而获救；而在深层意义上则指向对信仰的坚持和寻找。胡家磨坊就是一种信仰的象征，相信自己能够找到它并获得救赎，就能够在寻找中实现超越和救赎。

因此，在"镜"与"灯"的叙事中，"镜"叙事展览众生态的现实罪恶与欲望，而"灯"叙事则从超越与救赎的层面观照和指引"镜"叙事。两者在相辅相成、相携相助中完成了"寻找救赎"的意义探索，言欲尽而意悠远，引人深思。

无论是外层叙事中历史与自我的双重寻找，还是内层叙事"镜"与"灯"的双向寻找，都是在"寻找"的行为旨归上探索着意义表达的多维性。寻找的路途上尽管坎坷波折、险象环生，但寻找的意义却如万花筒般缤纷，一路绵延，一路解说不尽。

（刊于《甘肃广播电视大学学报》第25卷第1期，2015年2月）

参考文献

［1］杨耕，张立波：《历史哲学：从缘起到后现代》，北京师范大学出版社，2008年版。

［2］雪漠：《野狐岭》，人民文学出版社，2014年版。

［3］咸立强，咸化峰：《试论文学恶魔性人物形象的深层动因》，载《克山师专学报》，2003年第4期。

［4］朱立元：《当代西方文艺理论》，华东师范大学出版社，2005年版。

［5］刘文：《拉康的镜像理论和自我构建》，载《学术交流》，2006年第7期。

［6］陈彦瑾：《信仰的诗学与"灯"叙事——解读雪漠"灵魂三部曲"》，载《飞天》，2014年第4期。

浅析雪漠小说《野狐岭》中的灵魂叙事

马沄璇（西北师范大学中国现当代文学硕士研究生）

一、引言

纵观雪漠的创作史，不难发现"大漠三部曲"是针对凉州人民的苦难叙事，融入了人与恶劣自然环境抗争和生态环境保护的主题，从宏大的视角，用悲天悯人的姿态反思生命和人生。"灵魂三部曲"的写作从灵魂和神性入手，打破地域和时间限制，叙写灵魂世界和神性世界。灵魂叙写不仅是雪漠十几年来研习佛法后的个人感悟，也是自然而然融入到作品中的精神内核。它为作者的西部书写打开了新的维度和视角。在《野狐岭》中，雪漠的灵魂叙事是对叙事形式别出心裁的营造。

二、灵魂的自然流淌——灵魂叙事

"让魂灵说话在当代小说中并非雪漠首创，上世纪80年代方方就有中篇小说《风景》，让一个埋在火车铁道旁的小孩的死魂灵叙说家里的往事。后来有莫言的《生死疲劳》，其实是死去的西门闹变成驴马牛猪在叙述……雪漠这回则走得更远，他要唤醒的是众多死去的魂灵，让众多的死魂灵都说话，说出他们活着时候的故事，他企图以此复活那段所谓真切的历史。"①《野狐岭》想要还原的是一段历史，小说的背景是齐飞卿哥老会反清的故事，雪漠没有采用历史小说的平淡叙事，而是从百年前，失踪在野狐岭的两支驼队入手。要揭开历史的迷雾，探究两支驼队神秘失踪的原因，作者巧妙运用了"招魂"的法术。作品中的"我"运用一种能断空行母秘密流传千年的特殊仪式，招来跟驼队有关的所有幽魂，进行供养和超度。"我组织了二十七次采访会……每一会的时间长短不一，有时劲头大就多聊一聊，有时兴味索然，就少聊一点。于是我就以会作为这本书的单元。"②

实际上，用招魂的方式，让木鱼妹、马在波、齐飞卿、巴特尔、陆富基、大嘴哥、杀手（一晕冒着杀气的黑色光团，笔者把他理解为木鱼妹的化身）、沙眉虎、汉驼王黄煞神、蒙驼王褐狮子等幽魂接受采访，幽魂们用第一人称的"我"进行自述。这些幽魂们没有实体的存在，它们或只是一团光、一股气、一影子，或者是一种感觉，"我"通过与之进行精神的交流而肯定对方的存在。幽魂们交叉叙述，各有各的视角，各有各的立场，从不同的角度尽可能全面地恢复历史真相。"从根本上说，每个个体都有迥然不同于他者的精神世界，有独特的世界观……对于同一历史事件，拥有不同世界观的人类个体从不同的精神立场与视角出发，所看到的自然是差异明显的景观。"③比如，对于木鱼妹的

---

①　陈晓明：《雪漠〈野狐岭〉：重构西部神话》，载《南方文坛》，2015年第2期。

②　参见雪漠：《野狐岭》，人民文学出版社，2014年版。

③　崔昕平、王春林：《艺术形式的实践与探求——2014年长篇小说侧面》，载《小说评论》，2015年第1期。

形象每个幽魂的理解和看法有极大的差异。在木鱼妹的自述中，她是一个锲而不舍的复仇者，是后来凉州坝人供奉在庙中的"水母三娘"；在马在波的理解中，这位前来复仇的杀手是他命中注定的空行母；在齐飞卿的意识里，木鱼妹只是需要帮助的一个女子；在大嘴哥的眼中，木鱼妹是个可爱温柔的女孩。对于沙眉虎的传说亦是如此："关于沙眉虎，说法太多了，有人说他是西部的回民，有人说是岭南的土人，有人说是男人，有人说是女人，沙眉虎早成了一个传说，哪个对，也没个定数。"①读者就是从这种差异极大的灵魂叙述中筛选出符合个人思想观念与精神内涵的剧情，在扑朔迷离的故事情节中时而惊喜，时而震撼，时而绝望，时而期待。让读者从众多幽魂的叙述中渐渐逼近历史真相。

深受藏传佛教影响，修炼佛法的雪漠在创作中秉持众生平等的理念，无论是英雄、修行者、骆驼客还是骆驼，作者都给予了平等的话语权。正如本书责任编辑陈彦瑾所言："由于《野狐岭》里无圣人，无审判者和被审判者，只有说者和听者。说者有人有畜，有善有恶，有正有邪，有英雄有小人。这些人身上，正邪不再黑白分明，小人有做小人的理由，恶人有作恶的借口，好色者也行善，英雄也逛窑子，圣者在庙里行淫，杀手爱上仇人，总之是无有界限、无有高下、无有审判与被审判，一如丰饶平等之众生界。"②一个个幽魂被召请来，讲述自己在野狐岭的经历与故事，口述过程中往往发表自己的看法，这些看法有时过境迁、时光淘洗下的感悟和通透在里面。这些感悟其实也是雪漠对人生

---

① 参见雪漠：《野狐岭》，人民文学出版社，2014年版。

② 陈彦瑾：《雪漠长篇小说〈野狐岭〉：灵魂叙写与超越叙事》，载《文艺报》，2014年8月6日。

的领悟。正如北京大学教授陈晓明所言："《野狐岭》中多种时间和空间的交汇，让雪漠的小说艺术很有穿透力。他进入历史的方式不同，他敢于接近那些神秘幽深的生命事项，他不只是讲述传奇式的故事，而是给你奇异的生命体验。"①

三、结语

从《大漠祭》《猎原》《白虎观》的"大漠三部曲"到《西夏咒》《西夏的苍狼》《无死的金刚心》的"灵魂三部曲"，再到第七部长篇《野狐岭》，雪漠将叙述的视角由大漠转向灵魂的审讯，再将灵魂叙述与西部风情渐进融合，使得新作《野狐岭》浑然天成，正如作者所说的"一进入写作状态，灵魂就自个儿流淌了，手下就会自个儿流出它的境界"。②这从灵魂中流淌出来的文字，真诚、睿智、含蓄。雪漠就是用执着和勤勉不断地鼓舞着读者去不断探索西部神秘大地上未知的领域。

（刊于《青年文学家》2016年第21期）

---

① 陈彦瑾：《挑战阅读智力　回归西部大漠——雪漠最新长篇小说〈野狐岭〉出版》，雪漠文化网，2014年。

② 雪漠：《一个充满迷雾的世界》，载《文艺报》，2014年8月6日。

从苦难中觉悟

——雪漠小说中女性形象的一次超越

刘楠（西北师范大学文学院中国现当代文学硕士研究生）

　　雪漠的小说为读者塑造了一系列震撼人心的女性形象，不论是"大漠三部曲""灵魂三部曲"，还是雪漠最新力作《野狐岭》中的女性，她们遭受的苦难，牵动着笔者的心绪，刺痛着笔者的内心，促使同为女性的笔者自觉地去反思：女性为什么总是不幸的载体，为什么不得不去承担超负荷的苦难？但是苦难并没有摧毁这些女性寻找解脱苦难途径的意志，也没有使她们停止改变自身命运的脚步，这表现出西部女性特有的坚韧与顽强。另一方面，雪漠也并没有沉浸在苦难的叙述中，只赋予这些女性悲剧的结局，如"大漠三部曲"中的莹儿、月儿等的最终死亡，而是在"大漠三部曲"之后的"灵魂三部曲"以及新作《野狐岭》中，刻画了一群由"寻觅"到"解脱"的女性。这些女性同样经历了无尽的苦难，但她们最终逃离了苦难，寻觅到了活着的价值与意义，从无望到觉悟，实现了一次生命的升华与超越。这何尝不是雪漠本人的超越？正如《西夏咒》后记中雪漠所言："我可悲地发现，一切都没有意义 ……于是，我曾许久地万念俱灰。这种幻灭感的改变在我接触到佛教之后。"

一、苦难与不幸中渗透着坚韧

雪漠笔下的女性无一例外地都遭受了巨大的苦难，如"大漠三部曲"中晶莹剔透的莹儿，为了哥哥白福的婚姻，她牺牲了自己的感情，换亲给老实憨厚、患有阳痿的憨头，这是她苦难的开始，也注定了她与小叔子灵官偷情寻欢的发生。但这悖逆纲常的爱情给她带来的幸福终究是短暂的，灵官的最终出走终止了她所谓的爱情。天真的莹儿本想靠着对灵官的爱和爱情的结晶——盼盼安稳度日，但现实却打碎了她的梦想，她不是被自己的婆婆要求嫁给灵官的二哥猛子，就是被自己的母亲逼迫嫁给一个打跑自己媳妇的屠夫。她就像一件物品似的，被别人掌控着归属权，自己没有选择如何生活的权利。但是她并没有因此对生活妥协，她与嫂子兰兰，两个弱女子为了改变自己的命运，依靠着自己的双足横穿大沙漠，经历了生与死的考验，饱受了苦难的折磨，凭借着顽强与坚韧的毅力通过了男人都很难通过的沙漠，历经千难万险终于抵达了盐场，希冀换回哥哥再娶妻的彩礼钱，以改变自己再次被交换的命运。然而美好的愿望却总是被现实撞个粉碎，纤弱的女子从事着超负荷的繁重劳动，不仅没有赚得"赎身"的钱，反而被沙漠里的豺狗子吃掉了一峰驼。可她依然没有放弃，亦没有妥协，坚韧地凭着自己的双手去赚钱。愿望虽仍旧没有实现，但她和嫂子希冀改变命运的努力使我们赞叹，她们表露出的坚韧精神更使我们钦佩。最后，她无奈地穿上嫁衣嫁给屠夫，但她仍没有放弃抗争，选择以死抵抗，"我知道，不能涅槃的我，只有幻灭了"。

新作《野狐岭》中雪漠为读者浓墨重彩刻画的女性——木鱼妹，何尝不是饱含着苦难和艰辛？为了使疼爱自己的阿爸能买得起他自认为珍贵的木鱼书，她嫁给了脑子不清楚的驴二爷的小儿子，充当着照顾他的丫环。面对驴二爷的色欲，木鱼妹选择抗争，她将自己给了她当时认为是自己爱人的驼把式大嘴哥。正当她陷入幸福的眩晕中，却被她的小丈夫捉奸在床，慌乱中他们捂息了那个生命，这标志着她苦难不幸生活的真正开始。接着她的全家被大火烧成了灰烬，她也因此满怀仇恨，走上了复仇的道路，走向了苦难的征程。一个女子，从中国的广东东莞徒步走到了西北甘肃凉州，"在千里途中，我遭遇了很多事，多次挣扎在生死线上"，但这漫漫无期的路途以及无数未知的风险并没有使她望而却步。相反，她凭借坚韧的毅力抵达了仇恨的所在地。为了报仇，这一如此注重干净的南方女子毅然用"肮脏"遮蔽了美丽的容颜，日夜不间断地苦练能杀死仇人的武功。一次次刺杀的失败，并没有挫败她的斗志，她屡败屡战，坚韧的精神始终支撑着她的生命。但命运之轮并没有为她提供转机，仇还未报，她却深深地爱上了自己仇家的儿子——自己刺杀的对象——马在波，这更加剧了她的苦难与不幸，使她处于矛盾纠葛中，无法自拔。

不论是"大漠三部曲"中的其他女性，如温柔善良的兰兰、纯洁美丽的月儿、有情有义的豁子女人，还是"灵魂三部曲"中《西夏咒》里行侠仗义的雪羽儿，她们命运的起点都是在不幸中煎熬，在苦难中浸泡，经历了无尽的苦难，甚至与死神擦肩而过。但，"苦难，压不垮凉州女人"。她们并没有因此就甘愿承受这样的苦难与不幸，她们依附着西部土壤里生长的坚韧、坚强和她们经受的苦难对抗，即使头破血流，也不放弃对命运的抗争。她们经受的苦难使我们痛彻心扉，但她们坚韧的反抗却使我们佩服得五体投地。这正是西部女性的真实写照，即便遭遇再大的苦难也坚韧地承受着、抗争着，不轻易向不幸的命运折服。

二、在苦难中觉悟，超越自我

从"灵魂三部曲"的第一部《西夏咒》开始，雪漠富有"灵性"的笔终结了女性的悲剧命运，让她们在追寻中实现了证悟，超越了苦难。如《西夏咒》中的雪羽儿，在经历了为拯救濒临饿死的族人而使母亲被族人煮食、经历了自己差点被制造成宗教法器的皮子后，她终于觉悟，世俗的人凭借她的行侠仗义是无法被救赎的，他们不会忏悔自己犯下的罪恶。她最终选择与琼双修，放下执着，出世修炼，证悟得道。终而打破了欲望魔咒，升华为西部文化中的智慧图腾。《西夏的苍狼》里的紫晓，在苦苦寻觅苍狼和黑歌手的过程中，渐渐悟到家人、爱人对她所谓的爱其实并不是爱，而是对她身体的桎梏、心灵的摧残和灵魂的操控。于是她看破了世俗的一切烦恼，超然出世，摆脱烦恼与牵绊，追随着黑歌手的脚步共同寻觅心中的圣地娑萨朗，走向朝圣之路。

在新作《野狐岭》中，起初复仇的意志支撑着木鱼妹的生命，为了报仇，她历经常人无法想象的苦难。但从小烂熟于心的木鱼歌如咒子般消解着她的仇恨，她不得不每日修炼仇恨，用仇恨化解种在心中的那些善。正是这善的牵引，她一次次错失刺杀仇家马二爷（驴二爷）的绝佳时机，如怕破坏驼羊会的喜庆味，不想败了父老们好不容易得来的兴，便没对仇人下手。在大年初一，不想摧毁当地人在乎的缘起——要是在大年初一不利顺，一年会不开心的，于是再次错失良机。这木鱼歌如同佛语劝她放下仇恨，释放善心。但这并没有使她放下仇恨，她继续在苦难中等待机遇，想要报仇雪恨。但随着与纯净的、虔诚的佛教徒马在波接触的频繁和日渐深入后，她心中的善更是日渐苏醒，日趋强大，以至于仇恨渐渐式微，她不得不逼迫自己铭记恨意。但仇恨依旧时不时地撞击着她的胸膛，复仇的种子并未完全消失。在野狐岭面对着世界末日的降临，面对着仇人的儿子，她突然发现自己根本下不了杀手，连报仇的念头都在不知不觉中生不起来，甚至因仇家几缕淋漓的血而抽疼了自己的心。她觉悟了，将自己从仇恨中解脱了出来，放下了对仇恨的执着，实现了自我的超越，最终和自己所爱的人，即自己的仇人马在波携手幸福地生活。澄心洁虑后的木鱼妹与马在波重回野狐岭潜心修行，参悟了许多之前困扰自己的问题，升华了自己，度过了安宁、平静的后半生。

"灵魂三部曲"中的雪羽儿和紫晓、《野狐岭》里的木鱼妹，这些女性不只是生活在苦难与不幸里，也不是以悲剧结束了她们的一生。她们所经受的苦难仅仅是她们漫漫人生之路中的一段前奏与插曲，在不幸中，渐渐地她们因某种机缘实现了觉悟，自我意识实现觉醒，洞悉了生命的真相，领悟到是执着让她们迷失，让她们深陷苦难的泥淖中不能自拔。在信仰的求索中、在灵魂的叩问中，寻找到了解脱的方式。放下执念，释怀执着，超越自我，最终把自己从无尽的苦难中拯救出来。她们相对于只有苦难的莹儿、兰兰、月儿等，是多么得幸运，她们摆脱了命定的苦难，找到了属于自己的心仪的生活，实现了超越，使我们终于不再绝望，不再心痛。看到了女性生存的希望，看到了女性美好的未来。

三、女性苦难命运的背后

隐藏在女性苦难背后最根本的原因是女性几千年来的奴性

地位。在男权思想的支配下，女性附庸于男性，是男性手中的玩物。在婚姻选择上，父母之命、媒妁之言，女性没有选择自己婚姻的权利，如莹儿、兰兰、木鱼妹。莹儿、兰兰为了各自哥哥的婚姻而换亲给自己对其没有感情的人当媳妇，更在兰兰要结束与莹儿哥哥婚姻的时候，莹儿母亲为了钱和能给自己的儿子再找一个媳妇，而不管不顾莹儿是否同意，便答应将莹儿嫁给有暴力倾向且是最被人看不起的屠夫，最终导致莹儿的陨灭。从父母看来"男大当婚，女大当嫁"，父母要完成的是他们的使命，于是不自觉地依循祖上传下来的规矩选择了换亲，然而女性却成了婚姻交换的工具和手段。在父母眼里，女儿根本不是人，而是可以用来交换的物品。在婚姻生活上，女性依附于男性，完全被自己的丈夫掌控在手中，没有些许独立的空间，却依旧乐而从之。如紫晓，她和常昊的婚姻生活中，如一只绳牵的蚂蚱，被常昊掌控，丝毫没有自由。更可怕的是起初她竟然以为这是常昊对自己爱得太深，对自己过于依赖所致。在社会上，女性依旧没有自己的地位，社会更是个弱肉强食的地方，本身柔弱的女性想在社会上立足谈何容易。月儿，一个本想在城市中寻找出路的有梦想的女孩，却终因自己的弱小而不得不在绝望、痛苦中走向沉沦，导致了自己悲剧的一生。

贫穷也是导致她们苦难的原因之一。一方面在中国的西部，自然环境恶劣，农民普遍贫穷，物质的贫穷操纵着贫困地区人们的生活，迫使贫苦的百姓不得不生存于苦难中。但他们无法改变现状，致使物质的贫穷成为痛苦的困扰，从而招致许多悲剧的发生。你可以看见贫穷像一个无法摆脱的梦魇，几乎所有的不幸都与它有关。女性婚姻的不幸是其一，若不是因为穷，莹儿不可能为了哥哥娶不起媳妇而换亲，更不会为了给哥哥凑彩礼钱而历经生死磨难横穿沙漠去盐场驮盐；若不是因为穷，聪颖美丽的木鱼妹不会甘心嫁给驴二爷的憨儿子充当老妈子。贫穷还导致了女性命运的不幸，若不是因为穷，月儿不可能想着去城市里寻找改变命运的出路，可最终却是将自己葬送在了城市；若不是因为穷，雪羽儿不会去偷族里的羊拯救快要饿死的母亲，而被迫藏在老山深处躲避惩罚。另一方面，与现实的物质世界相对应，女性的精神世界也是一度的贫乏，心灵无着使得处于苦难的女性找不到继续生存下去的办法，找不到可以发泄怨恨的方式，找不到活着的意义，不得已只能用死亡来求得解脱，也使得对现实绝望的女性，不得不通过极端的方式报复而使自己陷入更深的苦难。莹儿，正是失去了盼头，也找不到其他可以改变现状的方法，而最终选择吞鸦片结束自己年轻的生命。紫晓正是为了报复父亲的专断，而毅然决然地跟随给自己带来暂时的快乐而忘掉痛苦的常昊私奔，放弃自己的生活，从而开启了自己苦难的命运。

四、女性超越的缘起

爱，是女性摆脱苦难、实现超越的缘起之一。带来温暖与慰藉的爱使女性从生活的苦难中逃离出来，虽然物质上可能依旧贫乏，但精神上却特别富足。如雪羽儿与修行者琼的爱情、紫晓与黑歌手的爱情、木鱼妹与马在波的爱情。正是这爱，使这三位女性不再痛苦、不再孤独、不再仇恨。她们因爱的滋养而忘却自己曾经历的苦难与折磨，更因这爱体悟到人世间的美好与幸福。如雪羽儿因琼爱情的滋养，在她的脸上，写满了巨大的幸福。在木鱼妹这里，她刻骨铭心的木鱼歌时刻为她传递着爱，柔软着她硬冷的心，消解着她心里的恨，使她不得不通过加倍地修炼仇恨来铭记不断被消解的报仇。同时，她对仇人马在波产生的浓浓的爱使她最终放下了仇恨，与爱人相濡以沫，潜心修行，走完一生，虽然看似平淡，但却充实而有价值。这爱，化解了矛盾，化解了对外物的执着，更化解了仇恨。使这些女性充盈着敢于面对生活、敢于生存于世的勇气。她们终因爱而舍弃自我，因爱而升起希望，因爱而放下执念。这爱，终结了她们的苦难，为她们开启了新的生活，开创了崭新的篇章，为她们灰暗的人生添加了一道亮丽的风景。从此，她们的生活与痛苦绝缘，她们在爱的滋润下幸福地追寻属于自己的未来，走向了光明的彼岸。

作为虔诚的佛教信仰者的雪漠，在他的小说中为读者呈现了另一种女性超越的缘起，这便是宗教。不论是雪羽儿、紫晓，还是木鱼妹，她们爱上的男人都是虔诚的宗教修行者，在与这些人的接触中，她们渐渐开始翻看佛经，开始对信仰世界执着探索，最终求得证悟，皈依佛门，超度修行。从此她们远离了苦难，远离了尘世的喧嚣，在信仰的王国里求索，在宗教的滋养下超脱。正如紫晓，她在追寻黑歌手的过程中，通过对灵魂的追求，最终进入一个"最自由最隐蔽最神秘的世界"——信仰世界，在这个世界里，她的物欲被消解，灵魂得以净化而归于安宁和澄澈。木鱼妹也是如此，她在潜移默化中受着一心向佛的马在波的熏染，只是她自己并没有察觉到。那熏染和那木鱼歌传递的善一样，渐渐地消解着她的仇恨，使仇恨由早期的浓烈到最后的淡化，最终在马在波的启迪下，她放下仇恨，放下执着，得以解脱，实现超越，从而走上了修行的道路。这些女性在静心修炼中渐渐地去除了对世俗世界的执念，消解了欲望与仇恨，离苦得乐，获得了生存的精神动力和活下去的信心，求得了内在精神世界的解脱，学会放下执着，放下对世俗的依恋，转而从宗教中提取滋养灵魂的养料。最后在宗教中找到了一条解脱之路，为自己升华了人格，重铸了灵魂，为自己的灵魂找到了依怙，从而从苦难中超脱出来，超越了自己，超越了命运，在信仰的支撑下放空心绪，在信仰的世界里宁静修行。

结语

　　雪漠小说中的女性何尝不是女性群体的一个缩影，女性并没有因社会的发展与进步而取得与男性绝对平等的地位，没有真正与男性一样能主导自己的人生，她们不得不屈服于社会给女性定下的"潜规则"，走社会期望女性走的道路，除此，她们别无选择。她们苦难命运的根源不仅仅是雪漠为读者展示的这些，她们想要真正求得精神解脱的道路还很漫长。虽然雪漠为我们提供了两种解脱的方式，但这是否能使女性最终脱离苦难与不公的境遇还不得而知，因为我们知道全世界的女性在百年前就开始为自己而斗争，使社会、政府能够关注到女性面临的窘境，争取更多的权利，但现如今女性依旧没有彻底解放，女性仍在为自己抗争。女性要想真正和男性一样，需要社会把更多的目光投向女性，关注女性的生存、女性的命运，并能真正意识到女性的被动地位。但要使女性能在社会上、生活上与男性实现平等，不再是弱势群体，而能成为和男性一样的社会群体，这可能需要一个漫长而曲折的过程。

从《野狐岭》看雪漠利用佛教哲学对生态批评的回应

张丽（西北师范大学文学院本科生）

一、"缘起说"对"生态批判"的理性支撑

"缘起说"是佛教对于世界的最基本哲学观点，也是全部佛法的核心。佛陀在《杂阿含经》中说："此有故彼有，此生故彼生；此无故彼无，此灭故彼灭。"即：世间万物都是由各种各样的条件聚合产生的，彼此间处于相互依赖相互联系的状态。这里的"条件"可被理解为"因缘"，"因"就是万物存在的主要条件或内在条件，"缘"就是指辅助条件或外在条件，故《杂阿含经》进一步又说："有缘有因集世间，有因有缘世间集，有因有缘灭世间，有因有缘世间灭。"这就是说：联系具有普遍性，具体来说，就是说我们"人"作为生态环境中的一部分，应当与除我们之外的其他外物相互依存，相互作用，最终才能达到一种和谐与平衡，也就是佛学中所追寻的一种"圆融理念"。因此，无论是文学世界还是现实世界，一旦我们用过于对立的眼光把环境区别于我们自身看待，就会破坏最初的平衡状态，紧接着双方会陷入异常的发展轨迹。

雪漠在处理环境的手法上和"缘起说"具有契合点。他的作品中通过揭示个体与环境、环境与环境、个体与个体之间的作

用和关系展现轨迹，向我们展示他的"生态观"与"缘起说"的相通之处。翻开《野狐岭》，我们会禁不住感叹作者对于笔下环境的熟知程度，仿佛纸上的文字会在我们眼前汇聚成一幅浓郁西北风味的特写——"大漠孤烟直"、笼罩在血色的夕阳下的黄土山坡、充斥着狂风以及悠扬驼铃的戈壁等。这些环境描写在雪漠的作品中随处可感，这主要是因为作者将大自然看得与人一样重要，时刻将环境描写与人物刻画相结合，二者缺一不可。我们能感受到那种感人肺腑、真诚期盼的呐喊。除此之外，作品中的环境和"荒原意识"相关联，它总会使得我们产生一种来自内心绝望、落败、痛苦、迷茫。这主要是由于现实生活中我们在面对环境时也缺少类似"缘起说"这样的信仰作为支撑、导向。他灵活地运用了自己对于佛教哲学的深刻体察，将大众能普遍接受的、最简单的却也是最精华的部分融入他所展现的文学世界，他的文字表现的不仅仅是故事、现象抑或场景，更是万物之间的一种关系。

在这个误将物质上需求放在第一位而忽略了精神追求的时代里，我们习惯于把所处环境和我们自身相对立并惯于把它当作利用对象，结果人类过度放牧使得草场退化和土地荒漠化现象日益严重；对水资源的浪费使得江河枯竭，旱灾频频；偷猎杀戮使得动物物种灭绝不胜枚举。随之我们会怨恨大自然的等价"报复"，悲叹自然灾害的无情。雪漠的创作无疑是利用文学，站在佛教哲学的角度向我们发出了"保护生态"的呼吁，回首王雷泉教授在《佛教能为环境保护提供什么样的思想资源》一文中也运用到佛学中的另一种理论——"业力论"来"推导佛教哲学与环保思想的契合点：普遍联系、性空无我和依正不二、自同他体，即智慧和慈悲两轮"。可见佛教哲学思想体系的先进性和实用性。雪漠笔下的这些因素还有很多地方值得我们进行细致分析，由于学术能力有限，关于这一角度暂且提到这里。

二、从对动物的关照体会"生态批评"——从《野狐岭》中的动物出发

如果用"众生平等"的观点来分析人与自然的正常关系，就要承认"人类"在生理、心理方面都和动物有相似性和共通性，这一点西方作家意识较早，比如古希腊罗马时期的《伊索寓言》、文艺复兴时期的《黑美人》、浪漫主义时期的《白鲸》等文学作品等，近几年在我国引起了深远影响的类似文字作品有《狼图腾》《藏獒》等。它们都体现了作者的生态批评。雪漠在《野狐岭》中也运用了雪漠的文学作品中动物也是最不可缺少角色，他是在利用人与动物之间关系进行"生态批评"。

翻开雪漠任何一部小说都会看到动物的影子——牛、猪、猎鹰、狼、兔子、狗、羊、骆驼、白鹿、老鼠、狐狸等，仿佛笔下文学世界缺了动物就不再完整，这些动物和人类的生命历程是相互交织的，它们之间的关系和人类一样，"或处于对抗状态，或处于和谐共处的状态"，靠着"适者生存"的原则结成了一张完整的生命之网，囊括了所有善与恶、积极和消极、美与丑、悲与喜。在展现西北动物世界时，雪漠把代表了西部文化、包罗万象的凉州贤孝智慧与代表西部文化之超越的"大手印文化"相结合，使二者相得益彰。最后，作者将他所向往的文学精神融入了自己的血液。三者互为体用，"供给了足以让我们灵魂安宁、大气、慈悲、和平、博爱的养分。"

　　《野狐岭》的责任编辑陈彦瑾曾说："野狐岭是轮回的磨盘，转动的，是婆娑世界的爱恨情仇。"而这里的"爱恨情仇"所关涉的主体不仅仅包括不知名的驼客、满嘴"报仇"的木鱼妹、被堂弟所害的齐飞卿等人，还包括我们在这里提到的骆驼。这是由于"人一半是动物性的，另一半是神性的，神性的力量把我们往上拽，动物性的力量把我们往下扯，人的一生就是一个在这种痛苦的撕扯中挣扎的过程，这就是人生的真实写照"。雪漠使骆驼成为人性的补充，最直接的体现是：褐狮子在黄煞神强奸了俏寡妇后变成了一头疯驼，时不时会咬伤驼把式。这里的"疯"和人类原始的状态下对"性""情"的争取是一样的，褐狮子所表现出来的真性情正是我们人类所缺少的，尤其在这个不敢"说真话"的社会中。作者采访了骆驼的亡灵，融入了自己的生平经验，增加奇妙的想象，最后进行组织和加工，把骆驼的故事变成人的故事，可谓亦幻亦真、亦虚亦实，这不仅增添了骆驼的真实性和文本的神秘性，也进一步向我们表明了作者的态度——"众生平等"。在他的笔下动物和人一样拥有前世今生和业障因果。这和"命运轮回"的主题也具有契合点，拉近了读者和骆驼之间、人类和动物之间的距离。

　　最后，抛开文本再看"骆驼"，它本身在佛教中也扮演着特殊的角色。在佛教经典中，骆驼常被用来指称心性难以调伏。如在五趣生死轮回图中，就以男女挽着难调的骆驼像来代表烦恼。此外，骆驼也用来代表散乱的心思，指心念随着六根追逐外境，无法安住一处。在《摩诃止观》卷五中有："夫散心者，恶中之恶。如无钩醉象，踏坏华池；穴鼻骆驼，翻倒负驮。疾于掣电，毒逾蛇舌。"这是说心思散乱，就如同没有钩住的醉象，会踏坏美丽的花池；又像没有牵住鼻子的骆驼，会把所负之物翻倒。这种祸害比闪电还快速，比毒蛇还严重。在《百喻经》中还有一个骆驼寓言故事，佛教用之来譬喻那些为了享受五欲而破除净戒，舍离三乘，纵欲极意，无恶不作的凡夫俗子。回归文本，《野狐岭》中的汉驼王黄煞神何尝不是这类"纵欲极意"的承载体呢？

三、从"木鱼妹"探寻作者的"生态观"

在《女人或死亡》这部著作中，法国女性主义学者F·奥波尼首次提出生态女性主义的概念，她认为："对妇女的压迫与对自然的压迫有着直接联系。"其中"压迫"就是指：用权力或势力强制压服对方。古今中外的确有无数女性因为封建落后的理念饱受摧残，甚至在今天"重男轻女"的现象以及封建落后的理念依然比比皆是，尤其在一些经济落后、仍以农业经济为主的地区。究其原因，除了一个现实的因素——女性不能和男性一样作为家庭的主要劳动力而被轻视，另一个原因则是由于包括这些遭受不公平对待的女性在内的人们一直以来受到传统的"男权至上"影响而形成了思维定式，雪漠就敏锐地认识到这一点，在《野狐岭》中塑造了木鱼妹这样一个女性形象，为女性平了反申了冤。

"木鱼妹"的名字源于她传唱木鱼歌。木鱼歌具有神圣、纯洁、净化杂念的特点，它蕴含了深厚的历史人文气息所滋养出的和谐。但是，起初木鱼妹的选择却与木鱼歌背离——她为了"复仇"甘愿牺牲自己作为女性最珍贵的丽质；她在荒漠中与那些粗俗暴力的驼把式们一样与恶劣的环境做斗争；她用钢铁般的意志锻炼出了来自仇恨的刚硬和超常的冷静，这些都与"木鱼歌"所蕴含的和谐宁静气息相悖。木鱼歌对木鱼妹的命运在最关键的时候进行扭转——家族仇人之子马在波因为"木鱼歌"爱上了木鱼妹，木鱼妹因爱而放下了仇恨。

和"大漠三部曲"中的莹儿、兰兰一样，木鱼妹首先在思想意识上做到了完全自由化的先进。起初她凭借着"寻仇"的执念像飞卿、张大嘴等驼把式一样坚强地同恶劣的环境做抵抗。在这个过程中，她磨炼出一种在男性身上才会彰显的魄力，而这种来自精神上的独立就是中国传统女性最需要却又最缺少的，她身上显现出来的精神甚至可以被看作是一种游侠精神——目标明确、果敢且坚定，直爽且重义，这些都是对封建伦理最直接而有力的抨击。她们能主动地选择自己的前进方向，而不是沦为"父权制"的牺牲品。她们敢于坚持自己心中的所爱，哪怕是违背所谓的"伦理道德"。当她与马在波的"地下恋情"被发现时，面临的是和众多软弱女性一样的非人道处罚。好在二人足够机智才逃脱这次劫难，获得宗族的原谅和接纳。随后，木鱼妹放下了复仇的报复，用真情取代了内心的纠结，结束了两代人之间的矛盾，伴随着这样的剧终，"木鱼妹"的形象也得以升华。

木鱼妹的经历很容易让我们联想到金庸笔下武侠小说中的复仇女性形象，因为她们都经历了一个"结仇——复仇——弃仇"的过程，就连最后木鱼妹放弃仇恨的原因也具有相似性，那就是"因爱释怀"。木鱼妹作为整部作品的重要人物之一，其经历作为整张命运之网的一个组成部分和其他人的相互交织、相互撕扯，同时也具有鲜明的独特性，从她身上我们可以最清楚地体会到爱和包容的力量，在这个充满蝇营狗苟、明争暗斗的社会中，这种大爱的力量也是十分缺乏的。也许面对命运的安排我们无法抵抗，但是至少我们能让自己获得精神上的解放，真正地融入自然。

没有阅读过雪漠的小说的读者可能会带着对中国传统女性的误解去将木鱼妹想成一个粗壮、蛮横、没文化的农村女性劳动者形象，或者是整日相夫教子、足不出户、两耳不闻窗外事、凭丈夫和长辈呼来唤去的生孩子机器。然而，雪漠创作中的女性绝对可以完全颠覆先前错误的估量。木鱼妹照亮了我们的内心，也引领我们前进的方向，她和现实生活中处于水深火热中的女性形成对比，成为女性解放的正面模范。

四、结语

"生态文学或称环境文学、绿色文学，包括描写大自然，描写人的生存处境，展现人与自然的关系，揭露生态灾难，表现环保意识，书写生态情怀的文学作品和文学现象。"在这个"科技之上"的时代里，作家们逐渐成为保护环境的道德宣化者，他们试图用自己的生态书写唤醒人类思想上的警觉。雪漠的作品除了表面对于人与大自然的书写，更多的是借助佛教哲学思想，透过表层关系探寻更深层次的东西，使我们感受到佛教哲学中有关生态批判的精华。我们可以明显感受到他对于人性的呼唤，这对于保护环境无疑解决了根本性的问题。在我国，其实早有作者创作生态文学作品，比如：宋学武《干草》、张承志《北方的河》等，近些年来随着相关学者对"生态文学"认识的加深和文艺理论的成熟，雪漠在自己的创作中潜移默化间流露了自己的"生态批评"，这无疑为我国文坛润色、补充营养。

浅析《野狐岭》的创新性写作

王聪（曲阜师范大学文学院中国现当代文学专业研究生）

雪漠创作于2014年的《野狐岭》延续了其西部叙事的特点，为读者勾画了一个充满神秘色彩与野性力量的西部世界。作品在对有关齐飞卿领导的农民革命的历史进行重新表现的同时，也为读者展示了西部历史文明进程中的驼队文化。作品中的西部色彩以及人与幽灵对话的表现方式都深深打上了雪漠的烙印，但这部作品也展现出了许多与雪漠先前作品不同的特点，小说将"我"与故事人物置于平等的地位，构建了多主体的叙述视角，打乱了故事正常的叙述顺序，为读者进行多元化的解读提供了某种可能性。在《野狐岭》的后记中，雪漠指出他"想好好地'玩'一下小说"①，这种"玩"并非是对小说的亵玩，而是对文学创作的一种创新，是作者对自我的突破。

一、复调色彩的叙事方式

《野狐岭》以采访会的形式，使历史事件的参与者以幽魂

---

① 陈彦瑾：《雪漠〈野狐岭〉中国作家协会研讨纪实》，载《海南师范大学学报（社会科学版）》，2015年第3期第28卷（总153期）。

的身份叙述他们作为生者时的一段段故事，叙述者的声音以混响的方式为读者提供了不同的阅读体验。陈彦瑾在《从〈野狐岭〉看雪漠》中指出这种讲述形式颇似"陀思妥耶夫斯基式的'多声部'交响乐"。"多声部"理论由苏联文论家巴赫金提出，他将陀思妥耶夫斯基的这种"多声部"小说称为"复调小说"。复调是借自音乐学中的术语，音乐学中的"复调"，即指消除主旋律与伴奏之间区别的多声部混响。巴赫金在此基础上提炼出的文学意义上的"复调理论"，其首要的特点体现为作者与叙述主体之间的分立与自存，复调小说中的主人公并非被描写的客观对象或作者思想的载体，而是表现自我意识的主体；复调小说展现的并非是一个统一的意识，而是多种具有价值性的独立意识。从巴赫金的理论来看，雪漠的小说同样也具有一定的复调色彩。

以采访会的形式展开的《野狐岭》，故事由不同的人物进行自我叙述，被采访的幽魂都是具有主体意识的个体，幽魂们的讲述共同指向野狐岭发生的一段故事，但每个叙述者又有各自的视点、立场与价值判断。他们并非处于一种被描写的状态，而是在与"我"的对话中进行自我的主观呈现。采访中的"我"以采访者身份出现在作品中，其目的也在于能够实现与被采访者之间的平等交流与对话。"我"与幽魂共同探寻的目的都是为了还原百年前发生在野狐岭的一段故事，并探究其中有关命运的神秘，有关寻找的生命真谛。

在这交错跌宕的"还原"中，人物不仅仅在叙述话语上表现出充分的主体性，而且在其叙述方式上也表现出极大的自主性特点。作品中的人物以幽魂的方式出现，这种幽魂的形式本身就具有超越性的意味。他们是游离于人世的角色，他们自身既存在于历史尘封的故事中，又已脱离过去的故事，因而他们对于故事的结局是全然知晓的。其主体性也就体现在他们在知晓故事结局的前提下，以自己独特的叙述方式呈现故事发生的过程。例如，在第二十四会《末日》中，马在波以极其生动的语言详细描绘了他与疯驼之间的恶战，马在波的细腻陈述，其目的并不仅仅是向读者呈现当时人驼厮杀的壮观场景，他事实上是以这场恶战寓指了人与自身欲望之间的缠斗，他将"愚痴畜生"发出的作用在他身上的那种力量想象成人的欲望，这种参悟性的语言显然是马在波个性化的叙述。在有关"野狐岭"的采访中，被采访者都有自己独有的叙述方式，马在波哲理性的话语、木鱼妹所演唱的木鱼歌、黄煞神拟人化的讲述、杀手对于血腥场面的描述，都是人物自主性叙述身份的体现。采访者"我"与被采访者之间，亦是相互独立的关系。"我"无法左右幽魂们的叙述，也无法预想自己所要经历的事情。"我"与幽魂是两个时空向度的存在，"我"在现世的时空里经历了寒冷与干渴，而幽魂们则讲述着过去时空的经历与故事。"我"对于幽魂的故事只有旁听权，没有参与权与发言权。《野狐岭》中的每一个形象都是一个具有独立价值的主体，他们都能按照自己的意志、按照自己的视点进行叙述选择，都具有自身的性格特征。

具有主体性的多个叙述者不仅仅在叙述话语与方式上呈现出复调的特点，而且也引导出作品多样性的故事，造成一种内容上的复调性。由作品各个叙述者断续交错的讲述中编织出网络状的故事，"《野狐岭》好比一个巨大的环圈，这个环圈又环套了许多以人物为标志的大环圈，每个人物大环圈中又环套着以地域空间为标志的单个独立的环圈，所有单个独立的环圈中又环套着无数个神奇的小故事构成的小环圈。又因为每个人物都在自己的故事里叙述着别人的情节，反过来又在别人的故事里塑出自己的完整性格，于是这些更小的环圈之间就形成了彼此独立又相互牵扯的联络结构"[1]。在野狐岭大的故事之中，又包含着木鱼妹与马在波的生死恋、汉驼黄煞神与蒙驼褐狮子之间的争斗、齐飞卿领导的起义等多个故事，在黄煞神与褐狮子之间的故事中，又包含着"驼斗""疯驼""瘸驼"等故事。多样的故事层次在增加作品可读性的基础上，也丰富了作品所表现的主题。多样的故事有助于构筑多元化的主题，像"以驼队文化为核心的西北文化的叙写、家族秘史的揭示、家族仇恨的摹写、人性之恶的刻画、哥老会会众的革命活动的勾勒、木鱼歌文化的展示、佛教思想的表现以及超越家族仇恨与宗教信仰的生死恋的描绘等"[2]都是在叙述网络中以并列混响的方式展现出来的主题。

在巴赫金看来，"传统小说里的人物是作者意识的'传声筒'，即便性格丰富形象饱满，如果承载的是作者单一的创作意图，那就是独白型而非现代和理想的对话型艺术"[3]，《野狐岭》将叙述者与作品人物进行平行设置，并以人物各具特色的叙述结构出各具意义的生动故事，在叙事向度上呈现出多声部混响的复调色彩。

---

[1] 程对山：《〈野狐岭〉的超越叙事与复合结构》，载《唐都学刊》，2015年第6期。

[2] 杨新刚：《包蕴宏富的混沌存在与言说的敞开——〈野狐岭〉叙事主题与叙事策略刍议》，载《海南师范大学学报（社会科学版）》，2016年第6期第29卷（总168期）。

[3] 彭正生、方维保：《对话·狂欢·多元意识：莫言小说的复调叙事艺术》，载《江淮论坛》，2015年第2期。

二、立体化、多重身份的人物形象

好的小说不乏令人印象深刻的人物形象，《野狐岭》中木鱼妹、马在波、齐飞卿、陆富基等人物给人留下了独特而又深刻的印象，这些人物形象具有善良、朴实、真诚的共同特点，同时也表现出了各自的个性特点。与传统小说不同，《野狐岭》人物形象的塑造并没有对人物采取正面描写与直接刻画，这与作品所采取的叙事情境有关。从叙事学理论来看，叙事情境主要包括第一人称叙事情境、作者叙事情境及人物叙事情境三种，《野狐岭》的叙述者存在于所叙述的小说世界之中，并使用第一人称，显然作品是以第一人称的叙事情境展开，这种"第一人称叙事所表现的一切都与叙述者有一种生命本体上的联系，因此，这种叙述便必然具有一种性格化的意义"①。因此，人物的性格特征体现在人物的自我讲述当中、体现在人物间的对话当中。马在波对修行的迷恋与对佛法的参透、木鱼妹对马二爷的仇恨以及复仇中的隐忍、齐飞卿的多才多艺以及行侠仗义，都在人物的叙述中体现出来。因此，人物形象特质的呈现主要表现在两个方面：一方面是人物在自我叙述中的展现，另一方面是人物在他者叙述中的塑造。两种不同的展现方式，为读者提供了更多理解、想象人物形象的视点。例如，作品对于豁子这一形象的展现，在他者的叙述中，豁子是一个自私自利，图财害命，忘恩负义为人所不屑的小人；而在豁子自己的讲述中，自己并非贪财之人，对齐飞卿的恨也是由于受其侮辱在先，因而在他自己看来，他自身是一个受害者。再如，存在于他者口中的褐狮子，不同的叙述者对于其性格

---

① 参见罗钢：《叙事学导论》，云南人民出版社，1994年版。

特质也有不同的呈现。对于同类黄煞神来说，它是一个既可恶又可怜的情敌。因此，黄煞神开始时对它恨之入骨，但后来发现褐狮子也有有情有义的一面；在陆富基的描述中，褐狮子后来变成了一只带有攻击性的疯驼；而巴特尔却并不认为褐狮子发了疯，他坚信袭击驼队的并非褐狮子。至于褐狮子到底如何，作者没有给出明确的答案，留给读者无限的想象空间。人物形象性格的张力也就在这种差别性的描述中体现出来，自我与他者叙述以及各自思想意识的自主性，勾画出了多维度、立体化的人物形象。

在被采访的诸多幽魂中，木鱼妹是最为核心的讲述者之一，也是整个故事发生的因果线索。木鱼妹因着自己亲人被害的仇恨，为杀死仇人，加入驼队；最终又是木鱼妹推动胡家磨坊的磨盘，才拯救了被沙暴围困的驼把式。因此，她既是仇恨之火的引燃者，又是仇恨纠结的化解者。木鱼妹形象的呈现，在作品中主要包括他者眼中的木鱼妹与木鱼妹自身身份的转换两条线索。从他者方面来看，作为讲述者中及驼队中唯一的女性，周围男性往往将她看作是美好、圣洁的化身。例如，张大嘴对于与木鱼妹亲密行为的讲述，马在波对于木鱼妹"空行母"身份的幻想，都指向男性们欲望化的追求，这是木鱼妹作为女性形象的特点。倘若作者只在他者叙述中对之进行塑造，木鱼妹的形象则难免流于单一。她立体化形象的塑造又通过她对自我多重身份的讲述体现出来，木鱼妹既是隐忍苟活的拾荒婆，又是杀气盈身的杀手，还是多才多艺的精于传唱木鱼歌的女性。木鱼妹是以矛盾综合体的方式出现的，她是爱恨两种极端情绪交织的人物形象，从她的身上展现出了由恨到爱的转变与升华过程。在木鱼妹以不同的身份进行叙述的过程中，体现出的是她与自身的一种对话与交流。杀手的身份与精于传唱木鱼歌的女性的身份是同时存在的，在第一会中，杀手与精于传唱木鱼歌的女性是作为两个人物进行自我介绍的，在此读者并没有意识到两者的统一性。因此，在阅读中，这是一个逐渐由单一组合成多元的过程，是一种异于寻常的阅读体验。对于人物形象自身来说，与其说杀手是木鱼妹仇恨的化身，不如说杀手是木鱼妹的一种超越性灵魂。木鱼妹自始至终都处于一种爱与恨的交织与挣扎中，杀手则总是以呓语性的语言点破木鱼妹的宿命，例如，杀手所说的"那个巨大的磨盘正在转动，无数生灵都会被碾碎""能替我最大限度地复仇的，不是屠刀，而是岁月"，这些话都带有极强的哲理性，这种理性之自我与感性之自我间的对话，使木鱼妹的形象具备了更加超越性的色彩。由此木鱼妹的多重身份，便幻化出了一个具有世俗性、超越性特点的立体形象。

三、开放性的意义空间

雪漠在作品后记中指出他所写的历史上的齐飞卿的故事，"早就不是他的故事，而成了一个说不清道不明的世界"。因而，这是一个不可解的世界，同时也是一个多解的世界。即从接受美学的理论来说，作品的解读存在于读者的阅读之中，就如雪漠所说"只要你愿意，你可以跟那些幽魂一样，讲完他们还没有讲完的故事，当然，你不一定用语言或文字来讲，你只要在脑子里联想开来，也就算达成了我期待的另一种完成"[①]。由此可见，雪漠是一个关注读者阅读体验的作家。他在写作的过程中已然勾

---

① 雪漠：《〈野狐岭〉：一个充满迷雾的世界》，载《文艺报》，2014年8月6日。

画了自己的理想读者，并为他们的阅读体验提供广阔的空间，这是雪漠这部小说所特有的一种品质。在后现代主义的语境下，读者接受成为文学作品价值实现的重要途径，也是作品与实际生活相连接的主要渠道，接受美学的创始人之一姚斯就认为，文学史实际上就是文学作品的接受史，"读者实质性地参与了作品的存在，甚至决定着作品的存在"①，因此，作家在写作中应当把读者的阅读体验考虑在内，雪漠就对读者的地位给予了充分的肯定与尊重，在《野狐岭》的创作中，雪漠提供给了读者丰富的阅读体验。

"文本的开放性与延展程度决定了阐释文本的空间限度与可能性"②。文本的开放性来源于作者于作品中设置的"阐释空缺"③。所谓阐释空缺即指小说家"把某些对于理解其中重要事件和情境是必不可少的细节隐瞒起来"以增加读者理解难度的叙事策略，这种叙事上的"空缺"往往会成为推动读者进行阅读的一种动力。《野狐岭》以个人叙述的方式将完整统一的故事分割为各个相对独立的部分；并以个人片段式的讲述展开，片段与片段之间的间隔往往也会造成一种"阐释空缺"。例如，在第四会中，黄煞神说道因马在波曾救过他，所以他在马在波后来遇到劫难之时愿意舍命救他，但对于这一劫难的讲述却出现在二十四会。这种段落间隔的叙述方式无疑增加了读者的阅读期待，也给读者留出了充足的想象空间。这其中省略的还有作者的评论，即作者并不给予读者偏向于任何一方的阐释或评判，而是以省略的

---

① 参见朱立元：《当代西方文艺理论》，华东师范大学出版社，1997年版。

② 张凡、党文静：《追梦彼岸世界的想象与建构——评雪漠的长篇小说〈野狐岭〉》，载《小说评论》，2015年第2期。

③ 参见罗钢：《叙事学导论》，云南人民出版社，1994年版。

方式让读者自己从叙述者的角度去思考事情的本源。例如，第六会中，对于褐狮子到底疯没疯，巴特尔与陆富基是持不同观点的，作者在此并没有跳出来给读者一个明确的答案，读者对此的评判是基于自我的阅读体验而产生的，不同的读者也会有不同的评判，且并不存在对错高下之分，因此，对此作品进行阐释是具有较大开放性的。

利用"阐释空缺"设置悬念，吸引读者的阅读兴趣，在这作品中是较为普遍的且是较为成功的。例如，作品开篇就以悬念设题，即"百年前，有两支驼队，在野狐岭消失了"，这一悬念的抛出就极大地引发了读者的阅读兴趣，引导读者带着好奇与疑问展开阅读，从而使读者在阅读的过程中注意关注故事发展的细枝末节。作品结局的开放性又为读者的想象提供了巨大空间，作者最后的疑问"我是不是……真的走出了野狐岭？"则又给予读者一种解读的悬念，就如电影《盗梦空间》最后的结局，那个甄别现实与梦境的陀螺越转越慢，忽然让观众分不清是梦境还是现实，求解的欲望引发了观众在网络上对电影结局的热议。这种开放式结局会激起读者极大的解读欲望，从而对作品产生更深入的体会。

故事的叙述者以第一人称展开叙述，从叙事理论的角度来看，第一人称的"叙事动机是切身的，是根植于他的现实经验和情感需要的"。因而，人物的讲述带有较强的主观色彩，每个叙述者都会按照自己的视点进行讲述；对于同一件事可能会出现不同的叙述角度，就如日本黑泽明的《罗生门》一样，叙述者"在各自的叙述中均去掉了对自己不利的方面，而保留了对自己有利的方面"①。正是这种视点的差异，也为读者提供了不同的视角去体味同一个故事。同时，个人受视点的局限所造成的叙述偏差与遗漏，也为读者伸展想象力创造了巨大的审美空间。另外，主要人物木鱼妹身份的不断转换也是此种视点变化的体现，不同身份的木鱼妹在讲述时也有着不同的立场。因而，作品的这种叙述方式也极大地满足了读者的阅读兴趣。这种开放性的意义空间对于作品来说，是一个价值增值的过程，也是一个提升艺术感染力的过程。

四、破碎与拼接的时空顺序

《野狐岭》是一个亦真亦幻、虚实相生的故事，与一般小说单向度的时空叙事所不同，《野狐岭》是跨越三界的故事，即跨越现世、冥世与往世三个时空。采访者"我"是处于现世之中的人，被采访的幽魂则处于具有超越意味的冥世，即一种全知全能的世界，而幽魂们所讲述的故事则属于前尘往事。作品以"招魂"采访的方式，将这三种时空有机地统一起来，"过去是生者对死者说，现在是死者对生者说"②，叙述的方式决定了这部小说独特的叙述角度，这是雪漠在形式上特有的创新，也是大胆的创新。三种时空既相互独立，又相互融合，"我"一方面在现世中饱受着寒冷与干渴的磨难，另一方面又与来自冥界的幽魂建立起一种接近朋友的关系，并沉浸于他们所讲的有关过去的故事中，

---

① 仲冲：《三重"罗生门"——简析"罗生门"的历史发展过程及差异》，载《山东师范大学》，2010年。

② 陈晓明：《雪漠〈野狐岭〉：重构西部神话》，载《南方文坛》，2015年第2期。

一直探寻自己属于往世中的哪一个角色。这种时空关系的融合给予读者更多的阐释空间，也给予读者一种较为新颖的阅读体验。

与一般小说开端、发展、高潮、结局的线性叙事顺序不同，《野狐岭》的叙事顺序是交错的，叙述者对于自己所讲述的故事是以无序的方式展开的，即无所谓发展、高潮与结局的过渡，人物按照自己的意愿进行讲述。作品中不同的"会"所讲述的故事往往发生在不同的时间与空间之中，而相同的"会"之间，也由于其叙述者的不同呈现出时空变幻的特点，颇似电影的蒙太奇剪辑，不同画面的组合往往生出无限的意蕴。"使用'蒙太奇'画面效果，不仅是为了叙述故事，更多地还在于表达故事背后面的某种情绪和感觉，比如忧虑、仇恨和愤怒等，这一切都较好地渲染了野狐岭中贯穿全书的完整的气息与气场氛围"①。例如，木鱼妹在讲述发生在起场之前她与大嘴哥之间的故事时，此前此后叙述的却是起场之后发生在黄煞神与褐狮子两头骆驼之间的争斗；看似不相关的两个事件，却都指向一个肇始端，即木鱼妹与马在波仇恨的萌生阶段以及汉驼队与蒙驼队之间仇恨的生发阶段。如此就铺垫出一个仇恨生成与化解的线索，展现出作品在意义上的升华过程。因此，在这种看似无序的破碎化的时空叙事中，所体现的依然是一些有序性、有目的性的叙事结构，这也是雪漠创新性写作的高超之处。

叙述者讲述的故事从整体上说是一种倒叙，但在叙述者具体讲述的过程中，故事的组织又不是按照时间的顺序呈现出来。幽

---

① 程对山：《〈野狐岭〉的超越叙事与复合结构》，载《唐都学刊》，2015年第6期。

魂在对过去事件进行讲述时，既渗透着他当时的亲身感受，又融合着建立在现在意识基础上的主体性评判。例如，在第四会《驼斗》中，黄煞神对于当时它与褐狮子之间斗争的讲述，既有"那一刻，我觉得天地都寂了，一切都在望我，我听到自己的心脏发出擂鼓般的声音"这样对于过去心理状态的描写，也有像"你知道，好多事情，是当局者迷的。事过了，境迁了，心也就变了，就会觉得当初天大的事，其实不过是心头的幻觉"这样具有永恒意义的评判，两者的交替，实现了过去与现在的融合，给读者一种新的阅读体验。正如柏格森所提出的心理时间，一般人对于时间的理解是以空间概念来认识的，即"把时间看作各个时刻依次延展的，表现宽度的数量概念，而心理时间则是各个时刻相互渗透的，表示质量的概念"[1]。因而，在心理时间的支持下，过去、现在、未来是相互交融、相互穿插的。《野狐岭》对于时间的融合与穿插是极为明显的，叙述者"往昔的生命体验通过记忆渗透进现时，获得超越客观机械时间的'永恒性'"[2]，这种"永恒性"的时间则指向一种心里的感觉或实际的意义。

　　贯穿整个故事的胡家磨坊即指向一种超越时空的意义。在驼队最后遭遇的那场风沙之中，胡家磨坊成为躲避灾难的唯一方法，风沙之中只要紧跟磨坊里的骆驼，不停地转圈，不能睡觉、不能休息，最终便能获救。在转圈的过程中，时间与空间都发生了转移，时间上体现的是一种长度上的坚持不懈，空间上体现的是一种高度上的不断上升。因而，《野狐岭》的时空叙事也彰显

---

① 参见罗钢：《叙事学导论》，云南人民出版社，1994年版。

② 陆薇：《写在客观真实与叙事真实之间——张岚的中篇小说〈饥饿〉中的时空叙事与幽灵叙事》，载《外国文学》，2011年第5期。

着它深刻而又独特的内蕴。

雪漠在坚持写出真实的中国西部，"定格一个即将消失的时代"[1]创作品格的同时，充分开掘了文学作品创新性写作的领域。在小说的人物、形式、题材及叙事方式诸方面都大胆地进行了创新性探索，由此刻画出了一个具有超越色彩的时空世界，塑造出了一群血肉丰满的立体化人物形象。同时，也向读者展示了一种具有西部特色的驼队文化，并艺术化地表现了一段尘封的历史事件。在立足现实的基础上，呈现出艺术上的探索性。因此，《野狐岭》是一部集探索性、创新性于一体的优秀小说。

---

① 雪漠：《定格一个即将消失的时代》，载《中国艺术报》，2014年7月23日。

"野狐岭"上走出个崭新的雪漠给凉州贤孝《鞭杆记》抹上寓言色彩

李林山

近日，我市作家雪漠新作《野狐岭》由人民文学出版社出版发行。该作出版面市后，好评如潮。中国小说学会会长、著名文学评论家雷达惊呼："雪漠回来了！从这部《野狐岭》走出了一个崭新的雪漠。"记者了解到，近年来，雪漠倾心研究宗教文化，小说创作基本搁置。《野狐岭》的出版，确给读者带来了一份意想不到的惊喜。

《野狐岭》，"三十年前就开始写"

雪漠，真名叫陈开红，20世纪60年代出生于凉州区城北乡一农民家庭。他长期在基层学校教书，2000年以一本西部原生态小说《大漠祭》一举成名，该小说随后获"第三届冯牧文学奖"。之后，雪漠成为甘肃省专业作家。现为国家一级作家、甘肃省作家协会副会长。近年来，雪漠远赴广东东莞樟木头镇中国作家村寓居，他的妻子和儿子陈亦新也跟随他去了广东。

和他联系较紧的一位孙姓文友透露："其实，雪漠每年都回来几次，稍有闲就去沙漠里体验生活。"他的小说里，有丰富的"凉州"元素，从"大漠三部曲"到"灵魂三部曲"，十二年时间里出版了六部有影响的长篇小说，没有一篇小说未对"凉州"进行人文关注。这六部长篇小说为他赢得了"甘肃省领军人才""甘肃省德艺双馨文艺家"和"甘肃省拔尖创新人才"的荣誉称号，他的作品相继入围"第六届茅盾文学奖""第八届茅盾文学奖"和"第五届国家图书奖"。

谈到《野狐岭》的创作，雪漠称，虽然该作是东莞文学院签约项目，但其中的主要内容，如凉州传奇人物齐飞卿的故事，自己酝酿了很多年。"在三十年前，刚参加工作不久，我就开始了此书的写作，那是我今生里写的第一部小说，叫《风卷西凉道》，花了很多精力，却没有成功。那稿子今天还在。"三十年前的雪漠，在齐飞卿故乡所在的小学教书。他说："三十年过去了，我心中的齐飞卿早就不是真实的齐飞卿了，他成了我生命中的一个符号。""我有个习惯，就是我想写啥题材，就必须先花很长时间，进行采访和体验，像写《大漠祭》前，我老跑沙漠，直到完全熟悉了它。"在写《野狐岭》时，雪漠就在2012年到民勤沙漠中探访了几位还健在的"驼把式"，跟"马家驼队"的后代交朋友，了解了关于驼道和驼场的历史和风俗。

拓宽了凉州贤孝《鞭杆记》的叙事外延

有关齐飞卿的故事，早在20世纪初就被本土贤孝艺人编入《鞭杆记》弹唱，本报还连载过老艺人王月弹唱的《鞭杆记》的唱词。雪漠在《野狐岭》中大段引用《鞭杆记》唱词，但对《鞭杆记》的主要内容进行了寓言化和象征化的艺术拓展，使叙事外延更宽。

雪漠说："关于齐飞卿等人物，他们其实是一个个未完成体。他们只是一颗颗种子，也许刚刚发芽或是开花，还没长成树呢。因为，他们在本书中叙述的时候，仍处于生命的某个不确定的时刻，他们仍是一个个没有明白的灵魂。他们有着无穷的记忆，或是幻觉，或是臆想。总之，他们只是一个个流动的、功能性的'人'，还不是小说中的那种严格意义上的人物。"雪漠用第一人称的写法入手，竟然用"招魂"的仪式，把齐飞卿等人的灵魂请来与"我"对谈，加深了对小说中主要人物灵与肉的哲学思辨。《野狐岭》中二十七次"招魂"，创造了一个"鬼世界"，雪漠坦称："这个世界，是我感悟到的一个巨大的、混沌的、说不清道不明的存在。"

《野狐岭》是雪漠的"一次突破"

本书责编陈彦瑾发表评论说，翻开《野狐岭》，一股神秘的吸引力扑面而来：百年前，有两支驼队在野狐岭神秘失踪。百年后，"我"为了解开谜底，来到野狐岭探秘，通过一种神秘的仪式招请驼队的幽灵们，以二十七会的对谈，由幽灵们讲述发生在那里的故事。野狐岭的故事在幽灵们的讲述中，逐渐显露出"草绳灰线"，小说有"好看的故事"，是引起读者阅读热的一个原因。

北京大学中文系教授陈晓明评价说，《野狐岭》中，多种时间和空间的交汇，让雪漠的小说艺术很有穿透力。"他不只是讲述传奇的故事，而是给你奇异的生命体验。"该书是雪漠创作生涯中的一个突破。雷达说："人们会惊异地发现，雪漠忽然变成了讲故事的高手，他把侦探、悬疑、推理的元素植入了文本。看了雪漠的这部小说，我要说，人人心中都有一座野狐岭。这是小说最成功的象征寓意。"

（刊于《西凉晚刊》2014年8月28日6版）

味、道《野狐岭》

段珂（兰州城市学院文学院讲师、文学硕士）

《野狐岭》是耐人寻味的。雪漠讲的故事错综复杂，让你在熟悉与陌生之间感到神秘；雪漠讲的故事有趣，让你在探秘的过程中体会大漠的荒凉与艰辛；雪漠讲的故事线条清晰，让你在不断地回味过程中发现每个角色的生命征程。所以，雪漠说"或许，你能见到未知的自己"。

味

人情味野狐岭。《野狐岭》中的幽魂们、骆驼和作者都以人的口吻讲述自己的故事，自然句句流露出人的情感态度和价值观。每一个故事看似角色不同，却又都出自于一个人之手；每个角色的经历不同，想法不同，但是情感的主线不变，所有的角色的情感出发点都是一个人正常的情感流露；甚至在《野狐岭》当中的骆驼都有了人的情感、人的思维、人的处事动机。在相同中寻找不同，在不同的经历中又回味相同，正如雪漠说"我这时的创作，其实是完全跟自己'玩'的"。

生活味野狐岭。一部作品的生命力来自生活，《野狐岭》最大的成功就是生活，而且是每一个生活的细节。这是一部以驼队生活为主的小说，骆驼的起居、配种，驼把式们的生活以及那痴迷木鱼歌的岭南落魄书生，身怀深仇大恨从岭南追杀到凉州的女子等人物都在雪漠的笔下变得真实而丰满。同时，更值得一提的是落魄书生的贫穷与追求，木鱼妹的心中充满了仇恨一路扮乞丐的历程，都真实地再现了《野狐岭》的生活味。

大漠味野狐岭。文化的起源来自历史的存在，野狐岭的存在本身就是一道风景，凉州的大漠及其地貌特征本身就有一种荒凉、静谧、旷野、神秘之美。《野狐岭》以文化的方式让野狐岭绽放光彩，让更多的人了解这千年古道并不寂寞，赋予它生机，赋予它胸怀，赋予它魅力。

《野狐岭》是意味深长的。野狐岭的魅力在于它有很多条线索，从哪个角度想开去都是顺理成章的。这就给读者留下了许多线索，可以顺着这些线索，去体味去寻找野狐岭。

道

大漠之道。这是一条有目的、有方向的驼队，然而他们却消失了。大漠的一望无际，西部最有名的驼队，一支蒙驼队，一支汉驼队，各有二百多峰驼，就这样消失了。人们自然而然要跟随笔者的脚步踏上大漠之道，寻找未知的谜底。

乡野之道。进入大漠，就像进入了热闹的集市，幽魂们还原着当时的场景，让人历历在目。每一个驿站都有着浓浓的乡野习俗，这些习俗是真正的凉州风味。

阴阳之道。阳间之事，用眼用耳足以感知；阴间之事，却要用心灵去体味。要了解西北之事，自然也要了解阴阳两界才够完整。雪漠用招魂的方式，让幽魂们讲述阳间的事宜，以第一人称的方式打通了这阴阳之道，读来清晰、真实、有趣。

岁月之道。故事本身就是历史，历史记录的是岁月。岁月是厚重的历史，有记载的还有未知的。幽魂们的会议在重塑着历史，从不同的角度，从不同的事物中还原场景，再现岁月，留给人深深的思考。

生命之道。百年的轮回，百年的追寻，百年前的诉说，百年后的倾听，都凝结在这《野狐岭》中。是故事也罢，是历史也罢，总能让人感受到浓浓的西北味。不同的地域，不同的人情世故，不同的风俗，不同的生命历程。让人不得不想，追溯千年、万年的西北又会是怎样的场景？正如《印象湘西》一样，《野狐岭》带给大家的是印象西北。

在读《野狐岭》的过程中，我一直被浓浓的探秘感包围着，感受着每一个细节的真实存在，又在真实的存在当中重重设疑，反反复复，心中的涤荡不断，这就是一本好书的魅力！

文学巫狮

——十字架下探索的文化地理坐标

孙悟祖

《野狐岭》是雪漠的第七部长篇小说，从"大漠三部曲""灵魂三部曲"到今天的《野狐岭》，雪漠是精神漂泊的一个异数，他在寻找文化方位时，为我们提供了一个坐标和文学轨迹。

首先，叙事技巧本然的回归。这次的回归不是一般意义上的传统回归，而是有别于以往叙事上的"琐屑"，变得更加大气，有其历史大事件的融入。《野狐岭》加强了小说文本的叙事能力，尤其宏大场面的驾驭能力，这是非常好的体验和尝试，也是一种回归小说本然的写法，旨在求得本真——历史的真相。

凉州的作家对齐飞卿的素材，整理得多，但运用好的不是太多，包括我自己也一直没有找到一个很好的入口，将历史事件融入现代小说。素材的入口和出口非常重要。大师也一样。海明威就把《永别了，武器》的结尾改了三十九遍才觉得满意。那不仅仅是语言，重要的还有人物塑造完散发出的艺术效果和魅力。但雪漠做到了，明显驾驭历史题材的掌控能力有了质的飞跃和转变。看看托尔斯泰的《战争与和平》和肖洛霍夫的《静静的顿河》，你就知道，我们之间有许多差距，而且驾驭"宏大场面"

的叙事能力远远不够，尤其人物的出场和设计，还有矛盾的演进能力不是行云流水的自然，而是前拉后拽地在缝补衣裳。最后，就成了一件皱巴巴的寿衣，作品的内容往往死于形式上。真正的好作品，不显山露水，你看到的就是一座囫囵的山脉，没有造作的痕迹，更像一条大河狂流不息，这需要修炼和觉悟，而恰恰小说的艺术魅力也就在此演绎。故事情节的跌宕起伏不是靠作家的情绪和激情来控制，而是靠理性的经验和写作进程及需要来叙事。好比一棵大树一样，有干有枝，枝枝蔓蔓、错落有致，条理分明、巧妙得当。

其次，语言叙事能力的娴熟运用和加强故事的可读性。严格意义上说，雪漠以往的作品和我一样都不擅于叙事，这是一个小说家的短板，也是一个致命的弱点。可是，雪漠艺术化地弥补了这个弱点，反而开创了小说的另一个领域，弱化故事情节，强化心理描写，糅合了意识流和后现代主义，甚至魔幻现实主义的一些东西，使小说具有了多元性，成就了小说在新领域里生存的空间和无限可能性。在《野狐岭》里，情节与细节的叙述都非常细腻，甚至很到位，他所创造的小说事物比现实事物更加真实，这就是多年磨炼的艺术功力表现出来的结果。这一切，不是一个作家有意而为的选择，而是一种尝试和对自己的挑战，更是一个作家像斗士一样的心路历程和血泪史。他像一名虔诚的宗教苦行僧一样，在朝拜的路程中冥思苦想，上下求索。

他做到了海明威所说的那句话：一个作家应该孤寂地踽踽独行，穷首踟蹰，惨淡经营。这些忠言警句，我深以为然。我们不能躲在"精神的避难所"里呻吟，更不能徒手玩弄文字的游戏和技巧，做个弄潮儿趋炎附势，附庸风雅。这样，只能成为一个文字的匠人而已。大场面造就了大气象，大胸怀铸就大手笔，也可能成就大作家，这是一个作家写作的过程和修养历练的结果使然。还有，在《野狐岭》里，作家赋予人物参透生死的命运价值观和彻悟觉醒，有了新的理解，赋予新的寓意和图解。

再次，就是时空交错的对比化写作，这是文本的最大亮点。凉州文化的贤孝与岭南文化的木鱼歌并置在一起，一南一北的文化差异，一上一下的历史与现在，增添了"横向的分量"。这种立体时空交叉的结构，我在莫言的小说中看到过，他把小说多线条纵横交织立体推进，将一个个碎块熔成一炉，烩为一锅，黏在一起，恰如音乐中的大调与小调的"二声部平行穿插"一样，挥洒自如，汪洋恣肆。一般小说，只要将"历史的厚度"植入就增加了小说的重量和力度，就完成了小说的使命，比如《白鹿原》等好多小说。寻找到一个点，就是一口井，就是一个深度写作。雪漠对自己乃至文学界宣言，立了誓言，也对自己设置障碍，提高写作的难度和写作的技巧，来挑战自己。一会儿在大西北，一会儿在南方；一会儿在阳间，一会儿在阴间，洞穿时空，泾渭分明，纵横交错的故事发展情节，像"网"一样，罩住了读者的心灵，裹住了那个启封的世界。这种"十字架式"写作手法，要看读者怎么理解了。一般读者，肯定说，这样的阅读习惯不好，好像戴上镣铐在跳舞，没有酣畅淋漓的感觉，不像莫言那种天马行空、泥沙俱下的写作方式，他是挑战读者的阅读智商和理解能力。把两个毫无关系的镜头放在一起做对比，效果鲜明，感染强烈，加强了艺术的穿透力和感染力。这种技巧国内的作家尝试的不多，但国外的作家这样写作的很多，比如科塔萨尔、贡布洛维奇等作家。这需要写作维度上的勾连和巧妙联结。如果"磨坊的故事"是核心，那凉州文化的贤孝与岭南文化的木鱼歌就是一对飞翔的翅膀。

其实，之前的"流浪汉"的小说，就有这种技巧写作。只是，靠回忆性的片段来弥补小说主线的进程和叙事。现在，这种阴阳颠倒——黑白分明的对比式写作，就像挑夫身上的一副挑子一样，作家需要技术和能力来掌控前后的重量和重心，把握不好，就会失去重心，人仰马翻，落得个贻笑大方。我这时才想起，海明威在诺贝尔文学奖授奖演说词的那句话，我们前辈大师留下的伟大业绩，正因为如此，一个普通作家常被他们逼人的光辉驱赶到远离他可能到达的地方，陷入孤立无助的境地。雪漠这样做了，又有谁知道这头狮子狂奔后，流下的泪水呢。

麻花与油条的区别就在这里，油条是一根，而麻花是把两根甚至多根糅合交织在一起，运用力学原理，构建饮食文化的艺术效果。这对于作家来说，是一个大大的风险和挑战，如果剪裁得不好，就像美女长了一个大大的嗉子一样，非常不协调，甚至很难看，影响小说的艺术效果。雪漠的尝试做得非常成功，他像一位园艺师一样，巧妙地剪去了那些粗枝细蔓，剪去与主题无关的东西，使小说焕发出勃勃生机，这还要得益于他的语言能力和技巧的娴熟驾驭。

还有，值得一提的是《野狐岭》的写作手法。雪漠的语言和写作手法一直是个说不完的话题。从《大漠祭》到《野狐岭》，从"灵魂附体"到"灵魂出窍"的灵与肉挣扎写作到"神性趋合"的梦魇式灵魂写作，作家对事物的眼界有了开阔的大境界，对事物的诠释和真知有了更深刻的认识，作家在蜕变的过程中，正走向成熟。当然，这一切也是一个大作家的使命和孜孜不倦的追求与目标。作家的快乐和苦闷，不在乎作品的结果，往往是那个抽丝剥茧的过程，好比孩子的分娩一样，惨烈无比的裂变过程。技巧上，借鉴爱伦坡、勒卡雷、阿特伍德、卡尔等西方作家的一些叙事技巧，将悬疑、探险、侦破、推理等西方元素植入本土，使故事情节跌宕起伏，引人入胜，增加了读者的阅读心情和趣味性。

至于读者品味的高低和读者的阅读习惯，那不是一个伟大作家所想的东西。这样的写作技巧，我会在《写作的趣味》和《走向诺贝尔》另外两篇文章里谈到。我期望这样的好作品有更多的人关注，更希望野狐岭的社会效果、意义和影响，比《大漠祭》更远、更好。

直抵心灵的写作

赵武明（《兰州晚报》编辑、散文家）

"一立秋，驼场就骤然忙了起来。你知道，春天骆驼回来叫放场，秋天骆驼出门叫起场。起场是大事，驼户养骆驼，就是为了起场的。只有起了场，人家才给你驮运费。不起场，你喝风呀？"一打开《野狐岭》，雪漠就给我们描绘了两百年前蒙汉两支驼队在野狐岭神秘失踪这个故事的场景。不断磨砺是为了回归，回归恰恰又是为了更好地重新出发，不仅仅是身心并重地写作，更多的是精神的皈依以及对文学的坚守，更准确地说是韧性地写作。这种韧性使雪漠在创作中一步步地升华，从最初的"大漠三部曲"（《大漠祭》《猎原》《白虎关》），到"灵魂三部曲"（《西夏咒》《西夏的苍狼》《无死的金刚心》），如今又回到大漠之情，西部之壮的《野狐岭》。作家需要写作意义上的探索，这种探索是为了让自己的灵魂和心灵拥有另外一种可能性。生活的积累和对人性的思忖以及痴心创作的韧性，赋予雪漠了"神"样的创作。雪漠的写作是丰富的，细读他的作品，每部都风格独特，不可复制，不可模仿，都标上了独特的文字印记。

一部好的作品就应闪耀着崇高、圣洁的人性光芒；一部好的作品也应该渗透作家对生活的挚爱。雪漠总是独居一隅，远离喧嚣，诗意地栖居在文学的天空下和西部空旷辽远的意象中，感受内心或次第盛开的花事，或禅意地清扫。文字之上，笔端生花。博胡米尔·赫拉巴尔曾说，因为我有幸孤身独处，虽然我从来不孤独，我只是独自一人而已，独自生活在稠密的思想之中，因为我有点儿狂妄，是无限和永恒中的狂妄分子，而无限和永恒也许就喜欢我这样的人。往事浓淡，色如清，已轻。经年悲喜，净如镜，已静。雪漠的写作，不单单是对文字的一种彰显，更多的是对心灵的依怙。

《野狐岭》中有段话："风跟沧桑一样，刮去了好多东西，却刮不走那个罩了白日的巨大晕圈。我分明看到，几个衣服褴褛的人，仍在晕圈里跌撞着。他们走出了那次掩埋了驼队的沙暴，但能不能走出自己的命呢？晕圈旁有个磨坊，磨坊里发出轰隆声。拉磨的是一峰白驼。驼后跟着的，是一个男人，和一个女人。"苍老的歌声遥遥传来——高高山上一清泉，弯弯曲曲几千年。人人都饮泉中水，苦的苦来甜的甜……

雪漠的文字朴实无华，有着千帆过尽的宁静，和洗尽铅华的干净和纯粹。删繁就简三秋树，领异标新二月花，以最简练的文字表达最丰富的内容，这样的高度，不是每个写作者都能达到的。对于人、对于人的内在的关注，再没什么比这些细节来得更本真了。是的，一个人，但凡心里装满了爱，他的眼里看到的，笔尖流淌的，必将是仁者阳光般的情怀，和智者清风般的禅悟。

雪漠的写作忠实于对自己存在于其中的世界的观察，忠实于一种叫"生活"的东西。这种忠实表现在文本中，就要求剔除一切"浮夸文风、辞藻的堆砌和夸张性的声响法"，要求还原、下降，要求随手可触的细节而非不着边际的想象。这样的文本，始终处于绵延的状态中，它们在空间上打破大情境，削弱高潮、填平细部，从而使得叙述在时间上呈现平静、克制、不间断地流动，这种奇特的叙述流，其实就是雪漠一直追求的那种祖父母讲故事时不紧不慢的方式和在粗犷西部中孕育的南方温情。

《野狐岭》这部小说，更引人入胜的是雪漠用声音来再现灵魂，通过一种语言、一种腔调、一种独白、一种对话来反映灵魂的个性，这种写作是很考验作家笔力的。可以说，《野狐岭》中，声音成为真正的主人公。整部小说都是各种灵魂的声音，各种声音的讲述看似不分先后顺序，也没有逻辑可循，如同一首交响乐里的不同"声部"，有的像是小提琴，有的像是小号，有的像是大提琴，有时鼓乐齐鸣，有时三弦子独奏，看起来很芜杂，却又踩着各自的节奏，演绎着各自的乐章，最终自然而然地汇合成了一首抑扬顿挫的交响乐。比如修行人马在波、小人豁子、汉驼王黄煞神、杀手的声音叙事，大家听了可能会有更直接的感受。

马在波说："野狐岭里发生的故事，就是我寻找时的一种经历。我随着那支驼队，在寻找一个叫胡家磨坊的所在。凉州有个古谣：'野狐岭下木鱼谷，阴魂九沟八涝池，胡家磨坊下取钥匙。'按老祖宗的说法，找到胡家磨坊，就能找到真正的木鱼令。找到木鱼令，就能达成'三界唯心'，你就能实现你想实现的任何意愿。当然，对这种说法，我一直没有弄清。要知道，这世上，有些事，是永远弄不清的。"雪漠作品的思想既具有远古神话的特征，又具有后现代的特征。《野狐岭》把好看的故事、新颖的形式、狂放的想象力和扎实的接地气的笔墨融合在了一起。同时，在小说的故事性、叙述方式、精神结构等方面，都显示了雪漠不断挑战自我的努力。正如雪漠自己所言："《野狐岭》中的人物和故事，像扣在弦上的无数支箭，都可以有各种不同的走势、不同的轨迹，甚至不同的目的地。"

人类是奋进的，不是因为在大自然所创造的所有生灵中只有人类拥有不竭的声音，而是因为人类拥有心灵———一种让人能怜悯、能牺牲、能承受的精神。作家的责任在于抒写这些东西。他们的荣誉在于通过完善人类的心灵，提醒人类要拥有勇气，要有荣誉感，要拥有希望，要有自豪感，要有怜悯心，同情心和牺牲精神———这一切优秀品质是人类过去历程的光荣。作家的呐喊不只是记录人类的历史，作家的呐喊应该是一根擎天大柱，帮助人类去承受，去战胜，去皈依。雪漠的写作，彰显了文字的力量，宕开了文字的向度。他对《野狐岭》的写作倾注了更多的思想和情怀，这种推敲式、分娩式的苛求，给作品注入了活力，让作品更加让人耐读。

福克纳在接受诺贝尔文学奖的演说中强调，作家必须忠于心灵深处的真实情感：爱情，荣誉，同情，自豪，怜悯之心和牺牲精神。"少了这些永恒的真实情感，任何故事必然是昙花一现，难以久存。"福克纳说，"他若是不这样写作，必将在一种诅咒的阴影下写作。因为他写的不是爱情而是情欲；他所写的失败里，谁也没有失去任何有价值的东西；他所写的胜利里没有希望，而最糟糕的还是没有怜悯和同情。他的悲伤并不带普遍性，留不下任何伤痕。他描写的不是人的灵魂，而是人的内分泌。"

作家必须忠于心灵深处的真实情感，创作者必须重新学会这一切；必须教会自己认识到一切事物的本质是恐惧；教会自己学会忘记一切恐惧；在自己的创作空间里不给其他东西留任何空间，唯一拥有的是心灵的真谛。如果创作者不能做到这一点，那么就永远无法写出佳作。他不是写爱情而是写情欲，他写的失败是不会被认为可贵的，他写的胜利是没有希望的，甚至是没有怜悯和缺乏同情的。因为他的悲伤不是出自世上生灵，不是发自内心，所以留不下深刻的痕迹。雪漠，就是这样一个在地域下写作的作家。在那里，笔端流淌出的不仅仅是西部的情怀，更多的是人文情怀，彰显了人性的光芒。

缺乏了对现实生活的表现和人性的写作，无异于无病呻吟。这个时代充斥了奇幻、超现实、复杂的跳跃式构思，让作品云遮雾绕，让文字像"子弹一样飞"，更有甚者臆造故事，很炫很刺激的描述，在华丽的辞藻下是那样的苍白，这样的作品不读也罢！文学的真正力量，是把我们从这种漠然、偏误和漫不经心中惊醒。马尔克斯说，用于打破阅读与书写惰性的，不是故作惊人语和花哨的出位，而是戳穿幻相，让直指人心的真实本身浮现。生活向我们敞开无数种形态，但文字只能择其一而凝固。文学艺术作为生活的重构，永远无法达到生活本身那块幽秘深远的最后禁地。雪漠这些年来，坚守自己的写作领地，一直在文字的田野里精心耕作，不断突破自己。无论是"大漠三部曲"，还是"灵魂三部曲"，甚至《野狐岭》，他的写作不但印证了生活景象和心路历程，更是直抵心灵。

文字的力量犹如闪电。总能在瞬间撕破阴霾和厚重的天空。雪漠的语言有着浑然天成的美，不妖冶、不粉饰、不故作姿态，就像旷野里的一棵树，静寂生长，兀自繁华，把根扎向思想的深处，用杆撑起四季的风景。世界依然喧嚣，我们只求独守和开拓内心的净地——文字。它是上天赐予众生的眼睛，总能在红尘万丈里窥得般若、澄澈和慈悲。

揭秘 《野狐岭》 下

西部文学的自觉与自信

主　编：陈晓明
副主编：张凡、陈彦瑾

中国大百科全书出版社

图书在版编目（CIP）数据

揭秘《野狐岭》：西部文学的自觉与自信. 下 / 陈晓明主编. —北京：中国大百科全书出版社，2020.9

ISBN 978-7-5202-0823-9

Ⅰ. ①揭… Ⅱ. ①陈 … Ⅲ. ①长篇小说—小说研究—中国—当代—文集 Ⅳ. ① I207.425-53

中国版本图书馆 CIP 数据核字（2020）第 165905 号

出 版 人	刘国辉
主　　编	陈晓明
副 主 编	张　凡　陈彦瑾
策划编辑	李默耘
责任编辑	姚常龄
责任印制	陈　凡
出版发行	中国大百科全书出版社
地　　址	北京阜成门北大街 17 号
邮　　编	100037
网　　址	http://www.ecph.com.cn
电　　话	010-88390739
印　　刷	太原日报传媒集团有限公司
开　　本	880 毫米 × 1230 毫米　1/32
字　　数	264 千字
印　　张	11.75
版　　次	2020 年 9 月第 1 版
印　　次	2021 年 1 月第 1 次印刷
定　　价	116.00 元（全二册）

本书如有印装质量问题，请与出版社联系调换

辑三 对话

辑四　创作谈

辑三

对话

一、从《野狐岭》和莫言小说看小说的民间性和世界性

——雪漠与曹元勇对谈

主题：小说的民间性与世界性——从雪漠〈野狐岭〉和莫言小说谈起

嘉宾：雪漠　曹元勇

主持：陈彦瑾

时间：2014年8月18日晚6：30

地点：上海季风书园

2014年8月18日晚，由人民文学出版社主办的"小说的民间性与世界性——从雪漠《野狐岭》和莫言小说谈起"文学对谈会在上海文化地标季风书园举行，对谈嘉宾为《野狐岭》作者、国家一级作家、甘肃省作协副主席雪漠和上海文艺出版社副总编、莫言小说编辑曹元勇，主持人由《野狐岭》责编、人民文学出版社编审陈彦瑾担任。本次活动为人民文学出版社在2014年上海书展期间为雪漠长篇新作《野狐岭》举办的系列活动的第一个活动单元。

以下为发言记录（有修订）。

1. 引子

◎**陈彦瑾：**大家好，感谢大家在这个下着大雨的晚上来参加我们的活动。今晚，我们是因为一本书而相聚的，这本书就是著名作家雪漠老师最新创作的长篇小说《野狐岭》。

《野狐岭》刚由人民文学出版社出版不到一个月，就已经连续加印了三次，这是我们没有想到的。同样没有想到的是，这本

书的首场分享会能够在上海文化地标季风书园举办。在此，我代表出版社，特别感谢季风书园为我们提供这么优雅的活动环境，谢谢季风。

这本书出版之后，在读者和媒体间引起了很多文学话题，比如对阅读能力的挑战，也比如今晚对谈的话题：小说的民间性和世界性。

先给大家介绍一下我们今晚对谈的嘉宾，首先是《野狐岭》的作者雪漠老师。雪漠老师是甘肃省作协副主席，也是西部文学的代表作家，他获得过冯牧文学奖，也曾两度入围茅盾文学奖。雪漠老师的创作力非常旺盛，迄今已创作了"大漠三部曲"和"灵魂三部曲"六部长篇小说，《野狐岭》是第七部。第二位嘉宾是上海文艺出版社副总编辑曹元勇老师。曹元勇老师是资深编辑，是诺贝尔文学奖获得者莫言的小说编辑，也是评论家、翻译家。他已经策划出版了近百种图书，其中有草婴译《托尔斯泰小说全集》（十二卷），有诺贝尔奖获得者莫言作品系列十六部，还翻译出版了《马尔特手记》《海浪》等著作。

现在，我们有请两位嘉宾上场。首先请雪漠老师跟大家说几句。

●**雪漠：**首先，我非常感谢人民文学出版社，他们把这本书做得如此之好，而且推广得也很好。在座的朋友中，就有人民文学出版社里负责宣传、发行的一些老师，他们非常热情。今天，我到书展现场去转了一圈，结果发现，他们把我的书放在了非常重要的位置。而且他们还组织了这么多活动，我首先想感谢人民文学出版社。另外，我还想感谢季风书园给我们提供了这么好的机会，还提供了这么好的场地。过去，我在上海读过两年研究生班，当时我经常到季风书园来，毕业之后，每次到上海，我仍然会来季风书园。

我也想感谢曹老师，上海文艺出版社和我的渊源非常深，我的处女作《大漠祭》和非常重要的作品《白虎关》都曾在上海文艺出版社出版，所以，我对上海的印象一直很好。今天，我跟一些朋友也谈到了这一点，我说，在我的生命中，上海留下了很多抹不去的印记。《大漠祭》出版的时候，我只是一个名不见经传的甘肃作家，但上海认可了我的作品，还用很大的力度推广了我的作品，所以，我一直觉得，这个城市，这块土壤，有着很多城市不能比的特质。而且这次的上海书展也非常大气，每天有那么多人去买书，在这个时代，在很多城市的人都不爱读书的大环境下，上海居然有那么多人热爱书，这说明，上海真是一个让人尊重的城市。

我还想感谢在座的诸位，我知道，其中一些人从很远的地方专程赶来，比如刚才找我签名的几位读者，就是从北京、安徽等很多地方来的。我还听说，有些外地读者正在赶来的途中。从这些读者身上，我总能感觉到一种非常温暖的东西。所以我老是说，我正是为这些读者写作的。如果不是因为这么多读者都在期待我的作品，我其实是不愿写作的，我更喜欢读书，更喜欢修行。但有了这些读者，我就有了写作的意义。所以，我今天着重感谢的，也有我的这些读者们。

下面我们请曹元勇老师说几句。

◎曹元勇：雪漠老师真是很谦虚。我也不是上海本地人，我是从北方到上海来谋生的，我也发现，上海确实有它包容的地方。今天，我跟雪漠老师第一次见面。但是对雪漠这个非常有名、非常有创作实力的作家，我是早就知道的。先前和陈彦瑾女士谈到我们做编辑的心态，当我们遇到一位非常优秀的作家，编辑了一部非常优秀的长篇小说时，我们的那种幸福感，是难以用语言来表达的。

虽然我们上海在很多年前就出版过雪漠老师的《大漠祭》和《白虎关》，而且《白虎关》也参加了上一届的茅盾文学奖评选，但我个人对雪漠老师的其他作品并不了解，《野狐岭》是我读过的第一部雪漠小说。不过，读完《野狐岭》之后，我就萌发了一个念头：无论如何——即使没有今天这个活动——我都要找机会跟雪漠老师结识一下。所以，今天能在上海的文化地标季风书园跟雪漠老师见面，应该说是一件非常荣幸、非常愉快的事情。

2.故土与创作

◎**陈彦瑾：** 谢谢雪漠老师，谢谢曹老师。最近书展大家都非常忙，曹老师的活动也非常多，但是曹老师告诉我，短短几天内他已经把四十万字《野狐岭》整个读完了，这让我非常感动。现在，我们进入今晚文学的对谈。

我跟曹老师沟通过，《野狐岭》给我们感受非常深的，是西部文化的本土色彩，以及其中浓浓的西部味道。我知道，"大漠三部曲"是雪漠老师在西部大漠里闭关很多年之后创作出来的，而《野狐岭》却是在远离西部的岭南东莞创作的。所以我很好奇，想知道"故乡"对于作家的创作到底有多大的影响。也许，西部故乡的味道，已经融入了雪漠老师的生命血液，所以，这部在岭南创作的《野狐岭》，从文本看，本土色彩和西部味道丝毫不亚于"大漠三部曲"。那么，我想先请雪漠老师谈一谈西部故乡和《野狐岭》创作之间的关系。

●**雪漠**：过去谈到我的文学理念时，我说过，我是一棵树，根一直扎在西部。虽然最近几年我离开了西部，但是去年我去甘南草原采访，在那里住了大概半年时间。在那个地方住下之后，我晚上睡觉虽然睡得很好，但早上醒来，却总是觉得自己好像没睡过一样，找不到任何睡过觉的感觉。半年后，有一天我在《北京晚报》上发了一篇文章，里面配了一张照片，有个读者看了之后，就给我在QQ上留言说，他看了《北京晚报》，非常伤心，因为雪漠老师老了很多。我当时觉得很奇怪，我说，《北京晚报》可能为了让我显得更有沧桑感，就故意把我的胡子染白了吧？结果有一天，我发现自己的胡子真的白了，只是我一直没有发现而已。那张照片原来不是处理过的。这说明，半年之内，我一下老了，但自己没有时间照镜子，才一直不知道。所以，我在西部的很多体验，是真的付出了生命的。

今年，我们又去西部采访了两个月，刚刚回来，当时我们每天都自己开车出去采访，在西部拍了很多照片。现在，可能很少有作家会像我那样去采访了。所以，《野狐岭》中有许多充满想象力的东西，其实是有着非常扎实的现实功底的，每一个细节其实都是真实的，写出了一个真实的中国。比如，其中关于骆驼客的所有知识，都是我点点滴滴采访而来的，至今，我没有发现哪个作家能写出类似的东西。这样的写作很苦，但作品里会有一种挥之不去的味道，那种味道代表了灵魂意义上的西部。但是，如果我一直待在西部，可能就会把《野狐岭》写成《大漠祭》。所以我走出西部，接触了岭南文化，接触了上海文化，接触到当下时代的很多东西，也接触了西方文化中的很多东西，因此，我才能写出现在大家看到的《野狐岭》。虽然《野狐岭》的写法别人不一定喜欢，但我必须这样写。因为，我想探索小说的另一种可能性。我一直认为，艺术如果没有创新，艺术的价值就消失了。所以，我非常喜欢莫言这个作家，曹老师编辑的那套莫言小说我全有，莫言的创作非常饱满，既有地域性，又有世界性，这种创造力就是作家的艺术表现能力。我一直在尽量地探索小说的可能性，但是又不离开西部的文化土壤，这样，我的作品就会有底气，又能成为艺术品，而不是单纯的报告文学或非虚构小说那样的东西。在中国作家中，目前注重形式探索的人不多，除了莫言之外，我也很喜欢阎连科，而很多非常有名的作家我并不喜欢。因为，他们总是在平面层次上重复自己。其实，在文学意义上说，这样的作家已经"死"了。现在有很多作家其实都已经"死"了，他们既没有对生活的深刻挖掘，也没有艺术上的探索和创新。而这两点，正好是《野狐岭》最主要的一种尝试。

3. 文学的民间性与世界性

◎**陈彦瑾**：谢谢雪漠老师。我之前跟曹老师谈过一个现象：在今天这个全球化的时代，很多作家往往不太愿意说自己是地域性作家。但是我们又会发现，刚才提到的莫言、阎连科这些有着世界影响力的中国作家，恰恰是地域性和本土色彩都非常鲜明的作家。包括马尔克斯、福克纳这样的大作家，他们也都有自己的地域性，而且，在他们的作品中，故乡是很重要的部分。关于文学的民间性，莫言曾说过，文学的力量来自民间；阎连科也说过，对于作家而言，地域就是他的全部。作家在文学创作中如何体现民间性和世界性的关系，如何由此获得世界性的影响力，这是一个很有意思的问题。请曹老师谈谈您对这一问题的看法好吗？

◎曹元勇：正如刚才雪漠老师讲到的，他的文学生命是一棵大树，任何一棵大树都有它扎根的土壤，作家也是这样。对于作家来说，所谓的民间，我觉得不能从民俗学的意义上去讲。作家的民间首先是他所书写的那种生活，比如他的童年经验，他的故乡，他的文学创作所立足的土地、历史和传奇。对雪漠老师来说，故乡就是他的大漠，他的根在凉州；对莫言老师来说，故乡就是他的高密东北乡。所以，对作家来说，民间一方面是文学的，另一方面它是一片有着故乡色彩的土地。一个优秀作家，首先必须熟悉生养自己的土地。我觉得，没有哪个作家能把一种陌生的经验写得很好，他首先写的必然是自己最熟悉的一种生活、经验和体验，包括那片土地上的历史、传说等。但与此同时，作家也不能变成民俗学家。你如果仅仅着力于书写一个地方的民俗，那就跟民俗学者没什么差别。作家的创作不同于学者的地方在于描写人，作家写民间其实是在写人，民间只是作家笔下的人所立足的舞台、背景而已。作家需要做的是对人性的挖掘、对人性的洞察。从这个意义上说，当作家对人性有了丰富的洞察之后，才可能在世界层面上达到一种共识，或者达到一种世界性的沟通。

我想，当我们阅读福克纳的作品，或是其他作家的作品时，我们首先不是对那个地方的风俗习惯感兴趣。真正吸引我们的，是他们所描写的那些人和我们有共通的地方，也就是人性中一些共有的东西。

所以，雪漠老师说他回到西部去采访，采访到一定程度时，又要离开西部，去另一个地方，从远距离观照它，换一种眼光，换一种眼界，这时对西部才会有新的发现。如果他一直生活在那个地方，思维模式和写作模式就会受到当地方方面面的影响。比如，你可能会受到凉州那些朋友的思维方式的影响，会顺着当地的某种思路去写作，那么你就跳不出那个固有的东西。你只有跳出那个环境，才可能对它有新的发现。

我读雪漠的《野狐岭》这部四十多万字的长篇，第一个感觉就是他对民间的很多经验把握得非常精到。你不觉得雪漠是小说中的驼户、驼队之外的某个人，而是其中的一员。他对每一个驼户，无论是汉人驼户，还是蒙人驼户，都非常了解。他写汉人驼户和蒙人驼户的时候，你觉得好像不是雪漠在写，而是那些驼户自己在讲述，于是你也就有了一种身临其境的真实感。更令我惊奇的是，雪漠甚至把自己完全化身为了骆驼——无论是公骆驼、还是母骆驼——你感觉他的叙述不是人在叙述，而是骆驼在叙述自己的眼里所见的世界。在这本书里，雪漠对人性、对动物性，可以说是把握得非常精准。而且他对某种物性的把握，不但完全超越了某个人的局限，而且完全扩大到每一个人物身上，让他们各自担起了叙述的责任。要完成这样的创作，他必须有丰厚的民间经验。

关于怎么处理小说的世界性，我觉得这是另一个话题。雪漠刚才讲到，他要在艺术上有创新，他的每一部作品都不能跟上一部作品重复，否则一个作家在艺术上就已经死了。我觉得雪漠讲得非常好，因为有些作家写了一部书，讲了一个故事，然后再写一部书，又讲了一个故事，但讲故事的方式没有变化。包括一些我们熟悉的大作家，你去看他们的叙述方式，上一部小说和下一部小说没什么差别，叙述模式上看不出任何变化。那么，他挑战了自己吗？没有。我觉得，这时候，他无论在艺术上的探索也罢，创造也罢，都对自己没有要求了。但雪漠在艺术上对自己是有要求的。我觉得在这部作品中，他就对自己提出了非常高的要求。刚才，他也讲到莫言，他说得很对，你只要认认真真地看一下莫言的几部长篇，就会发现莫言从不重复自己。莫言的每一部长篇都是一个新的架构。对于他来说，经验已经在那儿了，他需要找到一种新的叙述方式，找到一种最适合当下题材的、全新的、最有表达力的叙述方式。这就是一个优秀艺术家对自己的高要求。换句话说，当你更换一种艺术的叙述模式和叙事方式的时候，作品也就自然会产生一种新的意义。雪漠老师的《野狐岭》是一部多视角转换的小说，对他来说这应该是一种崭新的尝试，同时也为这部小说赋予了超越性的意义。如果雪漠用写《大漠祭》的方式创作《野狐岭》，用一个他曾经采用过的角度来叙述，那么就只是又讲了一个新故事而已，从叙述上，他就没有赋予作品更多的意义。所以我觉得，作品拥有世界性的前提之一，就是你得给读者提供一种新的视角，一种新的观察方式，如果你能让读者换一种眼光、换一种视野去关注世界，而这个角度又是读者从来没想过的，那么你的作品就有了实现世界性的可能。

有人也说，文学的世界性必须先得是被世界认可了，作品被翻译到国外了，但我觉得这其实并不是最重要的。有没有获国际性的奖项并不重要，因为得了奖的不一定是世界性的，没得奖的也不一定就不是世界性的。用我们的老话讲，就是有非常辩证的东西在里面。

4. 横的世界，纵的历史

◎**陈彦瑾：** 谢谢曹老师。刚才我们还谈到，《野狐岭》这部作品是非常接地气的，就是说，它真的像一棵大树那样，深深地扎根于作家非常熟悉的土壤，同时，它的枝丫又是伸向天空的。对这个"天空"，我的理解就是一种世界性，一种更为广阔的东西，里面有一种作家对自我的超越，以及对人类的共通情感、人性的秘密、生命体验、灵魂境界的追求和表达，还有在文学艺术手法上的探索和挑战。

熟悉雪漠作品的读者读了《野狐岭》，很可能会觉得非常震惊，因为它呈现了一个完全不同于前六部长篇的文学世界。就像刚才曹老师所说的，这个文学世界有着多视角的叙事方式，它的结构、悬念以及小说语言等都很独特，从中，我们甚至能看到很多大师的印记。所以，我想请雪漠老师谈谈，您在进行《野狐岭》的艺术探索时，有没有一种对文学的世界水准的考量和追求？

🔴**雪漠：** 在《野狐岭》之前，我写过六部小说，按照一些人的说法，我的起点很高。因为我的第一部作品就是长篇小说《大漠祭》，而且《大漠祭》差一点获得茅盾文学奖。雷达老师当时告诉我，我和得奖者之间只有一票之差。我和莫言也曾同时入围茅盾文学奖的最后一轮，莫言是《蛙》，我是《白虎关》。从一开始的很多部小说，一部一部淘汰到十四部，再淘汰到七部，这时候我们的作品仍然在里面。这说明，我的小说已经进入了中国第一流小说的行列。你想，曹老师他们出版社四年来出过多少长篇，但他们最终上报的五部作品之中，就有我的《白虎关》和莫言的《蛙》，最后莫言获奖了，我没有获奖，但也进入了比较靠前的名次。我的意思是，从刚开始，我在文学上就对自己要求很高，我不管世界认不认可，我只管贡献出好东西，绝不让读者觉得读我的书在浪费时间。

在座的很多读者都是从外地赶来的，很多人读了我的一本小说之后，会一本一本地读下去，甚至包括我的哲学著作。刚才，有几位朋友来的时候，带了我的哲学著作，每一部也都不同。我给自己设定了一个写作标准，那标准是一个坐标系，横的是世界，纵的是历史，我总是在追求这个坐标系，然后找到自己最佳的那个点。如果达不到这个点，我就不写作了，索性去修行。

如果不是我曾经干扰了自己的写作，《野狐岭》可能比现在更精彩。中间有很多非常精彩的片段，都是很久以前就写好了的。我写文章有一个特点：不是我在写，而是文章自己往外喷，而且喷出来的都是好东西。但是写《野狐岭》的时候，它超出了我的预期，我想写一部好看的小说，但是它喷出来的都不好看。我说的好看，指的是可读性意义上的好看。灵魂流淌它不是这样，它是一个人灵魂深处的东西，它一般不会有很强的可读性，而是灵魂中一种巨大的诗意的自然流露。这种东西没有情节性，没有故事性，一些读者不一定会喜欢。所以，灵魂中一喷出文字我就罢工，但一写又会开始喷，那么我就继续罢工，但一写它仍然继续喷，折腾到最后，我就完全停下来了，而且开始重写。因为我想把《野狐岭》写成一部比较畅销的小说。但是从艺术上说，里面最精彩的内容，实际上还是自己喷出来的那些文字。所以，我对文学的这种干扰，在某种程度上，其实损伤了《野狐岭》，里面最初充满了非常饱满的好东西，就像《西夏咒》。从艺术上说，《西夏咒》是我最好的小说，它完全是喷出来的，是我写给自己灵魂的一本书。《野狐岭》也是这样，所以我的要求始终比较高，但是《野狐岭》无论从哪个角度看，都是值得读者一读的。我看过很多国外的畅销书，也包括一些大作家的书，我觉得《野狐岭》并不逊于他们的作品。所以文学跟名气是没有关系的，好东西就是好东西，不好的东西就是不好。名气大写出的不一定就是好东西，我的名气不如他们大，但我写出的东西都是好东西。它们毕竟是从我生命里流淌出来的，而且我给自己的定位，一直都是历史和世界。

5. 成为大作家的秘密

◎**陈彦瑾**：从莫言、阎连科和雪漠老师身上，我看到了一种共通性，就是说他们三个人身上有一种相似的、相通的东西，很有意思。首先，他们三位都生于农民家庭；然后，他们的作品地域性都非常鲜明；第三，他们对生养自己的土地都怀有非常深的感情。巧合的是，我和曹元勇老师也都是阎连科的编辑，所以今天我们也谈到了他。阎连科在香港书展有过一次演讲，他是河南人，用豫西一个小村庄代表生养他的中原大地，他说，这个村庄就是我写作的全部，了解了这个村庄，我就了解了世界；丢掉了这个村庄，我就丢掉了一切。这种情怀在莫言和雪漠老师身上也有。他们三位现在都很有影响，也分别代表了三种不同的文学经验，如雪漠老师之于西部大地，阎连科之于中原大地，莫言之于东部沿海。而且，他们三位都是非常注重艺术探索的，莫言在每一部小说中，对自己都有一种新的要求，阎连科也是，他的每一部作品都不一样，雪漠老师同样如此。所以，我在想，我们能不能从他们三位的相似性上，看出一个作家如何成为优秀作家——而且是能够影响世界的大作家——的秘密？我想请两位嘉宾来谈一下你们对这个秘密的看法。

◎**曹元勇**：我先接着雪漠老师前面的话说两句。无论是雪漠老师的发言也罢，《野狐岭》的后记也罢，都给人一种非常自信的感觉。你会想，雪漠老师怎么这么自信呢？如果大家不认识他，或者没有读过他的书，可能就会觉得这个作家好像很狂妄。其实我觉得，第一，雪漠老师的创作肯定是在了解世界文学的基础上进行的，包括他对自己的判断也是这样。但现在，很多热爱写作的人不是这样，他们动不动就说我要写一部巨著，可是他们对目前世界文学的状况并不了解，不知道别人在技术或是其他方面达到了什么层次、有过一些怎样的贡献，我觉得这种人才是真正的狂妄。从《野狐岭》——很抱歉，雪漠的前几部作品我没有看过，只能说《野狐岭》中可以看出，雪漠老师对世界文学的很多东西是非常了解的。莫言、阎连科，还有其他一些很了不起的作家也是这样，他们对世界文学在不同阶段达到了什么层次，达到了什么高度，是非常了解的。在这个前提下，他们创作一部作品的时候，面对的就不仅仅是自己了，而是整个世界，因为毕竟人家已经塑造了一座座文学高峰，我们不能忽略那些高峰，自己堆个小土堆就说那是一座大山。了解世界文学的人，会有一种思考：我的作品究竟要塑造一座怎样的高峰？

刚才也讲到，出类拔萃的作家在艺术上都有新的探索，我们过去叫玩花招，实际上它不是花招。所谓的花招也不是想玩就能玩的。对这一点，雪漠老师肯定深有体会。你想，写一部四五十万字的长篇，光玩一个花招就想糊弄这么多聪明的读者，是不可能得逞的。所以，形式的探索是一个非常重要的环节。关于这个形式，刚才雪漠老师也说了，他的作品是喷出来的。我过去常常想，像莫言，还有印裔的拉什迪这些作家，你读他们的作品，会觉得那就是自然而然从特定土地上长出来的东西，就像一棵植物。任何植物都有它的形式，这个形式可能是我们一眼就能看明白的，也可能是我们深入探究后也难以说清楚的。就像我们所说的大树，你朦朦胧胧地看到轮廓，但是对于它的细节，你需要钻进去才能探索清楚。但也许你顺着树干爬上去，爬到这个树枝上看看，再爬到那个树枝上看看，最后对它的整体还是不可能有完整的把握。所以，其实我也很想知道成为优秀作家的那个最根本的秘密到底是什么？也许雪漠老师能告诉我们，因为他写出了"光明大手印"，这说明他是有一定修为的。我这种普通的读书人，知道的只可能是其中的一些不重要的方面，我相信我也渴望知道那个最根本的秘密。

当然，在我看来，你的一切写作都是和自己的根基有关的，这或许是秘密的第一个方面。而且作家呈现给我们的作品，其实和他生长的土地，从个性上就有相似的地方。比如莫言，他的作品非常丰富饱满，就像山东那块非常富饶的土地，他所有带刺的骨头都藏在高粱地里，藏在那块植被丰茂的土地里面；而阎连科生长在豫西的大山里面，那个地方真的是什么都不长的，只有硬邦邦地裸露于光天化日之下的岩石，所以在阎连科的作品中，带刺的骨头有时会像岩石那样直接地露出来。有时跟朋友谈到阎连科，我会说：为什么不能多一点血和肉呢？当然，这是我个人的观点。但阎连科的作品有时就是这样，仿佛在说：我不需要这些，我就把带刺的骨头架亮给你看。所以，阎连科无论是早期的《日光流年》，还是后来的《丁庄梦》——《丁庄梦》讲了一个被艾滋病感染村庄的故事，毫无疑问，这是一部很不错的作品——都充满了这种带刺的骨头。而雪漠老师的作品，就像他说的那样，往往是喷涌式的。读《野狐岭》，我觉得他的叙事就像沙漠里的沙尘暴一样，"哗"一下就过来了，他自己都控制不了，所以他写骆驼时才会用了那么大的篇幅，后来写沙尘暴也是这样。我觉得自己不是在读小说，那沙尘暴好像就在我眼前，我甚至担心自己会不会被卷进去。我觉得，雪漠在叙述上这样的特点，一方面是他通过后来的写作训练得到的，另一方面，或许就是他所熟悉的那块土地赋予他的。

然后，在艺术形式上，我们还是回到刚才的话题，有些东西是大地上有的，比如说你扎根的那块土地，我们的经验就来自我们扎根的土壤。但是作为一个艺术家，你可能并不束缚于你的经验。有很多艺术家对自己的要求、或者说对艺术的理解，永远就是被拴在了经验的层面上，比如生活经验。他可以洋洋洒洒地写几部作品，但是作为艺术作品而言，他没有超出自己的经验。刚才陈彦瑾女士讲到天空。艺术中的天空是什么？就是我不光跟经验有密切的血肉联系，还超越了经验，变成了一个站在云霄之上的人，对自己的经验进行观照。当你观照它的时候，就必然会产生一种新的形式。就像我们搞摄影一样，你肯定有一个取景框吧，这个框就是你的观照视野。站在云霄之上把握自己的经验，就是获得一种超越现实经验的形式。所以莫言的每一部作品都有复杂的结构探索，阎连科其实也是这样。比如我们刚才提到的《丁庄梦》，那里面有一个死掉的小孩，这个小孩的鬼魂见到自己的爷爷，讲了一个因为卖血得了艾滋病而被毁掉的古老村庄的故事。这个爷爷最后也死了，死前他把自己的儿子打死了。这部小说开头还引用了《圣经》里面的一些内容。其实，这些都是小说结构中的一些东西。而且最重要的是，这里面的所有情节，都是那个小孩子的鬼魂所看到的。高层次的小说阅读不是仅仅看故事，尤其面对像雪漠的这本书这样的作品，有时你真的会忘掉这是一部小说，然后完全跟着故事跑了，但高明的读者还会注意作者是用什么结构讲故事。

我们去年出版了阎连科的新作《炸裂志》。细读过他的这部小说，你会发现它有几层结构，首先"炸裂"是一个地方名，《炸裂志》是一本地方志，这个地方的一个叫阎连科的作家被政府请去写地方志，然后阎连科在写地方志的时候就玩了一个花招。小说的主体部分写中国近三十年的历史，一个小地方变成一个大都市，靠的是两种手段，一是女人去卖淫，二是男人去偷盗，反正就是坑蒙拐骗。阎连科在这里用的结构就是，你请我去，我就写了这些东西，结果市长看了很不满意，就要他把这个东西销毁掉。这时，我们如果仅仅看故事，就会想：他怎么写得这么黑暗呢？其实你不要管这些，因为它是有结构的。它另外还有放在卷首与卷尾的"附篇"和"主笔导言"，这两个篇幅不大的附加部分对小说的主体部分不仅是补充，更是一种消解。

雪漠老师的书我想也是这样，首先他是对一段历史感兴趣：两个驼队为什么突然消失在沙漠里面？他觉得很好奇，想知道到底发生了什么事，就一个人去探索。而且这个作家是个高人，他有六通，其中一通就是把亡魂给招回来。这个不奇怪，中国民间有很多这样的故事，像"聊斋"等，很多民间高人都会这个东西。他把亡魂招回来之后，就说你给我讲讲当时到底发生了什么事。接下来的故事我就不能再讲了，再讲就把秘密都讲出来了。我觉得具体内容需要读者自己去看，你会看到各式各样的已经死了很多年的人，他们又回来了，跟雪漠在一个没有篝火的地方聊天。如果有篝火，可能还会发生另外的一种故事。

另外，雪漠的这本书里，有很多东西是未完成的，而雪漠的厉害和高明之处就在这里。这也是本书让我肃然起敬的地方。因为任何一种精神的东西，任何一种写作的视角，都是有限的，你不可能把整个世界弄到里面，只有造物主能做到这一点。所以，里面的采访人也罢，亡魂也罢，故事都只讲了半截，或者说讲了一部分，有可能因为种种原因，采访者必须赶快走出野狐岭，再不出去他自己就变成亡魂了。当然，他有他的使命，至于这个使命是什么，你看书就知道了。它或许就是成为大作家的其中一个秘密吧，这个秘密，是隐藏在作家的精神和生命里面的密码，也是上帝或造物主赋予他的东西，而且这个秘密我们是讲不清的，所以他是作家而我不是。

6. 让自己成为大海

◎**陈彦瑾：** 谢谢曹老师。下面再请雪漠老师来解密。

●**雪漠：** 我的小说创作有一种神秘性，《无死的金刚心》《西夏咒》《野狐岭》都是这样。这个神秘性在于，我在文学上的探索主要是人格修炼，因为除了这个本体之外，别的就是在玩花招了。真正的创新，是一种从内到外的变化，而不是技巧上的变化，你必须有内功，就像独孤九剑必须配合紫霞神功一样，金庸武侠小说中说过，内外功必须合二为一才是高手。所以，我更多的时候是充实自己、完善自己，以一种传统的宗教修行让自己变得真是那样，而不是貌似那样，真的证得那个东西，而不是看起来像。看起来像的，有时就变成骗子了。当然，仪式上也可以允许"看起来像"。所以，在创作的过程中，我总能感受到一种存在，一种巨大的、混沌的、说不清道不明的存在。当你感受到这个存在的时候，就会发现，目前所有的小说技巧已经不能表达它了。所以说，我写《西夏咒》的时候，就让它完全自由地喷涌出来，最后就成了大家看到的样子。我不是在故弄玄虚，而是它本来就那样，作家只是让它从灵魂中流淌出来。这时候，已经不是技术层面的东西了，作家已经变成了一个母体，就像女人生孩子、母狮子生小狮子一样，你如果是小老鼠，就永远生不下狮子，要想生出狮子，你就得首先让自己变成狮子。那么你生下的孩子，才可能具有狮子的力量。当我喷出一部作品之后，过上一段时间，可能又会感受到另外一种存在，所以过了一段时间《无死的金刚心》就出来了。再过一段时间，《野狐岭》也出来了。换句话说，我创作的秘密，就是始终能感受到强有力的生活，它已经远远超出了眼睛和物质那种形而下的层面，是一种生命深处的东西，当代的手法没办法表现这个东西，那么我的小说中就会出现一种新的形式。

最近，我们去西部采访的时候，也遇到了一些类似于招魂的现象。我们在那儿拍了很多照片，《野狐岭》中出现的很多东西，在照片里都出现了。这种东西你说不清，它是大自然中一种很奇怪的存在。它不是迷信，很可能是另外一种我们说不清的生活。当作家感受到这个东西的时候，他过去人生中的很多东西就会受到巨大的冲击，甚至被摧毁。这时，现实主义也罢，目前的表现手法也罢，都对这个东西无能为力了，所以作家不得不用一种新的形式，让他感知到的那个本有的世界，在自己的笔下诞生。我觉得很多大作家都是这样。比如，《尤利西斯》被称为天书，但是我看《尤利西斯》的时候，觉得非常吸引，因为我能进入作者的灵魂深处，能进入人物的灵魂深处，他感知到的，我也能感知到。托尔斯泰、陀思妥耶夫斯基也是这样。他们感知到的世界已经非常大了，当他们的容器，也就是他们的心能容纳这样的世界时，他写出的东西，就有那种独有的气息。

我不是说我自己目前已经达到那种层次了，而是说，我也像他们那样，首先从内部真正让自己尽量地大一些，多一些营养，让自己真的拥有那种智慧，真能感受到那种强有力的、超出眼睛和感官之外的生活。当一个作家到了这一步的时候，他就超越了表面的、程序化的、技术化的叙述，他甚至超越了文学本身。这时，他不是在临摹一个世界，而是在展示一个世界——或者换种说法，在创造一个世界。之所以说创造，是因为一般的艺术中没有展示过这个世界。他展示了一种陌生的东西，所以说他在创造。事实上，他更多的不是在创造，因为那个世界本来就存在于他的生命之中，他只是让它流淌出来而已。这就是为什么莫言的《生死疲劳》只写了八十三天。这个我信，因为我喷的时候也能一天喷一两万字，那真是一种喷涌。在那种状态下，我的脑子里是没有字的，我只是让那个本有的巨大存在从笔下流出来而已，就像让海水汹涌而出的一个出口。这时，我自己也消失了。很多作家没有这种状态的原因，在于他没到这个层次，没有跟一个更大的世界连接起来，他因为自己的执着和其他原因，和那个世界隔开了，他永远在用自己的小心思写作，这些小心思就像一个杯子，杯子无论如何摇晃，玩出多少花招，也是杯子里的水，杯子盛不下大海，所以杯子是晃不出大海的。只有作家真的成为大海，他才能流出真正的大海。我觉得，成为大作家的秘密，可能就是让自己成为大海吧。

◎**陈彦瑾**：谢谢雪漠老师。从刚才两位老师的解密之中，我们可以看到一个作家的原创性和文学自信的来源。曹老师一开始也讲到了，如果不了解雪漠老师，可能就会觉得这个作家有点过于自信，甚至有些狂妄，但是刚才我们听了雪漠老师的发言之后，就会豁然明白这位作家为什么如此自信。所以我们也就会心一笑了。进行到这里，我们的对谈也接近尾声了。

7. 西部文学的世界性

◎**曹元勇**：我还想插几句话，说说我为什么跟雪漠老师一见如故。我是一个文学编辑，很多年前，我就觉得国内的一些作品、一些作家放到世界上真的一点也不差。但是，当我这么说的时候，很多人可能就会觉得，这是一个中国文学编辑在自卖自夸。说实在的，我之所以这么说，是因为我知道现当代的外国文学到底是什么样子，我做过翻译，读了很多外国文学作品，所以对现当代的外国文学也算熟悉。当我拿着雪漠的书，或者莫言、阎连科的书，跟那些大师相比的时候，我真的丝毫不觉得他们差。

所以，几年前我就说，中国如果有个作家能得诺奖，可能不是个诗人，可能是莫言，但当时没有人信我。因为人们认为，你一个中国作家，人家凭什么给你奖。《蛙》出来的时候，我又说莫言离诺奖不远了，三四年之内肯定可以得奖，但是我没想到他的得奖比我预料得还要快。我不是说自己有预言的能力，而是说，当我拿莫言的东西跟国际上很多优秀作品进行比较的时候，我确实不觉得莫言差。刚才雪漠老师谈到了莫言的《生死疲劳》，前年黄浦江里出现了死猪，而莫言在《生死疲劳》中，恰好就写了人们把死猪推到河里去，因为地上已经埋不住了，埋在那儿，第二天太阳一晒就会爆出来。诸如此类，他的很多作品早就预言式地写出我们中国社会后来出现的荒诞。阎连科也是这样，他的《丁庄梦》和《日光流年》里也有类似的准确而超前写出的现实荒谬。雪漠的《野狐岭》同样也是有雄心的，他不光写自己的凉州，更是完全超越了齐飞卿当年造反的事情，既写这个历史事件，又把这件事情置于更为广阔的视野之下。在雪漠的笔下，这起凉州民众造反的历史事件已经只是时间和历史长河中的小事了。这起事件放大了，就完全是一段中国近现代历史。但是对这样一段历史，雪漠处理得举重若轻，完全将它化解为对几个人物的描写。所以对历史也罢，生命也罢，雪漠都有一种体验，一个感悟，或者说一种觉悟。我觉得，这就是一种超越性的东西。

西方确实有一些很畅销的作品，但是畅销不意味着它一定非常好。所以我一直觉得，中国文学不差，比西方的很多作品还要好，只是人们不了解。所以这个时候，雪漠可以说：我写得一点都不差，你可能现在不信，但是你看了我的作品之后，就会相信。我觉得作家的文学自信是需要这样一种根基的，只要有了相应的根基，自信就没什么奇怪的。不好意思，我插了这么一段题外话。

8. 谦虚与自信

◎**陈彦瑾：** 谢谢曹老师。我之前跟曹老师有过交流，作为文学编辑我们常常会觉得，现在有一种现象，就是我们中国文学好像一定要走出去，要翻译成外文，在世界上获奖，才是被世界认可的，才能证明自己的水准。但是，我们从来没有想过，很可能文学本身就有一种属于自己的标准。不是说我们非得用国外的——主要是西方欧美的一些标准来衡量，而是说文学自身就有一种主体性的东西。我想，既然人类有共通的情感，那么表达这种情感的文学也应该有一种人类共通的标准吧？所以，阎连科、莫言、雪漠老师这样的作家，不是说一定要作品走出去，在世界上获奖，才能证明自己，而是他们本身就有一种自信和追求，这种自信和追求来源于对共通的文学情感和标准的清晰观照。

另外，从《野狐岭》，我还想到中国文学生态的丰富性的问题。因为我们知道，对莫言、阎连科的研究现在是比较充分的，一提到中国文学，我们的脑子里想到的，往往都是东部的文学，或者一些比较有影响的作家。但是对于西部文学的研究，我们现在还是比较落后的，西部作家受到的关注也相对要少一些。所以，虽然雪漠老师的作品比起世界上的优秀作品丝毫不差，但是放到中国文学里来讲，我有时还是会相对强调一点他的西部文学特点，因为我觉得西部文学太缺乏关注了。

刚才从雪漠老师的解密中，我也看到，西部文学实际上对中国文学贡献了一种非常宝贵的经验，就是一种超验世界的经验，尤其在雪漠老师的作品当中，这一点非常清晰。它是对超出物质世界的另外一个世界的感知。在雪漠老师的作品中，这种对超验世界的文学表述是非常充分的，从他的《西夏咒》《西夏的苍狼》到《野狐岭》，我们都可以清晰地看到，他感受到的那个一般人难以接近和企及的超验世界。我觉得，这部分经验对中国文学来讲，是非常宝贵的，甚至对当代文学来讲，它也有一种补课的意义。因为我们的文学受儒家文化的影响很深，一直比较注重现世的、肉眼可见的、日常生活的世界，而对于超乎这部分经验的世界，我们的作家就很少去挖掘和表现了。这一点，恰恰是雪漠作品最突出的一个方向。所以我觉得，从这一点来看，雪漠作品的文学经验对于中国文学，甚至对于世界文学，都是非常宝贵的，也很值得编辑、批评家去关注和研究，更需要读者自己在阅读过程中去感受那个存在、那个世界。现在，有很多读者都非常热情地写了很多的随笔。

对谈到这里就要结束了，今天晚上两位嘉宾谈得非常深、非常好，感谢雪漠老师和曹老师。我们待会儿就进入读者互动的环节，大家如果想跟嘉宾老师交流，可以提前准备一些问题，我先请两位嘉宾老师做总结发言。有请雪漠老师。

●**雪漠：**曹老师谈的很多东西，刚好也说出了我的心里话。我读的书、藏的书很多，世界上各大文学流派中该读的作品我都读了，而且我始终在关注当代的世界文学。我也觉得，中国有许多非常优秀的作家一点都不比国外的作家差，这一点曹老师说得非好。

在莫言得奖之前，我的儿子有一天问我，爸爸你觉得莫言怎么样，我说莫言肯定会获诺贝尔奖。后来，《生死疲劳》出版的五年之前，我的儿子又说，爸爸我觉得你可以用六道轮回来结构一部小说。我说我结构上国内也出版不了，他说不一定吧，你只要结构好就可以出版。但是我最终还是没有写，因为我当时正在写《西夏咒》。五年后，我就看到了《生死疲劳》，想到了儿子当年的建议。我们父子之间经常交流这些东西，许多时候这种交流都非常好，包括今天跟曹老师、彦瑾的交流，以及跟在座诸位朋友的交流，都会成为我生命中非常重要的元素和营养。我有个很好的优点，就是非常谦虚，虽然我在文学上很有自信，但是接触过我的朋友都知道，即使在一个孩子的身上，我也可以记下他给我的很多启发，甚至他说的一些句子，我可能都会记下。我的耳朵非常灵敏，总是像录音机一样录下很多东西。我也像一个巨大的黑洞，所有经过我身边的营养，都会被吸入我的这个黑洞，所以我才能不断学习、不断进步。谦虚是一种学习的心态，自信是一种了解后的判断，佛教中称之为佛慢，也就是对自己的信心。自信是必要的，但是我在自信的同时，也非常非常谦虚，随时随地都在学习。今天的机会很好，尤其是曹老师讲了一些非常好的东西，我都录了音，回去之后，我会认真地听，认真地学。上海这个地方实在有太多值得学习的东西了，而曹老师又是一个编辑家，我看过他的很多编辑文章，所以今天一见面，我非常高兴，我知道这是一个很好的学习机会。希望在座的诸位也给我一个学习的机会，多提些建议。

9. 中国作家应有世界眼光

◎**曹元勇**：雪漠老师忽然谦虚起来了。不过我觉得这才是他的本质，他本身是非常谦虚的。作家有时候需要狂妄一点，我记得莫言当年在美国有一个演讲，题目是《福克纳大叔，我来了！》。很多人都觉得，你怎么能叫福克纳"大叔"呢？还"我来了"。一般应该是"福克纳大叔，我向您鞠一躬"，或者"我向您致敬"之类的，但是莫言就说"我来了"。因为他已经知道了写作的秘密，也知道了最优秀作品的秘密，所以他非常自信。我觉得雪漠也是这样，他在看起来狂妄的时候也是有理由的，而谦虚的时候，才显出了他的本性。莫言其实也是一个很谦虚的人。

刚才彦瑾女士讲到的几点很重要，就是中国文学界——包括学界的批评家、学院里的学者等——目前关注最多的，可以说都是东部沿海地区、发达地区的文学。有时候我们的知识分子甚至包括我们的读者，对西部作家常常存有偏见，有一种"我们东部是中心，你们西部是边疆"的心态，对吧？我个人对西部一直是充满敬意的，在我这儿，我不希望西部是一个带有歧视性的词语。我们经常面对一种情况，就是面对世界的时候，很多知识分子会说我们中国没有宗教，说中国人没有宗教信仰，但是我们忘了，在中国西部，在大西北有那么多穆斯林，西藏有那么多信仰佛教的人，所以说中国其实有大量信仰不同宗教的人，这部分人都有自己的信仰。但是你讲这个很多人都不信，好像不信基督教就是没有信仰。现在有很多人，你一问他最近怎么样，他会说我受洗了，而且很多受洗的人会有一种优越感，觉得自己将来会被上帝拯救，而你没有受洗入教，所以不会被拯救。我觉得不是这样的，我也有我的信仰，而且受过洗、入过教的人不一定就比没有受过洗、入过教的人高尚到哪儿去。中国西部有那么多的农民、知识分子都是有宗教信仰的，当我们说中国人没有宗教信仰的时候，其实把一大批中国人划到了不是中国人的范畴里面。但是，中国确实有很多人都有信仰。刘亮程老师在一篇文章或者发言中也说过，当代知识分子、作家应该换一种眼界，要向唐代的文人学习，要有一种大胸怀，一种面向全世界的眼光，不要仅仅站在中原的、沿海地区的立场看世界，也要站到西部大漠望向东方，那时你才会发现，中国是汹涌的，是伟大的。如果我们总是局限在小小的东部沿海，局限在中原，我们的眼界就实在太可怜了；而如果我们眼里只有西方，没有我们中国的西部，我们同样很可怜。西部也是我们的西方，我们为什么老是要越过中亚去看欧洲，把欧洲的很多东西当成标准呢？所以我觉得，雪漠这样一个了不起的作家的出现，实际上是在提醒我们，是在敲打我们的脑袋，叫我们注意，中国文学其实有很多板块，那些被我们遗忘的板块，实际上是非常重要的。

我想，无论雪漠也罢，西部过去的诗人昌耀也罢，写散文的刘亮程也罢，还有新疆的李娟，等等，都值得我们去了解。不过这里提到的都是汉族作家，我相信还有一些当地民族的作家也很不错，包括令人敬重的张承志先生。中国古代其实有一种天下的观念，天下任何一个民族都是一家人，而不仅仅是汉人。我们为什么不让这种心态重新回到我们的心里呢？所以，我觉得，从文学的角度来看，我们不应该认为欧美的才是世界的，因为我们中国的西部也是世界的。我确实有这种感慨。作为一个编辑，发出的声音是很微弱的，但是我想——包括陈彦瑾——我们应该努力做一些事情，结果如何不重要。

最后要说的是，我之前读雪漠老师的书，就觉得哪天跟他认识肯定是一件荣幸的事，所以今天能跟雪漠老师见面，我非常开心。也感谢今天各位在这儿听我们对话，我想，我们都从雪漠老师的发言中学到了很多东西。感谢雪漠老师，也感谢诸位。

10. 天分，是明白后的坚持和努力

◎**读者：**尊敬的雪漠老师，尊敬的曹老师、陈老师，各位读者朋友大家晚上好。我看到雪漠老师感到非常兴奋，因为我来自河南嵩山少林寺，而雪漠老师又长得非常像达摩，也就是禅宗的初祖，我觉得非常亲切。雪漠老师的书，我看了《无死的金刚心》，我觉得雪漠老师是中国作家中唯一一个实修实证的人，因

为目前作家很多，但真正实修实证、修身养性的作家不多。

所以，现在我想提一个问题：人有没有天赋？怎么才能找到自己的天赋和使命？我认为，雪漠老师目前在传道授业解惑，就像南怀瑾老师一样，找到了自己的天赋。另外，我在一篇文章中看到，清朝有个著名的历史学家、文学家，叫赵翼，他一直在研究历史上的一些大哲先贤，去世前，他就写了一首诗："少时学语苦难圆，只道功夫半未全。到老方知非力取，三分人事七分天。"就是说，一个人小时候学东西觉得很苦、不圆满，当时认为是下的功夫还不够，到老了，才发现很多事是由不得自己去左右和控制的，因为三分人事七分天。

●**雪漠：**我觉得有吧。因为我在很小的时候，就知道自己该做什么事，没人教我，我就自己学着去做一些自己喜欢的东西，而且我知道将来自己肯定会怎么样，甚至非常奇怪地知道自己什么时候能成名。从那时开始，我就非常自信。关于这一点，有个故事很有意思。当时，我住在乡下，穷困潦倒，连写字的纸都没有。后来我实在没办法，就给当时的文化馆馆长写了一封信，在信里我告诉他，你一定要帮帮我，将来你会因为帮我而荣耀的。我当时还告诉他我什么时候会在甘肃出名，什么时候会在全国出名。《大漠祭》出版之后，这个馆长刚好搬家，无意中翻出了这封信，他一看就大吃一惊，说这个家伙原来很多年前就知道自己有今天。

所以，关于天分，我一直有个观点，就是你想成为什么样的人，只要专注地努力，就必然会成为什么样的人。清醒地知道自己该做什么，并且去努力，就是天赋，也是所谓的天分。此外，我不相信别的命运。我觉得，如果我一直努力下去都成不了我想成为的那种人，上帝就是混蛋。另外，我会算命，也能算准，但我从来不信命，我一直相信我能超越它。所以，要想找到自己的天分，就问一问自己，你愿意做哪件事？喜欢做哪件事？做哪件事会给你带来快乐，而且你坚信自己能做成？这种自信就是你的天分，而不是别的。换句话说，天分就是明白之后的坚持、努力、不在乎结果的一种行为。这就是我认为的天分。决定自己的命运和未来的，是你自己，不是别人，所以不要把希望寄托在别的东西上面。相信我讲的这个道理，你就是有天分的人，不相信，你就是庸人。

11. 幽灵叙事，无我的写作

◎**陈彦瑾：**我知道我们的读者中有一位90后的女孩，她看完《野狐岭》，就写了近万字的评论，令我非常惊讶。今天这位读者也到场了，她叫施然。

◎**施然：**我刚才临时想到了一个问题。阎连科老师做《炸裂志》活动的时候，我也问了他一个问题：一个作品的内容可能就是人与人之间的生活、体验、乡土等东西，但是，我们该怎么讲述一个故事呢？或者说，我们该用什么样的形式呈现一个故事呢？我觉得这一点非常难，而且很灵活。我也想问一下雪漠老师，您是怎么想到用灵魂叙事的方式讲述《野狐岭》这个故事的？

●**雪漠：**当一个人的心灵丰富到一定程度时，他就会超越许多局限，比如物欲等，这时，他的心灵就会进入一种自由的空间，感知到一种超越时空的东西。我就是这样。当你真正得到这种自由之后，时间和空间就消失了，这意味着你可以同时感知到过去、当下和未来。这时，你才拥有了灵魂。灵魂就是一种超越诸多局限之后的精神性的东西。这里的精神性，跟我们一般理解的精神不一样，当你的灵魂有足够的自制力、专注力、自由度的时候，你才能体会到我所说的这种精神，这时，你其实是非常快乐的。所有宗教也罢，什么也罢，追求的就是这样一种灵魂。所谓的灵魂重铸和灵魂修炼，追求的也是这样一种东西。所有的灵魂只有在实现这种自由度之后，才称得上灵魂，否则就不叫灵魂。当你拥有这种自由度，又想把它表达出来的时候，最好的方式，莫过于灵魂叙事。在这里，我们也称之为阴魂叙事、幽魂叙事。

许多时候，当我感知到一个人物的灵魂，我就会感到疼痛。比如《野狐岭》中的木鱼爸，这个人物我没有重点塑造他，但每次想到他，我都会疼痛。我感受到这样一个清高的知识分子，在现实中的那种无能为力，他时时被欺辱，就连心爱的妻子也背叛了他。你想，他的心里有着怎样的疼痛？现实生活中，其实有着很多木鱼爸这样的小人物，我们每个人的身边都有这样的小人物，所以我总是感到疼痛。一旦有了疼痛，作家就有了一种创作的冲动。在创作整部《野狐岭》时，我总是想到木鱼爸，也总会感到疼痛。我总是在别人的病里疼痛我自己，因为我总能进入别人的灵魂，去感受他们心中的东西。我所感知到的一切，决定了我只能用这样的方式去叙述，现在流行的、大家熟悉的叙述方法，是进不去人物灵魂的，即使勉强写了，味道也不对。

所以，现在虽然有很多小说，但我喜欢的不多。在国内的作家中，我喜欢阎连科和莫言等人，其他很多作家的作品我都读不进去。因为我知道，他们永远在平面上跳来跳去，来来去去就是一些鸡零狗碎的东西，我读不进去。我一看，就知道他是什么层次。我只愿意进入一些有灵魂的作品，感知另一个作家的灵魂。所以，对莫言和阎连科，我非常尊重。

当你能够感受到人物灵魂的时候，就必须有一种能够表达这个灵魂的叙述。这时，没有任何叙述比灵魂叙述更好了，因为它可以超越时空，可以将当下、过去、未来融为一体，可以通过所谓的宿命通，把所有东西在某一点上展示出来。直到今天，很多人被一个混乱的形式所迷惑了，这个小说其实非常凌乱地，写了无数个暴力故事尘埃落定、烟消云散之后，一堆灵魂对它们的回顾。经过这些灵魂的讲述，你会发现，过去无数个重大事件，许多我们认为天塌下来的事情，都变成了一点点记忆。同样，我们当下觉得多么多么重要的事情，在稍微远一点的时候回顾，也会发现，它只是一堆记忆的碎片。所以，这些灵魂的讲述，可以给我们带来一种非常有意思的东西。因为它们的肉体消失了，生命消失了，可能有欲望存在，但物质追求也消失了，这时，他们对很多东西的理解和讲述，就有可能让我们产生一种灵机一动的智慧。这是幽灵叙述的一个特点。不过，这部小说不是为了展示这些东西，而是为了展示人物，展示无数的生活，展示一种自由的东西。

最初，我想用畅销的方法写《野狐岭》，但我一开始写，无数人物的灵魂就开始往外喷。那个时候，无数个灵魂都进入了我，我总是会变成骆驼，变成书中的那些人物，这不是我自己可以控制的。作家探秘的线索是最后加的，实质上，如果没有这条线索，这部小说可能会更加精彩，甚至有可能是我最好的小说，但是我的儿子看了，说爸爸你必须在这儿加一个线索，把人引进去，要不别人读不进去，彦瑾也曾经提出类似的建议。所以，我最后就在小说中加上了这个探秘的线索。如果把这条线索完全删掉，小说的艺术性可能会更高、更精炼，因为最早的时候确实是这样的。写它的时候，无数的声音、无数的灵魂喧嚣而来，我就是它们。写任何作品的时候，我都是这样，我是没有自己的。写沙漠时我就是沙漠，写骆驼时我就是骆驼，写人物时我就是那些人。当你和整个大自然的二元对立消失之后，你就是它，佛教中称之为"达成一味"。在这种巨大的混沌中，你是没有自己的，你只是一个出口而已。所以，是一群灵魂选择了幽灵叙事，而不是雪漠。

12. 每个人的心里都有一个杀手

◎**施然**：谢谢雪漠老师。从您刚才的说法中，我突然觉得您的灵魂叙事的那种片段式的喷涌，有一点像我们90后、00后的碎片化的生活方式。我们做什么事情都只用很短的时间，包括我们的兴趣爱好，或者阅读，比如手机、终端，都很碎片。您的这种方式，或者说您的这个非常饱满的内容，为这种碎片化提供了一种新的可能。

另外，我想针对《野狐岭》的内容，对杀手这个角色提出一点构想。罗兰·巴特说过，作品一经问世，作者就死了。所以，我想站在读者的视角，说一说我对杀手的理解。

这个杀手从一开始就是非常模糊的，连招魂的"我"，也看不清他的形象。我越往后读，就越会发现，他和木鱼妹的经历有着千丝万缕的联系，几乎是重合的。所以，我差不多可以认定他们是同一个人，只是作为两种不同的身份、不同的声音在说话。但是，在我读到接近胡家磨坊的那一段时，我看到了一场厮杀，这里有两种视角，一种是杀手，一种是马在波。马在波在逃，杀手觉得马在波身上的阴气很重，接着又出现了很多其他的幻想，包括马在波被骆驼皮裹住的那段经历。这让我瞬间产生了另一种想法：杀手有没有可能是马在波潜在的另一重人格？马在波从一开始就是一个比较饱满的人物，而且是一个修行人，很多人都说他是圣人，但他说自己不是圣人，他只能救他自己。再加上他后来的一些经历，就让我觉得这个人物其实有着复杂的人格。他一方面想修行，一方面又在尘世中无法脱身。所以我就在想，这个杀手，会不会是马在波人格的另一个侧面？就是说，马在波非常想挣脱这种束缚，才会想要杀掉另外一个马在波。后面他被骆驼皮裹扎的情节，也让我想到了王小波提过的西藏的一种刑罚，就是把人裹在湿牛皮里面，放在阳光下暴晒，牛皮会随着脱水而越箍越紧。人的一生其实也是这样，慢慢地被那个"牛皮"扎扎扎，然后就一点点萎缩了。那么我就想到，马在波觉得是杀手杀了骆驼，用骆驼皮裹住自己，而他则在挣扎。这是不是他的两种人格之间的内在活动？

●**雪漠：**这是非常天才的一种构思。这部小说中间有一些片段，比如骆驼皮之类的，彦瑾曾经想要删掉，因为她觉得跟其他情节没有关系，但是我说不要删，因为这些片段正发生在马在波的灵魂深处。关于杀手，你的解读也很好，这是有可能的。实际上，每个人的心里都有一个杀手，包括马在波自己。你的这个解读，让杀手变得更加神秘了。至于究竟谁才是杀手，我告诉大家，所有的骆驼客都有可能是杀手。但是，你的这个解读是最让我开心的。谢谢你。

二、西部文学的自觉与自信

——雪漠与陈思和、曹元勇对谈

主题：西部文学的自觉与自信——从雪漠《野狐岭》《一个人的西部》谈起

嘉宾：雪　漠　陈思和　曹元勇

主持：陈彦瑾

时间：8月24日19：00-21：00

地点：上海思南文学之家

2015年8月24日晚，作家雪漠与复旦大学中文系教授、当代著名学者、批评家陈思和，上海文艺出版社副总编、翻译家曹元勇做客上海思南读书会，进行了一场题为"西部文学的自觉与自信"的深度对谈。此次读书会由人民文学出版社编审、《野狐岭》《一个人的西部》责编陈彦瑾主持。为方便场外读者参与，人民文学出版社特意开通了网上直播间，很多读者通过手机或电脑收听了现场直播。

谈到文学的价值和写作的意义时，雪漠说："我所有的目的就是让心属于自己，然后汲取人类所有的文化营养，让自己强大起来。我把自己当成一头小狮子，让它慢慢地长大，所有的文化营养都变成自己的营养。我所做的一切就是让自己强大。当真正变成大狮子的时候，我才可能生下狮子。当没有了自我，没有任何执着的时候，我就知道，能写《红楼梦》的，必然是曹雪芹，不可能是别人。所以，我尽量地让自己远离一些渺小的、局限的东西，远离一些是非和欲望，让自己一天一天大起来。虽然刚开始很小，慢慢地就训练到了今天，很多人称是严格的训练，实质上就是完善我自己。在这样一种大的格局下，能够生下一些属于自己的孩子。《一个人的西部》中就记录了这个过程。"

这次对谈中，曹元勇重点分享了阅读《一个人的西部》时的一些感受。他说："《野狐岭》去年讲了很多，也像雪漠老师讲的，对阅读者来说，这是有挑战性的一部书。《一个人的西部》，我觉得，雪漠写的时候，不是说把它写成精致的散文或一个精致的故事，他有一个非常大的野心。现在，随着现代化的进程，或者说随着城市化的进程，或者说随着各种各样进程的发展等，乡村在过去给我们留下的非常珍贵的那些温馨的记忆不见了，雪漠希望通过文字留下来。在他的故乡那边，如果他不写，可能谁也不会写。"

谈到西部文化和西部文学，陈思和教授说："西部文化是什么东西？我没有办法说，应该由雪漠来说，因为他是在那儿生长出来的。文学是与精神，与审美，与那个地方的天地自然融为一体的。光一个西部的概念，你在上海编不出来。上海只能编出思南公馆来，编不出大西北的大天、大地、大美。但上海应该承担更高的境界，用上海这个平台，把中国的多元文化展示出来。这种展示有什么意义呢？我的理解，西部文化和我们上海的文化差异很大，首先就表现在精神性方面。这是我对西部文学和东部文学区别的一个理解。东部文学缺少的东西正好是西部文学补充给我们的，不是我们上海去帮助西部文学提升，而应该把西部文学的精神介绍给上海，不要在小是小非物质上纠缠，应该在更高层面上看人生。"

陈彦瑾说："三十年前寻根文学，是文学从政治束缚下觉醒，作家们纷纷向地域文化寻根，向土地寻找文学的自觉；今天都市文学高度发达，文学或许也需要从世俗功利、商业市场的束缚下觉醒，去寻找精神之根和文化之根。西部一直被认为是中华民族的精神高地和文化源头。因此西部文学的精神性，可能是西部文学可以给当代文学提供的最独特的资源，它既是文化上的一种资源，也是写作上的资源。"

以下为发言记录（有修订）。

1. 西部文学远远没有得到应有的关注

◎**陈彦瑾：** 大家晚上好！很高兴能够在思南读书会，因为文学和好书和大家相遇。我是活动承办方人民文学出版社的编辑，也是《一个人的西部》和《野狐岭》的责任编辑。首先要感谢上海作协和思南公馆为我们提供这么好的场地，让我们相聚一起，共享精神的愉悦。今晚我们很荣幸邀请到了三位重量级的嘉宾：

著名学者，当代著名文艺理论家、评论家陈思和先生；上海文艺出版社副总编辑、翻译家曹元勇先生；还有来自大西北的作家、西部文学领军人物、甘肃省作协副主席雪漠老师。雪漠老师给我们带来的是他近期创作的两本书，长篇小说《野狐岭》和自传体长篇散文《一个人的西部》。今天晚上我们就由这两本书说起，就"西部文学的自觉与自信"这个命题，谈谈有关中国当代西部文学的一些话题。

我知道思和老师从《大漠祭》开始就一直很关注雪漠老师，对雪漠老师帮助非常大。我想先请您谈谈对他近期创作的一个整体印象，好吗？

●**陈思和：**我与雪漠是好朋友，我们见面时间比较晚，大概是2005年，我那时担任《上海文学》主编去西部组稿，我们才认识的。但是雪漠的作品很早就拜读了。在这之前，雪漠的作品我就非常喜欢。他的《大漠祭》原先是在上海文化出版社出的，当时得过"上海长中篇小说优秀作品大奖"。我那时也是评委之一，当时我们读了《大漠祭》都非常敬佩一个来自大西北的作家，有很独特的文字语言风格。我当时记得有两个西北作家，一个是雪漠，一个是王新军，都是在上海发表作品，在上海得奖，引起大家关注的。所以我担任了《上海文学》主编后，就有一个念头：我想让《上海文学》跳出上海的文化圈，不要仅仅局限于上海的弄堂、风花雪月、张爱玲什么的，应该让刊物在全国文学领域搭一个广阔的平台。当时我的思考就是，什么样的平台最大？我的答案是，把上海这样一个东海之滨的城市与大西北连起来，那这个平台就真正广阔了。所以我就到甘肃去组稿，还到宁夏、新疆、广西等地区，我当时跑了很多地方，就在兰州认识了雪漠。雪漠也非常支持我，我们在《上海文学》杂志上连续发表了好几期西北作家的专号，雪漠有个作品我还专门写过评论，叫《美丽》——《白虎关》里面的一个片段。后来《上海文学》杂志跟甘肃作协一起推出"甘肃八骏"，雪漠是其中之一。我们把甘肃八位作家请到上海，举行了一次很隆重的文学活动，让上海读者大开眼界。我们上海女性作家比较多，文坛流行比较细腻、比较软性的写作风气，突然从西北吹来硬朗雄壮之风，我觉得，对上海文化生态是有冲击力的。

我坚持宣传、推荐西北的文学，是我的一个本能，我很喜欢来自大西北的文学，后来在复旦大学也开过两次雪漠的研讨会，也请雪漠到复旦大学来做过演讲。我记得有一次我请雪漠和王新军到上海图书馆去做演讲，上图的演讲厅人坐得满满的，他讲得也非常好。我到这儿来之前，有一个记者跟我聊天，问上海的读者了解不了解雪漠？有没有关注过雪漠？我就给他举了一个例子：你说上海很发达，那美国总比上海发达，但是美国好莱坞拍的西部电影永远有观众，对不对？所以，我觉得西部文学在中国远远没有得到它应该得到的荣耀，远远没有唤起我们对它的关注。这方面我们还要做很多努力。作为雪漠来说，得到更高的荣誉，他是当之无愧的，在西北文学界当中他是一个领军人物，他的创作大多数都是在北京和上海出版的。今天谈的这两本书都是人民文学出版社出的。《野狐岭》有没有在复旦大学开过研讨会？（雪漠：《野狐岭》在上海作协开过。）作协开过，我有印象，这部作品当时我已经读过了。这次为了开这个会，我又重新读了一遍，我觉得这个作品就像刚才雪漠在短片里面说的，是对阅读的一种挑战，因为他确实写得很深刻，技巧上也花了很多心血。

2. 成为一个标本，让心属于自己

◎**陈彦瑾：**请雪漠老师谈谈新书《一个人的西部》的创作过程。

●**雪漠：**《一个人的西部》非常奇妙，它是在不期而遇中出现的。同样，这也是我生命中非常重要的一部作品。2012年8月，因为儿子陈亦新要结婚，所以我就和家人一起回到了老家凉州，一边筹备婚礼，一边请东客。曾经，我训练过一种控制思维的方法，所以心中总是没有杂念，不会想到过去的事情，所以，很长时间内，我是没有杂念的，大概至少三十年了。它类似于一种禅修的训练，其目的就是不受外界的干扰，去做自己喜欢做的事情，升华自己。那么，通过这种训练，时间一长，人是没有回忆的，它会屏蔽很多东西。但是，因为要请东客，请朋友们参加婚礼，所以，我就必须得回忆过去的事情，看看该请谁，不该请谁。没想到，打捞回忆的同时，也打开了一个世界——我想起了三十年前的很多事情，一种巨大的沧桑感扑面而来。三十年后的自己，看到三十年后的他们，想起三十年前的事情，就会有一种不一样的人生感悟。还会发现，我在三十年前是那个样子，到今天变成了这个样子，观其原因，偶然之中一定会有一种必然的东西。而他们，之所以成为今天的他们，也有一种偶然之中必然的东西。在那个时候，我就会想到很多很多与之有关的话题。

我出生在甘肃一个极为贫穷偏僻闭塞的地方，父母都不识字，在没有任何老师，没有任何书读的环境下，一个农民的儿子，没有任何的靠山，仅仅因为有梦想，完全靠自己的选择和信仰的力量，以及对文化的一种认可，清醒地走到今天，一步一步成为一个作家。他为什么能走到今天？为什么能成功？如果把这个秘密揭开，那许多先天条件比我强的人，一定也能主宰自己的命运。我觉着，如果把这个过程记录下来，以及把人与土地、人与文化、选择与命运之间的关系写出来，可能会给很多人带来一种启发。就是抱着这样一种态度，我写了这部书，把自己作为一个标本展现给世界。

那时候，我每天一边请东客，一边在早上就开始写作，写得非常快，喷涌式的，因为三十年来的那种沧桑、那种感悟、那种触动是非常强烈的，对文化的那种反思，更是完全激活了我。一种沸腾的东西，身不由己地激荡着我，让我不得不写，很多文字就是这样流出来的。我觉着，现在这个时代的很多人，没有谁会比我当初更难，如果他们像我那样努力的话，肯定都会成功的。那时候，我吃饭都成问题，生存面临着巨大的困境，没有任何一个人告诉我该怎么办，如何做。前段时间，我在校对书稿的时候，都有一种茫茫黑夜中漫游的感觉，但最终，我还是坚持了下来。就在二十年前的某一天，"哗——"，我突然间就明白了，整个世界都向我微笑。

像思南读书会这样的文化平台，在甘肃是不可能有的，像陈思和老师这样，能够站在一定的高度，时时给我一种点拨的人，在我没走出甘肃之前是很难遇到的。后来，我走向北京、上海的时候，才遇到一些"贵人"。在甘肃那个地方，虽然也有很多人在帮助我，但由于地域和历史的局限，很多人还是达不到这样的高度。所以，十年前，当我第一次站在上海外滩的时候，灵魂确实有一种顿悟的感觉。随后，我还参加了上海作家研究生班，学习了两年，又接触到了更多的老师，听到了更多的声音，这些声音是我在西部不可能听到的。所以，我整个命运的改变就这样发生了。

《一个人的西部》写了我的一段生命历程，涉及了从我小的时候开始，一直到《大漠祭》出版，这个期间发生的一些人和事。这仅仅是刚刚开始，以后，也许我会写到《大漠祭》出版之后，直到今天，我拥有的另外一个世界。之后的那段历程，对我的触动也非常大。我拥有的一个文化世界，一个稳定的读者群，我对另外一个世界的包容和学习，或许也会给很多人提供一种标本式的启发。

我的写作总有一种自以为是的意义，因为我总在寻找一种活着的意义，总想在死亡来临之前，完成自己，做完自己该做的事情，所以，我时时在为自己设定一个高度。这个高度，其实就是，活着时能为这个世界带来一点正面的东西。我写小说也罢，写散文也罢，包括写文化作品也罢，都是为了这个目的，这是我写作的意义。因为有了这样一个意义，我总能拒绝一些东西，拒绝一些喧嚣，躲到任何人找不到的一个地方去写作。在"大漠三部曲"（《大漠祭》《猎原》《白虎关》）出版后，直到今天，我躲在岭南大概有五年了。五年间，我出了二十多部书，很多读者都感叹读不及。确实读不及，因为我每天都在写作。从早上五点钟，到晚上十点钟，我几乎每天都做那三件事：读书、写作、禅修。我禅修的主要目的不是为了得到福报，得到功名，我不求这些东西，而是为了得到一种智慧。当一个人拒绝外界的喧嚣，宁静到极致，深入到内心的时候，人类本有的一种智慧才可能显现，因为这时候外面的声音进不来，干扰不了你。当你触摸自己的内心，让放飞世界的目光回归于自己，这时候，灵魂深处就会产生一种原子弹爆炸般的核反应。一旦爆发之后，整个世界都会成为你的营养，都是你调心的道具。所以，我有意地拒绝着外面的世界，让心属于自己。我所有的目的就是让心属于自己，然后汲取人类所有的文化营养，让自己强大起来。

我经常把自己当成一头小狮子，慢慢地滋养着让它长大长大。长大的过程中，所有的文化都变成了我的营养，因为我知道只有自己变成大狮子之后，才可能生下狮子。写《红楼梦》的必然是曹雪芹，不可能是别人。所以，我尽量地让自己远离一些渺小和局限，远离一些是非和欲望，让自己尽量地大一些。刚开始的时候，虽然很苦，但慢慢地训练到今天，就能不造作地做事了。很多人把这种训练称为人格修炼，实质上是一种自我完善。让自己一天天强大起来之后，在大的格局和境界下，生下一些属于自己的孩子。《一个人的西部》，就是这个过程中的一点点记录。

3.雪漠不写，可能谁也不会写

◎陈彦瑾：曹老师，请您谈谈这两本书的阅读印象。

●曹元勇：我第一次见到雪漠先生是在去年的上海书展，因为《野狐岭》。去年书展之前，我用了不到一个星期把《野狐岭》这本将近五十万字的书给看完了，每天十万字。平时有很多稿件要处理，一天再看工作之外的十万字其实还是不容易的。我到今天还很感佩自己那段时间居然一口气读完了两本大书，一本就是《野狐岭》，另一本是上海一家出版社出的《里尔克，一个诗人》，它有七百页，我一天看一百页。我发现人只要坚持，只要你认定需要做一件事而且你一定要做完它，最终就能做到。这次读了《一个人的西部》，我发现雪漠也是这样的人。他不断给自己设定目标，屏蔽一切干扰，包括通过禅修屏蔽干扰，然后就朝着那个目标努力，因为他认为那个目标有意义。

关于《野狐岭》今天就不多说了，因为去年讲了很多。这部长篇也确实像雪漠讲的，对阅读来说是一部具有挑战性的书。当然，我认为有时候也不要小看读者，读者有时候也愿意挑战自己。《野狐岭》有很多个层面和角度，说它是哪种类型的小说都可以。在我看来，它首先是一部招魂的书。在现代社会，在科技气息无孔不入的现代社会，招魂之类的东西常常是被我们遗忘了，忽略了，而这些东西在这个世界上的一些地方其实还是有的。《野狐岭》的一个主要线索写的就是招魂。叙述人在沙漠里，每天晚上与一些亡灵进行对话，这些亡灵包括人的亡灵，包括骆驼或其他动物的亡灵。招魂并与亡魂对话是这部小说的一个主要架构。不过，也可以说《野狐岭》是一部关于追杀的或者关于爱情的小说。它具备了现代小说叙述层次和架构的多重复杂性，就像非常复杂的花园或者建筑一样，有无数个入口，读者从哪个入口进去都可以，如果只看到其中的一条小道，你就去看看有没有其他的小道。它需要，就像我们看宇宙一样，有一个全息的视角去观察它，这样才能对它形成整体的把握。

《一个人的西部》是雪漠的一部自传体散文。这本书让我联想到美国作家舍伍德·安德森写的《小城畸人》，一本描写小城里各种奇奇怪怪的人的书。不同的是《小城畸人》的作者把它当成短篇小说、作为艺术来创造的，而雪漠的这部自传散文首先没有考虑要写成精致的一篇篇小说或者一个个故事。从文本的结构上看，《一个人的西部》写作的起因是儿子陈亦新要娶媳妇了，要成家了；雪漠作为父亲，要做一个合格的父亲，要完成自己做父亲的责任，就要请东客，这是一个引子。然后他就开始回忆，需要请哪些人，或者哪些人能请来，哪些人请不来，一个一个的人物开始出来了。但是雪漠在写的时候，却不是把每个人物写成精致的散文，精致的故事。我觉得他有一个非常大的野心。因为伴随着现代化的进程，或者说随着城市化的进程，或者说随着各种各样的进程的发展，比如全球化等，我们的很多乡村、很多在过去非常珍贵的给我们留下温馨记忆的东西以后就不见了，雪漠的抱负是要通过文字把这些即将从现实中消失的东西留存下来。在他的故乡那边有很多东西，他如果不写，可能就没有谁会写了。再过多少年之后，比如说陈亦新的孙子要举行婚礼的时候，问他爷爷的爷爷是怎么回事，那就讲不清楚了。所以说，雪漠写这本书是抱有雄心的，要把一个即将消失的世界留在文字里，其中就包括人和人的关系，各种各样的人，各种各样的文化，比如凉州的贤孝——一个地方说唱戏的方式。他要把人跟自然的关系，在过去时代人的一种声音、一种信仰，通过文字保留下来。

我印象最深的就是雪漠写到他的父母，有一句老话他的父亲老是挂在嘴上，"老天能给，老子就能受"，就是说老天给的，好的我也能承受，再大的灾难我也要把它承担起来。这是西北老百姓非常朴素的一个认识观。雪漠写到他的父母帮助别人或碰到一些事情，根本不去考虑，就伸手相助、去做这些事情了。他的父母从来不去想做这些事情会不会有什么后遗症，或者得到什么好报。他们觉得自己作为一个人，面对这些事情的时候，本来就该这样做。现在这个时代的人面对事情更多的是在算计，而雪漠的父母他们从来不算计。还有凉州贤孝这样的说唱艺术。我发现一个奇怪的现象，只要一个作家的故乡是一个有民间戏的地方，这个作家如果坚持写作，而且有雪漠这样的悟性，他就可以成为大作家，比如莫言老家有茂腔戏，老舍的北京有京剧。雪漠的写作具有喷泉一样的节奏，不需要节制，自然有一种内在的节奏。将来有机会，我一定到凉州武威去听一场贤孝戏，我觉得这样肯定会有助于加深对雪漠作品的认识。

4. 西部文学的大天、大地、大美

◎陈彦瑾：谢谢！作为编辑，我觉得《一个人的西部》从文学角度看，可以说是一个西部本土作家的成长史，它写了一个文学青年的二十年。从中可以看到，大西北土地上生长起来的作家，他如何从生养他的那块土地吸取文化上的、精神上的营养，化为创作的源泉。比如从父老乡亲——这本书里写了很多的人，有二百六十二个人物——从这些人身上，他吸取到包括做人、人格等精神方面的营养。再就是从土地上的民间文化，比如凉州贤孝、佛道神秘文化等吸取营养。大西北是多民族多文化多信仰交汇之地，雪漠几乎把所有时间都花在了深入生活、升华自己上面。他从年轻时候起，就经常到沙漠里，到猎人、农民家里去采访。我看过那些采访资料，太丰富了，到现在为止七部长篇小说，可能都没用到所有资料的九牛一毛。所以，他是一个生活积累特别深厚的作家。再就是，在成长过程中，不但经济上赤贫，精神上也没有给他指点的老师，这种环境下要实现文学梦太艰难了，凭的是过人的意志力。雪漠从小就习武，通过练武、禅修、读书、写日记，来抵御诱惑，战胜困难，实现梦想。所以，这本书让我们看到一个西部本土作家是如何炼成的。

思和老师当年推出"甘肃八骏"应该是十年前的2005年。"甘肃八骏"影响是长远的，现在每年都到北京来开会，影响很大。我觉得，西部文学在我们当代文学的格局里，就像在中国地图里的位置一样，它是一个异域而且边缘化的。但思和老师这个"甘肃八骏"出来之后，有一个感觉是，大西北要往我们东部沿海城市，由边缘向中心进军或者说要发出自己的声音了，声势浩大。思和老师对西部作家的大力扶持，鼓舞了一大批西部作家的创作热情。这十年来，西部作家的创作成果非常丰盛。比如说像雪漠老师在2005年之后推出了《白虎关》《西夏咒》《西夏的苍狼》《野狐岭》等长篇，而且这些作品的风格和之前的《大漠祭》不太一样了。我很想听思和老师讲讲，在当代文学里，对西部文学究竟如何定义它？如何看待它？十年之后，我们再来回看我们的西部文学，它是什么样的一个状况，或者说它应该是怎样一样状况？

●**陈思和：**我是第一次见到陈彦瑾。我的感受是，第一她是雪漠的粉丝，非常热爱西部文学。第二是，她对西部文学是一个热心的读者，我觉得非常不容易，一个人民文学出版社的编辑，她能够关注到西部，而且几次跟我说，希望我参加西部文学的对谈，我对这个首先表示感谢。因为我觉得西部太需要京沪两地的一些比较大的平台去关注。既然一定要我讲，我就讲几句。不过我肯定讲得很枯燥，不要见笑。

◎**陈彦瑾：**您作为理论批评家，我最想听您从理论的高度给我们讲讲，对于西部文学究竟怎么去看？因为我们已经有很丰盛的创作成果了，但是从理论上该如何去看它？

●**陈思和：**文学和经济不是平衡发展的。马克思早就说过。

古希腊人类社会很落后，可是创造了那么辉煌的古希腊文化，《荷马史诗》，以后一直超越不了它。所以说，不是一个地方经济发达了文化就一定发达。昨天我也在这儿，参加广西作家东西的作品研讨会，有一个读者特地问了这个问题，他说上海现在经济发展了，但文化好像不尽人意，这的确不是同等发展的。经济高速发展，尤其资本化高度发展的时候，大家都会为了挣钱、为了物质利益去耗费自己的心思和精力。而文学，它是一种审美，审美一定要与审美对象保持距离。比如说我们古代人坐着小船，一叶扁舟，沿着河走，两岸风景他看得见，这时李白他们就可以写很多诗。现在我们都是坐飞机、坐高铁，两岸风景是看不见的，或者说你和别人看出来的东西是一样的。因为飞机太快，时间迅速，你根本没办法体会春夏秋冬啊什么的。文化当中的文学艺术与经济高速发展是没什么关系的。但是我们现在偏偏造成一个印象，好像什么好东西一定是出在北京、上海，就像北漂一样，觉得只有北京那儿才能够引起广泛的关注。这是我们理论界制造出来的一个现象。我是这么想的，当东部的发达地区与西部的文学精神结合的时候，绝对不是用东部的文化去改造西部。我们现在会有这么一种偏见，好像上海很发达，媒体也很发达，文化好像也很繁荣，西部是个落后地区，它需要我们去提升它，去帮助它，让上海的读者，或者是让北京的读者、让广东的读者来喜欢它。如果这样的话，就不是在培养东部沿海城市发达地区的读者趣味的多样性，而是包装西部作家，让西部作家来适应我们大城市的这种审美趣味。我觉得这是不对的，如果这样下去，就会把西部文化毁掉。我这个观点可能会得罪很多人，但事实就是这样的。我的看法是，经济发达的大都市制造的文学往往走向通俗文学、市民文学，因为在我们经济发达的城市里面，市民阶级的地位急剧上升，就像宋代也是这样，明清两代也是这样。一个国家秩序稳定，市民阶级地位上升，他们的文化趣味马上就会控制整个文化的状态，这种趣味是通俗趣味、平庸趣味，但是容易受到追捧。西部没有什么人去追捧，西部文化是自己土生土长的，是在自己的土地里生出来的，这种精神没办法用东部人的思想观念去改造。所以，我很反感把西部的东西当成我们这里的一个流行产品，或者说我们把它包装成一个时尚来表现，西部变成一个时尚的符号，然后沙漠就变成一个符号，我觉得这样就把西部精神丧失了。

西部文化应该是什么样的东西？这个我没有办法说，应该雪漠来说才是权威的，他是在那儿生长出来的。文学与精神、与审美，是一个完整的文化体系，与那个地方的风水、那个地方的天地，是融为一体的。你在上海编不出来，上海只能编出来弄堂啊、思南公馆啊，都是小玩意，编不出大西北的大天、大地、大美。

所以，上海北京应该作为平台，就像我主编《上海文学》时那样做。我当时编《上海文学》被很多人批评，说我老是发西北作家的作品，难道我们上海的作家就不好吗？但我觉得这个不是上海作家好不好的问题，我是觉得上海应该追求一个更高的境界，把中国的多元文化展示出来。这种展示有什么意义呢？我的理解是，西部文化和我们今天的文化差异很大，首先是表现在一种精神性。我们今天坐在一起可以讲喝茶，讲咖啡，讲美食，讲喝茶可以讲一两个小时，这个茶怎么泡、怎么做，西北人不会这样做的，完全两种境界。我自己也是喜欢吃，喜欢生活享受，但是当西部文化在我们面前展示的时候，它更大的层面是精神性的。因为物质生活可能随着经济发展又会不一样。雪漠的书里面展示了他自己的童年，我们首先看到的就是物质缺乏的问题。张承志是北京长大的，后来在西海固皈依哲合忍耶，是从高往低走的，雪漠跟他不一样，雪漠是土生土长的，但是他们有共同的地方。张承志放弃了北京的庙堂文化，跑到六盘山，他看到的是贫穷，因为贫穷，很多人就依靠很强大的精神来维持生活，如果没有精神他们活不下去。他们需要一个很高的精神向往来帮助自己渡过难关，来往更高的层面去生存，人总是要往上走的，是要有奔头的。我们也有我们的追求，比如想把小房子换大房子，换洋房，但是在西部他想也想不到这些，不是说不愿意，而是想不到，没这个条件，这种情况下他们那种精神性的东西就非常强。我为什么看重雪漠？就是因为我觉得雪漠与张承志是中国当代西部文学作家中最有精神性的，我这么说是有道理的。张承志和雪漠到复旦来演讲，张承志一坐下来，下面一圈都是白帽子，大学生没几个，我相信雪漠也是，这是一种精神的召唤。它不仅仅是小说写得多美啊，或者故事写得好看不好看啊，它不是这个问题，它是一种对人怎么活、人的生命应该放在什么样的地方——我们说安身立命——的追问，物质世界没有那么多的东西给我们安身立命，所以它追求的是一种超越的东西，这种追求发展到一个更高的境界的时候，其实是超越了很多问题的，不仅仅是贫穷的问题。

举个例子，《野狐岭》里面两个人物有一次对话，其中一个人叫马在波，这个人是出世的人，他到沙漠里面去寻找一种境界；还有一个是革命者，叫齐飞卿，这个不是共产主义革命，是哥老会那种民间反抗组织的革命，他们反对大清统治者，准备用黄金去俄罗斯换枪炮。这两个人都在沙漠里面走，但两个人的追求不一样。后来关于木鱼令，两个人就对话。齐飞卿批评马在波说，你不是一个出世的人，已经看穿了人间，知道一切都是空的，找到也是空的，找不到也是空的了吗？你干吗还要去找呢？你还是别找了。马在波就问他说，那你今天干吗革命呢？反对清朝是这样，反对明朝也是这样，任何一次革命，革到最后还是杀人，还是老百姓受苦，那你去革命干吗呢？这两个人的斗嘴，突然把人生的很多追求都破掉了。我觉得，我们上海的小市民有时候会为了一件很小的事情争天夺地，比如地铁里为了抢个位子他都可以大打出手，任何一个小利益他都看得见，到了西北他就可能看不见了，因为那里的天地很大，这个东西太小。我们人生很多时候都是被一种"执"所困扰。比如我与你吵架，无非就是要争取讲到最后一句话，明知道吵来吵去没什么道理，但是你闭嘴了我还非要说一句话，好像这样我就胜利了，其实一点道理也没有。学校里也是这样的。譬如评个教授，评个等级，你真回过头来想想，评它干吗呢？就算差两年评上又怎么啦？什么天大的事，可能都会过去的，没有意义的。可是在当场的时候，往往就不是这样，你一定想，我比他强，我一定要争过他。可是到了雪漠那里，他就不会在乎这个。他是大境界了，我说的都是小境界，他说的是大的境界，从大境界上来破掉一些执——你要寻找什么？寻找一个真理又是为什么？他是另外一个境界上的思维，不是我们这种境界上的思维。但他这种破执，我认为好，尽管他讲的这种境界我达不到，可能我也不理解，但是我们在小境界下读大境界的东西容易有启发，有些东西都可以破的，因为我们人生中有很多执，这种执可以鼓励我们去奋斗，同时也会对我们造成一种障碍。我们有什么能力把这种执变成奋斗的动力，而不要变成障碍？毕竟如果连奋斗也没有，那么你活着也没有意思，但是你既要奋斗又不要被奋斗的目标束缚住。也就是说，你有一种追求，但是你这个追求是有界限的。《野狐岭》里写到有一包金子，被埋在沙漠里，为了用来到俄罗斯去买枪炮。可是两伙人打起来了，一伙人把另一伙人抓起来，用各种刑罚去折磨他们，逼他们讲出金子藏在哪里。我们以前写这样的故事一定会宣传宁死不屈，可是最后有个人说出了金子在哪里。为什么他要说呢？因为他要是不说他们就要把人弄死了，人死掉了黄金有什么用？没用的。所以，他宁愿讲出来让他们拿走黄金，让同伴们活下来。结果这个人反而得到大家的赞扬，后来他们的头头说，如果我在我也会这样，因为金子与人的生命比，总归是人的生命更重要吧。你想一想，连金子都不重要了？金子与人的生命比，要保护人的生命，但人的生命在大的范畴里面也是相对的东西，所以我觉得他的这种一层一层破除的境界，我读一遍还不大能体会，你要读几遍，慢慢体会，慢慢体会还是很有意思的。虽然他写的是西北的类似于传奇故事，可是对我们的生活会有一个很高的提升，比我们讨论什么喝茶做菜、讨论生活享乐要有意思得多。这是一个精神层面的东西。这是我认为西部文学和东部文学不一样的地方。上海的文学缺少的西部文学正好可以补充给我们。所以，不是上海去帮助西部文学提升，而是应该把西部的好东西介绍给上海人，我们不要在小是小非、物质层面去争执，应该在更高层面上看人生。

5.西部的文学，文学的西部

◎**陈彦瑾：** 三十年前的1985年，我们有一个寻根文学的思潮。那时文学是从一种政治意识形态的束缚下觉醒。很多作家当他获得这种自觉时候，首先想到是向民间，向地方性、地域性寻找文学的根，就有了寻根文学。那么，三十年后，我们的文学是什么样的状况呢？我觉得它仍处于被束缚甚至是被放逐的状态，只不过束缚它、放逐它的换成了市场和世俗，当然，我说的是严肃文学和纯文学。所以，我想也许今天的文学也需要一场觉醒，要有一种自觉。从哪里获得自觉？我想还是要寻一个根，就是我们精神的根和文化的根，因为文学毕竟是一个精神产品和文化产品。那么我发现，大西北虽然地处边疆，却一直被有意无意当作我们精神的高地和很多文化的源头。所以我对西部文学发生了浓厚的兴趣。我很想知道，当我们身处这样一个文学被世俗化和都市化的时代，严肃文学究竟能够从哪里找到它的力量？我想，也许我们的大西北能够作为一种根性的东西——精神的根性和文化的根性，给我们很多启发。所以，我就关注雪漠作品。我的一个非常强烈的感受也是他鲜明的精神性。《一个人的西部》写的就是一个文学青年在物质极度贫乏的生存环境下如何壮大自己精神的过程。我觉得这份精神性可能是西部文学能够提供给我们当代文学的最独特最有价值的资源，既是一种文化上的资源，也是一种写作上的资源，大西北是能够给作家输送营养的精神、文化根据地。

我也想请曹老师谈谈对西部文学的看法。曹元勇老师出版了十二卷本的《张承志文集》。张承志是一个流寓作家，不是西部本土作家。不像雪漠老师是本土作家，在西部土生土长。但我看张承志对于自己描写的地域是非常清晰的，他给他所写的文学的地理，东南西北画了一个范围，南边是甘南，东边是甘肃的平凉，北边是大沙漠，西边是河西走廊。他说这是一个伊斯兰黄土高原。雪漠老师也是扎根在他的地域上，就是甘肃的凉州。（陈思和：差不多，他也是这块地方。）都是在甘肃。所以，我想请曹老师谈一下对于他们的创作以及西部文化、西部文学的感受。

●**曹元勇：**前面陈思和老师讲的很多观点我非常赞同。文学发展到今天，应该允许它有多种多样的形态，多种多样的方式。上海可以有它自己的大都市色彩的文学，包括这种洋溢着咖啡、红酒味道的文学。但同时呢，文学本身的自然状态必然会出现西北的像雪漠这样的文学，或者西南的像阿来那样的文学，或者是新疆像刘亮程、李娟他们那样的文学。文学本身有自己生长的规律。我们所处的世界，一方面是全球化，把一切纳入资本的逻辑里面，一切都变得整齐划一；但另一方面呢，文学自身有自身的生长规律，尤其是面对全球化，文学本身具备一种反叛和抵抗的自然天性。

谈到西部文学，我会想到美国的文学。美国的文学不会说只有南方文学，只有纽约文学，它的西部文学也非常强劲，它的犹太文学也很出色，当然还有黑人文学。美国的不同文化背景下的文学，在真正成熟起来以后，处在文化发展比较自由、民主的大环境里，就会被注意到或者被重视起来，而不会被某种单一取向的文化价值所遮蔽。

西部是一个多层面的范畴，有地理的西部、文化的西部、精神的西部和文学的西部。首先，西部对于我们来说是地理上的西部。大西北算西部，或者我们把概念放大一点，青藏高原都算西部。其次，西部意味着文化上的西部。文化上的西部非常多元和复杂。比如，宁夏作为一个西部和甘肃就不一样，和内蒙古也不一样。宁夏文化离不开回族、伊斯兰、穆斯林这样一个大背景。而甘肃，我们看雪漠的书可以得到很多的信息，它有道教文化，有佛教文化，当然还有雪漠写的不太多的回族穆斯林文化，等等。新疆也是这样。新疆作为我们西部那么一个幅员辽阔的地域，它的文化非常丰富多彩，那里有维吾尔文化，有哈萨克文化，有回民文化，也有汉人文化等，这些不同民族的文化在那儿错综交汇，形成独特的西部色彩。青藏高原、云贵高原也是如此。到了西部，你眼前打开的世界会让你非常惊叹，有时候你会惊叹自己根本缺乏享受那些文化的能力，因为你对它们根本不了解。就像雪漠在《一个人的西部》里面写到的禅修，如果我们没做过禅修，那真是只能叹为观止：他怎么能行，而我们怎么享受不了这个东西？雪漠写到的凉州贤孝，很多人从来没有听说过，更不用说唱了。这说明一个无奈的事实——每个人都有自己文化认知与享受的局限性。

西部的另一个层面就是精神的西部。在精神层面上，西部有非常明显的、具体的体现。因为地处内陆、生活穷困，这些地方的人就有一种支撑生活的信念，比如"老天给什么，老子就能承受什么"，这是一种最最朴素的人生信念。再有就是回族、维吾尔族、哈萨克族等信仰伊斯兰的西部人，他们有坚定的信念，无论是面对人间的压迫，还是面对自然的不公，他们始终有一个非常坚实的信念在那儿。当然西部还有更原始的一些信仰，像萨满教，虽然已经变形了，但是它在人们的日常生活中依然存在。还有就是地域文化，这在我们汉族文化中，在中原，也都有。雪漠在书里写到一个细节：过节的时候，家人把自己家里最好吃的拿出来，结果碗突然掉在地上摔碎了，他们这才想到吃饭之前忘了敬一下过世的先人，然后雪漠的母亲就开始念叨，骂这个死去的人，说你怎么跟活人争呢？这样念叨两句话，事儿就过去了。我老家也有类似的事情。我记得有一年过春节的时候，我哥哥就看见我们家放在门后搪瓷盆上的一把菜刀哐当一下转了半圈，当时他吓了一跳，我母亲说那天应该去上坟，把过世的先人们请回来一起过年，因为忘了没去，他们就告诉你一下，说你们忘了我们了。生活中不乏类似真实的现象，其中包含着一些支撑人们精神生活的东西。

最后，西部作为一个范畴还包括文学的西部。文学的西部，一方面是指我们通过文学的方式来写西部，写地理上的西部，反映西部的生活；另一个方面是指从西部立场出发的文学。比如马原写过西藏，格非也写过西藏，马原在西藏生活过，他们笔下的西藏肯定不同于藏族作家笔下的西藏。再比如在新疆生活的一些汉族作家，像写《新疆词典》的沈苇等人，他们实际上是具有东部的文化素养，然后在那儿生活很多年，而且在这个过程中与当地文化有交融、也有冲突。对我们来说，尤为可贵的还有那些西部本土的作家，或者说是那些已经完全融入了西部的作家。由这样一些作家和文学的存在，可以回到刚才谈到的寻根文学话题。我记得莫言获得诺贝尔文学奖那一年，陈思和老师在一次讲座中谈到中国当代最有影响力的几位大作家都是跟寻根有关系，包括张承志先生。20世纪80年代以来的许多作家的创作一直把西方文学奉为学习的榜样，这跟我们的社会有关系。应该说我们80年代以来的改革开放是一个向西方的发达国家急起直追的过程。首先是在经济上向他们急起直追，因为他们经济的高度发达。其次，我们也不由自主地认为他们的文化和文学是高级的，美国的、西欧的、日韩的文化与文学，我们都是追着他们走，文学创作不由自主地跟在他们后面往前赶，在短时间内把西方现代主义的各种流派，包括魔幻现实主义，纷纷模仿学习了一遍。如果作家的写作主要是被所谓西方的这些东西牵着走了，那么今天再看他们创作的东西，其局限性就很明显。但是，也确实有不少具有自觉性的作家，他们在关键的时候没有一直跟着西方文学走，而是走向另一条相对自觉的写作之路，这些作家反倒是取得了不俗的创作成就，这些作家包括莫言，包括贾平凹、王安忆、张炜、韩少功等。当然还有一批作家，像张承志这样的，或者像雪漠这样，从一开始就没有跟着所谓的西方最流行的现代派的东西走，比如说张承志的写作依托蒙古草原、新疆阿拉泰草原、西海固等资源，他非常自觉地跟当时所谓西方的现代主义保持了一个界限；或者说西北的黄土地和草原的文化之根让他获得了面对西方现代主义的警觉性，让他非常冷静地打量着向西方看齐的创作，保持着自己的自觉性。张承志在80年代末转向散文杂文写作，对全球化的东西，对资本的东西进行了非常严厉的批判，有时候到了让学院里的一些知识分子无法接受的程度。但是，从一开始他的文化资源——说它是第三种立场也好，西方立场之外的其他立场也好，恰恰是我们现在很多学者和批评家所不具备的，因为我们一直没有有意识地去储备这样的资源。张承志具有伊斯兰或者说回民的文化背景，会说蒙古语，会说哈萨克语，会说维吾尔语，我们好多作家是做不到这一点的。更何况，许多知识分子有时候还怀有一种盲目且自以为是的警惕，无知而怯懦地把伊斯兰、原教旨主义等同于恐怖主义。这样一来，当然也就无法看清张承志他们的可贵之处在哪儿了。包括面对雪漠这样的作家也是这样，如果总是不由自主地拿西方的现代文化、后现代文化，拿一套一套的从西方舶来的批评观念去看待他的创作，那就无法真正理解雪漠们的作品，因为我们对雪漠他们的西部基本上不了解。比如，很多人不知道雪漠的禅修是什么，贤孝是什么。但西部是中国这块土壤上非常重要的一块，西部丰富多彩的多元文化将来会变得越来越重要。

实际上，所谓西方也是很复杂的存在，在文化上非常多元。我这两年在翻译塞尔维亚作家米洛拉德·帕维奇的两本书，他写过《哈扎尔辞典》。围绕翻译，我做了大量相关阅读，这时才发现，我们过去所认为的西方其实是很狭隘的西方，是法国的西方、德国的西方、英国的西方，其实还有我们原来不太了解的西方。现在人们逐渐通过旅游，发现原来还有东欧，还有一个和伊斯兰错综交织的巴尔干半岛；而在拜占庭的背景下，他们也有无数的大师，无数的思想家。当你发现这些的时候，你就会发现，世界上的哲学不是只有希腊、黑格尔，世界上的宗教也不是只有基督教、天主教，它还有伊斯兰教、印度教、拜火教等，还有很多很多我们完全不了解的东西。所以说，文明其实应该是多极的、多元的。如果世界上的高原只有一个青藏高原，世界想必会非常单调；如果人类的文学只有一个独立的高峰，也是难以想象的。比如很多人推崇的《百年孤独》。《百年孤独》只是最高的文学山峰之一，世界文学中了不起的高峰还有许许多多。当然，我们的西部文学要达到辉煌的高度还需要西部作家们的努力，包括雪漠这样的作家的不断努力。衷心祝愿西部文学能真正产生一片一片的优秀作品，形成引人瞩目的高原，甚至冒出几座高峰。

6. 西部呈现的是完整的生命

◎**陈彦瑾**：西部文学在我们当代文学中是被遮蔽的，比如我们的当代文学史里面就没有西部文学的板块，应该是好像到现在还没有。这究竟是一个什么样的原因导致的呢？请思和老师给我们讲一下。

●**陈思和**：这个编辑水平很高的。你是北大毕业的？

◎**陈彦瑾**：是的。

●**陈思和**：看得出来。不是北大的，你不会这样考虑问题。刚才她谈到了寻根，这个观点我非常赞同，我认为这是中国当代文学非常重要的一环。寻根文学是在1985年兴起的，1985年可能大家还没有什么印象。1985年以前中国的文学基本是跟着国家政策（现在说就是主旋律）走的，上面要讲"文化大革命"好，我们作家就写"就是好"，上面讲"文化大革命"坏，我们的文学就控诉，就伤痕文学。都一样的，所有的东西都是与国家政策挂钩的。1985年寻根文学开始，一批作家偏离了这个习惯思维，贾平凹写的是黄土高原，张承志写的是北方的河，阿城写的是云南的棋王，他讲的是中国文化的道与术，什么棋啊字啊树啊。李杭育写的是吴越风情，韩少功写的是楚文化，当时还有周涛他们在新疆搞西部文化，扎西达娃在西藏写魔幻现实主义，东北有乌日尔图等写少数民族等。一大批作家，都是边远地区的，没有上海的，没有北京的，上海北京的作家多半也是写边地农村的。寻根文学出来的一批作家，都是抓住一个边缘地区的一块土地，但其实这些知青作家的资源也不丰富，除了贾平凹是土生土长的，其他人好像都是知青，都是知识分子，因为插队到了一个地方，然后就有了这么一个文化的根，他就不写改革开放主旋律了，就写自己熟悉的这块土地，这样这批作家就与文坛主流产生分歧了。我觉得这个分歧救活了中国文学，中国文学长期被政策被政治路线紧紧束缚在一起。我们强调纯艺术、纯文学，其实就是这时候提出来的，提出文学自身的价值，这个价值就是文化价值，当时就是这样来理解。所以就出现文化寻根。其实寻根作家对文化的理解也很简单，他本来就是知青，到农村去受到一些感染。但是应该承认，这些作家最后都是扎根在自己的地方。莫言就是土生土长的。当时我们说农民作家一个是贾平凹，一个是莫言。到了90年代以后，文学的主流都垮掉了，被商品经济打得落花流水了。那个时候真正扎根下来的人中，张炜跑到山东的龙口，莫言写他的高密东北乡，阎连科写他的耙楼山脉，写来写去就是这些地方，就是抓住这些土地，张承志干脆跑到六盘山去了。当时最出色的一批作家，基本上都是抓住了一块土地就开始写下去，包括王安忆。王安忆是中国当代非常重要的作家，她后来把上海变成一个文化场域。今天的一线作家差不多都是寻根文学出来的。

你刚才说的一个观点提醒我，我们今天商品经济全球化，市场环境席卷了中国大地，在这样一个潮流不可阻挡的情况下，都市文化一定会碎片化。昨天我在这里与东西对谈的时候，我说如果这个作品换作托尔斯泰写，一定写得很深刻很动人，他就为自己辩护了，他说现在的城市是碎片化的城市，如果他那么写就没有读者了。因为碎片的写法只要写三个片段就可以了，再往下深入，就没有读者了。但这是一个互动，作家脑子里认定读者很肤浅，所以必须要写得肤浅，读者觉得作家写的就是好的嘛，我们应该向作家靠拢嘛，大家互为因果，就把我们的文化搞得越来越肤浅，越来越幼稚。现在有一些图画什么的，连环画看看，动漫看看就可以了，连成人都在看动漫，整个社会就幼稚化，整个文化就碎片化。如果都是这样教育读者的话，我觉得将来的社会主体就会变得非常的低能。都市文化在我看来是浮躁的，碎片化，人的思路完整不起来了。像我们在座的各位很多可能与我已经见过好多次面了，可是你认识我吗？不认识我呀。你认识的我就在这里说话，说完我就走了。同样，我认识的大家就在这儿坐着。其实你再仔细想想，所有的人，包括你的闺蜜，你的男朋友、女朋友，都一样的，你跟她约会了，你见到了，但她之前干什么你是不知道的，分手以后她干吗你也不知道的。这与西部社会很不一样，西部从小到大就那么一个人，他看着他长大，从爷爷这一辈就知道，几代人都知道，西部人的思维是完整的思维，是一个人的生命从生到死的思维。而我们都市人就不同，待在家里是一个面目一种身份，到了外面又是一个面目一种身份，我在上课我是老师，我到公共汽车上我就是一个乘客，人与人之间的所有关系都是零碎的片段。你抓不住一个完整的、本质的东西，世界就是碎片的，我们的理论就是跟着这个现象走的。可是中国地方这么大，东方不亮西方亮，我们在都市找不到的东西，西部可以给我们。西部文化可以给予我们完整的世界。西部给我们呈现的是完整的生命，而且不仅要对生负责，它还对死负责。它是一个完整的东西，所以这种哲学，在中国非常的重要。当年的寻根文化，就成为当时中国当代文化变化中的中流砥柱，催生了一批大家，莫言是大家，王安忆也是大家。

面对今天这样的商品化，我是悲观的，我觉得在城市看不到什么太好的文学，我觉得文学的重镇一定会慢慢移到西部，真正的大家应该是出在西部。所以我觉得首先要改变的不是西部作家，媒体一定要注意这一点，我们要改变我们自己。市民阶级喜欢听一个完整的故事，所以过去赵树理为了迎合我们就说，写小说一定要有头有尾，一定要有完整的故事，而我们也都喜欢讲一个完整的故事。我们对小说文本，首先关心的往往是叙事、情节，也就是这个故事完整不完整。可是西部太大，我觉得西部的作家几乎没有很好地讲过一个故事。为什么？因为西部太大了。你到西部，从早到晚在沙漠里面走，走一天一夜还是沙漠，它这么大的宇宙一样的环境，你要西部作家琐琐碎碎地去讲一个小故事，他讲不好。这时，就会产生另外一种文学，这种文学不是靠故事来支撑的。西部文学的叙事，它背后的基本的精神力量我们讲不清楚，最多就讲一句"他们富有诗意"。张承志的《心灵史》，到底是小说，还是叙事诗，还是什么，我们讲不清楚，因为我们没法用这里对文学的理解去套它，它不像小说，甚至不像文学。我们已经把自己画在牢里面了，所以要解放自己，解放了自己我们再去看。我们面对西部文学要创造一种新的审美理念、审美系统、审美话语，那么你就可以解读它了，你如果不去创造这个，只是用我们今天有限的观念来讨论，你讨论不出来，没法讨论。我觉得面对西部时我们缺乏的是改变自己对文学的理念，我们的所有的文学标准都是外国文学标准，或者美国文学标准。虽然有的作家得了诺贝尔文学奖，我们还是不大理解，很多边缘国家我们都不理解。比如非洲文学我们不关心的，南非文学我们不关心的，我们关心的是法国的美国的日本的，因为这些是我们今天的文学趣味对得起来的。还有阿拉伯文学，阿拉伯文学都是比较散漫的，读起来像诗一样，可以朗诵，我们不会欣赏。这个问题不在他们，而在我们。我希望我们的文学界真正出来一批来自西部的大师级的人物，但我们首先要很好地认识他们，欣赏他们，如果我们没有一套进入西部文学的路径，那我们阅读西部文学还是有问题的。

◎陈彦瑾：我们常常会用西方的理论来套我们的作家和西部文学的创作，这会导致什么呢？比如雪漠老师的《西夏咒》，我们无法诠释它，就用《百年孤独》来比附，我们只能用拉美的魔幻现实主义来诠释这样一个文本，但实际上《西夏咒》我们会看到，它真的是本土的先锋，是我们自己这块土地上生长出来的先锋文学，并不是说先锋都必须借助西方的理论。《西夏咒》和80年代末的先锋文学还是不太一样的，包括《野狐岭》当中的先锋性，我感觉也是一个本土的东西。比如说，《野狐岭》这部小说没有一个线性的时间，它的叙述是不断有一个一个人出来，我们找不到一个前后因果的顺序，有的甚至发生在后面的他前面写。它的时间观不是我们理性思维的。另外，它的空间感觉也是超越我们理性的，通过灵魂叙述，它的空间可以不断延展。所以，我觉得，它可能是这块土地上的文化结晶，因为雪漠老师作为一个本土作家，他整个的人和整个生命，整个的思维，他的气息、他的文化，所有的东西都带有这块土地的色彩。有一个评论家说，文学的生命在于他的个性和原创性。但这种个性和原创性从哪儿来呢？其实正是从我们的土地中来，就是我们的地域文化或者根性文化，恰恰是提供文学个性和原创性的源泉。如果所有的文学都是模式化的，都用都市文学的模式去套的话，就是很悲哀的一个局面了。但是我也看到，雪漠老师他作为西部的本土作家，也在努力想要超越他这种地域性。比如说，他离开了那块土地，到了东莞，再回看他的西部的时候，他所创作的《西夏咒》《野狐岭》就与他的"大漠三部曲"出现了不一样的文学样式。所以，他在吸收西方或者东部文化的优秀的营养，比如对于文学叙事技巧的借鉴等。我们也看到了他的这种努力。我觉得西部的作家真的是，一方面他有一个根性，这其实是非常值得自豪和自信的，因为它像一棵树一样——我一直说雪漠老师的创作姿态就像一棵树，它扎根在西部，但同时它又是伸向天空的，这片天空是它的一种超越精神，或者说从文学技巧上来讲，是世界性的东西，从《野狐岭》当中我们能够清晰地看到这种民间性和世界性的写作路径。

现在还有一些时间，我想请思和老师来给我们做一个总结好吗？（陈思和：听听读者的意见吧。）也好，那就听听读者的意见。我们还有六分钟时间，现场观众有没有需要提问的？

7. "喷涌"之前的三个阶段

◎**读者：**我想问雪漠老师一个问题，您作为一个专业的作家——我不是一个文学青年，但是非常的喜欢文学——是怎么样把西部历史的因素搜集起来运用到文学当中去的？这是我很关心的问题，谢谢雪漠老师。

●**雪漠：**我简单说一下。我一般写一个作品的时候，必须对一块土地有几方面了解。第一个方面就是了解跟这块土地有关的所有文字资料，包括历史的，也包括现实的。历史资料包括一些地方志之类的书，甚至一些笔记类的记载。所有相关的文字资料，只要能收集到的我都会去了解。第二，一定要找到这块土地上讲故事的人，如果你找到这个讲故事的人，那么这块土地的很多东西就活了。讲故事的人，可能是一个，或者很多个，他们的很多东西其实不是文字记载的，而是一种集体无意识，也就是一代一代人流传下来的，一些群体记忆的东西，这是非常有价值的。很多作家的东西之所以缺乏一种鲜活和厚重，可能就是因为没有找到这个人。找到这个人——最好不止一个——之后，就对无数的讲故事的人进行采访。采访的过程有时候很漫长，甚至有可能长达十多年。《野狐岭》我就准备了几十年，在漫长的几十年中间，我一直在积累相关的故事，寻找这些人。这个过程很漫长。然后紧接着第三步，就是去那个地方生活，这个过程也很漫长。像写《野狐岭》的时候，我二十多岁就到齐飞卿的那个村庄上当老师，后来也会有意识地在一个地方住很长时间。比如前年写一部关于甘南的小说，我就在甘南的一个村庄住过半年。我的意思是，要用你的心去感受这块土地的脉搏。经过这三个阶段之后，你可能对这块土地的历史也罢，现实也罢，就有了足够的资料——这时候是资料还不是作品，因为作品要经过一个非常重要的灵魂发酵的过程，要找到一个激活的像核反应堆一样的点，这个点找到之后，当核反应饱满到一定的时候，它自然会爆发出来。这时候作家不需要编什么故事，因为所有的人物都活了，所有的故事都向你涌来，你就像一个母亲怀了孩子，十月怀胎后必须生下来，这时候你没办法遏制的。《一个人的西部》就是没有办法遏制的，很快就喷出来了。二十多天之后，当婚礼结束的时候，初稿差不多已经完成了。写《野狐岭》的时候也停不下来，写《西夏咒》的时候同样停不下来，那时候老婆必须给我喂苹果。我写出来之后，大家都觉得是现代派的、先锋派的东西，但我写的时候，只是感受到一个巨大的混沌的存在，其中有很多说不清的东西，当它们一起向你涌来，从你笔下喷涌而出的时候，你的心中根本没有概念，也没有主义。这时候，任何主义都套不住这个鲜活的东西，更不能用诸多概念性的东西把鲜活的生命扼杀。我的所有创作都是这样，都要通过那三个阶段，以及最后的那种核反应堆一样的裂变。我说的这种最后的核反应，其实是用你的人生境界和智慧，把得到的那些东西全部打碎，变成你自己的营养的一个过程。这么多营养在你生命中汹涌，像《黄河大合唱》那样，会出现一种惊涛拍岸的东西。莫言的《生死疲劳》里面就有这种东西。我能看出哪个作家是喷出来的，哪个作家是挤出来的。能喷出作品的那个作家，他必然有一种生命发酵后的境界呈现，他的作品是非常鲜活饱满的。莫言就有这种东西。阎连科的作品中也可以看到这些。王蒙的小说《闷与狂》中也有，我认为它是王蒙最好的小说。那是一个老人经过几十年的发酵忽然喷出的一个好东西，没有任何的功利概念，也不考虑读者，就是他生命中的一种诗性的喷涌。这真是好东西，但非常可惜的是这个时代很多人读不进去。没办法。有时候，好东西，得有境界的人来读。

◎**陈彦瑾：** 精神交流当中，时间总是过得非常快。其实关于西部文学的话题还有很多可谈。我也很有一种意犹未尽的感觉，希望将来还有机会能够到这里，跟思和老师、曹老师，一起来探讨西部文学的话题。今天的读书会就到这里，谢谢大家！

三、西部想象与西部文学的精神力

——雪漠与张柠对谈

主题：西部想象与西部文学的精神力

嘉宾：雪漠　张柠

主持：陈彦瑾

时间：2015年9月21日20：00

地点：北京师范大学敬文讲堂

2015年9月21日晚，作家雪漠做客北京师范大学"京师大讲堂"，与著名学者、文学评论家、北京师范大学中国当代文学与文化中心主任张柠教授对谈"一带一路"中的西部想象，围绕土地与文化、人与命运、边疆文化与中原文化、西部文学与俄罗斯文学、西部精神与民族精神力、西部本土作家的大孤独与大智慧等关键词展开交流。此次对谈由北京师范大学研究生会和人民文学出版社共同主办，人民文学出版社编审、《一个人的西部》《野狐岭》责编陈彦瑾女士主持。北京师范大学的在校师生及全国各地闻讯赶来的读者近三百多人参加了听讲，师大敬文讲堂座无虚席，气氛非常热烈，不时有热烈的掌声响起。

2014年10月19日，张柠教授参加了由中国作家协会主办的雪漠长篇小说《野狐岭》研讨会。在谈到西部文学时，他说："当代边疆文学中的想象，可以为解决高度发达的现代化生活里面人的精神贫乏问题提供参考。现代人的情感里面没有超越性的东西，全是具体的物质性的东西，全是无限切割成碎片化的古怪情感，而人类情感中最重要的精神性的，像空气和水源一样的东西，它没有。这恰恰是西部文学能带给我们的。"

谈到俄罗斯文学，张柠教授重点提出了俄罗斯文学作品中经常出现的三种文学形象：圣愚、少年、妓女。尤其是圣愚形象，它与现代文学中精明算计的聪明人形象构成反差。圣愚形象诞生于俄罗斯文化土壤，它们都有宗教文化的背景。

陈彦瑾女士指出，《一个人的西部》中的主人公"我"就是典型的"圣愚"形象，其"愚"，在于生命观、人生观、价值观、成功观等都与都市功利聪明人迥然不同；其"圣"，在于他对世俗生活的超越性，和源于西部文化的一种大智慧和精神力。雪漠很认同张柠教授提出的"圣愚"观点。一直以来，雪漠老师也总是将自己自嘲为举着长矛冲向风车的"堂吉诃德"，他说："我一辈子都拒绝做一个精明人，很多人因此认为我愚。其实，我明明白白地知道，世界的本质就是变化。所谓的愚，就是不去在乎变化的结果；所谓的圣，就是积极地行动，积极地追求一种超越性的东西。所以，积极地行动就是圣，不在乎结果就是愚。"

以下为发言记录（有修订）。

1. 从西部文学中找回叙事的总体性

◎**陈彦瑾：**大家好，首先我代表人民文学出版社，感谢北京师范大学，感谢学校研究生会，特别感谢张柠教授的支持，而且雪漠老师也从遥远的岭南来到北京，来到北京师范大学，因此我们今天晚上能相聚在这里，来谈一个既宏大——关于"一带一路"——同时又是非常文学、文化的话题——关于西部文学、西部文化的话题。

我是《野狐岭》《一个人的西部》的责编，所以我非常期待能有机会和张柠教授、雪漠老师进行交流。张柠教授有一部书，就是广为人知的《土地的黄昏》，书写乡土文明的往事，所以，我想先请张柠教授给我们谈谈，您在阅读《一个人的西部》的时候，对于书中的乡土叙事是不是有一种共鸣？

◎**张柠：**首先，感谢雪漠给我们带来了这么多的精神作品。我比较少去做今天这样的活动，但是，这一次人民文学出版社和陈彦瑾提出来，希望我和北师大的同学见个面，我是全力以赴地支持。所以，我就找我的学生去跟研究生会联系。

今天，我也是刚刚从遥远的西部赶回来。在贵州西南一个很偏远的小县城，参加八月八苗族风情节中间的一个环节叫"贵州省诗歌节"的颁奖典礼。今天早晨六点多钟我就起床了，八点半离开那个地方，开了三四个小时车到贵阳机场，刚回到北京，就直接来到这个现场。

实际上，西部的文化和西部的文学、西部的精神，以及西部的现实之间的差距是非常大的。我在贵州参加活动的时候，就感觉到西部真是太质朴了，它会把它的缺点直接暴露在你面前。比如说，那么大规模的贵州省的诗歌节颁奖典礼，竟然出现了很多次很多次的意外，这在我们北京是不可能看到的。比如说表演板凳舞的时候，主持人说："来了，瞧，他们来了。"结果等了十分钟演员还没来。主持人就说，赶紧找，看他们到哪儿去了？过了一会儿找到了，一群幼儿园的小孩，每个人手上拿两个小板凳，晚来了十多分钟来。主持人说，开始演，结果他们就上来演了。演了三个动作，那个现场录音又没了，声音没了。怎么回事？主持人说，怎么声音没了？旁边的工作人员不知道，主持人就说，请小朋友下去休息一下，我们先找音响师上来修音响。音响修好之后主持人又对小朋友们说，上来吧。我的意思是，他们会把自己的缺点暴露在你面前，这在北京根本不可能看到的。后来，当地人还跟我们道歉，我说，太好了，我们看见的就是原生态的，它很质朴。然后，那个地方条件不太好，比如说宾馆里没有热水洗澡，只有冷水。我们直接看到了那个地方的很多缺点。但是，我们不能按照今天现代人对于日常生活的要求去评价它，这个评价是不对的。你不能说，你为什么不彩排啊？为什么出这个状况？你不能这样评价。所以，我觉得西部这样一个现实状况存在的地方，它是我们这个时代的一个景象。如果没有它，没有一个坚实的精神性的东西立在这个地方，我们的生活变得全球一体化，东南沿海等地方跟西部一样，跟全世界任何一个城市一样的话，就会非常可怕。正因为有这么一个东西，我们的世界才变得丰富。我用一个比喻，我认为在现代物质生活层面，它是干枯的，但是在灵魂精神层面，它像一种放射性的东西，不断向现代化的生活、物质生活和东部放射出某种东西，我称之为精神的放射性的东西。如果没有这个东西，我不知道，我们的文学还有没有必要存在下去，也不知道我们的小说怎么样写下去。

不管是《野狐岭》，还是《一个人的西部》，还是其他著名作家写的书，都肯定不仅仅是讲故事，讲好玩的东西，讲怎么吃、怎么穿、怎么喝、怎么吵、怎么打架、怎么赢了、怎么输了……它背后肯定有一个非常高的存在在那儿。只有这种东西具备了，我们才觉得，花半个月、一个礼拜读这部小说没有白费时间。那么，这个东西是什么？它肯定是一个看不见摸不着的东西，我们姑且称之为精神性的东西，或者是另外的东西。这个东西来自哪儿？它不来自那种转瞬即逝的欲望或者生活。在学术上，我们称之为"叙事的整体性"。我们用学术术语来说就是，叙事的整体性消失了。

西方从19世纪开始，叙事的整体性就消失了。20世纪初的小说，我看不懂，也看不下去，没有一部是写完的。乔伊斯刚开始写《投灭的爱情》时，还写得非常好，非常神秘，写到《尤利西斯》，写到《芬尼根的守灵夜》，就没人看得懂。布鲁斯特，没完没了地写回忆，这就叫长篇小说的挽歌。为什么？因为它的整体性能署名的东西没了。署名的东西没有了，这个文体就死亡了。那么就需要来挽救它，让它复活，重新开始。复活的是什么？边缘文化。包括我们中国，这也是边缘地区的文化。边缘地区的文化有一个非常重要的特点：它的语言符号跟它内心的精神和灵魂之间的相关性，远远高于沿海的、现代化的、全球化的那种生活，话语符号、词语符号跟它的灵魂之间的相关性更大。比如说，一个西部的人、一个藏族同胞、一个尚未全球化或现代化地方的农民，他说"我爱你"，那是真的。一个上海人，一个广州人，一个深圳人，一个北京的聪明人说"我爱你"，你会说别开玩笑了，因为你不信他们。为什么？因为他们的语言符号和他们内心的情感之间的关联性少了，他们有疑问了。那么，西方的哲学家把这种东西称为什么呢？称之为"情感的无限切割"。这导致了词语符号和精神生活之间的无限多样的可能性，我们曾经称之为进步，在今天，对文学而言，对诗歌而言，它是灾难。在2014年8月，我参加雪漠《野狐岭》这部小说的研讨会时，这是当时最深刻的一个感触。我写过一篇文章，关于当代边疆文学中的想象。它就是要解决高度发达的现代化的物质生活里面精神的贫乏，它里面没有放射性的东西，全是具体的物质性的东西，它全是无限切割成碎片的古怪的情感。人类最重要的东西，包括爱和恨，像空气和水源的东西，它没有。这是西部文学给我非常重要的一个启示。

2. 文化是作用于生命本身

◎**陈彦瑾：** 张柠教授刚才的分享让我想到几点：

一是，我在读《一个人的西部》的时候，感觉这个文本很特别，它看上去非常的质朴，然后，我们再看它每一个具体的章节——这个文本是雪漠老师的自传体散文，也是西部本土作家的一个成长史——我们看他的成长史的时候，发现有这么一个特点：我们局部去看它，好像每个章节都不是很起眼，但是，当我们整个读完之后，就会有一种巨大的感动油然而生，震撼我们。我感觉就好像说一个女孩，她的五官等各方面长得都平淡无奇，但组合在一起以后，这么一个人立在我们面前，就非常有感染力。

刚才，张老师讲到西部文学的整体感，我觉得也是这本书的一个特点。就是说，它不是靠一种精致的局部去获得读者，它是靠一种生命的整体气息，一种生命的感染力，直接给我们带来不一样的感受。或者说，它是一个生命的文本。

那么，雪漠老师，讲到您的文学养成时，我想知道，您认为西部文学文脉的源流在哪里？因为迄今为止，当代文学史里可能还没有专门对西部文学进行过梳理，但是，西部作家却一直在创作，我们是有成果的。雪漠老师主要写长篇，长篇小说是整体感非常强的，最能体现作家对生活的整合能力，那么，长篇小说的文脉——任何一种文体可能都能找到文脉的源流——究竟来自哪里？雪漠老师，我发现，在您成长的过程当中，有两个作家对您影响非常大，俄罗斯文学对您影响非常大，托尔斯泰、陀思妥耶夫斯基的作品经常放在您的案头。西部文学和俄罗斯文学之间是不是有某种文学源流上的关系？

●**雪漠：**俄罗斯文学和西部文学有一个共同的东西，就是张柠教授刚才谈的灵魂性。但是，西部文学和俄罗斯文学还有一种不同的东西。

我看了很多关于"文化"的定义，都不太苟同，我认为文化和知识不一样。很多人谈的文化，其实就是知识。文化是什么？在西部人的眼中，文化其实是一个人的生命程序，它左右着一个人的生命和行为。那么，什么是西部文化呢？西部文化就是左右或者装在西部人生命中的一种程序。那么，什么是西部文学呢？在这样一种生命程序下生活的人，抒发自己心中诗意的时候唱出的歌，就是西部文学。注意！我谈的文化和现在的很多人说的文化不一样。它有一个最重要的特征，就是它和生命是一体的。

西部非常接近文化的原点。原点的意思就是，所有的文化最早的时候，其实都是作用于生命本身的。"作用于生命本身"的那个东西，那种程序被人们传承下来，就叫文化。如果离开生命本身谈一些东西，根本就不是文化。这就是一些知识分子不一定是文化人，但一些不识字的人却很有文化的原因。因为文化是真正作用于生命本身的，而不是拿来卖弄的，不是知道分子的道具。所以，知识分子和知道分子不一定是文化人，而很多没有学历的人却可能是文化人。为什么？因为他在用他生命中的文化。西部文化就是这样一种东西。西部很多的人，农民也罢，牧民也罢，他们所有的生命的过程就是在实践这个文化，非常像我们的电脑，他们不会说一套做一套。

这一点，西部文化和俄罗斯文化是一样的。俄罗斯文化就是作用于生命本身，所以，在这种文化的孕育下出现了很多殉道者，如陀思妥耶夫斯基，也包括俄罗斯的很多作家，除了苏联时期个别的作家之外，他们已经被异化，变成一种工具了。在沙俄时候，有很多非常伟大的作家，他们的文化本身就在指导着他们的行为，他们所有的生命就在实践这种文化。像托尔斯泰，他认为贵族是罪恶的时候，他必然会忏悔，必然要把土地分给农民，就是这样的。

我觉着这可能和目前流行的文化不太一样。直到今天，张柠老师说，西部永远有一个高于自己生存的东西，有文化的人称之为人文精神，没有文化的人可以称之为信仰。信仰本身就是文化的最高境界。西部人一直会以信仰文化来指导自己的行为，永远是这样。一个民族的文化，它指导着整个民族的行为。西部人用自己的生命在完成着自己，在印证着自己的文化，在实践着自己的追求，他们的一生就是为了实现自己，完成自己。

3. 俄罗斯文学里的"圣愚"形象

◎**陈彦瑾：**张柠老师，我知道您是俄罗斯文学研究专家，西部文学和俄罗斯文学之间，您觉得有没有某种渊源或者某种共性？

◎**张柠：**我先说一下西部，因为刚才雪漠也提到了。我挺欣赏他的这个口音，但是我说不了，我用我家乡话跟你们说，可能会有一些感觉，但是你们听不懂。西部话，它尽管有一点特色，但是还是能听懂，我们南方的方言是挺有味道的，但是听不懂，没办法，所以我只能用南方普通话来表达我的想法。

实际上，西部有很多说法，在改革开放之前，我们称之为边疆，有边疆文学、边疆文化、边疆文艺，这个"边疆"实际上是带有一种真正色彩的命运。后来，边疆又叫西部，但对应于东部，西部好像是一个区域地理学的概念。实际上，西部很大，除了雪漠老家这个地方以外，还有西安和云贵川。它是为了经济建设服务而划分的这么一个地区。东部沿海是发达地区，西部是一个相对落后的地区，现在东部要反乌、反哺西部，要去帮它发展，让它变成东部一样，这是区域经济学、地理学的概念。

刚才，雪漠讲得很好，实际上我们所关心的不是一个地域政治，或者是区域经济、区域地理，我们关注的是文化概念。文化的东西看不见、摸不着，但实际上是最重要的。如果没有文化在这里撑着，我们可以迅速地把西部变成东部，把高铁修起来，把工厂建起来，把所有的土地变成高尔夫球厂，把所有的农民都变成市民，全部一体化，好像很平等，实际上是最可怕的一个东西。

那么，正因为有文化这个概念，灵魂的东西在里面，它变得很重要。所以，作家不一定要跟着那些地方政府的思维走，地方政府肯定很重视你，雪漠是西部文化的"名片"，但是，你的想法跟他的想法完全不一样。

刚才讲到俄罗斯文学，我原来的专业接触到俄罗斯文学。俄罗斯文学有一种让你震撼的东西，而不是技术。俄罗斯作家笔下的人，比如陀思妥耶夫斯基笔下的"白痴"，在去俄罗斯的火车上，一上来，坐下来，面对陌生人，一开口，两个人就直奔灵魂问题，开始讨论灵魂问题了。如果是我们中国人就会试探很久很久，可能过了一两个小时都不敢开口，因为中国农民文化是一个熟人文化，只有熟悉的人才有话讲，和陌生人不会讲话。也许从上海到北京，五个小时内都没有一句话讲。但是，当两个人心里都有一个目的的时候，可能会对话。

雪漠老师也讲到他受陀思妥耶夫斯基、托尔斯泰的影响很深，其实俄罗斯文学有一个非常重要的东西，在我们日常讨论的时候比较少提到，就是它有一种很聪明的知识分子文化，还有一种非知识分子的傻瓜文化。这个傻瓜文化太厉害了，叫圣愚，愚就是愚蠢，但这个愚蠢是神圣的。托尔斯泰小说里经常出现一些傻瓜形象、白痴形象，他把这种东西当作一种神圣的东西。那么，当我们用这种观念去看西部，甚至看我们家乡的农民的时候，就会发现，他是傻子，但是从文化的角度看，不是从现代科学理性和商业贸易的角度看，从文化、从灵魂的角度看，他是圣人，他不仅仅是愚。他跟现在都市文明里的聪明、算计正好相反，他是"傻子"，但是这种傻子的东西建立在现代文明的基础上。所以，俄罗斯作家里面，我们说很震撼，很有灵魂。其实，俄罗斯"废奴运动"把奴隶制消灭后，以为进步了，以为跟世界同步了，以为可以跟法国和德国平起平坐了，实际上不是那样的。贵族资本家化，把大量的资本、财富、土地集中在他们手上，造成奴隶赤贫化。他们一开始就反对这个东西，对这种全球化的贸易市场、商品市场和资本主义化他们从一开始就反对。所以，他们不断抬出俄罗斯文化里一个不太为人所熟知的东西——傻瓜，一种神圣的傻子的文化。那些大作家的作品里面全部有一个"圣愚"形象出现，来刺激或者抵御现代化的那种高度直隶、高度智性的文化。这是俄罗斯文学里面经常出现的一个东西，实际上就是农民文化的一种。第二个经常出现的形象是少年，成人是坏人，少年才是神圣的。第三就是妓女。俄罗斯文学里面这三种形象，神圣的傻子、纯洁的少年和妓女，实际上都是从资本主义化来的。如妓女，你可以占有我的肉体，但你不可能占有我的灵魂；你可以买我的肉体，但你不可以买我的灵魂。所以，作家笔下的妓女最后变成导师，嫖客当众跪下来忏悔。俄罗斯有这种东西，太震撼了。但是，它跟我们有共同的地方：第一，不管是妓女还是少年，都来自乡下，还有真正的傻子都来自农耕文明的东西；第二，它的神圣化有一个宗教的背景。如果没有宗教的背景，它会迅速把这种傻子、妓女和少年的形象给瓦解，但是它有东正教在里面，把这个保留下来了，才使得它神圣化。

4. 积极行为是圣，不在乎结果是愚

◎**陈彦瑾：**张柠老师，您刚才讲到的"圣愚"形象，一下点醒我了。我觉得《一个人的西部》中的主人公就是一个圣愚形象，他是非常典型的圣愚。为什么呢？用我们今天时代的观点看，他几乎近于傻，因为他的整个成长，包括您讲到的西部用一种文化和精神的力量抵御全球化带给他的冲击，都是不符现代都市文明的。《一个人的西部》是把这种圣愚文化，或这种冲击，纳入个人的生命历程去写。这里面的"我"，我们现在看来真的是一个傻子，他会为了坚持自己的梦想，放弃所有我们认为非常重要的东西。比如说，我们这个时代认为的成功，包括很多功利化的目标，他全部放弃了，用赤裸裸的一种真诚，去追求在我们看来非常、非常虚的目标，比如梦想、灵魂，等等。为什么我又觉得他圣呢？因为他背后有一种精神的力量和梦想性的东西在提升他，让他实现了超越。我理解的这种"圣"是一种超越，包括宗教精神和信仰，都是超越性的精神，让他能够超越一种世俗层面的东西，所以我觉得"圣愚"这个形象概括得太好了，包括雪漠老师其他的作品当中也有很多"圣愚"形象。

●**雪漠：**张老师真厉害，我就是这样一个人。我有两个妹妹，一个识字，一个不识字，直到今天，她们对我的评价都是"大哥哥太愚了"。这是第一。第二，很多读者都觉得我这个人有一点"圣"的味道。所以，我就是这样一个"圣愚"的角色。包括我的弟弟，以及很多亲戚都认为我"愚"，很小的时候，他们就认为我这个人很愚。

我自己也认为自己有一点像堂吉诃德，我总是带着桑丘去做一些很愚的事。有时候桑丘是我儿子，有时候桑丘是我老婆，我们会拎着一个长矛，冲向风车，要拯救人类，却根本不知道，人类根本不需要这样的堂吉诃德。我就是这样，总是自己感动自己，总是在别人的疾病中疼痛自己，却不知道在别人眼中自己才是真正的病人。就是这样。那么，为什么会出现"圣愚"呢？原因在于，许多人太在乎这个世界，而具有"圣"的眼光的人，他知道这个世界在变化，他知道无论在不在乎都那样，无论做得好不好都那样，所以，他根本不去执着这个结果。很多人觉得今后怎么样怎么样，我都会说做吧，好好地做吧。他说，要是做得不好怎么办？我说，你做得好也那样，做得不好也那样，很快都会过去。大家想一想，有什么过不去的呢？今天，雪漠是讲得很好，讲得比唱得都好，还是打喷嚏、出洋相，其实都一样，一个小时之后，很多人就不一定记得了。就是这样的。明天，可能有些人就不知道雪漠是什么样子了。后天，一年之后，一切的印象都没有了。不管我讲得好，还是讲得不好，都会这样的。因为这个世界的本质就是变化，我们其实都在变化。所谓的"愚"，就是不去在乎结果；所谓的"圣"，就是努力地做，做到什么程度算什么程度。就是说，积极地行动，积极地追求一种东西，就是圣，不在乎结果就是愚。

5. "文化小说"的变与不变

◎**陈彦瑾**：谈西部文学离不开文化，包括雪漠老师给我们的直接感受就是，他创作的所有观念也好，呈现的文本也好，都来自西部的一种文化，他的世界观、价值观、人生观，都和我们不一样，包括对愚和聪明、凡和圣的理解，和中原文化、都市沿海文化都有差异。所以，我就在想，张柠教授讲到边疆文化的存在，尤其在全球化这样一种语境下，它对我们的中原文化和都市沿海文化构成了他者的语境。那么，在中原的我们去想象西部，而西部的存在，又对中原文化和都市文化构成了某种审视，因为有了这种审视的角度，让我们对我们的现实处境，我们现在的文学，和我们怎样活着的状况，有了一种反省。我想，这也是我们今天来谈西部文化的某种意义。

◎**张柠：** 现代文化有一个非常大的东西，它有一个进步的观念，或者说，在进化论的基础上进步的观念。有进步就有落后，有中心就有边缘，可是，我们现在的思维方式是一个经济、商业、成功、理性时代的思维，我们往往会用这种思维去统摄其他的所有领域，认为中心的一定是好的，其他所有的领域都是不好的。实际上，文学领域其实不是这样的，而是相反的。可能边疆的东西、西部的东西，那个看起来落后边缘的东西，恰恰是在拯救你。

我们刚才讲到傻子，早期的西方文学实际上也有许多傻子，像小癞子，他就是傻子。环境在变人不变，你就是傻子嘛。你离开家乡、故乡来到城市，还用家乡的价值观念、审美趣味去衡量判断处理一些事物，当然会到处挨打。这就是傻子。堂吉诃德也是傻子，他用骑士时代的价值观念去处理当下的事情，他就变成傻子了。

实际上，现在的西方文学，正左右着我们20世纪的文学，其中有一个非常重要的是什么？就是作品中出现的精明人、聪明人。最典型的就是《鲁滨逊漂流记》，那个家伙太聪明了。你把他一个人扔在岛上，什么也没有，他都可以创造一个世界。西方人说太牛了，中国人也说太牛了，我们要学他。他固然很牛，很厉害，但是，我们现在换一个角度说，他是聪明人，太精明、太聪明、太有理性能力了，这是第一种类型。实际上，这是资本主义上升神话的一个寓言，塑造一个聪明人、精明人、能计算的人，能把岛上所有的土地，乃至一个碗、一个玻璃瓶、一个罐、一个水坑、一根树枝都为我所用。所以，《鲁滨逊漂流记》写的是最早出现的一批聪明人，精明人，利用自然、征服自然的人，创造一个资本主义神话的人。从此以后，我们写小说都向他学习，18世纪初开始，这个世界上的小说发生了一个巨大的转变，傻子没有了，聪明人有了。所以，我觉得这里面就是说，我们现在要反思这个东西，这条线一直走到今天，实际上已经走不下去了，要回来，不要写那种环境在变我也在变的成长小说、教育小说——也不是说不要写，这是小说的一种类型，环境在变，我也在变，而且变得比环境还快。就像一个农村的孩子，第一次来到大都市，想学大都市的范儿，然后朝着女孩子吹口哨，其实他的内心深处还是一个农民，他不适应这个世界。

彼得堡有一个诗人叫伊塞德（音），是小镇乡下礼仪官的儿子，是一个小农民，后来他到了彼得堡、莫斯科这样的大城市里面。他也想改变，最后学得很时髦，穿着时装，但实际上他内心深处完全不能够接受，就跳到河里自杀了。

那么，我们不可以说只能写成长小说和教育小说，我们不能够说只用文艺复兴以来所制定的那一套文学规则作为我们唯一使用的规范。我发现边疆地区的文学，或者西部文学里面有非常重要的一种类型，我称之为"文化小说"。它是什么呢？是环境不变人也不变。不变，你怎么办？人家说，不变怎么写小说啊？那不是诗歌吗？诗歌就是人也不变环境也不变，然后赞美、吟唱、歌颂。不是。它写这种人不变、环境不变的背景之下内心的心思的变化，写生老病死，求不得，怨憎会，这些人生中世世代代不断重复的重大主题。实际上，每一个人的心都是不一样的，各种细微的心思的变化都不一样，它一直在处理人生基本的问题。这就构成了西部文学非常重要的一个特征：它不是跟着世界一起变，因此它里面含有诗性，这种东西含有诗性。你不可能说，一个人来到上海，来到深圳，在这种现代化的都市里面，然后怎么样去适应它？

所以，这里面雪漠的《野狐岭》，他就是一个西部作家的思维方式。他写驼队的生活，写骆驼的生活，写商队跟着骆驼走的生活——当然我不懂，因为我没有跟过驼队，也只在动物园见过骆驼——写得太惊心动魄了。而且，由于他在广东生活过一段时间，他要把南方跟北方的文化嫁接起来，这是他讲故事的一个策略。你想，假如换一个广东作家或者上海作家，他会怎么写？他一定是让这个人带了很多财富，让这个驼队的人富裕起来。但富裕起来又能怎样？刚才雪漠说了，明天你也不知道在哪儿。文学不解决这个问题，你又不是发改委的，你能解决什么东西？雪漠不是这样的。雪漠把南方乡土生长出来的一种特殊的文化，通过另外一个商队跟这个驼队汇合了。当然，他的叙事技术我不想讲了。

◎**陈彦瑾：**正好是"一带一路"。

◎**张柠：**对，他这个叙事技术也是有一些特征的，有点像《罗生门》的叙事方法。但是，更重要的，是像我刚才所说的，他把从南方土地上生长出来的一种文化，通过另外一个商队跟这个驼队汇合了。其中非常重要的一个木鱼妹，一个木鱼歌，是南方土壤里长出来的，特别让我震撼。为什么能让我震撼呢？因为它是生命律动感特别强，或者特别急促的一种东西。它不像骆驼。骆驼的心脏跳得太慢了，我们南方人受不了。骆驼喝一次水，可以维持多少天呢？

●雪漠：很多天，十多天。

◎张柠：十多天，才喝一次水。心脏慢，波动也特别慢，这就是西部性了，叫"西部民俗志"。仅仅有"西部民俗志"的写法是不行的，它很好，但仅有这一点是不行的。他把木鱼歌新的生命律动的节奏，南方的节奏，跟木鱼妹——特别强壮的南方女性——那种看上去很柔美，实质上内心特别强悍的这种东西，注进驼队文化里面去了。所以，我对木鱼妹的印象特别深。

我为什么不讲骆驼文化呢？骆驼文化固然重要，当它跟木鱼文化汇合以后，它变得非常有魅力。但是，它没有汇合之前，仅仅写骆驼怎么喝水，怎么走，就变成民俗志的写法了，那不是文学家干的事情，那是民俗学家干的事情。

◎陈彦瑾：我觉得张柠老师讲的环境不变人不变，比如说，在西部，这和它的自然状况有关，它是一种空间的文化。西部大漠特别辽阔，它给你的感觉是，这里的时间是近乎静止的。因为地域辽阔，空间无限放大，物质又极度贫乏的时候，那么，精神性就凸现出来一种强悍。《一个人的西部》中，这个成长史里面有一个主题，就是他不断地去节制自己的欲望，物质上不断降到最低，以至于降到零，但是精神是不断壮大的。他壮大精神的方法是通过读书、禅修，甚至是练武这样的一些方式。

◎张柠：他的生命方式就是像骆驼那样嘛。

6. 日月两盏灯，天地一台戏

◎陈彦瑾：您说得太对了。就像骆驼一样慢而有韧性。那么，这种西部精神，像《一个人的西部》里，他用极度强悍的精神来支撑一种不妥协，不向环境妥协的选择，所以，他看起来是人不变，实质上他是精神不变，精神立在那儿，这样一种内在的精神支撑在那儿。

所以，我觉得西部文学有一种内在的精神结构。它看起来好像没有鲜明的故事性，情节性也不是那么的明显，但是，它有一种内在的精神结构在支撑它，它不是靠人物不断地变化，像我们刚才讲到的切割碎片化，不是靠人物的故事性来吸引眼球，它靠人物内在的精神结构，和我刚才讲到的生命的整体感来支撑它。

另外，讲到《野狐岭》，我觉得话题太丰富了，对您刚才讲到的这种岭南文化和西部文化的差异性，这种差异性当中构成了一种张力和丰富性。那么，一方面使得我们写丝绸之路的骆驼文化，避免陷入民俗志的写法。同时，您说的固化的、不变的东西，和岭南这样一种强悍的震撼力，木鱼妹所代表的这样一种比较有动感的东西，它们构成了一种呼应。某种意义上，我也觉得非常契合今天"一带一路"的提法。因为岭南正好是"一路"的起点，木鱼妹、木鱼歌，代表岭南文化。而骆驼正好是丝绸之路，它代表西部的商业文明，是"一带"的文化。那么，《野狐岭》真的是巧合了今天国家关于"西部"的一个话语。

另外，《野狐岭》的文化感也非常丰富。我觉得相对边疆，中原和都市总显得单一，不如边疆具有丰富性。比如，骆驼文化的地方志色彩，木鱼歌的唐传奇遗风，贤孝的边塞诗的苍凉感，里面的文化如层林尽染很驳杂。

特别有意思的是，《野狐岭》甚至接续了"五四"精神。雪漠老师对于凉州人、凉州文化的国民性反思，用了这么一句话："凉州人，合该受穷"。这是千年感慨，特别像"五四"时期作家，对于自己民族性的反思。另外，这里面对陆富基拷打场面的描写，也有鲁迅笔下那种看客的味道。

所以，我觉得虽然雪漠老师是西部的本土作家，但是在《野狐岭》里，包含了超越西部的非常丰富的文化和一种民族精神力。我觉得，在西部我们有可能找到一种民族的精神力，它是一种原始的力，是没有被都市和现代文明异化的一种精神力。类似于陈思和老师说的，像萧红的《生死场》，也是民族原始精神力的一种呈现。我想在西部文学，尤其在《野狐岭》里，我也读到了这样一种民族精神力。所以，关于西部精神，它不仅仅有宗教信仰，有一种超越性的追求，它还有现代性的国民性反思，有"五四"精神，另外，它还有来自西部本土的一种原始野性民族精神力。这是西部精神一个很突出的方面。

●**雪漠：**我非常喜欢陈彦瑾昨天谈到《野狐岭》的时候说的五个字，她说，《野狐岭》其实是一种"境界的呈现"。她这个观点很有意思。《野狐岭》是非常非常复杂的，它不是作家编的故事复杂，而是作家感知到的那个世界复杂。注意！西部有一个不变的东西——不是说世界不变，而是关注世界的智慧不变。这一点，有点像我们的传统经典。《金刚经》中间有八个字："不取于相，如如不动。"相就是世界。世界可以变化，但是有一个东西是不变的，其实，这个不变的东西，就是我们形而上的一种追求。

刚才，张柠老师谈到骆驼，以及木鱼妹等，其实，驼队中有一个东西，让整部小说超出了一般的小说——他们一直在寻找一个东西，寻找高于他们的生活环境，以及驼队旅行之路的一个东西。比如，驼队里面的很多人都在寻找，齐飞卿在寻找，马在波在寻找，木鱼妹也在寻找，不同的人，都在寻找属于自己的一种活着的理由和生命的意义。它可以有各种各样的形状，各种各样的内容。这一点，在西部不一样。一定要注意，西部人活着的时候，他有一个理念，他总在追问自己活得值不值得？为什么活着？比如，女人嫁人的时候，就会追问自己嫁给这个人值不值得。她会追问这个东西。在东部，很少有人问这个，他们只看这个人有多少钱。我们经常看到非常好、很优秀的女人，嫁给了很糟糕的男人。为什么？我一问她，她就说他骗了我。我又问她为什么说他骗了你？她说，当初他是如何如何追求我的，把我骗到手之后，我才发现他什么都不是。有这样的。过去的西部，追求物质层面之上的一种精神的东西，这个东西不变。

过去，"当代"有一个编辑，他形容雪漠的东西的时候说，雪漠刚开始写得很好，像鲁迅一样，文字感觉非常好，紧接着他就不动了，不往前走了。我告诉大家，不是我不往前走，是整个的西部就不往前走。为什么不往前走？宋朝、唐朝、汉朝的时候，那个地方的人都差不多。我今天谈到匈奴，谈到匈奴的很多习俗，其中的一些习俗今天的西部还有，藏民族还有。藏民族今天的很多习俗，和唐朝松赞干布的时候差不多，甚至中华人民共和国成立前的很多制度性的东西都是唐朝一直沿用下来的。这很奇怪，它就不变。为什么不变？因为他心中的追求不变，他的梦想不变，信仰不变，形而上的东西不变。世界无论怎么变，这个东西不变，他就不变。时代可以变，载体可以变，可以是手机、电脑等，但它里面装的程序不变。这套程序就是文化。西部人的这个特点是非常值得我们琢磨的，因为中国人缺这个东西。

你发现了没有？流行什么东西，中国人就追求什么东西，很多人一窝蜂地追，但是西部人不追。因为西部人知道，狗咬猪尿脬只会一场空。什么叫猪尿脬，知道吗？就是猪的膀胱。为什么追猪的膀胱呢？原因就是，我们小时候，西部的孩子没有气球玩，杀猪的时候，就把猪膀胱里的尿挤掉，然后吹涨，吹成很大的一个球，风一刮，它"嗖"地就跑了。于是，狗不明真相地追，追过去一咬，猪尿脬"啪"地破灭了，只有一股尿骚味，没有多少肉。注意！西部人用这个意象代表人的一生，代表一些人的追求。他说，哎呀，那些人追呀追，追上一辈子，不过就是狗撵了个尿脬。很多追求就是这样一个东西，非常形象。

西部人太了解这个东西了，明白人生不过就是一场戏。他说，"日月两盏灯，天地一台戏。你我演千年，谁解其中意"。太阳和月亮是两盏灯，天地是一台戏，我们都在演戏，但演了千年，都没有人知道这是一场戏。还有一个非常有意思，就是《野狐岭》中的一首民歌，那是当地真正的农民告诉我的，他说："高高山上一清泉，弯弯曲曲流千年。人人都饮泉中水，苦的苦来甜的甜。"当时我听完之后，感到非常震撼，我说我要用到这部小说里面，后来就真的用上了。就是这样的。他明明白白地知道人生就是这么个东西，就像这杯水，不同的人喝，它有着不同的滋味。喝出的这个滋味，来自人的心。西部的文化，我觉着对我们中国当代太重要了，如果中国人都像西部人这样想的话，我们就会指着西方人说，你看，那个狗咬尿脬一场空。而我们自己不去追，我们非常幸福地、快乐地生活在一起，像童话中的故事一样，谈谈恋爱，唱唱歌，有时候牛郎陪陪织女也很好，不像西方人那样去追，比如不去玩股票。哎呀，玩股票真是麻烦，我的很多朋友玩股票玩到最后都从天堂掉到地狱了。一个非常美丽的女孩子，玩股票玩了几个月之后，整个人憔悴不堪，样子都变了。见到她的时候我说，你怎么变成这个样子了？她只能苦笑。太遗憾了，把美丽玩没了。就是这样，我们就是跟着世界在玩，结果把自己玩进去了。西方人的东西，中国人跟着玩的时候，肯定栽进去，没有办法。我们需要玩自己的东西。

7. 叹息，是为了唤醒心

◎**陈彦瑾：** 西部文化能够给中国文化带来一种类似于定力的、不变的东西，让中国人有定力。关于这一点，我想请张柠教授再给我们讲讲。

◎**张柠：** 这是一首诗啊。

◎**陈彦瑾：** 一首诗？

◎**张柠：** 它有抒情性，对吧？就是西部文化的本质，这首诗，它应该有一定的抒情性。

文学就要产生一种文学效果。你是搞文学的，是写诗的、写小说的，你的作品最重要的就是要产生效果，而且它应该是一个文学的效果，或者是情感上让你产生共鸣。

中国的诗、中国的文学，素来就有这么一个传统，它要在你的心中引起反应，让诗跟心呼应，唤醒你，唤醒你在世俗生活里边被压抑的那个诗性的东西，唤醒你的心。这是中国文学素来就有的一个传统，就是叹息、叹气。苏东坡这个伟大的叹气家，叹得惊天动地，把所有官员都震动了，甚至连皇帝都被他的叹息所感动，也跟着他一起去叹息。李煜，谁叹谁亡国。但是，中国的文学里面也有另外一个传统，它不仅仅是叹气，他还要表达怎么办？最典型的是陶渊明，对吧？"采菊东篱下，悠然见南山。"

所以，当我听雪漠讲刚才那番很有新意很有效果的话的时候，我在想西部人的生活实践，西部人现在依然在实践着他自己的所谓的那种文化程序。这种程序是诗，是中国诗歌的另外一个传统。它不仅仅是那个强大的叹气、叹息，它是另外一个传统，告诉你该怎么办。他要有动作。这个动作可能很慢，像骆驼一样，喝一杯水就可以十几天不喝水，然后走路，走得特慢，心脏又活动得很慢，但是它是一个动作。这样配合在一起就是一种叹息，完全是情感抒发的一个叹息，和怎么办的一个传统结合在一起，它就完全了，完备了。

但是，有很多同学肯定会说，我们不可能像西部人那样，你们不要把那种生活方式传染给我，让我也很少洗澡。他还是在讲文化，讲精神的东西。因为西部的生活确实艰苦，我也有学生是西海固那边的，他经常跟我聊。我说，你讲讲你们老家的生活吧？他就给我讲，他们老家的生活比较苦，比如没有水洗澡等。

总而言之，就是说，你的身体所选择的这种文化可能很好，但是全世界所有人都选择你的身体所舒适的那种文化，而把其他所有的文化都删除了的时候，那这个文化可能是有问题的。所以，我觉得对于文化的多元性的认同是必需的，对文化多元性不可以删除它，这也是我们在文学理解、文学阅读里面一个非常重要的精神。你可以在价值观念上不认同它，但是你不可以说我在情感上也不认同。他说得那么热血沸腾，你却根本无动于衷，那就叫冷漠症了，是吧？你可以情感上引起共鸣，但是在价值选择上，你也可以宽容，或者是允许多元性。我觉得今天的年轻一代，肯定认同价值选择上的多元性，这一点他是没问题的。就像我们吃菜，什么菜都可以吃，我不是只吃莜面，也不是只吃那个什么棒子面，南方的、北方的、东方的、西方的，我都要吃。所以，这是内心深处对于文化多元性的一个认可。

我们刚才反复强调西部文化的重要性，实际上在讲的时候，我从它背后总是看到一个非常大的价值问题。这个大的价值问题，它不仅仅涉及某一个具体个人的生存，它有可能涉及整个——比如说在宏大的文学叙事的过程之中——整个民族精神建构的问题。今天晚上，我因为这个问题涉及另外一个话题，就是跟中国当代长篇叙事文学的总体评价的一个问题。这个问题跟我们西部的文学是有关联性的，所以，我有机会再跟我们的同学们详细地讲一下。今天我不展开谈。

8. 西部的大叹息，大孤独

◎**陈彦瑾：** 张柠教授，就像您刚才讲到的，我们中国文学有两个传统：一个是"叹息"，一个是"怎么办"。我觉得"怎么办"是一个哲学的思考，而且我感觉在西部人人都是哲学家，因为他们思考的都是怎么办？怎么活着？怎么存在才有意义？什么才是有价值的？这个世界是怎么样？他考虑的都是这些问题。我到过一次西部，有天晚上，我在兰州见到了海德格尔的研究学者陈春文老师，我们在一起吃了晚饭。当时来了几位各行各业的人，但是我们谈的全是哲学问题、终极问题，比如这个世界的原点是什么？他们关心的都是这些。这让我感到非常震惊。所以说，"怎么办"这样一个话题确实像张柠教授说的，在西部文学，在雪漠老师的作品当中，是很重要的一个精神叙事。但是，我觉得"叹息"在西部文学里面也是非常的强烈，像雪漠老师唱的花儿、贤孝，都是叹息。这种"叹息"和"怎么办"，赋予雪漠老师作品别样的诗性和哲理。所以，他给了我们一种既有文学的诗性，同时又让我们去思考的东西。或者说，像刚才讲到的，西部文化给了我们一种文化程序，这种文化程序为我们提供了一种文化的定力或者说精神的定力这方面的价值。

张柠教授想请雪漠老师现场演唱一首花儿，让我们现场的所有人都能直观地感受一下西部人的"叹息"是一种什么样的诗性。北师大的同学们可能不知道，雪漠老师是大漠歌手。

●雪漠：最近每到一个地方，他们都让我唱歌。

张柠老师六点起床，我是三点起床，今天还是这样。虽然不累，可是嗓子哑了。为什么呢？因为跟你们交流的时候我要说话，碰到读者的时候他们问我问题我也得说话。今天一路上陈彦瑾问了许多神神鬼鬼的事情，我同样得回答。为什么？因为我跟大家见一次面不容易。所以说，我今天的嗓子不是很好，但我可以叹息一下。

西部的"叹息"有两个：第一个，追寻活着的意义，这是信仰的东西，如果得不到就叹息。第二个，追求美丽的爱情，追求女人，如果那个女人跟着别人跑了，就会叹息。当然，如果钱不够也会叹息。就是这样，有这么几个内容。就是说，当生存的现状和自己心灵的追求方面有一个落差时，就会叹息。我会唱很多很多的民歌，但是，我经常唱刚才那个乡土的民歌，这是典型的叹息。

什么样的叹息？我讲一下这个故事，它叫《王哥放羊》。一个放羊的很穷的孩子，瞅上了财主的女儿。你不叹息能行吗？所以，他老是叹息，从正月一直叹息到十二月，最后还在叹息。他叹息了多长时间？叹息了至少一千年。我小时候就爱唱这首歌，里面都是叹息。比如来了一个卖手镯子的，他要拿麦子去换，他说换了换上个一辈子，要好了好上个一辈子。能好一辈子吗？不可能嘛。将来这个姑娘肯定会嫁给有钱人的，对不对？就是这样，所以，他叹息。

早年的时候，我也叹息。当时我在闭关，我闭了大概有二十年的时间，后来有手机的时候，有一天晚上我想找个人说说话，就从手机通讯录的第一个人名翻到最后一个人名，却找不到一个想打电话的人。有一天，实在没办法，我就想随便打一个电话，你猜我打了谁的电话？我一个朋友的妻子。他们二人离婚后，我想安慰一下她，于是打了一个电话给她，谁知道一开口，她却把我骂了一顿，说你这个神经病！从此我再不打电话了。我把所有的"叹息"都写在我的小说中，后来写在诗歌中，它们都是延续了千年的西部人的叹息，是一种巨大的孤独，是"前不见古人，后不见来者。念天地之悠悠，独怆然而涕下"的孤独。

西部人都能体会到这种孤独。大家想一想，当我们开着车在戈壁滩上走上几天几夜，睁开眼睛还那个样子——张凡先生就知道，走新疆的时候，你开上车，走上很长时间也就那个样子，哪怕走上几天也就那个样子，非常孤独。人类是多么渺小。你让我们在那里编故事，怎么编？大天大地大美，把整个人都消解了，别说什么故事了，在那块土地上，你只会感到一种巨大的苍凉扑面而来，就是这样。所以，我们的小说就有这种东西，这就是一种"叹息"。

言归正传，讲这个故事。我想唱第一段，正月里的"叹息"。"正月大了，二月小，我和王哥闹元宵。"注意！她闹不了元宵，王哥唱着了，"我和王哥闹元宵"，她是个女人唱的。实质上不可能，那个女人不会和他闹元宵。为什么？"你闹元宵，我不爱，一心想走西口隘。"你这个女孩子，你想闹，我还不和你闹，我想到西口隘。为什么到西口隘？因为我要挣钱去。他没钱了。挣不上银钱，没有办法娶老婆。他走西口到新疆。我们那时候一穷，就到新疆那个地方挣钱，新疆很富有。然后，走到戈壁滩上，"往前瞭戈壁滩，往后看嘉峪关。两边看，两架山，抬起头来一溜溜天"。就是"一出嘉峪关两眼泪汪汪"的那个嘉峪关。当我出嘉峪关的时候，往前看是茫茫戈壁，不知道路在何方。一个人被丢到那个戈壁滩上，石头都晒得黑黝黝，一片黑戈壁，人能不能活着回来，都说不清。

这就是西部人的叹息。

9. 傻，让我创造了一种永恒

◎**学生：**雪漠老师刚刚提到孤独，您觉得西部人是非常孤独的，因为在那个戈壁滩上开上几天的车都看不到人烟。我想问的就是，孤独对于您的创作，或者您的整个人生，有什么别样的影响？对于一个作家，或者对于那种喜欢思考终极问题的人来说，孤独是一个必不可少的条件吗？孤独在您的生命当中，或者您的创作历程当中，扮演了怎样的角色？谢谢！

●**雪漠：**非常好！这个女孩子总能激活我的想象。我的孤独，是因为我太明白了。我明白整个世界在飞快地消失，我们根本留不住任何东西——留不住我们的青春，留不住我们的爱情，留不住财富，财富也在蒸发，留不住我们的房子。七十年之后，房子就是一片废墟。一场地震，或一场战火之后，我们的家园就被毁掉了；一场疾病之后，我们就可能消失；一场车祸之后，我们的朋友可能不在了。一切都在变化、消失。我清清楚楚地知道这种真相，但是，我也想留住一种东西，想在这种飞快消失之中定格一种存在，想在这种无常之中铸就一种永恒，想在这种虚幻之中建立一种不朽，我们称之为价值也罢，什么也罢。所以，我的追求和世界的飞快消失与变化之间，存在着不可调和的矛盾。

　　每个人都是这样。一切都不能如我们的愿，因为一切都在变化，我们却希望永恒。爱情也永恒不了。你爱一辈子好吗？好。但怎么能爱一辈子啊？爱就是个念头嘛，此刻爱，等一会就不爱了，因为她会爱上更有钱、更漂亮、更帅的人。就是这样，不可能永恒，但我们却想永恒。每个人都必然会有这个东西。当你的追求和现实之间产生巨大的落差而不能解决的时候，孤独就产生了。所以，我非常孤独。我告诉大家，在很长一段时间内，我没有办法排解自己的孤独，只能从信仰中间寻求寄托。直到今天，我还是能够感受到那种东西。我经常说，我想在混混里面培养大师。很多我身边的人，哪怕是小孩子，我都想帮他们，让他们成为大师。这可能吗？不可能。明明知道不可能，我却想实现这个愿望的时候，就会孤独。这种孤独伴随着作家的一生，所以作家必须写作。当你明白这种虚幻，明白就连自己的生命都是一个暂时的存在，明白"我"只是一堆血肉和一堆念头的组合时，你就必然会孤独。连肉体都不能永恒，却想建立永恒的不朽，这可能吗？不可能。但是没有办法，我就想建立，所以我必然会孤独。人类就是这样的。

俄罗斯的孤独也是这个东西。托尔斯泰也会说，哪怕我成为但丁，成为荷马，又能够怎么样？所以他孤独。孤独，其实是你想建立的价值和世界的飞快消失之间那种不可调和的矛盾。每个人都想建立一种永恒，但是偏偏不可能永恒，那么必然会孤独。这就是我写作的理由，也是我有信仰的理由。因为信仰这个东西，它直接在创造着一种永恒。注意！信仰的永恒是自己创造的。一定要注意，它不是本有的东西，而是自己建立的东西，是一种相对的永恒，是超越肉体和物质层面的一种本体性的精神。当我追求信仰，追求真理本身的时候，可能会有一种永恒的东西，那么我就只能追求这个东西。所以说，我把胡子留得长长的，头发留得长长的，然后自己尽量清醒地追求这个东西，不追求那些虚幻的东西。

霍金他说，人类还有二百年的寿命。我们说，其实这说不清。如果哪个恐怖分子一不小心，引爆核武器，引爆一次世界大战，我们立刻就消失了。你始终注意，世界是说不清的，就像鸡蛋壳一样，随时会破碎。那么，我们能做到的就是在我们的生命破碎之前，赶紧完成自己。你想成为一个什么样的人，而且能用你的行为告诉世界，你就是个什么样的人。所以说，我左右不了世界，我左右我自己。明白了吗？我们只能这样。

我所做的一切，就是想在自己死去之前，完成自己。我想成为什么样的人，就成为什么样的人，我觉着这就够了，我根本顾不上在乎世界。世界的标准很多，老是变化，我去顾忌哪个标准呢？所以，我必须有自己的标准和价值体系，这就是我的世界观，它是信仰告诉我的。谢谢大家！

◎**陈彦瑾：**我觉得刚才雪漠老师说的，正是《一个人的西部》封面上这句话："我们终此一生，不过是要窥破虚幻，在变化的世界里，成就一个完善的自己。"

10. 闭关，是让自己变成大海

◎学生：雪漠老师好！听说您有二十多年的闭关经历，让我很感兴趣的是，闭关之前，您一直在"叹息"，闭关之后，好像整个人就不一样了。那么这个闭关的过程，对您有什么样的影响？每天您都在做什么样的事？这个闭关是不是您计划好了要闭二十年的？您要做什么，会首先做好计划，还是随心而动？谢谢！

●雪漠：刚才我还和张老师说，我写《大漠祭》《猎原》《白虎关》的二十年中，有很长时间是与世隔绝的。我告诉大家，我的生活中没有老师，一定明白这样一个现实。我们村庄里没有书，没有老师，我找不到任何可以依靠的东西，包括我的父母。

我刚刚登上文坛的时候，文坛的所有规矩我都不懂。为什么？因为我的父母不懂，而其他文人也不会告诉你这些规矩。那时候还没有陈彦瑾，陈彦瑾现在会告诉我，那时候没有人告诉我，我就老是出错。你想，一个孩子，而且是非常偏僻的村庄中的一个孩子，能走到今天的这个地步，真是非常艰难的。但我知道一点：写《红楼梦》的只能是曹雪芹，不会是别人。所以，我首先知道了这个东西，然后什么都不为，只想让自己变大，变成大海。

我闭关的二十年中，其实是在享受生命本身。我说的闭关，意思是那时候把整个世界都拒绝了。为什么拒绝它？原因我在一篇叫《世界，我不在乎你》的文章里说过。当然，说这个话的时候，本身就是在乎，但那时候我尽量地不去在乎世界。为什么？因为我知道，世界的脸色太多了，六十亿人，我一个看一秒，一辈子也不够的，我还能看谁的脸色？所以，我只能面对我自己，只能让自己变得大一点，再大一点。我知道只要自己变成大海，哪怕只是翻起一朵浪花，它也有大海的气息。所以，我闭关的二十年中，所做的一切，就是让自己变成大海，利用各种方法消解自己，和自己作对，战胜自己的欲望、贪婪、愚昧、愚痴，用各种方式让自己明白、博大，让自己能够为更多的人想一些东西。

我告诉大家一个滑稽的故事。今年五月，我带着儿子走向西方，怀揣着把中国文化传向西方的一个巨大的梦想，想去拯救生活在水深火热之中的美国人民和加拿大人民，依托美国人民和加拿大人民，再把中国文化传向更大的世界，建立一种不朽。我们最初去北美考察的时候，就是这样想的。我们觉着，我们拥有的东西真是太博大、太精深、太伟大了，结果却发现，他们活得很好。他们允许你在他们的广场上唱歌，但他们像看耍猴的一样看着你，静静地看着你来，静静地望着你去。

我的意思是什么呢？就是，一个人可以不能飞翔，但不能没有一颗飞翔之心；一个人可以没有本事救世，但不能没有一颗救世之心；一个人可以没有能力利他，但不能没有一颗利他之心。所以，我一直做的就是让自己强大，拯救生活在欲望之中的人们，结果后来把自己搞得非常恐怖。一次，我在国家图书馆开讲座的时候，几个读者打出一个横幅，上面写着："大善铸心，和谐社会，造福人类。"我顿时冒了一身冷汗。我说，你不要造福人类了，如果你想去造福人类，人类就把我灭掉了。所以，后来我不拯救世界，我拯救自己，永远拯救自己。同时也拯救儿子，拯救老婆，慢慢地把拯救他们的一些文字留下来，传向外面，于是有了很多读者。我的意思就是，这是我的生命本身，过去闪关的时候，我其实就是在拯救我自己。

另外，闭关不苦，我虽然闭了二十年但实质上不苦。为什么？因为我面对的是每一天。当我有一个梦想的时候，我就盯住那个梦想，一天天朝那个方向走，走完一天之后坦然入睡，第二天接着走。告诉大家，我连梦都没有。那时候，每天我三点起床、禅修、写作、读书，闲的时候唱唱歌，晚上睡觉。第二天早上又三点钟起来，禅修、读书、写作、唱唱歌、睡觉。第三天也是这样，天天都是这样，根本不苦，也没有什么神秘的东西，只是每天做自己该做的事情，就这么简单。不要坚持二十年，不要坚持一年，坚持一天就够了。每天都能坚持，最后就成功了。就这么简单。

11. 教育的意义在于改变自己

◎**学生：**我想问一下，您说有知识的人不一定有文化，没有知识的人也可能有文化，现在也说教育存在一些问题，那么您认为现在这个教育体制，对于一个人是否会变得有文化，它的影响是怎么样的？是更有利一些，还是说弊大于利一些？

●**雪漠：**教育没有问题，是我们自己有问题。你一定要注意。教育是没有问题的，问题在于，我们每个人真的像教育的那样去做吗？这是个问题。目前，人说的教育问题在于社会的力量大于教育的问题，但你一定要注意，教育没有问题。为什么？我看到教科书也罢，什么也罢，都没有教一个人去当妓女、去当小偷，更没有教人去害人，没有这样的内容。而且，书本上教的那些知识性的东西，直到今天我也在学。

我觉着，说教育有问题，这个有问题，那个有问题的人，首先肯定是自己有问题。事实上，教育也罢，文化也罢，世界也罢，都只能作用于想改变自己的人。如果一个人有了改变自己的心，这个世界就有无数的营养供他选择。

大家想一想，我在很小的时候虽然有上学，但是学校老师不如我，我老是给他们纠正错别字。那时候哪个老师得罪我，我马上就纠正他的错别字。所以他们都说我特别骄傲。真是这样。现在的教育一定比那个时候强。

但是，我觉着受教育的意义一定要在于改变自己，改变自己的行为，改变自己的心灵，让自己有一个梦想性的东西。这些，目前我们的教育里都有。现在的教育，我觉着没有问题。我们每一个人都要从自己的心上找原因，不要在外面找原因。在外面找原因是很麻烦的，有无数的原因，无数的借口，都能让我们堕落，或者原地踏步。

我永远不在外面找原因，永远不去指责世界怎么样，永远看我自己。为什么？因为当一个人有一颗强大的心，能够选择的时候，在这个时代，获取知识、获取文化的途径就太多了，老师也太多了。你看像张柠老师就很好，我觉得你坐在这个地方，向他请教问题，他不会不告诉你，也不会让你给他多少学费。有无数这样的老师等着同学们去请教，但没有几个人请教，大家宁愿玩微信。所以说，在这样的状况下，如果还指责教育如何有问题，就是非常不公正的。

我们国家一直在努力地想要搞好教育，但是因为某些原因，还是不尽人意，但是，我们主要还是应该从自己的身上找原因。有些人玩微信是学知识，有些人却可能在追求一种欲望性的东西，甚至只是在做一些浪费生命的事情，所以，很多东西都是自己的选择构成的，我是这样认为的。

任何人都要首先从自己的身上找原因。我儿子如果有一天批评了我，我就会找自己的原因，我永远都是这样。我永远不给自己任何借口去让自己抱怨，我永远做到三点：第一，不抱怨；第二，做好自己该做的事情；第三，不要打搅别人。做到这三点，我就觉着很好很好了。

◎**陈彦瑾：**雪漠老师要送给张柠教授和同学们自己的作品。

●**雪漠：**我只是希望通过张老师的手，把一些同学们可能需要的书带给他们。我想告诉大家的是，你们肯定比我过去强，无论你们觉得多么困难，其实都不是困难，重要的在于选择。我不仅仅是送给大家一本书，也是告诉大家，要在这个时代真正学会选择，所有人的命运都掌握在自己的手中。

四、西部文学的地域性和超越性

——雪漠与王春林对谈

主题：西部文学的地域性和超越性——从《野狐岭》《一个人的西部》谈起

嘉宾：雪漠　王春林

主持：陈彦瑾

时间：2015年9月22日晚7：30—9：30

地点：山西大学文学院报告厅

2015年9月22日晚，作家雪漠受邀做客山西大学，与山西大学文学院教授、中国小说学会副会长王春林进行"西部文学的地域性和超越性"主题对谈。对话由人民文学出版社编审、《一个人的西部》《野狐岭》责编陈彦瑾女士主持。来自北京、天津、安徽、甘肃、太原等地的读者与山西大学文学院的师生们一起参加了此次讲座。整个会场座无虚席，气氛非常热烈高涨，因座位有限，部分同学在后排及门道走廊站着听完了讲座。

为了能更充分形象地让在场师生理解什么是西部文学，王春林教授从雪漠老师的第一部长篇小说《大漠祭》谈起，这是一部90年代后期的作品，在读《大漠祭》之前，王春林教授不知"雪漠"何许人也，但读了之后，眼前一亮，有种惊艳的感觉。他说："这样一部沉甸甸的具有沉重思想和艺术质量的作品，让我有一种发自心灵深处、灵魂深处的感动。现在想起来，都有这样一个判断。《大漠祭》就是一部典型的西部小说。它用一种现实主义手法、质朴无华的艺术形式，把西部充满生存苦难的乡村世界，用近乎原生态的形式表现出来。淋漓尽致地展现在了广大读者面前。所以，当时读的时候，我感到非常震撼。"十五年过去了，王春林教授对于小说《大漠祭》中的灵官、兰兰、莹儿等人物记忆犹新。他认为："人物形象能在读者的记忆当中留下痕迹，说明这部小说是一部成功的作品，获得了思想艺术的成功。"

从《大漠祭》开始，王春林教授又谈到了雪漠老师的第七部长篇小说《野狐岭》，他说："西部写生，不过是小说的一个外形、一个外壳。雪漠的《野狐岭》借助于西部的大漠，西部的文化元素，最终是要表现对人类生命存在的一种深入思考。从生命存在的角度来说，《野狐岭》

传达了雪漠对生命的深切思考和体验。所以，我的判断就是，与其说《野狐岭》是一部西部小说，是西部文学，倒不如把它看成是对人类生命的存在、精神的深度进行艺术思考的一部小说。它超越了西部文化元素，超越了西部人的生存表现，最终进入了对人类的一种思考。我认为这是西部文学的超越性。《野狐岭》既有西部文学的地域性，又凸显了西部文学的超越性，到目前为止，它当之无愧是雪漠作品中思想含金量最高的一部代表作。"

《一个人的西部》是雪漠老师的一部自传体散文，在追忆着自己曾经的"似水年华"。自传也属于回忆录的一种载体，王春林教授认为，一般的回忆录是纯粹地讲述客观事实，将个人的人生经历、生命历程，真实地、忠实地记录下来，是以写实性、纪实性取胜的。而雪漠的回忆录是另一种方式的写作。他认为《一个人的西部》由两个词构成："一个人"和"西部"。他说，"一个人"凸显的是雪漠的生命历程，而"西部"，是他之外的，与其生命有关的人物，和他共同呈现的西部文化所构成的外部世界。他个人的主体世界就构成"一个人"，组合到一块，就是《一个人的西部》，如果缺少了这些东客、西客等西部元素，他的自传就无法产生。

关于"西部的地域性和超越性"，雪漠老师说："在西部有一种东西，是其他地方没有的。那就是，活着的时候，一定要寻找一个活着的理由。写作的时候，一定要寻找一个写作的理由。如果找不到活着的理由，就白活了。如果写作找不到理由，就没有任何的激情。写《一个人的西部》和《野狐岭》时，我找到了写作的理由，所以写得很有激情，喷涌一般。"他又说："地域性让我深深地扎根，是文化性的东西，而精神性，就是超越性。我常用一个比喻，池塘就是地域性，而池塘中长出的莲花，就是超越性。地域性像大地，超越性像太阳。在这个时代，因为全球化的浪潮席卷而来，所有地域性文化都在逐渐消逝、死亡，或者已经没有了。因为没有信仰，没有一种更高的精神性的追求，所以我们没有实现一种超越。地域性，让我们的生命出现一种文化基因，而超越性，能让我们的生命放出光彩。"

以下为发言记录（有修订）。

1.西部文学应体现西部文化的诸多元素

◎**陈彦瑾：** 大家好！首先我代表人民文学出版社感谢山西大学图书馆和人天书店促成今晚的活动，特别感谢王春林教授接受我们的邀请，担任活动嘉宾。今晚，我们因为一位来自大西北的作家——雪漠老师的新作《野狐岭》《一个人的西部》相聚在一起，将就西部文学的地域性和超越性这一话题进行交流。《野狐岭》是雪漠老师的第七部长篇小说，《一个人的西部》是雪漠老师的首部自传体散文。这两部作品都是由人民文学出版社重点推出的，出版后在文坛和读者中产生了深广的影响，尤其是这两部书中浓郁的西部味道、西部感觉，让很多人对西部文学产生了强烈的兴趣。

著名评论家雷达先生曾说，西部因为处于遥远的边疆地带，西部文学没能像我们中原和沿海都市的文学那样受到关注。近期来，我们借西部作家雪漠老师新作的出版，举办了一系列关于西部文学的对话活动，比如和复旦大学陈思和教授对谈"西部文学的自觉与自信"，和北京师范大学张柠教授对谈"西部想象和西部文学的精神力量"，期望在文坛和社会刮起一阵"西北风"，让西部文学得到应有的关注。今天晚上和王春林教授对谈"西部文学的地域性和超越性"，也是这次系列对话活动中的重要一环。王老师曾为《野狐岭》写过长篇评论，对《一个人的西部》也有独到的见解。我想先请王老师就这两本书跟我们分享一下阅读感受。

◎**王春林：** 谢谢，能够在山西大学认识雪漠兄，有这么一个对话的机会，我感觉非常荣幸。我们俩坐到这儿，其实就构成了一种奇观，这是非常少见的。第一，我们俩都是大胡子，让我想到了一种乐器叫"二胡"。第二，我想到一个比喻，对我有用，对雪漠兄可能没用。我记得他原来的肚子比较大，我的肚子也比较大，跟他坐在一起我就想到安徽省会合肥。现在，我却发现已经是环肥燕瘦了，他已经很苗条了，瘦了，我竟然还肥。为什么他会这么瘦呢？可能跟他的练武有关。各位如果看过他的《一个人的西部》就会知道，他生命存在的非常重要的方式，一是他一直在进行禅修，弘扬大手印文化，创立香巴文化研究院，这是他内心的一个超越，也是对内在精神的一种追求。然后，他还练过武，按照《一个人的西部》里的描述，他的武学造诣同样达到了一个很高的水平，当然我们可能没有时间见识，但应该达到了很高的一个程度。书里有一个细节说，几个小地痞流氓跑到他们村里去挑衅，虽然他们听说村里的雪漠是练武的，很厉害，但也听说他当时不在家，到外地去了。后来，雪漠兄从外地赶回村里的时候，那几个小痞子早已吓得逃之夭夭了。可见，当年雪漠兄的武功是远近闻名的。

今天，在这儿跟雪漠兄、陈彦瑾女士一块儿探讨关于文学的话题，我感到机会非常难得。

我自从想到"关于西部文学的地域性和超越性"这个主题之后，就和陈彦瑾沟通过，我这段时间的功课也是这个命题。西部文学到底是一个什么样的概念？我看了一下，大概只有两个国家谈到西部文学——当然我个人的视野是有限的。中国因为有广大的西部地区的存在，所以中国有西部文学。美国有西部大开发，所以它也有西部文学。除了中国和美国这两个国家，好像其他国家没有听说过有西部文学。是这么回事吗？

●**雪漠**：对，就是这样的。

◎**王春林：** 我无法想象欧洲会有西部文学，法国、德国的西部文学是什么，或者日本的西部文学怎么样，我都想象不出来，因为这些国家就构成不了一个西部，所以它们不存在西部文学。所以，西部文学可能在美国和中国的文学当中，才是一个命题。关于西部文学，雷达先生有一个说法：西部文学现在处在被边缘化、被忽略的这样一种状态中。这是不是事实呢？其实也真是一种事实。

这让我想到了前不久刚刚结束的第九届茅盾文学奖。雪漠兄的《野狐岭》也参加了第九届茅盾文学奖的评选，如果我的记忆没错的话，它最后是走进了前二十部，但是没有进入前十部。我们都知道茅盾文学奖最后只有五部获奖作品，很遗憾，他和第九届茅盾文学奖再次失之交臂。那么，没能获奖是不是意味着他的作品的思想艺术水准就低，或者就差呢？答案绝对是否定的。因为这个评奖它是有各种因素的。我是第九届茅盾文学奖的评委，因为我在现场，所以有些话我觉得我是可以说的。就是说，雪漠没拿到茅盾文学奖，并不意味着他的《野狐岭》的思想艺术水平就差、就低。这个奖有点类似于搭戏台子，让小姐在绣楼上抛绣球的那种感觉，那个绣球扔下来之后打到谁的脑袋上，那个东西是不一定的，有机缘的成分在里面。但是，其实也存在着西部文学被边缘化、被忽略的一个原因。大家看一下入围的那十部作品，或者靠近入围的那二十部作品当中，来自西部作家的数量比较少。

在前二十部作品的名单出来以后，我就跟几个评委私下有过一个交流，在交流的过程当中，有的评委就非常尖锐地提出了一个问题，他说，难道东部的那些省份，经济发达了，它的文化水平、文学水平就一定很高吗？一说西部，我们的脑海中就会浮现

出"荒凉""偏僻""原始""野性"等词语，就会想到"大漠
孤烟直，长河落日圆"，那样的一个西部，它的经济落后，是比
不上上海，比不上东部沿海地区，但是它的文化、它的文学就一
定是落后的吗？所以，在这个评奖当中，它有好多很微妙的因素
在起作用。

这位评委为西部的文学鸣不平，让我想到了马克思著名的
关于艺术发展的不平衡规律，他强调文学也罢，艺术也罢，不一
定跟经济是同步的。有时候往往在经济落后的地区，它的文学可
能是发达的。就是这样一个状况。我觉得对西部文学的理解和判
断，也应该建立在这样一个基础之上。

所以，关于西部文学，我也做了一些思考，到底什么是西部
文学？我觉得西部文学，写作者首先在西部的生活经验、生命体验
应该是相对充沛的，然后他来进行文学创作。也就是说，所谓的西
部文学作品，它应该充分体现和展示出西部文化的诸多元素。

比如说，雪漠的第一部长篇小说《大漠祭》，是90年代后
期的作品。当时我在读《大漠祭》之前，根本不知道雪漠是何
许人也，所以说，到现在我都记得非常清楚读《大漠祭》的那个
感觉，当时有一种惊艳的感觉，觉得一下子眼前一亮。那真是沉
甸甸的，具有沉重思想和艺术质量的一部作品，读了以后，让我
产生了一种来自心灵深处、精神深处的一种感动。所以，直到现
在，我想起《大漠祭》来，都有这样一个判断：我仍然认为《大
漠祭》就是一部典型的西部小说。那部小说质朴无华，具有现实
主义的艺术形式。雪漠把充满了生存苦难的西部乡村世界，用一
种近乎原生态的形式表现了出来，淋漓尽致地展现在了广大读者
面前。所以，当时，我一见到《大漠祭》，真的是被震撼了。西

部人艰难的生存困境，主人公灵官、兰兰、莹儿等，到现在我脑中都是有印象的。多年过去，一部小说里的主要人物形象，如果仍然能在一个人的记忆当中留下痕迹，那就说明这部作品就是成功的，它获得了思想艺术的成功。所以，《大漠祭》是一部非常典型的西部小说。

今天的《野狐岭》是他的第七部长篇小说。《野狐岭》同样充满了西部文化元素，同样是一部优秀的厚重的长篇小说。他写凉州贤孝，写骆驼客，写蒙汉驼队，写齐飞卿，写大漠生活，由岭南走到凉州，走到大西北，这都属于西部文化的元素。所以，我觉得有了充分体现西部文化元素的作品，它应该就是西部文学。

雪漠跟《野狐岭》的女主人公木鱼妹的人生轨迹可能正好相反。雪漠是从大西北、从凉州走到岭南，现在长期定居在东莞，属于东南沿海，而他小说里的木鱼妹，则是从岭南往西北走，最后到达凉州，然后参与了清末民初的那场"齐飞卿起义"，就是这样一个叙述。我觉得西部文学就应该是雪漠这样子的一个文本，问题是不只是雪漠一个人，西部有很多作家，他们共同构成了西部文学的存在。如写《藏獒》的杨志军，他是青海的，现在他也远离了大西北，定居到山东青岛，但杨志军的小说写作，我觉得还是典型的西部文学。

关于西部文学的思考，我就先说这么多。

2. 地域性像大地，超越性像太阳

◎**陈彦瑾：**谢谢王老师！在我看来，《一个人的西部》可以说是一个西部本土作家的成长史。从这本书里，我们可以看到一位西部土生土长的作家，他是怎么炼成的，尤其面对物质的匮乏、环境的庸碌时，他如何以习武、禅修等各种方式修炼自己，像呵护长夜里的烛火一样守护自己的作家梦。其中有几多心酸，几多甘苦，我们还是请雪漠老师自己来说吧！

●**雪漠：**首先，感谢山西大学提供这么好的机会，让我和春林老师能够在这儿对谈，进行"高峰对决"。然后感谢人天书店促成并策划这样一次活动，以及人文社能够参与，这些都让我感到非常感恩！

春林老师和我除了"二胡""合肥"之外，还有一个共同点，就是他的评论中有非常饱满的激情和一种生命的能量。我的小说也这样，所以，我一看春林老师的评论，就能感受到他心中的那种激情性的、生命性的、能量性的东西，里面有种非常磅礴的大气。很少有批评家有这样的激情，像诗人一样。他有思想家的深邃和诗人的激情，又是一个非常干净纯粹的学者。以前我看过他的很多评论，包括在《山西日报》上发的一些很长很长的评论，我在网络上都看过，我觉得非常好。他也写过《野狐岭》的评论，他有大批评家的一种格局和势。能和他在这儿交流，我觉得非常高兴。

关于《一个人的西部》，事实上我就是个"标本"。为什么要展示我这个"标本"呢？因为一次偶然的机会。当时我儿子结婚，我要请客，所以必须要思考我要请谁，这激活了我很多过去的记忆。在激活记忆的过程中，我用现在的眼光观照小时候的自己，才发现，那时候我其实没有任何可能走到今天，因为我没有任何背景，没有任何资源，但我居然走到了今天，这让我自己首先感到很震撼。我问我儿子，如果现在把你丢到那个环境里，你能不能走出来？他说他走不出来。可见，我当初能走出来，其实是一种很奇怪的现象。当我感受到这种奇怪时，我就开始寻找一种规律性的东西，思考我为什么能走出来。当我发现这种规律性的东西，明白自己为什么能走出来时，就非常想和一些朋友分享这些东西。我觉得既然我能走出来，别人如果知道该怎么做，就同样能走出来。这么多的人，包括西部人、东部人，包括山西等很多地方的朋友，如果将来想走出自己的一条路，那么，肯定能从我的生命选择和体验中，找到属于他们的一种契机，这就是我写《一个人的西部》的理由。我写《一个人的西部》就是为了分享这个东西。正像雷达老师说的，《一个人的西部》有一点"文以载道"的味道。就是我总想为写作找一个理由，这是我和很多作家的区别。

西部文化有一定的地域性和超越性，它有一种东西是很多地方没有的，就是活着的时候，西部人一定要寻找一个活着的理由。如果找不到这个理由，他就觉着白活了。我写东西也一样，如果找不到理由，我就没有办法写，没有激情。但写《一个人的西部》和《野狐岭》的时候是有激情的，这就是因为找到了理由。《一个人的西部》是想把自己变成一个标本，告诉很多很多想走出自己、完成自己的人，如何完成自己。而且，这个东西不是社会能够左右的，是自己把握人生的一种带点密码性质和秘诀性质的东西，谁都可以复制，这就是选择。这是西部的地域性和超越性带给我们的启发。

地域性是深深地扎根于这块土地，包括山西大地。山西大地非常神奇，它不可能出现的很多奇迹都出现了，比如晋商，比如宋朝的货币交子，这些东西都出现在一个很奇怪的地方。这个地方不可能出现，但偏偏出现了。为什么不可能出现？因为它不是沿海地区，它属于内陆，但是出现了，还出现了很多深厚的文化。说明这块土地上有一种地域性、精神性、文化性的东西。如果文化性的东西有地域性的话，那么精神性的东西就有超越性。

我经常有一个比喻：地域性非常像一个池塘，超越性就是池塘里长出的莲花。地域性像大地，超越性就像太阳。目前，我们这个时代的地域性在消失，超越性也在消失。全球化的浪潮让每一种地域性文化都在飞快地消失和腐朽，而我们的没有信仰，又让我们没有超越性。超越性其实是一种信仰的东西。一定要注意，信仰就是信仰，它跟宗教没有关系。像很多战争年代死去的共产党人，包括《红岩》书中的很多人都有信仰。但是很多教徒其实没有信仰，对他们来说，宗教可能是一个职业。向往的东西比现实的存在更高，你向往它的时候，才能实现超越。所以，地域性让我们的生命出现了一种文化基因，超越性让我们的生命放出了光彩。

《一个人的西部》展示了一种地域性的文化和超越性的追求结合起来所构成的奇迹。很多人其实是奇迹，包括王春林先生也是奇迹。他从小时候走到今天，那个过程现在想来很多人很难复制，但他就能走到今天。其实，他的生命里也有一种必然性的东西。很多人都是这样，只是这些人没有把他们那个必然性的东西像标本一样展示给大家，而我做到了这一点，所以这本书很奇怪地受到广泛的欢迎。比如，父亲会把这本书买上给孩子、给亲人、给很多人。他就想从书中找到在这个时代可以让自己更优秀的一种智慧。所以，我就想写这么一个东西，帮助一些有缘的人，让他们在这样一个容易迷失的世界中，不要迷失了自己。仅此而已。

3. 雪漠是怎样炼成的?

◎**王春林**：雪漠的《一个人的西部》是一部自传性长篇散文，或者可以看作是一个人的回忆录。回忆录，其实也不止雪漠一个人在写，当代的好多作家也在写类似性质的东西。但是，回忆录的书写有两种不同的方式，一种就是纯粹客观地纪实，把自己的人生历程、生命历程真实地、忠实地记录下来。就是说，这种自传是以写实性、纪实性来取胜的。而雪漠的《一个人的西部》，我觉得是另外一种写作方式。他也在写自己的整个人生历程，或者说半个世纪——他1963年出生，比我大三岁，今年五十出头，那么正好是五十年——的生命历程。他的儿子陈亦新要结婚了，然后按照当地的习俗要请东客，要请亲朋好友——其实我们山西人也请客，但我们请客跟人家不一样，人家要请东客和西客。在西部，来自男方新郎这边家庭的一些相关客人叫东客，与女方新娘那边有关系的客人叫西客。所以，雪漠又要请东客，又要请西客。因为西客是新娘那边的，也涉及了，但那不是书写的重点，重点是请东客的过程。在他的生命历程当中，也就是从他的青少年时代，到后来他没考上大学，考上了师范，然后怎么样成为教师，怎么样到教委工作，到最后怎么样坚持成为作家，这整个过程当中，跟他的生命记忆有联系的那些人，好多都在他请客的范围之内，所以用他的说法来说，请东客的过程激活了他的生命记忆，激活了他的历史记忆。

所以说，《一个人的西部》实质上由两个词语组成：一是"一个人"，这是凸显雪漠自己的生命历程，然后是"西部"，也就是"一个人"之外的，跟他的生命相关的其他人物。西部文化所构成的那个外部世界是"西部"，而他的个体世界构成了

"一个人"，组合到一块就是《一个人的西部》。如果离开这样一些东客，离开他生命当中的这些因素，那他的自传就无法表达了。所以说，他的自传跟其他人的自传，差别就在于，他既写了自己的人生，同时又展示了芸芸众生——跟他相关的西部人——的人生。同时，更重要的一个方面，他还不是那种心灵鸡汤式的写作，他的书里总是会生发一些深刻的人生哲理，令人深思。

《一个人的西部》整个读完之后，给我的感觉，其实就是刚才陈彦瑾提到的一点：雪漠是怎样炼成的？我们都知道奥斯特洛夫斯基写的《钢铁是怎样炼成的》，他写了保尔·柯察金怎么样变成一个所谓的共产主义战士，当然这也是很过时的话题，但是从人生哲学、人生经验、人生成长的角度来说，我觉得《钢铁是怎样炼成的》也不是说没有意义、没有价值的。尤其是在物质极其丰富，欲望极度膨胀、人的精神生存严重被挤压的这么一个时代，我觉得我们要重温一下奥斯特洛夫斯基的《钢铁是怎样炼成的》，它有它存在的意义和价值。

就如同《钢铁是怎样炼成的》一样，雪漠的《一个人的西部》其实就是在写雪漠是怎样炼成的。他从西部那样一个贫穷的普通的农村家庭出生，经过几十年自己的努力，最后变成了今天可以坐在这里给大家讲课，在文学创作方面，包括在大手印文化方面都有很高成就的这样一位大作家，那么，他走过了怎样的一段生命历程？当然，每个人有每个人的人生历程，雪漠的人生经验也是不可复制的，雪漠只有一个。但是，他的经验当中有些东西可以复制，比如他为什么能成功？他的成功跟他的坚守，跟他的坚持，跟他刚才所讲的那种超越性的精神信仰是有关系的。哪怕生存再艰难，生存条件再严酷，面对再多的人生苦难，面对生命当中再多的所谓的逆行菩萨——给你的发展和成长制造障碍的那些因素——但是雪漠始终没有放弃，他始终坚守着自己的精神信仰，而且按照《一个人的西部》里的说法，它有一些神秘因素的存在。

你看书里面说到，很多年前他就自我预言过自己的生命历程：他说，哪一年的时候，我就会写出一部什么样的小说来，我就会取得什么样的成果，再过多少年之后，我又会写出什么样的东西来。后来的生命历程果然验证了他之前的那种生命预感。那为什么他能做到这一点？不是说他有了生命的预感，然后每天就躺在那儿等着，等到2005年的时候我就变成什么了，等到2010年的时候，我又变成什么了。在这个过程中，关键是他坚持不懈地努力，也是他始终没有丢掉那面精神信仰的旗帜，这是非常重要的。他是佛教坚定的信仰者，但同时他更是一个文学意义上的圣徒。他无条件地对文学充满了敬畏，像爱护自己的眼睛一样，像爱护自己的生命一样，敬畏文学，追求文学，所以文学最终给了他丰厚的回报。我觉得从这个方面来说，对于在座各位未来的人生道路，这本书能够带来诸多有益的启发。

我们应该怎么样走过我们的人生道路？我们不一定非得变成雪漠，而且雪漠也不可复制，但是你要有自己的理想人生，然后你要坚持不懈地去追求，总有一天，你的努力会得到生命对你的回报。生命，人生，可能就是一笔总账，你的收入跟付出，最终是要收支平衡的。我不知道这种感觉对不对？但应该是这种东西。

所以，《一个人的西部》充满了哲理意味、充满了人生启示色彩，它是这样的一部作品。所以，雷达先生说是"文以载道"。那么它是在载道吗？其实，雪漠确实是在借助于对自己的生命记忆和人生的回顾而"布道"，但这个"布道"不是基督教那样的一种布道。他布的是什么"道"呢？是生命之道，是精神之道。

4. 对人类生命存在的思考和表达

◎陈彦瑾：刚才王老师讲到西部文学的特征时，强调要有西部文化的元素，我很赞同。西部文学离不开西部文化，离不开生养西部作家的那块土地。雪漠是怎样炼成的？我感觉非常重要的一个因素就是西部文化，他可以说是西部文化孕育的一个标本。我们说，每一块土地都有自己的灵魂，每一块土地都有自己的代言人，那么我觉得雪漠老师，就是这样的文化代言人式人物。从《一个人的西部》我们看到，他从很小的时候起，就把整个生命融入到生养自己的这块土地上了，他的成长来自西部文化滋养，他对西部土地和西部文化有一种刻骨的爱。正是这种爱，让他接近了这块土地的灵魂，写出了《野狐岭》《大漠祭》这样的小说。

说到文学的地域性，这并不仅仅是西部文学的命题。刚刚获茅盾文学奖的《繁花》，就代表了海派的地域文化。所以，当我们谈西部文学的地域性的时候，也许还要进一步追问，它和其他地域的文学有什么不一样的地方？也就是它有什么独特性。比如刚才春林老师讲的，它的语言、它的民俗等。落实到文本，我觉得《大漠祭》的语言，《野狐岭》对西部民俗、骆驼客的描写，都是西部文学独有的。

再就是西部精神，这恐怕也是西部文学独有的。我一直觉得雪漠老师就像是西部土地上长出的一棵大树。他能成为这块土地的代言人，除了西部文化的滋养外，还有就是精神传承。什么样的精神传承？刚才春林老师讲到"信仰"，这也是雪漠作品最突出的地方——有一种信仰的精神。此外，我觉得还有那块土地上的智慧传承，比如《一个人的西部》就用了一种我们人人都能接受的方式，来讲述一种西部智慧，包括如何对待生活，如何对待自己和他人，如何对待苦难和逆境，等等，像把所有刁难自己的人都看作"逆行菩萨"，这就是一种大智慧。

◎王春林：我再接着谈谈我对西部文学的地域性和超越性的一些思考，未必成熟，就是把我的一点想法，在这儿跟雪漠兄交流一下，也跟在座的各位交流一下。

我刚才说了西部文学要有西部人的生存经验来支撑的，西部文化元素要体现在其中，就叫西部文学。但是，并不是说你有了西部文化元素，有了西部的生存经验、生命体验，你就能写出优秀的西部文学作品来。西部文学它也有不同层次的作品。有一般意义上的、写得不怎么成功的，也有达到很高艺术水准、思想造诣很高的。也就是说，有优秀的西部文学，也有一般意义上的西部文学，这一点其他的非西部文学也是一样。

怎么样理解和衡量评价一部文学作品？我觉得有三个方面，面对一部文学作品，面对一部小说，我们首先最起码要考虑它是写什么？第二是怎么写？第三是写得怎么样？所谓写什么，就是要考察你的描写对象，你的书写对象，也就是我们习惯上所说的题材。比如，写乡村生活的，是乡村题材；写知识分子生活的，叫知识分子题材；写战争生活、战争过程，以战争为表现对象的，就是战争题材或者军事题材等。这就是首先要考察写什么。然后是怎么写。就是你采用什么样的方式来完成你的小说叙事，你的艺术表现手段是怎样的，你运用什么样的艺术形式来呈现你的表现对象。这是第二个层面。光有"写什么""怎么写"还是不够的，第三个必须考量的是写得怎么样？就是说同样的情况下，比如，你也在运用意识流的手法，他也在运用意识流的手法；你也运用现实主义的表现方式，他也运用现实主义的表现手法。但是同样的书写对象，不同的作家，不同的创作主题，最后所抵达的那个思想艺术高度是不一样的。有的水平很差，很一般；有的境界很高，很优秀。写得怎么样，就是他到底达到了一个什么样的高度。我们评价一部文学作品，一定要从这三个方面来考虑，来衡量。

在我的理解当中，优秀的西部文学就是西部文学的佼佼者，类似于雪漠兄这样的作品。《大漠祭》《野狐岭》《一个人的西部》是一种什么样的叙事？我觉得它是一种生命叙事、苦难叙事、精神叙事，他达到了这样的高度。

所以，由这一点，我又想到一个东西。我读过陈彦瑾对《野狐岭》的一个评价，她说："我相信对于雪漠来说，《野狐岭》的写作是一个突破，也将会是一个证明。因为雪漠实现了许多人的期待，将'灵魂三部曲'的灵魂叙写与'大漠三部曲'的西部写生融合在一起，创造了一个介于二者之间的中和的文本。有了它，许多认为雪漠不会讲故事的人都会对他刮目相看，并承认雪漠不但能把一个故事讲得勾魂摄魄，还能以故事挑战读者的智力、理解力和想象力。也就是说，我断定《野狐岭》将会证明雪漠不但能写活西部，写活灵魂，雪漠也能创造一种匠心独运的形式，写出好看的故事、好看的小说。"这是责任编辑陈彦瑾读了《野狐岭》以后的判断。

对于她判断当中的大部分结论，我个人深表赞同，包括她认为雪漠的《野狐岭》创造了一种匠心独运的艺术形式——关于艺术形式这一点，我们稍后如果有时间的话，可以展开说一下——她还认为，作为雪漠的第七部长篇小说，《野狐岭》实现了雪漠在思想和艺术整体上的一种自我超越。我觉得这些都是非常有道理的，所谓切中肯綮，这是没有问题的，但是有一些观点我不是那么认同，不是很苟同。比如说，她把《野狐岭》的叙事界定为西部写生。换句话说，按她的理解，《野狐岭》属于西部文学的范畴。我刚才也说了，雪漠的《野狐岭》有大量的西部文化元素存在，因为有大量西部文化元素的存在，体现了西部文学的地域性，所以把它归入西部文学当中肯定是没有问题的，但是，如果仅仅局限于西部文学的角度来理解看待《野狐岭》，我觉得无疑是看低了《野狐岭》，无疑是看低了雪漠。

我们到底应该怎么样来对《野狐岭》做出一个定位？我觉得，所谓的西部写生不过是小说的一个外壳，就是说雪漠的《野狐岭》实际上是借助于西部的大漠、西部的文化元素，去表现雪漠对人类生命存在的一种深入的思考和表达。从这个意义上说，从生命存在的角度来说，《野狐岭》传达了雪漠对于生命的一种真切的思考和体验。所以，我的判断结论就是，与其说《野狐岭》是一部西部小说，是一种西部文学，反倒不如把《野狐岭》看成是对人类的生命存在、精神深度进行艺术思考的一部小说，这样可能更合理一些。就是说，他超越了西部的文化元素，超越了对西部人的生命存在的表现，最后上升到对人类生命存在的思考和表达，这一点，我理解为西部文学的超越性。

因为《野狐岭》既有西部文学的地域性，同时又体现突出了西部文学的超越性，所以，到目前为止，《野狐岭》当之无愧地是雪漠思想艺术含金量最高的一部文学作品，是他的代表作。这就是我以《野狐岭》为例，对西部文学的地域性和超越性的一点思考。我不知道我的这种思考，雪漠兄自己认可还是不认可？你能不能谈一谈你是怎么样表现你的创作动机，或者你的创作意图的？跟我的理解有没有差异？如果有差异，那么差异又在什么地方？

5. 文学要脚踩大地，仰望星空

●**雪漠**：春林老师真是我的知音。我始终在追寻一种存在。关于《野狐岭》，陈彦瑾将它的表现手法总结为四个字：境界呈现。她越来越发现《野狐岭》真是个好东西，她说这是一个作家的境界呈现。我觉得她说得非常好。

事实上，我有好几部书——包括《白虎关》《猎原》和《西夏咒》——写得都很好，水平丝毫不在《野狐岭》之下，但是因为读的人不多，有待于以后的被发现。《野狐岭》是因为陈彦瑾、王春林教授等许多朋友读了之后写了评论，让很多人了解了，它的影响就扩散出去了。

写《野狐岭》，包括写《西夏咒》的时候，我感知到了一个存在，那是超越人类生存环境的一种存在。那个存在是一种巨大的混沌，它超越了人神，超越了名词，超越了概念，甚至超越了时间。当我想表达这种巨大存在的时候，目前的这种小说手法，已经没有办法展示它了。它可能是对人类的终极存在性的一种展示。

我们举个例子，目前我就想，眼前的世界消失之后，人类消失之后，消失了的人类可能会以什么样的形式存在？会如何回忆并且反思人类当下的这种存在？我老是追问这样一些东西。一个群体，一群人消失之后，他们对曾经的世界会有怎样的反思和追问？意思就是，我们每个人把眼光放到百年之后，再来反思这个存在的时候，我们会有一种什么样的人生感悟？当我们不把眼光放到眼前时，我们的角度就会变化，也许反思角度的不一样，就会产生一种超越性。什么是超越性？超越性就是和脚下的大地拉开距离。你必须有一种观照的东西，灵魂中必须有太阳一样的光在照耀着你，这时候，你反顾大地的时候，才有超越性。如果做不到这一点，是没有超越性的。

现在，我们的文学能够脚踩大地，已经很不容易了，很少出现比太阳照耀下脚踩大地更大的一种反顾。所以，刚才春林老师说，他对人类的这种精神，包括人类的历史，包括人类的革命、宗教、信仰、存在本身，甚至爱情，人类所有面临的东西，其实都要有一种追问。既有一种追问，又有一种展现，更要有一种向往。

因为我所感知到的世界，其实是一个巨大的混沌一样的说不清的世界。注意，这个世界不是主观感知，而是直观地发现，你没有办法展示它时，就需要另外一种叙述形式。这时候，写作其实是无我的。我写作《西夏咒》的时候，也是无我的，没有自己，只是让那种存在本身展现出来，就产生了一种巨大的诗意的东西。就好像春林老师刚才的发言那样，有一种喷涌而出的激情，它不是一种思维的东西，而是一种生命能量的喷涌，是一种智慧的显现，是一种说不清道不明汹涌而来的东西，它出现在我的生命中。就是说，当我们每个人汲取了土地的营养，并且有一种巨大的包容心的时候，各种人类存在的信息和能量都会让我们的生命中出现一种纠结不清的东西。托尔斯泰是这样，陀思妥耶夫斯基也这样。他们老是纠结老是纠结，因为不同的能量，不同的世界在他们的生命中冲突。

《野狐岭》也是这样一个东西，它更多的是展示了人类存在终极性质的一种寓言。书中刚开始有一句诗："高高山上一清泉，弯弯曲曲几千年。人人都饮泉中水，苦的苦来甜的甜。"意思就是，几千年以来一直有一种反思性的东西。所以，在这里非常感谢春林老师，谢谢！

6.《野狐岭》的两层超越性

◎陈彦瑾：我回应一下春林老师刚才的说法。我觉得，西部文学的魅力不仅仅来自它的地域性，更来自它的一种超越性的精神，这种超越精神也是西部文化的重要构成。我看雪漠老师作品中的那些西部人，都喜欢思考一些超越世俗生活的大问题，就像雪漠老师刚才讲的，他思考的问题已经超出了地域性，他总是在思考人类共性的问题，如生命的意义、灵魂的归宿等终极问题，而这种思考也是今天西部人活法中的重要支柱。所以，我们通常讲地域性，往往会止步于民俗和风俗志，但是在西部，它还有一种精神性、超越性的东西。

第二个回应就是，我觉得《野狐岭》是一部非常典型的西部文学，它呈现的是西部文学的一种神秘性。西部文化是庞杂的，各种宗教信仰，各种民间文化，还有神秘的鬼神思想等，都深深影响了西部人，像《野狐岭》里的"招魂"，就是西部文化典型的神秘主义。我曾用"境界呈现"来概括《野狐岭》的神秘主义，它是作家的生命感知到的一种说不清道不明的巨大存在的整体呈现，这个存在超出了我们的世俗生活的经验，用我们习惯的理性思维无法分析它，而只能把它当作一种生命境界去感知。所以我们看到，《野狐岭》的幽魂叙事，不论时间还是空间，都是对理性、线性思维的一种反叛，客观上也让这部小说具有了形式上的先锋性，但这种先锋性是来自西部大地的母体的，它不是外来的，而是西部本土文化独特性的一个表现，所有的一切构成了西部文学神秘主义的色彩，它也体现了西部土地的一种神性。而《一个人的西部》呈现的是现实的、人间的西部。它讲了很多西部的乡村伦理，儿子要结婚了，父亲得为儿子操办婚礼，结婚请客这件事，可以说折射了人情世故等方方面面的伦理。雪漠老师写得很平实，包括他写舅舅的法术等西部神秘文化时，也是用我们熟知的、理性的、平实的方式去讲，没有像《野狐岭》那样，带给我们一种呼风唤雨、人鬼共处的神秘感。那么，我觉得它们可能是西部文学的两种样式，或者说，是西部文学地域性的两个层面。

另外，关于西部文学的超越性，具体到雪漠老师，一个很明显的例子就是《野狐岭》。《野狐岭》的创作是在岭南，在远离西部，远离故乡的时候，雪漠老师多了一个视角去回看西部，这无疑是对地域性的一种超越。不过，我觉得超越性也是西部文学的一种内在特质，就是刚才雪漠老师说的，西部人和西部文学一直表达的是对世俗的一种超越。他总是不满足于世俗生活的层面，他总是要思考理由，比如活着的理由，写作的理由。我为什么要写？我写的意义是什么？我活着为了什么？总要找到一个理由。对"理由"的思考和寻找，就是一种超越性。

再就是，我们现在的文学中，尤其是都市文学中，已经很难找到具有个性和丰富性的作品了。都市生活的内容全世界都差不多，我们几乎是活在一个复制的时代。我们每个人的生活都是彼此的克隆和复制。但是，在西部那样的地方，却有可能会保持一种有个性的生活。所以，地域性可能会给文学带来个性和丰富性，这也是我们今天重提西部文学的意义所在。我觉得，西部文学的存在，有可能会给今天商业文化、都市文化、都市文学席卷一切的文学文化生态，提供一种丰富性的资源。

◎**王春林：**我先简单回应一下你的回应。

第一个，刚才你谈到城市文学，你认为西部文学是多元丰富的，而城市文学可能就是个性化不足、统一化的这样一种书写，模样都差不多，存在复制的这样一个问题。我觉得这个可能也未必都是，你说的这种情况肯定存在，但关键就在于，在城市书写当中，作者的书写有没有个性。比如《繁花》，金宇澄的《繁花》也是都市书写，但他就是非常个性化的这样一种叙述。所以，简单地把城市书写跟西部文学对立起来，说一个是统一化、复制性，一个可能多元性，我还是觉得不好这样简单来判断的。

再一个看法，你刚才不大同意我关于西部文学的地域性和超越性的这个看法。按照你的理解，西部文学它本身就既有地域性，又有超越性在其中，是这样的吧？我们交流一下，我可能看重西部文化元素，然后我讲超越性。我讲到的是他对人类存在的一种思考，其实这种思考也是一个普世价值。我觉得很重要。

《野狐岭》的超越在什么地方呢？我觉得有两个层面：从思想内涵上来说，它的普世价值，包括"革命"这种思考现代性的方式，他放到整个当下中国的革命叙事当中，有一定的代表性，有它的意义和价值，这是一个层面；再一个层面，我还看中他对艺术形式的设定。在艺术形式的设定上，雪漠绝对是超越西部文学的。原谅我，我还是坚持认为，雪漠是站在西部文学的高处。你要注意西部现在好多作家都在创作，包括所谓的"甘肃八骏"，或者说"甘肃八骏"之外的其他作家，也都在写西部小说，但里面有超越性吗？西部文学当中，本身就包含超越性吗？我觉得未必是这个样子。只有像雪漠兄这样的高手，才能把超越性渗透到他的小说中。所以，超越性它不仅仅局限于西部文学那一块地域，一定要在人类普世意义上，我觉得它才有价值。所以说，从思想内涵上是这个样子，从艺术表现形式上，你看他的双层叙事，第一人称叙事者的这样一个设定，首先是招魂者"我"，这个你说得非常有道理，"我"对两支驼队在《野狐岭》那个地方神秘失踪的原因非常感兴趣，于是就绞尽脑汁地想要搞明白到底是怎么回事。然后，"我"就去探寻这个秘密。我们看，他本身又是西部文化的承载者，他用"招魂"这种形式把死去很多年的人的灵魂召唤回来，然后让那些幽灵来进行叙事——也就是人鬼共存——这些幽灵的讲述就构成了第二层叙事。所以，双层叙事方式的设定，包括他的后设叙事，我非常喜欢。我觉得，如果这部小说没有这个后设叙事，雪漠就不可能把过去、现在、未来多层的时空交织到一块，把多层的时空给打通。打通了，你才能有对生命存在的透彻思考，你才可能有对革命的那种深入追问。

　　当年，"齐飞卿起义"这场革命中，那么多人抛头颅洒热血献出了生命，付出了巨大的代价，他要建立一个理想的人间王国，但是革命之后——因为他是幽魂叙事，所以他能够知道他死了以后中国社会的发展情况，中国历史的发展情况，然后他就发现一切只是"换汤不换药"，只是"城头变幻大王旗"，还都是那个样子的。可能后来,他经过奋斗所换来的那个所谓的理想王国,还不如原来,可能是一代不如一代,老百姓的生活境况、历史状况可能会更衰败。所以,他对革命的思考,对革命的追问,我觉得都跟后设叙事有关,因为幽魂叙事的这个设定,他才能做到这一点。双层叙事模式的设定也罢,后设叙事手段的运用也罢,其实都是雪漠在现代主义或者先锋性的一个体现。

西部文学它也有先锋性,先锋性不是说就是马原的专利,就是格非的专利,就是那些先锋作家的专利,西部的雪漠身上,他也有对现代主义的运用,这样一个成功的体现,同样是他的超越性的突出体现。所以,我为能有雪漠兄这样的朋友,为中国西部文学能有这样优秀的作家,真的感到非常高兴!

●**雪漠:** 我对他们两个的回应,再回应一下。

陈彦瑾是个非常好的主持人,曾主持过很多次的会议,包括思南读书会。所以,有时候她会像西班牙斗牛士一样,挑逗对话者,激活他所有的生命激情。上一次在上海的思南读书会,她就用类似的这种提问,把陈思和老师的很多东西激活了。陈思和老师也酣畅淋漓地像春林老师这样表达了他的见解。所以,陈彦瑾有时候是有意这样做的,今天她又成功了。

◎**王春林:** 她善于挑逗群众。

◎**陈彦瑾:** 看到春林老师那样的激情澎湃,我心里也是特别地欢喜。其实,我的回应也是另一种提问的方式,主要是想让春林老师多讲讲他的一些精彩见解。我其实也不是善于挑逗什么,我只是把自己当作靶子,抛砖引玉吧。不过,刚才春林老师的回应,也让我有了一个反省,其实我在讲西部文学时,有一个潜台词或前提,我一直说的,其实是"雪漠的西部文学",而不是泛泛的西部文学，对吧？我想等活动结束后，再好好向春林老师请教。因为时间关系，我们进入读者交流环节。

7. 西部文学将走向怎样的辉煌？

◎**读者：**我想问一下雪漠老师，西部启迪了您，升华了您的精神，让您有了对人生的思考，那么，为什么您要离开西部定居到东部？

●**雪漠：**一个人只有走出去，才能发现身边的宝藏。大家也许看过《牧羊少年奇幻之旅》，那个西班牙少年，一直想跟随上帝在梦中给他的那个提示——在埃及金字塔旁边的某个地方有金子——去寻找宝藏。然后，他就走出去，谁知道在那个地方遇到了强盗，当他说自己是为了这个梦想而来的时候，强盗哈哈大笑，说，上帝还告诉我，在西班牙的某个教堂的某棵树下埋着宝藏呢！于是，少年就知道了家乡原来有宝藏。我就是那个少年。一定要记住，必须在心灵上走出自己的生存环境，达到另外一种高度之后，才能发现身边的宝藏，所以，超越性的走出和生存的经验性、体验性等都非常重要。

那么，我紧接着提一个问题。我希望春林老师给我们讲一下，西部文学怎样才能走向更大的辉煌？我希望他给我们讲一下，因为我一直在追问这个问题。因为春林老师有这个实力，也有这个眼光。他认可西部文学，或者认可雪漠的同时，还希望有一种建设性的东西。他有一种大批评家的思想和激情，有那个势，所以我不想放过这样一个机会，想跟同学们借一个提问的机会，请春林老师讲一下这个问题。

◎**王春林：**这个问题怎么回答呢？西部文学的未来如何，或者西部文学怎样才能达到一种更理想的状态……其实，西部文学的提出到现在好像有三十多年的历史了，是吧？我还专门去查了一下什么时候开始有"西部文学"这个说法。好像最早提出这个说法的还不是文学界，而是大家非常熟悉的中篇小说《棋王》的作者钟阿城的父亲钟惦棐。钟惦棐是著名的电影理论家，他在80年代初期的一次会议上，第一个提出"西部电影"的概念，然后由"西部电影"又衍生出"西部文学"这样一个概念。

那么，这里面又出现了一个问题：什么是西部？大西北的那些地方就是西部。一般来说，在我们的印象里，西藏、青海、新疆、甘肃、宁夏好像都属于西部的范围。那么，陕西算西部吗？陕西文学也是西部文学是吧？但是，各位请注意，如果说陕西文学也算西部文学范畴的话，那我们的问题就来了。各位可以想象一下，贾平凹的那些小说算西部文学吗？《白鹿原》是西部文学吗？你要说他不是西部文学，他就在西部，他应该属于西部文学。但是我总觉得很诡异，一定要说《白鹿原》是西部文学，那对《白鹿原》的理解和定位可能有问题。我不知道其他朋友怎么理解，怎么看待这个问题，反正我自己是不愿意这么来理解和判断的。

在这个意义上，我跟陈彦瑾可能有点分歧，我还是要坚持这一点。她把雪漠看作西部文学优秀的一个代表作家，这个我是认同的。但是，她坚持非要把他仅仅局限到西部的意义上来理解，我觉得是看轻了雪漠，真的是这样。我觉得把雪漠当作当代汉语叙事非常重要的一个代表性作家，可能是更好更恰当的一个定位。正如同我们把贾平凹看作是当代汉语叙事一个重要的代表性作家，把《白鹿原》看作是当代汉语叙事一个重要的代表性文本一样，我觉得这么来理解可能更有道理。

所以，我的结论是，西部文学辉煌和发达的一个前提是消灭西部文学。当你消灭了西部文学，当你摆脱了西部文学在你身上留下的那些痕迹和印记——比如说，当我们想到雪漠的时候，只想到他是一个中国作家，是对人类存在进行深入思考的当代汉语叙事的作家，而不再觉得他是西部文学的代表作家，是一个西部作家的时候，他可能就成功了。未来的西部文学最理想的状态可能也是走出西部文学，消除西部文学的因素，不再靠所谓的西部文学来招徕读者，我觉得这是很重要的一个前提。这是我个人的一点偏见。

8. 激活读者自身的生命基因

●雪漠：真的就是这样，春林老师刚才谈到的是另外一种文化的打碎。我也总是在打碎自己，我永远在打碎自己，一直在打碎自己。但是，陈彦瑾她定位我是西部文学的代表作家，主要是她的好心，我理解。她一直想让我走出某一种局限。因为雪漠是一个众说纷纭的人物。在很多地方有不同的、各种各样的说法，其中也有一种伤害性的东西——春林老师你可能知道这个——有些人会把雪漠妖魔化。后来为什么陈彦瑾一直强调西部文学，其实就是想打碎那种妖魔化的东西。她宁愿用一种对雪漠来说不一定非常适合的文学语言，来洗去一些别有用心的人泼在雪漠身上的一种妖魔化的污水。

因为我有大量的读者，他们很喜欢我作品中那种精神性、文化性包括信仰性的东西。很多读者我不认识，但他们自愿地毫无功利地做了很多事情，我非常感动。在任何城市里，都有这样的一些读者，其实他们是通过自己的方式对中国文学出现的某种精神性的作品，表示了一种认可。但是，个别心胸狭窄的作家，看到我的粉丝多，就会进行某种妖魔化的宣传。于是，为了打破这种妖魔化的宣传，陈彦瑾宁愿给雪漠贴上"西部作家"的标签，这就是她一直说雪漠是西部作家的原因，她对我的第一定位是作家，第二定位是西部。大家一定要明白，我一直说作家雪漠、作家雪漠，甚至糟蹋自己，打碎自己，就是因为在这个时代做事太难了。如果你没有一种追求，没有一种精神性的东西，人们会看不起你，可你一旦有这种东西的时候，又会有无数贼溜溜的眼睛盯着你，认为你的成功侵犯了他，然后制造出无数的谣言性的东西来消解你、侮辱你。正是在这样一种背景下，陈彦瑾她一直把雪漠定位为西部作家。

事实上，我的心和王春林教授是一样的。我一直希望自己能超越地域性，如果把我定位成西部作家，我总觉得不对劲。因为我的《西夏咒》，包括《野狐岭》等作品，其精神内涵都提升到了人类的高度，它不仅仅是西部的。

这一点，刚才春林老师说得非常好。所以，我既感谢陈彦瑾对我的爱护，又感谢春林老师对我的期待，他说的正是我的追求。我甚至不愿意把自己定位为一个作家，我更愿意成为人类艺术家、思想家，能够对人类文明做出贡献，而不仅仅是写出几部作品。我只是想靠作品这个杯子，来承载我们中国文化的超越之水，给目前的世界注入一种新的文化基因，我有这样一种野心。世上有无数人生活在热恼中，被自己的欲望控制着，不可自拔，但中国文化中一些非常优秀的、超越性的东西，直到今天仍在尘封之中。人类灵魂中超越的东西也被屏蔽了，处于休眠状态。所以我一直想激活它，也想让中国文化中的超越文化能走出尘封。我的很多作品，也确实激活了一些读者的智慧基因，激活了他们身上的一种精神性的东西，因此我才会有很多铁杆读者和粉丝。我非常感谢春林老师对我的期待。目前，我正在向这个方向努力。谢谢！

◎王春林：所以，从这个角度和意义上来说，《一个人的西部》可能就显得尤其重要，因为散文跟小说是不一样的。小说和散文都需要有思想的支撑，但是，思想在小说当中是要藏起来的，要尽可能地隐藏在故事的背后，隐藏在人物的背后，然后让读者像捉迷藏一样，通过人物、通过故事、通过整个小说的架构，最终自己把那些思想给找出来，它是一个捉迷藏的过程。而在散文、随笔这个文体当中，作家的思想是直接呈现出来的。所以，我刚才说雪漠是在"布道"，布精神之道，就是这个意思。

在禅修方面，雪漠有着非常丰富的心得体会。其实，各位如果认真地看一看《一个人的西部》，尤其是他的大手印文化，在这方面，其实他刚才谈到存在，谈到他的追求，如果说他的小说创作当中，存在着西部地域走向，超越性的精神叙事，对人类存在有着超越性思考的话，他的那种不满足于做一个作家，想要做一个思想者，我们是可以理解的。而事实上，最终他就是想通过自己的思想来影响现实生活中我们每个人的存在，他想到的是整个人类的存在，就像印度的甘地和南非的曼德拉一样。那么，我们想一想，甘地的思想是怎样影响印度人民的？曼德拉是怎样在精神上、思想上影响了南非人民，影响了整个世界的？我觉得这才是我们应该追求的某种思想和精神的最高境界。

9. 改变自己，改变世界

◎**读者：** 雪漠老师您好！从三年前开始，我一直在网上看您的作品。刚才您也说到了，您希望唤醒更多人的心，在唤醒人类意识的过程中，您做出了巨大的贡献，非常感谢您！请您分享一下，您在超现实的那个时刻是如何写出这么深刻的作品的？那个时刻的感受是怎样的？

●**雪漠：** 我告诉大家，当你感知到大自然神秘的存在，并且消解了自己的时候，当你和养育了人类上万年的大自然和谐相处的时候，你的生命中就会有一种诗意出现，你只要表达出这样一种诗意，你就是歌手。

其实，我就是一个大漠歌手，我只是唱出了自己灵魂中的歌而已。我最愿意做个什么人呢？作家、思想者。大家一定要注意，我最愿意改变的是我自己，如果还能够改变儿子就不错了。能够改变自己是我最重要的事，我所有的努力都是为了改变我自己。

◎**王春林：** 我插一句话，如果我们每一个人都能够改变自己，那么这个世界不就改变了吗？

●**雪漠：** 对！真是这样。我展示的所有东西都是如何改变自己，所以我总是把我这个"标本"放到作品里，自己解剖一下，告诉别人我是怎么改变自己的？而正像春林老师所说的，每个人如果都能改变自己，世界就改变了。我们不要想改变世界，更不要想改变人类，也不要想拯救谁。谁想拯救人类，人类就会把他灭掉。你看救世主耶稣就被钉在了十字架上。他想救世，所以世界必须灭了他。为什么没有人灭掉佛陀？就是因为佛陀只想改变自己。所以，我的对手永远是自己。

我理解陈彦瑾对我的一种关爱，我也理解很多读者对我的一种期待。很多人读我的作品被感动之后，都会说一些让我害怕的话，因为其中有一些神化我的成分。这让我非常害怕我最怕什么呢？我最怕被放在火上烤。所以，我时不时会冒出怪声，比如写首诗说"雪漠是头驴，低头走夜路。偶尔抬起头，看到天边月。求慧亦无慧，求智亦无智。只是心有光，从此不戚戚"。我只是一头驴子，因为看到月亮心中有了光，所以从此再不怨天尤人，走路的时候也不再孤独，仅此而已。

此外，我希望自己是一个能写出好作品的一个作家。我非常愿意写出好作品，把自己感知到的那个艺术世界告诉大家，让大家都能感受到一种东西。

五、当西部遇上岭南

——雪漠与熊育群对谈

主题：当西部遇上岭南

嘉宾：雪漠　熊育群

主持：傅慧杰

时间：2015年11月7日下午3：00

地点：广州学而优书店

2015年11月7日下午，国家一级作家、甘肃省作家协会副主席雪漠与广东文学院院长熊育群在广州学而优书店进行了一场精彩而富有生命启迪意义的文化对谈，其主题为"当西部遇上岭南"。整个活动围绕着雪漠最新自传体长篇散文《一个人的西部》和熊育群的散文《路上的祖先》展开，两人对西部文化的当下关怀、岭南文化的海纳百川、湖湘文化的经世致用，以及藏文化的终极超越等诸多话题进行了互动和交流，并对土地、文化、灵魂、生命、信仰、死亡、命运、文学、虚实、精神、永恒、爱情等关键词进行了与时俱进的诠释，并赋予了它们一种全新的生命活性。本次活动由广州无尽灯文化有限公司、广州市香巴文化研究院、广州学而优书店主办，由原广东省电视台主持人傅慧杰女士主持。

熊育群的《路上的祖先》中讲到的"迁徙"，是群体的行动，一个家族，或者几个家族结伴而行，走走停停，迁徙到岭南甚至需要几百年的历程，跨越的时空非常漫长，行走是非常缓慢的。而《一个人的西部》也是雪漠老师"迁徙"到岭南后才正式诞生的。雪漠老师一直行走在岭南和西部之间，所以，他在对谈中自称为"两栖动物"。由此可见，现代人的"行走"和"迁徙"已经有了崭新的定义。

雪漠老师说："行走就是运动，也即无常，实质是一样的。读我和熊育群的作品，你都能感受到一个飞逝的存在，感知到世界在飞快地离开我们。这就是历史或记忆。感知到这个东西叫虚，它属于世界观的问题。在这种世界观的指导下拒绝一些东西，守护一些东西，叫实。如果没有前面的虚，那么后面的实就无所适从。所以，我们要在飞快的流逝中留下一些消失不了的东西。"这也正如熊老师所说的，凡是有出息的人，都是主动地"动"，而不是被动地"动"。湖湘文化中的务虚，让人有了一种"虚荣心",就会在面临死亡的时候,做自己该做的事,去追求一种精神的存在,追求一种永恒的东西,也即儒家文化中所说的立德、立功、立言。一个地方的发展离不开文化,谈文化不是虚的,而是实的。从究竟意义上而言,器物不能改变世界,改变世界的是文化。

以下为发言记录(有修订)。

1. 真正的迁徙,是心灵的迁徙

◎傅慧杰:大家下午好!欢迎各位来到广州学而优书店新港店参加"当西部遇上岭南"主题活动。我是今天活动的主持人傅慧杰,在这里请允许我代表主办方广州市香巴文化研究院欢迎各位朋友的到来,谢谢!

对于我们个人的灵魂求索,以及我们的一些心灵成长来说,今天是非常重要的一个日子,因为我们今天十分荣幸地邀请到了文坛上两位实力作家雪漠老师和熊育群老师。

下面,我简单地介绍一下两位老师的背景。雪漠老师是国家一级作家、甘肃省作家协会副主席,生于西部凉州,被称为"西部文化的集大成者"。至今,雪漠老师从西部来到岭南,仿佛是一棵大树的枝叶正迎风而舞。

熊育群老师也是国家一级作家,还是广东省作家协会副主席、广东文学院院长,他出生于湖南岳阳,对楚文化、岭南文化都有很深的挖掘和研究。他曾多次从岭南奔赴西部,甚至历经了生死磨难,之后,他的精神终于有了皈依。

就这样，两位作家不期而遇了，他们相遇在岭南，相遇在广州，为大家展示精彩纷呈的西部文化与岭南文化。他们会碰撞出怎样的火花呢？值得我们期待！

今天的主题是"当西部遇上岭南"。为什么会有这样的一个话题产生呢？根源还是我们的两本书，一本是《一个人的西部》，另一本是《路上的祖先》。这两本书都是散文，而且他们非常巧地选择类似的主题，前者写的是一个西部人的成长史，《路上的祖先》写的是一群人往岭南迁徙的这样一个历史。于是，它们的相通之处就构成了今天的话题"当西部遇上岭南"。

下面，我们有请雪漠老师和熊育群老师就这两本书来谈一谈，个人与群体的命运，以及与地域文化又有着怎样的联系。

◎**熊育群**：可能雪漠个性强一些，西部是荒漠，所以他写得特别孤独一点。我们岭南这个地方人头涌动，很难找到那种旷野和孤独的感觉，你不想跟一群人在一起都很难，我们基本都生活在人群里面。这两个书名可能是一种巧合吧，他是"一个人的西部"，慧杰说我是"一群人的命运"。

我们岭南文化有三大民系，一个是客家，一个是潮汕，还有一个是广府。我的《路上的祖先》这部作品，写的是客家人的迁徙，也牵扯到潮汕人的迁徙。实际上是一个群体往南方迁徙的过程。

我是1993年从湖南长沙来到广东的，我不像《路上的祖先》那样，要成群结队、一个家族和几个家族结伴而行。他们走走停停，有的用了几百年才迁徙到岭南。旅途主要依靠船，而且也不是有动力的船，是靠人力撑的那种船。现在，我们迁徙太方便了，特别是高铁一通，可以说已经不叫迁徙了。我可以中午在广州吃完饭，再赶回老家湖南去吃晚饭，这个时空观念变了。要说是迁徙，我们也是个体的迁徙，没有说一帮人一起走。我从湖南到广东，在这里落地生根，变成广东人，迁徙感还是有的。湖湘文化和岭南文化之间有，这种差异对文化人会造成一种碰撞，一种不适，所以我最初的时候内心还是蛮挣扎的。

因此，我曾去过西藏三个月，五次大难不死，就是这种内心挣扎造成的这种行动，直到接受、融入、喜欢，对岭南文化慢慢有了一种深刻的认识。实际上，我已经是个岭南人了，也变成群体的一部分，融入里面了。现代社会都是个人的行为，但都市生活却又是群体的行为。我是这么理解这个问题的。

◎**傅慧杰：** 谢谢熊老师，我们来听听雪漠老师的看法。

●**雪漠：** 首先感谢"学而优"，感谢无尽灯文化公司、傅慧杰和其他的朋友，很高兴今天能够到这里来，大家一起交流。我和熊育群是老朋友了，而且认识时间很长，至少七八年前，他主编《羊城晚报》副刊的时候向我约过稿，而且发了几乎一个整版。所以，我们是老朋友了，认识也十多年了。和熊育群接触的时候我感觉不到他是岭南人，我感觉到他是湖南人。

我对湖南人有一种非常好的印象，主要就是因为湖湘文化中那种经世致用的东西。所以，我跟陈启文、熊育群这些人一接触的时候，觉得气场是一样的。有意思就是，我这个凉州人和湖南人这个群体的气场是一样的。这就是一个人和一个群体的关系。

和岭南也是一样的，岭南还有一种吸引我的东西。我为什么从凉州到岭南？这个过程其实也是一种迁徙，一种心灵的迁徙。事实上，西部和岭南差别非常大，太大了，那种差别是两种截然不同的文化的差别，但它吸引了我。吸引我的一个重要原因在于，这块土地很年轻。在岭南这一带，我感受到一种年轻，在西部感受到一种苍老。西部有一种非常沉重的东西，让人觉着很苍老，有些力不从心。文化非常厚实，但你做什么事情都觉着有个巨大的影子在拽着你，这是文化的原因，就是一直走不出历史文化的阴影。

广东这一带是一块全新的土地，虽然历史悠久，但完全是新的，充满活力的，也许与开放有关，也许与岭南文化有关。很奇怪的就是，当官的一到广东也变得非常活，不是那么死，一直有种很先进的东西，这是什么原因，说不清。可能有改革思维的人才会被派到这儿来，或者是这块土地影响了那些人，反正说不清，有种很奇怪的东西。这就是岭南文化的活性，它有种充满生命力的东西，这个东西直接影响了岭南人，让他们有种活的东西，这是吸引我的地方。

后来，我成立了广州市香巴文化研究院——为什么会选这里？因为这个地方有一种不一样的东西。第一点不一样就在于，人与人之间没有债务，没有那么多的人情债，非常自由轻松，而不是一种充满人情的，充满纠结的，盘根错节的文化。这儿的每种文化、每个人都是独立的个体，几乎很少有人干扰你，除过一些非常个别的现象，整个文化不是一种互相纠结的窝里斗的文化，而是一种积极的共同向上的文化。所以，这种文化中能出现好作家，我觉得是可以理解的。

以前，我读过熊育群的一些散文，很喜欢，因为我们有共同的爱好，都喜欢藏文化。关于藏文化的几本书，他写得非常好。他说自己是半个旅行家的身份，事实上不仅仅是旅行家，在许多地方，他已经把那个地方的文化脉搏找到了，所以他的散文非常优秀。到时候大家可以看一下。

在我的身上，西部文化非常明显，熊育群的身上湖湘文化非常明显。事实上，他和岭南人还是不一样的——他身上也有岭南活性的东西，但更多是湖湘文化的东西。他的老家正好是屈原的故乡，屈原死的那天正是他的生日，而且屈原也死在他的家乡，所以，汨罗江那个地方的文化中有一种活性的东西，这是不一样的。这次参加岭南的采风活动，我就认识了汨罗江的一个作家蒋人瑞，人也很好，气场也跟我一样。还有好几个人，气场都是一样的。你记住，气场是一个什么场？一定要注意，是文化场，是文化场改变人的心灵之后，散发出来的一种味道。气场一样的人，轻易遇不到，遇到了就是好朋友，就是好缘分。我对湖南印象是非常好的。虽然我热爱岭南文化，但在岭南的土地上，我还没遇到多少气场非常好的朋友，只有那么不多的几个。我觉得人和文化的关系，可能就是那种文化场的关系。

2. 湖湘的"务虚"，岭南的"务实"

◎**熊育群：**雪漠讲到我，我也讲两句雪漠，以礼相待。雪漠的状态，我告诉大家，他很奇怪的。他是甘肃作家协会的副主席——刚才介绍我是副主席，其实他也是副主席——他还是甘肃作家中的领军人物，但是他常年住在广东东莞的樟木头，所以他比我更热爱岭南。我是岭南人，我喜不喜欢都住在这里，他住在这里是因为喜欢，对吧？他又不能调过来，因为他在甘肃是领军人物，他们省里肯定不放他的。

我们在文坛上认识了十多年，他是一个了不起的作家，也是我很敬重的作家，写了很多的作品。当年，我在《羊城晚报》文艺部的时候，不止一次整版重头推他，那是因为他的作品好。我跟他那时候并不太熟，看中的是他的作品。

另外，他老给我出难题，这么一个有分量的作家，我们广东有一些文学活动，我要不要请他参加？他是甘肃作家的身份，又在广州，有时候身份制约了一些东西。有时候，制约的东西很难去处理，因为他不是我们这个地方的作家，我们还是有个地域之分的，我们作家协会的职责是扶持、培养、推介本土的，或者岭南的作家。他是以甘肃作家的身份客居岭南，他只能客串，那没办法。但是，有合适他的文学会议，我还是会邀请他的。

他的感觉很敏锐，虽然我也是岭南人，但是我的底子是湖南的。刚才他说到湖南文化"经世致用"的那一面，"经世致用"是曾国藩之后湖南人的作为，之前的湖南文化还是一种巫蛊文化，它是非常"务虚"的，富于幻想、浪漫、绚烂的那种，浪漫气质也是湖南人的特点。湖南为什么出了那么多艺术人才？你看沈从文，你看黄文玉，还有音乐家谭盾，湘西的巫鬼之气，这是湖南人灵魂深处的东西，它是务虚的，是对死亡有感觉的。岭南文化，我觉得非常"务实"。如果说湖南文化是"务虚"的，它就是"务实"的，它注重生活的层面。

在广州这么多年，这么大的城市，可是我在这里没看到过死亡，除非你到殡仪馆去，否则你在这里看不到死亡，只看到生活。长沙也是大城市，但是比广州小，是二线城市，我在那儿的时候，经常听到哀乐，经常看到死人，还有搭的灵堂，哭丧之类的，"死亡"时时陪伴着你。再加上一年四季那种变迁，就是那个时空、季节的变化，也会让你非常伤感。但是，岭南四季不分明，一年四季都是鲜花盛开，你感受不到岁月和生命的流逝。尤其在看不到死亡时，你的宗教意识就会非常淡薄，宗教感一稀薄，就会很世俗地注重现实的一切。宗教感很强的群体——特别是藏族——它注重来世，修来生，这种文化是从终极意义上来的，自然深刻。为什么我们和他们的差距那么大呢？就是因为那种强烈的宗教感影响着文化的特质。我觉得西部文化，譬如丝绸之路，实质上是一条宗教之路，佛教就是从那个路上传过来的，它是一条主要的通道。而且，世界三大宗教都集中在了那个地方，它的宗教色彩特别浓烈。所以，这种灵魂深处的厚重，或者对人性的那种挖掘，那种深透的东西，的确跟南方完全不同。

3. 死亡，也是一种生命教育

◎傅慧杰：谢谢熊老师！熊老师刚才的一番话，不断地勾起我对书里面的某些片段的回忆，特别是刚才熊老师提到的"死亡"，我们大部分人觉得很避讳的一个话题。但是很奇怪，在《路上的祖先》和《一个人的西部》里面这个话题都出现了，而且都是很重要的一个篇章。包括雪漠老师十岁的时候，就看到了很多很多刚才说的那种事情。熊老师也是有一个特别是灵魂那方面的篇章，着重讲述了当地客家人，还有那边的人，关于死亡的一些民俗做法。其实，雪漠老师曾经讲过一句话："死亡是最好的老师。"刚才，我听熊育群老师也提到了类似的观点，那么假如我们在岭南只看得到生活，只看得到吃喝玩乐的东西，大家只关注这些物质层面，或者是现实生活的东西，那我们怎样去接近"死亡"这样一种概念，然后对整个人生有个更长远的，或者更宏观的视角呢？

◎熊育群：死亡实际上是一种巨大的存在，在现实生活中，它这种存在感是不可避免的。比如说，我在湖南见到的死亡，都是非常有仪式感的，人生在世，我觉得最隆重、最庄严、最喧嚣的就是死亡。我老家的葬礼是非常壮观的，把"死亡"夸大到了无边无际，那种恐怖能吓死人。但那也是对生命的尊重对死者的看重，它是在昭告天下，这个人去世了。铳就像炮一样在天空炸响，震得天地颤抖。这个人走了，这是天大的事情。这实际上是一种直接的直观的人文关怀。

有一件事我至今不能释怀，我有一位《羊城晚报》的同事，去世了多年之后我才知道。他是我老乡，也是很熟的朋友，这个人走了，悄悄走了，我们看不见，这个世界到处是人，却都与你无关，我们就怀着这样漠然的心情活着。大家忙忙碌碌，时间就像流水，一个人离开了你的视线，最好的朋友你也顾不过来了。

人有死亡意识，他就会把现实的这种实惠的东西看透，他做事情的态度会变，他对待人生的想法会变。因为人终究会走向死亡，向死而生，有什么放不下的东西呢！天大的事情也不是什么事情。为什么说宗教重要，它的重要就在于能让人超脱红尘看到生命的本质，能真正把握人生，影响到他（她）的方方面面。

◎**傅慧杰**：同样，死亡也有可能会影响到他的选择，让他知道一段时间内做哪件事情是最重要的。

◎**熊育群**：不是说广州就没死亡意识，谁都知道人要死，但是一忙，就淡忘了，没有时间去想，觉得说这些都是无聊的。中国古典诗词里有很多悲秋、别离、怀古的东西，这就是生命意识，转瞬即逝的世界，它是象征是暗示，也是一种生命教育。广东四季不分明，把人的这种季节轮回感给蒙蔽了。所以说，让广东人务虚，特别是有很强的宗教感，还真的很困难。

但是，我发现现在有了变化。岭南非常开放包容，全国各地，甚至世界各地到这里来的移民很多。我的邻居很多是日本人、欧洲人，真的是地球村了。岭南的文化其实在变。我来广东的二十多年里，这里的变化非常巨大。如果我现在从湖南来，我不会不适应，它的包容带来了文化的丰富性多样性，就像各种菜式都能在广州拥有它的市场。

我是诗人，这个身份以前是要被嘲笑的，在很多人眼里，诗人等同于神经病，不正常。我刚来广州的时候，觉得自己是个诗人还挺自豪的。结果有一次饭局上，邻座问我，你写诗一个月赚多少钱？我说不赚钱。他说，不赚钱，你写诗干什么？他把写诗看成是七十二行里面的一行，觉得你这一行既然不赚钱，你还去做这个事情，你脑子就有问题。深层次的还是，金钱成了唯一的价值标准，否定了精神的价值。这是很可怕的事情。但这些年已经变了，现在诗人也很多了，诗歌活动也很多。诗人作家也有了成长的土壤。

4. 永远以死亡作为参照系

●**雪漠**：作家是湖湘文化、西部文化的载体之一，就是作家到这儿来，这儿才发生变化的。一定要注意这一点。早年的时候，这儿的几个作家中有一个写得很好，我告诉他说，他的文章明显高于那个地方的所有人的水平。我还说，不要紧，大家都是明眼人，你写得好不好，大家都知道。他说，雪漠，不是这样的，他们不看书的，这儿没有人看书。我刚到东莞来的时候，就是这样的。他写的文章很好，但是很多人经常谈到的是别人的文章。他还跟我说，雪漠，你别以为你的《大漠祭》那么有名，其实这里没有几个人看。意思就是，我刚来的时候，这个地方在乎的是另外一种东西。什么东西？最早的时候，这里人最经常谈到的就是"钱"，或者"地位"；紧接着，就是有多少人说你好。现在开始已经变了，这个变的原因，我估计与外来文化——尤其是一些厚重的文化，比如像西部文化、湖湘文化，还有其他的优秀文化——在岭南这块大地上荟萃或是因岭南大地海纳百川有关系，很多东西都变了。

我这次参加育群他们组织的一个笔会，他们就做得非常好。南雄政府搞了一个采风活动，那个地方的政府官员已经知道很多时候要用文化的力量来推动当地开发。过去的时候，那些地方估计这样的活动不多，现在很多地方已经开始注重文化的力量。所以，一个地方，如果足够包容，就会吸引很多优秀的文化，这些优秀的文化又会汇入这个地方文化的大海，从而让这块土地变得非常博大。现在岭南大地比过去更为博大，肯定比惠能时候的博大很多很多。

另外，就是刚才育群说的湖湘文化中的"务虚"，神秘的文化中对死亡的东西非常重视，这一点和西部非常像。你这时候一说，我才明白了，我为什么和湖南作家非常有缘分，接触马上觉得是一类人，原因可能与这个有关系。我们那个地方把死亡看得很淡，始终觉着死亡就在跟前。我说很淡的意思就是，活着的时候，永远以死亡作为参照系，直到今天我还是这样。

刚才傅慧杰问我，如何警觉死？我告诉大家，你身体一出现问题，你就会觉得你要死了，肯定是这样。我就是这样的。我身体要是稍微有点不好，我就会想到死亡，有时候晚上睡觉前，我也会想明天早上能不能醒来。大家想一想，很多人其实是在睡梦中死去的。我始终就有这种感觉，始终不知道明天早上会不会醒来？如果一有小毛病，我就觉得随时会死去。如果这样想，老是觉得自己随时就会死，你就知道生命中最重要的是什么东西了，你就会放下很多东西。

因为这个原因，上一次参加熊主席他们的活动时——我就去过广东作协那么一次，那是非常好的地方——我说，应该早一点来，但我只去过一次。原因就是，我总觉得在死亡面前，很多东西都会失去意义。因为我发现过去认识的很多很多朋友，包括在十多年前我获"冯牧文学奖"后在北京认识的很多朋友，现在都去世了。很多把我作为学生的人，和把我作为老师的人都去世了，一茬一茬地去世了，很多非常优秀的编辑也去世了，有些正在死去，有些已经死去，而且很多。有一个非常优秀的编辑——那时候我在鲁迅文学院，很多人说，你一定要认他当老师，你当了他的学生，他就会推你，但是，现在他也去世好多年了。知道他去世的时候我就想，如果那时候真的花大量的时间搞这些关系，其实是没有意义的，因为他会死，我也会死。所以我把所有的生命都用来让自己强大，留下一些毁不掉的东西。这就是我的一个秘密。

5.如何在"虚"中建立一种"实"？

◎**傅慧杰：**好！谢谢雪漠老师。在刚才的交谈当中，我们提到了"务实"和"务虚"，这让我想起《路上的祖先》这本书里面我特别喜欢的一段话，我和大家分享一下："其实我们只活在历史中，现实是没有的，虚才是实的本质，每时每刻历史都在我们的脚下生成，你一张嘴，你一迈步就成了历史。它其实是时间，时间一诞生就是历史。"我非常喜欢这段话。刚才，我们提到了湖湘文化、西部文化都有一种"虚"，但是这种"虚"恰恰又是"实"的本质，这个很重要。今天太精彩了。在《一个人的西部》和《路上的祖先》这两本书之外，我们又留意到了另一本书《野狐岭》，《野狐岭》和《路上的祖先》也有一个相通的地方，就是它们都写了一群人在行走，但《野狐岭》是主动去行走，《路上的祖先》有点像被动地行走。那么，假如我们的人生里一定要有行走，要有这样一个组成部分的话，我们该如何走好呢？

●**雪漠：**注意，行走就是运动。按马克思主义的说法是"物质是运动的"，换上另外一个大家可能很敏感的说法，就是佛教的"无常"。这个世界非常奇怪，大家可以认可马克思主义的"物质是运动的""物质是变化的"，但不认可佛教的无常，这是非常滑稽的，事实上它们是一个东西。无常就是没有一种固定的东西。

刚才傅慧杰读的《路上的祖先》里的这段文字，如果把"历史"换成"记忆"，就是我常说的话。他把过去当成历史，我把过去当成记忆，其实是一个东西。所以，在许多时候，我的作品和熊育群的作品都有个非常重要的特点，就是能够感知到一个变化的世界，能够感知到人是飞快消失的存在，能够感知到世界正飞快地离开我们，变成记忆或者历史。

这样的时候，作家就不一样了。感知到这个东西叫"虚"，属于一种世界观的问题。用这种世界观来指导行为本身，所以拒绝一些东西而守护一些东西，就是"实"。如果没有前面的那个"虚"，我们就根本不知道该拒绝什么东西，又该守护什么东西。生命中有许多东西是不值得追逐，不值得在乎的，因为很多东西就是个念头。

今天我们开车过来的时候，我告诉陈亦新说，有一个哲学家叫叔本华，他有一本书叫《作为意志和表象的世界》，你看这个名字多好，这个世界就是意志和表象构成的，每个人的世界，都是自己的意志和表象构成的。对于任何人来说都是这样。其实，很多人在乎的东西，仅仅是一种显现而已，很快就会成为历史，我觉得意思不大，更重要的是让自己的生命在这种飞速的变化中，有一种能够留下的东西。我说的能够留下的东西，就是能真正作用于人的生命本身的东西。

刚才有记者采访我的时候，问西部文化有什么意义？我说，西部文化是文化的原点，也就是文化最本初的东西。所有文化最本初、最原始的目的就是作用于人的心，由此来改变人的行为，指导人的行为，这是最初的文化，包括宗教文化、巫术文化等各种各样神秘的东西都是这样，其目的都是行为本身，是首先作用于生命本身。文化就是这个东西。但现在的文化已经变了。变成什么东西了？变成文化是文化，自己是自己，甚至有很多讲文化的人可能就是灭文化的人。很多时候就是这样的。很多人没有文化，但是大量地讲文化。真正有文化的人必须是用自己的生命来实践这种文化的人。

所以，"虚"和"实"其实是生命中对立的统一体。没有这个"虚"，就不可能有那个"实"。如果太"实"，他也"虚"不起来。因为太实的东西，都在飞快地成为记忆，被人遗忘，终究消失。变成被人遗忘的历史之后，生命就是一个巨大的"虚"。所以，如何在"虚"中建立一种"实"，是需要我们考虑的问题。人的生命中必须有个"虚"的东西，不要太实在，不要太功利，太功利的东西很糟糕，最后自己就会被岁月冲得再也找不到了，因为功利的东西必然会消失。

6. 凡有出息的人，主动地去"动"

◎**熊育群**：其实说得简单一点，雪漠说的"虚"就是灵魂、心灵、精神的东西，"实"就是现实生活中的东西，也可以这么来说。我们今天谈文化好像觉得很虚，其实大家到学而优这个地方谈文化，我觉得是合适的，因为这里其实是一个文化的高地。学而优书店是我们广东文化的地标店，它让我受益很多——在这里我经常买到一些好书。真不是做广告，广州有这种书店，我觉得很骄傲。

刚才，雪漠讲到很多人已经不读书了，我对这一点的感受也很深。在国外，一本畅销书——像在日本，一亿多人口的中等国家，它的发行量是几百万，而在我们这十四亿人口的国家，销售几万就是畅销书了。从这个层面上看，我们国家的人是不读书的。但是话又说回来，广东还是中国图书销售靠前的，应该是前三名，这也体现了雪漠所讲的"活力"。一个地方有没有活力，要看人的精神有没有活力。一个城市表现出来的精神的活力，才是真正的活力，而人头涌涌，熙熙攘攘，这不算活力。你有思想、有精神、有自己的文化，人家才能感受得到你的活力。人如果跟动物一样，哪有什么活力？内蒙古草原上有那么多的羊在吃草，但我们不认为它有活力，对吧？但是，很遗憾的是，我们再往深处追究的话，就会发现，即使在读书人较多的城市，他们看到的也大多是成功学、生存技能层面的书，层次还是很低很低的。所以说，我们到现在虽然解决了生存问题，但我们还是不满足。我们实际上有一种焦虑，我们的生存条件不知比过去高出多少倍了，已经上天堂了，但是我们还是有一种焦虑感，觉得怕贫穷。我赚多少才是有钱，赚多少才是富裕？每个人心怀恐惧，生怕自己被这个时代抛弃，这是一种焦虑。物质时代的一种竞争，导致人有一种生存危机感。这是一种危机感，而不是真正的生存困扰。在这个时代，我们不存在饿死人的问题，而是在怎么炫富，用物质来衡量我们的地位，我要名车、要名牌、要风光。我们的价值观出现了问题。我们说，一个进步的社会，价值观应该是多元的。如果有真正的文化进入我们的生活，那么，我们的精神生活也会变得丰富多元了。

再回到我们谈到的"行走"，雪漠把它演绎为运动，每个人都在运动，物理运动，用这个身体走来走去。人有两条腿，他就要动，人天生就要动，人不动就变植物人了。如果我们把它说成是行走，用两条腿来行走，我觉得这里面的"动"，一个是被动的"动"，一个是主动的"动"。被动的"动"，就是生活的一种压力，让你很盲目、很被迫地动。还有一种是主动的"动"，我觉得凡是有出息的人，一定是在主动地"动"，他很明白自己需要什么，不需要什么，人生追求什么，应该去做什么。有成就的人，应该都是这样主动地"动"。

像雪漠从西部跑到岭南来，这种文化的碰撞，我相信对他的创作是有很大帮助的。这时他就有了好多个视角，他会审视以前的自己，所以他的作品一定会发生变化。湖湘文化、岭南文化对我起的作用也是非常巨大的。从我的写作来讲，以前我完全是受湖湘文化的影响，湖南人"务虚"，它有一个缺点，就是虚荣心很强，发了几首作品就沾沾自喜，很把自己当一回事，而且说好一点，就是很空灵、很飘逸，不好就是很空洞，无比的空虚。

而到了岭南，我接触到岭南文化，发现它是很"务实"的文化。这种务实你要及物。我可以表现得很空灵，但是你能不能通过具体的事物、具体的生活来表现那种空灵的东西，让人触摸得到？比如说，我以前写散文很短，基本上不超过两千字，最多四五千字，但我到了岭南之后，写出来的散文动不动就上万字，厚重得多了。也许我自身的气象，那种空灵的东西还在那里，但是我把我的生活带进去了，那种接地气的东西带进来了，这是岭南文化给予我的，它使我变得博大。过去我没有想过这一点。

从我的人生行动来讲，我还是站在死亡的角度来审视一切的。以前我就想过，人这一辈子，到底能留下些什么东西？死的时候——不要觉得死很遥远，其实时间一霎就过去了——回想这一生，能不能找到有什么是属于我自己的？肯定不是钱，钱是那种生不带来死不带去的东西。但其他东西其实也一样，所有的东西，你死了之后都不属于你了。那么，属于你的是什么呢？是满足，心安。这一生你是怎么过的，这是你的人生。你觉得你这一生满足了，你死而无憾，就是你最大的收获，所以要赶紧做你自己想做的事情。所以，我去西藏，我周游世界，几大洲跑过去，我看得多，见得多，经历得多。时间对于每个人来说，都是相等的。每个人就那么几十年，我在这几十年里经历了人家几个人生的内容，那我赚了。即使什么时候突然死了，我也觉得值了。因为我活了人家几辈子。

到西藏的时候，我三十六岁，五次大难不死，最后，我都不害怕死亡了。我写的关于西藏的书，也是畅销书，以前在学而优书店也进过排行榜前列。经历了五次大难不死之后，我突然想明白了很多事情，原来看不开的东西都看开了。我为什么不怕死呢？因为我觉得，我想做的东西都做了，而且每个人都避免不了死亡，所以我会很平静地对待，我死而无憾。面临死亡，有好几次我都非常平静。真的，一个人能克服对死亡的恐惧，那这个世界上就没有你克服不了的事情。没有什么能够让你畏惧、让你恐惧的，你能够战胜自己，几乎你想做什么就做什么。我觉得，我好像到了一个自由境界，真是这样的。因为我搞文学这么多年，如果我有幸能够写出好的作品能够流传，那说明我的精神还活在这个世上，我是用另外一种方式追求不死。人实质都在追求一种永恒的东西，因为人太渺小了，他很快就过去了。普通人，他就把自己的生命传宗接代下去了，他希望子子孙孙延续下去。人到一定的年龄，他都会有这种追求冲动的。这种主动地寻找，一生几十年里，你能够非常集中地做好一些事情，这是做大事的一个前提。

7. 生命是"填空"的过程

◎**傅慧杰**：谢谢熊老师。刚才我也留意到价值观的多元化，无论主动行走与被动行走，其实他们无非都是要行走的，既然我们最后的终点站都是死亡，那我们的行走到底有什么样的意义呢？我估计有两种以上的态度。可能西部凉州那边会有一种世界观："今朝有酒今朝醉，不管明天喝凉水。"在我们岭南广东，特别是在经济发达地区，人们每天都很忙，每天都走个不停，老是害怕自己钱挣少了一样，他们总是认为死亡来临之前，或者生命结束之前，要尽量多地去争取一些所谓的资源。关于这些不同的价值观，两位老师又是怎么样看？

●**雪漠**：我正好把西部人的一种东西和岭南人结合起来，我在生活上是"今朝有酒今朝醉，不管明天喝凉水"，从来不愿意在生活上考虑太多。但在做事的时候，却又比岭南人更忙。所有的岭南人都很忙碌，总有做不完的事，都在积极地做事，这一点我也是这样。我们的区别在于刚才她的第一个问题，既然生命的终点是一死，那中间的过程有什么意义？我告诉大家，所有的意义都在自己。生命本身的意义完全是你自己的选择。生命是一个巨大的空白，时间就相当于我们小时候学的填空题一样，从生下到死，这段时间中的这个"空"，是由你自己来填的，你填上什么你就是什么。那么，明白的，他就知道自己这辈子要成为什么样的人，自己准备要成为什么样的人，于是用他的行为去填这个空。注意，填空的就是行为。

前几天，我跟一个学生说过一件事。她喜欢到山里面居住，她说山里面真美，我说，确实很美，但美上一辈子，也就是个山里人而已。我的意思是，这时候一定要有一种东西。什么东西？就是在你的生命中，除了你自己感知到的美之外，一定要给世界贡献出一种行为性的东西。世界不在乎你的心灵美。为什么？因为美是一种念头和情绪，很快就消失了，而且别人不知道，对世界没有什么意义。除非你像梭罗那样写出自己的作品，或者除非你有其他的行为，能给世界带来某一种东西。

现在，我开始对我的写作有一种反思了。我每到岭南的一家书店，总会问，如果我的"大漠三部曲"放到这儿，有没有人买？后来发现，没有人买。我就问，"光明大手印"书系放到这儿，有没有人买？后来发现有人买。在岭南的一些书店里，后来出现了《世界是心的倒影》《一个人的西部》，及"光明大手印"书系，有人也买了。这说明什么呢？说明这块土地，他选择书籍的时候，是看对他的生命有没有启迪作用，他还是注重一种"大用"，这个时代非常在乎这个东西。

世界就是这样。所以，一个人填空的时候，填的内容怎么样，取决于时代怎么样，时代需要不需要，这个非常重要，这就是湖湘文化中的"经世致用"。

有一天，我和作家陈启文谈到如果西部的一个老头子待在山洞里面摇头晃脑，觉得自己境界多么高多么高，如果别人不知道他，他也就像个疯子一样。但是，这种很高的境界，变成王夫之写出那么多的著作，影响世界的时候，那就不一样了。所以，同样是高境界，一个人摇头晃脑在一个房间里，一个人对世界构成一种影响，那意义就不一样了。所以，我特别注意填空。

前几天，我家里发生了一个事情。我儿子深夜里开车，忽然车被人碰了一下，因为是深夜，路边的监视探头又坏了，所以没有办法确定事故责任。警察要经过调查，我们又没有办法给他调查时间，因为说不清什么时候。二十多天之后，都没有结果。后来，我们把车提过来去修，因为是入了保险的，当时甚至包括警察朋友、保险公司也说，这个不要紧，你随便再碰一下别人的车，找一下保险公司就可以赔。就这个问题，我们家里一直在纠结，最后说怎么办？是按照这些朋友们说的，再碰一下，让警察出个责任认定书，保险公司赔呢？还是自己掏钱，自己承担？这不是个小数目，四万零八百元，但要造假的话，我们一家人过不了这一关，我过不了，陈亦新也过不了。最后，他的妈妈说，不要紧，你记住，人在做，天在看，不要做这些事情，骗人一次之后，你这辈子的污点永远抹不掉。后来，陈亦新说，钱我还能挣得到，但是人格的污点，这一辈子洗不掉。我说，你记着，一个人的品质是一种习惯。如果这样做了，下一次还会这样做，做来做去，就把自己毁了，一辈子就成那么个人了。最后，我们就没有造这个假。

我的意思是什么呢？生命就是一道填空题，遇上每一个事情，其实都有多种选择，一个一个的行为，就把你的生命填满了。如果老是骗人，继续骗下去的话，就不一样了，那你就是个骗子。老是有所为、有所不为的时候，每个行为中坚守下去，可能就是个好人，至少不是个坏人。

所以，许多时候，这个填空其实是自己设定的某种意义，不要给自己找任何借口。你一定要明白。你所有的行为都是你自己的心，也是你生命中永远抹不掉的一个痕迹。

今天，我到学而优这儿来，也是对学而优的一份尊重，因为过去学而优专门为我开辟过"雪漠作品专柜"，很多志愿者和学而优的朋友们一起宣传过我的很多东西，我非常感动。实质上，今天我非常疲惫，因为最近"一带一路"的文化讲座，我把自己累坏了，到湛江书城的时候，我已经坐不住了，没有办法坐了。因为晚上老是睡得很少，始终在非常疲惫的状况，但我仍然坚持。昨天不见人，前天也不见人，养精蓄锐，就是为了今天到学而优来有个好的状态。这几天，我完全好像虚脱了一样，生命到一定的时候，老是这样折腾折腾，它会出现一种透支。

但是，我觉得和熊育群先生的这次交流，在我的生命中，是一个点，一个行为，人的一生就是由无数个行为构成的。多一种行为和少一种行为，一天两天看不出来，一生就看出来了。所以，一块块瓦、一块块砖加到一定的时候，就构成了人生的高楼大厦。虽然一块砖头很平常，就如我们今天的聊天很平常，但我们撞出了一种新的东西，也许对在座的诸位，有一点点启发，那么我们就没有白来。

8. 价值观不同，造就的行为不同

◎**熊育群：**刚才雪漠讲到做人的价值，我深受启发。关于价值观的问题，如果把它跟我们的传统文化联系在一起，实质上是儒家、道家、佛家都有的东西。儒家自古以来追求的就是立德、立功、立言三种。刚才雪漠讲的是立德——做人。立德、做人在儒家排在第一位；立功是做事；立言就是我们这种写书的，排在支流末节，排在第三位。立德也好，立功也好，立言也好，它都是对社会对别人的，是为世人的，不是为自己，都是入世的。立功，你自己发大财、过好的生活不算立功，你为社会做了什么事，才是立功。道家，更是文学境界的东西，它给人一种心灵抚慰，是一种精神境界，天人合一。佛家，在西藏体现得很特别，注重修来世，他们的宗教行为，对社会的影响很大。

1998年的时候，我到林芝地区去旅行，广东干部对口支援西藏。像林芝那些地方，它们的松茸一斤卖几十元、上百块，你去捡就行，遍地是金钱。广东人去扶贫时，教他们致富，让他们去捡这些松茸，他们也去捡，但捡到一定的时候，人家不捡了。为什么不捡了？他们说，这些钱就够了，我要那么多钱干什么？再比如说，为了让大家发家致富，组织大家搞个什么劳动，但他们不去。他们觉得现在的生活很好了。其实，他们的生活跟我们比起来是赤贫状态，但他们觉得够了。反过来，如果说是做公益活动，行善积德，修路之类的，没有一分钱，人人都争着去奉献，人头涌动。这就是价值观。价值观的不同，造就了行为的不同。

同样，还有价值取向问题，我也很有感受。曾经，我在《羊城晚报》工作时，去巴黎采访过一位法兰西艺术院的院士朱德群，他是终身院士，荣誉相当高，大师级的人物。他是中国人，20世纪50年代从台湾过去的。我有幸到他的别墅里跟他聊美术，我们聊得很痛快。那时候，他的一幅画售价上千万了。我们都是中国人，聊得很开心，他对我有求必应。如果那个时候，我提出来让他给我送一幅小画，他肯定会送，那么，我这一趟起码几百万就到手了。但是我没说，我知道我可以，但是我没有做。我为什么说我可以呢？因为后面印证了这一点。后来，我出了一本书，叫《一直在奔跑》，就是对各个艺术家的专访，其中就有朱德群。对于书名，我想请他亲自来题写，就跟他打了个电话，他立马写完后快递给我。这个例子，证明我的判断是对的，但是当时在巴黎采访他的时候，我没要。

可见，每个人都有他自己的一个操守。比如那次采访，我是为什么去的？我是看重他的艺术成就、艺术境界，我觉得受益匪浅。我们去了卢浮宫，看了那么多大师级的作品，可以说是世界美术的巅峰。记得我当时问了朱德群一个问题，我说，你给我讲一个理由，为什么巴黎成为世界艺术之都？多的不讲。他说，这么说吧，在巴黎街头有一个看起来很像乞丐的人，穿得破烂得要命，他在路上碰到了一个巴黎市民，如果这个市民问他是干什么的，这个落魄的人说，我是个画家，那么，这个巴黎人就会对他肃然起敬。所有巴黎人都是这样。这就是价值观，那个国家看重艺术。一个社会它看重什么，它就会拥有什么。

后来，我到西藏大昭寺的时候，问一位活佛。我说，你为什么当了喇嘛？他说，我童年的时候，我们村里从很远的地方来了一个喇嘛，村里所有的人都跪在地下五体投地，那是一种发自内心的尊重，他从那时就想，长大之后我要当喇嘛。所以，西藏就出活佛。

我们广东因为敬重名利，所以我们出老板，商人多。其实，你这个地方是什么样的价值观，就出什么样的人。当然，广东也有像我们这样的作家、画家，也慢慢多元了。但是，一个地方它有一个地方的风气，有一个主打的东西。岭南，特别是广州，它是千年的商都，商业气息特别浓郁，它出商人是应当的。但是一个地方如果只有商业气息，那就完蛋了，它走不远。其实，我们说香港没有文化，以前也说广东是文化沙漠没有文化，那我们坐在这儿谁还敢说这块土地没文化？现在多元文化在广东已经很厉害了，广东出了很多作家，都是不错的。上一届全国"鲁迅文学奖"，我们就拿了三个。如果商业文化的金钱价值观太盛，压过一切，那就很可怕了。

现在，我们被上海长三角赶超得厉害，那个地方有文化底蕴。我们跟江苏比，江苏光南京大学有名的学者就比我们整个广东省加起来的总数还要多。有危机感吗？肯定有，也应该有一种反思：广东你凭什么创新，凭什么往前面发展？凭文化呀，一定是文化。做生意谁不会做，不能老是睁开眼睛只看到钱。我们是改革开放得了先，我们有地利人和这个便利，但人家江苏、山东、浙江这些后来者没有这些，却这么快就起来了。我们90年代还嘲笑上海，到现在上海已经这个样了。我在上海读的是同济大学，海派文化，那个底蕴在那里了，上海是必然会发展起来的。

所以，在岭南谈文化不是务虚，其实也是务实，很重要。看起来没作用，但它是长远的，影响你行为的。像我们刚才的行动，你是主动的还是被动的，这是不同的，一样的道理。你有文化，行动肯定就是主动的。

9.西部的厚重，岭南的活性

◎傅慧杰：非常感谢熊老师。《一个人的西部》，包括《路上的祖先》也提到一个路线问题，西部是丝绸之路，我们岭南也是海上丝绸之路。据我了解，两位老师对岭南文化，包括西部文化都非常的熟悉和了解，能不能请两位老师来谈一谈两种不同的"丝绸之路"的文化差异？

●雪漠：我在《野狐岭》中专门讲了丝绸之路上的驼队，整个丝绸之路就是骆驼，驼队承载了整个的丝绸之路。我告诉大家，甘肃那面是出帝王的，它不是没有人才，李世民、周文王、周武王等人，都是那块土地上起来的。在庆阳那面现在还有周祖陵，包括天水这一带，很多皇帝最早就出生在这儿，历史非常悠久。我所知道的一种文化，就有八千年的历史，这儿的文明已经很早了，不是三千年五千年，而是八千年之前，这儿就有很好的文物，它的陶罐、陶瓷现在仍然非常精美。甘肃的文化很厚重，任何一个地方都有几千年的历史。

2012年，我们到丝绸之路玉门关考察的时候，有两个女孩子袅袅婷婷地上了古长城的城墙，她们不知道那是破坏文物，因为她们上的是汉代的长城，几千年前的长城根本不让人上，她们上去照相的时候，被人逮住罚了款。那儿到处都是文物，随便一个地方都有几千年的历史，就是这样的，但也因为过于厚重而缺活力，毕竟时间已经太长了。

我告诉大家，在西部那个地方做事非常艰难，有一种说不清的东西，还有盘根错节的很多东西同样说不清。我曾经想在那个地方办学，但很麻烦，而且我还是自己跑着办，所有的人事仍然非常麻烦。而在广东这儿办研究院的时候，我的一个学生去办，只让我签了几个字，香巴文化研究院就办下来了，非常方便。广东这里的政府很奇怪，真是服务型政府，总是提供大量的方便让你做事。西部那面不一定，那里的政府好像是管理政府，管理到一定的时候，还会刁难，刁难的时候还很多，就是这样一种状况。不是针对我一个人，这是普遍的现象。

所以，西部文化的特点是厚重，但太厚重了，就出现了一种僵死的东西，而岭南有一种活性的东西。这个地方吸引我的首先就是活力、活性，但让我有这种感觉的主要还是政府。这儿最吸引人的是政策，不是文化。我刚来的时候，感受不到这里的文化。直到今天，我除了到南雄等地方采风之外，岭南的很多地方我都没有去，包括东莞的一些地方我走了一下也没有进去，所以我始终没有进入岭南。关于岭南文化的书我读了很多，有些朋友也交了，但我一直没有找到那个讲故事的人，没有人能向我展示岭南文化真正的灵魂，在其他的地方而都能找到这个人。我对岭南的脉搏的把握，其实仍然不是一个小说家的把握，而是对那块土地上的政策的把握，我觉得这儿的政策非常好、非常活。因为把生命耗在折腾上不值得，所以我到这个不折腾的地方来。那种活性的、充满活力的东西就是它的开放性，非常好。我喜欢的就是这个东西。在这里，你做你的事就行，你可以不去在乎一些规则，只要你合法，没有人拿这些规则来整你、刁难你。西部不一定，西部有许多很奇怪的东西，非常复杂，而且不是我一个人有这种感受，很多人都是这样认为的。但是，西部也有优秀的东西，在西部的任何一个地方我都能找到讲故事的人，这一点非常优秀。那块土地的任何一个地方都是宝库。到任何一个地方，只要你扎下去，就是一个作家，就有取之不尽的创作源泉，这是西部独有的东西。

现在，我生活在岭南，为什么？因为麻烦少，做任何事情都有很多人帮你，包括政府，包括政策。但每年我总有三个月到半年以上的时间去西部采风，这一点我和熊育群一样，总喜欢往外跑。我到过四川、甘肃、西藏等地采风，这样才能感受到各种不一样的文化，反差非常大。

但是，我对西部还是深爱的，写的也是西部。虽然我有过把户口迁过来岭南的想法，但是我觉得迁过来好像对不起那个地方。大家不知道，我在甘肃的出现是很奇怪的。有一次，我和贾平凹等很多名家共同到西北师范大学去，校方介绍一个一个名家的时候，大家只是礼貌性地鼓掌，但一介绍雪漠的时候，会场上就响起了雷鸣般的掌声，全场人欢呼。当时，一个老师说，听，我们对你的宣传怎么样？为什么呢？因为几十年中间，让甘肃文学扬眉吐气的人不多，雪漠是其中很重要的一个，尤其在长篇小说方面。我如果离开，那些人会伤心的。真是这样的。就出于这个原因，我的户口一直想迁过来又没有迁过来。

今天我告诉大家，我其实有两个身份，我既是甘肃作家，又是岭南作家、广东作家，因为我是广东东莞市作家协会副主席、东莞市文联委员，是正规选举的，而且我做广东亚运会的火炬手时，是以广东作家代表的身份参加的。这样一想你就会发现，我属于"两栖动物"。

10."一带一路"，实质是文化之路

◎**熊育群**：你这是脚踏两条船。不过，我们还是欢迎脚踏两条船的雪漠，他一只脚永远踩着西部。雪漠写的西部小说真是扎实，这么厚，一系列的长篇，我真的很佩服，真是名不虚传，的确是这样。他是我很敬重的一个作家，能够写出如此优秀的作品，也能够走出来，很不容易。

实质上，"一带一路"丝绸之路跟我们海上丝绸之路，恰恰是我比较有感受的话题，所以我想多说几句。雪漠在那条路上出生，在那条路上成长，也写到了那条路上的故事，那块土地，那条路成就了他的作家梦，他有他的视角，对西部文化的体验。我作为一个外来者，虽然对丝绸之路有一个认识的过程，但我可以很骄傲地说，丝绸之路的每个节点，从东方到西方，我基本上都走到了。起点在西安，终点在罗马，一个个节点，包括河西走廊，一直到新疆，塔克拉玛干大沙漠、昆仑山，到巴基斯坦边境，到土耳其，再到西欧，到罗马，我是在无意中走通的。我还沿着河西走廊飞过，从空中鸟瞰，还从青海翻过祁连山，我觉得人生充满着一种传奇。

什么叫河西走廊？青藏高原抬起的祁连山，跟我们蒙古草原的高原形成的一个低地，往那边走就是塔克拉玛干大沙漠，敦煌、莫高窟无数的文化瑰宝，它的壁画、它的经文、它的各种文物，那些藏经洞，还有发生在20世纪西方冒险家从我们这里运走的很多东西，西昌、高昌、新疆哈密地区地下那些死人的墓地，上天入地，我都去过了。

我写过很多关于西部的文章。我写的《僭越的眼》《西北向西》在《十月》发表，写这两篇文章时我突然悟到了，这么荒

凉的西域为何有如此厚重的文化。丝绸之路是一条死亡之路。刚才，雪漠讲了驼队，因为一个物品——丝绸，丝绸太珍贵了，这本来是一条商业之路，为什么变成文化之路呢？我在文章中写到，正因为这是一条死亡之路，所以需要宗教。世界上各个国家的人都要通过这条路进行贸易，不同的宗教就到这条路上来了。当他冒险的时候，他要求得平安，他就去拜各种各样的宗教神，所以这里离不开宗教，宗教就带来了文化，它的壁画、它的经文、它的寺庙就应运而生了。为什么这么荒凉的地方，它的文化遗迹那么多？恰恰就是这个原因。危险和艰苦让这里形成了一个文化走廊。

雪漠的家乡，你从空中看那个城市，其实生态系统是非常脆弱的。我就看到祁连山上那个雪峰，雪水就像线一样从大沙漠流下，形成河流，在那里聚成一个小潭，那就是湖泊，有一点绿地，那就是一座城市，像武威、嘉峪关，一个一个城市之间就是荒漠。人在那里实质上做了一个春秋梦，河流一断，人就蒸发掉了，就住不下去了，生存条件很恶劣。那个地方也是一个战争文化之地，战争特别多，古诗中西部边塞诗人，动不动就是战争、枯骨什么的，有种残酷性在里面。但那里也是我们东方文化跟西方文化交流的通道。那个通道发生了什么事情？在明代的时候，马可·波罗等三个商人一起来过，他是以商业的目的来的，回国后他写过一本书，叫《马可·波罗游记》。这本书当年在西方很轰动，是畅销书。那时候，西方人对东方人的想象，就像现在我们对火星人的想象一样：东方人是不是三只眼睛、五条腿？还是什么样子的？完全摸不到边。后来他们读了《马可·波罗游记》，才知道东方原来这么发达，这么文明，富裕得不得了。就是这本书驱动了西方的航海地理大发现，他们的造船技术正是在那个时候完善的。发现美洲大陆是因为走偏了方向，他们原本是要往东寻找东方的文明古国的。后来走到非洲绕过好望角，才找到了东方的大陆。

这就从内陆丝绸之路回到我们海上的丝绸之路了，当时葡萄牙人的航海队到了印度，以为到了东方，但发现还不是，再继续寻找就到了我们的澳门，第一个落脚点就是澳门。澳门已经有四五百年的历史。实质上，真正完成东西方文明碰撞交融是在广东。真正的大面积的文化传播要靠海洋，用船。那条死亡之路，毕竟是一条线，而这是一片海洋，大的帆船跟骆驼用脊背驮载是不可同日而语的，这种影响是全方位的。那么，西方的宗教就过来了，最早进入中国的神父就是利玛窦，当时两广总府在肇庆——中国第一个天主教教堂就是在肇庆——他带着地球仪、望远镜，这些大陆都没有，中国人都是不懂的，西方的文化就进来了，这正是西方的文明。因为鸦片战争，西方文明进来之后，我们华工出去了，留学生是华工的第二代，西方的文化在他们身上发生了作用，所以，广东才有了现代史上显赫的人物。像洪秀全最早就是受西方宗教的启发，发动太平天国运动。这场战争差点改变了中国的命运。

在这之前，广东人从来没有问鼎过中原。广东的三大民系就是中原移民过来的，移民是因为战争，躲到一角，一道南岭山脉把他们隔绝了，躲到岭南这个地方来，他们想过安定的日子。在北方，雪漠说当皇帝什么的，这里是没有的。他们需要安宁，他们是战争的受害者。逐鹿中原是北方民族干的事，南方人他不干，南方人说，我离你越远越好，我是过日子的。但是西方的文明来了之后，花都的人就开始过问政治了，然后才出现孙中山、梁启超、康有为这一批先进人物。这不是抽象的，我们说海洋文化、海洋文明，就是受西方文明的影响，才有广东的作为。广东出划时代的人物，没有这个东西你出不了。比如我们的"辛亥革命"，广东的起义了不得，我们的北伐战争，国内二次战争，所有的战争都是从南方发动的。黄埔军校什么的，这之前有没有？没有。这就是西方文明的影响。

启蒙运动的民主、平等意识，很快就传过来了。很多人以为广州起义是普通的起义，这是不妥的，它是一帮知识分子用鲜血来启蒙。到广州黄花岗烈士陵园，大家去看看，纪功坊上面放的是自由女神像。这个女神像比美国的自由女神像只晚了三十三年，美国的女神像是法国作为礼物送给美国的，西方现代文明是来自法国的启蒙运动。所以，广东的作为是了不得的，它一直被低估、不被认识，实际上岭南文化改变了中国，是中国走向近代化、现代化文明的第一推力。但是，因为广东人太务实，所以在政治上没什么作为，他就忙着做生意，他就安定，他不愿意去北京，好多人让他调北京，他都不去，他就是想在这儿发展。

之前我们海上的贸易，我们从海底发现了"南海一号"，满船的货物，大都是宋代的瓷器。一个丝绸，一个瓷器，这两样东西是由中国贡献给世界的。在南方，这条路主要还是瓷器，当然，更早还是丝绸。你看那一船东西，那个瓷器很精美。因为沉船把当年那个情景浮现了。这是海上的贸易，联通了世界。

广州是两千多年的商都，在最早的时候，广州就有非洲人民在这里发展了。现在我们说广州的非洲人民很多，其实非洲人民在广州发展是有历史的，你跟非洲人民一讲广州他们肯定不陌生，他们的祖先在很遥远的时候，就到中国来了，他们甚至把这儿当故乡的。咱们要了解历史，如果之前的事情都不知道，就像个小孩，怎么能了解世界？如果一个人连周边都不清楚，看的就是脚下这块土地，他是做不了什么大事的。这样说的话，又说到文化了，"一带一路"，它是带来了文化，带来了世界的交流，靠文化改变世界。那个器物、那个丝绸，现在人家也不觉得新奇了，器物不能改变世界，改变世界的是文化的交融。世界文明发展到这一步，文化的作用是巨大的，我们真的不要把文化看轻了。

11. 爱情是月光下的一种诗意

◎**傅慧杰：**好，非常感谢熊老师、雪漠老师。

刚才，我不断地在脑海里重演了海上丝绸之路的发展历程。我作为一个土生土长的广州人，真的是感受到本土的一种包容性。当初，海上丝绸之路打开了这样的一个入口，让西方的文化能够进入我们岭南地区，改变了很多人的思想，也改变了很多人的观念，让某些人做出了他们祖祖辈辈没有想过的事情。那么，假如没有当初的那种所谓的开放，没有那种包容的话，可能这片土地上的文化会有另一番景象。哪怕是到了我们今天，广州这座城市，或者岭南这片土地，其实还是保留了这种包容性。我尤其感恩有这种特性存在，因为有了这种包容，所以我们能接受更多的各种各样的不同的文化，让自己吸收不同的营养。在时间方面已接近对谈或讲座的尾声，但是我还准备了一道问题，很想再问一下两位老师。

刚才，我们讲了一些非常厚重的话题，包括丝绸之路、包括文化的虚与实、包括死亡等，现在我来问一个轻松一点的，而且是大家喜闻乐见、避免不了的永恒的问题。

我记得《路上的祖先》里面写到了罗丹和克洛岱尔的爱，那些章节、那些文字直接把我带到了充满激情、惊心动魄，然后又非常遗憾成为悲剧的一个爱情故事之中。《野狐岭》里也穿插了一段爱情故事——木鱼妹和马在波的爱情，同样也是充满了激情。但是，它有着不一样的结局，最后他们两个人的爱情得到了升华。通过这两种不同的爱情故事，请两位老师给我们来分享一下，究竟爱情对于我们的人生来说，充当着怎样的一个角色？

●雪漠：这两种爱情代表着两种土地中的很多东西。也许前一种爱情悲剧就源于一种生活本身的东西，也就是一种很"实"的东西对爱情的干预。而后一种爱情可能源于"虚"的东西，它让爱情实现了一种升华。

生命需要一种"虚"的东西。生命其实非常像今天的学而优书店，第一层是经济基础，这是必需的，但上面最好留一个上层建筑，大家能够来这儿务"虚"地聊聊天，不一定光是卖书。这么大的空间，如果租出去可能租金会很高，但如果租出去了，学而优就不叫学而优了，可能变成别的东西了。

生命也这样。生命中必须有一种"空"的东西，来安放我们升华的灵魂。爱情是其中非常重要的一个途径。之所以我说"途径"，而不是目的，原因就是它不是目的地，而是一种升华的方式。要知道，爱情是一种升华的方式，而不是升华的目的地。如果把爱情作为目的地，那么爱情必然会死亡，必然会消失。因为爱情的本质就是一种"化学反应"。外国的科学家已经发现，爱情其实是生命大脑的化学反应，而且反应周期不超过三年，这是一种科学的说法。这种说法对与不对，我不知道。但是，我觉得如果把爱情作为一种实现升华的途径，让生命因为爱情而实现一种升华，那么爱情就会上升为信仰。

很多爱情是能上升为信仰的，一旦爱情上升为信仰，就会出现《野狐岭》中的马在波和木鱼妹那种非常美的故事，也会出现《西夏咒》中琼和雪羽儿之间的故事，我向往这样的爱情。生命中的爱情其实应当这样，被当成人类升华的一个重要方式，而不是目的地。如果把它当成目的地，它就必然会变成"魔桶"，最后两个人互相折腾。因为爱情的本质是自私的、排他的，因为自私和排他，爱情就会勾起人类欲望中许多非常丑陋的东西，让相爱的两个人互相占有、互相折腾，最后慢慢就互相排斥。都是这样的。这是爱情的"魔咒"，很少有人能超越。你要么死去，要么就升华。爱情就是这样一个东西，是生命非常重要的一种升华的方式和可能性，不要让它成为点缀。许多人之所以一生堕落，就是因为他的爱情没有实现升华。爱情实现升华的人，都非常美。

大家见过很多好女人，一个好女人如果爱上一个男人，她就会把爱情升华为信仰，她什么都不顾。男人不一定。男人如果想征服世界，那么他就有可能会放弃爱情，于是很多悲剧就会出现。像《唐传奇》，包括《会真记》中，一些诗人把相爱的女子抛弃掉而去追求功名，都是这样一个原因。这样的爱情，我觉得是很糟糕的。

爱情，其实是现实生活中追求的一种梦想。爱情中，被爱的对象更多的是自己创造的，是自己向往的对象，至于真实的他（她）怎么样，不重要，不要太较真。爱情，不需要太较真，爱本身就很好，所以不要较真。较真的话，最后大家都会撕破脸，发现对方不是自己想象中那样的。爱情不能放在显微镜下看，如果放在显微镜下，你会发现一个比一个丑，毛孔那么大，里面充满着螨虫，很恶心。爱情不是一个能较真的东西。爱情是月光下的一种诗意，它需要一种朦胧的东西。爱情是心创造的，是灵魂升华之后，出现的一种副产品。

12. 罗丹的雕塑为什么都是裸体？

◎**熊育群：**雪漠这么一说，我就紧张了。他是爱情专家，很有研究，我都茅塞顿开。真的是这样，他说得很到位。爱情对男人和女人，我觉得它太重要了。在人的精神情感生活里面，它可以说是空气，人一生都离不开它。如果人没有这种爱情，没有这种情感，心灵就会像荒漠一样。真的，一个人没有爱的冲动，没有爱的向往，他的人生就是荒凉的，就像沙漠一样。所以，爱情可以说是整个生命里面最灿烂的部分，就像春天的花一样，一年四季开得最美的那朵带露的花，像雪漠说的，是月光下最美好的东西。

以前，我觉得人老了就随便了，对爱情就淡了。但是我有一次回老家，我邻居有一对七十多岁的老夫妻，我很吃惊的就是，那男的说了个什么事，那女的嫉妒得不得了，当场就拉下脸来，就发火了。这个事情发生之后，我觉得，生命不死，爱情不死。爱情跟你的生命是等长的，从生爱到死，是很美好的东西。但是，爱情对人的伤害也是非常巨大的，能让人要死要活的就是爱情。为爱而死的人太多了，爱情的悲剧也是最动人、最让人唏嘘不已的。

傅慧杰刚才讲到罗丹跟克洛岱尔的爱情。之前去巴黎罗丹博物馆的时候，我真是震撼。以前，我对雕塑没有感觉，但看到罗丹的雕塑之后，我告诉你，他所表现的那种男女爱情的雕塑，让你浑身战栗。比如说，有一个雕塑，男人跪下，女人低着头，温柔地抚摸他，那种动作，那种把整个一生托付出去的赤裸裸的奉献非常感人，罗丹把一瞬间那感人的东西给雕了出来，让你看得战栗。你会觉得，那不是石头，那个石头本身在颤抖，有体温，甚至很性感，看得你有些不好意思。罗丹是大师，他的手是魔手，伟大得了不得。就在这里，哪怕一只手，你都觉得有声音，是活生生的，而且又是那样奇美无比。罗丹有个习惯，他要雕某个人的雕塑时，他一定要去摸那个人，不摸他没感觉。有一次，他到梵蒂冈，要给主教塑像。一开始他坐在离主教很远的一个台子上，后来他觉得不行，怎么也找不到感觉。于是他就站起来，走到主教那里去摸他，结果差点出事。因为教皇是不能摸的！

还有，罗丹雕的都是裸体。他有一个观点是，如果雕穿衣服的，每一个时代的衣服都不同，时代一变马上就有历史陈旧感了，只有人体是不变的。所以，他要雕裸体。他想的就是永恒的问题，我的东西要打动历代的人，我就不能让他穿衣服，不能让人觉得这是古代的爱情，不能有时间隔膜，于是就让人体赤裸裸地呈现，那太震撼了。到巴黎，一定要看罗丹博物馆。

其实，他雕的就是他跟克洛岱尔的爱情，他们两个人爱得无法自已，经常在他们的工作场地、在所有的地方都留下他们两个肉体滚动的印迹。克洛岱尔是非常天才的一个女雕塑家，你看她雕的罗丹的像，罗丹最好的形象就是她雕的。你分不出现在最有名的表现爱情的雕塑，哪个是罗丹的，哪个是克洛岱尔的。有时候罗丹很自私，把克洛岱尔的才华都贴到自己身上来，克洛岱尔其实也是个天才。他们两个人的艺术创作已经交融在一起分不开了，这个时候克洛岱尔离不开他，所以他就陷入一种纠结之中，因为他有妻子——其实也不叫妻子，没结婚，但他们是伴侣，常年地生活在一起，他不能够抛弃她，他从良心上受到谴责。而克洛岱尔却无法忍受，她想和罗丹朝夕相处。最后，罗丹拒绝了，克洛岱尔没办法释怀就进了疯人医院，疯掉了。

实质上，成就艺术家、文学家的，就是爱情，包括雪漠也好，如果没有爱情的滋润，没有这种冲动，他的作品不可能有活力。我看了他的《大漠祭》，里面有一段男女主人公在沙漠里面的"偷情"，那种纠结，那种灵魂的胶着，写得很传神，非常到位。我能不能写出来？后来我发现，我可能写不好。

◎**傅慧杰**：非常感谢熊老师、雪漠老师精彩的对话。我们今天两个小时的对谈不知不觉就进行到尾声了，再次用热烈的掌声感谢两位老师，谢谢两位老师给我们带来如此丰富的收获和精神的享受！感谢大家！

六、从《野狐岭》谈中国文学的灵魂维度
——雪漠与林岗、罗燕对谈

主题：中国文学的灵魂维度——从长篇小说《野狐岭》谈起

嘉宾：雪漠　林岗　罗燕

主持：陈彦瑾

时间：2015年12月3日下午3：00

地点：广东省东莞樟木头99会馆第六届香巴文化论坛

2015年12月3日下午，第六届香巴文化论坛现场迎来了一场高端文学对话活动，作家雪漠与本次论坛特邀嘉宾、中山大学中文系林岗教授就"中国文学的灵魂维度"进行对谈，中山大学中文系罗燕博士也受邀参加了下半场对话，对话的嘉宾主持为人民文学出版社编审、《野狐岭》《一个人的西部》责编陈彦瑾女士。

整个对谈活动围绕着"文学的灵魂维度""有相忏悔与无相忏悔""雪漠小说的独特性""救赎与超度""民间与庙堂""什么是好的文学"等话题展开。林岗教授还从佛教文化"冤孽与超度"的视角对雪漠最新长篇小说《野狐岭》进行了精彩解读。林岗教授认为，雪漠在《野狐岭》中，把佛教的世界观融入了他的生命，化为了小说的世界观，化为了一种"冤孽与超度"的视点，这使得他的小说有一个很高的层次。《野狐岭》里写了很多的矛盾、复仇、冲突、憎恨等冤孽，而冤孽最后的走向是超度，也就是最后的和解。比如木鱼妹的仇恨和情执，最后在马在波的割腕流血中得到了超度，这种和解让世界有了留恋可爱的一面。林岗教授表示，在中国当代文学进程中，《野狐岭》是一个值得研究的个案。

什么是好的文学？雪漠说，他心中的好文学必须满足两个标准：一是世上有它比没它好；二是别人读它比不读好。一个人如果将好文学填满他的生命时空，就会拥有一个幸福的人生。因为，生命是由无数的时空构成的，不填文学，就有可能填上战争、灾难或其他不好的东西。

林岗教授认为雪漠说的是自我拯救的文学。在他看来，文学是灵魂成长的梯子，评判文学的标准有三点：第一，有没有好句子。一个好句子浓缩了文学的所有要素，如莎士比亚的"人生不过是一个行走的影子"，

一句话就把《红楼梦》讲了。第二，有没有隐喻性和丰富性，如塞万提斯的《堂吉诃德》。第三，有没有写出人性的深度。只有文学才能写出人性的真面目，写出人性善恶混杂的性质，而哲学等其他学科讲的都是概念。

以下为发言记录（有修订）。

1. 雪漠小说：从"刺猬"到"狐狸"

◎陈彦瑾：大家好！今天，我们很荣幸请到了中山大学中文系教授、博士生导师林岗教授和罗燕博士。林岗教授是我仰慕已久的学者。2010年，我读到林岗教授与著名学者刘再复老师合写的《罪与文学》这本书，当时我非常震撼，因为它让我对文学有了另一种角度的观照。恰巧当时，我也正在读雪漠老师的长篇小说《西夏咒》。我觉得它们之间有很多契合的地方，可以说，都和"文学的灵魂维度"有关，一个是理论作品，一个是文学文本。于是，从那时起，我就想找林岗教授，促成一次对话。后来，2014年的时候，我责编了雪漠老师的《野狐岭》，在这本书的编后记中，我借鉴了《罪与文学》从文学的灵魂维度考察中国文学的视角，认为雪漠小说的灵魂叙写和超越叙事，有着为中国文学"补课"的价值和意义。同时，我也更渴望见到林岗教授，想亲耳聆听他对雪漠作品的看法。终于，去年冬天，我去中山大学拜访了林岗教授，把雪漠老师几乎所有的文学作品送给了他。没想到一年之后的今天，林岗教授能来到我们的文化论坛，与我们面对面交流，对我来说，真的很有一种得偿我愿的欣喜感！此外还有一个惊喜那就是罗燕博士的到来，罗燕博士对雪漠老师的作品也很感兴趣。

◎林岗：我先介绍一下《罪与文学》这本书。20世纪80年代的时候，我一直在北京，就和刘再复老师合作写了一本书叫《传统与中国人》。写完之后，他就离开中国，去了美国。后来，我也到了美国，在美国碰到他之后，我们讨论起了中国现代的文学传统。他说，中国现代的文学传统里面有很多东西值得检讨。当时我们的动机就是想检讨一下中国现代的文学传统。我们觉得现实主义传统是有价值的，但里面也存在很多问题。然后，从有这个想法到写成书，前前后后、断断续续大概有十年。这本书首先在香港出版，后来，通过努力和很多周折，就在大陆出版了。

我是一个孤陋寡闻的人，说实话，有今天的机缘，我特别感谢陈彦瑾。一年前，她背着一堆书跑到我的办公室来，让我第一次听到"雪漠"这个名字。然后，她把她带来的雪漠老师的作品送给了我。后来，我在一个比较集中的时间内读了雪漠的书。因为他写到了凉州文化，写到了河西走廊，当时给我的第一印象是，他确实很像一个西北汉子。我觉得，西北人的生命里有一种非常强韧的东西，这是我们南方人不容易体会到的。

我认识西安一座著名寺院的一位方丈，他做了一些事，让我很震惊：他为考验自己的意志——我觉得有时候其实不必这样来考验自己的意志——对着烛火把自己的一根手指给烧掉了。他伸手给我看的时候，他的手上真的少了一根手指。他用这种方式来考验自己的意志，我倒不是说不提倡，但心里还是有异议的，对不对？当然，我也能够理解这样一种做法。这就是西北的汉子。

　　西北可以说是中原文化和蒙古文化、西域文化、西藏文化交汇的地方。雪漠的小说《西夏咒》中也写到了元朝时萨迦班智达到凉州去会谈阔端，西藏才正式纳入祖国的版图，从那时候开始，凉州就是一个文化交汇处。

　　希腊把人比喻成两种动物：有一种人像狐狸，有一种人像刺猬。狐狸和刺猬有什么区别呢？刺猬只懂得用一种智慧来对付世界。有人想吃它的时候，它就会把自己的刺抖起来，任何东西都不能靠近，连老虎也不行。狐狸跟刺猬不一样，它会用不同的智慧来解决不同的问题，希腊人用以比喻人的机智和见识，体现人内心素质的不一样。如果你熟悉欧洲文学，在中世纪的时候，欧洲流行列那狐的故事，那是非常丰富的一个故事，欧洲继承了希腊的传统，所以就用刺猬和狐狸来比喻人性。

　　如果用这两种动物来比喻小说的话，我觉得雪漠的小说更像狐狸。虽然他身上有刺猬的气质——也就是西北汉子的那样气质，不论你怎么来，老子骨头就是硬的，我就是这样的——但是，他写的小说蛮像狐狸，有丰富性，有各种各样的人物，像万花筒一样。你想看个清楚，可是你手抖了一下，它就变成另外一种东西了。你手再抖一下，它又变成另外一种东西了。对不对？他的小说有丰富的各种各样的元素，这是给我留下的比较深刻的一个阅读印象。

　　我们拿他早期的小说《大漠祭》——我们不能说往昔，因为他还有旺盛的精力，只能说早期——与现在的作品做一个对比的话，早期的小说能把一件事情讲完整，里面的要素相对单纯；他后来的小说慢慢就变得复杂了，各种元素的丰富性，就像满天的星斗一样，想追这个想追那个，让人觉得他有不同的想法，你也可以从里面吸取不同的营养。

如果拿另外一个西北作家跟雪漠老师做对比的话，这个特点会更清楚。比如，写《创业史》的柳青，他就是一个刺猬型的作家。在一个村子里，他可以住上十几年。当然，《创业史》里的各种要素并不复杂，这不完全是他才华的问题，也可能是时代留给他的痕迹。但是，我们至少看到了一个相对简单的故事，他要对中国农村的出路做文学的思考。我们知道，农村的问题不是小说能够思考的，对不对？所以，我觉得他第一部写得很好，通常故事到末端的时候，作家真正想要告诉我们的东西才完全呈现出来。到第二部的时候，我觉得基本上是一个失败的东西，因为它不是文学要完成的任务。他把一个不属于文学的东西拿到文学里完成了。所以，有时候我会替作家的才华感到惋惜，当然那是时代的问题，我们不能完全归结为柳青个人的问题。

所以，雪漠的小说给我最深的印象，就是具有丰富的各种各样的元素。

●**雪漠**：林教授很敏锐。我是从刺猬变成狐狸的。在西部的时候是刺猬，到东莞之后就变成狐狸了。这是水土的原因。东莞这块土地真是了不起，能把一个刺猬变成狐狸。现在，我骨子里是刺猬，外面是狐狸。意思就是，里面还有一种骨气、品格、守护的东西，但在形式上开始变得与时俱进、丰富多彩，主要就是顺应这个时代。

2.《野狐岭》：冤孽与超度

◎**陈彦瑾**：今天中午刚接到林岗教授的时候，我就迫切地问他对《野狐岭》的阅读印象，林教授说了两个词，这两个词非常有新意，他说这部小说讲的是"冤孽与超度"的故事。我们还是请林教授来具体谈谈吧。

◎**林岗**：我还是觉得雪漠小说的境界很高。如果说中国的文学受到佛教思想的影响，那可以追溯到很久很久以前。但是，我觉得还是有一个改变的。比如，在中国整个古代小说里，像明代的《三言二拍》，它基本上还是停留在因果报应的范畴，故事里会写一个人如果做了坏事，要不生不出儿子，要不就是破了家，要不就是爹娘死了，等等，因为中国的文学带有教化的色彩，写这些东西在所难免。作者的良苦用心我们能够体会到，但境界不是很高。现代佛教对中国文学的影响，新文化运动以后不多了，也可能有一些作家仍会受佛教的影响，但是追求道家的可能更多一些。

到了雪漠老师这里，他离开了这种因果报应的单一观点。我觉得，他是真正了解佛教，他真正是一个信仰者，于是，在他的故事里就有了"冤孽"和"超度"的转换关系，如《野狐岭》里关于神秘事件的缘起是骆驼之间发情等，因为佛教讲世间轮回的话，"情"肯定是冤孽之首，引起了很多仇杀和冲突。但作为作家来说，对这个世界，在小说里他会有一个看问题的"点"。那么，这个"点"在哪里？它通常与小说的精神高度有关。当然不是说你的"点"很高，小说就一定写得好，这是两回事。但是，你的那个"点"如果不对，那你肯定看不到什么东西。

我觉得，文学肯定需要一种很神秘的才华。我知道我喜欢什么样的小说，可是，你让我写出来，我只好投降，因为我缺乏这种才华，或者说到目前为止，我还没有发现我有这样的才华，所以我在它面前止步，因为这需要一种才华。可是，在文学史上，好多作家滥用了自己的才华，或者说，没有把自己的才华发挥到应有的高度。比如，他很会讲故事，但最后只讲了些下三烂的故事。你看完之后，只是一个乐。我就觉得，这个作家基本上浪费了自己的才华。你知道自己有这个才华之外，你还得观察故事中的人物，弄清楚他的性格、他的情节，及一系列的发展变化，给他赋予一种什么样的视点。你的视点就决定了你对世界的看法。

雪漠的《野狐岭》，他作为虔诚的信仰者，对"冤孽"有一种觉悟，这种视点使得他的小说高出了一个层次，这是很令我吃惊的一个地方，因为当代小说我读得比较少。在《野狐岭》里，雪漠看问题的视点，他把佛教对世界的看法，当成自己内部的生命。也不是说，我要学那个东西，而是那个东西就是我，我就是这样一个人，我就是这样看待"冤孽"的。"冤孽"，最后的走向，在佛教看来一定是超度，也就是最后的和解吧。矛盾、冲突、世仇、憎恨等消极的感情，对这个世界有破坏性的作用，而在他超度的眼光看来，最后有一种和解在里面。我用了一个术语：和解。这种和解令人觉得心情舒畅，让人感到这个世界值得留恋、有可爱的一面。如果说中国当代文学在这一方面有进展的话，我觉得雪漠的作品可以作为个案去研究。

3. 有相忏悔和无相忏悔

◎陈彦瑾：我还想请教林岗教授，您讲到的"超度"跟《罪与文学》还没有来得及完成的禅宗的"无相忏悔"之间有什么样的关系？

◎林岗：我们写完这本书，在香港出版之后，有一天刘再复老师跟我说，书里好像缺了什么东西。我问他缺了什么东西？他说，佛经里讲忏悔，你不能说中国文学、中国思想里没有忏悔。我说，那我们再读一读书吧。我就把佛经从头读到尾，最主要的佛经都读过，然后追溯佛教关于忏悔的一个变迁。比如佛教传到中国来，怎么说服教众，它的教理说人是有罪孽的，或者是以前积累下来的罪孽，因为有轮回。再或者说，现世你不修行，就会创下更多的罪孽，这个罪孽就会积累在你的生命里。

世界上主要的宗教，大概都认为人是有罪的，这一点是一致的。因为没有罪，就没有必要救赎。宗教落实到最后就是对世界的救赎。你没有罪，它怎么救赎呢？所有宗教里都有忏悔。可是，早期佛教的忏悔其实是非常功利的，类似于天主教在中世纪的那种赎罪，仪式很烦琐，你要对着佛像进行忏悔，天台宗叫"有相忏悔"。这个"有相"到禅宗以后，就开始讲"无相"了，去除这个概念，你自己面对自己。我觉得"无相忏悔"比较接近文学。如果说一个瞎子在外面，参照那个佛像，那可能是宗教不是文学。但是，如果讲到"无相"，它可能是宗教，但是它跟文学非常接近。

当我意识到这个问题的时候，我手头没有好的文本。所以，后来补上去的内容是放在另外一个地方的一篇文章，讲佛教的忏悔意识。这个写起来干巴巴的，像学术论文，带有学究的味道。学究就是旁征博引。因为我们要解决的问题是文学的问题，不是佛教史方面的问题，佛教史方面的问题是由佛教史专家去研究的。我们只想借这个东西来讨论文学，但当时我们确实没有找到好的文学文本。我记得那个论文，最后一段讲了一点点高行健就收山了。

◎**陈彦瑾：**所以，我去年就背了雪漠老师的书敲开了您办公室的门。

◎**林岗**：如果当时我读到雪漠老师的书的话，可能会有不一样的写法。

◎**陈彦瑾**：我觉得，《西夏咒》和《野狐岭》以"无相忏悔"的角度去解读的话，都是特别好的文学文本。关于"无相忏悔"，我也是看了《罪与文学》之后才补了一课。《六祖坛经》里《忏悔品第六》讲道："邪来正度，迷来悟度"，主要还是用智慧来度。不过，虽然中国文学受禅宗的影响比较深，但是真正领悟到"无相忏悔"的精神而运用到文学创作里去解决人的痛苦、烦恼，这种作家、这种文本好像还没怎么出现过，我看到的就是高行健的《灵山》，雪漠的《西夏咒》《野狐岭》。

●**雪漠**：在佛教历史上，有一个来自西藏冈波巴的故事。故事中，他有个弟子专门经营佛教用品，卖了很多钱——这种行为过去在佛教中被认为有罪，但现在不这样认为了——于是，他就把这些钱用来修寺院。修了寺院之后，他发现寺里的很多装修还需要钱，他就想继续卖佛像来挣钱。冈波巴大师说，再不要做这些没有意义的事了，好好修行吧。只要你好好修行，所有的罪业都会消失。注意，这个东西，其实就是无相的。

那么，什么是无相呢？无相是一种境界。它其实是超越了二元对立之后的某种境界。出现这种境界之后，就进入无相。《金刚经》如是说："不取于相，如如不动。"它是不取于相的意思。在这种境界中，没有善恶。超越善恶之后，善恶自然会消失。到一定层次之后，他发现世界上的很多东西，本质上并没有永恒不变的自性，包括罪恶、善行都是如此。所有的善也罢，恶也罢，其实都是人类概念中出现的东西，都是二元对立中出现的一种幻觉。我们所说的幻觉，意思就是，你认为的罪孽，别人不认为是罪孽。比如十字军东征，对于被东征的那些人来说十字军是罪恶的，但对十字军自己来说不是罪恶，他们认为自己在做着非常荣耀上帝的事情。所以，罪恶在两个不同的阵营中产生，就有不同的标准。同样，伊斯兰大军到印度之后，对佛教和婆罗门教寺院的毁坏，佛教认为是罪恶，婆罗门教认为是罪恶，后来的印度教也认为是罪恶，但伊斯兰大军认为是圣战。所以，罪恶也罢，什么也罢，其实都是相对的。

那么，当你明白这种道理进入某种境界，超越二元对立之后，罪恶自然就会消失。它是一种境界本体的呈现。如果想进入这种境界，就要从自觉、自悟开始，最后达到无我的境界。做到无我无他之后，罪恶同时消失。破除我执，就是佛教所说的解脱。无我之后自然解脱，解脱之后自然没有罪恶。慢慢达到无相最终进入无为法的时候，超越二元对立，善恶本体消失，我和他也消失，我和世界也消失，在一种浑然光明的圆融境界中是没有罪恶的，这时候自然就是最究竟的忏悔。

所以，冈波巴大师讲，当你的净光在你的生命中出现之后，过去所有的罪恶顿然消失，就好像太阳出现之后，所有的霜雪自然融化，一个意思。所以，一些圣者到一定的时候，他的眼中圆融无碍，没有敌我之类的东西，非常圆满。他觉得什么都好，这就是大圆满、大光明，都是一种东西。

无相的本体是发现整个世界中的"相"，其实是没有自性的，没有永恒不变的本体。它是条件构成的，条件消失，这个东西就消失。明白这个真理之后，所有的相在他的眼中都只是一种幻化、幻觉、记忆，如梦一样的东西，因为它在变化。当他不执着这种变化，智慧达到某一种境界之后，就会不取于相，也就是不执着这个相。因为这种境界的出现，很多过去他认为的罪恶，其实已经不再是罪恶，他已经超越了这个东西。他知道一切都在变化，都在哗哗地溜走。但是，这不一定是禅宗中的无相，和我刚才讲的这个故事有本质上的区别。它是一种智慧境界中二元对立的消失，因为没有善恶的时候，也无所谓罪恶。但这时候一定要有一种东西，就是真的到了那种境界。如果只有这种理论上的东西，而到不了那种境界，就是佛教中非常忌讳的，叫偏空难，这是一种大难。因为，自己的智慧、人格到不了那种境界时，如果你这样认为而去作恶，是不可救赎的。

所以，《般若经》上专门讲过，如果一个人没有证得这种智慧，又作了恶的话，就去忏悔，忏悔对有些人是起作用的。但是，如果你证得了某种东西，却缺乏本体的人格、智慧、慈悲、品德支撑的话，就是很糟糕的。所以，无相一定要有"有相"的支撑。就是说，有相地忏悔到最后，进入无相的境界之后，才谈得到无相忏悔，有相的东西不能删掉。它相当于一个台阶，到最高的"无相忏悔"的时候，才是最高境界。所以，禅宗的"无相忏悔"，境界很高很高，但禅宗的"无相忏悔"必须有"有相忏悔"作为它的支撑，进入一种超越境界之后才有这个东西。这是东方文化和东方哲学独有的，西方没有"无相忏悔"的说法，因为他们缺乏最后超越的东西。"无相忏悔"就是完全超越之后的一种境界，它必须有有相作为基础。

◎**林岗：**《六祖坛经》里只有一处讲到"无相忏悔"。它是口传的一个记录本。我们知道，按传下来的说法，六祖不识字，所以他不可能写东西，他只能讲，讲了之后，他的弟子帮他记录下来，所以他也没有解释什么叫无相忏悔。这个词，它是很难解释的。

　　刚才，雪漠老师讲的，我觉得是有道理的。落实到小说里，可以简单地举两个例子。《红楼梦》里讲到妙玉时有两句话："欲洁何曾洁，云空未必空。"你想干净想很洁，你心要洁，就是欲洁何曾洁，想洁你未必洁；云空，你整天讲佛，开口就是佛祖如何如何，我自己多么空，这叫云空未必空。我觉得它讲的是人心。借用西方的概念来说就是，人心是一种很容易异化的东西。

　　记得小时候，老师号召我们学雷锋，就是做帮助人家推小车、扶起跌倒的老太太等诸类的好事。这本是个好事，可是我们为了得到学校的奖赏，常常中午不睡觉，就埋伏在路边，谁的小车推不了了，我们就去帮他，然后去跟老师说，老师你看，我今天做了几件好事。这就叫"欲洁何曾洁"。你想学雷锋，可这是雷锋的行为吗？所以，人心会异化，跟妙玉一样，整天念叨佛，可是一个丫环动了她的茶具，她就嫌这个丫环不干净。如果你真的心中有佛，你还会嫌丫环不干净？丫环不干净关你什么事呢？人家是好心。所以，我觉得文学里面要有一种慈悲心。

　　所谓无相忏悔落实到故事里面，就是要有慈悲心，你的心不要异化了。意思就是，你真正觉悟到这个东西，不是说光念叨一些词汇。所以，禅宗比较反对概念。因为概念有可能阻碍你去思考。当然，我们的思考必须借助一些词汇说出来，但同时你应该意识到，这些词汇有时候也会阻碍你的。

　　我们读学生的论文读多了，有的学生他的西方理论用得很熟，满天都是大词，但是你问他论文讲了什么呀？他自己未必讲得出来。这就可能变成有相了。你有词才叫有学问？其实不见得。论文就是你要讲出你的东西来，你讲得好，不就行了吗？何必搬出那么多概念？当然，如果这个概念刚好跟你的思想相匹配，那你不妨用一下。可是当这个概念跟你的思想并不匹配时，你就没有必要为了写得有学问，就去用它。是不是？这其实跟做人的道理一样，没有特别大的差别。有些小说很人为。

就是说，你要顺从你的本心来感觉这个世界。你感觉世界是这个样子，你小说的人物会有这样的东西。这时你的小说就会看起来很顺。只能由感觉来判断，理论没有办法。一个小朋友帮人家推车，你怎么知道他的动机是什么？你怎么知道他真的想帮人家，还是为了得到老师的表扬呢？从外面看不出来。

4. 什么是好的文学作品？

◎**陈彦瑾**：常有朋友问我，究竟什么是好的文学作品？关于好和不好，评论家怎么来判断？

◎**林岗**：看到最后《野狐岭》结尾时，我就想，这个作家会怎么结尾呢？我们看到类似的小说，通常会写立地成佛，人物突然间从哪里来了一点觉悟，不报仇了，就是这样的。但雪漠他不是这个路子。最后，木鱼妹还是要报仇，马在波就割破自己的手，用血滴下来祭奠亡灵——你不是要血嘛，那我就给你血。我觉得这就是慈悲，这就是超度，这个就很好，比"立地成佛"要好。虽然"立地成佛"也是表达这个意思，但这个是文学，就不是宗教了。文学和宗教，我觉得是有点不一样的。

很多人特别欣赏佛教，或者看到雪漠老师写得这么好，想去模仿。我觉得，我一定会看到最后"立地成佛"的那个类型，一定会有的。这个情景也许是幻想，也许是怎样的，其实不要紧，我们都知道文学是假的，对不对？文学的确是假的。年轻的时候，我很长时间内不喜欢文学，跟雪漠正好相反。我看《一个人的西部》里，他从小就喜欢文学，但我年轻的时候不喜欢文学，理由只有一个——"假的"。很长时间内，我说服不了自己，为什么你要喜欢一个"假"的东西？这就是有相了。知道不？当然，后来我慢慢想到了。

文学，在一个很具体的情境当中，你能捕捉到那种感觉出来。我总能感觉得到它有另一面。你不要说太多的理。为什么很多人写具体的东西反而没有意义呢？差别在哪里？好的文学指向一些抽象的、形而上的东西，那些不能流传的具体的东西，就变成文献了，它没有形而上的意义。差别就在这个地方。

我曾经举过《孔乙己》的例子，一个小跑堂喜欢写字，孔乙己教他写字，然后就问他，茴字怎么写？小跑堂说，谁不知道？茴字不就是草头下面一个回吗？孔乙己怎么说？他说茴字有四样写法。我觉得这真的是妙句。有时候，我讲课时看到那些学生在玩微信，我就怀疑我是不是在讲"茴字有四样写法"。具体的东西，它会让你想到这个东西。

在《野狐岭》里，你不是要报仇吗？是不是？你流血了，这个事情不就和解了吗？这是好的文学的细节，这就是无相，有慈悲、有爱在里面。它最终还是人间的东西，而不是抽象的纯宗教。

刚才，陈彦瑾说到文学的标准，我不知道怎么定这个标准，但是我有一条，就是你要能写出好的句子。我在《西夏咒》里读到一句：一有了火，夜就温柔了。这就是文学。不用太多。如果这里你说"一有了火，屋就亮堂了"，还是说"一有了火，夜就温柔了"更好。哪个更文学？文学不文学没有绝对的标准，它总是在比较当中产生的。你说什么叫高个子？你去看看姚明，姚明就是高个子，对不对？可是你拿一个小孩跟我比，我不就是高个子了吗？人们就是在文本和文本的比较当中，产生了对文学的认识，其实这种认识是每个人天生都有的。刚才读的两句：一有火，屋就亮堂了；一有了火，夜就温柔了。它们给人的感觉不一样。文学修辞的语言，有的修辞得好，有的修辞得不好，那就看你的经验，看你的本事，看你的人生阅历，这是最简单的。我觉得一个作家要是写不好句子，他不可能成为一个好作家。这是我的看法。所以，作家首先要写出好的句子来。

当然，什么叫好的句子？我们还可以从长计议。比如陀思妥耶夫斯基的句子，我好长时间内就不喜欢，我没有见过这么唠叨的人。雪漠特别喜欢读陀氏的东西，你说是不是唠叨？《卡拉马佐夫兄弟》一千多页，两册或者三册，就写了一个案件，从头到尾就是家庭的一个案件，还没有写完。如果这个兄弟长命的话，他就能写出五本来。可是你要有耐性，慢慢读，就发现他的东西还是蛮好的，这是不一样的美。

我觉得，雪漠小说的丰富性也有这样一个味道。《野狐岭》中讲的"骆驼撒尿"，就很有味道。骆驼，我看多了，但是我真不知道骆驼是这样撒尿的，这就有好看的地方。我不知道，现在的作家是不是慢慢把写作还原成各种要素，如果是这样的话，还不算特别好。雪漠的小说有各种不同的要素，但是，他有一样东西能把各种不同的要素串起来。你可以在他的书里找到现实主义、浪漫主义、魔幻现实主义、象征主义的东西，各种要素都有，但他那个视点能把所有的东西串起来。

5. 神秘主义文化为何少见？

◎**陈彦瑾**：刚才，林教授讲到雪漠老师的作品有巨大的丰富性，里面可以找到现实主义、浪漫主义，还有象征主义等各种主义，然后又靠一种巨大的力量，也许是作家的境界和人格魅力去整合了所有的"主义"。在雪漠老师的作品里面，我觉得还有一种非常鲜明的神秘主义色彩。而在中国文学里，神秘主义文本似乎也比较少见，为什么？

◎**林岗**：我们都知道"五四运动"的口号，因为民主科学的力量太强大，慢慢把很多神秘的东西都瓦解了，都看成是封建迷信。我向来承认有不同的行当，也向来不否定宗教，而宗教离不开神技，所以我们不要过于去挑战这些神技。有经验头脑的人，通常会根据自己所了解的东西，去挑战，好辩，说你这个是迷信。我的态度是，可能人类了解的东西还不多，所以你要有一份谦虚。可是我们也知道，神秘主义里面也免不了人心异化的，那个东西有真有假，你要醒悟，知道吧？

中国的神秘主义文化，西北比如西藏、河西走廊这些地方特别丰富。我到西藏跟他们讲来讲去，他们最崇拜的人是谁？莲花生大士。要知道莲花生大士是最会摆弄神技的一个人。到了甘南的寺庙里，他们讲得有鼻子有眼。据说莲花生大士当年行技时用过的法器，还在那个庙里。这是庙里管委会的人讲给我们听的。我肯定不会愚蠢到去挑战人家这个东西。这是真的吗？不能这样问。

我们对神秘主义的东西应该虚怀若谷。你要知道，在这个世界上，有很多东西你是不了解的。我特别希望看到雪漠老师写一本随笔，或者一种什么样的东西，把中国神秘主义的文化写出来。在现在的城市里，因为科学、因为商业，慢慢地这些文化都很难找到传人，也就是后继无人了。问题就是经济，因为传承神秘主义文化养活不了自己，很多人就不去传承了。如果在农村，你会什么法术，老一辈子人还可能养活自己，到新一辈年轻人就不选择这个了。他们会问，我何必那么努力地学一些不能养家糊口的东西，为什么不努力学习考上大学，然后做个白领？所以，人类的神秘主义文化在相当长的时间内，我觉得是一个很丰富的东西。

6. 如何获取民间性写作资源？

◎**陈彦瑾：**中午讨论的时候，您还谈到说，您觉得雪漠这个作家非常具有民间性。

◎**林岗：**民间性这个话题，你要从源头开始说的话，可以追溯到非常久远的过去。实际上，我们知道文学在中国的传统社会里，它就是一个闲雅的东西。过去的草根阶层有一些传唱文化，它跟文学是不搭档的。一方面，可能是因为在中国文学是比较高深的文化，它是用文言来表达的。文言要经过非常艰苦的训练。可是"五四运动"之后，用了白话以后，如果一个人在学校里用功，我觉得训练到初中，这个问题应该就解决了，能够流畅地用语言来表达你心中的想法，我觉得高中就可以了，其实不需要念大学，真的不需要念大学。这是新文化运动和中国社会的一个巨大进步。

中国现代文学史上的作家，你看第一辈和第二辈，鲁迅、胡适等都是饱学之士，还是继承了古代的那个传统，可是一到左翼就不一样了。左翼文学之后，有很多出身很苦的人，因为理想参加革命，到上海去写小说。我觉得雪漠就属于从那个时候开始的，中国作家改变出身的洪流里的一员。你可以问问他，最初他为什么要写作？我不知道他现在怎么回答，我在他的书上读到一句：为了改变我的人生。写作和改变人生连在一起，是现代、当代的事情，不是古代的事情。古代不需要，这两个东西在古代是脱节的。

所以，雪漠老师的书和别人不一样，他身上有很多历史所造就的好东西。比如说，他非常强韧。很多人不知道自己有什么才华——人跟人比较的时候，我觉得有时候不是才华的问题，较量的就是意志。就跟长跑一样，雪漠老师爱长跑，我也跑过马拉松，但是好汉不提当年勇。有没有这个意志？你可以考察一下。20世纪30年代成长起来的一些优秀作家，其实他们都有这个意志。你在沈从文身上看到了吗？他过去是什么人呀？是土匪队里的文书，也就是给土匪头子写文书的那个人。他对那种生活不满意，跑到北京去听这个听那个，旁听，就这样出来了。后来他不写了是另外的问题，不是他自己的问题。

一般情况下，讲来讲去还是讲到有相的问题。你成为什么东西以后，就会有一个相。比如说，你变成大作家了，就有作家相。一有作家相，就不好办了。以前你和他是好朋友，你可以直接推门进他家，他有作家相以后，你就不好直接推门了，得先发个短信咨询一下。

但雪漠没有相，他一直在不停地学习，不停地努力。我看过他的《一个人的西部》，他也会武功，也会算命，也读佛经，也了解藏传佛教，又是大手印文化传人，有好多种身份。你要说雪漠是什么人？一下子很难回答。但是，他自己可能很愿意回答：

作家。这也是好的，有自己的追求。但是，很多作家到了一定程度，就上不了更高一级的台阶了，因为不愿意学习，不愿意再进步，所以就有了古人讲的"江郎才尽"。为什么会才尽呢？按理说才是尽不了的，你只要不停地学习，有一定成就之后，脑子就更开阔，能学更多的东西，确实是这样的。所以问题就出在你自己身上，你不愿意学习。我觉得，在这一点上，我们都要向雪漠学习。

◎**陈彦瑾：**雪漠老师的"大漠三部曲"里有一些说唱艺术，比如西部的花儿、凉州贤孝，这些内容，都是民间性很重要的部分吧？

◎**林岗：**当然是。在中国古代文化中，它其实是分层的，就是上层是上层，下层是下层。上下层之间不是说里面的内容观点不相通，而是它采用的形式不一样。我就很欣赏《西夏咒》里前面的诗词，写得很精彩，不亚于莎士比亚的文本。

中国叙述文学的传统，叫文备众体。什么叫文备众体呢？它是一个叙述，比如《三言二拍》《三国》《水浒》，《红楼梦》也继承了这种东西，就是里面一定要有诗。比如《西游记》里写到什么东西的时候，都会有诗为证。诗是一个最高级的东西，能够证明我的文本如何好，描写如何合理，一定要有诗。

雪漠的小说，我觉得很大程度上继承了这个，我不知道他是有意识，还是无意识。其实，有意识无意识都不要紧，他本身就是一个编贤孝的大师，很快就能编出来，插在叙述里面。因为写小说要有节奏感，比如说，我们的日子过得很平淡，突然吃到一顿好菜，你就会觉得特别好，但如果天天吃好菜，就会拉肚子。

叙述里要讲节奏，词句、诗句、民间故事穿插在里面，起到各种各样的作用，比如有时候要烘托出一种气氛，有时候要点明作者的用意，等等。这些也是叙述的一个分段，如果你有编诗词的才华，其实在小说里不要放过。中国当代的作家，因为他学了西方的方法，从"五四运动"就开始了。鲁迅的小说里有没有"有诗为证"？没有的。现在，我们的眼界开阔以后，会有一种跟"五四"文学不一样的写法。这就是从民间中吸取养分。我觉得雪漠是做得非常出色、非常到位的一个作家。

◎**陈彦瑾：**对，雪漠老师在西部，把花儿和贤孝这些民间元素写入小说，到东莞后，又把东莞的木鱼歌、木鱼书写进了《野狐岭》。我感觉雪漠老师每到一个地方，都能把这块土地的灵魂，或者说最鲜活的文化，呈现在他的小说中，这一点非常令人惊叹。说到民间文化，罗燕博士是做古代戏曲研究的，正好对木鱼歌、贤孝、宝卷都很有研究，我想请罗燕博士给我们讲讲这方面的内容。

◎**罗燕：**关于民间文学、民间艺术，这些变化也是很有意思的。大家都知道，中国戏曲的演变发生跟我们前面谈到的各种艺术形式都是有关联的。

我的专业方向是中国古代戏曲，但我研究的是明清之后的戏。木鱼歌出现很早，它是跟着佛教一起进入中国的。进入中国之后佛教要传播，但当时中国的教育肯定不普及，老百姓怎么理解这些佛教教义？所以，寺院的僧人就有了一些俗讲。他们把佛教的故事用一种说唱的形式编出来，讲给大家听。俗讲就是说唱文本，最早的时候叫作变文。

大家可能不太了解，余秋雨写过一篇散文《道士塔》，谈到了敦煌出土的经卷和绘画等，那些画，就是老百姓用的这种文本，寺院用的是敦煌变文。后来，这个敦煌变文又出现了一些演变，演变之后就有了宝卷。宝卷和变文其实也就是一个变体，里面承载着大量的佛教故事。故事里面很多都是劝善劝孝的，如孝子宝卷。再往后面走的话就是木鱼歌，木鱼歌也是这样一种民间艺术，因为它伴奏的形式很简单，在民间有大量的人都懂。东莞的木鱼歌好像有四百多年的历史，甘肃那边的贤孝其实跟木鱼歌是相通的，内容也是相通的。

有人曾提出大传统和小传统的说法。大传统是什么？意思就是，文化是分层次的，就好像我们的社会分层次一样，有高雅文学，有民间文学，有阳春白雪，有很和韵的诗，但是民间还有打油诗，也有这样的。不同的文化受体，就会形成不同的文化层面，而这个东西在戏曲里是最容易看出来的。比如说，戏在北京，依托北京方言它会变出京戏。京戏的一些成分进入广东，就变成粤剧。它跟地方的文化有很大的关系。当然也包括昆曲，昆曲势弱之后，一些曲牌又进入京剧，陕西的一些腔调也进入京剧里头，都是互相交融的一种状态。

因为我很久没有读当代小说了，读《野狐岭》时，看到里面写到的民间艺术形式，我有时会觉得，在中国整个基层社会里，老百姓的心灵也是要有寄托的，而且老百姓需要被告诫。那么如何告诫？凉州贤孝说做人要孝，要做一个善良的人，所以，它还是有道德成分在里面，还是要教而化之的。在中国明清时代，为什么戏曲那么发达？跟皇帝的提倡有关系。清朝的皇帝都爱看戏。因为他们发现，这些东西不仅仅是戏。跟戏有关的各种曲艺文体，都因此得到了当时的一种推崇，所以会兴盛起来。当然，进入现当代以后，因为其他的传媒、艺术形式的兴起，包括电影、音乐、舞蹈等，可能戏曲这些东西又变成高雅艺术了。但是，以前它绝对不是高雅艺术，而是老百姓最常见的艺术形式，甚至被正统文化认为不是那么高雅的。它有一种变化。文化的这种变化是很有意思的。

◎林岗：实质上，民间有两重含义，第一重含义，民间是一种立场。我们要站在这样一个基础上写作。我很欣赏这一点，作家如果没有对高远目标的追求，在中国常常是很难做到这一点的。

只要你在各行各业做出一点成绩，就会有人来找你，请你去吃饭，或封个虚职给你。中国传统中有一个词叫"地方贤达"，大家听说过没有？它就是大一统的外围力量。我们不去评价事情好和不好，但你一旦卷到里面去，因为这个事情失了你的心智，你就不能发挥你的才华了，因为你会有所顾忌，等等。这就是民间立场。

雪漠毕竟还是幸运的，因为你有选择，你可以去，也可以不去。你可以应，也可以不应。你还是有选择的。这个时代就这样慢慢地在改变。

"民间"的另外一种含义就是写作的资源。写作时，你从哪里获取资源？民间就是一个丰富而广阔的天地。当然，你会反驳我说，写作有不同的路子，我可以不要这个路子，其实也行。我举个例子，卡夫卡的小说就放之四海而皆准，我的意思是，他的东西很好，翻译过来几乎不走样。因为他写得很抽象，讲的却是人类一种普遍经验，而且更重要的是，他用象征主义的手法去讲这个经验。他的文字看起来没有复杂性，但这个象征很复杂，你看了很久都不知道他要讲什么。你要有非常好的哲学训练和对现代社会的理解和洞见，才能知道他讲的是什么东西。这个也是才华。

所以，写作不一定要用民间的资源。我想说的是，写作也可以用民间的资源来丰富自己，这跟个人的成长、个人的道路不一样，因为文学最终表达的就是我们对世界的一种经验。在这样一个世界里面，你所看到的人性，大概就是这样的。所以，民间有非常丰富的一个资源。

刚才讲到文学的尺度标准，你不妨说好看是一个标准。比如说，《三国演义》的观点比较高，又是讲权术的。我们都知道权术是什么，就是怎么去斗，怎么去谋略。《水浒传》里的观念，就是"义气"。有时候，就看你怎么运用，它是不复杂的东西，目的就是让这个小说好读，让我们容易接受。你表达经验的时候，如果用到民间的元素，你就会给读者一种亲切感。

所以，民间有很多的丰富性，外国小说也有，像塞万提斯的小说，一定是中世纪那种民间的传统，那关系太密切了。所以，在我们表达经验的时候，要有不同的选择，要用各种不同的方法和叙述来表达，可以很广阔，不要狭隘。我觉得，雪漠无论在民间立场，还是对写作资源的那种判断和取舍，都有很多经验可以传授给大家的。

7. 野狐岭和野狐禅

◎罗燕：我看过《野狐岭》，今天我想把自己当成读者，趁机请教一下雪漠老师：《野狐岭》这个题目为什么这样命题？还有，禅宗里有一个"野狐禅"，这两者之间有无关系？

●雪漠：其实真有"野狐岭"这么一个地方，在北京的张北县，当年成吉思汗的十万骑兵，和金朝的七十万大军在这儿决战，结果十万元军把七十万金兵打得一塌糊涂。最初见到野狐岭的时候，我就非常喜欢——我有一个优点：到任何地方都能发现它的优点——我觉得这是非常好的名字，带着一种神秘感，和野狐禅又能结合起来，所以，我就用"野狐岭"作为书名。

野狐禅其实非常具有民间性。野狐禅就是貌似禅，但又有一种民间的胡说。中国文化很多都是野狐禅。野狐禅也是禅，不过就是似是而非的一种东西。它对不对？没有对错。真正究竟了义地看来，其实没有对错，对错还是一种相对。所以，野狐禅的出现在中国禅宗公案中是很有意思的，包括不昧因果、不落因果等。

那个故事可能有另外一种神秘的东西，所以，我也非常不想让自己的作品成为庙堂的东西。所以，每到评奖的时候，编辑就着急，但我总是把这些东西忘了。有一次，评鲁迅文学奖的时候，《中国作家》的一位编辑说，雪漠，你怎么没报中篇小说？我说，我不写中篇小说。他说，怎么没写？我们的《豺狗子》都获奖了。《豺狗子》是中篇小说，也获了"中国作家鄂尔多斯文学奖"。他说，《豺狗子》难道不是中篇小说吗？我说，我已经忘了。结果，那一年很遗憾，如果报上去很有可能获奖，但是我没报。我忘了这个东西。为什么呢？因为我对一些庙堂的东西有种天然的拒绝，我更喜欢民间的、带点野狐禅味道的东西。

我一直拒绝一种"招安"。"招安"的意思就是，很多人给我提供很多次和高端人士结识的机会，我都拒绝了，我都不去。为什么？因为我觉得真正的艺术应当在民间。艺术来自民间、活在民间的时候，艺术才具有活力。当一个人有了一种欲望，或者有了某一种目的的时候，艺术就受到伤害了。艺术本来是民间的东西，所以我特别喜欢民间的东西，喜欢来自民间的一些人。

8.好小说的标准

◎**罗燕：** 我想作为读者身份，再问雪漠老师一个问题：您的文学，大家都认为有条线、有个标准，您觉得的文学标准是什么？就是说什么是好的小说？

●**雪漠：** 我在一篇文章中专门谈过，好小说就两个标准：一，世界上有它比没有它好；第二，别人读它比不读好。为什么？因为我们人类的命运其实就是一个过程。人类的命运必然会是这样，从生下到最后死亡的过程中，其实是一个巨大的空白。死亡的过程中，如果遇到一些好的东西，他可能会幸福地度过一生；如果遇到不好的东西，他会痛苦地度过一生。人类也是这样。一个人如果一辈子非常痴迷地、快乐地爱好文学，他的一生就是幸福的。因为人的生命是由无数的空间和无数的当下构成的，这个当下一定要填充一些东西。人类也是这样，一定要填些东西，如果不填文学，就会填战争，就会填灾难，就会填别的东西。

其实，我们想在这个过程中寻找一种究竟的、不变的意义是找不到的。比如恐龙的消失，我们不知道恐龙经历过什么，但是人类必然会跟恐龙是一样的命运。人类和恐龙不一样的就是，人类有悲欢离合，有痛苦、有快乐。那么，如何在人的一生中填满快乐的、精彩的、丰富的意义，或者某种东西，让每个人都幸福、快乐、丰富、精彩地度过一生？这是文学存在的一个非常重要的理由，这里面的真真假假并不重要。所以，对于文学，我们不能要求真。世界上所有真的东西都是人心中的一种感受，你有这种感受，另外一个人就是另外一种感受，因为随着心灵的不一样，他眼中的世界是不一样的。

在座的诸位对雪漠的印象和表述肯定不一样，一百个人就有一百种印象和表述。那么，哪个是真的？对于他们个体来说，都是真的，不管对其他人真不真对那个人都起作用。文学也是这样的。所以，真不真并不重要，重要的是，如何让自己的人生在属于你的这段时间中过得精彩一些、丰富一些。文学就起到这样一个作用。好的文学必须在人类存在的时空中，让整个人类能够感受到幸福、快乐、富足，以及复杂和精彩。文学正好就起到这个作用。我们为什么敬仰那么多的大师，为什么觉得他们的作品非常伟大？如托尔斯泰、陀思妥耶夫斯基等。其原因就在于此。他们提供了一种经验性的东西，填补了人类可能被邪恶填补的许多空间。好的文学也是这样。

第六届香巴文化论坛的主题是"人生梦想与文学启蒙"，其含义就是，我们的生命时空可能会被各种各样的东西所占领，那么，我们可以用梦想和文学，为自己也罢，为社会也罢，提供一种善的、美的东西。因为这里面，其他的并不重要。而善的、美的，如果到一定的时候，就是真的。在座的很多人看到《大漠祭》，都会流泪，虽然是我的创作，但是无数农民的命运就是那样。看到《白虎关》中几个主人公的命运，他们也会流泪，虽然那是我创造的，但是在座的很多人都觉得自己是兰兰，觉得自己是莹儿，因为那里面的生命情感是真的。这时，这个东西就会丰富他的人生。

我觉得文学如果能起到这样一种作用，让个体生命和整个人类的生命出现一种精彩，消解许多负面的东西，让人类快乐、幸福地活着，就是好的文学，否则就是坏的文学。比如，让人痛苦、贪婪、邪恶、罪恶，甚至出现现在国家禁止的那些东西，就是坏文学。所以，好的文学就是，有它比没有它好，读它比不读它好。正是这一点，让在座的诸位认可我的文学。因为读了我的书之后，很多人真的很幸福、很开心，甚至明白了。

◎**罗燕：**我是林岗教授的学生，我想从学生的角度请教一下林岗教授，您眼中好文学的评判标准是什么？您可以从批评的角度来谈谈，或者您觉得什么样的小说才达到您心中的那条线？

◎**林岗：**我先评论一下雪漠刚才讲的，他讲的其实就是自我拯救的文学。我们不知道我们的生命有多长，六七十岁，或者八九十岁都无所谓，但是我们的身体大概在三十五岁以后慢慢就开始衰退了。不过，人的脑子不会随着身体的衰退而衰退，甚至在生理上，它会不断地丰富和成长。我觉得，人作为靠智慧进化的动物，最大的一个好处就是他的脑子可以不停地生长。好多人没有意识到这一点，真的是那样。我不知道佛教是什么看法。如果我们觉得人类是属灵的生物的话，属灵就体现在你的脑子能否不断地生长。

文学是什么？文学就是你的灵魂一步一步成长的梯子。当然，文学不是唯一的梯子，可能还有别的梯子，但是文学肯定是非常重要的一个梯子。为什么？因为不论你的学问深浅，不论你的经验是否丰富，我们欣赏文学的这种能力，我觉得是天生的。当然，个人的趣味不一样，为了某种趣味，一定要斗争，但这是另外一个话题。

刚才，罗燕博士问我文学有什么标准，过去我们对文学的标准有很多说法，一个很大的缺陷就是，这个标准不是来自文学内部。文学总是在自己的内部比较当中构成它的标准。

我想说的第一个标准就是写出好句子。你看莎士比亚，我在英国访学的时候，在各个书店里逛，逛到最后我发现，各个书店的收银台都有各种好事者编的莎士比亚的金句，或者叫《莎士比亚格言集》，就火柴盒这么大，半个手机这么厚，他们叫Pocket book口袋书——袖珍本，里面都是莎士比亚的格言。有时候，你可能欣赏不了他那个时代的戏剧，因为过去太长时间了，但是当我们看到这些句子时，我们会喜欢莎士比亚，因为他会勾起我们的一个愿望。

一个很简单的问题，我们在现代作家里选一位，看谁写的句子最多且最好，我想来想去还是鲁迅。"不在沉默中爆发，就在沉默中灭亡。"就是这么短的句子，他可以写出中国现代文化的那种骨气。你要知道，鲁迅生活的时代，中国是什么样的——是随便哪个国家都可以欺负的。他这么一说，就不一样了。他连表达自己的寂寞都不一样，如《野草》开头的那段话："当我沉默着的时候，我觉得充实；我将开口，同时感到空虚。"还有很多这样的话语，比如我们中学课文里的"在我的后园，可以看见墙外有两株树，一株是枣树，还有一株也是枣树"。这句话让语文老师忙死了，他的思想在那里，你其实不用解释过多。好的文学你只要不停地念，念到最后你就会知道，句子的背后有一个孤独的鲁迅，你就会有这样一个印象。这就是一个标准。

好的句子，其实浓缩了所有的文学要素，如句子的节奏、美感、深度等。莎士比亚有一句话是："人生不过是一个行走的影子。"他一句话就把《红楼梦》讲了。当然，好的小说它要有具体的细节，我的意思是说，他的见解，就是好的句子。我觉得句子很重要。为什么句子很重要？因为今天我们用了很多白话，对精美语句的那种追求已经不那么迫切了。我们读到高中就可以写作了。有时候很容易倾向于如何将文本写得充实。所以，我觉得好句子是一个要素。

另外一个要素就是，你写的东西它最后能通往隐喻性，这不仅仅是指修辞的隐喻。好的文学怎样跨越这个时代？我不知道，大家想不想这种问题？比如说，今天我看明代小说可能只有文献的意义了，我们研究民俗时，才会拿它来做做研究，因为它跟我的心灵不发生反应。比方说，我以前读不懂塞万提斯，就觉得很好笑、很滑稽，慢慢读了以后，觉得它其实是在讲我，突然会有这样一种感觉。他写的骑士堂吉诃德读了很多骑士小说，觉得自己有了一个远大的志向，然后就带上一个仆人出门，没有人封他为骑士，他就自己封自己为骑士。他出门了三次，第二次出门时，第一战就是跟风车斗。我就觉得滑稽、荒唐。然后他杀入羊群，杀入敌阵，又拿了做买卖的人家的羊皮囊。当砍下敌人的头鲜血直流时，他有一种莫名其妙的兴奋。注意！塞万提斯写了一个杜尔西内亚，堂吉诃德的意中人，堂吉诃德觉得骑士一定要有情人，但这个情人住在哪里？他居然不知道。他不知道这个人是谁，但这个人对他来说是千真万确的。每次打完胜仗以后，他就跟人家说：你要替我向杜尔西内亚禀报我的胜利，因为我所做的一切都是为了她。这个人是伟大的作家，是不是？雪漠的小说写出了这个影子，我不敢说他写到塞万提斯的那个程度，但是我们在他的小说里看到了那个影子。堂吉诃德托别人告诉杜尔西内亚时，愿意替他禀报的那个人——就是被他打败的那个人——说，你的情人在哪里？堂吉诃德自己也说不出来。人家又问，她长得什么样？堂吉诃德就指着一个又矮又肥的村妇，说，好像像她。一问，是不是这个？不是。我觉得这就是神来之笔。最后，堂吉诃德回到家里快死了，就写下遗嘱，说，现在，因为上帝的慈悲，我终于觉悟了，我觉得这些骑士小说都是扯淡，它们害了我一生。

这些滑稽荒唐的事情，我们这辈子做得还少吗？

小说要追求跨越时间和多少代人的一种心灵经验，要能够与任何时代的读者产生共鸣。你读文学的时候，跟你的经验没有共鸣，你读它干什么，你不要读了，它不够好，扔了它。如果你看见自己在哪篇小说里，那就有意思了。

很早的时候，我就读《红楼梦》，觉得比较有意思。年轻的时候，我看过抄家，那时候同学本来对我很好很好，可是两个月之后，你叫他他都不理你，他把你看成另类，这就是所谓的世道沧桑，你就有这个感觉。这就是鲁迅说的从小康堕入困顿，才会看到人世的真面目，我们就认识了人性的真面目。莎士比亚的"人生不过是行走的影子"，也是人生的真面目。当然，这句话可能虚无了一点，可能不符合佛教的教诲，不要紧，对不对，文学嘛！文学有意思就在这里，我不是正儿八经讲述最高的真理，那就不叫文学了，文学要有丰富性。

第三个标准，应该写出人性的深度。我觉得人性这个东西，如果你读哲学，读其他的东西，你也讨论善恶对不对？我觉得哲学、伦理学它是以概念来论善恶的，但文学不是这样的。我觉得，只有文学才能写出人性的真面目，其他学科讲的都是一些概念的东西，因为人性具有善恶混杂的性质。

我不知道，中国的学术界对陀思妥耶夫斯基怎么评论？其实陀思妥耶夫斯基的小说我们把它当成文学。那时候，我在芝加哥大学待过，它那里有一个最深奥的博士学位，叫社会思想学位。如果你在那儿读《卡拉马佐夫兄弟》，要读两年，他们就把它看成哲学之类的东西。你比较一下，托尔斯泰和陀思妥耶夫斯基差异在哪里？我觉得托尔斯泰相对单纯，他相信基督教的爱能够拯救世界，他有一颗救赎之心，就像他的小说《复活》所标志的那样，问题是你要有爱，爱会让你复活。可是陀思妥耶夫斯基不是这样。他提供了人类文学史上独一无二的一种经验。这是什么呢？我把它叫作"无所救赎的救赎"。人类社会，他能看得出来，但它在本质上是无所救赎的，救也这个样子，不救也这个样子。因为人性千百年来都是这样，你能救什么？你看整个伦理惨案都浓缩在一个中篇故事里，叫《宗教大法官》。如果没有耐心看那小说，你看《宗教大法官》就行了，二弟伊凡把这个故事讲给三弟听，也就两三万字吧。你看完这个中篇之后，就会知道，他讲的其实是一种对峙，里面不说话的"你"和宗教大法官之间的对峙，看到最后你会突然明白，人其实是无所救赎的。当然，它的结论也不是说无所救赎，有意思的就是，这是无所救赎的"救赎"。

所以，讲到这里，我对雪漠有一个期望，希望他能够写出"无可超度的超度"的作品来，因为他有这个觉悟。人性是不变的，可是我们为什么需要文学，这是更大的一个话题，先按下不表。

9.《野狐岭》：无可超度的超度

◎陈彦瑾：我觉得《野狐岭》就有点接近于"无可超度的超度"，因为最终能够超度人类、能够救赎一切的木鱼令，最终没有找到，是吧？似是而非。

●**雪漠：**注意！所有人都没有看到《野狐岭》最后的一句话。这句话是什么？小说结束之后，忽然出现了一个声音，问：你的故事讲完了吗？意思是，你讲完就该我讲了。大家要注意这句话，我现在一讲就毛骨悚然。为什么？因为所有的都完成之后，这个声音来自什么地方？所有的故事都结束了，作者进入《野狐岭》所有的历程，是作家在讲故事，还是什么？这里面其实有一种东西。最后那一句话，所有的批评家都忽略了，就是整部小说完成之后，那个神秘声音的出现。我刚才谈到时，都感到毛骨悚然，真是这样的。很多人没有注意到这个东西。

那么，《野狐岭》中所有的故事，谁在讲故事，这个声音来自何处？为什么会出现这样一个声音？这个声音出现之后，等于把所有的故事、所有的描写都消解了，变成了一种说不清的故事。这句话可能有点"无可超度的超度"的味道吧！

不过，我肯定会写出更好的东西，因为林教授刚才谈的这个东西，对我启发很大，后面还会有一种真正的"无可超度的超度"和"无所救赎的救赎"出现。现在，随着我对社会的越来越了解，以及和一些教授的接触，我发现了人性更复杂的一种东西。

我有个高深的武功叫"吸星大法"，所有人的优点我很快会吸过来，包括他讲话中的很多东西，我很快就能吸过来——吸星大法是在金庸的武侠小说《笑傲江湖》里出现的。如果我把营养吸到里面不化掉的话，很容易获得博士学位，化掉的时候就会变成今天的雪漠，既不像博士，又不像别的，完全是一种混沌一团的存在——我说的化掉，就是变成自己的东西。我把这个功夫慢慢地教给你们。意思就是，把所有东西当作你的营养，让自己成长。道理其实就是这样的。今天两位教授的对话，就给我带来了很多启发性的东西。

事实上，我就是一个"堂吉诃德"。前一段时间，我带着陈亦新想去救赎美国人，我们觉着一定要把中国文化传向西方，去救赎美国人，像堂吉诃德一样。而在座的诸位，每一个人都是桑丘。我们心中其实都有一个女神，或者有个男神。女神的心中可能向往着高富帅。《野狐岭》出现之后，很多女孩子找对象的时候，都要找马在波那样的男人。马在波那样的人其实你根本找不到，他高富帅，而且有信仰，还是个暖男。雪漠既不高又不帅又不美，还不是暖男，不过雪漠有信仰。一些人虽然高富帅但没有信仰，所以很多人都想找马在波这样的人。我问过很多女孩子，你找到心仪的对象没有？她们都说找不到。我问她们，你想找个什么样的？她们都说，要找马在波那样的，既有驴二爷那样的父亲为他提供财富，自己长得还很高，很帅，有信仰，还特别爱木鱼妹。这种人不知道有没有？但是，这是她们的一个梦想。每个女孩都希望找到自己的马在波，哪怕他是村夫这样的一个人，都不要紧。同样，每个男人心中都有自己的女神。实质上，心中的女神、男神都是自己创造出来的。一定要注意这个东西。每个人心中的东西都是自己创造出来的，本质上可能是另外一个东西，但人类需要这个东西，没有这个东西，人类就活得没有意思。

所以，人类需要像堂吉诃德这样拥有一个梦想，需要赋予自己一个想去追求的东西，这样人类会活得丰富多彩，直到临死的时候才知道真相也不要紧。真相是什么？死人告诉你的东西都是真相，但死了的人没有话语权。你一定要注意，舞台上丰富多彩，其实真相死的人都知道，但他已经没有话语权了。因为真相出现的时候，他就该谢幕了，下台了。所有的人都是这样。他到明白真相的时候，已经没有话语权了。只有一些智者才洞悉这个东西，在有话语权的时候，展示一种真相，这些人被称为人类的智者。很多哲学家都是这样。人类不一定喜欢他们，甚至会把他们弄死，像苏格拉底、耶稣等都是这样。弄不死的话，就一定要把他放到供台上，让他变成另外一个东西，包括很多人心中的释迦牟尼都是被异化了的，都是人类根据自己的需要创造出的一种东西，根本不是他本来的样子。所以，人类就是这样的，如果出现智者的话，要么把他吊死在十字架上，要么把他异化，把他变成自己需要的东西，这就是真相。

我希望雪漠以后不要这样，而是成为一个活着时就能告诉大家真相，并且为大家所喜爱的人。我希望变成堂吉诃德，大家希望变成桑丘，一起为了我们心中的女神去和风车作战。这个"风车"，就是流行的一种价值体系、价值观念。这个时代已经被异化了，异化到价值体系完全倒塌，没有任何敬畏的东西，现在就是这样一个时代。所以，我们要寻找一种敬畏的东西。虽然我们的力量非常有限，但世界也许需要这样的人和行为，因为当我们成为舞台上的堂吉诃德和桑丘的时候，就会感动一些人。就像堂吉诃德感动林教授一样，直到今天，林教授谈起堂吉诃德的时候，还是像谈到他的初恋情人一样，充满激情，这就是文学的力量。

◎**陈彦瑾：**今天的对谈非常精彩，可惜时间已经到了。刚才雪漠老师说文学是内心创造的一种东西，那么，信仰也是我们内心创造的。我觉得今天的谈话，也在我们心中创造着一种非常美好的东西。雪漠老师和林岗教授都说到堂吉诃德，我觉得他们说的都是觉悟了的堂吉诃德。虽然谈的是堂吉诃德，其实谈的也是我们内心创造的一种精神，一种向往！不知道大家是不是也有这样的感受？让我们用热烈的掌声，谢谢林岗教授，罗燕博士，谢谢雪漠老师！

七、"另类"的文学创作

——雪漠与张凡对谈

1.雪漠的阅读历程

◎**张凡**：雪漠老师，这次借西北师大研讨《野狐岭》的机会与您相见，我觉得是一种机缘，非常期待今天的对话。作为您的忠实读者，阅读您的作品、并有幸与您面对面进行交流，可能更源自于我内心的一些想法与思考。读了您的作品，总体感觉内心在经过长途跋涉之后得到了一种升华，阅读您的作品似乎也变成了一种神圣的宗教仪式。这一点，颇有些像您写作时的状态，焚香沐浴、澄心洁虑、一片虔诚，这样一种有感于灵魂的自觉。

现如今，您的读者越来越多，一方面是因为您作品的巨大魅力与艺术感染力，另一方面，则是因为您文字背后所隐含着一种思想的力度。对于您目前的文学成绩，可以用蔚为壮观来形容，那么，您最初走上文学之路时的机缘是怎样的？

●**雪漠**：我对文学的爱是天生的。现在回想起来，初中时我就有意地收集资料，收集了很多很多的素材。从小时候到现在，没有从"什么时候开始文学创作"这样的名相，好像本该如此。对文学、对写作的那种热爱，好像是天生的，没有什么机缘之类的说法。我的宗教信仰也一样，也没有因为某个东西的触动而去信仰，一直很喜欢。

凉州的文化土壤中，天然地有一种血液里的东西，因而对民间文化，我很小的时候就喜欢。上小学时，我写的东西就很好。上初中时，我就已开始收集资料，现在的很多资料，就是那时候收集的。

◎张凡：如此看来，您当初走上文学之路是一种自然而然，一种自发的生成状态。您的出生地是甘肃武威，这应属于古凉州大地。诗人弗罗斯特曾说："人的个性的一半是地域性。"可见，凉州文化对您的影响是与生俱来和根深蒂固的。当然，您在收集资料的同时，也会阅读大量的文字，这其中少不了读到一些作家和他们的作品，也肯定会受到一些作家作品的影响或触动。那么请您回想一下，当初对您有激励、启发意义的，印象深刻、影响较大、至今仍令您难以忘怀的作家作品是哪些？

●雪漠：大概在我上小学的时候，影响最深的是凉州贤孝。初中时，我遇到一些真正的图书，是乡下的一个孩子家收藏的，至今印象最深的是《烈火金刚》《暴风骤雨》等红色经典。后来一直到高中我才接触到《红楼梦》，还有雪莱的诗歌等西方文学作品，对我影响都很深。当时，我经常抄一些书，直到今天，我还能背出《红楼梦》中大量的诗句。高中毕业后，我上了两年的武威师范，那时才开始真正地阅读文学经典，因为师范有图书馆。在那两年里，我把读师范的所有时间都用来读书了，重点阅读了西方的一些文学经典，如雨果等。

◎张凡：这样看来，您在读师范期间的阅读时光对您后来的创作意义不可小觑，并且自那时起，您就开始接触到西方的文学经典，这对于开阔您的文学视野是至关重要的。您大概什么时候去读的师范？除了一些红色经典文本和《红楼梦》对您有影响之外，还有其他的作家或作品对您有大的影响么？那时有自己的作品发表吗?

●雪漠: 1980年,那时候我大概十七岁。读了两年师范之后,十九岁的我就参加工作了,之后就有了自己的藏书。其中,对我影响最大的是汪曾祺、沈从文。沈从文的《边城》,刚一看到的时候,我就非常欢喜。我的处女作《长烟落日处》中大量民俗风景的描写,就受到了沈从文《边城》的影响。读完沈从文之后,我又把中国的其他一些作家的作品都看完了,包括一些先锋派作家。后来不太满足,这时又看俄罗斯文学。我看了许多俄罗斯的文学作品。这期间,英美各个流派的作品,我也都读过了,包括海明威、福克纳等。直到今天,基本上很多流派的经典文本我都读过了,但着力最大的还是俄罗斯文学。

◎张凡: 在某种程度上,一个作家的阅读史与他的写作史有先有后,但两者叠加的时候更多。随着阅读的文字越积越多,写出来的文字也就越来越多,可见不断丰富的阅读史对一个作家来说是多么的重要。如您所言,对俄罗斯文学着力最大,那您读过哪些作家的作品?

●雪漠: 托尔斯泰、陀思妥耶夫斯基,后来还有索尔仁尼琴、肖洛霍夫等。现在读起来,肖洛霍夫的《静静的顿河》中那种灵魂的、心灵的东西,把握方面还不如托尔斯泰。

◎张凡: 托尔斯泰的作品更具震撼力。

●雪漠: 比起托尔斯泰,我更喜欢陀思妥耶夫斯基。他们两人各有所长。在灵魂的深度方面,陀思妥耶夫斯基让我非常震撼。

◎张凡: 对俄罗斯文学的阅读,对托尔斯泰、陀思妥耶夫斯基作品的深度理解,特别是在对灵魂的深度把握这方面,对您创作"灵魂三部曲"有无直接影响？

●**雪漠：**没有影响。

◎**张凡：**相比之下，"灵魂三部曲"的创作是较为晚些时候的事了。

●**雪漠：**《大漠祭》《猎原》创作之前，我已经将托尔斯泰、陀思妥耶夫斯基读完了。我汲取了他们两人的精华，取了个中道，《白虎关》中人物心理的描写，以及灵魂的那种纠斗，就有他们两个人的特点。托尔斯泰虽着力于心理描写，但他在心理描写幅度上不如陀思妥耶夫斯基那么大，而且灵魂那种纠斗的东西没有那么深。所以，我取了中道，各取了他们两人的一部分，注重于灵魂的描写，但不走极端，这在《白虎关》中体现得最为明显。中国作协创研部原主任吴秉杰一看到《白虎关》就说，这样的心理描写，在一本书中是很难进行下去的，但他看完之后，发现整部小说都是心理描写，而且我不但坚持下去了，还越写到后面越精彩，所以他感到很震撼。为什么？因为这需要一个作家的灵魂有相应的深度和力量。

2. "说不清，道不明"的神秘力量

◎**张凡：**从我个人的阅读体验来看，在您的作品里，文字背后有一股力量在推着小说前进。在昨天《野狐岭》的研讨会上，您也说过，您的内心深处始终涌动着一股力量。这股流动的力量可能是灵魂，也可能是一种精神的凝聚。您还曾说过："人生是个巨大的幻梦，同时也是现实的存在。在那存和梦幻之间，定然会有一些说不清道不明的东西。"通过阅读您的作品可以发现，您总会借助小说中的人物去阐述您内心中的这种"说不清，

道不明"。那我们能不能说，这种"说不清，道不明"就是那股流动的力量？

●**雪漠**：大自然中有一股非常神秘的力量。目前我们的文化，甚至包括医学，都比较注重一些概念化的阐述，而忘了这种神秘的力量。反倒是有些科学家开始关注这种神秘的力量，他们中的一些人称之为暗物质、暗能量。大自然中有人类自身之外的一种生命的力量，过去有人称之为灵感。这种灵感来自哪里？它不仅来自作家本身，还来自外界，可能有一种我们目前还没弄清楚的存在，影响并参与着作家的创作。换句话说，除了作家自身的内因之外，必然还有一种外因的存在，但这种体验一直没有得到批评界的关注和认可。当代批评家、学者陈晓明非常了不起，他敏锐地捕捉到了这种存在。事实上，我在创作的时候，就能明明白白地感知到这样一种力量。

◎**张凡**：您觉得这种力量是怎样的一种存在？跟神性有某种契合之处吗？

●**雪漠**：它是大自然中与人类的诗意可以达成共振的一种力量。

◎**张凡**：令我深感疑惑的是，您在遇到这股力量时，是游刃有余，还是有些力不从心？或者是其他什么样的状态？

●**雪漠**：最早的时候，这种力量就会时不时地光顾我，但那时我是身不由己的。比如在写《长烟落日处》的时候，我就被这种力量笼罩着，所以这个文本是超越我那时水平的。那段时间里，我被一种巨大的力量所笼罩，每天晚上都身不由己地写，写完之后就成了那篇《长烟落日处》。当时，这部作品震撼了甘肃文坛。遗憾的是，此后，这股力量就完全消失了。大概有五年的时间，从二十五岁到三十岁之间，我一直在等待它的出现。那段日子对我来说几乎是一种折磨，因为它一直不来，但我又必须等它。所以，那时我每天3点钟起来，洗漱完就坐在那里，有写的就写，没写的，就静静地等待这股力量的到来。当然，那时也有一种禅修的东西。

◎**张凡：**我有种直觉，这种"说不清道不明"的力量经常会光顾您，您的作品时不时地就会闪现出这种灵性之光。您能够把这种"说不清道不明"的神秘力量把握住，并视这种"说不清道不明"为自己作品的精魂所在，这对您来说意义重大。从这个层面看来，在当前这种重利轻义的大环境之下，您如此长时间地等待它的"临幸"，并愿意去理解它、悟透它，这种做法显然会有卖力不讨好的可能。然而有些为了文字而文字的作家，虽得了利，却丢了义，在他们的文字中间根本找不到这种"说不清道不明"的力量。您要去等待、去捕捉这种稍纵即逝或相见恨晚的神秘力量，这份坚守背后的意义是什么？

●**雪漠：**没有功利心，纯粹是非功利地热爱写作。早先，我所有的等待中，其实都没有等待"灵感"这个概念。为什么没有这个概念？因为那时我并不知道有这股力量。我只是觉得，为什么那时候能写得那么好，而现在写不出来。所以我将写作与禅修交融在一起，能写就写几个字，写不了就静静地坐着。那时，其实那个东西跟我没有关系。后来什么时候就有关系了呢？三十岁之后，我想借助佛教修炼证得智慧，想要放下文学，因为这时文学已变成了我的梦魇，对我的生命构成了巨大的障碍，因此我决定放下文学，再也不搞文学，这时，哗——智慧就开了。从那时候起，这股力量就一直伴随着我。

3.破除执着后的澄明之境

◎**张凡：**在我的理解中，您是以文学为毕生理想来追求的，您对文学如何能从"拿得起"做到"放得下"？突然放下文学，您不觉得整个人像空了一样吗？

●**雪漠：**对！但放下文学就没有执着了。可以说在我的生命中，从二十五岁到三十岁之间，我最大的执着就是文学，除此之外没有任何执着，包括对生命本体的执着，生或是死我都已不考虑了。那时候，白天、晚上，甚至做梦，我都在不停地练笔，整天就是那种执着与念头，想着如何练好文学，和别人聊天聊的也是文学，对文学的执着像虚空一样充满我的整个生命，一旦放下它，我就把最大的执着放下了。

◎**张凡：**这时候，您生命的意义在于什么？您执着文学那么多年，是什么让您的信念坚守至今？我也在想，这个过程中您在心理上或许有些变化，这是怎样的一种情态？

●**雪漠：**决定放下文学的时候，我借助了宗教的形式——诵《金刚经》。那时我整天诵《金刚经》，再也不想了文学，完全地放下了它。某一天，我突然发现一个世界打开了，我能感受到我所写人物的灵魂和心跳了。《新疆爷》就是那种状态下写出来的。自那时起，不管写什么样的人，我都能进入他的心灵。

《新疆爷》是我用了一个晚上写成的。那一个礼拜中，我写了很多中短篇，包括《掘坟》《黄昏》等。生命中本具的智慧被打开以后，我忽然发现自己可以进入任何人的心灵，可以进入任何我想进入的状态与境界之中。那时，我才觉得自己能写《大漠祭》了，这种"写"才是真正的"写"。于是，我专门闭关来写《大漠祭》。写《大漠祭》时也是这样一种状态，灵感来了，我就写《大漠祭》，灵感走了，我就开始禅修。一禅修，灵感就又回来了，然后接着再写。《大漠祭》完成后，到写《猎原》时，我已经可以完全地驾驭那种文字的饱满与喷涌了。写《猎原》的时候，我待在一个小房间里闭关，与世隔绝，那时候环境很糟糕，我住在一个垃圾堆旁的一个小院落里，那里到处充满了粪便，但这些外境已干扰不了我的写作了。

◎张凡：您提起的短篇《新疆爷》我深有同感，但还有一些其他的感悟。我在读《新疆爷》的过程中，始终觉得您试图在捕捉某个时间点。其实这个时间点，体现在小说中早已不再是常人眼中所谓的北京时间，而是一个慢慢的、缓缓的"西部时间"。直觉告诉我：您在创作《新疆爷》时有一种类似于电影中的慢动作或是慢镜头那样的视角，您试图把时间放得慢一些、再慢一些，它不是一分一秒地走，而是跟着流水在游走。《新疆爷》虽是个短篇，但我印象非常深，文本讲述的是一位有过新疆经历的老人，但"新疆"对这位老人来说，最终只是他生命中的一个标识符号。"新疆爷"对过往与当前发生的一切都保持一种深度的从容与坦然，可以说有种人性的温度在里面。话说回来，这股力量除了在您写短篇《新疆爷》时闪现过之外，还有没有在其他作品中出现过？

●雪漠：写完《猎原》《白虎关》之后，我就完全和这股力量打成一片了，除非这时有一种干预性的东西，比如想写畅销书，这种合而为一的状态才会被破坏。如果没有这些功利性因素干扰，我与那股力量永远是一体的，任何时候都不会分开，比如现在对话及演讲的时候我都是没有底稿的，都是自然而然的流露。2009年11月，我去法国参加中法文学论坛、并作了《文学与灵性》的主题演讲。当时，翻译本来已经翻译好一篇文章，想让我照着念，但当我准备开始念时，她却对我说，你可以直接讲，不用按稿子读，我的语言她能听得懂，她在西部插过队。这样的事情以前从来没有发生过。然后，我就把稿子扔在一边，这时那股巨大的力量瞬间涌来，我成了一个出口，当时喷出的便是那篇《文学与灵性》。《光明大手印：当代妙用》中收录了我在北京、上海等地的许多讲座，那些发言都是在那种写作状态中喷涌出来的。

后来，我一直处在那种状态当中——那是破除执着的一种澄明之境，心中没有任何杂念了，永远是一种灵光显现的宁静。三十岁之后，我基本上都是这样，除非我进入一些场面——比如和一些作家在一起时，如果我在乎他们的游戏规则，我就会突然发现自己在走向一种堕落。因为你一旦在乎这种游戏规则，它就会控制你，你就会在乎它的许多东西，比如评奖、排名、销量什么的。当我不在乎它时，就重新进入了那种境界。后来，我索性就不在乎它了，不在乎文坛，我可以参与文学活动，但不在乎那些评价，甚至不在乎发表不发表，我只在写作中流出自己的灵魂。

4. 文学的本质是生命本身

◎**张凡**：您的这种自我超越，不仅没有让您失去文学，反而给大家留下了更深刻的印象，而且您与文学拥抱得更紧了，越来越多的读者开始关注您的文学创作。

●**雪漠**：因为文学的本质是生命本身。文学最精髓的东西说到底就是灵魂和生命本身。当前，正是很多外在的、概念性的符号把文学破坏了。文学一旦被破坏之后，就远离文学本来的意义了。

实质上，我的这种没有执着、非功利性地观照内心，那种诗意的力量，你可以理解为聆听内心和大自然的声音。当一个人远离这种文学上的概念，开始聆听内心的声音，聆听大自然的声音，聆听相同人类内心的声音，这时候的文学最本质、最美好，这是文学最本真的意义。后来，文学被许多概念性的符号限制了，如一个接一个的文学思潮，一个接一个的文学理论，这就把文学最本真的东西给破坏了。

◎**张凡：**文学已经没有本体自我的存在了，失去了它最本真的意义及内涵。

●**雪漠：**对！对！

◎**张凡：**这些年，您一直走在朝圣的文学之路上。文学对您而言，是换取内心宁静的一种"面圣"的载体或是生命的姿态。您曾在《白虎关》的后记中说："更多的时候，我的朝圣都选择偏僻而冷落的所在。因为只有当自己拒绝了喧嚣而融入宁静时，你才可能接近值得你敬畏的精神。"在这种层面上，我是否可以理解为您在刻意地回避世俗世界里的嘈杂、狂躁，而去主动地迎合内心最本真的一些需求，去追求人在灵魂上的一种自我净化？

●**雪漠：**这是我文学创作的第二个阶段。这个阶段需要作家的远离和逃离。其实，这种远离和逃离是作家对想要包围他、异化他的那个世俗世界的一种反抗与背离。但，这个阶段仅是我个人创作的中期阶段，也就是创作"大漠三部曲"的阶段。到后来，我就不再远离和逃离，我发现圣地无处不在。你在什么地方，圣地就在什么地方，这时就不再着意地追求心外的圣地了，因为自己的内心本身就是圣地，永远被一种崇高的、伟大的博爱包裹着，你和它无二无别，是一体的。这时候，我可以和光同尘，可以进入任何地方，如北京、兰州，不论身在何处，都没有破坏我的这份宁静，也没有觉得哪个地方肮脏，哪个地方是圣地，都是一味的，并没有传统意义上的"二元对立"。

◎**张凡**：当您的内心趋于一种宁静，越是甚嚣尘上您越能"闹中取静"，这里我所谓的甚嚣尘上是建构在传统的"闹市"意义上的，它与今日之现代都市浮华在内涵上差异很大。可以说，越来越拜金的现代都市到处弥漫着一种浮躁、喧哗之气，社会上追名逐利大行其道，身居其中的您是否还能找到内心的一份宁静？同时，这份内心的宁静是您进入文学最虔诚的一种状态吗？

●**雪漠**：到后来就没有这个东西了，因为后来没有不宁静，所以不追求宁静。就是说，没有这种"二元对立"，它本来就趋同于那样的状态。

◎**张凡**：就成为您生命的一种状态？

●**雪漠**：对！它跟自己的呼吸一样，跟天空一样，是生命的一种本能，本来就是那样的。到后来，写作也罢，读书也罢，禅修也罢，做事也罢，和你聊天也罢，都没有破坏那种东西。在那种状态和境界中做事，没有逃避什么、趋向什么、追求什么，没有这些东西，因为生命的本来面目就是那种东西。世界上最伟大的经典，就是在这种状态下出现的，包括《大藏经》《古兰经》和《圣经》，还包括许多其他的经典。可以说，文学现已成为我的生活本身了。创作的时候，我也在禅修；禅修的时候，我仍然在创作。那种宁静的、爱的力量已经充满了我整个的生命时空，外面的东西已经不能干扰我内心的宁静了。

5.写作是一种享受而非职业

◎张凡：在某种意义上，您在朝圣的路上跋涉了那么久。您曾说过，如果没有《无死的金刚心》就没有雪漠。这在我的理解中，可能还有一种信仰的力量。在《我的灵魂依怙》题记里，您写道："真正的信仰是无条件的。它仅仅是对某种精神的敬畏和向往。信仰甚至不是谋求福报的手段。信仰本身就是目的。"我想说的是，当一个人在物质需求得到最大满足之后，对精神的需求理所当然地变得日益迫切；那么，信仰的缺失和泛滥，从另一种层面上看，展示了人类精神的困顿与迷茫，那到底什么是自己该坚持的？什么才可被称之为信仰？信仰对于普通人的生命而言，它是一个怎样的精神存在？我们该怀有怎样的心态去正视它？

●雪漠：信仰其实就是人想要达到的目的地，是人活着的理由。人为什么活着？人活着想达到怎样的目的地？从很大程度上看，这个目的地比你目前更高的时候，就叫信仰，信仰永远不能比你低。因而，信仰不仅仅是宗教，比如陈思和老师提到的"人文精神"，就是他的信仰；像共产党员对共产主义的那种信念，也是一种信仰。

人类之所以区别于动物，就在于人类必须有信仰，必须有他活着的理由，否则他就是动物性的低级存在。比如说，屈原就是有信仰的。只要有一种利他的东西，比你现有的境界高，你真心向往它、并接近它的时候，就是信仰。信仰不仅仅是宗教。宗教这个词，现在也被异化了，已经变成职业了，很多人利用这个宗教的名相，仍在满足一种私欲性的欲求。

◎**张凡：** 从信仰这个层面出发，针对现在有些作家，其中不乏70后、80后的作家，已完全进入一种职业状态来进行他们的写作，您如何看待这种职业化写作倾向？

●**雪漠：** 那是职业，不是信仰。

◎**张凡：** 有些人把文学写作视为一种职业或谋生的手段。所以他们考虑的不是意义，而是什么时候上班？什么时候写作？今天写了多少字？完成了多长篇幅？这直接跟他们的日常所需勾连起来，他们要靠文学写作来维持自己的生活。可见，这不是一种精神层面的需要，而是迫于生计的一种职业必须。

●**雪漠：** 正是这种东西伤害了文学。文学不是一种生存的手段。文学是衣食无忧，或衣食有忧之后完全非功利性的一种心灵的东西。一旦有了功利性，文学就会被异化，当然它也可能被称为文学。但有些作家，到一定时候，他会把两者结合起来，比如莫言、阎连科等都很优秀，他们的作品里也有一种精神性的存在，但这时候他们也不排斥生活方面、物质方面带来的满足。这些理性的东西，他们也不拒绝，当然在创作的时候会拒绝。所以，真正的文学不能成为一种职业，它就是一种享受。

◎**张凡：** 法国著名的后现代哲学家吉尔·德勒兹曾在《批评与临床》中指出："写作是一个生成事件，永远没有结束，永远正在进行中，超越任何可能经历或已经经历的内容。这是一个过程，也就是说，一个穿越未来与过去的生命片段。"他是如此看待写作与生命的关系的，您怎么看？您刚才说，写作对于您来说是一种享受，这是一种怎样的状态？

●**雪漠：** 在我看来，作家写作的出发点很多：一种是形而下的，一种是形而上的；一种是享受生命的，一种是养活生命的。我属于享受生命地写作和形而上地写作。写作的时候，我更多的是享受一种快乐。写作的快乐，是人间所有的快乐都不能比的。我儿子陈亦新也尝到了这种快乐，所以他要当个作家，因为那是一种上帝般的快乐——写作时，你就是宇宙，宇宙就是你，完全是一种无条件的、发自内心的快乐。

到后来，写作已经不会让我苦恼了，不是别人说的寂寞、艰苦之类的折磨，而是一种享受。我犒劳自己的方法就是读书。能够好好地读一天书，我就会觉得像充了电一样，容光焕发，精神百倍。我汲取能量的方式就是读书、写作。如果闭关，不见人，写一个月后，我的身体就会非常好，满面红光，精力也特别充沛，这时候是享受生命最高层面的一种状态。

我的写作，在于享受写作本身。如果把文学创作当成职业，可能会变得枯燥，当然他们可能也会觉得很快乐。这个世界上有很多种活法，很多种人，我们不能用自己的生活方式去干预别人，或者对别人指手画脚。我觉得什么样的生活都很好，什么样的写作都很好，人类的存在本身就很好。我们允许有各种各样的存在，允许有各种各样的作家，允许有各种各样的文学。文学本身就是人类的一个奇迹，其目的在于带给人类快乐。如果没有文学，人类会很孤独。只要能够解除人类的孤独，就很好，所以我一直觉得金庸很好，古龙很好，梁羽生也很好。

◎张凡：从您这个角度来理解，我们是不是可以说文学是人类的吗啡，或者是一种精神安慰剂？

●雪漠：在一定程度上是这样的。人类必然会痛苦，因为人类面对的东西都在变化，包括寿命、生命、物质、金钱、财富、健康等。人类想把持这种东西，想永远拥有这些东西时，必然会因为这些东西的消失而痛苦，所以释迦牟尼说人生有"八苦"，包括尼采、叔本华都认为人生是苦的。他们是对的。苦的原因是人类有执着。你执着地想要永远拥有某种东西的时候必然会痛苦。最明显的例子是，当你想永远拥有自己的肉体和生命，却做不到时，你必然因此感到痛苦。所以，因为死亡的存在，人类必然会痛苦，在这个过程中，人类需要一种解除痛苦的方法。那么，方法有两种：一种是宗教，一种就是文学。

6. 万物与真心同体

◎**张凡**：在宗教和文学的结合上，您是否将两者拿捏得非常到位，甚至说趋于完美？

●**雪漠**：宗教是我的营养。我有很多营养，宗教只是其中之一。佛教、基督教、伊斯兰教，很多很多的宗教都是非常优秀的营养，因为它们来自人类的灵魂，其目的都在于解除人类的痛苦。这些宗教的精华为我所用，变成我的营养之后，很多是没有名相的，我觉得也不需要什么名相，只要能解除阅读我作品的一部分人的痛苦，给他们带来快乐，让他们有种诗意的生命享受，我的目的就达到了。名利、版税、畅销等都是副产品，有，很好，没有，也很好。

◎**张凡**：当您的写作进入自由之境时，您已放下了世俗中人们渴求的那种名利、金钱、名誉、名声，等等，在阅读您作品的过程中，我经常能感觉到您的这种超脱。但我发现您的写作非常任性，任自己的性，没有刻意地想表达一个什么主题思想，写的时候非常恣肆，那种喷涌之状，那种情不自禁的语言，您是控制不住的。

●**雪漠：**我写作时，心里没有语言，没有结构，什么都没有，只有快乐，那种变成世上万物的快乐。你写什么，就是什么，不是它控制我，而是我变成它。所有的人物都是我内心的化现，都是我自身的化现。一个人代表整个的人类，一个人的身上带有整个人类的全息。当我破除对自身的一种执着之时，我可以写出人类所有的东西，包括人类的情感、痛苦、追求等，因为它们都是我的化现，这时有种像上帝创造人类的快乐。然而，就像人类不一定完全听上帝的话一样，有时候，小说人物并不一定听作家的话。

◎**张凡：**在许多小说里，人物的命运发展很多时候由不得作家来做主，这些人物形象已经成为一个个生动的主体存在，他们渴望能够主宰自己。

●**雪漠：**一个成熟的作家不能控制小说中人物的命运，一旦控制，他就变成茅盾一样的作家了，也就是主题先行。成熟的作家只是给人物们提供营养，让他们自己成长。小说是这样，地球也是这样，都是让人物自己成长，他们自然会成长得优秀而苗壮。作家一旦想干涉，想用自己的小杯杯盛下整个大海时，就会局限人物、扼杀人物。作家描写的东西是大海，浪花本身是大海所不能控制的，他只能为这个浪花提供物质性的支撑与跃动的舞台，他不能控制浪花。

◎**张凡：**甚至不能控制浪花是什么样的形状。

●**雪漠：**对！对！

（刊于《飞天》杂志2015年第8期，有修订）

辑四

创作谈

一、讲座

（一）《野狐岭》是每个人的心灵世界
——做客北京雨枫书馆

嘉宾：雪漠

主持：陈彦瑾

时间：2014年10月18日下午

地点：北京雨枫书馆

1. 以书结缘，以心交心

◎**陈彦瑾：**今天的活动大概有两个小时，我会先跟雪漠老师聊一下关于《野狐岭》的话题，从中，大家可以更好地了解这本书，也能更好地了解老师的创作初衷。然后，我们会请一些读者分享阅读心得，或提出自己的一些问题。对《野狐岭》感兴趣，或是带着问题来的朋友，可以提前准备一下。我们先请雪漠老师就座。

●**雪漠：**谢谢大家！好几年没来北京了。

最近，我对北京越来越有感觉了。最早的时候，我非常害怕北京，大概是在2002年吧，当时我在鲁迅文学院上学。那时，我是个不懂事的孩子，就像一头牦牛闯进一座城市那样，懵懵懂懂地来到了北京。我经常看不懂"红绿灯"，经常违反"交通规则"，就发生了很多故事。所以，北京最初让我觉得非常恐惧。

当然，这主要是因为我没有在大城市里待过，不熟悉大城市的情况，所以才会害怕城市的规则。那次离开之后，我就再也不想来了，但是，2010年，《西夏咒》在北京出版，我就仍然来了北京。慢慢地，在这里的朋友越来越多，这座城市就变得越来越可爱了。

今天，北京给我的感觉就特别可爱，因为，那么多熟悉的朋友都来了，还有那么多编辑和出版社的朋友，让我觉得非常温暖。所以，我们对城市的印象，取决于那里有没有非常好的朋友，而不是那个城市的建筑怎么样。其实，每个城市的建筑都差不多，很难带给我们特殊的感觉。但是，当我们想起某个城市的朋友时，我们就会怀念那座城市，怀念在那里一起度过的日子，以及一个又一个跟朋友们相聚的场景。今天的场景，就让我非常开心。

其实，最初我是不想来的，陶子联系我时，我就拒绝了。当时，我非常害怕见人，不想做这个活动，但陈彦瑾坚持叫我来，她说，我该和朋友、读者们见见面了。我觉得她说得有道理，就答应了。我虽然不愿见人，但我一般注重随缘，注重接受别人的善心。虽然他们用这个理由"绑架"了我，但我还是觉得非常高兴。谢谢陈彦瑾，谢谢提供这个场地的朋友，谢谢今天来到这里的媒体朋友，谢谢出版社的方舟等朋友，也谢谢今天在座的所有朋友。

接下来，我和陈彦瑾就文学的话题随便聊聊天。过去，我很少讲文学，今天可以放开谈一谈。

2. 人生就像野狐岭

◎**陈彦瑾：**谢谢雪漠老师。我们今天聚在一起，是因为《野狐岭》这本书。所以，我觉得作家、编辑和读者之间的关系，是非常美妙的。我们大家离得那么远，因为有了这本书，生命才有了交集。读这本书时，我们还会进入作家的生命时空，与他在那无形的时空中相遇。因为承担了这样的一种使命，我一直觉得编辑工作很有意义。

在《野狐岭》之前，雪漠老师其实已经创作了很多的作品，光小说，就有五六部了，还有一些散文、文化著作等。我相信，在座的很多朋友都读过老师的很多书。今天，我们先来谈谈《野狐岭》这本书。

从《野狐岭》的宣传片中，相信大家都能感觉到一种非常神秘的西部文化气息，但这部书给我最深的感触，还是今天的主题——寻找未知的自己。编辑此书时，我也在封面推荐语中说过，"翻开这本书，也许我们都能遇见一个未知的自己。"这次雨枫书馆叫我想一个话题的时候，我立刻想到了这句话。请问雪漠老师，您认为，读者为什么会在这本书中遇到未知的自己？

●**雪漠：**注意！这本书中有一个非常重要的线索，就是"我"。当"我"进入野狐岭的时候，就有人说，百年前，"我"可能是野狐岭中的一个人。所以，"我"在采访的同时，一直在叩问自己曾经是野狐岭中的谁，或者，以后自己会成为野狐岭中的谁，自己愿意做野狐岭中的谁。但事实上，每个人都可能是"我"。有些"我"愿意，有些"我"不愿意，但决定这一点的，不是别人，而是他自己的选择。所以，这不仅仅是想象，而是一种追问。这意味着，《野狐岭》已经超越了文学文本，有一种对个人命运的叩问。

今天来了很多朋友，我们大家其实都可以问问自己：当我们退出自己的生存空间，展望一百年后，那时的你，愿意做我们这个群体中的哪一个人？或者，我们不说一百年后，就谈当下——现在，你愿意做哪种人？这其实给了你一个巨大的权利。因为，你可以选择成为你想要成为的任何一个人。我的学生就是这样，面对命运，他们可以有很多种选择，但他们愿意做最快乐的那个人。我们每个人其实都有这样的权利，可惜，许多时候，我们已经放弃了命运给自己的这个最重要的礼物：人生的选择。

在实现自己的路上，正确的选择非常重要。

刚才，我和坐在最后面的一位朋友谈到孩子的教育问题。他的孩子爱玩游戏机，不爱做作业，他非常焦虑，就问我该怎么办。遇到这种事，大人都会觉得很焦虑，但是我告诉他，事实上，每个孩子的天性中，都有一种向上的东西，所以，每个孩子的理想都是向上的，不会是堕落的。这时，我们不但要保护孩子向上的理想，自己也要有一种向上的理想，保护一颗向上的心，然后做出正确的选择。那么，我们就有可能超越自己，孩子也会一直向上，不会堕落。

其实，人生就像野狐岭。很多事情，发生的当下，我们总会觉得非常苦恼，可是，一旦跳出当下的生存，跳到一百年后，或是三十年后，就会有不一样的感悟。

最近，我在写一部非虚构类的文学作品，相当于传记，叫《一个人的西部》。这本书从三十年前写起，写了三十年前后的我，也写了三十年前后我身边的一些人。其中，有一种偶然中的必然性，也有诸多的纠结，以及各种说不清的东西。所谓说不清的东西，就是一种剪不断、理还乱的巨大未知，是一团混沌，其中有无数种选择，因此有无数种命运的可能性。这时，如果文学介入的话，就会构成另一部《野狐岭》。换句话说，《野狐岭》写出的，其实是一个复杂、纠结、混沌、饱满的人生。

所以，虽然目前关于《野狐岭》的话题很多，但所有的话题，都仅仅是个开始。对于我们每个人来说，《野狐岭》也许都是一个未知的自己，读它的过程，就像在历练人生，在认识自己。这时，我们就会产生一个追问：我想成为一个怎样的人？然后，我们会拥有自己的选择。所以，《野狐岭》可以引申出无数的话题。

当然，我现在所说的，只是一些阅读的体验，如果从文学本身的层面来看，这本书在很多地方都有可谈之处，比如人物和叙事。我有个毛病，总爱遗漏。今天大家可以多提问，我们尽量做到不遗漏。

3.《野狐岭》是每个人的心灵世界

◎陈彦瑾：谢谢雪漠老师！我希望自己的问题能变成一个又一个火花，启发老师发现一个又一个独特的宝藏。

正如老师刚才所说的，《野狐岭》确实有非常多的话题，不光是文学、文化、历史、人性，甚至也包括女性最关心的话题——爱情。我觉得，如果有机会的话，我们也可以就这个话题展开探讨。

有人曾经问我，《野狐岭》究竟是一部怎样的书，我说一言难尽。当初，看雪漠老师的另一部小说《西夏咒》时，我也觉得一言难尽。雪漠老师的所有书，似乎都很难用一句话去概括。那么，趁着今天这个机会，我很想请问老师，如果有人问您同样的问题，您会怎么回答？

●**雪漠**：很多人谈到雪漠的时候，都会加上各种标签。其实，雪漠不是标签，《野狐岭》也没有标签，它展示的，既是雪漠感知的世界，也是雪漠的心灵世界。作家的作品，高不过他自己的心。

从《西夏咒》开始，我的作品就变成了一团巨大的混沌，里面有一种说不清的东西。事实上，作家的心也是这样。陈彦瑾喜欢的，正是我小说中这种纠结的东西。《野狐岭》同样如此。野狐岭的世界，完全地存在于雪漠的心灵世界之中，不然我写不出来。无论是好的、坏的、纠斗的、善的、恶的、欲望的、超越的，还是杀手、蒙驼、汉驼，都可能是我。小说中所有的人物都可能是我。区别仅仅是，有些人物是我消灭了的雪漠，有些人物是现在的雪漠，有些人物是我向往的雪漠。同样，这一切也存在于每个人的心中。所以，陈彦瑾说《野狐岭》是欲望的"罗生门"，这是有道的。它不是一个人的心灵世界，而是每个人的心灵世界。它展示了我们每个人心灵的复杂性，是一个非常形象的寓言。其中，既有心灵的深度、人性的深度、灵魂的纠结、信仰的寻觅，也有善与恶、堕落与超越等诸多东西。所以，读《野狐岭》的时候，我们也是在读自己，在发现未知的自己。

《野狐岭》既是西部小说，更是心灵小说。书中的每一个灵魂都在喧嚣，都在吵闹，他们就像我们的一个又一个念头，也像每个人心中无数的纠结。心灵的纠结，其残酷程度一点也不逊于《野狐岭》中的诸多东西，包括屠杀、纠斗，以及诸多的血腥，这些东西每个人都有。所以，实质上，它折射了每个人的心灵。

当你深入其中时，可能就会发现自己是书中的任何一个人、任何一种动物、任何一个象征。这些东西属于你，属于我，属于我们大家，这就是它的复杂性和普世性。所以，我觉得，《野狐岭》可能会引起很多人的共鸣。每个人在生命的每一个阶段读这本书，都会发现一种让他会心一笑的东西，这就是艺术的力量，也是文学的力量。

前段时间开始，我们经常提到一个口号："读书铸就信仰，文学照亮人生。"真是这样的。一个完整的人，除了满足物质层面的生存之外，还要满足艺术层面的需要，尤其是艺术层面的信仰和灵魂。艺术虽然不是信仰，但艺术是走向信仰的一个重要媒介，所以，很多大艺术家都有信仰。如果少了信仰和艺术，人就会下降到形而下的层面，就会失去敬畏心，成为貌似人的动物。这是很可怕的。所以，我们一定要超越物质性的追求，追求一种艺术和精神。这种追求本身，就会让我们的人生变得非常精彩而丰富。

前几天，我写了一首诗，还没有公布于世。写完时，我让几个人看了，他们都看得泪流满面。在那诗中，我写了马在波和木鱼妹超越爱情时的诸多纠结，剪不断，理还乱，扯也扯不清。只有艺术才能表达这种情感，才能传递这种力量。当时，我还告诉那几个朋友，雪漠作品之所以有那么多粉丝，主要就是因为打动了读者。如果没有艺术作品，我就不会有这么多读者。所以，雪漠不是标签，有许多艺术作品在支撑着他，在感动着世界，感动着很多很多的人。

文学太伟大了，我希望大家不要远离文学，要多读读文学书，文学真的能照亮人生。而且，当你对文学的追求到了一定的程度，它就能升华为信仰。比如，托尔斯泰、陀思妥耶夫斯基的很多读者，就是在阅读这两位大作家的作品时升华人格，慢慢拥有信仰的。所以我说，"读书铸就信仰，文学照亮人生"。

4.灵魂的纠斗与超越

◎**陈彦瑾：**谢谢雪漠老师！您提到那首令人泪流满面的诗时，我就在想，要是这首诗能收录到书里，该多好。因为，木鱼妹和马在波的故事特别有意思。

我记得，在上海开研讨会的时候，周立民老师也注意到了他们，而且，周立民老师用了两个非常时尚的词来形容他们：女汉子和暖男。这令我想起了《爱情公寓》里的胡一菲和曾小贤。我发现，当代男女之间，似乎很流行这样的情感组合。而周老师在木鱼妹和马在波两人的身上，看到的正是当下非常流行的这种情感模式。很有意思。

当时，杨剑龙老师也在，他也注意到了木鱼妹和马在波这条线索。不过，他注意到的不是小爱，而是大爱。他说，《野狐岭》有很多话题，说也说不尽，但是，在他心里，这是一个大爱化解仇恨的故事。

所以，木鱼妹和马在波之间的故事，其实是很多人都非常关心的一个问题。那么，能不能请老师给我们说一说他们两人之间的纠结和爱情，以及女性的超越道路等问题？

●**雪漠：**很早的时候，陈彦瑾就发现，我的作品中，总有一个黑歌手或马在波那样的人物，他们都承载了我的一种追求和向往。事实上，这本书也是这样。最初，马在波和琼波浪觉其实是同一个人，马在波的经历就是琼波浪觉的经历，但是，写《无死的金刚心》时，我和陈彦瑾专门谈过这个问题。最后，我们决定不要这样写，就把这个人物一分为二，一个是马在波，一个是琼波浪觉。于是，就出现了《无死的金刚心》和《野狐岭》。

写《野狐岭》的时候，我给自己定过一条规矩：绝不议论，绝不写思想。但这本书出来之后，里面仍然有无数的思想。实在没有办法。因为，一个人到了一定的时候，无论他的讲话，还是他的写作，都会自然而然地流露出一种思想，然后出现一种议论。这种议论之中，就会带出某种味道。这种味道，陈彦瑾有时很喜欢，有时不喜欢，但她也承认，这是雪漠独有的味道。它不是亲和的、交流的，而是一种非常肯定的东西。就像刚才，雪漠的味道就出来了。或者说，那是一种向往。马在波的身上，也承载了我的这种向往。而且，他是我在寻觅过程中出现的某种纠结的艺术展示。

90年代的时候，我有过一段马在波那样的清修经历。他的故事，也代表了我在那个生命阶段的某种向往。但是，那时我一个人，身边没有木鱼妹。木鱼妹在岭南，那时的我还在西部，没有到过岭南。我生命中的很多向往，可能都出现在那个时候。后来，它们就一天天地变了。虽然变了，但没有完全消失，就像我生命中的某种诗意，一直存在于我的内心深处。正是这点诗意，让我成了作家。如果没有它，我可能就会成为高僧。而且，我有意保留这点诗意，让自己多写一些东西。不过，对我来说，它的力量并不大。我心中最强大的力量是什么呢？是智慧的力量，它时时把我从木鱼妹营造的那种诗意的创作冲动中拽出来，让我奔向超越的层面。这时，就会出现"光明大手印"系列、《无死的金刚心》这些书。当木鱼妹那种巨大的、人性的、爱的力量，人间的力量又把我拽出超越的层面，让我回到红尘中时，就会出现《西夏咒》中的琼、雪羽儿，以及《西夏的苍狼》中的黑歌手那样的人。这些人物的存在，说明创作时的雪漠心中，木鱼妹所代表的诗意占了上风。这时，我才会写小说。否则，我只想写另一种东西。所以，《野狐岭》出来之后，雷达老师说，雪漠回来了。许多时候，我的创作都由不得自己。正如陈亦新所说的，雪漠天性是个艺术家，是个作家，但他偏偏想成为佛陀。这个天性是艺术家的雪漠，跟那个想要成为佛陀的雪漠之间，充满着纠斗，充满着追杀，充满着自我战胜，充满着升华与堕落。而这个过程，正是我修行的理由，也是我向往的理由。我的所有作品中，几乎都有这样的过程。而且，不仅仅是我，每个人其实都是这样，每个人的心中都有一种向往。

其实，木鱼妹是我的小说中最不可爱的一个女性，其他女性都很可爱，比如莹儿、兰兰、月儿、雪羽儿，但木鱼妹是个杀手。当然，这种不可爱中，也有某种可爱的东西，她也代表了人们心中的某种向往。男人可能向往马在波，女人可能向往木鱼妹，这种向往，是人性中对爱情的一种非常美好的憧憬，是对人间的一种非常美好的向往。注意，它是非常美好的，虽然跟宗教的很多东西产生剧烈的冲突，但人间之所以美好，也是因为这一点。想要超越它，非常难，所以，能超越的人，就被人们誉为圣者。超越不了的我们，就只能在木鱼妹和马在波之间纠斗，忽而想超越，忽而不得不堕落。这时，人间的东西就出现了。所以，一个人心中即使有木鱼妹那样的东西，或者有马在波那样的东西，也可以理解，但不能丢了向往。一旦丢了向往，人就无法实现超越。

善与恶，升华与堕落，灵与肉，英雄与爱情，等等，是人类所面临的一个永恒的话题。一些肤浅的故事，或是一些专门追求经济效益的畅销书中，或许不写这个东西，但人类最优秀的文学作品之中，几乎都有这个东西。因为每个人都是这样的。每个人的内心都在纠斗着，善良的本真和邪恶的欲望一直在纠斗着，才构成了文学的丰富，也构成了人生的丰富。

5. 被人误解的"神秘"存在

◎陈彦瑾：谢谢雪漠老师！您说木鱼妹不可爱，但我觉得她也挺可爱的。可能大家的看法不太一样吧。也许，在座的读者中会有人认同我的看法。

以前，我研究过您作品中的一些女性角色，但是，我觉得她们非常概念化。相反，木鱼妹的经历，包括她承受的苦难，她那种由恨到爱、战胜仇恨的心情，都是我们能感知的。女性内心那种爱与恨的激烈纠结，在木鱼妹的身上完全地展现出来了。所以，我觉得她非常亲切，也很可爱。

《野狐岭》还有一个非常突出的特点，就是有一种巨大的神秘感。里面的叙述人都是幽魂，有人就说，这部书是鬼话连篇，是一种呓语，让整本书笼罩了一种神秘的氛围。这种神秘感，我觉得超越了您过去的六部长篇小说。所以，我很想请您谈一谈这种神秘感的来源。为什么《野狐岭》一出来，就能让人置身于这样一种氛围之中呢？它离现实生活比较远，但我们又能进得去。我觉得，这是《野狐岭》非常有魅力的一个地方。

●雪漠：在西部，人们认为人活着为人，死了为神。人死之后，大家都会把他当成神来尊重，这就是西部的祖先观念。而且，西部人并不认为祖先死后会离开自己。西部人认为，亲人死后，仍然会跟自己生活在一起，可以通过某种方式交流。

父母告诉我，小的时候，我经常看到死去的爷爷，爷爷经常会给我豆豆糖吃。我经常喊着："爷爷，豆豆糖，爷爷，豆豆糖。"这件事，老家有很多人都知道。他们其实都很害怕，因为，从死人手里拿糖吃，据说是不吉祥的。

还有一件事。有一天，我的一个朋友到我家吃饭，我妈妈做了长面，那朋友端碗时，突然把碗给打翻了，饭全都倒了出来。这种事，在他的一生中从来没有发生过，因为他是一个很老练的人，所以，当时他非常尴尬。我妈妈一看，就开始骂。骂谁呢？既不是骂我，当然也不是骂我的朋友，而是骂我死去的父亲。她说，你不要抢着人家的饭吃。因为，过去吃饭之前，要先祭祀一下祖先，但我那朋友还没有祭祀祖先，就准备吃饭了。我妈妈认为，父亲因此不太高兴，就把客人的碗给打翻了，或是要跟客人抢饭吃。这种看法，外地人或许会觉得很奇怪，但在我们那块土地上，这属于一种常识。

陈亦新很小的时候，也发生过一件怪事。有一天，他和我弟弟的孩子玩，老是欺负人家，结果，他的肚子突然就疼了起来。他指着肚子告诉我父亲，说这儿发胀。我父亲就告诉他，刚才他玩得太过火了，他叔叔不小心说了他一下。后来，我们按照凉州传统的方法，烧了张纸，给他用火燎了一下。燎完之后，他马上就好了。类似的事情太多了，小时候，我不知道经历了多少。

还有一天，朋友请我吃饭，吃完饭，刚回家，他就给我打了电话。他说："陈老师，你能不能跟你弟弟说一下？刚才我请你吃饭的时候，你弟弟跟到我家来了，还问候了我老婆。结果我老婆受不了，肚子现在疼得要命。"在我们那里，这属于一种常见现象，人们不会觉得奇怪，或是不能相信的。但对于外面的人来说，这种思维就显得非常奇怪。不管是真是假，它都是西部独有的一种文化。

前段时间，我们去西部采风。当时，我带了很多人到沙漠里去照相，《野狐岭》中写到的那些光团，都出现在我们的照片上了，就像真实存在的一样。所以，表面看来，我写的东西像是鬼话连篇，很多人都认为那是虚构的。但事实上，西部文化不这么认为，那块土地上有着很多非常神奇的故事、非常古老的文化，以及非常独特的生命体验。对于土生土长的西部人来说，《野狐岭》中的很多东西都不是艺术，而是真实的生活。

比如幽魂叙事。西部文化认为，人鬼神共存于同一个空间，可以交流，只是我们看不到他们而已，也就是所谓的举头三尺有神明。所以，大多数西部人都不敢做坏事。一个人如果做了坏事，又不肯承认，你只要做一件事，他就不得不承认。什么事呢？叫他赌咒。你只要对他说："你要是没做这件事的话，就对着太阳赌个咒，说你如果做了什么什么事，就会遭到什么什么恶报。"这时，如果他真的做了那事，就定然不敢赌咒。因为，西部人相信赌咒是一定会灵验的。所以，在西部，赌咒比法律、合同还管用。现在仍然是这样。

很多人不理解这种文化，才会觉得它非常落后。实际上，它不但不落后，还是中国文化中非常优秀的一员。这种优秀，跟科学没有任何关系，而体现在它对社会的影响之中。它认为，大自然不只属于人类，花草、树木、动物等万物跟人类是平等的，而且，世界上有一种比人类更伟大的存在。这时，人就会有所敬畏，有所向往，会跟大自然和平共处，不会肆无忌惮，不会出现一种没有底线的堕落。因为他知道，你即使躲在暗处，头顶上也有神灵。这种文化让那块土地有一种道德底线，比如，那里不会有地沟油，也没有人做一些伤天害理的事情。真是这样的。所以，西部这种淳朴的文化，是老祖宗留下的一种非常优秀的传统。但目前，这种传统正在慢慢地成为历史，成为很多人眼中的神秘。

同样，《野狐岭》虽然看起来光怪陆离，但它写的，其实是一个本真的、自然的，曾经存在过、现在仍然存在的西部。今年去西部时，我们不但感受到了很多比《野狐岭》更神秘的东西，我还发现了很多宝藏，以后，大家会慢慢在我的作品中看到的。

◎**陈彦瑾：**谢谢！这是一个关于文化的话题。您谈到这个话题的时候，我就想起了陈晓明老师。在《野狐岭》中，他读到了一种独特的东西。他认为《野狐岭》重构了一个西部神话。在我看来，这真是一个非常精辟的概括。刚才，雪漠老师讲到西部人那种独特的生存状态——人神共处、人和大地共处、人和自然共处的状态，实际上，这就是我们人类在神话时代的生存状态。《野狐岭》——包括《西夏咒》等雪漠小说——为我们重构了人类曾经有过的、神话时代的生存状态。所以，看完这部书之后，我对西部非常的向往。

陈晓明老师也非常感慨，今年暑假，他去了一趟西部。他觉得，作为一个文学研究者，如果不到西部，就很难理解西部作家和他们笔下的那块土地。到了西部之后，他看到了很多东部的都市人认为不可理解的现象。虽然东部人会用神秘或其他名义来驳斥这些现象，但在西部人看来，那是他们生活的一部分。所以，如果有机会的话，我建议在座的朋友到西部走一趟，体验一下，也许在那里，我们会发现一个未知的自己。我一直很向往西部，但是非常遗憾，直到现在，我都没有去过西部，希望我能尽快有这样的机会，到那块土地上去。也许，去过西部之后，我对雪漠老师的作品，就会有另外的一种体会和理解。

我们生活在都市中，生活在视听文明中，正如陈晓明老师所说的，随时被手机裹挟，被电脑裹挟，为各种物质追求而疲于奔命，忘了我们作为人类最本真的生存状态。我们和大地分离了，跟自然分离了，更无法想象人如何跟鬼神对话，如何跟动物对话。而《野狐岭》中的很多场景，再现了这些早已过去的生活。

《野狐岭》是跨界的作品，它打破了阴阳分隔，打破了人和动物的分隔——老师笔下的骆驼太可爱了，我觉得蒙驼王褐狮子和汉驼王黄煞神是《野狐岭》中最可爱的角色——也打破了其他的所有界限，比如善恶的对立等，让一切变成了一个混沌体。所以，老师笔下的善恶，就显得不那么绝对了。

比如，驴二爷在书中是一个反面人物，很好色，但也行善；马在波是一个修行人，但他的内心深处却有过杀手那样的恶念。我也相信，我们每个人都不是单纯善，或是单纯恶的，也没有单纯地堕落，或单纯地升华。每个人都有趋向善的时刻，也都有趋向恶的时刻。这本书所呈现的，不光是生存状态上的打破界限，也是人性状态上的打破界限。它让我们确确实实地发现，无论是动物、善人、圣人、男人，还是女人，每个人身上都有人性中可能会有的善恶倾向。所以，雪漠老师才说，我们的向往和选择非常重要。因为，所有的可能性，都会因为我们的选择而变成现实。

书中有两个段落，我觉得不亚于《西夏咒》中对人性恶的极端描写。其中一个段落，我的印象非常深刻，就是蒙驼客巴特尔转变的过程。他刚开始鞭打别人的时候，还不太好意思，最后，就一步一步变得恬不知耻。《野狐岭》中有很多类似的描写，非常鲜活饱满，也很有意味，所以，我非常推荐《野狐岭》。

曾经有一段时间，我非常喜欢雪漠老师的"光明大手印"书系等文化作品，但后来，我慢慢觉得有点不太满足了。因为，我毕竟生活在一个驳杂丰饶的氛围之中，每天，我都要面对无尽的存在、无穷的状况。只有文学，才能做到这样的丰富。所以，我更期待雪漠老师的小说新作。如果说雪漠老师的文化著作是对善的向往、对真理的指引，他的文学作品就提供了一种生活的路线图。它会告诉我，在丰富的生活之中，我如何面对自己的选择，如何让自己一步步摆脱恶的倾向，如何在善的指引下一天天进步。

6. 木鱼爸为什么一直没有升华？

◎**陈彦瑾：** 现在，我们请现场的朋友来交流一下。

◎**读者：** 在后记里，您说，您对木鱼爸这个人物有着很深的感情，其实我也很喜欢他。我觉得，在他身上，我能看到一种传统知识分子或文人的情怀。我记得，杜甫看到家里的房顶被风吹掉时，就想到了天下人的饱暖。我觉得，木鱼爸也有这种情怀。木鱼爸发现了木鱼歌这么好的文化，歌中有着一种非常优秀的、超越的精神，但是在小说中，他的结局似乎并不太好——至少从表面上看来是这样。他的女儿同样传承了木鱼歌，在一生中慢慢受到木鱼歌的熏染，最后超越了自己的命运。请问，为什么会有这样的结果？为什么木鱼爸没有超越，一直生活在痛苦里，他的传承者反而实现了超越？木鱼爸和木鱼妹之间，到底有着什么不同呢？

●雪漠：他们的不同之处在于，木鱼妹有向往。注意，木鱼爸进入了艺术层面，但艺术仍然是物质层面的东西，木鱼妹最后从艺术层面升华到信仰层面，有了向往，所以，她可以实现超越。可木鱼爸一直停留在艺术层面，艺术甚至形成了他的一种执着。注意，他对木鱼歌的痴迷，虽然很好，是一种精神的守候，但它同样是一种执着。因为这种执着，木鱼爸一直没有升华到另一个层次。这是他和木鱼妹最大的不同。所以，到了一定的时候，该升级就要升级。比如，你读完初中，就要上高中；读完高中，就要上大学。就是这样。

7.读书是实现升华的最好方式

◎读者：看完这本书之后，我自己挺纠结的，心里一直有两个问题：先是想知道我是里面的谁，后来想知道里面的谁是我。我也一直想弄明白，"我是谁"和"谁是我"是不是同一个问题？因为，读这部小说时，我发现自己是其中的任何一个人物，这些人物的人性构成了我。当时，我最大的感受是，自己的世界跟别人其实是没有关系的，仅仅是自己和自己的一种平衡。所以，每个人都有自己的"野狐岭"。它就像你生命中的一个坎。

现在，我们没法去西部，也碰不到这么大的困难，但是，人到中年，我在生活中也有过一些感触。有些坎，别人看来或许不大，但自己真正面临的时候，却感到迈不过去。那么，什么时候才能迈过去呢？走出自己生命中的野狐岭，我觉得才能迈过那道看似迈不过去的坎。在这个过程中，你肯定有超越，有收获。你会在跌倒的地方成长，在付出的地方收获，在超越的地方找到出口。我就讲这么多，谢谢大家！

◎**陈彦瑾：**谢谢！雪漠老师，您怎么看这位朋友的分享？

●**雪漠：**很好！很好！你读得很认真，说得也很对，我也是这样的。

◎**读者：**雪漠老师好！我觉得，您是在作品中通过对人物的描述和刻画，让我们一步步走向升华的。请问，我们如何才能实现这种超越呢？

●**雪漠：**我的很多读者都是通过读书来实现升华和超越的。其实，读书是适合每一个人的最好的生活方式，尤其是读好书。

在以色列，读书是他们整个民族的一种生活习惯。据有关资料统计，以色列人平均每人每年阅读六十四本书，但是，我们国家好像还达不到这个数字的十分之一。所以，这个民族有道德底线，他们没有地沟油，没有让我们恐惧的很多东西，但我们国家有。以色列人通过读书铸就了信仰，他们最常阅读的一本书，就是他们的犹太经典。经典告诉他们该怎么做人，该怎么做事，相当于我们的《论语》。除了经典之外，这个民族的人们还会读其他的很多书，读书已经融入了他们的生活。

一个民族可以没有宗教行为，但不能没有信仰。信仰分为多种形式：

第一，将宗教升华为信仰。宗教只有实现升华之后，才是真正的信仰。很多宗教都停留在迷信层面，是不值得提倡的。

第二，通过读好书建立信仰。读我的书是在跟我交流，读大师的书是跟大师交流。交流的过程，也被称为"充电"，就像你往电瓶里充电一样。读书是为人生充电，让自己升华。读书的过程本身就是最好的修行，是在修正自己的生活习惯，修正自己的某种行为。

如果一个民族的人不爱读书的话，他们是没有希望的。看一个孩子有没有出息，你不要看他的成绩怎么样，要看他是否喜欢读书。三十年前，我们班里学习最好的那位同学，今天还在乡下的一间小学里教书——当然也很好——还有一位同学，曾经是班里的学习委员，今天却被人们认为是精神病。而那些学习不一定很好，成绩不一定很高，但很早就有读书习惯的同学，后来都很优秀。所以，我们可以没有很好的成绩，但不能没有读书的习惯。信仰也罢，升华也罢，最好的方式就是读书。读一些经典，为你的人生充电。而且，在读书的过程中，你会发现一种你更值得向往的东西，然后向往它，慢慢走近它，走近的过程，就是升华的过程。

8. 我能发现的东西，别人发现不了

◎**读者：**大家好！刚才发言的几位朋友，刚好提了一些我也想问的问题。在这里，我想再说一下我跟老师的缘分。今天非常开心，过去是看老师的作品，今天终于见到雪漠老师本人了。

去年，我去了一趟西部，朝拜了一些您在书中写过的地方，但不一定是您到过的地方。当时，我从西安出发，沿着丝绸之路，一直走到甘肃河西走廊的四通镇，其中有一站，就是您的家乡武威，古时叫凉州的那个地方。藏传佛教和汉传佛教在那块土地上保存得如此完整，让我感到非常意外。因为，我是在东南部的省份长大的，在那里的很多地方，一些佛教传承已经精致化

了，或者变得非常世俗化、仪轨化了，但是，到了甘肃的凉州，我看到了另一副样子。当时，我感到非常震撼。可惜，当时在武威没有见到您。

八月到十月，我又去了东南亚的中南半岛，大概走了五个国家，看了一下南传佛教。这时，我觉得内心有了一种选择：我可能更亲近西北。您在书中也写过，西部有一种古老的文化，比如萨满文化，它认为天人合一、万物有灵，人和自然之间没有界限，人、动物、大漠都是平等的。而《野狐岭》中写到的那些幽灵，也都是非常自然的存在。所以，通过这部书，我觉得好像能真正地了解您了。

之前看您的"光明大手印"、《无死的金刚心》等作品，感觉对您的理解还有一些障碍，觉得您是一个比较纯粹的布道者。但这部书不一样，里面不仅仅有文化的东西——从文化爱好者的角度来说，我看过很多民族、很多传承的东西，也看过很多可贵的、古老的、质朴的、民间的东西。我觉得，您的作品不仅仅有着这些方面的价值，读您的作品，我首先觉得很好看。

关于木鱼妹，我觉得她在您的书中，是一个非常重要的人物。至少在我的理解里，她是西部女性的化身，有点像西北马帮的女侠。虽然她身上有一种杀手的东西，但这不是她的错，她之所以会这样，可能是生计所迫。从佛教的角度看，她们骨子里其实也是布道者。她们做的事情，不管唱木鱼歌也好，杀人也好，都是对真理的示现，是在以特殊的方式启迪民众。

您的作品里有很多女性形象，我觉得，对您来说，她们非常重要。其中有一种形象，您说是空行母。我感觉，在您的理解里，或者说在您所信仰的文化体系里，这个形象是非常重要的。

可惜，我拿到这本书的时间比较短，来不及细看，但匆匆翻了一下，就被您打动了。

有些人可能认为，雪漠老师不该太自我，因为您书中的人物，一说话就全都是您。不过，这本书的可读性比较强，它能让普通人接近您、参悟真理。所以，我希望雪漠老师以后能多写这样的小说。

另外，我还想问问您，对于书中出现的凉州贤孝、木鱼歌，您花了多少时间来研究和完成资料的搜集？

●**雪漠：** 回答问题之前，我们先放一段录音，这是我的手机铃声，唱的是凉州的乡音。这段音乐叫《五更词》，是一首凉州贤孝。歌者是一个老人，他不识字，但唱出了五更打坐的五种境界。他唱歌的时候，并没有意识到那贤孝的价值。因为，虽然他也知道歌的内容，还知道王母听了吕洞宾的道歌，就把吕洞宾打下了凡间，说他泄露了天机，但具体是什么天机，老人并不知道。实际上，这首歌泄露的天机，就是实现超越的五个阶段。每个人只要照着这五个阶段修行，就有可能实现超越。因为，其中有很多修炼中秘不传人的口诀。

凉州贤孝中，有很多类似的东西，所以，贤孝其实是价值连城的。这些古朴的音乐，承载着西部的文化历史，这种文化传承，在西部到处都是。它已经成了我生命中挥之不去的一种声音。

很小的时候，我就会唱这首《五更词》，而且，我从小就学会了很多很多的凉州贤孝。我总能理解贤孝背后的东西。所以，我一直很喜欢跟唱贤孝的瞎仙在一起，跟他们聊聊天，听他们唱唱歌。那阵候，我们都会觉得很开心。直到今天，漫长的四十多年的岁月中，这一习惯，我一直没有丢掉。每次回家，我都会去看望他们，逢年过节的时候，我也会托人把最好的月饼，或是其他一些吃的带给他们。所以，贤孝代表了我人生中一种非常重要的温馨。

现在，只要一来电话，老人的歌声就会响起，就会激起我对那块土地的思念，以及我和那块土地的某种联系。我当年写《大漠祭》的时候，耳边始终响着这个声音，它已经融入了我的生命，成为我的生命基调之一，也是我抹不去的一种童年记忆。

至于木鱼歌。2009年，我来到广东，当时，我一下就发现了木鱼歌。五年来，我一直在关注木鱼歌，但我不仅仅关注木鱼歌，也在关注很多很多的文化，包括各地的民俗风情等。在我眼中，那都是宝藏，挖掘这些东西，发现这些东西，已经成了我的一种生命习惯。而我对这些东西的关注和研究，也真是耗费了生命的。去年，我带着侄子去西部，在藏区的一个地方住了六个月，跟当地老百姓待在一起。六个月后，我的胡子白了很多，虽然最近又黑过来了，但这说明，那所在对我的消耗非常大。在那里时，每天，我躺下就睡着了，睡到早上都没有梦，醒来后却没有睡过觉的感觉。不知道是什么原因。而且，我的体力也得不到很好的补充。不过，今年，我仍然在西部住了两个多月，明年还会出去，还会到那个地方，和那些人在一起。那是真正的宝藏，但是，或许只有我才能发现它真正宝贵的地方。

每当我说自己发现了很多别人发现不了的东西时，陈彦瑾就会批评我，她说，你不能这样，老是你有别人没有。我说，这也是我最可爱的地方，我就像小孩子一样，找到了好东西，就喜欢藏着不告诉别人。而且，这是事实，我能发现的东西，很多时候别人都发现不了。这也是没有办法的事情。因为我们走过的路不一样，我通过修行，明白了，战胜了自己，可好多人还没有走出自己的野狐岭，他们体验不到那种快乐，也没有办法融入那块土地，没有办法触摸到那块土地的脉搏。

9. 我们要珍爱动物

◎**读者：**您对动物——尤其是骆驼——的描写非常生动，肯定实地考察过很长的时间，有没有什么有趣的经历能跟我们分享一下呢？

●**雪漠：**我确实对骆驼很熟悉。关于骆驼或其他动物的资料，我现在用到的，仅仅是冰山一角。我甚至觉得，我对骆驼的熟悉程度，足以让我"成为"骆驼——自从明白之后，我想成为什么，就能成为什么。真是这样的。还有一句话，我经常说：我总是在别人的病里，疼痛自己。为什么呢？因为，我能感受到任何一个人的疼痛。比如，一个父亲非常爱自己的女儿，但是有一天，他的女儿为了惩罚他，自甘堕落了。这时，我会非常深刻地感受到那父亲的疼痛，就像痛的是我一样。所以，我总是在别人的故事里，流着自己的泪。也许，这就是作家的敏感吧。也可能是一种天性。对骆驼也罢，对其他动物也罢，对一切我都是这样。我能进入任何一种我想进入的存在，去感受他们的心灵，不管对方是人，还是动物。不能说别的作家没有这种状态，但确实很少有作家能进入这种状态。那是一种心灵宁静到对万物贴心贴肺之后，能感受到另一个生命的温度的敏感。另外，我了解动物的时间确实很长，因为我从小就和马、骡子这些动物打交道。从小，我就开始放马，可以说是趴在马背上长大的，所以，对很多动物，我都太过熟悉了。

其实，所有动物都和我们一样，只是皮不同而已。按照西部老百姓的说法，就是"多个尾巴，少个说话"，别的都一样。明白到这一点的时候，我们就会爱它们。只有真心地爱它们，我们才能了解它们。所以，永远不要把它们当成动物，永远要把它们当成自己，这样，你就能了解任何动物。比如，家里养了小狗的人就知道，当你下班回到家里的时候，小狗就会蹦蹦跳跳地跑到你面前，在你脸上舔啊舔啊。因为，它们看到你回来，心里实在太高兴了，不知道怎么才能表达它们的那种喜悦。这种爱的表达，比任何一个人类都更加强烈，因为人类心里有功利，但动物没有。你爱它，它就爱你，而且它的爱是百分百的，不会考虑你的学历、房子、车子、年薪。它对人类的爱，是人类所向往的那种爱。我们要像动物那样去爱，不要像人类那样去爱。但现在，这样的爱实在太少了。人类心中鸡零狗碎的东西太多了，功利的东西太多了，任何一个人一到我身边，就会用多种眼光盯着我看，他们总是让我感到很害怕，让我如履薄冰。每当出现这种东西时，我就会冒冷汗，觉得人怎么变成这个样子了，动物是没有这种东西的。

10. 善美本身就是真

◎**读者：**请问书中写到了招魂术，您本人有没有这类的经历？

●**雪漠：**这是关于鬼神的问题。在西部的宗教和民间仪轨中，确实有一种召请术，可以招来很多东西。人怎么才能看到这些东西呢？照相。今年我们去西部时照的很多相片中，都能看到一种奇怪的东西。比如，传说中，沙漠里有一种非常大的蜥蜴，长得很像沙娃娃，但要大上很多倍。这种蜥蜴，人们称之为"沙漠之神"，但它不是动物，而是一种人们所认为的神秘存在。我们在巴丹吉林沙漠和腾格里沙漠分别举办过一次篝火之夜，当时照的一张相片中，我的怀里就趴着一只巨大的蜥蜴。那就是传说中的"沙漠之神"。我也不知道为什么，但它确实出现了。《野狐岭》中提到的光球，那些照片中也有。很多时候，这已经不是神秘不神秘的问题了，而是一种我们可能不知道的存在。当我们认为它存在时，它就有存在的理由。因为，大自然实在太神秘了，我们对它的了解，其实只有一点点。

我们不能依赖自己的眼睛，而要敞开我们的心灵。从《山海经》开始，感受老祖宗对大自然中无数生命的那种感悟。我们会发现，现在，人类的想象力和情感已经被阉割了，人们已经不去欣赏传说中承载的美了。蒲松龄写的人和狐狸的故事、人和鬼的故事，《山海经》里那么多神秘的故事，以及一代一代流传下来的那么多神话故事，已经变成我们批判的对象了。这是多么可悲？

许多时候，人类不需要对错，不需要真假，人类需要的，其实只是一种美。那故事本身就是一种美，所以，我们不要用当代人的眼光去批判它们。给我们带来美、带来善的东西，就是真的东西。所以，艺术追求美，承载善，它本身就是最大的真。

看完《野狐岭》的人中，没有人说写这本书的家伙在骗我，看完《大漠祭》《猎原》《白虎关》之后，也没有人说雪漠是骗子，大家都觉得很真实、很震撼，因为里面写的都是贴心贴肺的东西。今天有那么多人，从遥远的地方坐着飞机来看我，就是因为他们在我的作品中感受到了一种东西。他们不管真假，只在乎美与不美，善与不善。所以，善美本身就是真。最大的真，就是这个东西，它源于生活，又高于生活。

（二）即将消逝的骆驼客文化

——做客广州图书馆"羊城学堂"

主题：从《野狐岭》谈西部文化对当代人的意义

主讲：雪漠

时间：2014年11月15日上午10：00—12：00

地点：广州图书馆负一层2号报告厅

1. 活在传说中的齐飞卿

◎**主持人：**各位读者，大家上午好！欢迎来到第356期"羊城学堂"的现场。今天我们邀请到的这位作家就是雪漠老师，他的作品曾经被兰州大学、上海师范大学，还有中央民族大学等高校的博士生、硕士生列为研究课题。他历时二十年创作了"大漠三部曲"（《大漠祭》《猎原》《白虎关》）和"灵魂三部曲"（《西夏咒》《西夏的苍狼》《无死的金刚心》），今天他又携带他的新作《野狐岭》——刚才我们看到的宣传片谈到的那本书——来到我们的"羊城学堂"。请大家以热烈的掌声欢迎雪漠老师！

雪漠老师是国家一级作家、中国作家协会会员、甘肃省作家协会副主席。他的新作《野狐岭》的创作背景是怎样的？它所蕴含的西部文化对当代人有着怎样的意义呢？请雪漠老师来为大家做一个详细的讲解。请掌声欢迎！

●雪漠：谢谢这么多的朋友能够在周末的时候来和我们一起交流，谢谢广州图书馆的"羊城学堂"，这是我第二次来到这里与大家交流。对于一个来自西部的作家，因为普通话不过关，能够在这里两次讲课，我觉得非常高兴。

对广东这块土地，我有一种特殊的感情。从西部出来之后，我到过很多地方，如北京、上海等，有些地方待过几年，上过学，但我一直对广东这个地方很有感情，后来我就定居在广东东莞的樟木头，主要是对这块土地有一种特殊的认同感。

我刚到广东不久，正好就赶上2010年广州亚运会，我非常幸运地被选为亚运火炬手。后来，广东这块土地以各种形式对我和我的作品进行了认可，让我拥有了很多的朋友，包括很多的学生、读者等。所以，对广东，我有一种特殊的情感，不然我也不会定居在这个地方。

今天，我重点讲一讲《野狐岭》中蕴含的西部文化。《野狐岭》非常有意思，有很多的话题。在书中，我试图想把西部文化和岭南文化进行一番比较，在一部作品中以小说的形式展示出来。之前，我还有一部作品叫《西夏的苍狼》，也做了一些比较，但因为那部小说是签约作品，时间要求比较紧，所以写得比较匆忙。虽然有一些大学生比较喜欢，但在我的小说中它的水平明显不如其他作品。《野狐岭》属于好作品。著名批评家孟繁华说，《野狐岭》和《大漠祭》属于同一个水准，这是他们的看法。我自己觉得，这至少是一部没有掉下水准之下的作品。

今天，我们就从《野狐岭》谈西部文化对当代人的意义，谈谈西部文化的一些东西，至于意义不意义，那是另外的事情，我们只进行一番交流。

首先，讲讲《野狐岭》的故事背景。《野狐岭》写的不是当下，而是百年之前的故事。前一段时间，我和一位编辑进行过对话。他说，雪漠的作品，写历史的多，写当下的少。他指的当下就是当代和我们在座的诸位密切相关的城市或农村。"大漠三部曲"中写的农村是20世纪的80年代。其实，我的小说都是写当下的，但是距离时间最长的就是《野狐岭》。

《野狐岭》的故事背景大概在19世纪，就是辛亥革命前的这段历史。但是，我写这段历史的时候，不是以当代，或者以那个时候的角度来入手，而是在一百年之后来反思这场革命，反思跟这场革命有关的一些事情，这时候就会出现一个巨大的时间落差。

《野狐岭》的写作时间也很长，最早的时候，其构思是在1982年，距今有三十二年了。那时，为了写作这部书，我到一个小学里教书，专门对这场革命中的几个人物，以及他们的家人进行了采访，包括《野狐岭》中的齐飞卿，我对他的故事也进行了一系列的采访。

那个时候，齐飞卿的故事在凉州广泛流传。他有很多传说，是一个完全被神化的人，非常神秘。他的书画作品非常好，是著名的书画家，即使现在也很少有人比得上。他的书画里有一种文人没有的东西，最让大家奇怪的就是他的签名。有一个算命的人看了齐飞卿的签名之后就告诉他，将来你要注意，你可能会不得善终，活不到老，还有可能会被砍头。齐飞卿就问，为什么？那人说，从你这个"卿"字的最后一笔中，我发现你有一种不一样的东西，这个时代不能容忍这种东西，乱世之中，你有可能会被杀头。注意！中国传统文化的八字命相学认为，齐飞卿这样的一类人，要么成为一代宗师，要么被杀头。

我们举一个例子，孔夫子时期，有一个非常有名的教育家叫少正卯。少正卯和孔夫子同时在一个地方讲学，孔夫子在这面讲，少正卯在对面讲，但少正卯讲学的吸引力太强。强到什么程度？孔夫子招上很多学生，最后都被少正卯吸引走了，历史上称之为"三盈三虚"，意思就是，学生每次招满之后，都跟少正卯走了。这时，就连孔夫子都容不下他，最后把他给杀了。所以，少正卯这样的人，要么成为一代宗师，要么被杀头。假如在那个时候，孔夫子不要当鲁国的司寇——相当于最高人民法院院长——或者没有把少正卯杀掉，反过来少正卯把孔夫子杀掉了，今天我们记住的可能就是少正卯，而不是孔夫子。在这件事情上，孔子显示出了他非常不好的一面，在他的人生履历中这是一个污点。我们永远不要认为孔夫子多么了不起，从杀少正卯这一点就可以看出，如果他当了国家元首，将会是一个独裁者。我们一定要明白，中国文化中有这样一种非常可恶的东西。孔夫子在杀少正卯之前，说过一段话，他说，这样的人如果不杀掉，国家就会大乱，所以要把他杀掉。我举个例子，如果北大、清华有一些学者各自有自己的主张，后来其中一个人当了最高人民法院院长，因为不能容忍其他人的存在，就把另外一个杀掉，你说这是不是非常可恶的行为？当然是。所以孔夫子也不该杀少正卯。少正卯这样的人，如果没有被杀，而是把对手杀掉，就会有自己的学说，会成为一代宗师。否则就会像后来那样，不得善终。

事实上，历史上有很多这样的人，有些人已经被杀了。比如大家知道的耶稣。耶稣为什么被杀呢？他出山的时候和少正卯出山的时候是一样的。他一出山，当时的犹太人中那些吃宗教饭的拉比就非常生气，觉得耶稣在抢他们的饭碗，于是，他们想方设法要把耶稣杀掉，最后耶稣就被杀了。幸好耶稣的学说和弟子们都很优秀，经过无数的血腥后发展为今天的基督教。同样，在那个时候，伊斯兰教的穆罕默德也必然会面临这样的命运，他一旦失败，就会被杀。

齐飞卿就是这样的一个人物。他要么成功，要么失败。一旦成功，他就是一个文化巨人。如果在文化上成功，他就能成为老子、释迦牟尼这样的人。但是，我在采访中发现，老百姓认为这个人很神奇。关于他的传说有很多，第一个传说是，他在墙上画一道门就能逃走。西部文化的故事中，认为只要修炼到一定的时候，你在墙上画一道门就可以出去，这是一种法术。凉州有很多很多这样的法术。我很小的时候，就专门跟我的舅舅学过这些东西，抄了大量的手抄本。现在想来，那些文化很有意思。

传说中，齐飞卿就有法术，所以人们根本抓不住他。他无数次被抓，又无数次逃走。其中有一次，他就是在墙上画了一道门逃走的，非常像《崂山道士》中的那个故事。据说，流传于凉州的法术中有一种时空转换术，当你画符念咒修炼到一定的时候，证得空性，就能实现一种时空转换，但这只是传说而已。那么，齐飞卿是不是达到了这个境界？我觉得可能没有。因为在他后来的很多故事中，我发现他的智慧还没有达到最高境界。

今天因为讲《野狐岭》，我们就把西部文化中的一些故事顺便讲一讲，大家很喜欢听，我也很喜欢讲这些故事，但这些故事都没有写进书里，而正好又反映了西部文化中非常神秘的一种东西。

齐飞卿还有一个故事。有一次，齐飞卿逃跑出去，到了外地，但没有地方躲避，这时正好一个女人在那里蒸馒头，齐飞卿就藏到这个蒸笼里。他用了一种叫闭火门的法术，就是闭住火门，表面看来热气腾腾，实质上里面很凉爽。关于这个闭火门的法术，在西部文化的一些手抄本中也有。据说，施法者可以用一种符咒请来冰龙，让它盘踞在锅底上，然后蒸笼里面就会非常清凉，没有热气。

小时候，我经常认识一些道人，他们说自己也会这个东西，但是他们不敢用。我没有试过这个法术。但我们老家还有这样一个故事，有一天，一个道人到我们的村庄去，让一个人蒸馒头，但是那人家里的主妇无论怎么蒸，都蒸不熟馒头。那人的爷爷马上就明白了，这个道人用了闭火门的方法。刚好这个老爷爷也是个懂法术的人，就拿了一条女人来月事之后用过的裤头子上了房，在烟洞上一蒙，那个正在做法的道人，就肚子疼得打起滚来。注意！这是我小时候听到的真实的故事，有名有姓的。

在西部，流传着很多很奇怪的东西。齐飞卿很神奇，他就懂这样一种文化，在西部的传说中，他不像我写得那样有血有肉，他已经成为一个传说。至于真实的他是不是真像传说中那样，这其实并不重要。西部文化有一种很奇怪的东西，会把一些寻常的事物转化为神话故事。所以，在中国作协举办的《野狐岭》的研讨会上，北京大学的陈晓明教授认为，雪漠在重构西部神话。

2. 齐飞卿为什么没有躲过"一刀之罪"？

●**雪漠：**三十二年前，关于齐飞卿的故事，我采访的时候，听到的就是这一类的神话，非常之多，但是只有一点打动了我，那就是他的死亡。

　　首先，他死于亲人之手。当时，他家非常富有，据说开着十三家当铺。什么是当铺？就是用东西换钱的地方。当你没有钱花的时候可以把家里贵重的东西寄存到当铺里换一点钱，到一定的时候再来赎，当铺收取一点利息。现在已经没有这样的机构了，只在很少的一些地方还可以看到这些东西。他们家是不是真的很富有？我觉得是。为什么？因为我在小学教书的时候，就在他的村庄上教学。有一天，村里人在一个地方植树造林，挖树坑的时候，挖出来四十六斤铜，他们就卖到了一个小卖部里，只留下很少的一点点。后来，他们发现，留下来的那些东西不是铜，是金子，说明卖掉的其实是四十多斤金子。这个地方就是齐飞卿家原来的所在，那时他们可能知道会大难临头，就把财产换成金子，埋在了这里。当时，卖"铜"的那个人的亲人告诉我，那些"铜"卖给了小卖部一个姓董的人，名字我都知道。我曾经见过那个人，很胖很胖，整天喝酒，脸红红的。他说，那些铜已经被收废品的收走了，卖了。他不承认这是金子。后来，这个人得癌症死了。那些东西到底是金子，还是铜，不知道，下落不明。但很可能真的是金子，由此可见，齐飞卿在当时其实是很富有的。

　　但是，齐飞卿的堂弟很穷，两家人贫富悬殊，所以他特别嫉恨齐飞卿。注意！在中国文化——比如西部文化中，这种心态非常微妙。为什么？因为这时候，谁都有一种打土豪分田地的心态。不能把齐飞卿的财富夺过来的时候，就仇恨他，所以弟兄两个非常对立，于是就有了小说中的一个故事。齐飞卿的堂弟人叫齐豁子，长着兔唇。齐飞卿就在自己的狗的嘴上割开了一个口，叫它豁子。一叫豁子，狗就哒哒哒哒跑过来了，就是这样的。而这个齐豁子也很坏，他请人把齐飞卿的像绣在一块垫子上，经常放在自家的门前让人踩来踩去。弟兄两个就这样斗来斗去，最后，齐飞卿就死于他的堂弟之手。

传说中，齐飞卿能飞檐走壁，他的马也非常好，是一匹百年难遇的骏马。这匹马一身黑，只有四个蹄子是白的，整个看上去好像乌云盖着雪一样，他称之为"乌云盖雪"。这种马，任何人都追不上，它甚至可以从墙上跳过去，估计现在参加赛马会的话，它肯定能得奖。在《野狐岭》中我也写了这匹马，不过我写得好像没有讲得这么神奇，也没有这么吸引人。总之，在当地的传说中，因为齐飞卿的功夫和这匹厉害的马，人们是抓不住齐飞卿的。

那么，最后他为什么被抓了？有这么一个故事：辛亥革命成功时，全国的很多省都已经独立了，不承认清朝政府，只有陕甘——陕西和甘肃——总督仍然侍奉、效忠清朝政府，不承认当时的国民政府。这时候，他要抓住齐飞卿，杀了他。注意！那个总督本身对齐飞卿是不感兴趣的，也不想追究，但是很多人都想杀了他，尤其是他的堂弟。所以，齐飞卿一回来，他的堂弟马上找了他的一些仇人去县衙里报案。然后，他们还设计了一个圈套——他们知道齐飞卿特别喜欢下象棋，就请来了一个象棋高手和他下棋。齐飞卿老是赢不了，但他老是下。这时候，清朝的官兵就把他团团包围住，他的一个朋友进来，向他作了一个揖，然后一把抓住他的头发，一下子就拽倒了他。齐飞卿就这样被抓住了。所以，他死于亲人的举报。

因为穷富悬殊，一些人就产生了一种不平衡的心态，非常强烈，穷的一定要把富的收拾了，就是这样一种嫉妒心理。当时，齐飞卿想为劳苦大众谋利益，是一个革命者，但是，在这些劳苦大众的眼里，齐飞卿是仇人，因为他富有。我们一定要注意，要从这个故事中看到一种民族的心态。后来，中国历史上发生的很多故事，都与这种心态有关。

据说，齐飞卿死的时候，连清朝政府都不想杀他，县官也不想杀他，但一些凉州人，尤其是像他的堂弟这样的凉州人都希望他死，互相买通着要把他杀掉。有一个让人非常心酸的传说就是，衙役当时不想杀齐飞卿，就用胶把麻皮粘在鬼头大刀的刀刃上，这样砍头的时候，刀子砍不进肉里。据说当时清朝有一个"一刀之罪"的法律，如果一刀杀不死，就不能再杀了。我也不知道是不是真有这个法律，但我在很多故事中看到过"一刀之罪"的说法。这有点像国外的断头台，如果第一下断不了他的头，那么信仰上帝的人一般就会认为上帝不让他死，就不会杀他。当然，这也是一种传说。如果碰上革命者的话，肯定就会把他杀掉，除非国王非常仁慈，那么也有可能不杀，这个不好说。杀与不杀，取决于掌权的人的心态，与规矩关系不大。齐飞卿被押到行刑地的时候，在凉州的传说中，只要有哪怕是一个小孩子在刽子手砍了齐飞卿一刀之后，喊一声"刀下留人"，就可以把他救下，但是齐飞卿死的时候，竟没有一个人站出来说这句话，于是齐飞卿就被锯死在凉州街头。锯的时候，刽子手在齐飞卿头下面垫了几块砖，用那把粘了麻皮的大刀锯呀锯呀锯，最后就把他锯死了，非常惨烈。在凉州的传说中，这就是真实的齐飞卿发生过的故事。

为什么我要讲这个故事呢？因为，齐飞卿临死的时候说了一句话："凉州百姓，活该受穷。"当我听到这个故事的时候，最让我震撼的就是这八个字。我当时就想，为什么凉州百姓活该受穷呢？最早的时候，《野狐岭》的写作就是从追问这八个字开始的。在这个故事中，齐飞卿已成了一个历史符号，承载着中国历史的全部信息，承载着辛亥革命之后无数的历史事件的全部信息，承载着中国人心灵的全部信息，也承载着很多革命者、革命烈士的全部信息，甚至承载着人类——包括像耶稣这些人——命运的全部信息和密码。

那么，如何揭开这个密码？进入《野狐岭》。这就是我写《野狐岭》最早的想法。我还想知道，那么多的人，在死后，如果有灵魂的存在，大家想一想，在一百年之后，这些灵魂回忆当初的时候，他们会有什么样的心情？此刻听讲的这些人，在一百年之后回忆今天听雪漠讲的这个故事，以及今天干的很多事情的时候，又会有什么样的感受？这样一想，大家就会觉着豁然开朗。为什么？因为你会发现，此刻认为非常重要的很多事情，在一百年之后，大部分都被忘却了，已经找不到了。也许用不了一百年，十年之后，在座的诸位能不能记起今天或二十年前、三十年前的一些事情？说不清。二十年、三十年之前觉得非常难忘的一些事情，此刻想来，有些已经记不得了，有些不过是朦朦胧胧记得而已，有些只剩下一种情绪，有些还会让自己感到很好笑。这就是人生的真相。

那时候，齐飞卿这个人物，身处在那么巨大的一个世界，有血淋淋的一段历史，现在已经成了一个传说。这个传说正在西部死去，除了一些文人，很少有人知道。后来，这段历史被保留在一本薄薄的《武威简史》中，大概只有一二百字的描写：凉州英豪齐飞卿如何如何……然后就完了。所以，我们应该通过对一些历史的反思，对当下有一种全新的观照。当我们把个人的恩怨是非往后拉一拉的时候，就会发现，很多东西不值得我们去执着，因为无论多大的事件，其实都是一点小小的情绪和记忆。

这是题外话。当然，《野狐岭》远比这个复杂。

3.即将消逝的骆驼客文化

●雪漠：《野狐岭》中有很多骆驼客。前一段时间，中国作家协会开研讨会的时候，一些批评家对书中骆驼客的描写评价非常高。为什么？因为过去任何作家都没有那样写过。一个叫林海音的作家在《城南旧事》中写过骆驼客，骆驼客来了，带来什么东西，骆驼客去了怎么样，就这样简单。老舍的《骆驼祥子》中的主人公祥子也不是真正地骆驼客，只是因为他捡到过骆驼，才被称为骆驼祥子。除外，很少有作家写到骆驼客，也很少有作家关注这些骆驼客的真正命运。《野狐岭》正好就讲了一个非常神奇的骆驼客的世界。

当时，西部有一群非常著名的骆驼客，他们就像现在的汽车、火车一样运输货物。那时候没有火车、汽车，只能靠骆驼托运。在我的家乡，有一户人家姓马，他们就是《野狐岭》中的马在波家，他们把整个沙漠当作了自己的驼场。在雍正皇帝的时候，有个叫年羹尧的大将军征过新疆，那时候打仗，军队的粮草就是由骆驼客们来运。注意！过去打仗的时候有八个字："兵马未动，粮草先行"。一打仗，就有几十万、上百万人的军队，我们通常只看到军队，却不知道军队里那么多的士兵吃饭是很麻烦的。如果军队里有一百万人，一个人一天吃一斤粮，那么就是一百万斤，一般士兵会吃到两斤，就是二百万斤粮。那么，这些粮食怎么运？从清朝开始，就靠驼队。三国的时候，靠诸葛亮的木牛马，也就是独轮车。有时候，还会靠一些牛车来拉。淮海战役中，靠的就是手推车。陈毅就说过，老百姓用独轮车推出了一个淮海战役。在当时，解放军几十万人，每天一个人吃一斤粮食的话，就要几十万斤粮。打一个月的仗，大家想一想要多少？所以说，那是很麻烦的。电影《车轮滚滚》中的一些场景，就是专门给解放军送粮的。

我告诉大家，过去打仗的时候，最重要的不是军队，而是有没有养军队的那些东西。古代的时候，骆驼客就是专门为军队运送粮草的。关于西部的骆驼客，有许多非常神奇的故事。可惜我去采访他们的时候，很多骆驼客都已经死了。

这部《野狐岭》中，我本想写一些女人，但要是写的话篇幅会很长，因此只能一笔带过，重点讲骆驼客。那时候，在西部的村子里，骆驼客是最受尊重的，也是最苦的。一般秋天之后，骆驼就要起场了，因为骆驼有一个特点，一到夏天，它必须褪毛，到了秋天，新毛长出来，身体也养好了，就要上驼道了。那为什么骆驼一到夏天就要褪毛？因为太热。热得受不了了，它就把毛褪了。大家把褪下的驼毛撕下来之后可以捻成毛线，做成驼毛衫、驼毛被等。驼毛很贵，那时候一斤大概三十多块钱，现在可能一斤一百多块了。一峰驼可以脱出十斤左右的毛，大概就是三百多块钱，这在西部农村是非常大的一笔收入。所以，一到夏天，骆驼就必须脱毛，而且脱了毛的骆驼仍然非常热，这时候必须给它灌大黄水。秋天的时候，骆驼就开始长毛，一长毛，膘肥体壮，就开始上驼道。秋冬两季是骆驼驮运的季节，每到这个时候，骆驼客们就把西部的货物拉到东部，把东部的货物再拉到西部，周而复始，他们就这样生存着。在《野狐岭》中，岭南也有一支驼队，这支驼队是西部马家的，主人公木鱼妹就跟随这些骆驼客们来到西部，在凉州与岭南之间建立了一种联系。这样，在岭南文化中，西部文化就找到了一个支点。驼队作为非常重要的传播载体，将西部文化与岭南文化连接了起来。

骆驼客离开家的时候，一般会给老婆买几斤棉花，让她用来纺线，织成布。过去在西部专门用织布机来织布，好些人以此为生。女人将棉线织成布后，就用毛驴子驮到一个地方换成粮食，粮食再换成棉花，再织布，这样两斤棉花织成布后，可以换成相当于六斤棉花的粮食，等于有百分之二百的利润。骆驼客的女人就靠这几斤棉花养活着一大家子的人，她们必须支撑到第二年骆驼客们回来。这群骆驼客的生活非常有意思，他们到北京的时候，会去听梅兰芳的京剧，一张票两块大洋。在当时，这两块大洋可以买很多很多的粮食，但他们愿意花这笔钱去听戏。然后他们回到家里就可以告诉家人，梅兰芳的戏如何如何，来丰富家人们的生活。

西部文化的博大，西部文化积淀的丰富，有时靠的就是骆驼客这样一批人。因为，除了本土文化之外，西部还有像骆驼客这样走南闯北的人带去的一些外来文化。这样的外来文化非常多，比如今天的阿拉伯文化、波斯文化、新疆文化等，它们最初也是通过丝绸之路传到凉州的。唐僧取经的时候，经过那个地方时也留下了很多传说。

大概在二十多年前，我采访骆驼客的时候，很多骆驼客已经死了，有一些骆驼客仍然活着。这些人一旦死去，他们生命中的很多故事、很多传说就没有了，很多文化也会消失，他们的那个世界从此就会消失。

4.世界的本质就是记忆

●**雪漠：**去年，我带领几个学生到西部采风，在那个地方住了半年，采访了很多人，收集了大量的素材。今年再去的时候，去年采访过的一些老人已经死了。换句话说，如果去年我没有去的话，有些资料就已经消失，再也找不到了。因为，那些老人一死，依托他们的记忆存在的那个世界也会消失。这就是世界的本质。

世界的本质就是我们感知到的一种东西，而这种东西又会很快化为记忆，所以，对每个人来说，世界的本质都是记忆。一定要记住这一点。你眼中的世界，其本质就是你的记忆。你有什么样的记忆，你感知到的就是什么样的世界，因为除了记忆之外，你感知到的那个世界已经消失了。比如，刚才鼓掌的那个时候，到现在不知道过去了多长时间，它已经变成记忆了。此刻拍巴掌的这个时候，注意！它也已经变成你的记忆了。所以，每个人的世界就是一点记忆。你有什么样的记忆，就有什么样的世界。《世界是心的倒影》这本书，讲的就是这个道理。

因此，当一个骆驼客的记忆世界消失之后，属于他的世界就会随之消失。同样，当我们的记忆，我们这些个体消失之后，属于我们自己的世界也会消失。

世界跟图书有关系，但不是全部的关系。什么意思呢？就是说，书本中留下了一个世界，但这个世界是作者的世界，也是读者的世界。读者阅读的时候，大脑中留下的记忆就是那本书带给他的世界。那本书本身是没有自性的，不是不变的，张三读了觉得很好，而李四读了，却可能会觉得不好。我的很多著作都是这样，有人喜欢《无死的金刚心》，认为它是我最好的作品；有人喜欢《西夏咒》，认为它才是最好的；有人最喜欢《大漠祭》，甚至有人最喜欢《西夏的苍狼》。所以，每个人认为雪漠最好的作品都不一样。同样，读《野狐岭》的时候，每个人感受到的东西也都不一样。上一次在北京，中国作协开《野狐岭》研讨会的时候，很多批评家——包括一些大学教授——的意见都是冲突的，你喜欢这个，不喜欢那个，而另一个偏偏喜欢那个，不喜欢这个，交锋非常激烈。有一次，在《西夏咒》的研讨会上，还发生了一个很有趣的故事：两个批评家吵起架来，一个说雪漠是大作家，一个说雪漠是在文化犯罪。他们为这部作品吵架，说明不同的人在同一部作品里可以看出不同的世界。

同样，我们和身边世界的关系也是这样。你眼中的世界是你眼中的世界，不是他眼中的世界，我们没有必要让别人也看到你眼中的世界。如果我们一定要要求别人跟自己有相同的看法，就是在用自己的思想强暴别人。孔夫子为什么不该杀少正卯？因为，孔夫子认为的少正卯是不是真正的少正卯，我们不知道，但有一点是肯定的，那就是孔夫子肯定忌妒少正卯，否则不会杀他。孔夫子的这种行为，在几千年里，一直被中国历代的朝廷、历代的统治者所学习。从秦始皇的焚书坑儒，到汉武帝的罢黜百家，一直到后来的文字狱都是这样的。这是对中国文化思想上的摧残和肉体上的消灭。这种陋习的根源，就在孔夫子这里。我们一定要注意这一点。我不是在否定孔夫子的儒家学说，而是在否定他身上曾经有过的那种不好的基因。我们一定不能因为他是圣人而不去否定一些不好的东西，同样，我们不能用自己的思想去强暴别人。

所以，当你发现别人不如你意的时候，一定要注意，你认为的那个东西不是他认为的那个东西，每个人认为的东西都不是一个东西，每个人只代表他自己。雪漠也只代表他自己。最近，腾讯网的《华严讲堂》播放了对我的一个采访，主持人在介绍我的身份时称我是上师，我就告诉他，如果你说的上师是带领学生们向上的老师，那么我接受；如果是宗教意义上的，我就不接受。为什么？因为我从来没有说你们应该怎么样，从来没有告诉世界你们应该怎么样，我没有这样的想法和行为。我从来都是告诉大家，我怎么样，我是怎样做的。我一直在躲避人群，就是怕自己一不小心用自己的思想去干扰别人，或者用自己的思想去教育别人，或者当一些我不想当的角色。我想做什么呢？我希望告诉他一种方法，让他自己去成长，让他自己去感知属于他自己的世界。《野狐岭》就是这样，里面的人物都是用自己的眼光看世界的人。所以，当你发现别人——包括家人不如你意的时候，你一定要明白，那是你认为的他们，不是本来的他们。那么本来的他们是什么？本来就没有他们。为什么没有他们？因为他们也在变。每个人都在变，你不知道变化中的哪个是他们。你的妈妈刚开始觉得你是个不孝之子，现在忽然觉得你孝顺了，一会又觉得你不太孝，那么，究竟哪个是她？说你不孝的那个是她，还是说你孝顺的那个是她？不知道。你的女朋友忽然觉得非常爱你，觉得你是天下最好的男人，后来觉得你不是个东西，那么，哪个是她？不知道，因为她在变，没有一个固定的她。那么，我们就没有必要为经常变动的她而痛苦。这就是世界的本质，佛教称之为空。

　　注意！佛教认为的空是一种变化中的不确定，而不是什么都没有。所以，面对历史、面对现实的时候，我们每个人其实没有必要那么执着，因为没有什么值得我们执着的东西。历史是这样，现实也是这样，所有的文化都是这样。西方人认为中国怎么样，中国文化怎么样，那是他们的认为。我们认为西方人的文化怎么样，也是我们的认为。每一种认为中，对自己有用的都只是对自己的灵魂有作用的那一点，此外只是你的"认为"而已。如果不明白这个道理，我们就总会用自己的观点去干预别人，于是，世界上就出现了无穷的纷争。如果不明白这一点，无数的政党、无数的教派就会我杀你，你杀我，相互争斗。因为他不明白，自己的那点执着仅仅是自己的执着，他执着了一个本来就不存在、时时在变的东西，他执着了一个根本不值得执着的东西。世界的真相就是记忆。记忆在飞快地消逝，所以世界也在飞快地变化。

5. 文化的意义在于建立一种联系

●雪漠：《野狐岭》就想定格这样的一个世界，让他们还原自己的世界，让他们看一看自己过去的记忆在生命中留下了什么意义。他们后来发现，没有多少意义。他们的意义只是照亮了跟他们有缘的那些人。佛教的意义、文化的意义，所有的意义，都只是照亮了跟自己有缘的那些人。对无缘的人，它们没有意义。所以，"天雨虽宽，不润无根之草。"意思是，天上的雨虽然大，但没有根的草，它没有办法润泽。"佛法虽广，不度无缘之人。"佛教虽然广大，无缘之人你度不了。为什么？因为他跟你没有关系。对于跟它没有关系的人来说，那个东西是没有意义的。所以，我们一定要明白，让我们的文化跟自己、跟别人发生关系。

最近，一些文化志愿者举办了诸多的公益读书活动，他们走进大学，走进校园，和那些孩子建立联系。这样的联系方式，无论参加活动的人多，还是人少，都不重要。为什么？因为和你建立关系的人数的多少，不代表你的价值。

我们举一个例子，在我很小的时候，村庄上没什么书，整个村庄只有几本小人书，我也只能读到那几本小人书。那些小人书里的故事，今天我都记得。前一段时间，我们向一些贫困地区捐书的时候，我说，不知道有多少人能够看到这些书？这时候，我的一个学生说，雪漠老师，只要有一个未来的雪漠能看到这些书就行了。他说得很好。为什么？大家想一想，要是在半个世纪或四十年前，我们的村庄上有一个今天的雪漠这样的人，给我的家乡捐了一个图书室，让当年那个读不到好书的我能读到好书的话，今天的雪漠是不是会更优秀？大家也许不知道，我小时候很聪明，记忆力很强，只要拿到课本，翻一遍之后，我全部就记下了，然后就把课本撕掉，不用了。好多东西我能过目不忘，但是我没有值得记的东西。直到今天，我还记得小时候的课文：当年我过黄泥坡，黄泥坡上乱石多……那时，我读的就是这些东西，没有人告诉我，这个世界上还有唐诗、宋词、元曲，还有《道德经》《论语》。如果在我记忆力那么好的时候，有人给我们村庄捐了书，我会把唐诗三百首、宋词几千首很快地全部背会，我一天能背一万多字。有一次，学校排练节目的时候，要背几万字的山东快板，我一个下午就能背会，而且忘不掉。可惜的是，记忆力那么好的时候，却没有人给我们捐书，我不知道世界上还有那么好的书。大家想一想，那时候，如果在座的每一个人都和那个乡村的一个小孩子——未来的"雪漠"——建立联系，他会得到怎样的影响？当你影响他的时候，他成长到今天就会影响更多的人。所以，文化的意义在于跟有缘的人建立联系，不需要多，只要有一个就够了。

我们再举一个例子，鲁迅的文章，大家看不懂，刚开始的时候我也不喜欢，现在当然喜欢了，但是，鲁迅的文章有一个人很喜欢。谁啊？毛泽东。毛泽东很喜欢的时候，就会用自己的影响力把鲁迅的这种精神推广开来，让它成为中国文化之魂。所以，鲁迅的文章影响不了别人不要紧，只影响毛泽东一个人就够了，毛泽东就可以用他的影响力把这种文化传播出去。文化就是这样的，它的意义就在于建立一种联系，你找到跟你联系的那个人，影响他，他又会一步一步影响跟他有缘的人，有一天就会出现一个毛泽东被他影响，出现鲁迅、出现耶稣、出现释迦牟尼被他影响，然后他们又会凭借各自的力量把你承载的精神传播开来。

广州图书馆"羊城学堂"每年的讲座中，有那么多的读者，只要出现一个被它影响的伟人，这个图书馆就足以不朽了。明白了没有？两千多年之后，如果出来一个孔夫子这样的人，那么这个讲座就有意义。我刚才批评的是孔夫子不好的东西，但孔夫子伟大的东西，我们还是要认可。儒家文化中有非常了不起的东西，我们不能因为圣人的身上出现了一个虱子，出现了一个伤疤，就把他全部否定，不要这样，我们要客观地评价。

任何圣人都有毛病，释迦牟尼也有毛病，他老是背疼。你想，他的脑袋那么大，承载着那么多的思想，又老是打坐，不活动，怎么能不出问题？坐的时间一长，脑袋压着脊柱，出现骨质增生，他就必然背疼。所以，任何人都有毛病，不是身体的毛病，就是心理的毛病，或是人格的毛病，都不要紧。因为有毛病，我们才有完善自己的理由。死人没有毛病，死人也不需要对冶毛病，有毛病和没有毛病都不要紧，因为人们又不在乎他。

6. 书是心灵的另外一面镜子

●雪漠：文化是什么？文化就是跟我们的生活方式发生关系的一种营养。如果它跟我们发生关系之后，不能影响我们的生命，就不叫文化，而是一种知识。知识跟文化不一样。文化作用于你的生命本身，而知识不作用于你的生命。就像很多大学教授，讲了一辈子佛教，却不能解脱；讲了一辈子解脱，却仍然烦恼；讲了一辈子放下，自己却放不下。因为他讲的这些知识跟他没有关系。而文化不一样，文化必须和人的生命发生关系，如果不发生关系，这个文化就没有意义。

我们读书的时候，一定要让书中的思想、书中的文化，改变我们的行为本身。当书中的文化能够改变我们行为本身的时候，读书就变成了一种修行，一种信仰。过去，我的行为一般分为三种：第一修行；第二读书；第三写作。其他的事情我都可以忽略不计，甚至有时候，我的睡觉也在修行，可以把它归到修行里面。不过，所有行为中，对我影响最大的是读书，而不是修行。修行的意义在于让我能更加专注地读书，拒绝一些干扰。注意！修行的重要目的是拒绝一些干扰，做你自己该做的事情，这是修行的本质。拒绝干扰之后，做你该做的事情的时候，你会有所取舍，有所守候。"舍"就是佛教中的戒，"守"就是修行中正当的行为。我的所有正当的行为中，读书是非常重要的，正是因为阅读了那些伟大的经典，我才慢慢地改变了自己的行为。我不是靠念"阿弥陀佛"改变的，也不是靠念啥别的咒语改变的，而是靠读书加上实践——正确地实践就是修行——改变的。读书的过程中，我总会将自己跟那些伟大的人物进行比较，觉得自己哪些方面不如他们，想要超越他们，就在行为中努力。于是，在实践的过程中，我就慢慢地改变了命运。

书是自己心灵的另外一个参照物，是一面心灵的镜子，它会告诉你，哪些地方你还做得不够，不如书中的哪些人物，你要汲取书中的智慧，照着去做。读书的时候，如果能让书中的文化成为你的生活方式，你就有了文化，不然你就没有文化。你可能是个一般的知识分子，但没有文化。一般的知识分子也叫"知道分子"，就是背下大量的术语，满嘴的术语，但没有文化。相反，有些不识字的人却有可能很有文化。为什么？因为他知道的那些智慧已经成为他的生活方式了。当你拥有自己独有的生活方式，能够快乐地、明白地、开心地活着，并且把这种快乐、明白、开心传递给他人的时候，你就是文化人；如果能传递给很多很多的人，产生一定的影响力，你就是文化大师；如果只改变了自己一个人，就叫文人；如果连自己都改变不了，你就是书橱，就是藏书的柜子。

最近，我的身边发生了一个故事：广州市香巴文化研究院跟某报联合做了一个专栏，我们为专栏提供一些稿子。跟我们联络的编辑是我的朋友，我们总是把稿子提供给他。突然有一天，我收到一条骂我的短信，内容非常精彩。为什么骂我呢？因为这个朋友的老婆怀疑自己身边出现了"小三"——事实上没有这种事——而我呢，让这个小三去跟他丈夫对接工作。我确实安排了一个学生跟进这项工作，因为我在广东太远，只能专门安排别人，但他们之间并没有那种故事。朋友的老婆还没弄清真相就骂我，说我给这俩人提供了机会，大骂我们会怎么样怎么样。她还说，你不就是想让老娘离婚嘛，老娘就离给你看。你某某——指的她老公——想娶了，你就娶上她；你某某婊子想嫁了，你就嫁去。你们看老娘离了某某活不活。就是这么一段话。我一看，太精彩了，又给陈亦新看。陈亦新看完之后说，爸爸，你把这段文字发给我，太精彩了。后来她每天骂我，一大段文字一大段文字地骂。我一看，非常开心，太开心了。为什么？因为她给我提供了大量素材。这个女人，在我的小说中是非常精彩的一个人物。这种脏话，我是想不出来的。她每天给我提供大量的脏话，我欢喜若狂，就把它们都收藏起来，以备后用。后来，我的几个学生说，雪漠老师，她这样骂你，你生不生气？我说，一点都不生气，她骂我的时候，我像听到了百灵鸟的叫声一样，非常愉悦，而且她为我提供了大量的小说素材，别处找都找不到。真是这样的。所以，当我们以另外一种角度反思生活中一些不如意的事情时候，我们就会发现，很多人、很多事其实是在帮助我们明白。在过去的三十年中，有无数人骂过我，每当挨骂的时候，我都会反思自己，看看他骂我的那些话里面，骂对了哪些？我欠缺什么？我永远是反思自己。

前一段时间，又有一些读者开始批评我，我也在反思自己，我总觉着他们代表了一部分人对我的看法，他们之所以说出来，是希望我更完美。所以，当你换一种眼光看世界的时候，你会发现，很多东西其实并不像你想象的那样糟糕。生活中，很多不如意的东西，其实是我们的心创造出来的。别人不顺心的东西，别人说出的不中听的话，可能是我们的毛病，是我们自己不注意而已，蛇不知自毒。所以，我们的成长需要各种各样的声音。

7. 显文化和隐文化是土地的灵魂

●**雪漠：**《野狐岭》就有无数这样的声音。所以，每个人都可能在《野狐岭》中找到未知的自己。这种声音，在不同的地方流传下来，就变成了文化。文化有两种：一种是看得见的书面文化；一种是看不见的隐文化。书面文化就是图书，如图书馆里有大量的这种图书。隐文化就是我们的生活方式，比如广东人吃早茶。以前我就说过，这种生活方式很有意思，西部地区没有吃早茶的习惯，因为西部人没有这种闲情，没心思在早上的时候享受那份安逸、那份自在。这是让我觉得非常有意思的地方，包括岭南的茶文化，也包括更有趣的一些文化，如观音借库。这些隐文化都在潜移默化地影响着我们，有些是好文化，有些是不好的文化。好文化就会成为一个地方的文化精髓，不好的文化就会成为一个地方的陈规陋习。所以，我们到一个地方去的时候，必须分清楚哪些是好文化，哪些是不好的文化。对一些好的文化，我们就发扬光大；对于不好的文化，我们就移风易俗。移风易俗是可能的。比如，当你慢慢地改变自己的时候，你就会影响身边的人。那些和我建立联系的人，包括一些志愿者，慢慢地就会在早上5点钟起床，每天珍惜时间，做一些利众的有意义的事情。这说明，你身边的人是可以改变的。

显文化和隐文化是一块土地的灵魂。注意！灵魂的东西是看不到的。真正的有灵魂的文化并不是书面文化，而是看不见的一种民间文化，就像我们每个人看不到自己的灵魂一样。但是你离不开灵魂，文化也是这样。各地的文化中，都有一种他们不知道、不一定能觉察到，但又离不开的东西，那就是一种文化的灵魂。任何人都要学会找到这个灵魂，找到灵魂，你才能真正地拥有文化。找到灵魂的方式，有两种：第一种是走万里路；第二种是读万卷书。

岭南这块土地上，为什么会出现孙中山？他出现在别的地方行不行？不行。孙中山如果到凉州去就是齐飞卿，肯定会被收拾掉，而且不用清朝政府收拾他，他的兄弟就可以把他收拾掉。你一定要注意这一点。辛亥革命的时候，孙中山主要的任务是什么？是筹钱，搞募捐。筹钱为啥？为了供给国内的革命党。谁为他募捐？他广东的老乡、海外华侨，以及其他的一些朋友等。岭南这块土地，因为有了这样一种文化，才诞生了一个孙中山。齐飞卿如果到广东这面来，也可能会成为孙中山这样的人。所以，一个地方的文化中，某种力量聚集到一定的时候，就会出现一个标志性的人物和标志性的事件，这就是文化孕育的必然结果。

每个人都承载着一种隐文化，这种隐文化以记忆的形式存在于你的生命中，改变着你的生命状态和生活方式。每个人都是一个独有的文化载体，不可替代。每个人、每个家庭成员、每块土地，都有它个体性的一种文化。什么是个体性的文化？就是我们独特的个性、性格、行为、心理等。其中，最为重要的有两个方面：第一是心理；第二是行为。心理就是你自己怎么认为，是你的世界观。行为就是你自己如何做，做了什么。在《野狐岭》中，无数的骆驼客们，他们所有的意义就在于两个方面：第一，怎么认为；第二，做了什么。我们也是这样的。

在未来的时候，如果有人谈到你，想到的也是你的思想和行为。所以，一个人要想获得成就，就要从两个方面着手：首先就是拥有自己的思想；其次就是要有相应的行为，用行为实践自己的思想。读书就是对好的思想的一种备份，从儒释道国学中找到你喜欢的那种程序，装入你的生命，使其成为你的一种本能。在座的很多朋友都是这样，都看了"光明大手印"书系，读了之后，很喜欢这种文化，并且认可这种文化，然后用行为去实践它。当你的"电脑"里装了这种程序，在其作用下做事的时候，就是你的行为，也是你存在的意义。

西部文化中有很多这样的思想和行为，它们构成了西部文化的博大和精深。《野狐岭》这部书就是这种思想和行为的展示，只是它的背景放在了一百年之后，反思自己的时候，他会对所有的行为和思想有一种全新的解读。

其实，我们不需要那样，不需要到一百年之后再来反思。我告诉朋友，你可以用两种方式来改变你的行为：第一种，你觉着今天是你生命中的最后一天——这是西方人教的——那么，你该怎么做？第二种，中国传统文化中有一种训练，就是想象此刻自己的生命已经消失，自己的肉体没了，那么，肉体消失之后，你想一想，你能拥有什么东西？你能留下什么东西？什么东西是你的？什么东西会变成别人的？在这样一种参照下，你会发现，你能拥有的东西不一定很多，别人抢不走的，永远是你的思想和行为。

所以，中国传统文化中有一种说法，人生有三不朽：第一，立功，建立功德；第二，立德，完善人格；第三，立言，著书立说，把自己的思想传播出去。当然，我们不一定要实现不朽，实现不朽的意义也不大，那些追求不朽的人都可能很快地朽掉。所以，真正不朽的人是庄子所说的"至人无己，神人无功，圣人无名"。不执着的人，才能真正地实现不朽。所以，要非功利地完善自己、贡献社会，不要在乎社会对你的回报，这样你反而有可能实现不朽，有可能创造一种真正的价值。

8.享受自己，留下自己

◎**听众：**雪漠老师您好！我非常喜欢您的讲话风格，坦诚直率，实实在在，不讲假话、大话。那我也说真话。我想请教一个问题，唐代大诗人白居易认为："文章合为时而著，歌诗合为事而作。"现代文豪鲁迅先生也提出了类似的观点，他说在革命时代，文章需要听从将令。那么，您认为，作为作家，应该为个人而创作，还是应该为时代而创作？应该写自己喜欢的作品，还是应该写大众都喜闻乐见的作品？谢谢！

●**雪漠：**我告诉大家，我喜欢写作，是因为写作很快乐。熟悉我的人都知道，我基本上与世隔绝，尽量拒绝所有的见面。除了像"羊城学堂"这样的讲座，我偶尔出来一下，其他时候我基本不见人。不是说我有意地要做什么，而是因为我喜欢一个人待着，很充实、很快乐。早上起来，一直快乐到晚上，晚上睡着，快乐到梦里，一直就这样快乐着。大家想一想，这么快乐的时候，还出来做什么呢？

一般的时候，我一天花不了多少钱，中午吃一顿主食，可能一两米或面，再吃一点青菜。过去的时候，早上会吃一点菜，晚上也会吃一点菜，最近我发现，早上也吃菜的时候，会浪费我两个小时，于是早上的菜，我也不吃了。中午吃一点主食，晚上吃一点菜，不多。我生命的索取就是这么一点东西，除此之外，其他的对我没有意义，意思就是，没有什么可诱惑我的。那么，这时候，我就只能享受快乐，而最快乐的莫过于写作。比如，昨天从早上5点半，一直写到上午11点半，我写了一万七千多字，写作时的那份宁静、那份大乐，根本无法言喻。当你和宇宙中巨大的本体在一起狂欢跳舞的时候，那种快乐不是人间的语言所能描述的，所以，我的写作最重要的意义就在于快乐。

如果读我的书，别人也能感受到这种快乐，那就读一下；如果觉着不爱读，那就别读。我一向是这样认为的。但我有时候又会觉得，能够让更多的人读一下也很好，所以也会把一些深刻的东西写得简单一些，希望更多的人能读懂，但是别人不读也没有什么。目前，作为一个个体来说，我几乎没有什么求的东西。

我的意思就是，当你明白，你求到的、求不到的一切都会过去时，最好的做法有两个：第一，享受自己。注意！我说的享受自己跟及时行乐的享受自己不一样，我说的享受自己是享受生命中的明白、清凉。第二，留下自己。尽量地把自己的一些东西留下，让一些跟你有缘的人得到一种快乐。我非常希望我的作品所有人都喜闻乐见，但我深深地知道不可能，对我的作品能够喜闻乐见的只可能是一部分人。

释迦牟尼那么伟大，也只有一部分人知道他、喜欢他。所以，我们根本没有必要期待让多少人理解你。而且，当你对世界有所求的时候，你才有所要求，无所求的时候，其实你做最好的自己就够了。事实上，人能够做到最好的自己，就是对世界最大的贡献。

我们不要改变世界，或者说不要试图改变世界。雪漠做最好的自己的时候，大家就会在这看我的书；雪漠想改变世界的时候，就会被世界给灭掉。任何一个人想改变世界的时候，都肯定会被世界给灭掉——它有各种理由把你灭掉，无论政治的，还是宗教的，只要它想把你灭掉就能灭掉你。所以，不要改变世界，做最好的自己就够了。当然，我说的灭掉，不一定是肉体上的灭掉，也可能是一种糟蹋。

对于一个文人、一个作家来说，他的作品承载的思想就是他的灵魂，能展示自己就已经够了。所以，我们要从耶稣的身上吸取教训。耶稣为什么被人钉在十字架上？因为耶稣想改变世界。我的意思就是，我们不要试图改变别人，不要要求别人总是如你的意，不要要求别人总是像你期待的那样。当你做到最好的自己时，对于你的个体生命来说，就已经很好了。所以，做最好的自己，其实是利他的，不是利己的。永远利己的人，是小人，他不是最好的自己。最好的自己是孔子所说的君子。所以，我面对世界的时候，永远把目光转向自己，用面对自己内心的方式去面对世界。

9. 文化大破之后需要大立

◎**听众：**大家好！雪漠老师，我读过很多您的书，同时也读了克里希那穆提的书。克里希那穆提在他一生的演讲里，对这个思想他好像持否定的态度，那么您觉得思想跟自己有着怎样的关系？

●**雪漠：**克里希那穆提是一个非常伟大的哲学家。但是他在晚年的时候非常悲伤，因为他发现，他的一生中讲了很多话，却没有一个人照着做。这是克里希那穆提晚年的悲哀。为什么会这样？因为他把一切思想都清理掉了，清理的过程中，不小心把自己的东西也清理了。也就是说，他在破除一切的时候，把自己也破掉了，他的很多观点偏空了，这是克里希那穆提的悲哀。作为一个哲学家，他非常伟大，但他不知道人类中有些东西是不可破的，必须守住它。这个东西就是真理的存在本身，对于真理的存在，我们必须保持一种敬畏，如果把什么都破掉的话，就会偏空，陷入一种断灭空。克里希那穆提就是忽略了这一点，最后在破除很多东西的时候，把自己的传承也破了，所以没有一个人照着去做，没有一个"信受奉行"的人。

克里希那穆提非常接近佛教中的龙树菩萨，他的学说中有中观应成派的一种东西，他只破不立。作为破除执着的一种方法，只破不立是可以的，但是光有这个还不够。真正的宗教、真正的文化必须有破有立，所以，一定要有一种敬畏的、向往的东西存在。这个东西一定要比人类本身更伟大，甚至比克里希那穆提本身更伟大。这个东西一旦被否决，人类就会陷入一种巨大的狂慧，东征西杀，所向无敌，最后自己什么也没有了。所以，文化必须大破，但之后也必须大立——既然克里希那穆提只实现了大破，那么，大立由我们这些人来完成怎么样？

附：

何为"文化人"

——雪漠"羊城学堂"讲座后续采访

◎**刘蓝忆：**拥有法律本科学位、金融硕士学位、新闻传播博士学位，有着"清华一哥"称号的梁植最近在电视节目中询问别人自己毕业后该做什么，引起大众的批判，称其愧对清华教育。请问，您认为是什么原因导致梁植这类空有高学历而不明自心的人出现？

●**雪漠：**这类人有一个共同特征，就是不明白自己这辈子该做什么，没有人生梦想，只是机械化地学习。这是他们最主要的毛病。他们因为没有立起自己的志向，既缺乏向上的驱动力，又缺乏"昨夜西风凋碧树，独上高楼，望尽天涯路"的境界，所以，他们一辈子都在机械化地被动学习，永远是书橱，也就是知识的储存器，而不是积极主动地学习。这样的人值得敬重，因为他们有学习精神，但是，我们更应该树立一种使命感，主动地担当一些东西，为改变这个世界做一些事情。

◎**刘蓝忆**：媒体将上述问题的原因归结于中国教育机制的不足，而没有意识到您所说的人文层面的原因，也没有意识到您所说的文化的真正含义。您认为，这反映了社会上哪类意识的缺失？

●**雪漠**：媒体说得有道理，这里面确实有教育机制的问题，但不仅仅是这个问题。更重要的是，目前的文化之中，缺了一种能照亮灵魂的东西，这些东西在中国传统文化中本身就有，比如"为天地立心，为生民立命，为往圣继绝学，为天下开太平"。这是一种胸怀，一种境界，一种担当。这个东西古人提倡，但我们现在的主流文化不提倡。目前流行的，是时尚文化、欲望文化，以及及时享乐的文化。这些文化有它们存在的理由，但它们不能为世界做出贡献，也不能担当任何东西。所以，那个学生的不足，确实反映了教育机制的问题，但教育机制所缺乏的，恰好就是我们所说的文化上的教育。目前，大学都在扩招，还有其他的诸多原因，都导致师资力量的下降，老师中能达到大师层次的人日渐稀少。真正的大师一个又一个地离世，而新的大师又没有出现，教育机制方面的问题将会越来越明显。所以，我们既要正视教育机制所存在的问题，也要重视文化所存在的问题。

◎**刘蓝忆**：正如您所说的，这种人身上的悲剧并不仅仅是教育造成的，跟当代社会不注重培养真正的"文化人"，没有树立正确的文化观有着直接关系。您认为，"文化人"这个概念的提出，是否可以重构大众观念，对社会产生正面的作用力？

●**雪漠**：我们所说的"文化人"，是真正能继承传统文化，并与时俱进、经世致用的人，而不是一般意义上只学习不共享的人，更不是机械化地吸收而不努力进取、努力实践的人。文化的意义，更多的是在行为上实践，而不仅仅是知识的储藏。知识仅仅是文化人身上的营养，而不是他的全部。真正的文化人，必须有自己的世界观和方法论，不能人云亦云，也不能只想不做。所以，我提出的"文化人"跟一般意义上的"文化人"不太一样，它更多的，是一种与时俱进的观念，也是一种有益世界的生活方式。

前段时间，广州市香巴文化研究院提出了"新国学"的概念，所谓的新国学，就是将大手印文化、香巴文化等传统文化，以及诸多的地域文化归入国学范畴，改变传统国学以儒家文化为主的局面。只要对人类心灵有益，我们就可以将其纳入新国学的范畴，甚至包括西方文化，我们也可以将它和儒释道文化、大手印文化、香巴文化等诸多传统文化融为一体，让它成为新国学中非常重要的组成部分。

新国学包括两部分：一是世间法的部分；二是出世间法的部分。也可以说是入世和超越两部分。大手印文化属于超越部分，传统文化中的道家文化、佛家文化中，也有很多超越的东西，这些都属于新国学在超越部分的内容。

需要强调的是，"文化人"的概念也罢，"新国学"的概念也罢，都是与时俱进的产物，是人类文明在进步过程中出现的内在需要。它提倡学习和行为并重，不能一味地吸收知识，变成书虫，也不能盲目行动，不讲方法。

不过，相对来说，我们更看重行为。文化必须有行为，提倡一种文化的人，必须有一种相应的生活方式。没有行为的文化根本就不是文化，没有行为的文化人也不是文化人。就像那个学生，学了很多东西，拿了很多文凭，但直到今天，他仍然在为自己该做什么而感到迷茫。为这个感到迷茫的时候，说明他没有行为。所谓的行为，就是你认为自己该那样做，并且主动地去做。文化人的真正意义，就在于这种行为本身。没有行为，他所说的一切，他所倡导的一切，都不是文化。

◎**刘蓝忆：**请问，您提出的"文化人"概念对当下的就业难等问题是否有直接帮助？如果没有直接帮助的话，如何让奔忙于现实生活的人愿意放缓脚步？

●**雪漠：**事实上，造成就业难的原因很多。当一个人真正有文化的时候，其实就不会觉得就业有多么困难了，他甚至不会考虑就不就业的问题。因为，就业是被动的，文化是主动的，当你有了某种文化的担当时，你就会主动地学习，主动地提升自己，当你的境界、价值提升到一定程度的时候，你还需要考虑如何解决生存问题吗？

我们知道，美国有个作家叫梭罗。他在湖边写了一本书，书中说道，人的生存，其实不需要很多东西，我们之所以觉得生存有问题，实际上是因为我们贪婪，是贪婪导致了负面的结果，而不是生活或社会本身。

当一个人真正有文化的时候，他就会发现生存其实很简单，就是一杯水、一个面包、一些空气，以及一些非常简单的生活条件。有了这些，人就能生存，任何一个健康人，想要满足这些条件都不困难，对文化人来说更是这样。现在，很多人认为就业难，是因为我们有很大的欲望，总在想着一些自己达不到、得不到的东西，总把自己推向一个自己达不到、做不到的选择。这个时候，才会出现所谓的难。

事实上，不管是就业也罢，什么也罢，人活着必须满足的东西，就是吃饭而已。能吃上饭，人就能活下去，就能做一些自己喜欢的事情。所以，我们面临的不是就业难的局面，而是高于现实的欲望。我们不用考虑如何解决就业问题，而要考虑如何让自己成长，如何让自己真的有文化。文化之中，其实已经包括了诸多应世的智慧，也就是面对世界的方法。

目前，社会上流行的是功利性、功用性的文化，但我们这个时代需要的，恰好不是这样的文化，而是一种对人类灵魂、人类发展有更大意义的文化。不管这种文化是实的，还是虚的，只要一个人有这样的文化眼光，自己也真的拥有这种文化，他的生存是不会出现问题的。

◎**刘蓝忆：**另一篇分析此事的文章中谈到，中国社会有一个很大的问题，就是失掉了"知识分子精神"。现在的人文环境非常恶劣，理想与现实背道而驰。那么，您提出的理念，是否能拯救现在的大环境？

●**雪漠：**我的所有文化，包括新国学，其实都不是在拯救社会，而更多的是在拯救我自己。我从来没有想过拯救别人，或是拯救社会，因为这不是我能做的，我只能展示我的观点，展示我所认为的真理，没想过要影响别人。如果能拯救别人，当然更好，但我所有的知识也罢，文化也罢，最重要的还是影响我自己，而不是影响别人。包括我的表达、我的议论等，也都是在展示自己，让别人了解我的思想，别人如果觉得对，就照着做，不对，也可以不去管它。我就是这样的。我其实是个思想者，而不是人们所说的导师，更不是什么传道者。

◎刘蓝忆：您提出的"文化"及"文化人"的概念，能给社会带来一股清凉之风，让大众——尤其是知识分子重新审视自身，您预期，这股清凉之风会有多大的效力呢？

●雪漠：我根本不管力不力量、影不影响，因为，这不是我能左右的。我的所有经历也罢，我传播的所有文化也罢，都是作用于我自己的。我只是完成我自己，从来不管这清凉之风对世界有多大作用。这种事留给党和领导人去管吧。我只愿自言自语，然后把我的自言自语展示给世界，这就是我对社会的贡献。社会是社会，我是我，我只愿为社会贡献一个雪漠，而不希望任何人接纳我，更不希望把所有人都变成我。不要去管社会，这样不好。社会上有无数的声音、无数的活法，我们要允许这些声音的存在，也要允许这些活法的存在，我们更要明白，我们只是其中的一种声音，我们的活法也只是其中的一种活法，要允许每个人展示他自己，要允许百家争鸣、百花齐放，这时，世界就丰富多彩了。始终要明白，最美的社会，不是大一统的社会，而是每个人都做好他自己的社会。

（三）生命中的三条"根"
——做客东莞图书馆"市民学堂"

主题：从《野狐岭》谈岭南文化与西部文化

主讲：雪漠

时间：2015年1月2日下午2:30

地点：东莞图书馆"市民学堂"四楼报告厅

2015年1月2号下午，是新年放假的第二天，作家雪漠做客东莞图书馆"市民学堂"，与来自广州、深圳、湛江等地的读者、朋友及东莞周边的广大市民相聚一堂，为大家奉献了一道别具特色的文化大餐，主题为：从《野狐岭》谈岭南文化与西部文化。西部文化与岭南文化有着怎样的异同？这是此次讲座雪漠老师重点阐述的问题。

在讲座中，雪漠老师对岭南文化的"活性"与西部文化的"厚重"进行了对比，通过这种对比，听众就能发现两种文化之间的差异。此外，雪漠老师还谈到了岭南大地上发生的变化。这种变化，在某种意义上说，不仅仅是一块土地的变化，更是一个时代的变化。一个时代的变化，必然会使每个个体生命发生变化，这时，就会出现一种大的因缘。

现在，在全球化、现代化浪潮的席卷下，包括西部文化、岭南文化在内的中国文化完全断裂了，那种传统的、本土的、非常质朴的东西被冲击得荡然无存，旧的已经崩塌，新的还没有构建起来，所以，现代人焦渴的心灵极需要地域性文化的滋养，否则就没有根，灵魂无所依恃，永远是漂泊的人，永远是流浪者。那"根"，就是生命之根，是一个人成长过程中最重要的滋养。讲座中，雪漠老师结合自己的人生经历谈到了"三根鼎立"的重要性和如何才能"落地生根"。生命中的"三根"包括：地域文化之根、信仰之根、大文化之根。

以下为发言记录（有修订）。

1. 好的缘起，好的人生

◎**主持人**：雪漠老师是中国作家协会会员，甘肃省作家协会副主席，甘肃省专业作家，国家一级作家，被甘肃省委省政府授予"甘肃省优秀专家""甘肃省领军人才""甘肃省德艺双馨文艺家"和"甘肃省拔尖创新人才"等称号。现在，雪漠老师定居在东莞樟木头的中国作家第一村。大家对老师应该不陌生，因为这是老师在我们"市民学堂"的第四场讲座。记得，上次老师在这里讲了《无死的金刚心》，受到很多读者的欢迎，而今年，老师又推出了长篇小说《野狐岭》。老师的著述非常勤奋，每年都有新书面世。

今天是"市民学堂"在2015年的第一场讲座，老师演讲的主题，就是他的新作《野狐岭》。《野狐岭》是2014年7月由人民文学出版社出版的，一面市就引起了广泛的关注和热捧。可能，今天在座的很多读者都已经看过这本书了。作为纯文学作品，《野狐岭》多次登上当当网的新书销售榜，还有《光明日报》的好书榜、百道网的"2014好书榜"年榜之小说类等，被《文艺报》《光明日报》等五十多家媒体和刊物所报道、转载及专访，也得到文学界、文艺界专家学者们的高度关注和深度解读，被称为"惊喜的发现""先锋文学的'老干新枝'""重构西部神话"等。那么，《野狐岭》到底是一部怎样的书？为什么有人称之为"反小说"？为什么它会挑战读者的阅读智力？其灵魂叙述的小说形式又是怎样的与众不同？今天，我们有幸请来了雪漠老师，请他为我们现场解答这些疑问。同时，也请他站在一个西部人的角度，谈一谈他眼中的岭南文化。

●**雪漠**：首先感谢东莞图书馆再一次给我机会，让我在这里跟大家见面。之前，我已经在"市民学堂"演讲过三次了，这是我第四次在这里跟大家见面。今天正好是新年的第二天，能跟大家在这里聊聊天，我觉得缘起非常好。

中国传统文化非常注重缘起。那么什么是缘起呢？缘，就是缘分的缘；起，就是起来的意思。缘起就是一粒种子。最后能长出苹果，还是土豆，或是其他什么东西，就取决于这粒种子。小孩子是人生的缘起，今天是2015年的缘起。所以，今天我们不去吃喝玩乐，而是参与一些跟人生、跟文化有关的活动，我觉得很有意义。如果每一年都有这样的好缘起，大家都能读读好书，做一些能让自己成长的事情，就必然会有一个非常好的人生。

每一天也是这样。我每天早上起来做的第一件事，就是当天最重要的事，而当天最重要的事，也必然是我一生中最重要的事。它跟元月的前三天——元月一日、二日、三日有相似的意义，那就是缘起。有好的缘起，就有好的人生。因为，事实上，当你选择好方向之后，只要一直不断地坚持，就一定能成功。所以，缘起对人生是非常重要的。

今天，我在这里看到了很多熟悉的面孔，有些朋友在很多年前就认识了，有些朋友是几个月前刚认识的。有些人为了听这场讲座，专程从广州、深圳或其他很远的地方赶过来，这就是很好的缘起。我们特别注重缘起。中国传统文化有一种说法：菩萨怕因不怕果。他怕的因，就是缘起，那粒种子。所以，今天能有这样一个机会，我非常开心。

2. 为什么要写岭南木鱼歌？

●**雪漠**：接下来，我们谈谈《野狐岭》。《野狐岭》是一部小说，但它又不仅仅是一部小说。它也是一个杯子，里面盛了我想贡献给这个世界的水。因为世界需要这样一个杯子。所以，《野狐岭》中有我想对几块土地说的话，比如岭南土地。《野狐岭》用很大的篇幅讲了岭南，讲了东莞，讲了木鱼歌，也用了很大的篇幅写西部文化。这样的小说不多，能把西部和岭南揉到一部小说里，而且看起来浑然一体，这个比较困难。

那么，我为什么要写岭南呢？因为，最早的时候，我是东莞文学院的签约作家，我们签了一个合同，要写一部叫《木鱼歌》的小说，主要内容就是东莞的木鱼歌。所以，我就在《野狐岭》中重点写了木鱼歌。如果没有跟东莞文学院签约的缘起，我可能就不会那么关注木鱼歌。

不过，我对木鱼歌的关注也近似于一种发现，其实，来东莞之前，我就特别关注中国传统文化中的说唱和弹唱艺术。像北京的京韵大鼓，像苏州的评弹，像温州的鼓词，像凉州的贤孝，还有河西的宝卷，以及东莞的木鱼歌。几乎在中国的所有地方，我都发现了类似的东西。

大家想，在千百年前，我们的交通不发达，从岭南走向西部，或是从西部走向岭南，大概有三千公里的路程，如果不出意外，驼队大概要走三四个月。因为，骆驼一天大概只能走十五公里，不多走。但是，在这么辽远广阔的中华大地上，在相隔这么远的两个地方，为什么会出现木鱼歌和凉州贤孝这两种相通的东西呢？为什么在那样一种非常封闭、非常闭塞的农业文明时代，在各地会出现一些非常相似的艺术形式，来传播非常相似的文化呢？这是非常值得研究的。

3. 庙堂文化、江湖文化、地域文化

●雪漠：我将中国文化分为三种：第一种是庙堂文化。庙堂文化相当于现在的国学，也就是一个国家专门推的文化。像汉武帝专门罢黜百家、独尊儒术，这个"独尊"的儒术，就是庙堂文化。在中国历史中，有很长一段时间——从汉代到明清，甚至直到今天——儒家文化一直是中国的庙堂文化。

所谓的庙堂文化，就是国家统治的一种文化基础。换句话说，你熟悉庙堂文化，就可以进入庙堂，可以当官。在中国，汉武帝之后很多朝代的庙堂文化，一直对佛家文化和道家文化持消极态度，甚至把它们给屏蔽了，极少有例外。汉文帝和汉景帝这两代对黄老哲学——也就是黄帝和老子的哲学——很尊崇，所以出现了休养生息政策，但即使在这两代，占主流地位的仍然是儒家文化，而不是道家文化。在那个时期，如果你想当官，不懂儒家文化是不行的。"文景之治"后的汉武帝时代，儒学更是占据了纯粹的主流地位，道家文化和佛家文化几乎完全被摒弃了。所以，现在我们谈到的国学，事实上主要指儒家文化。这是不公平的。为什么呢？因为，佛家文化和道家文化其实是中国文化最为重要的组成部分。后来，季羡林先生提出了"大国学"，把这两种文化也纳入了国学的范畴，现在人们谈到国学时，也偶尔会谈谈老子、庄子。但是，严格来说，过去人们一谈到国学，说的就是四书五经等儒家经典。因为，在很长一段时间里，科举考试是从四书五经里出题的，学习老庄著作等其他经典当不了官，同样，学习《金刚经》《大般若经》及《大藏经》里的其他经典也当不了官，只能当高僧。除了个别道人——比如神话中的姜子牙等，一般修道者是当不了官的。但严格地说，姜子牙不算道人，因

为那时还没有道教，道教是东汉时期出现的，他只能算修道者。

中国文化主要的基础就是官本位文化，就是说，中国文化主要的基础就是当官的文化，这是中国文化非常重要的特点。在中国，很多人读书的主要目的就是当官，也就是"学而优则仕"。对权力的崇拜，在中国人的心态中占据了非常重要的位置。

明代有个著名画家叫唐寅，也叫唐伯虎。大家可能看过电影《三笑》，它讲的就是"唐伯虎点秋香"的故事，这个故事很好，故事中的唐伯虎是个风流才子，他点到了一个女子，那女子很漂亮也很爱他，可惜这个故事跟史实有出入。历史上的唐伯虎确实爱上了一个女子，但后来他在一次科举作弊案中被牵连了进去，考取功名的可能性就消失了，那个女子非常遗憾，最终也没有跟他在一起，因为她知道他当不了官了。所以，唐伯虎后来其实活得比较潦倒，虽然卖画也可以挣钱，也会很有名，但是他活着时的地位并不高，比不上那些当官的。

我们必须了解这样的社会现实。这是中国文化非常重要的特点。它跟西方文化不一样，跟雪漠今天讲的文化也不一样。直到今天，我们国家考公务员还是很重要的，仍然有很多人都想考公务员，觉得考上公务员就像鲤鱼跳了龙门一样。因为，在中国文化中，当官是很多人一生中非常重要的选择，除了个别人。

第二种是江湖文化。儒家文化成为中国文化非常重要的基石之后，道家文化和佛家文化就给摒弃了，这两种文化就进入了江湖文化——当然，现在它们进入了大国学——道教和佛教进入民间之后，因为宗教上非常重要的凝聚力和传播性，它进入了整个的民间领域。这个民间，我称之为江湖。比如，任何一个受到道教影响的地方，都有道教的一套规范，所有道人都遵循这套规范——除了正一教和全真教，他们有自己的一套文化和规范。和尚也是这样，官府可以不在乎他们，但他们有自己的文化土壤。所以我称之为江湖文化，也就是一种流传于民间的文化。1991年，我写过一本书，叫《江湖内幕黑话考》（2017年由中国大百科全书出版社再版，更名为《黑话江湖》），书中还有很多门派和文化，包括算卦的、卖药的、走江湖的、算八字的，等等，都属于江湖文化的范畴。这是第二种文化。

第三种就是地域文化。我为什么这么分呢？因为木鱼歌是岭南这一带典型的地域文化。非常奇怪的是，岭南地区的木鱼歌居然跟三千公里外的凉州贤孝很相似，和温州的鼓词、苏州的评弹也很相似，和很多地方的弹唱艺术都很相似。注意，相似的不是形式——或者说不仅仅是形式，因为形式也相似，都是盲艺人弹着三弦子，唱他们认为该唱的东西。什么东西呢？如何行善积德，如何做好人等，然后记录那块土地上他们认为值得记录的东西。《野狐岭》中那个会唱木鱼歌的女子肯定不会跑到凉州去唱木鱼歌，或是唱凉州贤孝，也绝不会有凉州的盲艺人带着三弦子到岭南来，把凉州贤孝教给岭南人，更不会有人跑到苏州去，给苏州人教这个东西。但中国确实出现了这样一种情况，很多互不相干又相隔千里之遥的地方，都在相同时期出现了很多形式、内容、精神非常相似的东西。什么原因？我告诉大家，这就是中国文化另一个非常重要的特点。在那个历史时期，中国各个地区的所有人，都需要这个东西，而且，它不是儒家文化，不是完整的道家文化，也不是佛家文化，而是一种大杂烩的地域文化。岭南木鱼歌中也有这样一种东西。

岭南有一首木鱼歌叫《禅院追鸾》，它的文字非常之美，其文充满了诗意和激情，非常文雅。在我看过的木鱼歌中，它的文字最美，比德国诗人歌德赞美过的《花笺记》更美。歌中有一个结了婚的女子，她的老公到了外地，婆婆趁她老公不在家，就经常虐待她。后来，那女子躲到一个寺院里修行，而且坚决要出家。她老公回来之后，看到老婆竟然出家了，就到禅院里劝她回家，但她坚决不肯回去。这首木鱼歌就用非常美的文字，描述了女人的老公如何劝她，她又是如何拒绝回家的整个过程。

注意，岭南文化这时已出现了一种不一样的东西，比如这块土地上妇女的地位。过去，岭南的媳妇地位不高，很辛苦，这和任何地方都一样，婆婆的地位也一样很高，甚至掌管着"生杀大权"。如果婆婆觉得媳妇不好，让儿子离婚，儿子就必须离婚。能不能不离？可以，但不离的话，你就成了不孝之子。南宋著名诗人陆游和唐婉结婚之后，小两口的关系很好，但唐婉和他妈妈的关系不好，他妈妈就叫他离婚，于是陆游就跟唐婉分开了。陆游当然可以不离，但他如果不离的话，就会成为世人眼中的不孝之子，被整个社会所唾弃。注意，在很长一段时间里，中国文化一直有一种这样的东西，但岭南的木鱼歌中则出现了另外一种东西。比如，《禅院追鸾》中的这个女子就有一种很强的反抗精神，这种精神流传了千年。这个故事承载了岭南独有的一种文化，我称之为地域文化。

4. 人的完美应具有三个世界

●雪漠：在《野狐岭》中，我写了多种地域文化的相撞，也写了岭南文化和西部文化之间的传奇。里面有两条主线：一条是骆驼客们随着驼队出发，走向灭亡的故事；另一条是岭南女子到西部复仇的故事。有趣的是，西部人，包括西部的批评家、作家和读者，都觉得小说中西部的内容写得很好，岭南写得不好，但岭南人却觉得岭南的内容写得很好，西部写得不好，一些批评家也这样认为。而且，一位西方翻译家看了《野狐岭》后，也喜欢岭南的部分，她选取的内容就是木鱼妹的一段故事。我不知道为什么会出现这种差别。

在岭南的很多城市，我每次去新华书店都会想到一个问题：如果把我的"光明大手印"放在这里，有没有人会买？结果很可能是"有"。那么，如果把《野狐岭》放在这里，有没有人会买？也会有。但是，假如把我的"大漠三部曲"（《大漠祭》《猎原》《白虎关》）放在这里，可能就没有人买了。注意，写"大漠三部曲"，我花了二十年的时间，投入了我的整个青春和生命，我从二十五岁到四十六岁之间的所有探索和实践——我指的是文学方面的——几乎都用在这三部书中了。当然，这三部书是公认的好，被专家誉为"中国西部文学的扛鼎之作""真正意义上的西部小说和不可多得的艺术珍品"，但是，在岭南这个地方，我估计没有人会买。为什么？因为在这个时代，已很少有人在乎我认为的那种好文学了。

今天来这里的朋友中，有些是读了我的小说来的，但更多的人是读了"光明大手印"书系来的。也就是说，除了平时习惯于听"市民学堂"讲座的读者之外，单纯冲着雪漠来的人中，大概有百分之九十以上都是因为信仰的原因，远远多于因为文学来到这里的人。这种比例上的反差，恰恰反映了这个时代的一个特点。这是非常可怕的，它说明我们已经远离了一种诗意、情感、审美的东西。当然，追求信仰也很好。

有人把人类世界分为三种：第一，现实世界；第二，艺术世界；第三，精神世界。精神世界就包括信仰和灵魂。我觉得一个完美的人应该同时具有这三个世界。现实世界以真为主，艺术世界以美为主，信仰世界以善为主。这就叫真善美。缺了任何一个世界，人都不完整。

《野狐岭》正好融合了这三个世界。书中关于骆驼客的生活，关于骆驼之间的争风吃醋，就属于对现实世界的描写，很多人都认为这是《野狐岭》最精彩的地方。当然，书中还有对岭南生活的描写。

5. 我为什么从西部来到岭南？

●雪漠：西部文化像大地那样厚实、沉重、辽阔，岭南文化则充满了活力，有很强的活性。关于这一点，我在《西夏的苍狼》中专门写过，虽然那本书写得很仓促，但确实承载了我对这块土地的思考，里面有一种与时俱进的东西，这个东西非常明显。

来这里的路上，我们看到了一条横幅，上面写着八个字："海纳百川，厚德务实。"这就是岭南文化的"活性"，它很注重介入现实。最近，东莞出台了很多优惠政策，吸引了大批人才，体现了它那种"海纳百川"的胸怀，还有与时俱进的活力。而西部文化因为是历史积淀下来的，所以显得厚重而博大。在《野狐岭》和《西夏的苍狼》中，我一直想写出岭南文化那种活性的东西。

一个人如果汲取了一块土地的厚重，并且明白了另一块土地的活性，他就很可能会成功。

所以，今天我不仅仅是在谈《野狐岭》，我也是在谈一种思考。大家知道我为什么从西部来到岭南吗？事实上，我就是想看一看，这块土地上发生了什么事？出现了什么新东西？是什么样的力量让岭南出现这样一种巨大的变化？注意，这不是一块土地的变化，而是一个时代的变化。如果明白了这种变化，我们的人生中就会出现许多新的想法。

岭南这块土地上发生的变化，事实上是西方曾经发生过的变化，所以，现在正是中国文化演变过程中一个非常重要的时期。我们每个人都要感受到其中的很多东西，因为，这是一种全球性的趋势，也是我们个体性的未来走向一个新阶段、新时代的趋势。

6. 生命中真正有意义的事

●**雪漠：**《野狐岭》中所有的主题，都在于用当下的眼光反思百年前那群人的命运。这是我走向东莞，反思百年前的西部时出现的一种新的参照。我们在做任何事的时候，一定要有一个参照，让它成为我们思维的角度。就是说，要跳出你生存的环境，跳出你所在的时代，重新看你自己。比如，把时间拉得稍远一点，你就会发现，你目前做的事情有些是有意义的，有些根本就没有意义。

前几天，陈亦新看了我最近写的一本书，里面写了三十年来，我生命中发生过的很多故事。那时，我每天都写日记，在日记里记下每天发生的事，每天接触的人，有什么痛苦，有什么焦虑，有什么烦恼等。但是，陈亦新看完说，三十年来，除了几件事之外，我生命中发生的所有事都没有意义。哪几件事呢？第一，读书。三十年来，我读的书一直影响着我的生命，让我成长到今天。他说，如果不读书，就不会有今天的雪漠。第二，写作。三十年来，如果我不写作，根本就不是雪漠。第三，修行。注意！我们所说的修行，是指人格的修炼。三十年前，我是那样一个充满热恼和焦虑的人，但是在三十年的岁月中，我用行为一天天铸就着"雪漠"。所以，这个过程有意义。换句话说，经过修炼，超越自己，这是有意义的。除了这三件事有意义之外，三十年中发生的很多东西都没有意义。《一个人的西部》有四五十万字，里面记录了很多东西，但是他看了之后，得出了这样一个结论。

同样，大家想一想，如果把自己放到三十年前，一百年前，当时做的事情有多少是有意义的？当然，我们不记得自己一百年前做过什么事，但是你可以在这个观照下，反思自己过去的人生。这时，《野狐岭》就会变成你的追问，你会发现，多年前的很多焦虑、痛苦、烦恼、争斗、屠杀，其实都没有任何意义。而此刻发生在我们生命中的很多东西，包括情绪、焦虑、和别人的争斗等，只要放到十年后、二十年后、三十年后，也都会变得没有意义。有意义的，就是读书、写作——当然，你不一定要写作，但是你可以修炼人格，超越自己。

读这本书的时候，我们应该有这样一种视角。

7. 西部幽灵的神秘故事

●雪漠：《野狐岭》中有很多百年前死去的幽灵，他们都在讲述自己过去的故事。很多人都认为这是我的想象，但事实不完全是这样。因为，西部文化中有一种非常奇怪的现象，认为人和鬼属于同一个世界，共同生活在一起。《野狐岭》中出现了无数的鬼魂，就源于这样的一种文化。

我给大家讲一个故事：二十年前的一天，我的弟弟得了重病，当时，我的父母听说有个神婆非常神，就请她过来，为我弟弟进行一种传统文化意义上的"治疗"。所谓的神婆，是凉州本地一种萨满教的传承者，一般是女人。在成为神婆之前，这些女人一般得过很长时间的病，经受过一种奇怪的折磨。凉州人认为，她们是被一种鬼神给缠住了。被缠住之后，她们就被折磨得失去了人气，也就是失去了阳气，最后，她的整个身体里都会充满阴气。阴气很重的时候，那个鬼，或是所谓的神，就会进入她的灵魂，控制她。女人的身体就变成了鬼神的载体，被人们称为"神婆"。据说，神婆可以治病。而且在凉州的很多地方，神婆确实治好了很多病，这是真的。我们可以把它当成一种精神治疗。所以，我弟弟生病的时候，我们家就请来了这么一个神婆，她就是我的长篇小说《大漠祭》中神婆的生活原型。神婆给我弟弟燎病的整个过程，我都详细地写进了小说。神婆燎病的时候，可以请来我的爷爷奶奶，还有我们很多死去的亲人，他们的鬼魂进入神婆的身体之后，神婆就可以说出很多只有他们知道，而神婆不可能知道的事情。于是，亲人的亡灵们，就可以通过神婆跟我们对话。在西部，这叫"入窍"。《野狐岭》的故事也类似于这个东西，是一个个死去的幽灵在讲他们的故事。

2014年12月，我到西北师范大学开《野狐岭》研讨会的时候，有一位叫朱卫国的学者，也讲了一个神婆的故事，全是外人不知道的生活细节：第一，一个死去的亲人说，他吃饭的碗太小，一定要给他一个大碗；第二，另一个死去的亲人说，拜祭时烧的纸钱全叫别的鬼抢走了；第三，第三个死去的亲人说，烧给他的所有衣服都撕不开。他们觉得很奇怪，就去打听，发现这三件事都是真的。第一，凉州人死的时候，亲人们必须在棺材里放一碗饭，这碗饭会陪着他进入另一个世界。而且，这碗饭必须盛得满满的，不能只盛半碗，半碗意味着对死者不恭敬。一般人家都会放一个大碗，但他们家当时的面很少，怕盛不满，就只放了一个小碗。这个细节只有死者的妈妈知道，其他人不知道，但神婆说了出来，还得到了死者妈妈的印证。第二，他的一个亲人在西部的戈壁滩上烧纸，纸钱一烧着，他就回去了，结果烧着的纸钱被刮得四处乱跑，死去亲人的鬼魂就收不到这些钱了。这件事是一个嫁到远方的姐姐告诉他的，过去谁都不知道。最后一件事，每年的十月初一，凉州人都要用纸给死去的亲人粘衣服，然后烧给死者。他的一个妹妹粘衣服的时候，糨糊抹得太多，衣服就撕不开。这个细节也只有她的妹妹知道，别人不知道。在西部，这类神奇的故事很多，每个村子里都有这样的故事。

听了一些西部的专家讲了类似的故事之后，我才忽然发现，《野狐岭》的叙述，其实源于西部文化的一种独特视角。那么，岭南有没有类似的现象？

另外，《野狐岭》中还有无数的人物，这无数的人物，其实就是无数的我们，或者说生命的无数种可能性。它们就像一支支箭，可以射向不同的地方。什么意思呢？就是说，在座诸位的选择，决定着大家各自的命运。换句话说，我们的命运是由我们自己决定的。在《野狐岭》中，无数的幽灵都是这样。他想成为什么样的人，他就能成为什么样的人。每个幽灵、每个故事、每个人物，其实都是我们自己。同样，在座的诸位想要成为什么样的人，只要有行为，只要坚持下去，就一定能成为什么样的人。

8.灵魂需要地域文化的滋养

●雪漠：2010年，我带着几个朋友专门到东莞东坑镇采访过木鱼歌。东坑镇是东莞木鱼歌非常重要的一个县镇。在座的朋友如果有兴趣，也可以去采访那些盲佬。那里还有一些女人也会唱木鱼歌。虽然在那里的一些学校里，有些孩子也开始学唱木鱼歌，但还不是传承意义上的学，事实上，木鱼歌已经开始消失，即将后继无人了。所以，我把它写进了《野狐岭》，而且，在《野狐岭》中，它是一种非常重要的善文化。如果你看了《野狐岭》，对木鱼歌感兴趣，能关注这种文化的话，你的人生就定然会出现一种全新的东西。

木鱼歌是岭南人讲的另外一种中国文化，里面有很多才子佳人的故事，也有很多东莞历史、岭南文化的故事，以及佛家、道家的故事等。现在，东莞的群众艺术馆已经开始收集木鱼歌的词本了，所以可以查到一些书面资料，但是，在民间，木鱼歌已经开始消失，真正的木鱼歌传人越来越少了。也是因为这一点，我才会在《野狐岭》中写木鱼歌。我之所以写它，就是希望它——起码是它给时代带来的那种滋养——能随着我的作品流传下去。

其实，不仅仅是木鱼歌，东莞的很多东西都在消失，西部文化中的很多东西也在消失，很多传统文化都逐渐淡出了人们的视野，整个中国传统文化完全地断裂了。就是说，新的文化还没有出现，旧的传统却已经断裂了。在这种情况下，我总会尽自己的一点能力，保存一些我所遇到的、非常美好的文化。我也觉得，每一个发现了这样一种文化的人，都应该把其中一些东西承载下来，传承下去，比如，将那种文化的精神用起来，影响自己的生命，因为，这些东西一旦消失，就再也找不到了。

今天，我们开车转了一下东莞，在这座城市里，已经很少能找到一些关于东莞历史的、民间的、地域性的文化了，席卷而来的全球化浪潮，已经把它们扫得找不到踪影了。也许，只有在东莞图书馆这样的地方，我们才能听到一种传统的声音。

我们的灵魂需要地域文化的滋养，这种滋养能让每个人具有一种个体性的东西。一个人有没有根，而且是生命之根，完全取决于他能不能得到地域文化的独特滋养。如果能，他就有根；如果不能，他就没有根。莫言得到了高密地域文化的滋养，沈从文得到了湘西地域性文化的滋养，所以，他们都写出了非常优秀的作品。所以，这个问题是目前很多人都必须注意的。

一个人的生命之根，需要几种文化来滋养：第一，传统国学文化的滋养。这是我们大家都有的。因为很多人都在学习，百家讲坛也在讲国学。第二，知识性的技能培训。这个也随处可见，因为到处都是培训课程，书店里也有很多成功学之类的书籍，这些都属于知识性的技能培训。第三，地域性文化的滋养，这是你的生命基因。当你得到家乡地域性文化的滋养时，你就会具有独特的基因，就会成为一个非常优秀的生命个体。这个东西一旦消失，你的特征消失，你就会被外来的东西所同化，或者被异化。

地域性文化包括两个方面：第一，家庭的文化之根。它属于你的母亲、父亲所承载的文化之根。很多时候，父母如果承载了多种文化，一些家庭中就会出现多种文化的"杂交"，显得非常丰富，这属于家庭文化之根。第二，本土的地域文化之根。我为什么谈这个东西呢？因为，我在跟很多朋友接触的过程中，发现他知道的都是一些很多人都知道的东西，没有属于自己的独特的东西。在这种文化背景下，一个人如果没有自己的东西，他就是一个无根的、漂泊的人，是很难成功的。当然，我说的成功是多种意义上的成功，既包括世间法意义上的成功，也包括文化意义上的成功。我身边有几个志愿者，我告诉他们，他们要做的就是两件事：第一，做事；第二，成长。在成长的过程中，他们必须有根，必须得到多种文化的滋养，这是非常重要的。

9. 生命中的三条"根"

●**雪漠**：今天我来这里的时候，遇到一个朋友，我问他，你最想听我讲些什么东西？他说，他最想知道的是，我之所以能走到今天，文化给我最重要的营养是什么？所以，今天，我打算通过对岭南文化和西部文化的比较，谈一些对我们的生命有本体意义的东西。

在我的生命中，有几条根是非常重要的：

第一是地域之根，也就是《野狐岭》中非常写实、非常生活化的地域文化之根。那么，如何才能找到这条根呢？

首先是采访。写《野狐岭》中那些骆驼客的生活时，我找到了几个驼把式，和几个研究驼把式的人，对他们进行了采访，收集了大量的资料。他们给我讲了很多故事。注意！想要了解任何一块土地，你至少要找到那个讲故事的人，这是获取资源最重要的一个通道。当你了解了这个人，把他当成你生命中非常重要的收获时，你就拥有了他所承载的那种文化的根。有时，这个人是你的外婆；有时，这个人是你的父亲；有时，这个人是你的母亲；有时，这个人是你的邻居……找到那个讲故事的人之后，他就会用故事的形式，讲述他身上的很多东西。那么，你就会拥有地域性文化之根。这个根非常重要，它是你的生命之根。所以，我们每个人都要珍惜自己的家乡，在自己身边发现一个这样的人。

进入一块土地时也是这样。我每到一个地方，都能很快地进入那块土地，我的秘密就是爱上那块土地，爱上那块土地上的人。前者属于大爱，后者属于小爱。我对岭南的爱属于后者，我很喜欢这块土地，也很喜欢这块土地上的文化，这就是一种大爱。但是，我一直没有找到一个会讲故事的岭南人。所以，写到岭南文化的时候，我有点力不从心。

二是读书。我对岭南文化所有的了解，几乎都是通过书本实现的，我看了很多关于岭南文化的书，例如《广府文化研究》等，还有大量网上找来的资料——这是我找到地域文化之根的第二种方法，读书。除了找到讲故事的人之外，读书也是很重要的，如果想要拥有这块土地的基因，你就必须阅读大量跟这块土地有关的书面资料。但是，我还是希望找到一个讲故事的岭南人。在其他地方，我都能找到这样的一个人，但直到今天，我在岭南仍然没有遇到这个人。在座的诸位中，如果有哪位朋友熟悉岭南，也会讲普通话，能代表岭南文化讲故事，我欢迎他来跟我聊聊天。

第三，行走。找到地域文化之根的第三种方法是行走。所谓的行走，其实是一种生命体验。要做到这一点，你就要真正地生活在这块土地上，不能仅仅生活在小区里，你要跟更多的朋友接触、交流，了解并吸收每个人身上承载的文化。

不过，我们所说的地域文化之根，其实不一定局限于家乡文化。事实上，你到任何一个地方，都可以扎根，也就是"落地生根"。比如，在东莞这块土地上，我虽然没有找到讲故事的人——这是一个巨大的遗憾，因为，一旦找到这个人，这块土地在我心中就活了，在我生命中也就活了，你们也是一样——但是我找到了大量的故事文本和平台，包括木鱼歌的词本，包括东莞图书馆，也包括现场的很多朋友。大家来这里听我的讲座，跟我交流一些东西，我对这块土地就有了更多了解。这些方法也能让我落地生根。

上面讲的是我的第一条根，地域文化之根。

我的第二条根是信仰之根。信仰之根非常重要。你必须在诸多的信仰中，选择能给你的生命带来重要改变的一种。不要多，你只能选一个。因为，在最早的时候，信仰之根需要非常纯粹，不能太多，太多了没有意义。而且你必须爱它，无条件地爱它，此外没有别的。当你拥有信仰之根时，就要把它深深地扎入你的生命深处，汲取它的营养——注意，信仰之根跟知识没有关系。它是把你的生命连进供电系统，连到电闸或变压器上，让你的生命发光的那条电线。如果没有信仰之根，你的生命就不会发光。

我经常对陈亦新说，你可以什么都不要，但是要做到一点——修行。什么意思呢？就是说，他必须找到属于自己的信仰之根。因为信仰之根也是文化之根。你可以没有地域文化之根，只要你拥有信仰之根，你就可以汲取所有信仰文化的营养，比如基督教文化，然后拥有属于你的文化之根。

今天，我还和一位朋友谈到俄罗斯文化。他说，俄罗斯建国也就一千多年，文明时代并不长，俄罗斯文学是从普希金和果戈理才开始的，但是，这个国家很快就出现了那么多的大作家，比如托尔斯泰、陀思妥耶夫斯基等，他问我这是什么原因。我说，因为俄罗斯有东正教。最早的时候，俄罗斯就出现了信仰之根——东正教文化。注意！俄罗斯的东正教源于基督教，它是基督教在俄罗斯大地上扎下的文化之根。因为有了这个文化之根，俄罗斯出现了许多非常伟大的修道者。俄罗斯文化的信仰之根就是从东正教这里深入下去的，一直深入到俄罗斯大地中，汲取了俄罗斯民间文化中非常有用的东西，然后成长为俄罗斯文学。

每个人都必须拥有这样的信仰之根，不管你信仰的对象是什么，甚至可以信仰你愿意信仰的任何一个东西，不一定是宗教，但这个根——也就是这种无条件的爱——你必须有。因为你一旦拥有信仰之根，就会深深地扎入这个世界，然后汲取你需要的灵魂营养。如果没有这条根，你就会一事无成——不仅仅是在出世间法的层面上，即使在世间法层面上，你也不可能取得成功。因为，没有这条根，你走不远。

我最早的信仰之根就是从佛教入手的，我深深地扎入佛教文化，旁及道教、基督教、婆罗门教和基督教，甚至包括后来的很多本土性宗教。通过这条信仰之根，我才能汲取到别人汲取不了的一种东西。

第三种生命之根是大文化之根。大文化包括中国文化和西方文化，也就是世界性的文化之根。本土的地域性文化可以让你拥有个性，信仰之根可以让你拥有灵魂的立足点，可以立住，而中西方文化之根，可以让你变得非常博大，海纳百川，与时俱进，能够让你汲取全人类的精华。

在《野狐岭》的文本中，很多学者都发现了很多种手法，比如现代派手法、后现代派手法、哪个哪个大师的写法等，所以他们觉得很奇怪。其实，他们说得对，《野狐岭》就是这样的一种东西。其中有地域性文化之根，比如驼队的生活；有信仰文化之根，比如木鱼歌的大美、木鱼令的寻觅、马在波的修炼；还有中西方文化共有的东西，比如叙述表达，比如末日追问，比如对"我是谁"的追问，还有个体生命的身份验证等。甚至，里面还有存在主义的东西。其中很重要的一点是：你是你行为的载体，你想成为什么样的人，就能成为什么样的人，你有选择的权利。这是存在主义非常优秀的地方。

以上这些东西，《野狐岭》中都有，但很多人都没有发现。今天，我就把这个秘密告诉大家。

10. 如何才能"落地生根"？

●雪漠：今天来这里的很多朋友，都很想从我对《野狐岭》的分析中，找到对自己生命的一种启发。我告诉大家，《野狐岭》中最重要的，就是这三条根。这三条根形成了一种三足鼎立之势，足以支撑你所有的生命，让你拥有属于自己的根据地，所以非常重要。

那么，属于我的根据地是什么呢？是西部。西部所有的地域性文化，包括敦煌学，都是我的根。在座的朋友们，你们也必须找到属于自己个性的地域之根，也就是打着你生命基因的、源于天性的本土之根。比如，岭南的朋友可以在岭南文化中选取属于你自己的根。

我在广州采访时，曾经听到过广州西关小姐的传说，我觉得这个传统很有意思。这种文化对女子的教育非常特别，能让她们变得非常优雅，很有文化修养，也很有大家闺秀的气质。在岭南文化的历史上，广州的西关小姐很有名，但很多人不知道这样的一种文化。在别的地方，我也没有听说过类似的专门训练。岭南还有其他的很多文化，比如"观音借库日"等，都非常独特，也很有意思。

每个人都可以选一种自己感兴趣的东西，深深地扎进去。扎进去之后，你的生命就会接地气。现在，很多人都不接地气，一直在漂着，扎不了根，是个漂泊的人，就像现在的"北漂"。但是，我到任何地方都能落地生根，原因在于，我能很快地扎进那块土壤，让它滋养我成长。

最近，我经常和一些朋友聊天，向他们学习一些东西。比如，刚才我去上厕所，出来的时候，一看是两点二十二分，还有十分钟才正式开讲，我就利用五分钟的时间，跟在座的一位朋友学习了太极推手。这五分钟学到的东西，已经够我训练一段时间了。后来，我又用剩下的五分钟，跟广州的一位朋友谈了俄国文学史，发现了俄罗斯文学中的一些东西。就是说，即使我只有十分钟的空闲时间，也会把它全部地用于学习。只要我发现有人比我优秀，我就会跟他学——注意！我和任何人接触的时候，都一定会找到他的根。比如，我们的志愿者中有年轻人，也有老年人，对于年轻人，我会学些他有而我没有的东西；对老年人，我一定会进行采访，让他讲一些过去的、他独有的生命经历。

同样，大家可以把《野狐岭》看成一部小说，也可以把它当成了解西部文化之根的钥匙。很多时候，读书都可以让你拥有生命之根。

今天，我最主要的就是从《野狐岭》谈起，讲一讲我们的生命之根、文化之根、信仰之根。这个文化之根，既有岭南文化，也有西部文化。在座的诸位从这么远的地方赶来，如果我单纯讲《野狐岭》的故事，单纯讲自己的小说，不能让你们的生命得到一点收获，我就觉得对不起你们。所以，今天我想讲一些或许对你们生命有益的东西。

未来的我们能不能立住，就看你能不能"落地生根"。其实，我非常羡慕东莞的朋友，因为他们可以经常在周末来听"市民学堂"的讲座。这里的讲座有很高的含金量，因为看起来只有短短的两个小时，但实质上，主讲人分享的是自己用十几年、几十年生命积累下来的东西。所以，我们一定要珍惜他们的奉献。

11. 人类必须有向往和梦想

●**雪漠**：我再强调一下，今天我讲了几方面内容：第一，每个人都是未完成体，我们想要成为什么样的人，就能成为什么样的人；第二，当我们把自己放到一个相对长的历史时期里，比如十年、二十年、三十年，我们就会发现，生命中最重要的事，就是读书、做事，当然，作家还有写作、成长、铸就自己的人格，此外的一切都没有意义；第三，每个人要想立住，就必须拥有自己的生命之根。

前面说过，生命之根包括地域之根、信仰之根和大文化之根，其中，大文化包括中国文化，也包括西方文化。西方文化非常重要。鲁迅说，年轻人可以少读甚至不读中国书——当然，他说得有些偏激——为什么呢？因为，读中国书容易让人变得消极，不想做事，安分守己，而西方书可以让人积极进取，融入社会。他说得有道理吗？有道理，但不一定完全对。事实上，我们既可以读东方书，也可以读西方书。读东方书可以让我们的心属于自己，读西方书可以让我们变得与时俱进，积极进取。

最近，我在学英语，学得很不好，是学英语的人里面最愚蠢的一个。因为我从来不用分别心去记东西，但学英语需要记，那么既然我不愿意改变这种习惯，就必然会学得很糟糕。但是，我告诉大家，我学英语不是为了学好，而是为了学。就是说，我们不一定要实现什么目的，到达什么目的地，但我们不能没有向往，不能没有梦想。因为，梦想本身就是目的。西方文化最积极的东西，就是让我们拥有梦想，积极地改变自己，改变人类的命运；东方文化也有非常积极的东西，就是让我们拒绝欲望，拒绝干扰，让个体生命强大、宁静、智慧、慈悲，能专注于梦想。所以，我们既要学好中国文化，也要学好西方文化，如果学好了中西方文化，我们的灵魂就能受益。比如，西方文化的精华滋养了湖湘文化，让它诞生了"经世致用"的思想，但实现这种梦想的力量，却源于东方文化的滋养。

所以，我和陈亦新一起学英语的时候，我告诉他，我学英语只有一个目的，就是"用"。我根本不管其他东西，能用就行。这个"用"，实质上也包含了一种对梦想的修炼和守候。我们不要把自己局限在一个小天地里——或者说，我们可以待在一个小天地里，但不能没有飞翔的心。比如，我允许自己一辈子待在一个小房子里，但不允许自己的心闷死在这个小房子里。大家都是这样，必须有一颗自由飞翔的心，必须有改变自己、改变他人的愿望。许多时候，这不在于能否改变，而在于你本身想改变。这个想要改变的心，就是一颗能够飞翔的、有梦想的心。

12. 从"凉州会谈"谈信仰的百花齐放

◎**观众：**刚才您讲得博大精深，非常好，但有些地方我还弄不懂。想请教一下，大手印文化、香巴噶举文化的含义是什么？这两种文化肯定有很深的内涵，那么，它们跟古凉州的"凉州会谈"，与西藏纳入中国版图有没有什么关系？谢谢！

●**雪漠：**注意！这位老先生非常有学识。他说的"凉州会谈"，正好是西藏正式纳入中国版图的开始，是发生在元朝的一个非常重大的历史事件。

从元代起，西藏正式纳入中国版图。那时，有个非常著名的高僧叫萨迦班智达，简称萨班，他代表西藏，到凉州和驻扎凉州的西凉王阔端会谈，签订了和平统一的协议。那时起，西藏才被划入中国的领土。所以，这个事件非常重要。

那么，香巴噶举和大手印跟"凉州会谈"有没有关系呢？我告诉大家，那个时候，各个教派到凉州传法的人都很多，包括萨迦派，萨迦班智达就在凉州传过很多法。他虽然是萨迦派的法王，但是萨迦班智达非常伟大，当元朝皇帝想让全国老百姓都信仰萨迦派时，萨迦班智达的侄儿八思巴——那时叫国师——阻止了他。因为，八思巴希望百花齐放，百家争鸣。萨迦派最高的法叫"道果法"，它的智慧精髓和大手印很相似，都是为了解脱，是追求绝对自由的，只是在入道法门上不太一样。这是第一。

第二，萨迦属于西藏的花教，香巴噶举是白教，它们都是藏传佛教五大教派之一，有着历史上的渊源。元朝之前，在凉州就有很多噶举派的僧人，比如，在金刚亥母洞里，就有噶举派的僧人。萨迦班智达去凉州的时候，也有其他教派的僧人，他们之间就像兄弟一样。后来，萨迦班智达虽然对其他教派具有统辖权，但也不是教义上的绝对领袖，而是一种名义上的行政管理。他虽然统领全国的佛教，但尊重各宗各派的教义，也允许不同的人有不同的信仰。就是说，天主教徒仍然信仰天主教，基督教徒仍然信仰基督教，佛教仍然信仰佛教，道教仍然信仰道教，而不是强迫所有宗教都听从某个教派的统治。所以，他们有形式上的管理关系，但没有一种直接的干预性关系。

13. 智慧的传承必须改变生命本身

◎**观众**：雪漠老师，您好！我在十年前上大学的时候在期刊上看过一篇文章，它说，自近代以后，中国文化及至世界文化没有超越性的创新，出现了文化的断裂。当时，我的内心很惊慌，很想知道，对于这种文化危机，作为学者怎样去改善？作为国人，我们又应该怎样去学习和弥补？

●**雪漠**：今天我重点讲的就是这个问题。文化的断裂，就是"根"断了。注意！我今天所说的"根"，主要是继承。所谓的断裂，就是没有"根"了，没有人去继承了。过去的国学，是一代一代人以带弟子的形式继承下来的，而"文革"之后，这种传承就断裂了。过去国学有学派，比如宋明理学。王阳明虽然创立了心学，但他从哪里得到了什么传承，历史上记载得非常清楚。如果没有这个东西，国学之根就断了。现在的国学之根就已经断了，没有传承了。

我所说的传承分为两种，一种是知识意义上的传承，比如现在的大学教育，一种是智慧意义上的传承。智慧意义上的传承必须有一个标准：改变生命本身。如果改变不了生命本身，这种国学就根本不是真正的国学。

国学的目的在于"正心，诚意，格物，致知，修身，齐家，治国，平天下"。其中最基本的，就是修身，自己有很好的人格，才是传承文化的第一步。第二，齐家。齐家就是以你的人格影响你的家庭，让家人也有很好的人格。然后才谈得到治国。你当然不一定要治国，但要利他。就是说，你要把自己的智慧和慈悲化为行为来影响社会。没有影响力的文化不是好文化，或者说，没有影响力的文化就没有意义。你躲在一个小房间里，躲在一个地窖里自我陶醉，你就只是一个疯子，你传播的东西也不是文化。文化必须影响社会，影响生命本身。最后，才谈得到平天下，就是让天下太平、和平，让人类得到幸福。这样的传承，才是智慧意义上的传承。

在知识层面上，上面所说的东西都有传承，但智慧层面的传承却已经断裂了。因为，我们不知道哪个讲国学的学者做到了修身、齐家、治国、平天下。国内有个非常著名的学者，国学讲得头头是道，但老是跟身边的人斗来斗去，就连面对家人时，也是斗得一塌糊涂。为什么？就是因为他没有智慧的传承，也不修心。所以，他学到的知识改变不了自己的行为。现在，所有能接触到国学的地方，有的都仅仅是知识层面的传承，而不是智慧层面的传承。所以，中国的传统文化已经完全断裂了。

生命之根也是这样，不但要有知识层面的扎根——就是说，你要了解这种文化，知道它讲了什么——也要有智慧层面的扎根，就是说，你要让它成为你生命的营养，改变你的生命。如果你做不到这两点，这种文化就跟你没有关系。

注意，我做到了。所以我无论跟温州人接触，还是跟岭南人接触，甚至就连跟小孩子接触时，我都能发现他身上有益于我生命的东西，这时，我就会马上汲取，让自己马上成长。这才叫智慧。不能让自己成长的，不叫智慧。

国学之根——也就是传统文化之根——也是这样。我们必须学习一些知识，然后慢慢让这些知识改变自己的行为。如果整天学国学，却连行为都改变不了的话，你的学国学就纯粹是扯淡。你也只是一只鹦鹉而已，在笼子里鹦鹉学舌，不知道在说些什么东西。西方文化也是这样。比如，很多人学英语，学西方文化，但根本没有用这种文化来改变自己的生命，这样的学没有多大意义。当然，作为知识来了解一下也是可以的，但是，要是想真正地传承文化，就必须扎进去，做到两点：第一，正确地传承知识；第二，真正地改变生命。

14. 当代人为什么没有信仰？

◎**观众：**雪漠老师，您好！我有个问题想问一下，我们国家虽然有五千年的文明史，但是，我发现周边有信仰的人很少，我自己也是没有信仰的。那么，是我们不需要信仰，还是不了解信仰呢？为什么当代人会没有信仰？您对我们当代的一些年轻人有什么建议？谢谢！

●**雪漠：**当代人没有信仰的原因有两点：第一，不知道自己会死去；第二，以为自己死后就什么都没有了。

注意，很多人没有信仰的原因，主要就是第一点。很多人不知道自己会轻易地死去，以为自己会永恒，以为自己会永远拥有这么多东西，但是他不知道，其实很多东西并不是他的。最近，有些企业家非常年轻就死去了，他们带不走那些财产，活着时也没有创造什么能留下去的价值。所以，有些人如果明白这一点，就会在活着时为社会做出贡献。那么，这就是我们所尊重的，比如乔布斯。但是乔布斯并不知道自己会轻易地死去。前些时网络上流传着一个他的遗言，说他要是能重新选择人生，他就不会去挣那么多的钱。发展到一定的时候，他会选择艺术，选择信仰，他会活得非常精彩。

2011年，我在广州成立了文化研究院，但我明确表示，我不会做大，而且永远不往大里做。为什么？因为我不想做大。我这辈子不是来做研究院的。我是来做什么的呢？我是来完成我自己的。因为我知道，多大的东西，都终究会消失的。所以，我只想把研究院做强、做精、做深，但不做大。只要在完成自己的过程中，能改善生命质量，同时培养一些精英人才，就够了。因为我知道，个体生命很快就会消失。最重要的不是别的，而是在生命消失之前尽快地完成自己，为世界留下一些岁月毁不了的东西。

当你向往并追求死了之后仍然存在的东西，也就是岁月毁不了的东西时，你才是有信仰的。或者说，当你明白自己的肉体很快就会消失，而肉体消失之后，或是肉体存在之时，有一个存在永远比你的生命本体更高，你为了追求它，甚至可以牺牲生命时，你才是有信仰的。注意！这个东西必须高于你目前的生存状态，但不一定是宗教信仰，比如，我们很多人都信仰共产主义，那么共产主义就是我们的信仰。相反，有些人以为自己永远不会死，老是疯狂地夺取一些东西，这种人就是没有信仰的。只有在他知道自己很快会死去，很多东西都不属于他时，他才会选择永恒的东西，这时，他就有可能会产生信仰。这是第一个原因。

很多人还认为人死万事休，死后什么都没有了，这是唯物主义导致的一种偏见，也会让人没有信仰。比如，有些人觉得自己也就活这一辈子，死了就死了，所以挥霍金钱，吃喝嫖赌，像古龙的小说中，就有一个浪子把几十万的银票买了珍珠粉，把它磨碎，然后泡酒喝掉。这种及时行乐的人，也是没有信仰的。

那么，怎么才能拥有信仰呢？

第一，你必须明白，你终究会死去，而且随时都会死去。比如，一场不期而至的骚乱可以让人踩死你；一场意外的车祸会让你变成"肉饼"；几个血小板不小心凝聚了，可以让你心肌梗死；一个细胞不小心异化了，可以转变为癌症；一个不明飞行物坠落下来，可以把你砸死；这口气出去回不来，你也就死了……死亡的原因太多了，生命随时都会消失。当你明白这一点，想留下一点岁月毁不掉的东西时，就会产生信仰。

第二，当你明白人的生命只是一个阶段性的存在，于是想要追求一种升华时，你就会产生信仰。所有宗教都认为，个体性的生命只是一个阶段，人生只是在过一座桥。比如，基督教认为人死之后会进入天堂，佛教认为死后会堕入轮回。所以，当你明白生命的真相，追求一种超越时，信仰就会出现。

所以，要想拥有信仰，首先就必须提醒自己，我很快就会死去，而且，我死去之后，可能还有升华的存在。当你明白这两点时，就会产生信仰。

二、专访

（一）一直想为木鱼歌做传

——答《东莞日报》

"樟木头作家村"作家雪漠最新长篇小说《野狐岭》近日由人民文学出版社出版。在新书中，雪漠将木鱼歌融入小说，东莞元素跃然纸上。7月25日，雪漠接受本报记者采访，讲到曾为搜集素材多次去东坑镇采风，并声称自己可能是搜集木鱼歌资料最多的人。

1. 木鱼歌首次在小说中呈现

◎**记者**：我听说您为了搜集故事的素材，特别是小说中提到的木鱼歌，曾数次前去东坑镇采风，寻访木鱼歌传人，收集木鱼歌歌集。当初为什么有这样的构想？为何会想到要把东莞的木鱼歌融入小说中？

●**雪漠**：为了收集素材，我多次去东坑镇采风，采访木鱼歌的传人，收集木鱼歌的曲本。现在，我几乎是收集木鱼歌的资料——包括电子版和文字性资料——收集得最多的人。几乎所有的资料，我都认真地看过，虽然我的小说中直接用得并不多，但木鱼歌确实是《野狐岭》中非常重要的组成部分。因为，《野狐岭》有两条非常重要的线索，一是西部，一是岭南，而岭南这条线，就是通过木鱼歌来展开的。不过，不是我想把东莞的木鱼歌融到小说里去，而是它自然就融了进去。你想，木鱼歌的传人，本身就是这部小说的主人公之一，它怎么可能不融进去？在这一点上，我至今还没有发现哪部小说有过这样的安排，所以说，对保存东莞的木鱼歌，我确实尽了一份心力。这是我非常欣慰的。

其实，我一直想为木鱼歌的载体作传，因为，木鱼歌过去的一些故事深深地打动了我，让我感受到一种这个时代所没有的灵魂深处的凄美和壮阔。这是一道很美的人文风景，但并不是每个人都能感觉得到。所以，我很想把它写出来，把它定格在历史中，让它温暖一代又一代的人，让人们都能在痛苦、无助、软弱的时候，想一想这些外相上非常弱小，但灵魂上非常强大的人类。所以，我在《野狐岭》中塑造了木鱼妹、木鱼爸，包括木鱼妈，而且塑造得非常成功。他们代表了一些被时代所践踏的、有尊严的灵魂。

我说的这个"时代"，是过去的一种贫穷。而那些灵魂，也是清末民初时的一些灵魂。他们苦苦地用自己的生命和尊严呵护着木鱼歌，就像贫穷时候的我呵护着文学一样，让人感到一种疼痛的尊严。

你想，在那个年代，一些外相上非常弱小的人，想要守住一种善美的、令他非常骄傲的文化，守住那种文化背后的东西，他会遇到一些怎样的困难？他最终克服了所有的困难，将这盏微弱的文化之灯传到了今天。然而，到了这个时代，这种文化很可能仍然摆脱不了灭绝的命运。这是最令人感到疼痛的地方，也是我想为它尽尽力的原因。

◎**记者：**在搜集木鱼歌素材的过程中，遇到什么困难没？

●**雪漠：**最大的困难是语言不通。资料中口语的那部分，我几乎完全听不懂，好在有木鱼歌的曲本，上面对每一首木鱼歌都有文字性的展示。通过文字，我就能感受到木鱼歌的精髓。当然，我也录了一些木鱼歌，木鱼歌的韵律和旋律我都非常喜欢。

◎**记者：**有评论说《野狐岭》是你写作上的一个突破，具体是哪方面的突破呢？

●**雪漠：**《野狐岭》的写作风格非常特别，首先，我让东西部文化在不同的舞台上同时亮相，让它们之间出现了多种灵魂的碰撞。其次，主题非常复杂，几乎看不出明显的主题。但包含了太多的话题，不同的人能看出不同的话题，得到不同的感受。我不希望这部小说像其他小说那样，让人一看就猜到后面的内容。

◎**记者：**据说这是岭南木鱼歌首次在小说中呈现，你感觉还满意吗？

●**雪漠：**我非常满意，因为塑造活了两个人物。在木鱼歌和凉州贤孝这种善文化的沐浴和熏染下，他们渐渐超越了仇恨，升华了心灵。教化，是木鱼歌非常重要的手段之一。木鱼歌中有大量的内容，都是劝人向善的，像《观音十劝》等。这也是中国传统文化非常重要的价值。我们这个时代充满了欲望和仇恨，也充满了欲望和仇恨带来的纷争，所以，我们非常需要木鱼歌之类的大善文化。只有这样的文化，才能真正地发挥和谐社会的作用。

◎**记者：**有评论称《野狐岭》是典型的用"草蛇灰线，伏脉千里"的笔法讲述西部故事，兼具西部味道和悬疑色彩，阅读的过程很像是丛林探险，需要加入心细如发的推理和想象才能找到方向。这样的写作方法您会不会担心读者难以理解？

●**雪漠：**最早的时候确实有点担心，所以后来我加上了一条重要的线索——我的采访。这条线索最初是没有的。如果不加上这条线索，整部小说在艺术层面就会更加精彩，也更加高超，但阅读起来就会相对困难。所以，我不得不做了这样的加工。虽然现在的《野狐岭》仍然是一种阅读上的探险，但实际上，我已经在阅读和艺术追求上走了一条折中的路线，让它既好读，又能承载我的艺术追求。

但是，总的来说，这部小说我追求的不是好看，而是创新。因为艺术贵在创新。采访幽魂，让幽魂在一个巨大的平台上，在野狐岭这样的地方，用声音来展示自己的灵魂，而且里面有那么多的人物，有那么多的线索，这种写法确实不多见。我觉得，这对小说创作来说，是一个突破。

其实，阅读本身就是一种探险，因为阅读也是一种升华灵魂的方式。要想实现这个目的，你阅读的文本就必须具备一定的难度。一般性的、平面的、喝米汤、喝白开水那样的阅读，意义并不大。能让自己升华的阅读，其阅读对象一定要在境界上比自己高。

所以，我的小说看起来都有难度，但读完之后，很多人都会有所收获。这也许跟别的一些文学作品不太一样。很多作品读完之后，自己感觉不到什么收获，读了也像没读，那么意义就不大。而我的小说，不管哪一部，你读完，都会发现自己身上的一种变化。有时，这种变化可能很大。正是因为这个原因，我才有了那么多的铁杆粉丝，而且越来越多。《野狐岭》刚刚面世，销路就非常好，也是这个原因。读者对我的作品有一种期待，他们都会越来越喜欢，读得越来越深入。所以，我的小说不会让人白读。

2.两度签约东莞文学院

◎**记者：**作为东莞文学院的签约项目，能简单介绍一下签约的要求吗？比如有没有政策上的扶持？在写作的地域性要求上，有没有强调必须要突出东莞的特色？要是有，您是如何体现的？

●**雪漠：**我属于中国作家第一村的作家，所以不一定写东莞题材的小说，但那些不在东莞，又跟东莞文学院签约了的作家，就必须写东莞题材的小说。木鱼歌的这个项目，是我自己报上去的。因为我对木鱼歌非常熟悉。刚到东莞的时候，就有朋友告诉我，东莞是一个文化沙漠。但不久，我就在这儿发现了木鱼歌，也发现了这种文化的清凉。于是我明白了，东莞是一个文化宝库。这块土地不是没有好的文化，而是缺乏能发现、能挖掘、能弘扬、能传承的人。从那时开始，我就想尽自己的一份力量，将这种文化保留下来，至少能写出这样一种文化的载体，比如一个或几个能承载这种美好文化的读书人。我所说的承载，不仅仅是学会唱木鱼歌，而更多的是一种灵魂意义上的传承，传承这种文化的精神，传承这种文化的精髓，然后用自己的行为去实践它，去弘扬它，让它照亮自己的心灵，也照亮他身边的世界，这才是传承。我就是抱着这样一种态度写《野狐岭》的。而《野狐岭》也的确实现了我的这个创作目的。因为木鱼妹这个角色就写得非常好，很鲜活，她是东莞木鱼歌文化的一个重要载体。关于木鱼歌的一些东西，我在《野狐岭》中写得非常多，但我不一定是直接介绍木鱼歌，而更多的是通过塑造人物，来大量地写木鱼歌文化的内涵，这种"写"，或许比一般的写更加深刻，也更加接近木鱼歌的本质。在小说的领域中，这很可能是第一次，所以，对东莞木鱼歌，我觉得自己尽了一份心力。

我们的合约时间是十八个月，一年半，一个月好像是三千块钱的创作补助吧。发补助的方式，是先给一千块钱，完成任务，交给他们审核之后，再给剩余部分。这属于政策上的扶持，我几乎全都用在体验生活方面了，比如跑素材等。其他就没有什么来自政府的支持了。不过，我得到了很多来自个人的支持。比如，在我采访木鱼歌的时候，东坑文化站和东莞文联给了我很大的帮助，尤其是东莞文联原主席林岳，还有文联办公室主任刘浩，现任文联主席刘锦明和文学院院长曾小春也对作家村给予了很大支持。他们都给了我非常重要的帮助。在这里，我向他们表示谢意。

◎**记者：**印象中您上一部与东莞文学院签约的项目是《西夏的苍狼》，写了一个岭南的女子去西夏寻找黑歌手，完成精神上的自我救赎的故事。而这部《野狐岭》，您如何在架构人物故事与写作风格上，寻求新的突破？它的主题是什么？是否表现了您透过小说展开的人性上新的探索？

●**雪漠：**《西夏的苍狼》其实完成得比较仓促，虽然已经出版了，但不能说是我最好的水平。合同要求我一年多之内完成这本书，所以为了完成任务，我就牺牲了一些艺术上的追求。因为这个原因，《西夏的苍狼》还有点遗憾，要是我再写一次的话，它肯定会更加精彩。而《野狐岭》不一样，我写得比较从容，所以我在艺术上的很多探索，它都基本上实现了。尤其是它的结构，目前看来，它那种结构的小说，似乎还很少，基本上没有出现过。

《野狐岭》的写作风格也非常特别，首先，我让东西部文化在每一个不同的舞台上同时亮相，那么它们之间就出现了多种灵魂的撞击。如果仅仅在某个地域上展示那块土地的文化和灵魂，小说对人性和文化的挖掘，就没有现在这样的深度和高度。当然，让多种灵魂和文化在"野狐岭"中交织、撞击，是非常有难度的一种写法，这样的写法，不是每一个作家都能做到的。他必须有很深的文化修养，比如对人性有很深的了解，而且必须有非常独特、敏锐的文化眼光，他必须能用智慧的眼光观照这个世界，对自己经历过的文化有一种深入骨髓的了解。那么，他的小说就能达到一种很少有人能达到的高度。

第三，《野狐岭》的主题非常复杂，几乎看不出什么明显的主题。因为里面的话题实在太多了，不同的人就能看出不同的话题，就能看出不同的主题；不同的人就能品出不同的味道，就能得到不同的东西。这是我对《野狐岭》的追求之一。我不希望这部小说像其他的一些小说那样，让人一看就知道它在讲什么东西，所以我不强调主题。我的文学创作一直都是这样。"大漠三部曲"也非常含蓄，是多种灵魂、多种人性交织之后的一个巨大的混沌体，读起来有点像《西夏咒》。但是它跟《西夏咒》又不一样。具体的、单薄的主题，会让作品反映的东西显得非常单薄，实际上，这个世界是非常丰富、非常立体的，所以，好的文学同样需要多主题、含蓄地展示人性，而不能平面地传递一些东西。关于《野狐岭》的主题，这本书的责任编辑陈彦瑾说过一句话："野狐岭是末日的剧场，上演的，是欲望的罗生门；野狐岭是轮回的磨盘，转动的，是娑婆世界的爱恨情仇；野狐岭是寻觅的腹地，穿越它，才能找到息灭欲望的咒子；野狐岭是历练的道场，进入它，才可能升华；野狐岭是幻化的象征，走进它，每个人都看到了自己。因此，每个人都有自己的野狐岭。"她说得还是非常贴切的。

◎**记者：**我看到书中只有木鱼女、木鱼令、《花笺记》等内容，作为东莞读者，觉得木鱼歌的分量不是很大。

●**雪漠：**其实并不小。因为我的小说最主要的线索之一，就是木鱼歌。有些读者觉得小的原因，是表面看来相关的介绍性文字比较少。实际上，木鱼歌作为一种文化，在小说中所占的比例和重量并不小。木鱼妹和木鱼爸都是重要的主人公，包括木鱼妈也属于比较重要的人物，他们身上承载的都是东莞文化的元素，只是因为没有明确地指出那个概念，所以一些读者不一定能发现罢了。目前，虽然也有一些小说写了东莞文化，而且看起来充斥着东莞文化，但真正写出了东莞文化元素，而且分量很大的小说，可能就是我的这部《野狐岭》了。

◎**记者：**作为樟木头作家村的村民、签约作家，你如何看待东莞对文学的扶持力度？

●**雪漠：**扶持力度很大，这个扶持项目我参加了两届，第三届我没有报。因为我想把机会让给别人，也因为我有一种精品意识，总想尽可能地实现更高的艺术价值，所以我的创作一般比较慢。而这些扶持项目一般是一年或一年半一次的，对我来说，这种创作周期就比较仓促了，会影响我作品的水平，所以，后来我就尽量不去参加签约项目了，自己从容地写作。

因为我本来就需要一个自由、从容的创作环境，来尽量地打磨我的作品。作家最重要的是作品，能不能得到扶持，我都觉得很好。

◎**记者：**你在东莞住将近五年，有没有计划将更多的东莞体验融进新作品中？

●**雪漠：**我每次写作都会在一个地方居住很长时间，体验当地的生活。在东莞，我其实已经住了六年，可能会继续住下去。因为我很喜欢这块土地，喜欢这里的活力，喜欢这里的包容，也喜欢这里在文化上的各种便利，包括跟广州、深圳等珠三角地区进行文化交流的便利。这里跟西部的反差太大了，西部适合居住，适合生活，让人感觉到一种家的温暖，但是待在西部的时候，人就会缺乏一种进取的助力。

只要有好的感悟，我会一如既往地写东莞。因为现在谁都知道，东莞是我的第二家乡，但是，这里也有一些令人遗憾的东西，比如户口问题，比如社保问题。因为这些问题，我虽然定居在这里，也把东莞看成我的家乡，但我其实还属于异乡人。我觉得，政府在这方面应该更加开放、更加包容一些，不要因为一些小小的因素，就把居住在这块土地上的一些人当成异乡人。不过，不管怎么样，我都会一如既往地热爱东莞，把自己的生命融入东莞，把东莞带给我的感悟，写进我的作品。

◎**记者**：就这部小说，您还有什么话想对东莞的读者们说吗？

●**雪漠**：我觉得，在写东莞的小说中，《野狐岭》也许会是艺术价值最高的作品之一，也会是将来影响最大的作品之一。因为，虽然《野狐岭》中东莞文化的篇幅很大，但它对东莞文化的定格，并不是以篇幅来衡量的。它实现的，是一种对东莞文化的历史性把握，这是对东莞文化的另一种非常好的解读。当然，我所说的东莞文化，是以木鱼歌为代表的。我相信，将来，在东莞这块土地上，我会发现更多很好的文化，然后将这些文化融入我的小说，融入我的写作。

我希望东莞的朋友能爱上《野狐岭》，也希望更多的作家能写一写东莞。东莞其实是一片文化厚土，需要我们更多人一起去挖掘。任何对东莞妖魔化的描述，都是不对的。东莞不仅仅在经济上有优势，在文化方面也有巨大的优势。所以，我对东莞一直抱有好感，并且愿意为它付出我生命中的一部分力量。

我也相信，东莞的读者一定会喜欢《野狐岭》这部作品的。

（刊于《东莞日报》2014年7月27日，有修订）

（二）我的写作与修行

——答《兰州晨报》

前天立秋了。立秋之前，雪漠的第七部长篇小说《野狐岭》由人民文学出版社出版了。

在这部小说中，雪漠写道："一立秋，驼场就骤然忙了起来。你知道，春天骆驼回来叫放场，秋天骆驼出门叫起场。起场是大事，驼户养骆驼，就是为了起场的。只有起了场，人家才给你驮运费。不起场，你喝风呀？"我们隐约读懂，起场就相当于现在网购中快递公司发货了，只不过，驼队运输更像是一场"慢递"，全靠骆驼的脚力。中途还会遇上黑风暴、土匪打劫等天灾人祸。《野狐岭》写的就是百年前蒙汉两支驼队在野狐岭神秘失踪的事。

驼队失踪，途中究竟遭遇了什么？多年后，"我"在一个冬天带着两驼一犬深入野狐岭，试图解开这一谜团。"我"用的方式不是学者的证据法，而是一种"特殊的仪式"，它能招来逝去的魂魄，让它们一一登场，现身说法。杀手、齐飞卿、马在波、大嘴哥、木鱼妹，这些当年的亲历者或见证者，以鬼魂的身份轮番述说自己知道的故事。这样的灵魂叙事，注定《野狐岭》是一部"鬼话连篇"的小说。

雪漠也直言《野狐岭》是一群糊涂鬼的呓语。但他又说，"其中关于木鱼歌、凉州贤孝，关于驼队、驼场、驼道、驼把式等许许多多消失或正在消失的农业文明的一些东西，小说中的描写又有着风俗画或写生的意义。"可见，雪漠真正试图为其招魂的，是一些已经逝去或即将逝去的事物。

在小说之外的一些文字中，雪漠表述自己时不用第一人称"我"，而是用"雪漠"，他将自己对象化了。可以这样理解，写作和修行都是作家跟自我对话的途径。写作在于察觉"本我"，而修行在于抵近"超我"。读者不难发现，《野狐岭》中出现了多个第一人称"我"。其中招魂的"我"，读者可能会习惯性地认为是作家本人，当然不全是，但也定然有雪漠的影子。

雪漠生在河西，居于岭南，中间相隔三千公里。见过雪漠的人都惊异其相貌：长发虬髯，隆眉深目，眉心一粒朱砂痣。有人说："看胡子，雪漠像个魔王，再看眉间的痣，他又像个佛陀。"雪漠听了哈哈一笑说："雪漠非魔也非佛，不过是个疯老汉。"春夏一件红衬衫，秋冬一件红夹克，这是雪漠的标配，鲜有变更。

生活中，雪漠还是一个笃定的修行者。走近他的人写过，雪漠每天凌晨5点起床，禅修，写作。他还要求儿子跟他一同早起，并用短信汇报。即使同处一室，明明看到儿子按时起床了，若没有短信报到，也视为无效，扣款十元。或许因为生活中过于恪则守己了，文字中他需要天马行空的不羁。在雪漠那里，写作和修行就像太极图中互抱的阴阳鱼那样，合二而一。

随着年岁渐进，雪漠承认自己越来越散淡了。"或禅修，或读书，或写作，看看星星，望望月亮，沐浴清风，聆听雨意，耳闻鸟鸣，眼观翠色，就显得逍遥了。"他称之为"享受雪漠"。

◎《兰州晨报》：《野狐岭》出版了，雷达老师曾说"雪漠又回来了"。请谈谈回归的需要和意义。

●雪漠：这次回归大漠，其实是艺术上、思想上、生活上的另外一种升华。禅宗有一个很好的公案，它说，开悟之前，见山是山见水是水；开悟之时，见山不是山，见水不是水；开悟之后，见山又是山，见水又是水。艺术也是这样。我在艺术上的升华，从最初的"大漠三部曲"，到"灵魂三部曲"，再回归大漠，完成《野狐岭》，就完成了一种螺旋式的上升和超越。

在中国作协的一次研讨会上，中国作协创研部原主任胡平说，写"大漠三部曲"的雪漠，如果能和写"灵魂三部曲"的雪漠合二为一，其前途就会不可限量。所以，在创作《野狐岭》时，我就对"大漠三部曲"和"灵魂三部曲"进行了融合后的升华。这是我的另一次超越。在这个过程中，我将"灵魂三部曲"对艺术形式的追求、对艺术创新的探索，和"大漠三部曲"扎实的、对日常生活的描写，结合到一起，让小说既有扎实的描写，又有艺术形式的大胆创新。《野狐岭》就是这样的产物。虽然有人也许觉得，它没有《大漠祭》那么好看，但是从艺术的角度看，它是一次真正的创新和探索。

《野狐岭》的很多东西，都有一种明显的原创性。雷达老师就说，《野狐岭》的完成，意味着一个新的雪漠回来了。

我的文学创作，经历了四次比较重要的升华：一是从文学青年到作家，以《长烟落日处》为代表；二是从地域性作家到著名作家，以《大漠祭》《猎原》《白虎关》为代表；三是从描写生活到关注灵魂，完成一种心路意义上的追求和探索，以《西夏咒》《西夏的苍狼》《无死的金刚心》为代表，其中，宗教文化给了我很多营养；四是扎实的写实功力和大胆的艺术探索相融合，以《野狐岭》为代表。

不过，最后一种融合，在"灵魂三部曲"中其实已经出现了。所以，《西夏咒》之后的小说，就让一些批评家失语了。有人习惯用主义去衡量作品，但雪漠的小说，却偏偏不被任何一种主义所约束，所以也不能用任何一个主义来归类。这是对批评家熟悉的话语体系的一种挑战。而且，这个特点，在《白虎关》中已经出现了。同样的《白虎关》，雷达老师认为是现实主义，评论家木弓认为是浪漫主义，复旦大学陈思和教授认为是象征主义。具体是哪一个主义，我也说不清。实际上，其中出现了多种主义的元素。到《野狐岭》中更是如此了，它不是一个又一个的主义，而是一团巨大的混沌，在这团混沌中，很多的主义好像都有一点失语。所以，《野狐岭》的出现，不但对雪漠是一种挑战，对读者是一种挑战，对批评家也是一种挑战吧。在解读《野狐岭》的过程中，批评家的话语之中，或许也会出现一种新东西。从艺术上来说，《野狐岭》有明显的探索。

◎《兰州晨报》："挑战读者的阅读能力"仅仅是一种宣传，还是您的刻意追求和升华？

●雪漠：挑战读者的阅读能力，也不仅仅是一种宣传。在这部小说中，我确实在追求一种阅读的难度，但我不是为了故弄玄虚，而是在追求一种精神意义上的难度。所以，在《野狐岭》中，不是作家在讲一个或几个故事，而是很多种声音在对话、在交织、在撞击。它是一个剧场，每一个灵魂都在演绎着自己，都在展示着不同的自己，展示着自己一些不可告人的东西。所以，《野狐岭》其实有很多话题，其中一个重要的话题，就是对阅读能力的一种挑战。

现在，人们的阅读力已经越来越萎缩了，很多人不能进行深度阅读。但《野狐岭》需要深度阅读。一个人如果能认真地读完《野狐岭》，他就已经完成了另一种阅读意义上的探索。作家需要写作意义上的探索，读者也需要阅读意义上的探索，这种探索，是为了让自己的灵魂和心灵，拥有另外的一种可能性。所以，这部书是对人类智力的某种挑战。

◎《兰州晨报》：请您自我评价一下《野狐岭》，它有什么需要人们去解读的地方？

●雪漠：其实我在写的时候，就有意地拒绝了一些明显的主题先行的味道。所以，《野狐岭》中只有人物，只有一个一个鲜活的人物，和他们那一团一团剪不断理还乱的纠结。它和目前的小说不太一样，因为作家感受到的那个巨大的世界，不是一个主题或者一句话所能解读的。这一点在《西夏咒》中非常明显。写《西夏咒》的时候，我也感受到了一个巨大的存在，以目前的小说手法，我没有办法表达这个东西，所以我只能那样写，在《野狐岭》中也是一样的。

所以，如果要刻意去解读的话，也许只能解读我所描写的那个世界，那个大家既熟悉又陌生、既清醒又混沌、既说不清又不得不说的世界。跟这个世界有关的话题其实很多。

每个人都在寻找自己，在《野狐岭》中，也许我们都能遇到未知的自己。如果我们都发现自己心中有一座"野狐岭"，那么每个人都会成为《野狐岭》中的一个人物。在写《野狐岭》的时候，我其实也在寻找。我对自己的寻找和定位，变成了小说中一种重要的探索，也变成了其中一种重要的内容。我们可以假设一种追问：如果人真的有前世的话，你希望是《野狐岭》中的谁？因为，对过去的追问，代表了对未来的向往——这是《野狐岭》最明显的特色——对当下的追问，同样代表了对未来的向往。自己的未来，就是一个个当下塑造的，自己的当下，又是一个个过去塑造的。那么，很多人读了《野狐岭》之后，或许就会得到一种启发吧。

◎《兰州晨报》："大漠三部曲"完成于武威，《野狐岭》写在东莞，千里之隔的跨地域写作，是否更具审视乃至自我反省的冷静？

●雪漠：对。《野狐岭》中的确有这样一种自我反省的冷静。此外，写《野狐岭》的时候，我其实也有一种非常快乐的东西。只是，在快乐之外，我会多了一双眼睛——一双关注世界的眼睛。这双眼睛，代表了我对可读性的思考。所以，在《野狐岭》中，我对过去那种酣畅淋漓的东西，进行了一些有意的节制。其中，既注重探索性、文化性、生活性，又注重可读性。当然，探索性在一定意义上损伤了可读性，但总的来说，《野狐岭》强调对可读性的反省，还是非常明显的。这代表了我进入东部世界之后，对西部大地的一种反省，也代表了我走向当代之后，对自己某种创作姿态的一种反省，以及对生活、对文化的一种反省。

◎《兰州晨报》：请谈谈您今后的写作和追求。

●雪漠：今后，我的写作可能会更加自由，既要进行艺术上的探索，也要进一步进行生活上的挖掘。从去年开始，我又对西部进行了深度考察。当时，我在草原上住了半年，回到岭南的时候，发现自己的胡子都白了。胡子虽然白了，但我在五十岁的今天，精力仍然很充沛，还能多跑几年，所以，我会趁着这段时间，尽可能地深入挖掘生活，对艺术上的探索也会越加地深入。这两种追求的结合，可能就是从《野狐岭》开始的吧。所以，今后，我叮能会贡献出另一个雪漠。

《野狐岭》之后的雪漠，或许就是雷达老师所说的，在艺术上有新突破的，在对生命生活、对生死存在、对灵魂追问上，也有新突破的雪漠吧。换句话说，那将是一个超越本有的雪漠。或许他会让大家感到陌生，但也感到振奋，因为他创作出来的东西，肯定不同于其他作家，肯定能给世界带来不一样的营养。

（刊于《兰州晨报》2014年8月9日）

（三）消失的存在，其实并未消失

——做客央广《品味书香》

主题：揭秘《野狐岭》

嘉宾：雪漠

主持：小马

时间：2014年8月

地点：中央人民广播电台文艺之声《品味书香》直播间

1.消失的存在，其实并未消失

◎**主持人：**《品味书香》，今天我们为大家介绍的是来自西北的一位著名的作家，他是甘肃省作家协会的副主席，曾经获得许多大奖的雪漠老师。今天非常荣幸能够和雪漠老师对话。因为在很多人的心目中，雪漠老师其实是挺神秘的一个人，他一直隐居在甘肃，在我们心里，像隐居在大漠的深处一样。实际上，雪漠老师一直潜居在甘肃武威的家中进行写作。这些年，也曾经去广东等许多地方修心、写作。接下来，我们就请出雪漠老师。您好，雪漠老师。

●**雪漠：**您好！

◎**主持人：**今天，我们介绍的是您的最新著作《野狐岭》。说实话，您写过那么多作品，比如说"灵魂三部曲"（《西夏咒》《西夏的苍狼》《无死的金刚心》）、"大漠三部曲"

（《大漠祭》《猎原》《白虎关》），这是前六部作品之后又回归到大漠的一部作品。请您给大家讲讲这部书吧！很神秘！

●雪漠：对！这部书和我过去的《西夏咒》《无死的金刚心》一样，其叙述形式让人感到很神秘，和一般的小说很不一样，但事实上，我写之前，对形式这方面考虑非常少。主要在于，写这几部书的时候，其实我感受到了另外一种存在。它和我们的现实生活有关，但超越现实生活，我们称之为超越层次，或者超越层面，也可以称为另外一种境界。当然，这是一种精神境界，也可以称之为信仰境界、灵魂境界。所有的境界，就是高于现实生活形而上的一种境界。

当一个人在精神追求方面，超越一些物质和肉欲之后，就会上升到一种精神境界，他会感受到比眼睛看到的物质世界更伟大、更纯粹的一种存在。这时候，他会发现一个世界向他打开。人类历史上，很多伟大的人物都经历过这种存在。比如老子，他的《道德经》就是他感悟到这种境界之后，把那种境界展示出来的产物。比如庄子，他的《逍遥游》《齐物论》都是这种东西。包括耶稣、穆罕默德等人，他们虽然有着名相上的不一样，但是他们仍然感受到一种比人类更伟大的一种存在，我们称之为大自然也罢，精神境界也罢，信仰世界也罢，在人类的文化中，它是存在的。它高于一些物质，高于肉欲，高于欲望，是形而上的一种东西。正是因为有了形而上的东西，人类才有了真正的文明。没有这种东西，人类就是一种动物性的存在。

所以，当一个作家感受到这样一种伟大的存在，或者进入这样一种境界的时候，他会发现目前流行的文学技法，或者一些文学表现手法根本无法表达这样一种东西，没有办法来描述他的那种生命的体验和感悟，这时候就会出现一种新的东西。《西夏咒》《无死的金刚心》和《野狐岭》就是感受到这样一种境界和存在之后的产物。它既是一种文学性的描述，又是一种精神性的描述，更是文化性的一种展现。

《野狐岭》就写了这样一种东西。在某一个历史时期，两支驼队在野狐岭突然消失了，但它会以我们人类所不能理解的某种形式，仍然存在于这个世界。当然，这不是一种迷信的说法，我们可以理解为人类记忆深处的某一种东西。所以，《野狐岭》就写了这样一个消失了的世界，以及一个消失了的世界可能会出现的一切。但，这个世界既消失又不曾消失，因为根据物理学的很多理论，包括爱因斯坦的很多理论，比如当人类的速度超过光速的时候，人类的时光可以倒流。物理学上也有这样一种说法。但是在人类的心灵世界中，很多看似消失的并不会消失，它永远是一种存在，它以信息、精神的东西传承给一代一代的人类。《野狐岭》写的就是感悟到这样一种存在之后的对那个世界的一种描述。

◎**主持人：**刚刚雪漠老师已经为大家介绍了这部书，这也是他参悟了某种在我们看来很神秘的精神的指引之后完成的一部作品，所以，我看很多人评价这部作品时，说它神秘，说它挑战智力，说它是悬疑和推理元素并用……总之，我看到各种各样的评价。我总结了一点就是，这不是一个浅显的故事，这本书也不是一本通俗读物。

●**雪漠：**对，正是那样。因为人类的文学也罢，艺术也罢，它其实代表着人类的某种精神境界。人类除了对物质层面，对现实世界的展示之外，还应当有一种超越欲望层面更高意义上的精神层面的展示。很多时候，这种精神层面的展示是通过哲学、艺术、文学、音乐、绘画等形式来实现的。

2.恶的东西都是"杀手"

◎**主持人：**雪漠老师最近的一些作品非常受城市的一些白领所追捧，比如他的"大漠三部曲""灵魂三部曲"等，今天我们会请雪漠老师用他纯正的武威腔，来亲自为我们介绍他的这部最新著作《野狐岭》，这是备受文学界和一些专家、读者关注的一部书。我身边看过这部书的朋友都对我说，这是一部挑战你的思维和智力的作品，你只要读起来，深入进去，就肯定放不下这部书。所以，我建议各位，今天听了我们的节目之后一定要读一读《野狐岭》。

雪漠老师，刚才我们说了这么多，接下来，我们深入到这部书当中，来给大家讲一讲书中叙述的几个人物。我简单理了一下，首先是一个自始至终都没有现身的杀手，这个杀手是贯穿整部小说的一个人物。

●**雪漠：**这个杀手在小说中，不一定就是木鱼妹。木鱼妹是非常复杂的一个人。她既有善的东西，有对爱情的追求，有对亲人的一种怀念，但同时还有一种仇恨带给她的杀心。其实，每个人的心中都有一个"杀手"。

◎**主持人：**每一个人的心中都有一个"杀手"？

●**雪漠：**每个人都有。这个杀手就是一种欲望的、兽性的东西。所有扼杀人性的负面的东西都是杀手。每个人的心中都有这种东西。为什么这样说呢？因为人是神性和兽性的结合体。向上的、超越人动物层面的东西叫神性；低于，或者等于动物层面的东西叫兽性。当人类的兽性占上风的时候，就出现杀手。当然，我的这种动物性的说法有点亵渎动物，动物其实比人类动物性的一面要伟大很多。我说的这个动物性是人性中恶的层面。所有人的心中都有恶的东西，恶的东西都是杀手。

杀手首先杀的是他自己。杀的是自己的良知、自己的人格、自己人性中最美的东西。所以，这个小说中自始至终有一个杀手。这个杀手总是在展示自己的灵魂，但是别人却看不到这个杀手。事实上，每个人的心中都有这个杀手，它就是我们难以超越的那个欲望。

两支驼队之间总是斗来斗去、杀来杀去的时候，实质上就是他们自己心灵中恶的东西在制约着他们的人性的东西。

3. 落魄书生承载着"贫贱不能移"精神

◎**主持人：** 这部书中还有一个痴迷于木鱼歌的岭南的落魄书生。

●**雪漠：** 其实每一个朝代都有这样的人。从什么时候开始的呢？从春秋战国时期开始。孔子像丧家之犬一样周游列国的时候，就很像这个木鱼爸。每个朝代中都有这样一个非常伟大却穷困潦倒的人。如庄子，他同样是穷困潦倒，每天编点草鞋去换几文钱来换吃的，有时候会经常饿肚子。他也像这个木鱼爸一样，研究、挖掘、收集、传承着他认为的优秀文化。再比如明末清初的王夫之，晚年的时候他依靠别人的救济来生活，但他写下了很多的著作，影响了很多人。

所以，每一个朝代都有这样的人。直到今天，仍然有许许多多非常伟大的知识分子，他们很清贫，但对现实充满着向往，对文化有一种使命和担当。他们是中国文化的脊梁，没有他们，就没有中国文化。

◎**主持人：** 在书中，您对这个落魄书生评价很高。

●**雪漠：** 对！他其实代表着中国文化中"贫贱不能移"的一种精神。

◎**主持人：** 刚才我们介绍了两位：一个是自始至终不现身的杀手，每个人的心中都有这样的存在；第二个是岭南的落魄书生，每个朝代都有这样的人物。我想问，这个安排有什么原因吗？为什么是岭南？

●**雪漠：** 以前，我写过一部小说叫《西夏的苍狼》，书中写了岭南文化和西部文化的某种撞击。在《野狐岭》中，我仍然写了岭南文化和西部文化的撞击。因为岭南文化和西部文化在中国文化中非常具有典型性，反差非常大，代表着中国文化中非常重要的两个特点：当下关怀和终极超越。西部文化厚重如大地，具有厚实的文化积淀和历史底蕴，而岭南文化充满活性，富有前沿性、现代化，包括改革开放之类的一种活力的东西。当这两种文化相互撞击的时候，是非常有意思的。所以，《野狐岭》中其实有一种比较学的东西。中国文化中，一种巨大的、活性的东西和一种历史的积淀，我让它们相互撞击，让它们相聚于某一个历史的野狐岭中，相聚在某一个灵魂的野狐岭中，相聚在某一种文化的野狐岭中，看看它们能展示出怎样的精神风貌？于是，就诞生了《野狐岭》这部书。

4.《野狐岭》的混沌之美

◎**主持人：** 很多人说雪漠老师的文学素养很高深，原因就在于，他即使在选择一个人物，选择一个地点的时候，其实也有他自己的一些深意。包括今天拿到的《野狐岭》也是这样。关于它，我听过不同的说法，有人说它是一部探秘小说。您对自己的这部小说怎么看？您心里会不会有一种标签对它进行标注？

●雪漠：这部小说其实是一种说不清的混沌一样的存在。老子的《道德经》中有一种超越语言的表述性的文字，但即使他勉强用文字表述出来，也仍然不是他想表述的那个东西，比如"恍兮惚兮，其中有物"。那究竟是个什么东西？他也说不清。释迦牟尼也想表述这个东西，但是他最后只能说，"不可说，不可说，一说就错。"还包括惠能等很多很多的大师，都想表述某种真理性的存在，但都说不清。因为在那个时候，所有的语言都是不对的。但好在文学语言即使不能直接地表述它，也能形象地展示它。

《野狐岭》就是一种形象的展示，它是巨大的混沌一样的一种存在，里面有无数的可能性，有无数的文化元素，有无数的幽灵在展示它们的灵魂，唯一做不到的就是，用一个现有的标签贴在这个存在上面，给它某种定义。这是不对的。因为真正的大自然中，有一种巨大的神秘的存在，它是超越人类语言的，人类有可能感知到，也有可能感知不到。这种神秘的存在，科学家也感知到了，因此有了宇宙中存在96%的暗物质、暗能量等说法。科学家一直也想描述它，但很难描述。文学家也是如此，比如《红楼梦》中的渺渺真人，作者在小说的开始就试图用大段大段的文字描述那种存在，但仍然说不清。当一个作家想描述这种存在、展示这种存在的时候，所有的文学标签都会失灵，所有的批评家都会失语。所以，从我的小说《白虎关》开始，很多批评家就开始出现争议，有人说它是现实主义，有人说是浪漫主义，有人说是象征主义。这部小说也是一样的，有人说它悬疑、探秘，有人说它是现实主义、浪漫主义、象征主义，其实它都有一点，但所有说法都不全面。

◎**主持人**：雪漠老师，我想问一个问题，您在写作的时候，有没有刻意地想过往哪方面靠？

●**雪漠**：没有。我的写作和别人不一样。我写作的时候，在一种巨大的宁静之中，有一种巨大的狂欢的力量，透过我的宁静，从我的笔下展示出来。我的写作，不是一种刻意的造作，没有作家所谓的构思和技巧，只有灵魂在流淌，在喷涌。因为我写作的时候，实质上自己和大自然是一体的，我们已经达成了共振，一种巨大的像狂欢一样的东西，某种像大海一样的诗意向我冲来、涌来，我的指头在电脑上跳舞，不用电脑的时候，它就在我的笔下跳舞。我就是在那种巨大的快乐之中写作的。

◎**主持人**：所以，您从来不考虑要往哪个方向靠，要往哪个文学标签上套？

●**雪漠**：作家是一个母体。她其实知道肚子里有什么样的孩子。怀着狮子的，肯定能生下狮子。所以，作家作为一个母亲，只是为她的孩子提供营养。至于孩子长什么样子，是单眼皮还是双眼皮，是否长胡子，她没有办法去设计，她甚至不能确定自己的孩子是男是女。她所做的就是给孩子一种营养，给孩子一种健康的环境，让自己拥有最佳的生存状态，让自己这个本体变得更伟大，让自己不是一个小老鼠，不是一个小作家，让自己尽量地博大，生下一个大孩子。

5.小说留有的空白和悬念

◎**主持人：**刚刚我们说到文学标签的问题。接下来，我们再继续深入到这本书当中，再拉几个人物，您跟我们说一说。对于电波那端没有看过这本书的人来说，可能更想通过这些人物来了解一下这个故事，比如我们都说它神秘、惊险、悬疑，那么它到底神秘、惊险、悬疑在哪里？

接下来，我给大家讲讲其他的人物。我看到这里也有一些恶人，比如好色但心地还比较善良的老掌柜；穿着道袍、僧鞋，住在庙里的道长；还有神龙见首不见尾的沙匪。这些人物串起了小说的重要线索。当然，我也看到了骆驼，我觉得您写骆驼写得特别好，因为这部书描写的就是西部骆驼客的故事，而且您写的这个骆驼它还会争风吃醋。请您给大家讲讲这些人物。

●**雪漠：**首先讲这个老掌柜，人称他为驴二爷。在我们的日常生活中，这样的人非常之多。现在，一个人如果好色，很多人就会否定他的很多好的品质。你看，一个绯闻就把一个人整个地打倒了，否决了。

《野狐岭》中，我专门塑造了一个好色但很善良的老掌柜，而且他无可奈何地被一种巨大的力量卷入了土客仇杀的纠纷之中。在西部，有很多很多这样的掌柜。实际上，在我过去了解的一些非常优秀的人身上，就可能有一种我们认为很不堪的毛病，比如好女色，但同时他又做出了让人惊叹不已的许多事情。在人类的历史中，在世界文化史上，很多有名的人都是这样。我通过这种人心的东西写一种人性的复杂。

驴二爷这样的角色，在过去的作品中不多。原因就在于，作家们写掌柜的时候，要么很好，要么一棍子打死。事实上，人性并不是这样的。这个人物的塑造在这里面基本上是非常成功的，属于活的一个人。他在整部小说中是一个非常重要的元素，相当于某个事件的按钮。因为他的好色这个按钮，整个小说启动，木鱼妹后来所有的仇杀都跟这个有关系。事实上，在过去，孙中山领导的同盟会、社会上的哥老会等组织和这些人物都有着千丝万缕的联系，而且，他们在推动历史进程的时候，都起到了自己的作用。他们用自己非常朴素的一种选择，为辛亥革命的胜利贡献了力量。驴二爷就是这样一个角色。描写这个人物的笔墨不多，但让人读了印象很深。因为后面所有的故事都是因他而起，所以他是非常重要的一条线索。

另外，那个道长也是小说中非常重要的一个人物。他是西部文化的一个重要载体，又是哥老会的一个重要人物，而且最后也被砍了脑袋。在书中，我写了他对中国传统文化的一种继承，比如他研究时轮历法。他穿着僧鞋，戴着道冠，穿着儒家秀才的服装，儒释道三者荟萃于一身。他是整个中国传统文化和西部文化的集大成者，而且这个人物在许多事件中，处事非常圆融，宽宏大量，对木鱼妹一直也很照顾。

同时，道长也是一个革命者。这部小说中，很多革命者都跟我们过去看到的革命者不太一样。他是非常平实的、有血有肉的、看得见摸得着的那种革命者。他不是神神道道被供到供台上的革命者，也不是不食人间烟火的那种革命者。事实上，在那个时期，革命者的力量很有限。当个体的力量和一个巨大的体制——清政府的体制——抗衡的时候，往往会力不从心，但正是这种力不从心才显示出他们的伟大。包括孙中山，包括很多革命者，都是这样的。正是他们的弱小和朝廷的巨大所产生的鲜明对比和不平衡感显示出他们的伟大，因为他们明知不可为而为之。

沙匪在小说中本身是重头戏，可写的东西很多，但是我一直隐而不发，原因在于怕分散笔墨。所以，我只在小说里神龙见首不见尾地写了几处，但就是那么几处，人物就活了。

◎**主持人：** 印象特别深。

●**雪漠：** 对！读者的印象特别深。未来的时候，我可能会围绕这个人物专门写一部小说。因为这个人物身上有很多好故事，一旦展开写会非常精彩。你说得很对，他神龙见首不见尾。而且，这几个地方出现的他，都是不同的角色，让我们觉得他很神秘。我们很难给他贴上某种标签，甚至分不清他是男人，还是女人。说他是男的吧，他好像没有喉结。在西部的传说中，没有喉结的都是女人。在西部，有一种歧视女人的说法，就是说她没有喉结，没有喉结，就是肚量不会太大的意思。事实上不是这样的。因为肚量的大小跟心有关系，跟喉结没有关系。但是，在小说中，这个细节就暗示了沙眉虎也可能是女人。因为在最初的构思中，木鱼妹的父亲有个妹妹，她神秘地消失了，也去复仇。在西部，曾经也出现过这样一个女沙匪。在最早的构思中，我甚至将她跟沙眉虎结合在一起，因此后面有许多巨大的空白。小说中有个细节是，木鱼妹神秘地消失了，后来又神秘地回来了。许多时候，神秘地消失与神秘地回来之间有个巨大的空白，如果把这个空白填满，就是另外一部小说。

◎**主持人：** 电波那端的朋友，如果有一天你打开雪漠老师的《野狐岭》这本小说，你一定要注意每一个细节，每一个人物，他们的背后都有一些我们看来很神秘的东西，也都有着各自存在的合理性。而且，打开这本书，我真的觉得你能看到那个未知的自己。

　　好！今天我们通过《品味书香》这样的方式为大家介绍了一位我非常喜欢的来自西北的作家雪漠老师，他的这部作品叫《野狐岭》，我相信，接下来的这段时间，《野狐岭》会成为越来越多专家和读者所推崇的一部作品。这是一部非常精彩的小说，我把它推荐给电波那端的朋友。

（四）人性可以展示整个宇宙

——答《重庆青年报》

百年前，西部最有名的两支驼队，在野狐岭失踪了。百年后，"我"来到野狐岭。特殊的相遇，让当年的驼队释放出了所有的生命记忆。于是，在那个神秘的野狐岭，一个跨越阴阳、南北、正邪、人畜两界的故事，揭开了序幕……作家雪漠在新作《野狐岭》中，把自己化身为一个具有超功能的"我"，有些疯癫，善于臆想，在荒无人烟的大漠深处，收获了二十七次"生命体会"和"心灵对话"，充满宗教感。雪漠觉得这个"我"既是真实的自己，也是艺术的自己。

事实上，雪漠是一个对宗教文化痴迷的作家，在他写就"大漠三部曲"和"灵魂三部曲"之后，有数年时间淡出读者视野，以至于评论家雷达的第一反应就是"雪漠回来了！"，而雪漠在接受《重庆青年报》记者专访时表示，自己不曾离开过，一直坚守在反思西部文明消失的大漠之中。

1. 新作追溯历史存在可能性

◎**《重庆青年报》**：新作《野狐岭》又回到你熟悉的大漠，这部作品在手法上，是介于"大漠三部曲"和"灵魂三部曲"二者之上的合体，在思想上它是什么样的架构？

●**雪漠**：写《野狐岭》的时候，我一直在反思仇杀现象，尤其是清朝时期发生过的仇杀，比如岭南的土客仇杀和西部的回汉仇杀，它们都非常著名，也都死了几百万人。但是，即使是这样的仇杀，一旦淡出历史的视野，也会立刻失去所有的价值。任何仇杀都是这样，一旦离开当下的经历、当下的环境，就会失去意义。所有的仇杀，只要放进历史的时空，用一种稍微长远一点的眼光来观照它，就会发现它仅仅是一种情绪，除了给当事人造成巨大的痛苦之外，没有任何意义。当我们一直这样反思下去，还会发现，世界上一切的仇杀，甚至包括一切的纷争，都会在究竟意义上被消解。比如，《野狐岭》中的蒙驼也罢，汉驼也罢，回汉也罢，土客也罢，诸多仇杀到了最后，都没有胜者，都是自己在折腾自己，大家都是受害者。真正的胜者是谁呢？是小说中的木鱼妹等人，木鱼妹最初仇恨马家，想要复仇，但爱和智慧最终消解了她的仇恨，拯救了她的灵魂。

不过，我并没有直接在小说中写出这种反思，而是尽量隐藏了我的思想，用一种艺术的形式——比如形象和故事——去表现它，所以变得非常含蓄。这时，我已经不是在阐述思想了，而是在描写一种存在，描写我们眼前的世界消失之后的一种存在，描写过去的世界消失之后的一种存在。那存在，是一切都消失之后出现的一种巨大的混沌的可能性。

这个东西，许多作家都没有涉猎过——当然，也有作家用鬼魂讲故事的形式，或是另外一些形式有所涉猎，但是，他们没有像我这样大篇幅地涉猎，在深度、广度和复杂度方面，也很可能没有达到《野狐岭》的层次。因为，他们没有经过灵魂修炼，没有感受到那个博大、混沌、复杂、说不清道不明、剪不断理还乱的存在。所以，他们写不出那个东西，而我所有的小说中，尤其是《西夏咒》之后的小说中，都有那个东西。

◎《重庆青年报》：怎么理解"草蛇灰线，伏脉千里"笔法？

●雪漠：这是一种非常含蓄的小说手法，也叫埋伏笔。这种埋伏笔的手法，使小说环环相扣、前后呼应、浑然一体，但又不动声色。通过这种手法，我在《野狐岭》中埋下了很多机关，有些发动了，有些没有发动。所以，《野狐岭》其实有着无数种新的可能性。

比如，木鱼妹有个姑姑，我曾经设想过很多关于她的故事，如果写出来的话，也会是很好的小说，但是，在《野狐岭》中，我只写了一点点。还有对沙眉虎的描写，也有很多没有解释清楚的内容，例如他究竟是男是女，他的身上究竟发生了什么事，小说中都留下了巨大的悬念和玄机，这让他有了无穷的可能性。类似的细节，在《野狐岭》中还有很多，诸多的玄机都隐而未发。如果我将来有兴趣，也许会发动一下，形成一本新的小说；如果没有兴趣，我就不管了，让读者们自己去发动吧。

这种写法其实不符合当代小说的习惯，虽然有些小说也有不清晰的内容，但清晰始终是当代小说的主流。

◎《重庆青年报》：很难想象在那个与世隔绝、生命脆弱的野狐岭，人类还有那么多的爱恨情仇和欲望粉墨登场。如此塑造，你想传递一个什么样的印记？

●雪漠：我更多的其实不是传递，而是展示。许多时候，作家有两种功能，一是展示一个世界，二是创造一个世界。《野狐岭》比较特别，它既是创造，也是展示——从艺术的角度看，它是创造，对我自己来说，则是一种展示。因为，在我心中，野狐岭其实早就活了，它是一个说不清道不明的存在，巨大而混沌，我无法用传统的手法来表达这个存在，于是就诞生了一种新的写法。

这一点，了解雪漠小说创作的朋友都明白，因为《无死的金刚心》《西夏咒》和《西夏的苍狼》都是这样，用传统的方法，是说不出那些故事的。

事实上，当作家的心灵达到某种深度和高度的时候，就会感受到一种巨大的存在，这种存在就像大自然，混沌，博大，又异常复杂。传统的艺术手法无法完美地描绘大自然，小说创作也是这样。所以，我不得不用一种新的手法，才能表达我感受到的那个巨大的世界、那种巨大的存在。但是，其他作家不一定能感受到这种存在，因为没有经过心灵修炼的作家，不能"联通"那个巨大的存在，要想感受到那个世界，他们必须提升自己的境界。所以，我的小说不是故弄玄虚，而是内容决定了形式。

2. 人性可以展示整个宇宙

◎《重庆青年报》：你在书中以第一人称介入，那个"我"是一个神奇的人，甚至有些疯癫，善于臆想，似乎具有超功能。这么设置是否无意中虚化了故事的真实性，对引述的历史背景有所冲击？

●雪漠：真实分为两种，第一是艺术的真实，第二是生活的真实。《野狐岭》属于艺术的真实。艺术的真实，跟你说的这些东西其实关系不大。比如，我们不能因为吴承恩写了一个神话故事，就觉得《西游记》不真实。同样，我们不能因为《野狐岭》出现了一个独特的"我"，就否认《野狐岭》的真实。在艺术层面，"我"的介入反而是非常真实的，因为它写出了一种心灵的真实、灵魂的真实，这种处理是艺术上的需要，不会显得虚假。

◎《重庆青年报》：那个"我"与现实中信奉宗教的你有多大联系？写作以来，你体会到了宗教与文学的哪些共通点？

●雪漠：有一定联系。小说中的"我"，在某种程度上，既是另外一个人物，又是作者本身的一个载体，是文学上的另外一个雪漠，或者说，是雪漠在文学上的另外一种展示。我曾经说过，过去，曾经有无数的雪漠，我小说中所有的人物都是我自己，是我自性的流露。好人是我完成或向往的雪漠，坏人是我打败的雪漠，他们其实都是我。所以，人性可以展示整个宇宙，每个人都是宇宙的全息。好坏善恶，都可能在某个人的身上有所体现。

宗教对于我来说，既是一种灵魂的滋养，又是一种文学的营养，它不是我的锁链或包袱。我只对宗教哲学感兴趣，这是一种文化意义上的关注。另外，我也在宗教体验方面，汲取了一种营养，其他方面我不予涉猎。我曾经说过，宗教有四个方面，一是宗教哲学，二是宗教礼仪，三是宗教体验，四是宗教组织，满足这四方面内容，才属于教徒。我从不涉猎宗教组织，所以我一直不是教徒，也不愿成为教徒。直到今天，我都不是哪个宗教协会的会长，也不愿意承担哪个宗教身份的角色，我只愿将宗教当成一种文学的营养，永远只当一个作家。

现在，无论什么人给我贴上什么标签，我都不愿意。因为，那些标签代表了他们所认为的雪漠，不是真实的雪漠。雪漠自己只愿意当一个自由的、逍遥的、开开心心的、明明白白的平常人，只愿意与世隔绝地写点东西，只愿意与世隔绝地享受写作和修行的快乐，只愿意读书，甚至不愿意见人——有缘的见一见，无缘的不见。

所以，宗教对我来说，更多的是一种文化，它和哲学是一样的，都是我灵魂中一种重要的营养。我愿意汲取这种营养，让它滋养我的心灵，但我永远不当教徒，永远不匍匐在哪个神灵的脚下顶礼膜拜，永远不当贴着标签的任何教徒。

◎《重庆青年报》：为什么说《野狐岭》是"大漠三部曲"和"灵魂三部曲"的又一个升华，能做个比照解读吗？

●**雪漠：** "大漠三部曲"以展示一种老百姓的存在和时代的存在为主线，"灵魂三部曲"以描写心灵的向往和追求为主线，而《野狐岭》则将二者糅为一体，在小说形式和心灵层次上，当然也进行了探索。另外，《野狐岭》显得非常含蓄，它不是作者想要表达某个主题的产物，作者反而在尽量地拒绝思想和主题，所以它没有明显的主题，而是在展示一种存在，展示诸多的人物，展示诸多的灵魂。这些人物，也不是作者想要表达的某些人物，而是小说的人物，是文学的人物，它们共同在展示一种形象，在激活一个世界。

虽然说《野狐岭》是"大漠三部曲"和"灵魂三部曲"的升华，但它其实是我转折时期的作品，以后，我会写出更多更好的作品。

我的文学创作分为四个阶段：第一，是《长烟落日处》所代表的练笔阶段，这是文学青年向青年作家过渡的阶段；第二，《大漠祭》《猎原》和《白虎关》的出现，这是我成为著名作家的阶段，而且，"大漠三部曲"被称为中国乡土小说的标志性作品；第三，《西夏咒》《西夏的苍狼》《无死的金刚心》——即"灵魂三部曲"——的出现，这是我的一次重要转折，但目前研究者不多，因为这些作品超出了很多批评家的话语体系，容易引起失语，所以他们不能说，不好说，也说不了——也许主要是不能说吧；第四，《野狐岭》的出现，这意味着我的创作有了一种综合的提升。其中既有《西夏咒》在艺术形式上的追求，也有《西夏的苍狼》关于灵魂的寻觅，更有《无死的金刚心》关于超越的描述。但是，它并不是一种简单的汇总，或单纯的拼凑，而是一种更高意义上的超越。关于我上面所说的诸多元素，它不是显性地表述，而是隐性地展示——通过展示人物灵魂本身，来展示诸多的追求、超越和寻觅。整部小说是以灵魂的倾诉来完成的，完全是无数个灵魂的流淌。如果说过去的雪漠小说是雪漠的灵魂在流淌，那么《野狐岭》就是无数个灵魂的对话，其中有无数种声音，有无数种变调，有无数个人物在展示自己的灵魂，就像一首交响乐，雪漠的灵魂只是其中的一种声音。而且，雪漠与这些声音之间的关系，不是作家与笔下人物的关系，而是一种对话的、平等的关系。在这部小说中，我不是在描写人物，而是在跟无数个灵魂进行交流，这是《野狐岭》一个非常重要的特点。许多时候，我甚至控制不了人物的声音，我的声音甚至会被人物的声音所吞没。比如，在最后一章中，人物的声音就占了上风，几乎完全地掩盖了作者的声音。这一点非常明显，也非常有趣。更有趣的是，小说人物时时想要吞没作者，时时想把作者变成他们的一员，这说明，里面的人物完全地活过来了，有了生命，甚至想要改变作者。从作者最后的结局来看，他们有可能达到了这种目的。因为，作者究竟有没有走出野狐岭，在整部书中，其实是个悬念，永远都说不清。

虽然《野狐岭》中也有无数的谜团，但是总的来说，它集"大漠三部曲"和"灵魂三部曲"之长，既有自由心灵所导致的独特形式，也有接地气的内容，而且将两者完美地结合在一起，所以吸引了批评家的目光，也让批评家更好说话了。

3.宗教文化教会我反省

◎《重庆青年报》：巴尔扎克说："恶习是瞬息的结局，宗教是毕生的苦楚。"这种意义在"大漠三部曲"和"灵魂三部曲"中，在你反思和内省的时候都有体现，所以也就显得作品苦大仇深，厚重苍凉。你认同这种说法吗？

●**雪漠：**这种说法也有道理。"宗教是毕生的苦楚"是巴尔扎克对宗教的理解，不一定错。因为，本质上来说，正是毕生的苦楚催生了宗教。

按照佛教的说法，人只有感受到苦，才会向往解脱，才会拥有一种解脱的可能性。如果没有感受到苦，人们就会沉迷于麻木的欲望之乐，想不到追求解脱。所以，我的很多小说中谈到的宗教，其实不是时下流行的那种宗教，而是最高意义上的宗教，是解脱意义上的宗教，它本质上是一种智慧，而不是名相上、名词上的宗教，不是诸多的概念所堆砌出的宗教。

雪漠从来没有在小说中要求大家去念"阿弥陀佛"，而是希望大家能实现一种自由，能超越时代的局限，超越概念的局限，超越欲望的局限，超越其他诸多的局限，达成心灵的自由。雪漠小说提倡自由，而不提倡概念化的宗教。或者说，雪漠眼中的宗教，其实是一种对真理的向往、对自由的追求、对灵魂的求索，而不是时下的宗教徒所认为的那种宗教。时下的教徒所认为的宗教虽然也是宗教，但它是另外一个层次的宗教，雪漠不追求这种宗教，而追求一种灵魂意义上的、信仰意义上的、终极意义上的、自由层面的宗教。两者是不一样的。

◎《**重庆青年报**》：另一位文豪泰戈尔说："宗教就会像财富、荣誉或家族那样，仅仅成为一种人们引以为自豪的东西。"你对大手印文化的研究和在文本中的契入都有尝试。这种不同于常规的文化心理，对写作有哪些弊益？

●**雪漠：**宗教文化对我的滋养，主要是教会我反省自己，反思自己，追求一种更高意义上的精神，而不混同于一种世间法的、低层次的、形而下的追求，所以，我的小说就有了一种超越的气息。这是宗教文化带给我的，而不是宗教组织带给我的。对宗教组织，我其实一直都在反思。释迦牟尼佛说过一个故事：有一天，有个小鬼告诉魔王，有个人证道了，他叫释迦牟尼，魔王对小鬼说，不要怕，我会让它变得制度化。可见，宗教一旦制度化，就会变得非常可怕。所以，对于一些组织化、概念化、制度化的宗教，我其实是保持警惕的。我更注重提取精华剔除糟粕。

事实上，我不喜欢任何宗教的标签。因为，对我来说，宗教就是人格的修炼，是自己的事情，跟别人没有大的关系。而且，目前我也不想以宗教身份弘法，或是当一个什么宗教人物。

◎《重庆青年报》：为什么你的重心一度向宗教文化偏移，或者说一度远离你熟悉的生活、熟悉的叙事场域？

●雪漠：我没有向宗教偏倚，对所有文化，我都很感兴趣。只要是有益于人类的善文化，我都会从中汲取营养，不仅仅是宗教文化，也包括希腊哲学等西方哲学，以及各地独有的民俗文化。宗教文化只是我感兴趣的文化之一。

对于雪漠来说，宗教只是汇入他心灵海洋的一道河流，而不是全部。比如，在我的藏书中，宗教书只是一部分，而且占的比例并不大。所以，我并没有拒绝其他文化。

每个时段，我会集中研究一种东西，便于把它彻底研究透。所以，前段时间，我并没有离开文学，也没有钻进宗教，而是在专注、集中地研究宗教文化，但这种关注，也是阶段性的。当时，我认真地研究了各种宗教文化，不仅仅是佛教，也包括印度教、基督教、伊斯兰教。我想知道，它们对人类心灵有着怎样的影响。

　　对任何宗教，我都是平等的，我从不拒绝哪一种宗教的超越智慧。但是我警惕那些组织化、制度化的宗教，所以不愿出现过多的宗教气。这是我跟别人不一样的地方。大手印文化破除的也是这个东西。我之所以经常谈到大手印文化，就是因为大手印文化扫除概念、名相对心灵的束缚，而直指人心。它其实是超越宗教的。这是大手印文化最主要的特点。当然，所有宗教的最终目的和最高境界，几乎都是超越概念、超越欲望、超越二元对立。所以，在终极真理的表述上，所有宗教都有相似之处。甚至包括一些研究宗教的大师，或是从宗教中汲取真理的大师，他们在理论上的表述，也跟宗教对终极真理的表述非常相似。比如海德格尔。海德格尔对终极真理的表述，跟道家、禅宗很像，但是他从严格意义上说，不能算是宗教家，而是一个非常伟大的哲学家。所以，哲学研究到最高境界，也跟宗教文化是一样的。人类文化的最高境界都是殊途同归的，区别仅仅是，有些研究者只是学者，而有些研究者既是学者又是行者。像海德格尔，他虽然知道真理，但是他仍然因为缺少实践，不能从痛苦中解脱，所以出现了很多被人诟病的东西。

　　而佛教的伟大，就在于它不但提倡真理，向往真理，而且身体力行地实践真理。所以，佛教修炼到一定的时候，就会强调一种实践性，强调改变生命的本体，强调改变行为。这一点，跟萨特的存在主义有些相似之处。存在主义同样注重行为，认为行为构成命运，行为就是价值。这跟很多宗教文化都非常相似。所以，有很多营养等待我们去汲取，而不仅仅是宗教文化。

4. 我一直在发生着蜕变

◎《**重庆青年报**》：那为什么评论家雷达老师说你现在又回来了？你好像与家乡凉州有些误会，是这样的吗？

●**雪漠**：其实不是误会，因为一个人发展到一定的程度，就必然会超越环境。当他超越环境，有了另一种眼光时，没有这种眼光的人就会不理解他。当然，也有一些人能理解。理解的人，自然会祝福赞美，不理解的人，就会说一些不理解的话，很正常，所以不要紧。当一棵大树超出一片草地的时候，来点风，它就会掉一点叶子，这很正常，但是树终究会长大的。

◎《**重庆青年报**》：你曾表示，西部大地上的一切都在飞快地消失着，主要指的是什么？一个作家在其中到底能承担什么？

●**雪漠**：主要指的就是目前的这种农耕文明、农业文明，还有一些地域文化。作家能承担的，就是在它们消失之前，尽量保留一些对人类有用的东西，比如一种文化精神，一种文化营养，等等。不过，能承担固然很好，承担不了也不要紧，作家嘛，力量其实很有限，跟政治家是不能比的。所以，作家只要做好自己，力所能及地做些该做的事情，就已经很好了。

◎《**重庆青年报**》：对西部的书写还有哪些可能？目前你在采访什么，下一步有哪些计划？

●**雪漠**：不一定。如果说是体验式写作的话，对人物的灵魂，就会有很多体验性的展示，但我的写作其实更复杂。我需要大量地调查，大量地熟悉生活。比如，写《野狐岭》是差不多三十年前的想法，我一直在慢慢地积累，慢慢地发酵，发酵了三十年，很多东西才可能真正地成熟，真正地变成我生命的一部分，这时，我才能让它流淌出来。当然，我也可以编一些东西，但编出来的东西味道不对，因为它仅仅停留在表层。深层的东西，需要一个作家用生命去感悟，用生命去体验，这是最重要的。

目前，我的采访重点仍然在西部。下一步我仍然会写西部，而且肯定会写得更好。明眼人都可以看出，雪漠在发生着巨大的蜕变，从"大漠三部曲""灵魂三部曲"到《野狐岭》，我一直在蜕变。这种蜕变，超越了一般意义上的变化，不是术上的玩弄，它实现了本体的一次又一次超越。这种情况在中国作家中不多见，甚至很少很少。对雪漠来说，这当然也是一个巨大的挑战。实现进一步的升华之后，雪漠就今生无憾了。

（刊于《重庆青年报》2014年8月21日）

（五）写作的终极意义
——做客腾讯《华严讲堂》

主题：心灵历程的探险

嘉宾：雪漠

主持：张顺平

时间：2014年10月20日

地点：腾讯《华严讲堂》直播间

1. 和谐的状态叫自由

◎**张顺平：**各位网友，大家好！我们今天《华严讲堂》非常荣幸地邀请到了雪漠老师，有人可能知道，雪漠老师他具有双重身份：一个身份是作家；另外一个身份是开悟的上师。而且，他本人有长达二十多年的闭关经验，同时也一直在以自己的方式弘扬佛教文化，指导一些人的修行。在之前出版的许多著作当中，我们都能够看到雪漠老师的佛学造诣以及他的修为。今天，我们非常荣幸地请到了雪漠老师到我们的讲堂。雪漠老师，您好！

●**雪漠：**谢谢大家！非常高兴能到《华严讲堂》跟各位朋友聊天、交流。不过我不是上师，我只是一个作家——当然，我也是一个帮助别人向上的老师。

◎**张顺平：**您说的对，我们还是从您的新作谈起，您最新的著作《野狐岭》出版了，近来各方面的人士对您的这部作品都有集中的关注。在我们的印象当中，《野狐岭》跟您之前的作品有很大的不同，请您对这种不同先做一个介绍。

●雪漠：首先，我认为所有的文化传播都必须符合世道人心。在目前这个时代，文学其实是文化传播的一个重要载体，尤其是小说。所以，我的很多小说都有一种既符合文学规则，又承载了我想传播的某种精神的特点。《野狐岭》也是这样。它和我过去的小说不太一样的地方在于，它是一种放飞想象力之后的灵魂飞翔，在这一点上，《野狐岭》超过了我过去所有的小说和文化著作。原因就在于，它其实是一种探险，一种心灵的历程。我着重追求心灵的自由和一种超越的东西，所以它跟我过去的作品不太一样。

◎张顺平：您觉得在这种自由当中呈现出来的是一种什么样的内涵？

●雪漠：自由其实是万象按照各自的轨道运行达到和谐境界的一种状态。自由不是只有一个轨迹，它有无数的轨迹。所以，《野狐岭》中的人物有无数的宿命、无数的命运、无数的故事、无数的声音。

自由其实是很多声音、每一种元素和谐共存，共同构成一个巨大的大自然交响乐那样的状态，它是一种和谐。真正的自由是摆脱了各种束缚之后的一种和谐的东西。和谐的状态就叫自由。其实对于自由，我们有很多种说法，像耕耘先生所说的"安详"，也属于一种自由的东西。所以，这本书中的"自由"，更有一种文学意义上的纠结，因为它是不同的人物在同一个场景中的表演，所以它有一种纠结，有一种人间的东西，如世间法的酸甜苦辣、生老病死等，就是这些东西。

◎**张顺平：**我们看到的是一种多元的、开放的状态。您刚才描述到的这种各种元素之间的和谐，它们之间内在结构的要素是什么？您是靠什么把这个多元的东西结构在一起的？

●**雪漠：**我靠的是包容。包容是一种尊重，是允许百鸟发出各自的声音。只有这种包容，才能实现和谐。包容是中国传统国学儒释道文化中最重要的，也是最精髓的内容之一。老祖宗说，有容乃大，无欲则刚。厚德载物，那个厚就是一种包容。百川入海一样的包容才能实现自由。自由其实是互相尊重之后的理解、欣赏和祝福。

2. 文学和佛学的区别

◎**张顺平：**文学作品它要传达一种精神，比如说，您刚才讲到了《野狐岭》当中的自由和包容，除此之外，它还传达了哪些别的精神？

●**雪漠：**文学和很多东西不一样，比如佛学。佛学其实是直指真理的一种有着确定性的东西。佛学非常追求正确性、确定性，它非常清晰，像科学一样。它里面甚至不允许有错误的东西，所以经常出现正见、邪见的说法。但文学不这样。文学是所有的二元对立——如正邪——交融之后的一种混沌状态。它不能太清晰。它其实像大地一样，允许各种东西生长，甚至允许它藏污纳垢。因为，藏污纳垢的东西，可能会成为万物生长的营养。文学就像水底布满淤泥的池塘一样，什么都可以存在。佛学就是从这个池塘里长出的莲花。文学非常接近生活，更多的是生活化的展示，是人心不同面目的展示。佛学可能是指导人心的一盏明灯，而文学就是人性本身。这是两者不一样的地方。

◎**张顺平：**所有从事创作的人都会想到文学作品的功能，比如就《野狐岭》而言，您希望它发挥什么样的社会功能？

●**雪漠：**《野狐岭》更多的是一种文学意义上的探索，里面有一些人物，比如马在波，他就承载着一种心灵上的求索。其实，佛教所有的意义都在于求索。佛教历史上，很多人都是在求索。《野狐岭》中的主人公马在波也在求索。实质上，每个人都有这个过程，都有一颗探索的心，都有一颗求索的心。有些求索可能更多地流于一种世间的东西，也就是日常生活有为层面的求索。文学就是这个东西。一旦明白了，真正地超越、自由之后，文学就不一定是好文学。因为，这时候，文学就会失去它最本初的美。

我和《野狐岭》的责编陈彦瑾老是探讨一些东西。她说我最美的就是迷茫和沧桑中的那种纠结，善与恶、堕落与超越、灵与肉，诸多的东西纠结到一起，剪不断、扯不清的那种情感的、人性的东西。文学其实就是这样一种东西。文学更多的不在于展示某种真理性，而在于展现人性的复杂性。

文学和佛教的区别非常明显。佛教就是让你离苦得乐、离恶趋善。文学不是这个东西。文学更多的是人性中一种深层的复杂性。佛教追求的是清晰、清凉。佛教中有个净土的净，它认为最好的是净土。文学不需要净，文学需要净垢都在作品里面，因为人心的复杂性决定了文学的复杂性。这一点，文学和佛教不太一样。文学甚至不能追求离苦得乐，不能追求离垢趋净，它允许有这种精神的追求，但必须展示这种追求过程中诸多的痛苦，比如灵魂被剥离的那种阵痛，生命中那种纠结所带来的烦恼，以及人性中自己和自己交织的某一种状态。《野狐岭》展示的就是这个。所以，《野狐岭》责任编辑陈彦瑾将《野狐岭》形容为欲望的"罗生门"，在这部小说里面，不同的声音，不同的角度，都在说着自己的话。

昨天，中国作家协会创研部召开《野狐岭》研讨会的时候，不同的批评家发出了不同的声音，很多声音之间都充满了矛盾，有的喜欢这个，有的偏偏喜欢那个，各种声音都在那一个空间里面发出。

同样，《野狐岭》中不同的人物也在同一空间里发出了他们的声音，超越和自由、佛教的精神，只是其中的一个声音，而且这个声音在里面非常微弱。就像我们这个时代，佛教真理的声音仍然非常微弱一样。这就是一种命运的东西。黑夜中的灯光总是那么微弱，但只要有灯光，就有希望。

3. 写作的终极意义

◎张顺平：我的理解是，它更多的是一种现实的呈现。但是，我们从意义的层面来讲，这种呈现本身还是有意义的。那您觉得这个意义在哪里？

●雪漠：昨天，正好和雷达老师谈到这个问题。雷达老师说，他发现写作的意义很有限，很多写作者都是这样，最后都出现了一种虚无的东西。今天早上，我专门针对他的这个问题发了一条短信，内容大致是这样的：文学对于个体生命来说似乎是虚无的，没有意义的，但对于整个人类来说，它是有意义的。

我还举了他的一个例子。我的文学作品出来之后，他写了很多评论，他写的评论，对我的文学命运的改变是划时代的，对我这个人来说，他的写作起了决定性的作用。所以说，他的文章对我来说是有意义的，因为照亮了我。而且，这个因缘让雪漠成为今天的雪漠之后，雪漠又会写出很多书，照亮跟他有缘的人。作为个体生命本身来说，肉体终究会消失，如果不信轮回的话，写作对个体生命来说似乎确实没有意义，但作为佛教来说，它认为还是有意义的，因为佛教认为是有轮回的。但是，即使不信有轮回的人，他的行为也仍然有意义。他的这个意义在于，虽然写作对于他这个个体生命的意义随着肉体的消失而消失了，但是对于跟他有缘的人来说，他的写作发挥的作用仍然存在。同样，这个有意义的个体，相对于跟他有缘的很多人来说，仍然有意义。只要有利益众生的行为，对于行为的涉及者来说就有意义。这就是佛教的无常，也是佛教的空。

现在，很多人将佛教的空弄错了。佛教的空，实质上是表面看来时刻变化的一种意义和存在。也就是说，表面看来，一切都在变化，这叫无常，但那个意义是存在的，这叫功德、福德。所以，佛教承认功德和福德，就是承认这种变化之中有一种毁不掉的东西。佛教的价值就是这个东西。如果没有这个毁不掉的东西，人类就等于黑夜降临了，人类没有希望。如果每个人都觉得个体生命会消失，每个人都是唯物主义，觉得死了之后什么都没有了，这叫断灭空。很多人甚至用佛教的"万法皆空"来为自己的虚无主义作注解，事实上不是这样的。佛教的空是无数流动的有。无数流动的有，就是意义。每一个流动的当下的那个意义照亮着人生。所以，佛教的空，实质上有着流动的意义，有着一种相对流动着的价值，那就是文化的传承、精神的传承，以及行为带来的正面的、对人类众生有着终极意义的一种价值。这个价值在佛教中，如《金刚经》中，被分为两种：第一种是出世间的价值，叫功德；第二种是世间法的价值，叫福德。所以，这个意义是存在的。

4. 每个人都在《野狐岭》中

◎**张顺平：**那我们回到《野狐岭》本身，您觉得对于群体或终极来讲，它的意义和价值在哪里？

●**雪漠：**《野狐岭》是一群人在一百年之后，回忆自己一百年前的人生，很多人发现，在一百年前的那个当下，他们的很多行为其实已经失去了当下的意义。就是说，当一个人把视角拉到比当下稍微远一些的地方时，就会发现，当下的各种执着、纠结、烦恼都是没有意义的，很快会过去，很快会消失。而真正有意义的东西正好就是照亮人生的那些东西，是有利于他人的那些东西。个人的情绪化的烦恼，只是一点记忆而已，甚至包括那些贴着很大的标签的暴力行为，也只是一种记忆。记忆终将会消失，因此它不过就是一种虚幻的、梦幻般的东西。

每个人看了《野狐岭》之后，其实都会用《野狐岭》中的视角反思自己，因为每个人其实都在《野狐岭》中。我们终将消失，按照佛教的说法，我们在肉体消失的某个瞬间，反顾自己人生的时候，会清晰地发现许多执着没有意义，许多烦恼没有意义，有意义的就是活着时的某个瞬间，对有缘的人的一种正面影响。佛教认为的正面影响，就是在那个当下，可以进行当下的关怀，让他们真正地离苦得乐，真正地能够追求一种清净之乐。而这个清净之乐和所有快乐的得到，其实，许多时候，很大程度上，需要心的转变。所以，"和谐世界，从心做起"是对的。心一旦转变，眼中的世界就转变了。人类的灾难中，除了生命本体的灾难——也就是生老病死之外，很多东西其实是由心构成的。

《野狐岭》中的人，他讲述这个故事的时候，事实上都有这样的感悟。

5. 超越之后的大观照

◎**张顺平：**您刚才讲到在《野狐岭》当中，佛法和这种觉照的光明非常微弱，但从整体上来看，这部作品本身体现的正是佛学或生命本身的一种觉照。可以这样说吗？

●**雪漠：**可以这样说。虽然书中主人公的智慧觉照非常微弱，但是这里面有一个不微弱的东西，那就是作者的观照。

◎**张顺平：**换句话说，这个作品在本质上还是没有离开您作为上师的身份。

●**雪漠：**许多时候，其实我更多的是一个作家。虽然很多人叫我上师，但我其实还是喜欢做老师。为什么呢？因为，"上师"这个称呼，是许多人觉得需要一个上师，才这样称呼我的，实质上，如果"上师"是引领人向上的老师，那么，这个称呼就是我认可的。它其实不是一种宗教意义上的身份，更多的是心灵意义上的引导。所以，我非常喜欢别人叫我老师。

而且，我基本上处于一种与世隔绝的状态。我所有的东西，包括小说和一些文化著作，都只作用于我自己，我只是在分享自己的东西。我更多的像一个演员，不断地在告诉世界，我是这样做的。如果是一个宗教意义上的上师的话，他就会告诉世界你们该怎么样怎么样。我没有这样。我永远都是我怎么样怎么样。人家觉得很好，就看一下；大家觉得不好，就可以不去看。但是，很多人觉得很好，想用"上师"这个词汇来表达心中的一种敬畏，我觉得也是可以理解的。

写作《野狐岭》的时候，我更多的是用一种实现超越之后的大心，观照这群仍处在烦恼中的幽灵。虽然他们之间互相纠斗，但我有一种更高的观照，不会陷入他们的纠斗。这其实是人类的一种人文眼光，一种人文精神。要想真正实现这种人文精神，首先，我们必须超越时空的界限，实践之后跳出来观照它。这部小说正好有这种大观照。当然，这种大观照的角度是中国传统的儒释道文化带给我的营养。

我汲取的文化营养很多。在很小的时候，我就开始背《道德经》，背《庄子》，我接触道家文化远远早于接触佛教。后来，我又开始大量地背诵儒家的经典。所以说，我的道家学养和儒家学养，在某种程度上绝不逊于佛家的东西。我的意思是，中国古老的传统文化照亮了我，我用这样一种眼光去观照这个世界的时候，就出现了《野狐岭》。

6.《野狐岭》既是百年，也是当下

◎张顺平：《野狐岭》具有一种能够让人的心灵产生觉悟的功能，我可以这样说吗？

●雪漠：至少有一种明白。我始终更喜欢用"明白"这个词，因为这个时代很多人都在说觉悟、觉悟，其实他们还没有达到明白的层次。明白就是一盏灯，我们可以达不到佛教的解脱境界，达不到佛教的觉悟境界，但我们可以让自己明白。明白就是此刻比上一刻清凉了一些，明白了一些，下一刻可能比现在更明白一些，更清凉一些。这其实是一种人文意义上的东西。在人文精神的作用下关怀这个世界，让这个世界发生一种变化，我称之为明白。

《野狐岭》中的很多人都没有觉悟，甚至马在波和木鱼妹在《野狐岭》快要结束的时候仍然没有明白。他们仍然是两个非常想明白，但是并没有明白的人物。我们在座的很多朋友也是这样，大家都想明白，都向往明白，但大家是不是真的明白了，还需要另外一种意义上的印证。但是不要紧，人文精神熏陶他的时候，他必然会比过去更明白一点。更多的时候，这种人文精神作用于当下。所以，《野狐岭》既是百年，也是当下。

开研讨会的时候，我就告诉大家，我是个作家，有很多毛病，但是我知道要想成为大作家，必须让自己的人格伟大。在这个世界上，人格最伟大的就是佛陀，所以，我向往他。一个有毛病的作家和一个有着完美人格的佛陀之间有距离，这就让我产生了一种修行、汲取各种营养的必要。如果没有这个向往和行为的话，我就会仅仅局限于是个作家。

如果把别人附加在佛陀身上的很多神秘的、糟粕性的东西去掉，他就是一个非常伟大的人，具有非常伟大的人格。佛陀精神，就是我们这个时代需要的精神，也是民族和人类之魂。在佛教中，其实有很多引起世人误解的东西，这也正是佛教本身反对的东西。

在《野狐岭》中，每个人都应该尽量向往那种明白，每个人都有《野狐岭》，每个人都处于《野狐岭》，这个意义上，《野狐岭》在当下是非常有意义的。

7. 西部文化的喧嚣和冷寂

◎张顺平：您是生长于西部的作家，同时，在您诸多的作品当中，都有非常深的西部的印记。我也看到您的一些关于西部文化的表述，在这里，我想请您谈一谈您心目中的西部文化。

●**雪漠：**西部文化非常复杂，我曾经用"蜂窝文化"来形容西部文化。小的时候，我们看到许多巨大的蜂窝，一个蜂窝里面有很多很小的空间，小蜜蜂都在里面酿蜜，西部文化也是这样，无数的空间、无数的格局组成了一个大的西部文化。西部文化就是这样一种文化，非常复杂。它复杂到什么地步呢？去年，我们到藏区住了半年，几乎处于一种封闭状态，采访了一些当地文化。半年之内我们得到了一个宝库，但这个宝库只是西部文化中的一滴水，西部的任何一个地方都有这样的宝库，因为西部这块土地有千年来的积淀，有不同文化的撞击，所以很厚重、很博大。

西部文化就像《野狐岭》中的一样，各种声音都在喧嚣。千年来，无数的声音都在那块土地上喧嚣，发出不同的声音，非常喧闹，也非常冷寂。喧闹的是，各种声音仿佛有着各自的能量，不然它们不可能传承千年；冷清的是，这个世界不关注它们了，它们的声音非常微弱，外面已经听不到它们的声音，看不到它们的存在了，它们在飞快地消失，岁月正在掩埋着它们。正是因为这个原因，我一直远离宗教身份，最近还一直在避免宗教身份，用更多的时间当一个文化志愿者，抢救并挖掘这些文化，研究它们，弘扬它们，让更多的人能够从这些文化中得到营养，这甚至成了我的主业。所以，我最喜欢的身份就是文化志愿者，然后就是作家。

很多人叫我"上师"，也源于心印法师。心印法师圆寂前曾称我为"上师"，我让她不要叫我上师，叫我老师吧，她说，我是个快死的人了，我没有办法表达自己的一种心情，所以请允许我称呼你为"上师"行吗？因此，我才说可以。她生命中很多正面的东西，都源于读我的书，所以她对我充满了感激，当她没有办法用行为表达这份感激时，才能将情感寄托于这个称呼。但是，她写的文章后来在网络上广为传播，于是很多人都像她那样叫我上师。其实，在这个方面，我不够格。为什么不够格呢？因为我没有时间。我没有时间像上师带弟子那样正式的教授一些人。我几乎是处于闭关状态的，所有生命都用来挖掘文化，著书立说。虽然有时我会来北京等地待上几天，但一年来不上几次，大部分时间与世隔绝，写东西，挖掘文化。我只能这样，因为西部文化博大精深，别人了解不了，也发现不了它的珍贵。

我就像那些骆驼一样，总在那个地方跋涉，忘记了时间和空间，觉得自己飞快地在衰老。胡子忽而长了，忽而白了；指甲忽而长了，忽而短了。生命在飞快地消失，事情一直在等着我。所以，我在积极地做一个文化志愿者。

◎张顺平：西部文化当中有哪些东西让您非常着迷？

●雪漠：关于这个，我选取了两点：第一个是凉州贤孝，你可以去看《野狐岭》中关于凉州贤孝甚至岭南木鱼歌的那部分内容；第二就是大手印文化，在《野狐岭》中，大手印文化具体的承载者是马在波，他就想实现一种超越。

或者说，西部文化中最让我着迷的是两个方面：第一是当下关怀。当下关怀具体体现于凉州贤孝，它始终关注着众生、土地，关注着心灵、生活、衣食住行、生老病死、苦乐荣辱等，所以它代表当下关怀。第二就是终极超越，也就是我们向往的一种清凉、自由、宁静、快乐。这个在"光明大手印"书系中我写的比较多，在这里，我不再讲了。

◎张顺平：您对今后的创作有什么计划，或者说有什么诉求吗？

●雪漠：我可能会当一个好作家，然后，当一个最好的文化志愿者。我为什么要当文化志愿者呢？因为我没有任何的功利心，不想得到什么。我能够做得很大，但是我拒绝做大。原因就是，我愿意作为一个个体性的文化志愿者全力地投入生命，不受任何干扰和制约地去宣传那些文化，如果有人愿意和我一起抢救一些快要消失的文化，也很好。这是第一点。第二点是，我想当一个好作家，把这些我想抢救的文化用文学和文化的形式展示出来，贡献给世界。除了文化志愿者和作家这两个角色之外，其他的我可能就顾不上了，因为生命的空间就那么大，容下这个就容不下那个。

过去，有很多朋友看了"光明大手印"之后，都提出了很多设想，第一就是将文化产业化，我拒绝了。一些很大很大的培训公司，给我很多很多提成，让我帮他们招生赚钱，我也拒绝了。因为金钱无论有多少，对我个体生命来说都没有真正的意义，不如用这些生命去做事。当然，我随喜他们，但我只能选择我自己该走的路，因为这个事情别人做不了。产业化谁都能做，谁都能做的就让别人去做，只能我做的我来做。所以，未来的时候，我仍然会远离人群，以著书立说的形式去热爱人类，抢救人类的文化。所以，我是一个热爱人类而不喜欢人群的作家。

◎张顺平：您的说法很妙！在今后抢救西部文化资源的过程当中，您有哪些具体的计划？

●雪漠：现在，我们每年都有很多计划。比如去年，我一个人带着我的侄子在藏地的一个非常原始的村子里住了半年，当时我的胡子全白了，最近又黑了。今年，我带着一个团队，从广东开车一路考察到西部。在西部的沙漠和草原上，我们待了两个月，抢救了一些文化，发现了很多很多急需抢救的文化。

昨天，我还和陈亦新说，明年我们仍然需要到藏区去，因为一些老人快要死了，在他们死之前，我们要把他们曾经经历的那个世界保存下来，否则他们一旦死去，很多东西就消失了。这个世界上，文化消失得最快，因为人们不在乎文化，不关注文化了，而且发现不了文化的珍贵。没有文化的人偏偏对文化视而不见。那么，只有靠我们和一些有文化的人一起去抢救这些文化，这是时不我待的。因为今年我去的时候，去年还活着的一些老人已经死了。那里的很多老人已经八九十岁了，风烛残年，冬天一过可能就不在了，因为那儿特别冷，滴水成冰，房子又特别大。我们过去的时候是夏天，早上起来修行或者写作的时候都必须披着被子，非常冷，整天处在寒风中，自己的生命体能都用来抵抗寒冷了，疲惫不堪，就是这样一种状态。而且我们又吃素，不像当地人吃牛肉、酥油等，还有一些热量可提供。

以后我们每年都至少出去一次，在生命最珍贵的黄金时段，我们必须多做一些该做的事。每年出去几个月，抢救、出书、研究、宣传，而且动员更多的志愿者一起做。

◎张顺平：您觉得其他人会以什么样的方式参与这个活动？

●雪漠：第一，非功利。目前，很多文化容易产业化。产业化也很好，可是一旦产业化，就会有一种不和谐的声音出现，容易产生机心和功利。一有功利心，一些没有商业价值的东西就会被忽视，然而这些东西往往是最珍贵的。真正的好东西是非功利的、形而上的一种文化。

第二就是行动。世界上有很多人都想做我这样的事情，但没有行动，因为他们都放不下。一个巨大的、精彩的世界在自己身边的时候，他们都会被这个世界裹挟而去，不会到偏远的西部等地方享受那份冷清、寂寞、孤独、寒冷、单调、衰老。在藏地待上一年肯定比别处衰老好几倍。所以，行为是最重要的，别的都不要紧。有一颗大心，也有行为，就够了。

◎**张顺平：**借这个机会也请您为我们传统文化的广大网友说几句勉励或者开导的话。

●**雪漠：**我们的生命正在消失着，我们每个人都看到自己的未来就是死亡。在生与死亡间，有一个巨大的空白需要我们去填空，需要我们用自己的行为去填满它。当你填满圣人的行为，你就是圣人；填满君子的行为，你就是君子；填满一种动物性的行为时，你就是野兽。每个人都有自己选择的权利，这是大自然赋予我们最伟大的权利。所以，我希望朋友们能够想一想我的这段话，它也许会对你的人生有一种真实意义上的启迪，让你从一个充满欲望的人升华为一个能够奉献的人。谢谢大家！

（六）无可替代的"喷涌"之作
　　——答《北京晚报》

◎**《北京晚报》**：《野狐岭》出版以来，受到了广大媒体及评论家的高度关注。这是您的第七部小说，不管是从创作内容方面，还是从小说的叙述方式来看，《野狐岭》都是打了雪漠烙印的"独一个"。不知您是怎么考虑的？

●**雪漠**：我写小说和一般作家有不太一样的地方。其他作家，可能更多的是构思、解构某些东西，而我写的时候，更多的是感受到一个世界。感受到这个世界之后，生命中就会产生一种涌动的、诗意的力量，促使我把这个小说写出来。写的时候，像火山一样喷涌。

《野狐岭》也是这样的。首先，我感受到一个世界，一个看似消失，却又没有消失的世界。那个世界带给我一种巨大的冲击和力量，让我产生一种火山爆发式的喷涌。喷出的这些东西，正好是目前现实主义小说、现实主义方式没有办法表达的，所以，它就成了这个样子。

其实，这种喷涌的写作，最典型的是我的《西夏咒》。它是从里向外的一种喷涌。这种喷涌由不得自己。很多人看了之后，都觉得非常好。这是一个作家对生活非常熟悉、对描写对象的情感非常饱满之后的一种自然状态。在这种状态中，作家没有过多的功利心，就能写出好的东西。其实，这是一种大爱的力量、诗意的力量，是土地孕育出的一种力量。它可以让一个作家产生这种力量，不是多么的神秘。巴金写《家》《春》《秋》的时候，也是这样的，他心中的那个世界已经活了。

◎《北京晚报》：很多评论家、作家读过您的作品之后，认为《野狐岭》跟您以前的作品比又达到了一个新的层次。写这部作品时，您自己觉得跟其他作品有哪些不一样？

●雪漠：其实，我所有的作品都很好，包括《大漠祭》《猎原》《白虎关》，都是一流的作品。《大漠祭》和《白虎关》都入围了茅盾文学奖。从文学水准来说，《野狐岭》也不差。一位评论家说，《野狐岭》有一种大的气象。这个气象其实就是一个作家的境界。

《野狐岭》与其他作家的作品不一样的地方，就在于对小说形式和叙述方式的一种贡献。从对文学艺术的探索这个角度来看，任何一个作家都没有这样写过。对中国文学，甚至世界文学来说，这是一种无可替代的贡献。

另外，这部小说写了一个别人没有涉猎过，也不可能涉猎的世界，那就是关于西部骆驼客的世界。因为这些人已经死了，所以书中有很多幽灵在讲述他们曾经的世界。大概从十多年前，甚至更远的时候，我就一直采访那些骆驼客，但目前，这些人已经死了，他们的那个世界也已经消失了。

所以说，不管从内容上看，还是从文学形式上看，《野狐岭》这部小说，对文学艺术的探索都有一种贡献，而且，这种贡献无可替代。在中国作协举办的《野狐岭》研讨会上，李敬泽说他读了《野狐岭》之后惊喜地"发现"，雪漠的另一面，也与这个有关系。我写的任何东西，包括这七部小说，都是别人没有办法写的。

◎《北京晚报》：您的每一部作品都很独特。

●雪漠：我的每部作品不仅题材很独特，我发现的世界也很独特。这个世界，别人不了解，而它又正好代表了当下这个真实的中国，因此具有一种巨大的意义，比如象征性。从这个意义上说，我的小说也具有一种无可替代性。

以前，中国作协在北京开《白虎关》《西夏咒》研讨会的时候，评论家吴秉杰就说，雪漠的作品肯定能留下去。我问他为什么？他说，雪漠的作品，无论是语言，还是形式和内容，都是独特的，和别人不太一样。这是我的一种艺术追求。

实质上，你翻开现在很多作家的作品，都会觉得大同小异，你写的他也能写，大家都知道，都了解，但我写的东西，他们了解不了，他们不知道。因为，我会用大量的生命去感受一个未知的世界，然后创造出我自己的艺术作品。

同时，我生活在西部，那个地方很神秘，是一般人不了解的一个世界。在这个世界里，我总是利用很长一段时间去体验，去采访，去挖掘。所以，我有个习惯，就是我想写啥题材，就必须先花很长时间，进行采访和体验。

最近，我准备写一部长篇小说，为此，我差不多已经采访了十多年。去年，我还在藏地的一个村庄上住了将近六个月。今年，我又过去采访了两个月。但是，在十多年前，我就已经在这儿采访过一年了。我的意思是，我所有的写作都是这样一种对未知世界的深入挖掘。这一点，是别人不愿意做的。

◎《北京晚报》：您正在创作的这部小说，是关于什么内容呢？

●**雪漠：**草原。

◎**《北京晚报》：**您能否再稍微多介绍一点？

●**雪漠：**我紧接着要写的长篇小说，背景是西部的一块土地，时间跨度大概有一百年，是一个巨大的历史变迁。但是，这个历史变迁和一般作家写得不太一样，几乎是被岁月掩埋的一段历史。如果要把它挖掘出来，需要进行重新开掘和研究，但很少有作家能深入到一些被时代所遗忘的地方。这些地方，可能是生活的"活化石"，或者是文化的"活化石"，也可能是一些马上就要消失的东西。我写的很多作品，其背景基本都在西部的甘肃。